献给亲爱的欣尧

史梦甄

著

Chun
Yun
Shi
San
Zhan

春云十三展

—上册—

漓江出版社
·桂林·

图书在版编目（CIP）数据

春云十三展 / 史梦甄著 . —— 桂林 : 漓江出版社，
2024.6
ISBN 978-7-5407-9785-0

Ⅰ . ①春… Ⅱ . ①史… Ⅲ . ①侠义小说－中国－当代
Ⅳ . ① I247.5

中国国家版本馆 CIP 数据核字 (2024) 第 077812 号

春云十三展

史梦甄　著

出 版 人　刘迪才
策划编辑　霍　丽
责任编辑　李　慧
装帧设计　徐俊霞　俸萍利〔广大迅风艺术〕
责任校对　王林秀
责任监印　杨　东

出版发行　漓江出版社有限公司
社　　　址　广西桂林市南环路 22 号
邮　　　编　541002
发行电话　010-85891290　0773-2582200
邮购热线　0773-2582200
网　　　址　www.lijiangbooks.com
微信公众号　lijiangpress

印　　制　北京中科印刷有限公司
开　　本　787mm×1092mm　1/16
印　　张　52
字　　数　900 千字
版　　次　2024 年 6 月第 1 版
印　　次　2024 年 6 月第 1 次印刷
书　　号　ISBN 978-7-5407-9785-0
定　　价　108.00 元（全两册）

目 录

第一卷

1

第四卷

练得身形似鹤形，
千株松下两函经。

我来问道无余说，
云在青天水在瓶。

　　公元 1905 年，清光绪三十一年，中国大地经历了两个庚子年的祸乱，割地赔款，积重难返。太后西狩回朝，务实地制定了一系列关于自己死后就实现的"宪政蓝图"；"北洋"心里想的却是另一个；孙、黄及其同道们则在南方谋划着第三个。

　　多是徒劳，中国最后一个封建王朝会在六年之后倒下……

· 第一章 ·

青萍之末

"请不要把姑娘唤醒。"

有人一边说着，一边轻悄悄下楼去了。

空空儿没有午睡。她独坐窗前，焚了一炉香，对着镜子涂胭脂。窗外的雪下了两个时辰了，飘棉扯絮一般地落着。空空儿生长在江南，平生第一次见到雪，她看呆了。

会馆楼下的小径，蜿蜒伸出几十丈，被半尺多厚的雪压盖住。路旁一株梅花小放，嫣红几朵，白皑皑中显得格外精神。空空儿生怕这路被过往的人踩脏了，直勾勾地望着。

"如果二哥在，定有好词！"

她想。

天欲晚，风愈满，雪未停。

宗人府左司理事阮中华，被四个打手从"宝局子"拎出来，一路打到了街面上，啃了一口雪泥。围观的百姓对着他露出的官靴，指指点点。

阮中华喘着气告饶："能说一句吗？"

领头的黑脸汉子一伸手制止了同伴。

"黑三儿兄弟，你记得吗？我还请你吃过早点呢。"

黑三儿一脚蹬在他胸口，阮中华惨叫着滚出老远去，还没爬起身就被打手按住了脑袋。阮中华哀求："兄弟兄弟，好赖我也是个五品官，给点面子……"

黑三儿猛扇了他一个大嘴巴子："去你妈的！你丫也不打听打听，'亨顺天宝押'是干吗的？别说小小的五品官，就是一品，欠了钱老子照打。"

旁边的打手低声道："一品咱打不了。"

黑三儿低斥："滚犊子。"

南城一带吃横粮的打手，属山东和关外最多。黑三儿来自关外。这类混混儿入行之前，俱是贩骆驼、下力气出身。可老实本分人来钱慢，路子窄。渐渐和一群嘎杂子混熟了就起哄架秧子打架，到场就给五十个大子儿。出手打人，敢动家伙，又层层加码。这行就属看场的最肥，但需要有一定才具和帮衬。黑三儿混到今天，在南城也算半个人物，阮中华这样的小京官他见多了，全不放在眼里。

"再宽我一天，就一天。" 阮中华不断地作揖。

"一个时辰也不行。你正赶上了我们赌场清账，撞风头上了。东家让我给你当街放血。动手！"

一声令下，三个打手吵吵着把阮中华按倒在地，有人从腰后抽出一把雪亮的匕首，撸起了他的裤管就要挑脚筋。

"慢！"

众人闻声望去，一位黑衣人拨开人群走近。他叫周癫，五十岁上下，黑沉沉一张脸，看不到一丝表情。头戴一顶旧毡帽，辫子在脑后不足一尺长，左眼眇了，用一个鹿皮罩子绷着。脚步又轻又稳，走近时单手扶住腰上的鱼头刀，淡淡地望着黑三儿。

众打手一看是他，全停了手。阮中华抹了一把鼻血爬出五七步，上前紧紧抱住大腿，放声痛哭："你可来了啊！呜呜呜……"

"欠你多少啊？"周癫淡淡地问。

黑三儿换了一个笑脸："这位爷，又是您来挡横儿了。今儿个不多，三百两！"说着伸出了三根手指，中指却是缺了半截儿。阮中华见了，差点没忍住笑。周癫瞪了他一眼，从袖里取出一沓银票递过去。黑三儿接过，点了点："还差一百。"周癫就从自己尾指退下一枚翡翠戒圈递过去："这行吗？满翠的冰种。"

黑三儿看也不看，伸手一推："夜不观玉！你说是满翠，明天变黄了呢？要么拿钱，要么我跟他回家取。"

阮中华使劲冲周癫摇头。

周癫一笑，把戒指强塞到黑三儿手里："真是好东西，占便宜去吧！"说罢，扶起阮中华要走。黑三儿声音反倒轻了："不是驳您面子，我只要现钱。"说完，把戒指递还给了周癫。打手们立即将二人围住。

"又不是头一回了。宽一天不行吗？"周癫说。

黑三儿站着不动，也不说话。

"戒指先押你这儿，你随便找行家看。明天我补现钱！"

黑三儿摇头："宝局子新近整顿，改规矩了，不许以物抵押。"

"世道变坏了呀！连赌场都不兴押东西了？你们得多缺钱。是你们不行呢，还是行当不行了？"周癫笑着问向众人。

"是国家不行啦！大清国早就穷得露大腚啦！"阮中华道。

惹得众人哈哈大笑。阮中华也低着头嘿嘿地笑。

黑三儿不悦："别说没用的，你给是不给？"

"不通融？"

"我通融您，谁通融我呀？"

周癫一笑："好吧！差多少？"

黑三儿压住火，正要说，旁边的手下急了："老东西，你聋了？还差一百两！"

周癫点点头，看了看他们两个。只听"锵"的一声，从腰间抽出鱼头短刀，迅步上前，寒光划出一道半弧，还刀入鞘。目不暇接间，黑三儿和这手下腰间系着的钱袋子都被割断了绳套，落在雪地上。众人大骇。

周癫问："够了吗？"

他一出手众人就知道差距，早吓得面无人色。黑三儿只顾点头，一个字说不出来。

老百姓啧啧叫好。

周癫扶起阮中华："戒了吧。多害人啊！"

阮中华哭着点头，二人慢慢地走了。这时，忽然赌场里冲出来一个打手挥着棒子就嚷："谁啊？他妈谁啊？"

周癫停住，上身没动，只回头用那只眼罩子看黑三儿。

黑三儿飞起一脚踹掉同伙的木棒："他妈你！滚犊子！"

手下无辜："大哥我……"

黑三儿："我什么我？有眼无珠的东西！"

他说这话可是眼睛扫着周癫。周癫没听到一样，扶着阮中华，踏雪而去……

天坛西侧一箭之地，有家幽静小院。似会馆却未有匾额招牌，像客栈又未见酒幡幌子，更没有迎来送往的热活气，连灯笼都没有挂出来。

周癫带着阮中华走进前堂，里面的陈设和布置秀静素雅。佛龛、鸟舍、花植、鱼池，见之忘俗。北墙高悬一幅名家字画，写"风引云衣"四字。周癫径直上楼，阮中华不敢停滞，就跟着走，一前一后上楼梯。阮中华谨慎扫探环境，忍不住怯生生地问："这是哪儿？"周癫没答。

阮中华勉强走几步，停下不动了："你到底是谁？为什么一直帮我？"

周癫："跟上。"

阮中华自知跑不掉，只得硬着头皮跟他上了二楼。二人走到走廊尽头最里间房门口，周癫掏出一条看不清颜色的手绢递给他。

"把嘴擦擦，我家姑娘膈应这个。"

阮中华接过来，闻那手绢早馊了，又不敢说什么，强忍着把嘴角的血迹擦净。

周癫轻轻叩门："姑娘，是我。"

里面嗯了一声，周癫推门而进，说了句"他来了"，让出身位让阮中华进来。阮中华再回头，周癫已经从外面把房门关上了。

未几，阮中华只觉淡香沁脾，气味别致，又见房内陈设，高雅豪奢，秾华朴直。凡榻、橱、几、桌，皆用花梨、紫檀、相思木，做工登峰造极，必是前朝大家手造无疑。所用手使器皿杂物，无一不玲珑妍秀，哪一件都不是寻常俗品。再看木榻上的这位妙龄女子，阮中华不由得呆住。

这女子一身雪白长锦衣，一根玄紫色的腰带紧束腰身，衣领下用丝绒线绣着三瓣飘零的桃花。又见到衣柜外侧正挂着一件同款色的长锦衣，领口下绣着一朵盛开的桃花。阮中华愣住。他是识货的，当即就知她绝非凡人。无须多问，她衣橱里定还有一件白衣，绣工必是含苞待放之桃花。三件衣服同款同色，晨起、过午、傍晚各是一件，差别只在领下的绣工。这叫"一日三开箱"，不是一般有钱人讲究得起的。说到一个"贵"字，这满屋的精致也未见得比得起这三件衣服。看她年纪不过二十岁，气质平静温婉，头绾简雅，乌丝垂肩，玉簪斜插，双瞳剪水，玉骨冰肌。阮中华是宗人府管理谱牒的主事，断人最是行家。这姑娘的长相，不说国色也称绝伦了。又见她高胸俏肩，方脸尖下巴，口鼻微微上翘，不出苏杭两地。

空空儿打量他一下："坐吧。"

她一开口，阮中华就听出了她八成是苏州的。苏州有什么达贵望族呢？阮中华一边胡乱想着，一边拿捏着在木凳上坐了："姑娘您是？"

"宗人府左司理事，阮中华阮大人？"

阮中华点头："是我。您是？"

"别问我了。你只要知道，你的几次赌债都是我还的。"

阮中华低下了头："我谢谢姑娘，非亲非故的让我担当不起……"

他嘴上这样说，却并没半点谢心。他知道必是有所求的，反而一笑："姑娘，这个地方雅静啊！是会馆呢还是客栈？"

空空儿："我也觉得这地方好呢。一个朋友的，我借住。"

阮中华定神看了看她，真是人间尤物。到底是什么人把宅子借给她住？二人是何关系？她这样的出身，这样的年纪与相貌，多少男人惦记？难再是处子之身了吧？

空空儿见他愣神，哪知道他这样脏心烂肺，笑着问："您怎么了？"

阮中华忙道："我……我在想欠您多少钱呢，怪不合适的。您说个数，我一定还。"

"就为了交您这个朋友，提钱就远了。请您帮个小忙。"

阮中华勉力一笑："我能帮什么呢？我只是个虚职，并无实权。"客套话说着，心里却又思索起来："如果是江南大户，手臂上应该会有守宫砂，我何不赚她露一露胳膊，看看她守宫砂还在不在？"

想到这里阮中华笑道："姑娘有茶吗？我口渴了。"

空空儿歉意地一笑，起身走到木几旁，亲自倒了一杯茶递过去：

"怠慢了。"

阮中华嘴上道谢着，双手接过茶杯，眼睛偷瞄她的玉臂，可是两边的衣袖都压严了，过手不足一寸。他什么也没瞧出来。

空空儿觉得异样："您怎么了？"

阮中华忙大口把茶喝了，擦了嘴掩饰笑道："我瞧这杯子讲究呢！"

空空儿笑着示意他坐回去。

"您在宗人府，掌管着皇家的宗室谱牒，还有养给优恤诸事。对吧？"

阮中华唯有点头。

"跟您打听一个人。"

"谁呀？"阮中华随口一说。

"叶赫那拉·福忻。"

阮中华顿时脸色大变，胸口如同挨了一棍，方才的胡思乱想立时化为一片空白。

空空儿："怎么了？"

阮中华摇头："没……没什么！"

"认得吗？"

"谁啊？"

"叶赫那拉·福忻。"

"不认得。"

"就是从前的户部侍郎，福郡王。"

阮中华干笑："不认得。真不认得。"

空空儿换了一副表情，轻蔑一笑："赫赫有名的福郡王，太后的宗亲，兵部尚书月王的亲弟弟，你宗人府的人能不认得？"

阮中华尽力平静："不瞒姑娘说，从前的福郡王，我知道。可我只是个小小的

8

五品主事，还是汉堂的主事。旗人、皇宗两支，我无权管辖。故而他的事，我不清楚。"

空空儿长身而起，目光如刀，吓得阮中华不敢逼视。

"不对吧，月王和福郡王获罪之后，月王被斩，福郡王被流放伊犁。这二王的后事被分拨到了汉堂料理，你敢说不知道？"

一句话如寒风刮面，阮中华本能一哆嗦，忙不迭站起身，使劲摆手，哀求道："死了，他家人都死了。"

空空儿冷冷道："你不说实话是不行的。"

阮中华："死绝了。两府的人，都死得干干净净。真的。"

空空儿嘴角上翘，眼里有刀。

阮中华："你……你到底是谁啊？"

空空儿："我叫空空儿。我只想知道福郡王的下落。"

阮中华大声道："我真的不知道。"

空空儿冷笑："不说，你可走不了。"

这时，周癫推门而进，冷冷地站在门口看他。

阮中华把心一横，猛地大喝一声，扑向了窗口欲破窗而下，可惜身笨窗牢，竟把他弹了回来，一脑袋磕在木几上。

空空儿看着想笑："你干什么？"

阮中华的鼻子又出血了："我想回家。"

周癫插口道："说出来，我送你回去，体面地回家。"

阮中华大喝一声："你弄死我吧！"

说罢竟扑向了周癫，周癫一愣之际，阮中华忽然回身，疾跑几步借着惯力使劲撞向了木窗，终于破窗而出，从二楼上翻下去了。

空空儿一愣，周癫黑蝙蝠一般从窗口直飞了下去。空空儿走到窗前，探头一看，阮中华趴在雪地上正哼哼还没起来，而周癫的眼罩弹飞了，正满雪地里摸找。空空儿不紧不慢地把盆火拢了盖住，又走到衣橱边上把雪貂披风取了，将头发束紧，这才从豁烂了的窗口一纵而下……

· 第二章 ·

慰我彷徨

阮中华只是文官，从二楼上掉下瓷瓷实实地拍在地上，摔得不善。待他颤巍巍地爬起时，空空儿已经棉花一般落在他身前。见他头也不回地瘸着跑了，空空儿轻飘飘地跟上。

周癫说了一声"就来"，继续低头在雪地里找自己的眼罩。阮中华扶着墙根儿吃力地走着，空空儿并没有急追。拐出胡同之后，来到宽阔马路，自南向北跑来一辆拉粮食麻包的马车，阮中华拼了命飞奔起来，直扑了上去。车夫未觉异样，照旧催马急驰。待空空儿看见，只剩半条影子消失在暮色之中。空空儿大惊之下，飞身上了房，只三两纵，就掠上一处高耸的房脊。登临一望，见马车沿着大道往东四牌楼的方向去了，就提了一口真气，踩着高低错落的屋瓦房檐抄近追了上去。马车约莫奔了一刻钟，将到兵马司，遇到了盘查的，就慢了下来。阮中华趁机溜下去，低头钻进了一条胡同。空空儿远远望见，料定他回家必经东条子胡同，于是跃下墙头，直奔东条子胡同而去。

不久，阮中华果然出现了。这条胡同比别处不同，路灯是最多也最亮的，只因总理衙门就坐落在此处。衙门口没设牌子，却立着两个佩刀的禁军士兵。阮中华没有顾盼，只低着头一直走。出了胡同再往北不远，就能到家了。心中庆幸遇到马车，否则就交待了。正乱想着，同文馆门口石狮子的后面，闪出了鬼魅一般的空空儿。阮中华惶恐，见大门虚开一道缝，推门就钻进去了。空空儿这才注意到这门口有两块牌子，隐约是："京师大学堂""京师译学馆"。这里原叫同文馆，是早在四十多年前就由官方创立的大清第一所外语学校，专门培养外文人才，隶属于总理衙门。三年前，同文馆被并入了京师大学堂，已改名译学馆，可是很多师生沿用旧称，还是叫同文馆。空空儿自小读了六年私塾，光绪二十五年，她曾考取过杭州惠兰女子学堂首期，那个班只招收四人！后来由于家族遭受巨变，她错过了深造的机会，见到"京师大学堂"这样如雷贯耳的名字，空空儿无限神往，又怅然若失……

"谁呀？"

看门人慢吞吞地问了一句。

阮中华躲在墙角不敢说话，回头看见空空儿已经跟进来，拧身就钻进了树林之中。

看门人把头探出窗户："是苏百川吗？你走了我就锁门了啊！"

空空儿就立在窗下一动不动。看门人见没人应，就没再说话，也没有出来。空空儿踏着雪地穿过松树林，见到一座三层小楼，整栋楼都黑着灯，只有一楼的把角处有一间教室有光。同一张桌子，点着两盏烛灯。

如此寒冷的雪夜，还有人在秉烛用功。要不然人家是国家栋梁呢！空空儿好奇地走近，隔着玻璃窗看去，果然灯下有一位少年，铺开五六本书，手拿一根毛笔，正在誊抄。空空儿不忍打搅，转身欲走。不慎脚下踩断了一根枯枝，发出噼啪声响。

　　木窗被推开了，书生苏百川身穿长棉袍，手上飞速写着，头也不抬就说："再等我一会儿。马上好！"

　　空空儿忍不住扑哧一笑。苏百川听出异样，放下笔，拿起烛台，脑袋探出窗口："谁？"

　　眼前这位朦胧于烛光中的书生，二十五岁上下，面如冠玉、眼若流星，眉宇之间有一股书卷清气。颧骨上黑乎乎的有一抹墨迹，显得皮肤格外白皙。空空儿当即看痴了，世间还有如此潇洒俊逸的美少年，简直就是掷果盈车的小潘安哪！

　　苏百川也看到了她，雪地里精灵一般的陌生女子，生得袅娜娉婷，楚楚可爱。那空空儿也转动一双秋波与他对映。

　　还是苏百川先开口了："抱歉，我以为是门房的老陈呢。您是？"

　　空空儿："哦，我……我找人……"

　　说着，她索性走近几步踮起脚往教室里看了看，烛光所照之处无非三五张桌椅，她不确定阮中华是不是躲进了这间教室。

　　"我可能是走错了。"

　　苏百川笑道："你肯定是走错了，这里是同文馆，不会有你要找的人。"

　　说罢要关窗子，空空儿用手挡住："同文馆怎么了？我就是来这里找人的。"

　　"找谁？"

　　"我找……找苏百川！"这是她方才听到的名字。

　　苏百川笑道："在下就是。可我不认识你。"

　　空空儿笑道："你真叫苏百川啊？"

　　"是啊。"

　　"哈哈，我瞎猜的名字。居然蒙对了。"

　　苏百川打趣道："那你很厉害啊！我能蒙一下你的名字吗？"

　　"不能。"

　　苏百川一笑，伸手要关窗。空空儿忙挡住："哎等等。"

　　"还有什么事？"

　　空空儿很想和他再说话，却不知该说什么，总不能真让他猜自己的名字吧，那也太轻浮了。想了想又道：

"有没有见到一个陌生男人？四十几岁。"

说罢，再次踮起脚往里面看。

苏百川忽然收了笑脸，淡淡地道："没有。"

空空儿抱歉一笑："打搅你用功了。"

苏百川摇头："没什么。"

空空儿当下决定不在馆里生事，也放弃了继续寻找阮中华，毕竟抓阮中华对她来说不是难事。不知何故，隐隐中竟不想让苏百川看到她可能的失态。抬脚正欲离开，只听身后的看门人喊道："谁在那里啊？"

空空儿竟然被他呵斥得不敢动了。

他走到了近前正色道："你们这些姑娘家家的，大晚上有事没事就来学堂偷窥。人家是在用功，将来前程远大，哪会正眼瞧你们啊？"

"谁偷窥了？"空空儿快气笑了。

"你还狡辩？我认得你，你一个月来好几回呢！"

"啊？"

"你不就是对街染坊吴秃子的二闺女吗？我都知道的。就你们几个花痴啊，见天儿来骚扰人家苏百川。真是刮风下雪都不耽误……"

空空儿忍不住笑了，又仔细把苏百川端详了几下，似乎没了第一眼看上去那么英俊。或许是心里不想和什么染坊秃子的闺女沦为一类，心说他有什么了不起的。

苏百川笑道："陈叔，她不是染坊的，她是走错了。"

看门人恍然："哦，走错了？那也离开，译学馆，闲人莫入……"

他一回头，哪里还有人影儿。看门人念念叨叨自己走了。苏百川在窗口呆立片刻，这个南方口音的女孩子令他有些目眩心迷，神情失主。他恍惚间关上了窗子。稍定之后，也无心看书了，摇头自嘲一笑，收拾了纸笔和书本，放进一个褡裢里，起身离开。走到教室的门口，对着后排的阴影处淡淡道：

"你走的时候，把灯吹了。"

阮中华从暗处走出来，惊道："你怎么知道我进来了？"

苏百川看着他笑了笑，没说什么。

"朋友，谢谢你。"阮中华感激道。

苏百川欲言又止，点了点头准备离开。阮中华却说："你怎么不问我为什么被追杀？"

苏百川一怔："那她为什么追你？"

阮中华："我也不知道。"

苏百川苦笑，揽起自己的东西准备走，阮中华叫住他："我……我不是坏人。我是当朝的五品官。"

"失敬了。"除了客套，苏百川不想多说了。

"那个女人很危险，小心她再来找你。她武功很好的！"

苏百川一愣，换了一副面孔："你们俩动过手？"

阮中华："你眼神好吓人啊！"

苏百川收敛一笑。

"她一定会妖术或者轻功。我从天坛那边乘马车跑过来的，都没甩掉她！况且，她的手下武功很好。我断定，她一定更好。"

苏百川好奇了："她还有手下啊？她是什么人？"

阮中华摇头："我不知道，她只说叫什么空空儿。"

"这名字，一定是假的。"苏百川笑着摇摇头打算离开。

"对啊，哪有姓空的。"

"好了，你走的时候，把灯吹了。"

"我天亮了走。"阮中华又回到了黑暗的角落之中。

苏百川没再说什么，满心狐疑地离开了。

· 第三章 ·

正义的迷思

赵素响三十五岁了，作为捕快，他过了最好的年纪。他长了一张比任何一个平凡的人更平凡的脸，妻子去年离开了他，弟弟赵华也越发疏远。最糟的是，他的刀开始慢了。

抓揭心变得越来越难。

他曾是二等侍卫，紫禁城"内大班"的副班头，替皇上拿人办差的。这是父亲的旧职，也算两代荣耀。可自从紫禁城里出了揭心这个内贼之后，赵素响的日子不好过。四年里，宫中失窃九起，多发于卯时，有时会是申时，没有规律。唯一的规律是，案发当日，都是赵素响当差。终有一次，在慈宁宫的外墙，赵素响追上了揭心，动手时，一刀削掉了他一根尾指。可惜还是让他跑了……

赵素响离开了紫禁城，成为委署鸟枪营的一名枪兵，从前的佩刀变成了鸟铳，从五品武官一撸到底没了品，这已是恩典。揭心绝不会死，更不会离开北京城，他一定躲在哪个旮旯里日渐老去，惶惶不可终日。每当想到这个，赵素响心里会有些许慰藉。可时间在走，自己也在衰老……

平日画卯过后，他通常都是溜达到对街吃一碗面茶，把自己和揭心的事翻出来想一想，有时也会想弟弟的淘气，人就沉了下去。再慢吞吞回营房去，沏上茶，搬一把椅子到院中，翻翻书，或听听同僚的闲白儿，也可以一边看书一边听闲白儿。饭前，他们必是要押宝耍钱的，赢中午或是晚上的那顿酒。赵素响不沾这个，到了这时，他会自觉起身，去后院打几趟拳，筋骨舒活开了，又回来冲个盹儿。这一上午就算对付过去了。赵素响为人孤僻，在营房没朋友，也没多少人知道他的过去。只是他的酒量太好，是喜大人眼前的红人，身上又确实有功夫，再刁钻的人也不会去难为他。

这日，赵素响吃完了面茶，忽听身边一阵躁动，只见对面茶馆里，有几个伙计从里面抬出半扇门板来，门板上面铺了红绸底子，上面镶着几个惊心动魄的大字："四大名偷"。心里咯噔一下，赵素响深知：如今的江湖，确有四个大贼，都是神龙见首不见尾的人物，其中就有自己的宿敌揭心。虽然这小子是个太监，名号却在江湖上非常响，系盗门三当家，人称"小圣手"，其近身偷的功夫更是天下无双……

赵素响胡乱兑了早点钱，穿过热闹的人群，径直朝对街走去。果真是书场添了新书——《四大名偷》，下面还附有一行小字：铁嘴真如意。

茶馆里的俩伙计伺候着几十位食客，忙得不亦乐乎。食客们有吃面茶的、吃炒

16

肝儿的，有吃点心的，有的早用完了饭，徐徐吹动盖碗儿茶里的热气。条案后面设一处屏风，屏风两侧有副浅白的对联：

"也能说也能唱，也会刚也会柔。"

穿长衫的白面胖子真如意正在说书。他身前的条案上摆着茶碗、惊堂木、纸扇。桌子的绒布上垂下三个镏金隶字：仙客来。

周癫进来，靠门框站着，紧挨着最靠外的一张桌子。赵素响也是刚坐下不久，正端起伙计送来的茶碗喝茶。这二人认识，赵素响没看到周癫，而周癫亦没有上前打扰。

真如意道："昨天说了，这'贼魔'诸葛盾有四个徒弟——大徒弟'今世愚公'嬴岱山，二徒弟'穿花蝴蝶'柳絮才，三徒弟'小圣手'揭心，四徒弟'摸着天'空空儿。您可听明白了，这是拜师先后，不是能耐大小。要说这四位，谁的偷功可称天下第一？非'小圣手'揭心莫属啊。这位，可是咱们这套书的书胆。"

赵素响嘴角一笑。自己猜测不差，果然是揭心在捣鬼。请人写书、说书，还把自己弄成了书胆。真够不要脸的。

真如意又道："大师兄嬴岱山岁数最长，会些阴阳八卦，据说也已故去。二师兄柳絮才，武功高强，仪表堂堂，可他生性好色，是个出了名的花盗。而这空空儿轻功最好，属于高去高走的梁上飞贼一路。诸位都知道，偷盗门有所谓'偷雨不偷雪，偷风不偷月'之说。这些位梁上君子都是夜行衣，非青即黑。唯这空空儿不同，从头到脚一身雪白，什么意思？你看不见我，看见了你也抓不住我。从里到外透出一股子狂傲。七侠五义中的锦毛鼠白玉堂您了解吗？就这份儿意思。空空儿连打扮带秉性，都与这白玉堂相似。气性狭小，难成大器。"

周癫听到这里，面无表情地离开了。

"归了包齐说这些，要论偷盗之能，谁也不及小圣手揭心。凭您是谁，只要让他近了身，这东西马上就改姓，神不知鬼不觉。更甭说咱这位揭三爷还是一位义盗，从来都是劫富济贫，行侠仗义。您常听书您知道，这有侠盗的就必有官府。说有这么一位御马快，人称'鬼见愁'的主儿，叫赵素响，跟揭三爷不对付。这个鬼见愁什么来路呢？他曾是三等侍卫，使了银子混进'内大班'当了班副。论能耐呢，揭三爷打他跟假的一样。揭三爷什么把式？想当年他跟大刀王五大战三百回合不分胜负呀……"

赵素响实在听不下去了，黑着脸放下三枚铜板，起身就走，被伙计叫住，小声道："这位军爷，钱不够。"

"一碗茶不是仨大子儿吗？"

伙计赔笑："我的爷啊，您头一回来吧？还有真老板的书钱呢，十二个大子儿啊！"

赵素响一笑："没几句真的，给不了钱。"

此话一出，全场震惊。台上的真如意也停下了。他是有火候的，这样的事经见得多，只淡淡一笑："军爷，听您这话音儿，许是和我这书中人物认识？我这套书，说的正是时下。"

"不认识。"赵素响勉强说道。

"那您说我的书有假？"真如意不依不饶。

赵素响正色道："当然是假的。"

真如意笑了，缓缓从书桌让出几步来，却不往台下走："刚开书第二天，越往后边才越有滋味儿呢。就算不合您口味，下回您不来就是，别搅我买卖呀！"

众人聒噪起来。赵素响是个薄脸汉子，有心不给，显小气；给了，又咽不下这口气。于是掏出一把钱来，扔桌子上。

"钱我给，但得给你提个醒。"

"请赐教。"真如意冷笑着。

"江湖上的事儿，不懂别乱说。书馆是高台教化之所，无凭无据不要抹黑了好人！"

真如意听出他话中有话，一时语塞。赵素响又道："功夫，是纤毫之争。高手都是一两下子，哪有打三百回合的？"

真如意旋即一笑："是是是，我们艺人无非是挣口饭吃，给大家伙儿逗个热闹，没人当真。"

"干点儿正事吧。"说着，赵素响随意地在桌子上拍了拍，转身走出了大门。伙计笑着摇头收拾茶碗放进托盘，用袖子去扫桌面上的铜子儿，竟然扫空了。再一使劲，还是未动。伙计定睛一看，"啪啦"一声，连托盘带茶碗全摔地上了。众人定睛细看，全都哗然。真如意紧忙几步走到桌前，当即眼直。赵素响刚才轻轻地两拍，那十几个铜子儿，完全嵌在了桌面上。真如意只觉得后脊梁往上嗖嗖地冒凉气……

赵素响铁青着脸，走出书场门，就见对街跑来一小股队伍，人人扛着鸟枪。为首的红脸胖子，四十岁往上，套着一身皮铠，是委署鸟枪护军参领喜塔腊·赛碧图，从五品官，赵素响的顶头上司。赵素响见他来了，埋头就往人缝里扎，被一个枪兵激动地认出："哎！那不是赵哥嘛！"

赵素响尴尬一笑，装作刚看到的样子。

喜塔腊·赛碧图当即掉下了脸，厉声道："鬼见愁！"赵素响只得作揖。老喜板着脸走过来，在他身前转了两转："回回有事找不着你，成天瞎跑什么？差使还干不干了？""大人，我……""难道又在找那个贼？""不是，我出来会个朋友。"

早有人用手一指茶馆外的海报：

"大人您瞧，《四大名偷》。"

众枪兵窃窃私语，都冲着赵素响坏笑。

老喜黑起脸："我真想操个谁！鬼见愁啊鬼见愁，你咋不长记性？跟那个揭心斗了十来年。把你个紫禁城大班头变成了鸟枪护军。哥哥，您还没玩够？"

"大人，我……"

"见过钻牛角尖儿的，没见过你这种半辈子钻一个牛角尖儿的。"

赵素响低头不敢说话了。

"你呀，好好跟我当差，把心往宽处摆。哪天大人我高兴了，帮你把那个小贼拿住，堵在墙角让弟兄们放一排子枪不就完了吗？"

赵素响仍旧低头不语，更不敢笑。此时，身边的侍从忙小声提醒他："大人，魏大人那边还等着呢。"老喜一拍脑门子："我真想操个谁！快走，跟我赴宴去。"赵素响忙整了整衣襟连声说好，钻进了队伍中。老喜却没动，瞪眼道："你的枪呢？"赵素响这才想起来今天出门没有背枪。"跑步，回家取。给你一袋烟的时间，火速到魏府听差。"赵素响一点头撒腿就跑。老喜又喊："回来！"

"以后要再让我看见你不背枪，我就朝你身上放枪，都说你有十三太保横练，我还真想试试呢！""大人说笑了。"赵素响卷起一阵尘土跑远了，老喜扯着嗓子在他的身后喊："干点儿正事吧！"赵素响早跑远了。

老喜叹气摇了摇头，挥手吩咐手下开拔。新枪兵嚼舌头："这鬼见愁有什么好？大人这么器重，回回见大人物都带他。"

老喜一个狮子回头，意味深长地说："酒量好！"

众默然。

第四章

玉树盈阶

世上最可怕的事，莫过于资质平平的人不求上进。而比这更可怕的，是天资极好的人偏又极努力。苏百川是后者。

苏百川字俊观，自幼生活在通天拳这个镖门大家庭中。通天拳是北派内家拳，因门规极严，秘而不宣。自北魏开宗至今，鲜有人知。其门内绝学春云十三展，被南北武林奉为绝顶。据传，可在"十步之内，摄人魂魄"。

苏百川的师爷李逍遥，是名盖一时的"咸丰四侠"之首，又是北六省总镖头。苏百川的父亲苏造时生前是本门第一人，而如今的当家人马之良，是苏造时的二师弟。苏百川自幼与师父马之良、师兄叶深及师弟师妹们生活在一起，亲如一家。父亲苏造时的遗愿是不许苏百川习武，马之良不敢不遵。一心培养百川走仕途大道，特请名师高人用心栽培。天资极高的苏百川十岁就勇夺京城童子试第一名。如今他二十五岁，是最好的年纪，正在大清国第一学府京师译学馆深造，已通晓四门外语，兼修天文学和物理。单是每月的膏火钱足抵京官四品，真真人中龙凤。加之他天然美好正派，俊美飘逸，为人又豪爽善交、宽厚诚实，称得上是玉树盈阶，乃通天拳一门荣耀。

就在今天上午，苏百川有了一个幸福的烦恼：译学馆已经决定推荐他官派出洋深造。虽然这是其一生志向，可当幸运来临时，他又对家人心生不舍……

在菩提巷的巷口，心事沉沉的苏百川，正撞到行走如风的赵素响。

"赵大哥。"

赵素响见到是他，心里的阴霾陡然去了一半："百川啊，刚下学回来？"

"是啊！您这么着急，要去哪儿？"

赵素响苦笑："有要务，赶着去办。"

苏百川忍不住笑了，露出一排健康的牙齿。

赵素响："你笑什么？"

"呵呵，见您背枪，好不习惯啊！"

赵素响忽然站着不动了，静静地看他，苏百川笑容停住。赵素响严肃道："你是同文馆的高才生，我有个问题想要请教你。"苏百川笑道："老江湖还需请教后辈啊？别拿我说笑了。"赵素响正色道："我说错了？同文馆的哪个不知道你？"

苏百川笑道："同文馆的又不止我一个，令弟赵华也是啊！"

赵素响："那个小祖宗，他不给我惹事我就念佛了。百川老弟，我是真心向你求教。不过今天来不及谈，改天找你。"

"好吧。"苏百川苦笑。

赵素响想起什么来，从自己的怀里掏出一本书："正好，把这本书还给你师父，说素响晚辈明天来谢。"

苏百川接过来一看，是《武经总要》。笑着点头："好。"

赵素响冲他一抱拳，急速而去。

苏百川拿了书，朝巷子里面走，不几步来到一所宅门前。古槐参天，大门紧闭。抬头没有匾额，看不出是谁家所在。只是屋檐上系了一串风铃，此时无风，风铃却在微微颤响。

"嗡嗡嗡。"

苏百川一笑，推门而入。

这是一座三进套院，进门是松鹤影壁墙，来到院中才见豁然开阔。影壁后方，两侧布有长短兵器，木人桩、梅花桩，绝然练武所在。此时，一个青年正在练拳，正是三师弟陶士钧。他二十出头的年纪，深肤唇薄，目光坚毅。其内家拳刚猛异常，虎虎生风，挥动身体时周身的骨骼筋腱不时发出了铮骨低鸣，细听下竟有金石之声，故而震得门外风铃无风自响。这正是无数内家拳师梦寐以求的至高境界"虎豹真音"，却在这家宅子里如此寻常！

正厅外的回廊上，摆着两把交椅，分坐着马之良和叶广昌。他们都是五十岁开外的年纪，马之良更要年长几岁，鼻直口阔，宽脸庞，身穿罩袄，足蹬软靴，手里捏一个紫砂壶。叶广昌则是瘦黄尖脸，八字胡，穿一身藏青色的绸面棉袄。二人都是目光如炬，太阳穴微微凸起，绝然内家拳高手。马之良字云持，北京人，李逍遥二徒弟，身怀绝技春云十三展，是通天拳的当家人。叶广昌字安泰，天津人，李逍遥三徒弟，现为广安门[1]城门领，京官从四品。

苏百川忙对师父、师叔微微作揖，笑着立于原地，不敢打扰师弟。

兵器架子旁边立着师妹马天心，二十岁的样子，打扮素净利落，天然纯美的一张脸。她拿着一块白毛巾，见到百川进来，盈盈一笑。由于距离缘故，他们都没有听见师父和师叔的对话。

叶广昌低声："师哥，您还记得早前玉渊潭康党余孽的案子吗？"

马之良面无表情："都啥年月了还有康党？不早跑干净了吗？"

"百足之虫，死而不僵。他们本已被朝廷捉拿，可就在押解途中，忽生事端，

---

[1] 广安门，民间俗称。达官门，后文多用此称呼。

唉，竟然被两个人给救了。"叶广昌说罢，用余光去扫看马之良。师兄面沉如水。

叶广昌又说："刑部的督捕司里，好手如云啊。可偏偏十几个都困不住这俩人，您说奇不奇？"马之良还是波澜不惊："哦。既然敢去劫人，大概是有些身手的。"

"大有身手啊。眨眼的工夫，十几个捕快全杀了。可是呢，有一个捕快没死透，前天，他醒了。"

马之良微微蹙眉："哦？"

"他说，劫走康党的两大高手，有一个人，他认得。"叶广昌正说到要紧处，陶士钧的一套拳打完，苏百川连忙拍手叫好，腋窝的书都掉在了地上："帅啊！太帅了，师弟！师父，三弟的拳脚进步神速啊。"

陶士钧笑了笑，天心走过来递给他毛巾。

马之良笑着斥责："不要惯他。练武的人，最忌一个'傲'字。"

"是。"苏百川说罢偷偷冲陶士钧一笑，陶士钧的表情漠然。苏百川从地上捡起书，朝师父走过去。

天心笑道："爹，您也太苛责了。不练就说懒，练了又说不好。我看三师兄就是咱们门里的佼佼者，将来的春云十三展，非他不传了。"

说到绝学，叶广昌眉心一锁。陶士钧立于原地，垂首不敢动。马之良脸上的笑容停住了，慢慢移过身子，颇威严地道："姑娘家，话多了。"

天心正要反驳父亲，苏百川连忙打岔，迅速上前给叶广昌欠身："三叔好，侄儿给您请安了。"叶广昌也笑道："川儿，你回来了。"

苏百川点头："三叔您今儿个清闲？"叶广昌呵呵一笑："清闲不了，我来是有事与你师父商量。"

"什么事？"

"哦，是那八卦掌的开山虎徐闯……"叶广昌刚起个头，就被马之良制止："广昌你忘了？江湖上的事情，别跟百川说。"

叶广昌语塞了，苏百川也蔫了，垂下头。

"手里拿的什么？"马之良问他。

"是赵素响大哥还您的书。"苏百川老老实实回答道。

马之良嗯了一声接过来："那个赵素响是个捕快出身，不要和他走得太近。你要以学业为重。"

"师父，赵大哥人很好的。"

"我没说他不好。"

苏百川哪敢再说什么。

马之良捧起茶壶微微喝了一口，慢慢道："还是那句话，凡是沾了武行，跟江湖有关的，或人或事，你都要敬而远之。不然，我没法向我死去的大师兄交代……"

苏百川低头："是。"

入夜。

整栋校舍都黑着灯，连苏百川的那间教室也黑着。空空儿从墙上跳了出去，正发怔，周癫从暗处走出。

"你怎么在这儿？"

"见姑娘自己出来，我不放心。"周癫是老竹帮的旧部，曾任"总阁大爷"一职，追随老帮主三十余年。多年前，竹帮遭受一场巨变，周癫是为数不多的"未亡人"。

空空儿点点头，淡淡地道："那天阮中华就是从这里跑掉的。我想再试试运气。"

"有吗？"

空空儿摇摇头。

周癫看了看环境："这是所学校啊，他怎么可能再回来？"

空空儿笑笑，说了句也对，眼神避开。周癫是一个在感情上极为迟钝且失败的人，加之他并没有见到苏百川，就一心认为少主只是来找阮中华而已，根本没有看出空空儿的异样。

"姑娘，我打算把南城的赌场都翻一遍，狗改不了吃屎，他一定还会耍钱。"

空空儿想了想："他已成惊弓之鸟，亨顺不会再去了。至于其他赌局子，我们可以去找找看，但不是现在。只要把宗人府盯死，阮中华再能躲，也躲不了朝廷的制度，他总是要去画卯，要去当差。"

周癫点头："明白。对了姑娘，还有一件事，我今天路过了一家书馆，您猜怎么着……"

他的声音渐渐轻了，空空儿的脸色微微一变。

马之良、叶广昌、苏百川、陶士钧、天心围在桌前吃饭，吴妈操持。苏百川把那件大事说了，气氛很意外。马之良陷入沉思，天心按捺不住问师兄：

"二师兄，你要留洋？"

"我们的洋教席包士藤先生，愿意推举我到法国去。他说，以我的成绩，不去

24

深造，很可惜。"

马之良与叶广昌四目相接，都沉吟不语。

"爹，二师兄真的要有大出息啦！"天心开心地拉了拉百川的衣袖。陶士钧把筷子放下了，扭头问他："去学什么？"

"物理、算学，也或许继续深造天文学。"

叶广昌："需要自费吧？"

"对，每年百两银子。钱倒不是问题，只是一下远渡重洋，到陌生国度，很难适应，再者，就这么离开大家，我心里还未想周全。"

众人都不说话了，吴妈给他盛了一碗汤，拿捏着说道："二少爷，我说句卖老的话。那可不是一个好去处。想当年，英法联军打进北京城，一把大火烧了圆明园，把祖宗的宝贝都搂了去。那时候我还小，爹娘都不许我们出门，可我趴在门缝里瞧见过洋人，个个长着鹰鼻、猫眼、红胡子，壮得像座山，煞星一样。他们的国家哪还能好啊？去不得，去不得。"

天心笑了："吴妈，那是侵略者，洋人不见得个个都那样。二师兄是去洋学堂读书，求上进的。两码事。"陶士钧也笑说："就是，洋人也是爹妈生的。有什么好怕的？我记得五年前有个英国大力士在前门摆擂台，赢了三天就敢笑我中华无人。后来师叔上去，几个照面给他打下来了。"

天心大喜："呀，真的？还有这事儿呢？我怎么不知道啊！叔，你快说说呀！"叶广昌微微一笑："都过去的事了，不提也罢。"见天心不悦，又笑道："好闺女，当年这件事，各大报纸都登了，我那里兴许还留着，回头找来给你看看。"

天心使劲点头。

马之良看了苏百川良久，淡淡地问师弟："广昌，川儿留洋的事，你怎么看？"

大家齐齐看向他。叶广昌沉吟一下："嗯。川儿是个争气的孩子，这才几年工夫，不但在同文馆里出类拔萃，现今还有了留洋的抱负。好男儿挥斥猛志及四方，这是好事。大师兄泉下有知，也会感到欣慰。"

"看来你赞成喽？"马之良淡淡地道。

叶广昌摇头："去或是不去，还需从长计议。"天心立刻急了："三叔！您到底什么意思？"

叶广昌看着苏百川，夹了一筷菜放到他的碗碟里。

"我说个掌故。如果我没记错的话，应该是同治十年，曾国藩、李鸿章二位大人就曾联名上书奏请皇上，拟选聪颖幼童送往西方诸国学习，使西人擅长之技中国皆能谙悉，然后渐图自强。在同治帝和老佛爷恩准后，曾选出几十个幼童送往海外，学期十年。为此，朝廷每年要花费白银数十万。可几年后，味道就变了，有一批在美利坚的学童，已成翩翩少年，他们说洋话，吃洋餐，中国话反说得不地道了，有人骂起大清国来比洋人还起劲。更有甚者，拒绝向朝廷官员和孔子牌位行叩头之礼，开口闭口就是西方如何好！大清国花费大笔的银两，难道是要培养出一群朝廷的敌人吗？"

"三叔说的的确是实情，但也只是少数。据我所知，当年的那些归国人士，大部分都成为军事家、外交家、教育家，还有工程师。他们都是国家的中流砥柱啊。"苏百川说到这里眼里放光，"师父、师叔，三弟、师妹，我渴望成为那样的人。我渴望拥有那样的人生。"

两个年轻人深深认同。叶广昌略带微笑，唯有马之良依旧面沉如水："出洋的好处自然可知，然而凶险未卜。如果你大师兄或你三师弟去了，我尚放心。唯独你，生性过于宽厚，又无缚鸡之力，万一有个闪失，家里如何周全？"

"师父，您英雄了大半辈子，什么时候瞻前顾后起来了？我早是大人了……"

马之良冷冷地道："在家千日好，出门万事难。况且你在同文馆学习已有数年，什么算学、化学、万国公法、天文、物理，无所不包。你早已是通天拳的骄傲，同辈的楷模。再说了，你们同文馆很多教习原本就是洋人，何必远涉重洋，舍近求远……"

叶广昌早也看出师兄的意思，顺水推舟再劝："你师父说的句句在理。我再说点俗的，你如今在同文馆，每月的膏火有十二两银子，这已经不少了。实话跟你讲，即便是一个翰林，给中堂尚书家教读，每月至多也不过八两银子。照此下去，凭你的成绩，将来足可以做一个副教习。即使不愿留任，也可被保举为各部的主事。这已经是六品官员，与中了进士几乎无二啊！你三叔我为朝廷出生入死半辈子，也不过是从四品。足见朝廷对你这样的人才的重视。一个未出校门的学生，登时就变成国家的官员，更别说朝廷的洋务往来，最缺译官，待遇更优，凡此种种……川儿，你留在国内，照样是前途无量，何必受那份洋罪去？"

他这样一说，马之良的脸上有了笑模样。连天心、陶士钧二人也都觉得在理。

吴妈咧开嘴一乐："哈哈！三爷说得好。我再添一句笨人话，你师父待你如己出，我看比疼天心小姐还疼你几分，你就舍得一走了之啊？"

天心噙住泪花："二哥，我舍不得你走。"

几番下来，苏百川难以抵挡，一时间语塞了，垂头不语。

·第五章·

春云第一展

苏百川正百感交集。门外忽起一阵急促的脚步声，来人连叫师父。声未落地，人已跃入，急急上前一抱拳。

"师父，出事了。"看见叶广昌，又垂首道："父亲也在。"

叶深，字允芝，二十八岁，鼻直口方，剑眉星目，为人老成持重，忠厚朴实。他是叶广昌次子，也是马之良的大徒弟。

此时的通天拳一众在给王府"坐池子"，就是看家护院的意思。总的说，镖只分两种：线镖与锥镖。顾名思义，线镖就是要走出去。如从北京去一趟济南府，无论护送的是银钱、重要人物（客镖）或书信（信镖），都属线镖。吃线镖的镖师需要"三有"：朝廷有靠山，江湖有朋友，身上有功夫。缺一不可。在镖行最鼎盛的康雍乾时期，南七北六十三省，共有八十多条镖线。镖师们按照"逢百抽五"取酬。而锥镖完全不同，线镖要出去，锥镖则是不动。理论上说，锥镖的镖师只要有功夫就可以。可凡事就怕琢磨，不找靠山，不使劲交朋友，那这人身上的功夫得多硬？因这护院的花费极贵，能请得起锥镖的主家通常非富即贵，绝非等闲人物。请来的镖师也需是出类拔萃、鳌里夺尊的高手。做过两江总督和直隶总督的曾国藩，曾经镇压太平军、捻军，办洋务。外面树敌太多，凡回北京，除了近卫，他还会花重金请李逍遥护院。通天拳虽无显名，却代代都有绝顶高手，这是朝廷和江湖皆知的秘密。

如今的马之良、叶深、陶士钧以及天心四人，轮班倒为王府护院，一丝不苟地严格遵守行规。通常来说，叶深必须要等到替班的人去了，才可离开。今天他居然自顾自跑回来了，长辈当然不悦。

叶广昌怒斥："什么事儿啊，慌慌张张的？士钧还没去，你怎么先回来了？"

"师父，父亲。我听王府的人说，有个叫真如意的说书人，在天桥设园子开讲《四大名偷》呢。"

众人都是一愣。

叶广昌黑着脸："一个说书的，碍着你什么？"

"哎呀，您知那四大名偷是谁？就是贼魔诸葛盾的四个徒弟呀。"

一说到诸葛盾，屋里人全是一惊。吴妈收了汤盆，自觉地走了出去，将中门带上了。马之良这才问道："有这样的事？"

叶深喝干了苏百川桌前的茶杯，一抹嘴道："千真万确。也不知他从哪里听来的一些掌故，竟堂而皇之开书宣讲。他说贼魔不要紧，但还把咱们通天拳夹杂在里面，当成江湖鼠辈耻笑。"

陶士钧是暴脾气："什么?!"

"还说什么贼魔杀了师爷逍遥子，自己功成隐遁了。这完全是颠倒黑白呀！诸葛盾明明是被师爷降服的啊。"

陶士钧拍桌而起："欺人太甚！"

扭头就往外走。

马之良呵斥："干什么去？"

"我砸他的场子！"

天心闪步而出："我也去！"

叶深觉得不妥，忙喊道："别莽撞，都听师父的。"

马之良却未动，低头看着自己的裤脚，伸手掸了掸，捻平整了。陶士钧、天心二人见师父不说话，以为是默许，于是迈腿走出了中门。

苏百川站了起来："等一下。"

二人驻足。马之良微微侧过脸，看自己的二徒弟。他正是在等他开口。

"说书的不过是为混口饭吃，胡编乱造，博人一笑。要么是有人从中挑拨，想看咱们的笑话，要么就是纯属巧合。都由它去吧，不理就是。我们通天拳光明磊落，清者自清，根本不怕这种人来嚼舌头。"

叶广昌笑道："川儿说得好！一个江湖卖艺的就把咱们吓着了？滑天下之大稽！跟他理论？差着身份呢！"

"难道就这么忍了？"陶士钧心有不甘。

马之良微微一笑："士钧，你和天心收拾一下，随我一道去王府。"

叶深："师父，您老人家也要去守夜吗？有三弟和小妹……"

马之良忽然道："你知错吗？"

叶深当即色变。

叶广昌也斥道："还不跪下！"

叶深慌忙跪倒在地，惭愧地回话："弟子不该听风就是雨，擅自离开。把主家丢在一旁不顾，坏了坐池子的规矩，实在有失稳重！"

叶广昌怒道："本门从未有过这样的先例。你还是大师兄呢，做的好表率！"

叶深一听父亲这样说，更加自惭形秽。苏百川等三人也赶忙垂首而立。

叶广昌对众弟子道："通天拳走线镖、坐池子，从不坏规矩，江湖上有口皆碑。人家把身家性命交给我们，我们怎敢玩忽职守？一旦王府有失，莫说伤及性命，哪怕是丢了一两银子，打的也是咱们的脸面。"

叶深低头道："父亲，孩儿知错了。师父，我陪您一起去王府，向王爷当面谢罪！"

马之良却和蔼地道："你累一天了，歇着吧。你们都谨记师叔的教诲。下不为例！"

三个弟子抱拳："是。"

苏百川一笑也抱拳："是。"

陶士钧暗捅一下苏百川，笑道："你凑什么热闹呢？"

苏百川嘿嘿一笑。

月光在影壁上印出两个清瘦斜长的身影。

马之良换了夜装短打扮，与叶广昌站在院中。

"师兄，那徐闯那边，咱们应不应？"叶广昌问道。

"都照你说的办。我一定到场。"

"好，那我就打发人给那边回话了。先走一步……"

马之良点点头，叶广昌走出几步佯装才想起来的样子："对了师哥，早前的话，才说到一半。"马之良平淡地道："什么？"叶广昌一字一句道："劫走康党余孽的高手，被那捕头认出了一个。"

马之良平静地看着他。

叶广昌："此人正是沧州太极杨定吾。"马之良脸色未变。叶广昌又道："另一人就更离奇。据那捕头回忆，此人武功比杨氏太极还要霸道凌厉，至于何门何派他竟全看不出来。"

马之良哦了一声，反问道："广昌啊，你总跟我说这个干什么？"

叶广昌笑道："师哥，我觉得这里面有诈。八成是那个捕头唯恐失职之罪，胡乱诌了一个高手，赖在了杨定吾身上。谁不知道杨定吾早就销声匿迹了。"

马之良点点头："江湖上以讹传讹、颠倒黑白的事情多了。"

"是这话呢。退一万步讲，杨老哥与师哥您最为交厚，如果他真与康党有瓜葛，师哥您不可能……"

马之良朗笑一声，打断了他的话："世上最难看清的，就是交情。别高估了自己在别人心里的位置，不然，会失望的。"

"师哥……"

马之良再次打断他的话："杨定吾和我，只能算认识，况且也多年未见了。他的事，我一概不知。"

叶广昌点头："我还是想多说一句。此事非同小可，朝廷必会追查到底。假如那杨定吾来找您，可千万不能与他牵连。"

马之良愠色道："我自有分寸。"

叶广昌抱拳："是，师哥，我先走了。"

马之良点点头，天心也换了黑衣短装从后院走出来，叶广昌不待天心给他回礼，就纵身出了院子。

天心："爹，走吧。"马之良平静地道："等等士钧。"

"我去叫他。"

马之良挥手制止，低声道："闺女，你杨叔的事，没和别人说起吧？"天心摇摇头："杨叔是谁？"

马之良声音更小了："一个月前，我让你送钱到安定门，你见到的那个人。"

"哦，是他。"

"任何人不可说，明白吗？"

"爹，这人到底是谁啊？"

马之良目露凶光："你记住没有？"

"知道了。"天心哪敢再多问一句。

苏百川的房间陈设高古，又有西式的点缀。两柜子藏书，花梨木的条案，卷轴、文房四宝，全英文标注的地球仪。北墙的上方高挂横幅，是一句德文，中文意思是"善良人在追求中纵然迷惘，却终将意识到有一条正途"。

叶深端着半碗汤泡饭吃得正香。

苏百川："跟我说说，快说说呀。"

叶深咽了半天饭，笑道："我可记得有人说要息事宁人的，这会儿又来问我了。今天你那口气可是了不得，外人不知道的，还以为你是通天拳掌门呢！"

苏百川哈哈大笑："我是怕你们闯祸，回头师父怪罪。好师哥，那说书的到底讲什么了？"

叶深只顾着扒饭："倒杯茶来。"

苏百川笑着端来茶碗，眼巴巴地看着师哥。正此时，陶士钧探了半个身子进来："二哥。"

苏百川："嗯，你怎么还不走？"

陶士钧看了一眼院子，压低声音："二哥，我觉得是件大好事儿。你别泄气，有事儿没事儿就去磨他。他们不支持你，我和天心都支持你，我俩给你敲边鼓。"

苏百川不及报以感激的微笑，陶士钧已经一挤眼睛，闪身而出了。

叶深一头雾水："这又说的是什么？我一句没明白。"

苏百川笑道："你就别问了。"

"凭什么呀?!"

苏百川笑着把茶碗拿过来自己喝上了："你先告诉我天桥的事儿，我就告诉你我的事儿。"

叶广昌刚出大门，就遇到了自己的管家庞知。二人没有搭话，月下并肩而行。

"老爷，和他挑明了吗？"庞知问。

叶广昌摇摇头。

"为什么不说啊？您可是花了一千两银子，从刑部把他的名字抹掉的。"

叶广昌看向四周："你小点儿声。试探了，故意只说了杨定吾。他却跟我装聋作哑。唉，我这个师哥呀，陷得太深了。"

庞知叹气道："老爷，这种事，已经是第三次了。虽然他是您的门内师哥，又情同手足，可您不能总这么护他。保不住哪天他再惹出事来！要是您和银子都解决不了的那种事，又该怎么办啊？"

"我保的不是他马之良，是我的心头所盼啊！"

"春云十三展？"

叶广昌看着他的眼睛，轻轻一笑。

忽然有人道："我好像听到了什么。哈哈……"

二人一惊，抬眼看去。街口停着一辆黑色的轿车，车前站着一位穿西式呢大衣、戴绅士帽的中年人。

叶广昌愣住："浥川？你怎么在这儿？"

浥川介，日本在华商人，在南城有一家桐川道场。庞知说："是他送我过来的。"浥川介笑着点点头。叶广昌蹙眉道："你……你没带轿夫来？"庞知摇头："他有汽车，我想就把轿子省了。"叶广昌怒视："你放肆！"庞知不敢再说了。

浥川介笑道："叶大人别怪他！是我坚持要来的。都一个月了，我始终没等到您的答复！"

叶广昌想了想，笑道："你不是自称'中国通'吗，还不知道中国人的习惯？

没有答复，就是答复。"

说罢，兀自走开了。庞知跟上。

混川介："请把话说明白！"

叶广昌停下，回头看他："你的条件，太苛刻了！够明白吗？"说罢，扭头又走。

混川介正色道："叶大人，如果你现在走了，我保证你会后悔！请你想一想，这件事如果没有我，你觉得自己可以吗？"

说完，也不顾叶广昌脸色有多么难看可怖，拉开了副驾一侧的车门，笑着请他进去。叶广昌停住了，目光迟疑……

马之良所说的王府，并非主家福郡王府，而是月王府。

福郡王姓叶赫那拉，名福忻，与慈禧太后是宗亲，曾官居户部侍郎。他的哥哥月王更曾是兵部尚书，因在拳乱期间是强硬的主战派，大清投降之后，在洋人的胁迫下，被太后赐死。亲弟弟福郡王亦受牵连，获罪"杖七十，流三千里"，都传闻他死在了去伊犁的路上。

事实上，在月王死后，慈禧哀其不幸，将福郡王密保了下来，安置在已经查没的月王府，由宗人府暗中保护周全。福郡王请通天拳坐池子，不是惧怕洋人，更非忌惮政敌，而是由于自己在主政户部期间镇压了江南竹帮。昔日"武略四州"的江南第一大帮覆灭于朝廷的清剿，毁在福郡王之手。如今虽然竹帮已不复存在，可少帮主幸免于难，五年音讯皆无。没有消息就是最坏的消息。福郡王自家族坏事，兄长身死的那一刻起，就在防备着竹帮的复仇，因此他不惜重金聘请马之良。此时的江湖好手，公推"北马南孙"。孙，是指客居南京的孙禄堂；马，就是北京的马之良。"黄河以北，一人而已。"每每想到这八个字的赞誉，福郡王就能释怀许多。可是竹帮的少帮主就是空空儿，宗人府负责保护福郡王的阮中华已被她找到。危险，已慢慢靠近。

对于叶深的擅离，福郡王并未放在心上。此时他穿着中衣在灯下读书，眼睛略感苦涩，就着茶碗里的水，用戴着翠扳指的拇指蘸了蘸，抹了抹眼角，低声自语道："明目。"

马之良师徒三人挑着灯笼来到院中，迎面走来了大格格和丫鬟。相互施礼后，大格格笑道："马师父，您老怎么也来了？"

马之良忙说："我徒弟坏了规矩，我想跟王爷赔礼道歉。"大格格笑道："您太拘礼了。谁家里没点着急的事儿，我阿玛不会责怪叶大哥的。"马之良点点头："王爷现在何处？"

"刚才在书房还念叨您呢，这会子，怕是回屋睡下了。"

"既这样，那我明天一早给王爷请安。"

大格格吩咐："紫云，嘱咐朱五爷，今晚多备宵夜。"

"是。"丫鬟紫云答应一声。大格格对三人轻轻万福，自己回后院了。紫云则去了偏院找厨房的朱五。院中独留了师徒三人。

马之良趁着还有天光，把前后院的房脊和暗处都留心了一遍，这才在椅子上坐下："照旧，天心去后院，士钧在前院耳房，我在这里。"

二人答应："是。"

"天心先去吧，鸡鸣之前，不要冲盹。"

天心："知道。"

说罢自己先走了。陶士钧也要走，马之良笑着喊住他："老三。"

"师父。"

"你今天的那套拳，刚柔并用，身法舒展，发力也大有精进，可见你平日的刻苦。"

马之良心细如发，道心幽微。冷不丁说出这个来，陶士钧心里暖暖的，忙抱拳："谢谢师父夸奖。"

"但是，有两个地方，用气不对。"说罢对他一笑。

陶士钧先是一愣，随后大喜。过去师父带徒弟，一辈子的事儿，几年不授一招半式都是常见的，更不会把自己的东西一股脑都倒出来。能在要紧处不时点拨，已经算是德行高尚的良师了。

陶士钧忙道："徒儿愚钝，请师父指点。"

马之良想了想，慢慢道："关于用气，有句口诀你要记在心里。"

说到这里，老爷子停住了，站起了身子，缓缓踱步。"道本自然一气游，空空静静最难求。万法入心万法去，形体应当似水流。"

才说到这里，只听外墙街道有迅猛而急促的脚步声。

陶士钧惊道："师父，有飞贼！"

果然在王府西门外的小巷中，有两个夜行人，间距十几步远，一黑一白，黑在前疾跑，白在后猛追。不久，马之良师徒出现在他们身后。

马之良笑问："看出什么来？"

陶士钧倒吸一口凉气："身法极快，有夜行术。"

"还有呢？"

"追得这样急，怕是有什么恩怨吧？"

马之良笑道："从步伐上你应该能听出来，他们使的是同门武功，一伙的。"

陶士钧暗自佩服师父的内功精湛："师父，不会是冲着王府来的吧？"马之良摇头："应该是过路的。坐池子的规矩是不出锥地，回去！"

陶士钧点点头，二人退回。

·第六章·

揭心出世

马之良的推测分毫不差，这二人确是师出同门，且与通天拳有极大渊源。前面跑的黑衣人是"小圣手"揭心，后面追的白衣女子正是"摸着天"空空儿。书馆里真如意所宣讲的天下四大名偷，是真实存在的。

咸丰年间，天下第一大盗是江湖人称"贼魔"的诸葛盾。据说此人上天入地，无所不能。因爱吃扬州名妓陈盼儿口嗑的瓜子仁儿，曾为她偷遍江南督军衙门。还曾夜入北京刑部大牢，与第二日即将开刀问斩的死囚通宵畅饮，之后全身而退。无论是官府还是江湖都对此人十分头疼。大家公推李逍遥主持公道，为民除害。李逍遥与诸葛盾交锋数次，终于用春云十三展将他制服。自此，诸葛盾绝迹江湖。

诸葛盾从未对人言及师门，故而江湖上有两种说法：一说他是直隶"盗圣"欧阳天佐的后人。欧阳家破败之后，为避祸而改姓诸葛，一身的本事皆是家传。一说他是当年"圣手"王伯燕的徒弟。无论何种出身，诸葛盾都是盗门的一代宗师，软功、切功、轻功、易容四艺天下无双。不杀、不抢、不掘坟、不摘花，奉柳下跖为祖师爷，晚年信道。常说"国运昌而仓廪实，仓廪实则治教化，治教化则人心正，人心正则天下无贼"，并著有《天下无贼》一书。据说当年仅有的几位传阅者看过此书之后，非但不再偷盗，还基本都吃素了。遗憾的是，该书一直被其大徒弟赢岱山收藏而未能问世。因为江湖上都传赢岱山比他师父岁数大，比他师父死得早……

诸葛盾一生只收了四位弟子，正是真如意所说的天下四大名偷：赢岱山、柳絮才、揭心、空空儿。

揭心，盗门老三，也是赵素响的病根儿。如今的他已三十出头，五短身材，尖嘴嘬腮。虽然武功不甚高强，轻功也只泛泛，可近身偷的功夫如今可称天下第一，其绝技"寒江钓雪"更是从未失手。贼魔诸葛盾之所以被奉为一代盗宗，不光是因为其造诣高深，更是因为其识人术高明，善于揣摩他人心思。具体到授徒方面，真能扬长避短，因材施教。近身偷的功夫其实是盗门的看家本事，是贼都要会的手艺，这等同于任何一个行业的基本功。能把基本功练到登峰造极的，也是人中龙凤。揭心的近身偷功夫尽得贼魔真传，且只在师父之上，不会在其之下。

揭心是个孤儿，在哪里出生，谁是爹娘，已无从知晓。他五岁那年，贼魔在京作案得手，出安定门时，天逢大雨，和路人一起钻进大窝棚避雨。窝棚里面立着两匹骆驼，那驼背上有个五岁的男童，蜷在驼峰里酣然入睡。时逢深秋，那孩子只一身单衣，还光着脚板儿。骆驼贩子说，是他两年前在道边儿捡的，不是疼钱不给孩子买鞋穿，这孩子也不知怎的，不惧寒暑，无畏饥渴。白天就是睡觉，夜里眼睛放光，几里地外树上的鸟窝都能看得清清楚楚。众人无不称奇。说来也巧，此时天上正打了一个焦雷，把孩子惊了，他迷瞪着揉儿下眼睛，身子未稳大头朝下栽了下去，眼见脑袋要撞地上。谁想他竟然单脚一撺，把驼鬃抓了，身子硬生生绷住了，愣是没摔着。旁人都笑而称奇。只有诸葛盾窃喜，少不得再细看他：体松骨软，脑袋尖细，出溜肩膀，一双贼眼溜溜放光，两个脚板儿和手一样灵活，真是天生做贼的好材料。心里就爱上了，花了一两七钱银子把他买了，自此留在身边做徒弟……

揭心眼看要被撺上，空空儿却故意放慢了脚步，直到他落在一棵大树前，双手叉腰大口喘气儿，累得直摆手："不成了不成了。"

空空儿笑道："我汗还没下来呢你就跑不动了。你也太让我失望了。"

揭心假装恍然："咳！原来是师妹呀，早知道是你我还跑什么劲啊！"

空空儿揶揄道："怎么了师哥？连我都不认识了。没想到你成名之后这样清高啊！"

揭心从腰间取水壶喝了一满口水，擦嘴道："什么话！我怎么敢在你面前清高呢？嗯？你说什么，谁成名？"

空空儿夺了他的水壶，冷笑道："你呀！天下第一名偷，揭心，揭大侠。"说着就从他的头顶往下倒水，水把脸都流花了，揭心一动不敢动……

"我怎么敢称第一呢？这话是谁说的？这人别让我看见，看见了我脱了袜子塞他一嘴巴。"

"不会吧？天桥的真如意把你都吹上天啦。你不知道？"

"真如意是谁？"

"你少装蒜。揭老三，你打量我治不了你是吗？信不信我替师父清理门户？"

揭心慌了，假装用袖子擦干脸上的水迹，实则用眼神扫探左右，寻找退路，正看到周癫气喘吁吁地找了过来。

空空儿不悦："怎么才来？"

周癫喘着气："我什么岁数了？没跟丢就不错了！"说罢抽出自己的短刀，封住了揭心的退路。

揭心干笑："周大哥，别呀，是我！"

周癫不说话，只冷冷地看着他。

"哈哈，我……我是揭心啊，您手上那扳指还是我送的呢，忘啦？"

周癫目视前方，假装没听见。

"师妹，你看这……"

"别废话，把书馆的事儿说明白了！"空空儿斥道。揭心一看这情形，不由得叹了口气："唉，师妹你还不知道我吗？我这人就喜欢热闹，闲来无事，请人说书，给北京城里的老少爷们儿增长一点见闻，陶冶一下情操！哎，我可没说我在你之上啊，那是真如意自己加的。还有，我也没说你是女的，怎么样？你三哥有分寸吧？"

"你当我是跟你争风吃醋呢？你也配。"

"是是。"

"咱们江湖道，最恨别人无中生有。二师兄究竟是什么人，你我都了解。可巧了当年有几件说不清楚的事情，让江湖上误会他是采花贼。你不出面澄清也就罢了，还借着说书艺人的口，大讲特讲。让他知道了，你还想活吗？"

他们口中的二师哥柳絮才，是直隶无垢山庄的少主人，如今年纪约二十五六。只因拜师在先，故而位列第二。柳絮才的父亲是直隶首富柳奉山，膝下已有三女，年过五旬方得柳絮才。万般疼爱自不必说，养成了他自小仰头天际，目空一切的性格。柳奉山于贼魔有活命之恩，故而柳絮才在娘胎之中就已被口盟为徒。柳家富可敌国，柳絮才长大后自然不会为盗，贼魔因材施教将"摄魂香"传授于他，他的绝活是用摄魂之术直接偷人。江湖上以讹传讹把他说成了采花贼，可怜以梨花自居的柳絮才背负着半世污名。他一生挚爱空空儿，对她百依百顺。凡是她可心的，无论多远、多贵、多难找，柳絮才不遑多想，必定弄到。空空儿入住的那间会馆，也是柳絮才在北京的产业。因她要来，柳絮才怕她吃不惯北京的东西，特意从江南送来厨子连同三大车特产供她用度。如果说书之事被柳絮才知晓，空空儿只需只言片语，揭心恐怕小命难保。

揭心急了："师妹，这我可真不知道啊！这段儿肯定是真如意自己加的，我瞧书稿的时候根本就没有！我有几个脑袋敢编排咱二哥？嘿，这真如意，真是活腻了。你们等着，我这就去办他！"

说着要从空空儿身前滑过去，被空空儿挡住了："我让你走了吗？你编排二哥先放一边。最重要的，咱们和通天拳血海深仇，不共戴天。师尊的大仇未报，你竟然拿出来供人取笑。就凭这一点，你就该死！"

说罢抽出软剑，寒光一闪，直指揭心的胸膛。

揭心愣住半晌，旋即笑了："师妹，事到如今，我也不瞒你了。说书这件事，它是一个局。"

空空儿和周癫面面相觑。

揭心看了看周遭，将二人引到树下，低声说道：

"这是我的一石三鸟之计。"

空空儿忍不住笑了："这么快就编出了三段？果然贼起飞智啊！"

"你先听我说嘛。第一，大师兄和二师兄都是神龙见首不见尾，现在的盗门，是咱们兄妹的天下，我让说书，就是给咱俩扬名立万。"

空空儿冷笑。

"第二，鬼见愁赵素响是我的天敌。我俩的猫鼠游戏玩儿了十几年了。"他伸出左手的手掌，残了一根尾指，"我这根断指，就是拜他所赐。"

周癫鲜插话了："鬼见愁是个君子。捉贼拿赃，如果不是他想抓你现行，你何止掉一根手指？"

揭心满不在乎一笑："周大哥这话说得通透。他败就败在'捉贼拿赃'这四个字上。他以前是御马快，现在呢？鸟枪护军。我让真如意把这段儿说出来，就是想让鬼见愁知道，他永远都不是我的对手。我要让他明白，再斗下去，他只能落到个削官为民的下场。"

空空儿冷笑："没兴趣。不想听。"

揭心："你有兴趣。这第三，书，就是说给通天拳的人听的。"

空空儿的眼睛一亮："嗯？"

揭心压低了声音："真如意会故意暴露几处我的行踪，通天拳的人总有坐不住的，到时候，我会逐个下手，将他们刀刀杀尽，刃刃诛绝，给师父报仇雪恨。"

周癫嘿嘿笑着："你高估了自己的武功！"揭心低头不语，自己都觉得他说得有道理。

空空儿："你也小看了马之良。他不会上当的。"

揭心附耳上前："就算是投石问路吧。相信师哥，机会一定有的。我，有内应。"

最后三个字他说得很轻，却让空空儿感到惊心动魄。既然他敢这么说，事情一定就不简单。片刻冷冷地道："你最好别骗我。"

"师妹放心，我跟谁没真的，也不敢对你说假。"

"谅你也不敢！"

揭心大喜，扭头就走："好嘞，那回见了。"说罢就蹿了出去。周癫一把抓住他衣领，瓮声瓮气道："让他帮着找人。"

空空儿点点头："三哥，帮我找一个人。找到了，咱俩扯平。"

揭心急于脱身："找人？好说啊！"

周癫松开他的衣领："此人藏得极深，但可以肯定，他就在北京城。给你一个月的时间，查出他的下落。"

揭心："谁啊？这么难找？"

周癫："福郡王。"

揭心一愣："怎……怎么这么如雷贯耳呢？"

周癫："当年的户部侍郎。全名是叶赫那拉·福忻。"

揭心胡乱点头道："我试试吧。"

空空儿："不是试试，是必须找到。你只有十天时间。十天之内查不到，要你好瞧的。"

揭心苦着脸："师妹啊，你不能这样对师哥啊！周哥可是说了一个月啊！"

"五天。"

揭心忙摆手："十天，我只听到了十天。你再说的我可是没听着啊！"

说罢展开身形飞纵而去，夜幕中好似一只狸猫，抖动几下隐没不见……

月光冷冷，空空儿精灵般微翘的鼻尖上，泛着蓝光。

·第七章·

照我生姿

大格格是福郡王长女，名瑞珠，正逢桃李年华。虽是被养在深宅大院中的金枝玉叶，却全无半点皇亲贵胄的骄横刁蛮。因她自小与平阳公主、爱桓公主一起在宫中读书，福郡王又专请了几位老翰林悉心调教过，自是不比寻常女子。按皇家祖制，大格格十五岁时应当封爵，皇上自当另赐其府邸，或配或招，只待额驸完婚。可巧了正赶上拳乱，垂帘寡妇宣战十一国。不久大败，福郡王家吃了月王的瓜落儿。气质如兰、才华比仙的大格格只得和阿玛、额娘并七八个忠心的家仆，囹圄着躲在这月王府忍耐时日，大门不出二门不迈，一心读书、抄经、作画、制香。三五年下来，倒又添了几分仙气。她这等身份，这等遭遇，又到了这般年纪，最让王爷、福晋着急的莫过于婚姻大事了。好容易精挑细选了几个，都被她回绝了。只有体己的丫鬟紫云知道，大格格心里，早把自己许配出去了。一年前，马之良被请来王府坐池子，很快她就见到了二徒弟苏百川。大格格自小没怎么经见过男人，忽然就出现这样一位风流美少年，天上掉下来一般，真就一眼爱上了。可是苏百川不会武功，没有护院的责任，还要在同文馆上学，平日里很难见到。这大格格也是有一颗剔透玲珑心，偏跟阿玛要个西文老师。老两口不明白，好好的学洋文做什么？大格格就说如今宫里的几个公主都有西文老师，自己也不甘人后。福晋的自尊心被女儿拿住，果然也一起来缠老王爷。福郡王不知是计，就暗托了阮中华去总理衙门找。还真弄来了一位辞任的老译官，是最早一批留俄的学员，可是已过耄耋之年，英国话说得前有鼻音后带卷舌。不两天，大格格嫌他嘴里有味儿，死活不学了。丫头紫云就推波助澜，让王爷去同文馆找。一来二去，没有合意的。偏偏那天苏百川下了学来王府找师弟陶士钧，大格格就离奇病倒了，一问才知道是想学西文，没有好老师。苏百川笑说："这还叫事儿啊？我一个月给你上两次课怎样？"大格格钻在被窝里乐开了花。可是福晋死活不同意，原因当然是男女授受不亲。这下大格格当真是病了，三五天瘦得没了人模样，几乎要了福晋的老命，只好答应她。就这样，苏百川成了大格格的英文老师，每月上两次课，酬金二两银子。苏百川对待此事非常尽心，每次都是提前备课，悉心教授。至于学得怎么样？那只有大格格自己知道了。

苏百川身着白衬衣、背带裤，戴着领结，脚蹬油亮的黑皮鞋，一副西式的打扮，站在一块小黑板前。黑板上写着几个英语单词：friend，book，tea，clothes，love。苏百川指着第一个单词："friend，朋友。a friend，一个朋友。Ruizhu is my friend. I've known her for one year. 瑞珠是我的朋友。我认识她一年了。"苏百川又指黑板："clothes，衣服。clothing，衣着。For the sake of safety, she has to dresses in ordinary Han people's clothes everytime she goes out. 为了安全起见，她每次出门都必须穿普通的汉服。"说罢，对她温柔一笑。大格格转动秋波，盈盈一笑。

"格格。"

紫云拿了一根墨条走了进来。大格格的笑容凝固了。屋里原来只有她自己，此时正在书案前端坐，茶呆呆看着黑板出神。苏百川的这番教授，只是她的回想罢了。大格格白了她一眼，轻叹了一口气。"刚从王爷书房拿来的，您看看好不好？"大格格没好气："今天该是英文课，不写小字，你拿墨条做什么？"紫云一笑："该死该死，我倒忘了今儿个是十五唉。难怪格格今天更漂亮。""贫嘴。你去前院看看，他来了没有。"紫云答应一声刚转过身就又被叫住："哎先等等，你看看我这胭脂匀不匀啊？"紫云笑着走过来，看了笑道："粉粉嫩嫩，一掐一兜水儿呢！""指甲颜色配我这身衣服，是不是跳了？"

她说的指甲就是指甲套。紫云看了看："嗯，您这么一说好像真有点儿。"大格格急了："快去我额娘那里，把那件镂空的单镶了一枚松石的拿来。"紫云忙答应一声去了。大格格把自己双手尾指上的珐琅甲套取了下来，轻轻地放进首饰盒中。对镜子回眸，真是花面交相映，一双嫦娥好模样。心把情郎轻盼，不知这尘缘何时来相误……

叶深一身短打扮走进院子的时候，马之良师徒三人正在吃早饭。"师父，我来了。"

马之良点点头，低头喝完了粥，陶士钧和天心也一道把方桌上的咸菜、窝头盘子吃得干干净净。马之良起身："回去。"马之良对着中厅一抱拳，算是对福郡王告辞，把一根齐眉棍交给叶深就算交接，而后走了出去。陶士钧亦随师父出了院子。

天心这才悠悠看着叶深："过了晌午记得睡一会儿。"叶深克制地一点头："知道。""晚上想吃什么，我让吴妈提前安排下。"叶深温柔地看着她："你爱吃的，我都爱吃。"天心嫣然一笑，转身也走了。叶深笑着看着她的背影出神，一个丫鬟端着托盘走过来，把东西摆下。叶深敛了笑。丫鬟万福："茶沏好了，叶师傅您昨天的书也拿过来了。"叶深说了一声有劳，坐到了院中的圈椅上，把短棍放在树旁靠牢了，自己专心地读起书来。

一阵鸟叫，王府的专职厨子朱五捧了一盘点心从偏院笑呵呵走来："叶先生早啊！"叶深也笑说："朱五爷早。"朱五："别介，您叫我朱五就行了。您别看我只是一个厨子，可能让我真心佩服的倒也不多，你们通天拳的人算得上。"叶深一笑："朱五爷您客气了。"

朱五能这样说，绝不是在叶深面前托大。他十岁拜师鲁菜高手陈清酉，二十岁被选进御膳房，南北大菜又精学了十五年，厨艺登峰造极，是西太后的赏爱之人。只因脾性耿直，在御膳房很吃不开，被内务府两次清退，太后做了顺水人情将他赐予左宗棠。可是左宗棠在西北久了，对朱五的精烹慢饪之道嗤之以鼻，不半年，索性转赠给李鸿章，专门做鱼。那李中堂最能读人，他深知福郡王是北京城数一数二的美食家，特将朱五送来，聊表敬意。直到见了福郡王，朱五才知这世间何为"知己"二字……

朱五笑道："说真格的，我们干的，就是起早贪黑的营生。可甭管我多会打这儿过，这张椅子上，一定坐着通天拳的人。"说完挑出一个大拇哥。叶深一笑："分内事。"

"尝尝我新做的太阳糕，王爷最爱吃这口的。"

"原本打算端给王爷的吧？"

"后厨还有呢，这份儿您留着吃。"

"我怎么能随便吃王爷的东西？"

朱五一笑："嗨！您是王府的上宾。一盘点心，何足挂齿。我再端一回就是了。"

叶深一笑："如此，多谢了。"

"得嘞。您忙着。"朱五呼扇着肚子回后厨去了，叶深安静读书。不久，手拿一对甲套的紫云出现在他的身后。叶深头也不回，嘴角一笑："是紫云吧。"

紫云惊讶："真奇了，叶大哥脑袋后面长了眼睛吗？"

叶深笑道："每个人的脚步声都是不同的。熟了，自然知道。"

紫云赞叹不已："叶大哥果然是高手呢。""不敢当，姑娘有什么事？"紫云嘴里嗯呀了半晌，没说出半个字来。叶深读懂她的心思，呵呵一笑："百川今天不来，或者晚来。他有事。"

紫云被人瞧穿心事，登时羞红脸："难道他忘了今天该给格格上课？"叶深摇头："这我就不清楚了。他一早出去的，和一个朋友一起。"

紫云很敏感，追问："男的女的？"叶深笑说："这我没见到，我那会儿在后院浇水，是听吴妈说的。"紫云哦了一声，忘了万福，就失魂落魄地回后院去了。

叶深没有放在心上，继续低头看书。

透过花窗，大格格正瞧见紫云蹙眉耷眼地往回走。她眉心一蹙，怅然若失，再看这镜中的自己，不是愁中即病中……

· 第八章 ·

书生有剑

仙客来书馆里，人满为患。真如意仍在口若悬河。

"俗话说真相下面有潜流，就拿历史来讲，起码有几种真实。秦始皇写一本儿，刘邦写一本儿，说不准荆轲和孟姜女各自也写一本儿。诸位，什么是真？哪个又是假？依我看，都要信，也都不能全信。就拿咱们这部书来说，二徒弟穿花蝴蝶柳絮才，他到底是不是采花贼？江湖上并无定论。可要在我这儿呢，对不住，他必须是，为什么？这是我书里的彩头，是卖点，是我拿人的地方。诸位，我要不说他是采花贼，您听着也不精神不是？"

众人大声起哄："没错……"

与下面的喧闹不同，二楼的包厢里是清静所在，此处虽设软座，却多半闲着。小阁楼面街，伸出几尺露台，正好摆放一对桌椅，下面熙熙攘攘，楼上清雅异常。最是素心好友相聚之所。

桌上的点心未动过，茶却换罢两盏。苏百川仍是学生打扮，手边放一本英文书。赵素响穿着护军的"勇"字服，佩刀和鸟枪分列两侧。苏百川低头抿住嘴，似是在思考着什么。赵素响一脸关切地看着他。

苏百川出了一口气："想不到，赵大哥您竟然问我这样的问题。一时间真的不好回答，我也不够格回答。"

"百川兄弟，我是认真的。这几年以来，我差不多每天都在问自己：人生在世，究竟是为什么？我越是想，越想不通。我认识的人，我敢讲，没人能回答。你学识深厚，请你告诉我，人活着，究竟是为什么？"

"赵大哥，以我浅薄的认识，这个问题没有答案。就算有，我的，也不能成为您的。"

赵素响微微点点头，又摇摇头，不置可否。

"我区区一个学生，没有能力回答您的问题，但是我愿意成为一个倾听者。把您的疑惑说出来，有人听，总比闷在肚子里的好。"

赵素响叹了一口气："我的父亲大人是同治爷亲封的御马快，可惜他老人家病故得太早。由于这个缘故，我受太后老佛爷恩典，接了父亲的配刀，继续给皇上当差。要说本事，我远不如我爹。"

"赵大哥，您过谦了。"

赵素响摆手示意他不要打断自己："'内大班'的事儿，是个清闲肥差。外人无不羡慕。可自从出了太监内贼，我的日子很不好过。四年里，宫中窃案九起。倒霉的是，案发日都是我当差。乾清宫、坤宁宫、养心殿，没有他不祸害的地方，字画古玩，奇珍异宝，他哪样都沾。连皇上的玉玺都差点让他得手。最近的一次，我终于看清了他的样子，也削掉了他一根手指，可惜还是让他跑了。"

"小圣手揭心？"

赵素响点点头："鸦片两战，割地赔款；甲午之耻，历历在目；庚子拳乱，八国进犯。大清千疮百孔啊！为什么？就是因为有太多揭心这样的人，眼里只有私欲，而没有国家，没有民族。可怜我一腔热血，报国无门，却要和这个狗贼周旋。"

苏百川劝慰道："联军进北京，我知道，赵大哥您暗地里也干过不少洋人。"

"你师父和你说的吧？他老人家才是武界楷模，我算什么呀！现如今就一个小枪兵，成日里被人呼来喝去，诚惶诚恐。我家里穷得，连茶叶都买不起了。"

苏百川着实一惊："赵华每月的膏火也不在少数，家里怎么会难成这样？"

"你不提他还好。不怕你笑话，他的钱，我一文也没见到过。我也不指着他贴补，穷有穷的过法。他的心思根本不在读书上，只跟着中兴会的人一味地胡羼，我的话，他半句听不到耳朵里。唉，总这么下去，将来出了乱子，我怎么跟死去的爹娘交代……"

赵素响几近哽咽。苏百川何尝不知赵华底细，他几乎每个月都会向自己借钱，满以为他会贴补家用，谁知竟然根毛不拔。见赵素响这样，自己不忍说破，只得劝道："赵大哥，您要是有难处，我愿尽微薄之力。"

"你误会了。我不是要借钱，我只是想找个好好说话的人。我不甘心啊！你说我活着有什么意思？"说着，他从衣兜里取出几枚大子儿，在桌上一字排开，围住当中小钱："这个是我，这是揭心，这是我的上司喜大人，这是我弟弟。就这么一点人事，就把我困住了。"

"我嫂子呢？"

"她嫌我无趣，去年，离开了。"

苏百川不敢再问了。

"我赵素响空有一身本领，到头来，却落得个人人耻笑。这楼下就有一帮闲人，正在听我的笑话。这个世道，我真受够了。"

说罢一掌拍去，正打在铜板上。与前次不同，他这一掌近乎完全发力，四枚铜板齐齐嵌入木桌子之中。若非茶桌是用整块老榆木的树墩所造，极为结实，寻常桌子早就散架了，绝承受不住赵素响这千钧之力。

赵素响埋下头，苏百川见到刀削斧刻一般的黝黑脸庞上滑下泪痕。

苏百川亦不禁动容："偷盗门和我们通天拳的恩怨，想必您也知道一些。可楼下的这件事，我师父连一句话都没有多说。我相信他老人家心里也有疑惑，可该来的总归要来。习武之人，是靠一口气活着。赵大哥您是一位君子，如果您想杀揭心，他早活不成了。正因为您要抓他现行，给自己，给朝廷一个交代，才会有今天的困惑。"

赵素响抬起头："这难道不对吗？"

苏百川摇摇头，似乎是回答，而后又说："只有好人才犯错，才会困惑。恶人不会，因为恶人不知错为何物。"

"你是说，下次遇到，直接杀？"赵素响的眼睛眯成了一道缝。

"我看您下不了手。"苏百川摇头。

"也许可以。不是没想过。"

"以您的个性，很难，不然您早做了。您要的，是应该有的结局。"

赵素响点点头叹口气："这是知己之言。百川兄弟，我敬你。"

二人以茶代酒，喝了一盏。

赵素响："难道，我这后半生也要跟这个小贼耗下去吗？这也太没有意义了！"

苏百川愣住神，不知该如何回答了，半晌悠悠道："起码您有事做，而我……"

"怎么了？"

"不瞒您说，我走到了一个岔路口，目前很难抉择。"

苏百川刚要说话，只听街面有人嚷：

"赵大哥，赵大哥！"

见是一位鸟枪护军，外号叫瘦子。赵素响愣了："瘦子，你怎么来了？"

瘦子仰着脖子喘气道："我一猜你就在这儿。快跟我走。"

赵素响顿感不妙，立即站起来："大人找我？"

瘦子点头："大人被灌得快不行了，你再不去，今天一定喝死。"赵素响登时慌了，站起来抱拳："兄弟少陪了，我要去代酒。"

他取了鸟枪，向楼下一抛，护军双手抱住。赵素响正欲飞身而下，苏百川指着桌上的铜钱，急忙道："赵大哥，钱。"

赵素响："留作茶钱吧。"

苏百川笑了："这也不够啊。别管了，您去吧。"说罢，他用手去揽桌上的钱。因方才赵素响发了内力，钱币全都嵌进了桌面，他没能取下来。

赵素响笑道："算了，不值什么。"说罢扣上腰刀，戴上帽子欲翻身下去。苏百川怜他拮据，无暇多想，伸手上去只一抹，那几枚铜钱尽在手中，执意递了过去："给您，快走吧。"

赵素响接了钱："就不和你客气了，先走。"说罢从露台纵身而下，稳稳站住。街众哗然，赵素响向苏百川挥了挥手，同枪兵急促走了。

苏百川望着他清瘦的背影，感叹英雄落寞、降志辱身，被官吏驱使如牛马，心里好不忍。复坐下，低头见到桌面的那几个铜钱印子异常显眼，骤然色变，心里"啊呀"一声暗叫不好。

苏百川深藏十年的秘密可能已经不在了⋯⋯

·第九章·

终身误

早过了午饭时间，苏百川没回菩提巷，在街边买了一块烤白薯胡乱吃了，准备去王府给格格上课。一路上，他不断提醒自己，别多想茶馆的事，大概当时赵素响因事所挤，没有留意到桌上的钱印。可赵素响胆大心细，武功又好，难保他事后想起来觉得蹊跷。假若他回头来找自己，要问缘由，又该如何搪塞？正心乱如麻，对街忽有一人玩命狂奔。不久，另一个熟悉的身影轻飘飘地追上，正是阮中华和空空儿。苏百川当即愣住。

阮中华被追到了一条死胡同，空荡荡的一个人也没有。他回头绝望地看着空空儿，她笑了："其实你刚才只要不跑，我根本没看见你。"

"算我倒霉，躲了你这些天，今儿刚出来就撞上了。你还别说，几天不见，姑娘你瘦了。你是汉人吧？汉人还是瘦一点好看。"

空空儿心里挺高兴，脸上看不到一丝表情："别贫嘴，上次被你跑了。今天怎么说？"

阮中华一脸豪迈："我欠你的钱，我还。至于你打听的事儿，我一概不知。"

空空儿盯着他一字一句道："那天你如果咬死了说不知道，我可能就信了。可你居然命都不要了从二楼跳下去，你又不会武功，情愿摔死也不敢面对，正说明你对这件事一清二楚。毕竟我为你花了那么多钱，也从来没有伤害过你，你要还是什么都不肯说，就太不够朋友了。是不是？"

说罢，单手轻轻扶住腰上的剑柄。

阮中华长叹一口气："横是躲不过，我说。福郡王，还活着。他并没有被流放伊犁，他被太后密保了下来。"

虽然早有预料，但听到这些还是让她觉得头皮发麻，忍不住切齿道：

"我就知道他活着。是不是就在京城？"

"这我不知道。"

"你撒谎。太后密保，自然是保在京城最妥当。"

"太后有密旨，谁泄漏出福郡王的下落，诛三族。"

空空儿一惊，须臾。

"说出来，我给你三万两银子。你带上家小连夜走，远远躲了！"

阮中华一笑："谁不爱钱啊？如果我真的知道，我会问你要十万。可惜我只是五品主事，别为难我！"

空空儿看着他的眼睛，目光还算坦诚，看起来不像撒谎。他也在凝视着她，发

52

觉她渐渐归于理性和平静了。阮中华心里窃喜，眼睛向斜下方一乜，眸子里闪过一丝狡黠。空空儿立刻抽出软剑，一点他的眉心。

"你撒谎！"

阮中华魂不附体："不敢啊。"

空空儿："你不说出他的下落，我现在就杀你！"

空空儿平伸出手，露出了两寸手腕。阮中华忽然想起了守宫砂之事来，特意地瞄了瞄。除一条珊瑚手链外，并没见到守宫砂的痕迹，觉得她果然轻浮，心里不免一笑。

"你不怕死？"

阮中华一怔，随即掩饰说："从被你们找到的那一天开始，我就只当自己死了！"

"我还真小看你了……"

"放开他！"忽然有人大喊。二人都是一惊，空空儿回头，苏百川站在她身后。

"真是你们？"

空空儿也愣了："怎么又是你，你这人好多事啊！"

苏百川对阮中华："到底怎么回事？"

空空儿："他欠我钱，很多钱。"

苏百川对阮中华笑道："这我信。有外债的人都挂相呢！"

阮中华低下了头："她帮我还了赌债，但是她另有所求啊！"

苏百川一愣："另有所求？我可以知道吗？"

二人同时摇头："不能。"

苏百川僵在当场，进退两难。后悔自己跟来多管闲事。他看了看阮中华又看看空空儿，猜不出这二人究竟是什么恩怨。阮中华虽然打理王府之事，可除非万不得已，通常不会现身。且为了避人耳目，他都是天黑之后由花园小门进出的。苏百川尽管也去王府，可二人从未见过。那日在同文馆，阮中华为了表明自己不是恶人，只说了在朝为官的身份，苏百川绝对联想不到宗人府。

阮中华见他来了，可是抓住了救命稻草，脱口哀求道："好兄弟，她要杀我！"说罢撒腿竟然跑了。

空空儿大惊："站住。"

抬腿正要追，苏百川已挡在身前。

"让开。"

苏百川笑道："哎，你上回还没说，你叫什么名字呢？"

空空儿急于脱身："我姓慕容，好了吧！"

说罢一把将他推开，苏百川一个踉跄，单手却死死拉住她："何必苦苦相逼呢，你再宽他几天嘛。"

空空儿使劲儿甩了一下，竟然无法挣脱："这么大的腕力，你练过武功？"

苏百川下意识松开手："没有啊！你为什么要帮一个小官员还赌债啊，还一直抓他？"

空空儿急了："他知道我杀父仇人的下落！行了吧？"

苏百川触了电一般定住了。他虽然不坐池子，可是王府的事情多少也知道。师父和师兄弟们保护福郡王一家，头一个防的就是姓慕容的人。不会这样巧吧？难道她要找福郡王？

刚想到这里，空空儿已纵身走了。苏百川紧追了上去，在她左后肩一拍："我帮你抓他啊！"

空空儿身体僵住，一回头，硬生生倒在了苏百川怀里。苏百川惊道："你，你怎么了？"空空儿瞪大眼睛："你，你点我云门穴？"

苏百川笑了："什么穴？你逗我啊？"空空儿急了："我被你害死了！你究竟何人？"

"我叫苏百川啊，同文馆学生。"

"学生为什么会打穴啊？"

"我乱拍了一下，没想到就……我真给你点穴了吗？"

"乱拍怎么可能？没有内力是打不了穴的。"

"那现在就是打中了，你说怎么办嘛？"说罢他摊开了双手，空空儿身体直挺挺后仰而去，苏百川慌忙去扶，几乎从地面上把她抄住，索性把她抱了起来……

"放下我！"空空儿羞红了双颊。

偏这时候，巷子里出现了两位买菜回来的小媳妇，见他二人这样轻浮，小媳妇们各自红了脸，笑嘻嘻地窃窃私语起来。空空儿见了，气得脸更红了。

"谁会解穴？我们去找他？"苏百川关切地问。

"你把我放下。"空空儿恨不得把他肉咬下来。

苏百川连声答应着，只好把她放下。

"别碰我。"

苏百川让她靠住了墙。

"不行，这里脏。"

苏百川用胳膊垫住她后腰。空空儿又气又羞。苏百川见那两个小媳妇张着嘴巴还在看他们，就笑道："二位大姐，你俩谁会解穴啊？"

二人都茫然摇头。

"那有什么好看的？"

二人"妈呀"一声，拉着手跑，各自回家忙不迭把门死锁了。空空儿忍不住笑了。

苏百川冲她一挤眼睛："我想问，你会不会被我点死啊？"

空空儿没好气："你真不知道假不知道？云门穴死不了人的，最多半个时辰就没事了。"

苏百川如释重负："那太好了！真是吓死我了！"

空空儿狐疑地看着他："你真的不会打穴？"

苏百川笑了："我一介书生，手无缚鸡之力，纯粹误打误撞的，再给我一百次机会也点不中啊。"空空儿看他的样子似乎不像撒谎，就平静下来："其实解穴并不难，只要在身体的相反方向，用相同的力道打下去，就可以解开。"

苏百川伸出单掌，在她的左胸偏上的位置比画一下："这里吗？"

"不许碰我！"空空儿喊着。

苏百川连连摆手："好好好！那现在怎么办？"

"你走！我不想看到你。"

"那，我去帮你把那个家伙追回来。"

"不用了！我找得到他。"

苏百川走出几步回头道："你，你自己行吗？万一有坏人非礼你怎么办？"

空空儿拉长腔调："走——啊！"

"好好好。"

苏百川捡起地上的书，迈开腿大步而去。空空儿大喊："苏百川。"苏百川回头看着她。

"如果有一天让我知道，你其实是会武功的，我一定杀了你！"

苏百川忽然严肃："真有那么一天，你就不怕打不过我？"

说罢冲她一挤眼睛，扬长而去。看着他的背影，空空儿羞愤难当，满腹狐疑。

黄昏，苏百川轻轻敲门，有节奏的四下。不久，门开了，是叶深。二人一笑。

叶深："今天这么晚？"

苏百川："有事耽搁了。"

"听他们说，大格格晚饭都没吃下。"

苏百川抱歉一笑："在吗？"

叶深点头。苏百川往后院走，忽然想起什么，回头道："大哥，这会儿不该是士钧当值吗？"

"可能快来了吧。"

苏百川点点头，随月门下的小丫鬟一起，到后院去了。

"苏少爷来了！"

门外这一句，让屋里的大格格和紫云惊喜异常。大格格赶紧补了胭脂在嘴巴和两腮，头上换了根簪子，朝紫云一点头。

紫云忙对外面喊道："请进来吧。"

苏百川走进，微笑行礼："很抱歉，迟了这么久。"

二人都对苏百川万福。大格格关切道："吃了饭没有？"

苏百川抱歉地摇头。

"吩咐厨房，把饭菜端来。"大格格对紫云道。

"在这儿吃啊？多不好。我去客房吃。"苏百川不好意思地一笑。

"就这儿吃。把我那份儿也端来。"

紫云抿嘴一笑："知道啦。"说罢笑着出去了。大格格把苏百川让到主位坐了，亲自捧了茶，盈盈一笑："老师，请用茶。"

苏百川接过来放下："今天有事耽搁了，实在抱歉！"

"毕竟你还是来了。"

"哦，对了，我给你带了这个。"

说罢，把手里的英文书递了过去："这是一本国外儿童读物，用的单词都是生活日常用语。希望对你有帮助。"

大格格道谢。靠近他的时候，闻到了他身上的脂粉味，立刻眉头一蹙，脸色为之一变，仔细端详他几眼，心中醋海翻腾。苏百川尴尬一笑，觉得她怪怪的。大格格只得假意坐下来翻书看，不经意地忽然问："今天去见朋友了？"苏百川点点头："赵素响赵大哥。"大格格哦了一声，显然不信："他还好吗？"

"怎么说呢，不好不坏吧。我们聊了很多。"

门开了，紫云和丫鬟各捧了食盒过来，在二人面前摆上六样精致菜肴和双米饭，然后一起退了出去。苏百川看着精致考究的饭菜，不由欣喜："好香啊！"大格格淡淡一笑："你快吃吧。"

　　苏百川早饿了，端起碗来扒了两口饭，抬头一看，大格格还端坐着，面沉如水。

　　"你也吃啊！"

　　"我不饿。"

　　他越发觉得异样，可不清楚问题出在哪里。看到黑板上的单词，就找话说："这些单词，都会造句了吗？"

　　大格格悠悠道："早上还会用 love 造句，现在又忘了。"

　　"慢慢来，别着急。如果你觉得是我教得不好，我可以从同文馆再请一个老师给你。"

　　"干吗这样说？你真的不知道，我为什么学这个？"

　　苏百川笑了："是为了选上秀女吗？"

　　大格格气急："我年纪早过了。再说我们家这种境遇，我怎么可能去选秀？就算家里不出事，我也绝不会去的……"

　　"哈哈，我和你说笑的。不过……"

　　"什么？"

　　"我，或许我会考虑给你再请一位老师。"

　　"为什么？我不要任何人，我只想和你学。"

　　苏百川放下筷子，抱歉一笑："格格，我，我也许……没法再教你了。"大格格站了起来，非常严肃地看着他："为什么？"

　　"我，我要去留学。法国。"

　　大格格看着他的眼睛，呼吸急促。不清楚他是在对自己说谎，还是真的要走。假如他说谎，证明他有了别的女人，毕竟他身上有胭脂味道。如果没说谎，那他真的要走了……

　　无论哪一种，对大格格来说，都是无法接受的。想到这里，她的眼泪夺眶而出……

第十章

祸从口出

真如意就住在与书馆隔街的禁烟胡同。每天散了场，他必去澡堂子泡个澡。单买一小池子干净水，点一盘猪头肉、两张素饼、花生米、咸菜疙瘩还有半斤烧酒，吃饱喝足，泡个痛快。脸上搭块毛巾，放任硕大身躯在热水里，腾云驾雾，活神仙似也。等去了乏，回了精神，把明天的书在心里默一遍。有时会去修脚、搓背的地方，跟老少爷们儿光着屁股闲扯一阵，再慢吞吞从澡堂出来，去对街叫上相好的，结伴回家。

他的相好叫菊香，是个暗门子，四十几岁了，人老色衰，放在女人堆里也不会被谁多看一眼，偏偏真如意喜欢。可今天菊香跟他闹别扭，死活不跟他回去，还让他吃了闭门羹。真如意有劲儿没处撒，浑身不痛快。

"臭婊子，还给我拿上了？蝙蝠身上插鸡毛，你算什么鸟啊？人贱一辈子，猪贱一刀子。门口挂粪桶，臭名远播的东西。还当自己是谁呢？不要脸在家耍剑切了脖子，不要脸的活活贱死！"他拎着半包剩肉，嘴里不干不净地骂着，晃晃悠悠地往家走。

忽地，树后闪出一人来，慢慢跟上他。竟是陶士钧。真如意深一脚浅一脚走着，就觉得身后似是有人，停住了。

那人果然开口："你是真如意？"真如意下意识地答应了一声，刚要回头。

"别回头，不然杀了你。"

说罢伸手轻轻搭住他的肩膀，真如意顿觉一阵酸麻，连连告饶："哎哎哎，好汉饶命！我给钱，我给钱。"

"谁要你钱？有话问你。"

"您讲，您请讲。"

"你说的四大名偷这段书，是受了谁的指使？"

真如意眼珠子转了几圈："这是怎么话儿说？我说了半辈子书，怎么会有人指使呢？"

"我问你四大名偷，没问别的。"

"没，没人啊！是我根据民间传闻，自己整理的。"

"滑头。"

"没有，真没有。天地可鉴！"

陶士钧将信将疑："真是你自己瞎编的？"

"是啊，我们说书的这行，竞争挺大的！只会吃开口饭远远不够，不懂创作，没有底蕴，早晚要被淘汰的。"

"废话真多。"

"句句是真。"

"好，那我给你提个醒儿，以后说书的时候，悠着点，什么该说，什么不该说，可千万考虑清楚了。"

真如意急忙点头："是，是，是。"

"再敢乱说一个字，我揪下你的舌头喂狗。"

"不敢了，不敢了。"真如意吓得酒醒，喘了半天气，踅摸后面没了动静，悄悄回头探，巷子里哪有人影儿。这才满不在乎地给自己打圆场："这是谁呀？跟你真大爷开这玩笑？"低头又一琢磨，"哎，不对啊！不许我乱说，哪段儿不能乱说啊？我说，朋友！"

他看了半晌也没见那人回来，不敢留恋，赶紧朝家走。才走出去几步远，身后又有人说话了。

"你是真如意？"

真如意打了个激灵，刚要回头。

"别回头，不然杀了你。"

"女，女的？"真如意听出不一样来。

"女的一样杀你！"空空儿冷冷道。

一只脚已然轻轻落在他的肩膀上。真如意看到一只黑锦缎女靴，吓得魂飞魄散，连连告饶。

"姑娘，姑娘饶命！我给钱，我给钱。"

"谁要你的钱。跟你说句话，你可听仔细了。"

真如意不敢回身，连连点头："姑奶奶您说。"

"说书的时候悠着点，什么该说，什么不该说，你考虑清楚了。"

"是，是，是。"可他这回长了记性，壮起胆子问道："您先等会儿，您能具体点吗？是哪段儿不能说？"

"就四大名偷那段。"

真如意差点哭了："我，我这套书就叫四大名偷啊！"

"不许你再说这书，不然，我烧你们家房子。听明白没有？"

真如意点头："是，是，不敢了，不说了。"

"咣当"一声，忽然他脚下多了一块东西，真如意一愣。不知何时，那只脚已不在他的肩膀上，人也早不见了。真如意拿捏半晌，这才上前，俯身捡起来一看，竟是一块金子。他大脑一片空白，一屁股坐在了地上。"我的妈爷子哎！"把金子捏捏揉揉，还放嘴里咬了咬，高兴的原地打转："我，我今儿个是怎么啦？嘿，哎哟哟。"

正得意，忽然又一个白衣人自他身后飘然而下。真如意虽然没有听到脚步声，可是他闻到了一股透心沁脾的奇香，不由得深吸了一口，从骨头缝儿里透着舒坦！甭说了，肯定又是一位姑娘找他，难道这辈子的艳福都赶上今儿一天来了？他心里正美，果然那人开口了，声音软绵绵的，却是个男声。

"是真如意吗？"

真如意开心道："是我，是我。不回头对吗？规矩我懂。"

"你可以回头。"

真如意笑着摆手："不不不，我绝不回头看您。我不知道，也不想知道您是谁，有话您吩咐。"

"就问一句，你是天桥说书的真如意吗？"

真如意拍着胸脯："是我。如假包换。"

话不落地，有东西快速撞进了自己的身体，又极速离开。说不上是疼还是舒服。他低头，伸手去摸心口，感觉微微有点酸。很快，体内一阵剧痛，身子一歪，倒下了。

这一剑好快，待他倒地，才有血从心口慢慢渗出来。寒风吹在他苍白的脸上，眼神凝固。他到死都没看到凶手是谁。

巷里，空无一人……

第十一章

公子春衫
桂水香

赵氏兄弟住在南城水洼胡同的一所大杂院里。这原本也是三进的套院，说是乾隆年间的一个老诰命出资修的，好几十年没正经住过人，就渐渐地荒废破落下来。同治年间，被一个六品小京官买了，竟把两院正房改成隔间，有一搭没一搭往外卖。不几年工夫，先后住进来二十几户人家，大都是本分买卖人。只有里院的七八间房子单租，如今住着饭馆老板、看相的学究、戏班子的几个学徒，再就是赵氏弟兄了。

　　父亲在时，他们一家住在北海后身儿的一间小独院里，这是赵家的祖产。赵素响的母亲在赵华出生后不久就病逝了。父亲虽然是五品侍卫官，却非常勤勉廉洁，一生并无积蓄。父亲离世时，赵素响只有十三岁，而赵华才四岁。赵素响无钱发丧父亲，只得把小院儿卖了，之后，他就带着弟弟搬到了这里来住。赵素响省吃俭用，把赵华拉扯大。虽不似《水浒传》里的武大，为了拉扯小弟武松把自己压抑到了极致，但赵素响也绝对算得上长兄如父，万事不让弟弟操心，造就了赵华乐天派的性格。

　　赵华字宝琦，年纪和苏百川相仿。小时候就擅长精致的淘气，让赵素响很伤脑筋。如今在同文馆里深造，性格浪漫，思想进步，满腹救国救民，立志是要推翻大清的。在他的认知里，大哥老气过时，腐朽冥顽，与他鸿沟很大。

　　当夜，兄弟二人吃罢了晚饭，在火炕上里外各自躺下了，谁也没有搭话。这是一个铁血黄花的时代，下午没课的时候，赵华与同学们讨论了一下午史坚如和吴樾，自己慷慨激昂、振聋发聩的演说，必定感染到他们。赵华回想着白天情状，依旧热血偾张，辗转难眠……

　　赵素响呢，思绪还停留在今早的茶楼。他果然对苏百川的行为产生了疑惑，赵素响是个落拓的人，他平生若还有自信的话，那就是自己的武功。那一掌拍下去，铜钱被钉得死死的，几乎全部嵌入了木头里，没有十年以上内功的人，绝难轻易抹下来。想到这里，他忽然翻起身，下意识地挥了挥掌。

　　赵华一惊，忙把枕头下面私印的《暗杀时代》往里塞了塞："哥，你怎么了？"

　　赵素响开始自言自语道："不可能，绝不可能！"

　　"什么呀？"

　　赵素响没有再搭话，倒头躺下了。赵华摇了摇头，对于这个不开化的赵老大，自己懒得多问……

　　东条子胡同，京师译学馆两侧古槐森森，双狮静穆。下学了，学子们三三两两穿过题有"中外禔福"四字的牌楼。

苏百川刚从馆里出来。赵华忽从他的身后出现，猛推一把。苏百川踉跄几步，回头见是他，不怒反笑："是宝琦兄啊！"

"哈哈，俊观兄。"

苏百川还是那身朴素棉袍，而赵华则穿着西洋的呢子大衣，皮鞋锃亮，头戴一顶英式的辣椒鸭舌帽，小马甲是羊绒的，还斜搭着一串金闪闪的怀表，俨然一表人才的富家子弟。

苏百川见他大衣翻领处有一枚独特的徽章，笑道："你转到金融科去，还没给你道喜呢！"

"我的天，何喜之有？我这不过是不得已而为之。"

"这话怎讲？"

赵华一本正经地说："有你俊观兄在，学物理、天文，哪辈子才是我出头之日啊？"说罢哈哈大笑，苏百川被他臊红了脸。

赵华止住笑问道："俊观兄，哪里去？"

"下午无课，自然是回家了。"

赵华大摇其头："大好年华，只懂得回家，岂不是辜负了？哎，不如我带你寻个好去处。"苏百川连连苦笑摆手："你饶了我吧。上次被你诓走，说好是去图书馆，谁想却被你拉去了印刷厂。"

赵华色变，看了看左右，上前小声："百川，你我是同窗至好，彼此交心的人，换成任何一个……"

苏百川笑道："我有数。你放心，我从未对外人说起。"

二人并肩朝巷外走，忽然赵华低声道："知道吴樾吗？"

苏百川一脸平静："听你讲过啊！是一位保定师范的学子。""

"对，他还写过一本书叫《暗杀时代》，你看过吗？"

"没有。""书中言明暗杀，愿以七尺身死唤醒国人，读来真是字字血泪啊。呼吁仁人志士以身殉志，真不愧大丈夫也！"

苏百川轻叹了一口气，没有说话。

赵华凝视他："你想说，不值得？"

苏百川沉吟片刻："也许吧。用如此决绝的方式行仁抗暴，代价是不是太沉重了？"

"俊观，对于清廷的颟顸治世，这或许是唯一的方法。维新党人的失败，就是明证啊。"

"宝琦兄，也许你是对的，也许未必。不过，对于你和孙之望这般进步的同学，我心里，都是由衷钦佩的。"

赵华立刻驻足，表情极其失望："我以为你是知己，想不到，你太让我沮丧了。孙之望是立宪派，我主张共和，岂能混为一谈？他孙之望算什么？"

苏百川笑而不语。他越是这样赵华就越不高兴，甚至有些愤怒。

"我知道你是有心留洋的人，才在这里独标高洁。你心里或许还有设想蓝图吧？什么立宪、共和，未必入你眼里，说得可对？"

苏百川笑道："我是怕你了，说吧，要借多少？"

赵华浑身不自在，不由一阵脸红："我，我说了要借钱吗？"

苏百川淡淡一笑："你哪回说起吴樾，说起革命，不是要借钱？"

赵华深叹一口气："俊观，你真误会我了。别人误会我不在乎，可是你，就不同了。"

"好吧，假如真是这样，那我道歉。不过我要少陪，现在要去买点东西。"苏百川说罢，一拱手就走了，赵华忙叫住他。

"哎，百川。你先等等。"苏百川停住。赵华走向前，向他勉强一笑："不是，那个，既然是你先提的，那，你手上宽裕吗？可否周转一二？"

"要多少？"苏百川苦笑。

"你有多少？"赵华眼睛一亮。

苏百川从袖子里取出几张银票来，数了数，共一百二十两。"一百两够不够？"说罢递给他。

赵华双手接过银票作揖道："善人，善人。等我有了，并旧账一起还你。"

苏百川认真道："哦，那你欠我多少了？"

赵华脸色顿时一红："嗯，得回去查一查，才知细数。"

"利息怎么算？"

赵华吞吐起来："五厘怎样？"

苏百川哈哈大笑："我实话跟你说，我并没有多余的，只不过按月的膏火节省下来罢了。够不上交情的，我一文也不借；够上交情的，我借了就当是送了。等你以后有了，慢慢还。"

赵华真心钦佩，连忙拱手称谢："俊观兄真名士也。与兄交往，如饮美酒，让人陶醉啊！"

苏百川推开他笑道："别肉麻了，我鸡皮疙瘩都起来了。快去吧。"

赵华跑出几步，又返回来叮嘱说："我知道你和我大哥交好，你我之事，可千万别……"

苏百川笑道："放心好啦。"

赵华开心地挥手作别，雏燕出云一般去了。苏百川看着他的背影无奈一笑……

·第十二章·

另有其人

天桥，总是北京城最热闹的地方。这里是庶民的"欢场"，人流涌动，熙熙攘攘。不时见到做小买卖的，卖各色小吃的，扎风筝的，捏糖人儿的。最聚人的地方要算那帮"撂地"的艺人，俗称"平地抠饼，素手来财"。有唱大鼓的、说书的、举刀的、顶缸的。北京风俗，一斑可见。

在鳞次栉比的店铺中，有一家不起眼儿的小店专营古董，是揭心开的。他在大栅栏还有一家分号，都是不大门脸儿，一个掌柜。大栅栏那家的匾额写着"心相印"，天桥这里的是"心心相印"。在四大名偷之中，真正下手偷东西的，只有揭心。他开两家店，都是卖十年前的赃物，凡是新近几年内到手的，绝不会出现在店里。官府最想拿的大盗揭心，偏开古董店，名字里还很俏皮地写着"心"字。可谓：贼胆包天，出其不意。

空空儿每次看到这匾额，都忍不住一笑。

铺面不大，里屋有个小套间。店面的两侧都是古董架子，和一套加长的玻璃柜子，满是真品。掌柜的正用鸡毛掸子拂尘，听到有人走进来。

"想买什么？随便看。"掌柜老许招呼着，一抬头认出了她，忙笑道："呦，是您来了。"

"你们东家在吗？"

"巧了，刚从那边的柜上下来，我给您通禀一声。"

"忙你的。"说完一挑竹帘进了里屋。

揭心正虚闭着眼睛，靠在躺椅上听着唱片机里的歌剧。空空儿把唱片机的唱针一抬，声音停了。揭心厌恶睁眼，来不及发作就笑成了一朵花："师妹，稀客呀！快，刚沏好的茉莉花儿。"

说罢起身，要把自己的位置让给她。空空儿摇头，他就亲自搬了一个金丝楠木凳，铺上绸面棉花垫子让她坐了。揭心的小茶桌上摆着一个暗红色的盖碗儿和两个绿色的茶盏。他把倒扣着的茶盏用热水烫了，而后用盖碗里的茶水倒了一杯茶，捧给空空儿。空空儿一看这东西就不是俗品。

"盖碗不错，皇家的？"

揭心嘿嘿一笑，下意识地向门帘外看了看。

"当年我从慈宁宫顺出来的，说是原先乾隆佛爷御用过的。"

"真恶心，脏死了。"

"皇上用过的，你说脏？"

"皇上怎么了？还不是一个糟老头子。我才不用他剩下的呢！"

"这茶具不碍事的，再说传谁手上不爱惜着用啊，你瞧我这拾掇得多干净，回回都开水煮烫的，你放心吧！"

空空儿这才多看了几眼："有名儿吗？"

揭心摇头："名字不知道，但工艺是雕漆珊瑚釉银里金边儿。应该是先用透明釉烧成，再挂珊瑚釉，两次低温烧出来的。"

空空儿笑了笑，勉强抿了一口茶。

"还能喝吗？"揭心关切地问她。

"茶还好，水不甜。"

不咸不淡六个字，让揭心很灰心。这师妹也太清高了，我用乾隆爷的茶碗请你喝茶，竟然不入你眼？只得赔笑着："北京城好水都让皇家把着呢。就这还是甜水井的好水呢，要不怎么用茉莉花茶呢，正压这涩味儿。"

"那不对啊，我那儿的水就好，我可爱喝了。我住天坛，是不是北京的好水就在那里？"

揭心一笑："哈哈哈，我的小祖宗，你是住在二哥的南书苑。二哥能让你喝井水吗？甭问，他准是让人从玉泉山拉的泉水。北京的水能喝出回甘的，只能是玉泉山啊。哈哈哈。"

"哎呀，还真是。每天早晨天不亮就有水车来！"

"你看看，我说着了吧。你回头问他，准是玉泉山的水。哎哟，二哥真是疼你啊，不知道花了多少钱使了多少门子呢！来，吃萨其马。"

一边招呼着，又将留声机按下，音乐又起，自己倒在躺椅上。空空儿一蹙眉："你听的这是什么？"

"说是歌剧。好比西洋的京戏。"

"哪国的？"

揭心一脸茫然："那我哪儿知道啊！"

空空儿撇撇嘴："真难听。"

揭心立刻把留声机关了，贼溜溜一双眼睛看着空空儿，慢慢从身后取出一张报纸，拍了拍："师妹，你今儿来，是为了他吧？"

报纸的头版就是：铁嘴真如意禁烟胡同被杀，并附有照片。

"原来你也看到了。"

"何止看到，这案子我都破了。"

空空儿差点呛到："谁干的？"

"你呗。"

空空儿杏眼圆睁："胡说！"

揭心呵呵一笑："紧张什么？我就不信这里没你的事儿。"

"跟我有什么关系啊？你凭什么这么说啊？"

揭心嘻嘻一笑："我知道你恨真如意，不过你杀他也该告诉我一声，他的书还没说完呢。你现在知道三哥多疼你了吧？换别人，早报官了。"

空空儿把脸一沉："你没完了？说了不是我。"

揭心看见她认真的样子，当即笑容收敛了："那会是谁？"

"不知道。"空空儿胡乱翻着报纸："这事儿越想越不对！"

"怎么？"

她指着照片："那天我是去过，不过我见到真如意，教训了他几句就离开了。可后来，他还没走出巷口就被杀了。那个禁烟胡同很短，也就是说，从我离开，到他死，他还没走出去十步。"

揭心吃惊不小："你说什么？"

空空儿一脸凝重："杀真如意不难，难的是，让我没有察觉。凶手的武功，简直匪夷所思。"

揭心毛骨悚然："不可能，有这种人存在吗？我不信。"

空空儿冷笑："你当然不能信。你武功那么低，高人也没经见过几个，自然不敢想象！"

揭心被挖苦得不敢还嘴。

"远的不说，通天拳的人，还有咱们门里的，都能做到……不会是你吧？揭老三？"

揭心眼珠子都快掉下来了："怎么能是我呢？你刚才还说我武功次呢！再说是我的话你能察觉不到？最关键的是，杀人要有动机啊，我杀真如意？你觉得可能吗？"

空空儿冷哼："我谅你也不敢。敢你也做不到。"

揭心抱拳，表示感激。

"这件事，不能传出去，不然我空空儿可就栽了。"

"这你放心。我推断，凶手只是想灭口。他之所以避开你，正是不想多生事端。"

空空儿心下稍安："这样最好。"

揭心忽然大喊："哎师妹！"

空空儿吓得直拍心口："你要死啊你，一惊一乍的！"

"我想到一个人，你说不会是鬼见愁吧？"

说得空空儿一愣："那个捕快？至于吗？"

揭心冷笑："这个老对手，我最了解。他的轻功非常好，只是他的武功更好，才让人忽略。你别忘了，真如意的这套书，就是冲着他去的……"

"是有这个嫌疑。不过，通天拳的人也有动机啊。"

揭心点点头，表示同意。空空儿继续说道："那天晚上在我之前见到真如意的，还有一个人，我也只看到了他的背影。说不定就是通天拳的人。"

"啊？"

空空儿很笃定："不过，我是眼见他离开后才现身的。杀真如意的，不是他，不是我，一定是后来又出现的第三个人。"

揭心直挠头："还有一个？那还能是谁呢？"

空空儿看着他，忽然咯咯笑了起来，让揭心一脸莫名："你笑什么？"

空空儿站起身来，将多宝阁上的一个香炉拿在手里把玩着，回头看着他道："你呀，赶紧去白云观烧香吧。"

"我去那儿干吗呀？我又不信菩萨。"揭心不以为然。

"白云观是道观，哪来的菩萨？"

"不是，你让我烧香是什么意思？"

空空儿笑道："你就求神保佑吧，保佑这杀真如意的人啊，是通天拳的人或者是赵素响。如果凶手不是他们，那你，可就离死不远了。"

揭心脸色登时白了，心里猜到了一个人。身子开始轻飘飘，感觉将有一阵狂风把自己卷上天际。他声音颤抖着："你是说，是，是……"

他到底没敢说出那个名字，是心里极不肯才说不出来。

空空儿故意笑骂道："你是真够笨的，肯定是二哥干的呀！"

揭心当即吓得面无人色："师妹，你可要救我呀！师妹！"

·第十三章·

冤家路窄

苏百川后悔了，不该把一大半钱都借给了赵华。

对于出洋，他有了准主意。尽管不舍家人，可求学是自己的毕生夙愿，终究三五年后还会相见的。既然如此，那离别前的礼物就尤为重要了。师父、师叔自不必说，大师兄和小师妹的一定要很特别才好。三师弟清高惯了，俗物未必入他眼，不如买一套善本好书。吴妈辛苦这些年，又格外疼自己，给她打一副金手镯吧。还有赵氏弟兄，还有大格格……手上的钱肯定不够用，今天要把能买的先买下，再另找时间出来。

苏百川坐着黄包车来到了天桥。正经过仙客来门前，不禁抬头看了看二楼，不料那赵素响正在小露台的茶桌前立着。苏百川大惊，忙叫停了车夫。

赵素响是特意回来的。他到二楼的包房露台，把桌面仔细查验过了，果然有很深的铜板嵌入的痕迹。这彻底印证了自己的推测：苏百川会武功，且内功深厚。

他下楼的时候，茶馆大堂依旧高朋满座。此时的说书人，四十开外，白面长身，水牌也换成了"说隋唐"。听众们照旧听得津津有味。真如意人走茶凉，波澜不惊。这种忘却，再平常不过。

"但见这员大将，胯下闪电白龙驹，手中五钩神飞枪。真是威风凛凛，相貌堂堂。来者何人？书中代言，正是隋唐十八杰位列第七的燕山公少保罗成……"

赵素响径直走出来，门外劈头撞到了苏百川。彼此心里都有了八九分底，不由相视一笑。苏百川信任他，即使洞穿自己也不会坏事。赵素响本就欣赏他，如今他又成了文武全才，必是马之良秘传的，心里有说不出的高兴。又很好奇他究竟练到了什么程度，却不能直接点破这层窗纸。苏百川也怕他问这个，故意有一搭没一搭闲聊，又干脆跟他说起了自己将要留学，打算买礼品之事。赵素响只好陪他各店走走逛逛，想找准机会与他到个没人的地方切磋比试。

听了空空儿的分析，揭心顿觉事大。倘若真是二哥杀了真如意，定会怀疑幕后指使人是自己，那可就凶多吉少了！"师妹，那我怎么办啊？!"揭心有点着急。

空空儿想了想："要想不让二哥生气，你就必须要他相信，你安排真如意说书，完全是为了师门，是为了引通天拳的人出来。"揭心低头不语。空空儿察言观色，又道："可如今说书人死了，通天拳的人却并没有露面。那你所谓有内应之事，就不能再瞒我，不然别怪我不帮你！"

揭心叹气："唉！我们彼此是发了毒誓的，不能泄漏对方！"空空儿心喜，果然他有猫腻，故意黑脸："你若不说，我这就去找二哥……"

揭心慌乱起身，扫了一眼门外，把空空儿让到了躺椅上，自己坐在她对面，这才压声说道："通天拳的人早都不走线镖了！如今的邮局和银行，逐渐让镖行淡出，北京的大镖局，也不剩几个了。通天拳过去的字号叫'宁远'，已经没有了。如今他们在给一家财主坐池子，两代人加一起，不过五六个，这其中有女人，还有不会武功的书呆子。除了那个身怀绝技的马之良，其他人不在话下。"

"你好大的口气！盗门和通天拳世代累仇，斗了小百年！扪心自问，咱们什么时候占到过便宜？"

"我都说了，我有内应。"

"那这人是谁？"

揭心叹气道："不是时候呢，真不能说。我求你了师妹。"

空空儿冷笑不语，揭心又劝："师妹你放心，该让你知道的时候我绝不保留。还有，给咱师父报仇的日子，就在眼前了。"

空空儿狐疑地看着他，揣摩着他的意思。

"别这么看我，到时候你得帮我呀。师父生前，可最疼你。"

空空儿平静得出奇："师父的仇当然要报。可我上面有三个师兄呢，你们都死了，才轮到我。"

"你这话说的，让人心寒。"

空空儿幽幽地看着他："师父的仇，有师兄们。我爹的仇呢？"

揭心叹一口气："我就知道你还卡在这儿。你们老竹帮的事，已经了断了。"

"没有。"空空儿愤恨地看着他。

"那是你的心念没断，不代表事实。那天晚上，我急于脱身没和你说实话。关于福郡王的事，我早就略知一二的。"

空空儿当时急了："他在哪里？"

"太后西狩不久，朝廷跟联军议和，主战的月王被推赴菜市口砍了头！那福郡王也被发配了新疆，全家都死在西去的道上了。"

"假的！掩人耳目而已！"

"你凭什么这么说？"

"月王被斩，是事实。可是宗人府的人告诉我，福郡王被太后密保了，人就在北京。"

"有这样的事?!"揭心吃惊不小。

空空儿发狠："掘地三尺我也要把他找出来！为我爹，为老竹帮几百弟兄，报仇雪恨！"

"如果真是这样，师哥愿意帮你。"揭心发自肺腑地说道。

"有你这句话就够了。"说罢，向后一躺，轻轻合上了眼睛。哀怨之色，惹人怜惜。

揭心忍不住叹道："偌大一个京城，找人谈何容易？一年是他，三年五年也是他，万一，唉！万一没有结果，你岂不是耽搁了大好年华！"

"这就不用你操心了！"

"师妹！三哥我是心疼你啊！你这么好的一个女孩子不该只活在仇恨之中啊！"

空空儿闭目养神起来："不听不听。"

"就连二哥那么一个昂头天外的人，也把你看得比什么都重！你们俩当年那段感情……"

空空儿忽然睁眼："住口，我和二哥，只是兄妹。"

"难道他配不上你？"

"他是直隶首富的儿子，无垢山庄的少主人，人才武功天下无双。我凭什么让人家配不起啊？"

"这不得了。这次见了二哥，我来说媒，先把你俩的大事办了……"

空空儿气急："去去去。你就没安好心！当我不明白？我说了，我们之间不可能！"

"为什么呀？我觉得挺好挺般配啊！"

"我厌倦江湖，憎恨官府。我未来的郎君，绝不能是江湖人，不能是商人，更不能是官！"

揭心气笑了："我的好妹妹，好男人不就是这几种吗？你全不要，那当姑子得了。"

空空儿冷笑："不嫁男人就非得当姑子啊？笑话，臭男人有什么了不起的，谁稀罕啊……"

正说到这句，只听外面一阵朗笑。空空儿闻声看去，一眼认出，惊得嘴巴都合不拢了。原来是苏百川和赵素响走进了店中。此时苏百川正无意间往里屋投来目光，由于光线阴暗，他隔着竹帘什么也看不见。空空儿却觉得他此刻正一动不动地看着自己，不由心跳加速，喃喃自语："不会这么巧吧？阴魂不散啊！"

"谁啊？"揭心纳闷。也凑上前去，透过竹帘往外一看，正瞅见赵素响。当即元神出窍，说话都结巴了："真，真是阴魂不散啊！"

空空儿当即误会："你也认识他？"

"嘘，嘘。"揭心只觉汗毛根根竖起，他像耗子一样蜷缩了身子，用微小而颤抖的声音道："化成灰我都认得。他就是鬼见愁！"

空空儿张大了嘴："啊？他是鬼见愁？不会吧？"

·第十四章·

不知魂已斷

"就是他，靠门口那个。"揭心用手一指赵素响。空空儿看清是另一个，方才放心。

苏百川从木匣子里挑出几块玉来："这几个我要了，多少钱？""少爷好眼光，都是开门的东西。既然这么对庄，那我给个底价，四件加起来，六十两银子。"老许轻车熟路地应对着。"这么贵？"苏百川吃惊不小。"已经是成交价了！"老许笑道。赵素响把满屋的古董扫探一圈，眉毛拧成一疙瘩："我说掌柜的，你这像是宫里的东西啊？"老许一伸大拇哥："没瞧出来，您才是行家。不是我夸口，我这儿的东西，从瓷器到字画再到漆器、玉器，件件都是宫里的真品。"

里屋的揭心暗暗叫苦，空空儿隐约听到一句"师妹，少陪了"，回头只见到窗扇在晃，揭心已没影儿了，他准是从后街跑掉了。空空儿忍不住一笑。

苏百川取出一张银票来："我只有二十两。赵大哥，您有吗？先借我四十两。"赵素响嘿嘿一笑："我像是有四十两银子的人吗？""那就改天吧。"苏百川对老许抱歉一笑，把东西递了回去。老许也不劝，把木匣子收回。赵素响不忍："等等，掌柜的。"

他拍了拍肩膀上的鸟枪："我是鸟枪护军。"掌柜抱拳："军爷，失敬。"赵素响愣愣地说："我，我看你这东西，不像好来的。你给我朋友便宜点，我就不让衙门的人来查你。怎么样？"赵素响能说出这样的话，不仅自己红了脸，连苏百川都惊到了。老许不紧不慢地一笑："军爷，我这儿的东西，样样干净。您随便查。"赵素响被扫了面子，索性大声："话别说满了，知道我以前是干什么的吗？要我看，这一屋的东西，件件冒贼光。"在古玩行当，凡是上柜的东西，只要卖家不说来处，买家是不能问的，像"贼光"这样犯忌的话更是绝对不能提。

老许果然急了，正要发作，苏百川忙拦住："别伤和气。掌柜的，我大哥他没别的意思，要不，您再给让一让。"他原不为还价，只想把话头儿岔过去，不愿让双方难堪。这老许是个人虫儿，什么买家没见过，自然不会真生气。他还是想把买卖做成的，这才很为难地说道："三两五两的，我能做主。这差得实在太多了，没法跟东家交代。"

"不必交代。"空空儿挑帘而出。苏百川当即一惊。掌柜的见她出来，不知是何意思，正要发问，空空儿笑问："这位少爷，头一次来啊？"苏百川忍住笑："是啊。你是东家？"空空儿也一笑："是啊！""你俩认识啊？"赵素响看得一头雾水。苏百川和空空儿异口同声："不啊！"

空空儿一伸手，掌柜的把木匣子递了过来："卖多少钱？""六十两。""你有多少？"苏百川窘迫一笑："二十两。""我看您，像个读书人啊？"苏百川不及搭话，赵素响抢白道："我兄弟是同文馆的高才生，这就要留洋了。"空空儿假意吃惊："同文馆的学子，能光临我们小店，蓬荜生辉呀！"说罢看了看掌柜，掌柜的心说这都哪儿跟哪儿呀。

"这样吧，我做主了，这几样东西，算你二十五两。行吗老许？"老许素知她与揭心的关系，连东家都对她礼让三分，自己怎敢造次，忙笑说："赔是肯定赔了，但我听姑娘您的。"空空儿暗赞这掌柜的是个人才，揭心店里哪一件不是无本儿的买卖，但人家就是会说话，让谁听着心里都舒服。于是对老许颔首一笑。"怎么样？"空空儿笑着问苏百川。苏百川不知道这些，很是感激，忙给她鞠了一躬："感谢您的慷慨，可是，我真的只有二十两。""没关系呀，东西先拿走，明天你给我送五两来。"空空儿脱口而出。

"明天，我，我有课。"

空空儿心里乐开了花，她等的就是这句："那，我跟你回去取吧！"

苏百川一惊，还在思忖。掌柜的很热心地插了一句："姑娘，区区五两银子，怎么能让您受累呢？我去吧。"空空儿心说我刚才还觉得你会来事儿呢，怎么这么不开眼？淡淡道："我倒忘了，东家让你去买半斤桂花糕。"掌柜一愣，朝里屋问："东家从来不吃桂花糕的，东家？"

"是给我买的。"空空儿大声强调着。

掌柜哪敢再问，忙向二人一点头，臊眉耷眼出了店。苏百川想和她说话，空空儿偏不理他，却对赵素响笑道："这位大哥，借一步。"说罢，示意赵素响去门外，赵素响狐疑着走了出去。苏百川也想跟出，空空儿一指他，小声斥道："你别动。"苏百川错愕，竟然乖乖站着了。

空空儿跟出店，上下打量一番赵素响。看得他浑身不自在，只得没话找话说道："姑娘这么年轻，就有这么大的买卖，佩服。"

"我没钱，可我家里有。你不服？"

赵素响心说你这叫什么话，也就不大客气地回应道："不敢。姑娘单把我叫出来，有何见教？"

"刚才我在里面听见，您说自己是衙门口儿的人？"赵素响淡淡一笑："算是吧。"

"别介意啊，我这人从来对官府没有好感。"听得赵素响一肚子火，心说你跟我说这个干什么？黑着脸不吱声。却听空空儿又道："有个大盗叫'小圣手'揭心的，你知道吗？"

赵素响的脸色立刻变了，要杀人一样阴冷可怖："你认识揭心？"

"不认识啊。可我知道他，我们古玩行最怕的就是这种人。"赵素响点点头："你问揭心做什么？"

"我见过通缉他的告示。刚才街上有个人，我看着挺像揭心的。"可把赵素响惊到了，鼻子、嘴巴、眼睛、眉毛全挤一块儿了。急问："在哪儿？什么时候？"

"就刚才啊，你们进店之前，我看见他在街上晃呢！""什么方向？""往东边儿去了，这会儿应该还没走远。"

赵素响按住刀枪，对着店里的苏百川大声道："兄弟，我有急事要办。先走一步。"说罢，旋风一般地去了。苏百川一脸莫名追出来，被空空儿堵住："回去。"苏百川似乎看出些端倪，笑道："你把他俩都支走，是想找我算账的吧！"空空儿冷笑："你才看出来啊？"苏百川苦笑："那天，我可真不是有意的……"

"晚了。"不由分说，把苏百川推回了店中。

第十五章

空有梦相随

苏百川退进了里屋，见这内室的陈设，除了留声机和古董，烟锅子、酒瓶子、蛐蛐罐子、大茶壶，没一样是女人的物件，蹙眉问："你是这儿的东家？"

"是我三哥的。坐吧。"说罢空空儿往躺椅上一靠。

苏百川疑惑地坐下问道："那他人呢？"

空空儿一指半开的窗户："刚走。"

苏百川不知东家就是揭心，哪里肯信。谁想空空儿悠悠道："苏百川，我抓阮中华的时候，两次遇到你。今天我来看我哥，还是遇到了你。你是不是对我别有用心啊？"

苏百川气笑了："咱们第一次见面的时候，可是你闯到了同文馆！我怎么别有用心？"

空空儿瞪他一眼："那谁知道呢，反正我觉得你跟阮中华就是一伙的。"苏百川听后苦笑："我来这里就是想买点礼物送人的，并不知道你也在。至于阮中华嘛，我根本不认识他。我连你是谁都不知道，怎么能跟他一伙，对你别有用心了？"

空空儿嫣然一笑："正式认识一下，我叫慕容非池，苏州的。"

苏百川心想，这名字倒也不俗："在下苏百川，字俊观。北京人。"

"同文馆不是谁想进就进的，你是旗人吧？"

"汉人。"

空空儿心中赞叹："那更难得。你买这么多玉，送谁啊？"

"家人。"

"家里有谁呀？"

这问题好失礼！可是从她嘴里说出来，偏偏苏百川没生气，还如实回答了："有兄弟姐妹，还有一个长辈。"

空空儿点点头："你要去法国，你会法文啊？"

"略懂吧。"

"为什么要走？"

"深造，开阔眼界。"苏百川不假思索。

空空儿用一种近乎看透人心的眼神望他，不久轻轻一笑："依我看，你之所以走，是因为在你的世界里，还没有一个，能把你留住的人。"

"啊？"在苏百川看来，出国深造，天经地义，和她说的这些完全风马牛不相及，他一时竟不知道说什么了。

此时就听门外掌柜的说道："东家？您还在吗？"

空空儿起身来到门帘处："东家走了。你怎么这么快就回来了？"

老许苦着脸："姑娘，现在是二月啊，哪有桂花糕卖的？我也是走出老远才想起来。"

"嘿嘿，是哦！"空空儿抱歉一笑。而后对苏百川道："我们走吧，这里说话不方便。"

苏百川一笑："我们？"

"你不介意的话，我和你一起去取那五两银子。"

"我介意。"苏百川平静答道。

空空儿愣住了："为什么？"

苏百川早对"慕容"这个姓氏很敏感，否则之前也不会直接点她穴。这次她居然提出要去家里，苏百川起了戒心。会不会她真的是福郡王仇家，而且已经知晓通天拳在为王府护院？倘真如此，那么别有用心的人可能就是她了。

"为什么啊？回答我。"空空儿当然不知道他是通天拳的门人，她只是想不到苏百川有何理由拒绝。谁想苏百川却说："我家教很严，咱们非亲非故的，你又是女孩子，真的不方便。"

空空儿心中莫名开心，似乎这个男人洁身自好，对自己很重要。于是又道："我不进你家门。"

苏百川要把木匣放下："我改日凑够了钱，再来拿吧。"

空空儿笑道："你下次来，这玉可能已经卖了。况且，假如我不在，这价格可就又是六十两了！"

"那就随缘吧！"他把木匣子放下，站了起来。空空儿忙挥手制止他，半晌才想出一个主意来："哎！不如这样，我和你一起去同文馆，你向老师同学借五两给我就好了！"

不容苏百川拒绝，空空儿已经笑道："就这样吧。老许，帮我叫辆洋车……"

苏百川和空空儿同乘一辆车，徐徐向东条胡同而去。苏百川身子尽量靠向外侧，双手扶着木匣子，坐得十分端正。尽管如此，二人的距离还是非常之近，几乎鼻息相通。

"你在同文馆几年了？"空空儿瞄着他，鼻子通直，鼻梁高耸。

"六年多了。"

"学什么专业？法文吗？"喉结很突出，这点与二哥完全不同。

"我专修天文和物理。"

"听起来就很枯燥啊。"

苏百川一笑："也不是吧，其实挺有意思的。"

"比如呢？"他的牙齿健康洁白，眼睛清亮有神。

苏百川略一思考，笑问："太阳和月亮哪个大？"

"当然是太阳了。"空空儿不假思索。

"大多少？"苏百川又问。

空空儿想了想，只能说："应该大很多吧。"

"那为什么我们看起来，白天的太阳和晚上的月亮几乎差不多大呢？"

空空儿愣住了："哦，真的呀。那为什么？"

苏百川发出了一阵朗笑，解释道："太阳的体积是月亮的400倍。而它离地球的距离，恰好比月亮离我们远了400倍。所以我们目测起来，它们的大小是差不多的。"空空儿哦了一声，苏百川希望她有一个恍然大悟的表情，可她并没有，反而有些失落。

车子拐进东条胡同口之后，苏百川坚持要提前下车，他可不想让老师和同学们误会。可是，只要你和一位陌生女子一同出现，无论是否同乘一车，人家都能误会你。果然沿路就有异样的目光投来，毕竟空空儿肩上压着黑貂的披风，还有那双让人不可逼视的眼睛，都说明她的身份与学校无关。

最让苏百川始料未及的，是学校门口居然有两位熟人：大格格和紫云。她们都穿着汉人的衣服，正从校门里面出来。

大格格愣住了："苏大哥！"

"大格……"

"格"字刚出口，意识到不对，忙说："叶小姐，你怎么在这儿？"

紫云笑道："我们是来找你的啊。"

空空儿和大格格早就相上了面，揣摩着对方的身份及与苏百川的关系。苏百川这边也是一头雾水，毕竟大格格从未到学校来找过自己。他疑惑地问道："有事吗？"

大格格却不忙回答，笑着看向空空儿："这位是？"

"哦，她是一间古玩店的东家，我买了东西，钱不够，她陪我一起回来拿的……"

大格格笑道："原来是古董店的内掌柜啊！失敬！"

空空儿当即拉下脸来："不是内掌柜，我是本主东家。我还没出阁呢！您是谁家的少奶奶？"

这二位都梳着姑娘头，何来内掌柜和少奶奶一说，分明已在针锋相对了。果然紫云怒道："我家姑娘也没出阁呢！"

"那不好意思啊。"空空儿一笑。

大格格虽然阅历不多，可涵养却在，于是也欠身道："是我冒昧了！苏大哥差你多少钱啊？紫云。"

紫云走到空空儿面前："差多少？我们给。"

"五两。"苏百川说。

"四十两。"空空儿道。

二人异口同声，却数目不合。苏百川一惊，她为什么忽然就出尔反尔了？

大格格笑道："这也奇了，原来你们没有商定好啊？罢了，给四十两。"

紫云说了一声是，从荷包中取出银票来，递给空空儿，空空儿不愿意接，紫云硬塞了。空空儿直勾勾看着苏百川，似乎在问他，你俩什么关系？

苏百川对格格僵硬一笑："谢谢，钱我会还你的。"

大格格笑道："谁让你还啦。我要去广德楼听戏，想找你一起的。"

苏百川泥在当场："这……"

"怎么，不方便？"

"没有啊！"

"那走吧。今天可是好戏呢，孙菊仙的《完璧归赵》。"

剧名听起来好刺耳，空空儿心里冷哼了一声。苏百川被紫云拉住了就走，只得回头对空空儿抱歉一笑。可还没走出几步去，空空儿已然追上来，在他后肩上拍了一下。

"俊观，别忘了咱们的约定哦！"说罢一笑。

苏百川的云门穴被点，当即动弹不得，可当着大格格他不敢说破。大格格果然也吃了醋，脸色随之变了。

苏百川强笑道："你别开玩笑了，你，咱们有什么约定啊？"

空空儿笑道："你不好意思说，我也不勉强你。这样吧，你要是心里同意，就站着别动。你只要动一下，代表你不同意，我就死心。好吗？"

大格格和紫云都不会武功，全不知她的伎俩，果然齐刷刷看着苏百川，等他表态。可是苏百川穴位被点，哪里动得了半分。他憋着大红脸，支支吾吾说不出什么来。大格格和紫云看着都气麻了。

空空儿满意一笑："我懂了！"说罢，飘然而去。

大格格失望地看着苏百川："你果然动也不敢动一下的。"

"我，我没法动啊！我……"

"她到底是谁？"

"古董店的东家啊。你看，这玉就是跟她买的啊！"

"你骗人，她为何知道你的表字？叫你俊观？"

"就是。谁买东西会说自己叫什么？需要吗？还连表字都告诉人家，更不可能！"紫云护主心切，提高嗓门指责道。

苏百川百口莫辩，一时语塞了。大格格负气而走，苏百川想叫，可巧被两个同学认出来，凑过来笑道："百川兄，你是脖子疼吗？"

"去去，别起哄。"

苏百川涨红了脸，一动不动抱着木匣子站着，样子甚是滑稽。同学们都笑着围上来"观景"。苏百川眼见大格格误会，却无计可施。

"他那天给我上课迟到，就是和她在一起的。"大格格醋意未消。

"您怎么知道？"

"他当时身上有胭脂味儿，就是这女人的。我确定。"

"这么说她也喜欢苏大哥？这可怎么办啊，他们不会已经好了吧？"

大格格急了："你胡说什么呢？苏大哥是那种人吗？"

"说不好！"紫云低头小声道。

"你也来气我？"

"不是啊格格，我只是担心。你不觉得那个女人一身的妖气吗？万一苏大哥已经被她魅惑了呢？"

大格格心中一凛，须臾，波澜不惊地一笑："应该不会。否则，她就不会向我示威了。这女人是不简单，可我不怕她。我认准的人，就算有一百个对手，我也一步不退。"

紫云赞叹一笑。

第二卷

·第一章·

春云第二展

陶士钧字雄华，广西柳州人，苗族，家中行三。自幼患瘰病，有女相。父亲陶家清是位名医，悬壶济世，造福一方。他自配"白虎汤"与"三才汤"，治愈瘰病无数，却终究医不自治，对小儿子投剂犹豫，成为痼疾。陶士钧长到七岁时，看上去像个四岁的黄毛丫头。马之良南下护镖，身染瘴疾，被陶家清救活，成为莫逆。曾有个道士跟陶家清说过，你小儿子体弱多灾，皆因其八字自刑多煞，一生吉数很少。若得生肖属兔，且在酉时出生的贵人拜为义父，则能趋避凶灾，转运得活。马之良虽然属兔，但并非酉时生人，他观陶士钧上根坚健，目有神光，断定是个武学良材，就假托说自己正是那吉数贵人，愿意将他带在身旁，悉心调教成才。陶家清大喜，遂将小儿子托付与马之良……十余载过去，悟性极高、勤勉刻苦的陶士钧非但身体痊愈了，在武学上也大有所成。近年来，已全权承担起门墙比武的重任，凡有上门切磋者，与其搭手比试的，必是陶士钧，至今未尝败绩。

之前叶广昌对马之良提到的"开山虎"徐闯之事，就是广顺镖局的亮镖大会。这种场面事，马之良极少参与。但他与徐闯一向不错，更何况早年与徐闯的师父孟老真曾互拜师帖，切磋武学，可以说是两代人的好交情。徐闯的面子自然是要给的，于是就带着师弟和三徒弟，应邀前往了。

所谓亮镖大会，就是镖局的开业典礼。各方面关系不硬，亮不了镖。官场、武林、士农工商，哪一方都不含糊。要挂泥金匾，插双金花，鞭炮三日不断，当家的不但要当众演功夫、露能耐，还要在三日之内经得住任何人登门挑战。倘若输了，牌子就砸了。但广顺镖局是个例外，毕竟早在十年前已经是北京第一大镖局，朋友很多，敌人很弱，早就没有被踢馆的这份担心。今日的亮镖，只是徐闯的广顺镖局分号开业，自是一切从简，不必拘泥过程。邀请的除了叶广昌，也都是几位北京镖行的当家人和武林好友。用徐闯的话说，只是家宴。

一走进金银巷，马之良就心里叫苦。那广顺镖局的高墙外，贴有捉拿杨定吾的告示。告示上撰了公文，押了大印，并附有杨定吾的画像，说他犯了谋逆之罪，朝廷悬赏白银一千两捉拿……叶广昌还特意让陶士钧念出来，马之良只当是没听见。

徐闯的宅院也是一座三进的院子，刚刚整饬一新。院中有三张八仙桌，分别坐着几位各路镖局的总瓢把子，个个目光炯然，绝然内家拳高手。此时，大家正在围观一人舞刀，正是广顺镖局的当家人徐闯。此人四十岁上下，正处在人生的巅峰。一口金刀在他手里只徐徐挥了十几式，尽显八卦精髓。外行还没看出味道来，他已经收势了。此时，只听门口有人喝了一声"好"，众人看去，正是通天拳三人。

叶广昌笑着走了进来，一边拱手道："徐总镖头刀法精妙啊！松沉轻灵，顺遂贯通。正所谓：'乾刚坤柔，阴阳合德。刚柔相济，渗透互寓。柔则茹之，刚则吐之。'这随手十几下，藏着几十年的上乘功力！望云八卦了不起啊！"一番话下来，气氛立刻活跃了。

徐闯大喜："就等您二位啦！"

二人步入，徐闯带领一众英雄出迎。

"我来引荐，这位是积水潭镇远镖局当家人王功长王总镖头，这位是马甸长兴镖局掌门陈世兴陈老先生。广安门城门领叶广昌叶大人，通天拳传人马之良马先生。"

王功长一惊："江湖上赫赫有名的'北马南孙'的那个马之良吗？"

马之良抱拳："江湖朋友过誉了，不才正是马之良。"

陈世兴打量了他一番，冷冷道："黄河以北，一人而已。今日得见，三生有幸啊！"

叶广昌与马之良连忙与众人抱拳，双方互说久仰。陶士钧自师父身后慢慢走过来，眼睛冷冷盯住陈世兴，觉得他阴阳怪气，话里有刀，知道此人不是善类。

徐闯笑道："快请上座。"

毕竟叶广昌是京官四品大员，江湖上的礼数必是上座，马之良在门内是他师兄，但此刻只能坐他下首。早有小徒弟为二人奉了茶。陶士钧立于师父身后，一言不发，面无表情。王功长与陈世兴各带着五六位徒弟，大家都各自行点头礼，唯独陶士钧一脸孤傲，目不斜视。众人怏怏不快。

徐闯看了看大家，徐徐说道："诸位英雄，今儿个请大家来，一是老哥们儿弟兄多日不见，难得凑在一起，亲近亲近。再一桩，小弟有意把广顺镖局再立一处分局，选址就在此处。如此，咱们老弟兄们又多了一个喝茶的地方，不知大家意下如何啊？哈哈哈。"

陈世兴："好事，大好事。徐总镖头原本在东、南、北城已有三处镖局，现在西城也有了，这才叫功德圆满，四方来财。"众人点头称是。

徐闯连连摆手："承蒙江湖弟兄错爱，我接下了师祖的家业。几十张嘴要吃饭，江湖上的朋友来往又多，这也是不得已啊！没有朋友的照应，我是开不下去的。就拿这位叶大人来说，广安门城门领，金刀押绿林。给咱们京城镖行行过多少方便啊！"

王功长："那是，金刀押绿林，恩义叶三郎。绝错不了啊！"众人一齐喝彩。

叶广昌容光焕发，从衣袖里取出一纸官文："徐兄，你想要官文就直说嘛，何必挑动他们一起在这儿肉麻。呵呵。"

徐闯接过官文"指引"，相当于镖行的营业执照，连忙起身向叶广昌抱拳行礼："叶大人，叶老哥，小弟我就愧领了。我一定上不负朝廷，下不忘百姓，当间对得起江湖道。"众人齐齐叫好。

今天的亮镖会，房脊上还有两位不速之客。原来，揭心早已得到确切消息，今日徐闯亮镖，要请马之良，他要带师妹认一认通天拳的仇家。昨夜三更天，二人趁夜来到金银巷，在徐闯家的花园耳房忍到快天光。揭心摸到厨房偷了蒸鱼、花卷，给师妹充饥。鸡鸣头声，二人出花园；鸡鸣二声，纵身上院墙；鸡鸣第三响，二人已经藏身于西房房脊处……

对于方才发生的一切，空空儿颇为不屑："最烦这些虚头巴脑的家伙。全是场面话，一句真的没有。"

"真真假假嘛。镖局总要指着官府才有活路！"揭心劝道。

"哪个是通天门的？"

"穿官服的还有那个穿蓝棉袍的便是。他身后站着的，也应该是。"

空空儿暗自从怀中掏出一支洋枪来，开始充填子弹。揭心大惊："师妹，你干什么？"

"给师父报仇。"

"不行，得讲江湖道义啊。"

空空儿瞪大眼睛一笑："这话能从你嘴里说出来？你揭心说江湖道义？你是认真的吗？"

"师妹，这里全是高手，枪响了，咱们脱不了身。"

"笑话，你让开。"

二人的手纠缠在一起，他们的动静稍稍有些大，院子里的马之良下意识抬头朝这边看过来，二人吓得连忙低下头。

徐闯："说来惭愧，我这几下子连我师祖的衣角都摸不上。他老人家叫'望云手'，我叫'开山虎'，全然没了一点风范。"

叶广昌："徐兄，你太过谦了。你的八卦掌十年前就名震江湖，一招'燕山雪花飘'，半个武林为之倾倒啊。望云老前辈有您这样的徒弟，可谓后继有人。"

"惭愧惭愧。要论武功，我说句心里话，除了当世第一人孙禄堂孙圣人，我开山虎最服的，就是你们通天拳的二位传人。诸位，你们兴许不知，通天拳从北魏开宗，一直秘传至今，代代都有登峰造极的高手。都说通天拳绝学春云十三展，可在十步之内，摄人魂魄！"

众人震惊，眼光齐齐看向马、叶二人。

叶广昌面有愧色，马之良平静一笑："我们哪有什么绝学？误传，都是误传。"

王功长的徒弟中忽然有人哈哈一笑。武林人相聚，是分长幼尊卑，讲究礼数的，徒弟们在这种场合无故发笑，就算极不恭敬了。

陶士钧冷冷道："你哪儿不自在了？"

马之良低斥："士钧。"

谁想方才发笑的人也不含糊，从人群中走了出来，上前一抱拳："二位前辈，在下吴恒，带艺投师王功长先生。我会点形意拳、通背拳还有武当掌。都说通天拳很霸道，今日有幸，请前辈搭手赐教。"

"对，让我们开开眼，见识一下绝学啊！"陈世兴的徒弟们也开始起哄了。

马之良和叶广昌面有难色，陶士钧上前一步，瞪着吴恒："你学得够杂的。跟我师父搭手，你差着辈分呢！"

"士钧，休得无礼！"马之良说道。

徐闯起身笑道："士钧所言不差，要说搭手，断不可是二位老师傅。不过，既然大家这么热心，马兄，您就让徒弟跟吴老弟热闹热闹？"

这下不光是王功长和陈世兴的人起哄，就连徐闯自己的徒弟们也都好奇起来。马之良被拘住面子，只好道："也好。吴老弟，我徒弟学艺不深，还请您手下留情，点到为止。"说这话眼睛却去看着陶士钧，他明白了师父其实是在交代自己。

吴恒哈哈一笑："马师傅放心，我有分寸。小兄弟，未请教。"

陶士钧微微一笑，走向前一抱拳："通天拳，陶士钧。请。"

"请。"

二人各自摆开一个架势，伸出右臂，轻轻地碰在一起。这是最友好的一种比试方式，叫"听劲儿"。时常两个胳膊一撞上，各自一发力，就知高下了。二人的胳膊游动试探几下，只听陶士钧喊了一声："哆！"吴恒立刻被弹了出去，几个趔趄险些摔在地上。众人不由大惊。吴恒知道不敌，却强打精神，暗运一口气，全力打出一拳，被陶士钧巧妙隔开。左手一拉，右手送出一掌，吴恒再次飞出，倒在师兄弟的身前。众人大惊，纷纷摩拳擦掌。

"别看了，一起上吧。"陶士钧提醒道。

众人大怒，叫喊着全都冲了上去。

屋脊上，空空儿和揭心看得明白，四五个人一起涌来，陶士钧步法不乱，左右腾挪几下，几个人全部四散倒开。

揭心啧啧称赞："瞧见没，这就是'跨打'，手上和腿上的功夫几乎没用。这也能叫搭手？差得太远了。想不到年轻一辈竟还有这样的高手，通天拳真是深不可测啊！"

"那就让他们断了香火。"说罢指枪就打，不料，她的枪哑火了。空空儿大惊，连扣几下枪都没响。揭心笑嘻嘻地从右手捧出几粒子弹："师妹，你瞧。在这儿呢！"

之前二人纠缠中，揭心早把她的子弹卸下了。

空空儿愠怒："好你个揭老三。你连我都偷？找死！"

"师妹，不能打。你听我说。"说罢附耳上前去跟空空儿说话，不料话未说出几句，手里的一粒子弹滑落，揭心赶紧去捞，可惜抓空，子弹在房瓦上弹了两下，嗖的一声滑向了院中……

房上的子弹徐徐滚来，正好滚到叶广昌的脚下。叶广昌先是一惊，抬头望去，揭心和空空儿连忙低头。叶广昌似乎看见了他们，又似乎没有，伸脚将子弹轻轻踩住了。

第二章

育儿根侠骨 禁得揉搓?

叶广昌是李逍遥的三徒弟，少时，在家乡天津度过。由于《北京条约》的签订，天津很早就成为一个开埠的港口城市。叶广昌自幼在码头给洋人擦皮鞋，经见过外国的传教士、资本家、冒险家，开眼看过花花世界，也受尽了洋人的欺辱。后来经人引荐，拜李逍遥为师，学习武术。可是在他十五岁的时候，因一场意外，让李逍遥识破其心性，亲自断了他的肋骨，从此就失去了春云十三展的继承资格。叶广昌退出了镖局子，走入仕途，并且压抑心性，吃斋、守戒、不近女色。二十岁不到就终日与《南华经》或者王维、陶渊明为伴，强装出一种与世无争的态度，无非是在证明，师父冤枉了自己。可是这更加令李逍遥反感，本门诸事与他无关，成了个挂名的徒弟而已。无奈那时的苏造时和马之良究竟还差火候，竟看不出叶广昌的心机，反都觉得是师父反应过度，小题大做了，坏了师弟的前程。两人商定由苏造时在暗地里教授他武功。叶广昌这时却把庄子的精神抛去了脑后，如饥似渴地跟着大师哥学习。大师哥出于一片公心，除了本门绝学，对他倾尽所有，同门的切磋，是"留力不留手"的。但因为心里那块疙瘩还在，叶广昌总觉得师哥对自己有保留，除了绝学，本门肯定还有更多好东西，师哥不愿给。越是得不到，就越觉得神秘高深，越是渴望。时过境迁，惶惶四十多年过去了，叶广昌的内心深处，依旧记恨师父，对绝学始终心有不甘。

叶广昌好静。自有了顶戴花翎之后，他把宅邸建在北城外，周围除了一片林子和池塘，人烟绝少。没人知道一个四品武官为什么要住这么远。或许是因为地价合理，又或许，是他喜欢这种距离感：与朝廷，与通天拳。

此时的叶广昌，对二师兄马之良并无杀心。他联合、利用揭心等多方势力，只想骗马之良出京，在后辈接班人尚未选定之前，他希冀着师兄可以将绝学暂交自己保管。

可是昨天的事情，揭心的所作所为让他很光火。在自己的府邸，叶广昌不再伪装，他把子弹愤恨地拍在了桌子上，目光如刀："差点坏我大事！"

"我在呢，乱不了。"揭心不以为然。

"那人是谁？"

"我师妹，空空儿。"

叶广昌忍住火："以后这种事，必须通过我。没我的允许，任何人不能进来。"

揭心冷笑："叶大人，您跟谁说话呢？我可不是你的属下，咱们是合作。你以为我做这件事，单单为了钱吗？老子有的是钱！"

"失敬啊揭老弟，原来您不为钱？"

"废话！我是诸葛盾的传人，我师妹也是。就算没你，我揭心也必杀马之良。"

叶广昌仰天大笑："我也是通天拳的人，杀我，也在你的计划中吧？"

揭心也不含糊，针锋相对道："看心情。"

叶广昌冷笑森森："你觉得你可以吗？"

揭心毫不退让："行嘞，咱们来日方长。你又不是掌门，也没得到绝学的真传，所以，我说看心情。"

叶广昌盯了他良久，叹气道："大意了，是我大意了，低估了你呀。我还是太年轻！"

揭心忍不住笑了："大人，您说什么？您年轻？"

"依我看，六十岁以下的男人，都不成熟。"叶广昌有些失落地说道。这句话令揭心笑得合不拢嘴："哈哈哈！你说得好，为了我们的不成熟，干一杯。"

二人碰了杯，各自喝掉。这就是江湖人，来得快，去得也快。二人方才还怒目相视，转瞬就能冰释前嫌了。正此时，庞知走了进来："老爷，浥川来了。"

叶广昌说了一声有请。浥川介走了进来。

"叶大人。"他摘了帽子向叶广昌鞠躬。揭心看他居然没有辫子，心里一惊。

叶广昌起身引荐："这位是揭心，揭先生。这位是日本国的商人，浥川介先生。"

浥川介鞠躬："揭桑。"

揭心色变："怎么是个日本人？"

"日本人怎么了？只要可靠。"叶广昌淡淡道。

揭心冷笑："哈！叶大人，我还真小瞧了你。"

揭心是个粗人，他虽然不了解甲午海战，不明白什么《马关条约》，可他知道大清朝十年前跟日本干了一仗，惨败了，大清赔了很多钱，还割了地。北京城有时候也能看到零星的日本浪人，一个个还挺狂的样子，要不是自己武功不济，早就教训他们了！怎么着？这叶广昌居然还勾着日本这层关系？那可忍不了，起身拔腿就要走。

叶广昌拉住他："揭老弟，浥川先生是我们局中的重要一环。没有他这个大商人，我们就没有下一步！你不想前功尽弃吧？"

揭心看着浥川介，忽然单掌直切面门，浥川介从容应对，克制地闪开。两个照面就知，此人武功不在自己之下。

揭心怒道："这他妈能是个商人？"

叶广昌笑道："以后，我会告诉你的。先坐下，坐下吧老弟。"说罢，强按着揭心落座。揭心无奈，黑着脸不说话。叶广昌又让浞川先生不要介意，一场误会。浞川点头微微一笑。此时，庞知亲自捧了茶过来给浞川，而后退了出去，将门关好。叶广昌这才说道：

"好了，说正事。徐闯的广顺镖局新设分局，这是个机会。我之前劝过他，先不要大亮镖，等接到一桩大生意，再开亮镖大会，双喜临门。他同意了。"

揭心终于忍不住了："什么意思？"

叶广昌笑道："浞川先生的代理人，会把一件极要紧的东西托付给徐闯，让他从北京押往太原。但是，这去太原的道上，有一股悍匪，从来不认北京的镖局。"

揭心眼睛一亮："金枪太岁葛宁？"

叶广昌点头："不错。到时候，会有风声传过去，提醒葛宁别错过这块肥肉。而徐闯的力量，扳不动葛宁。"

揭心："你是说，他会请援手？"

叶广昌一笑："徐闯是个有自知之明的人，这么大的事，他不敢折了招牌。我猜，他必请马之良。换句话说，只要马之良肯帮他，我们的大事，就成了一半。"

揭心觉得有点意思了，忍不住探起身子问道："你之前不是说，马之良一门人，在给别人坐池子吗？他能舍了自己的雇主，去帮徐闯？"

叶广昌笑道："这个，我心里有数。"

揭心："通天拳极其霸道，门里的个个都是高手。你有把握吗？"

叶广昌："你放心，门里真正能帮上他的，只有他的三徒弟。"

"今天比武的那个吗？看到了，是个大才。"揭心赞道。

叶广昌一笑："大才未必成大器！我是看着他长起来的，他的心，野。"

揭心笑了："他也想要春云十三展？"

叶广昌冷笑："春云十三展只传一人，这就是通天拳的死穴。"

揭心回味他的话："那么其他人呢？"

"马之良的女儿不足患。大徒弟，是我儿子，我能拿得住。二徒弟嘛，是个摆设，百无一用的读书人。"

揭心长出一口气："经你这么一说，我轻松多啦。目前看，似乎对我们有利啊。哈哈哈。"

叶广昌点头。二人呵呵笑了起来。浞川介忽然冷冷道："你们中国人，真的太自负了。"

二人的笑容凝固。

"这一点与我们日本人不同，我们遇事总往最坏处想，然后会做出最强的准备。在我看来，通天拳既然秘传了这么久，一定有它的独特、神秘，甚至是可怕的地方。我们不能轻敌啊！"

此话中肯，揭心深以为然。他徐徐看向叶广昌："哎叶大人，我想问您一句话，您可要照实说。"

"请讲。"

"您，见识过春云十三展吗？"这话好比迎头一棍，将叶广昌打愣。他艰难地摇了摇头。

揭心不禁又问："那么，什么是春云十三展？"

叶广昌面如死灰，"逆鳞"被无情撕开，豆大汗珠从额头上渗出来。

没人说话了，屋里的气氛如死了人一般窒息……

第三章

祖师爷的意思

"一物从来有一身，一身还有一乾坤。能知万物备于我，肯把三才别立根。天向一中分体用，人于心上起经纶。天人焉有两般义，道不虚传只在人。"

苏造时不许苏百川学武，可马之良秘传了他十年。马之良深谙易学之道，他很清楚，古往今来多少绝学密宗，正是因为秉承"宁可失传也不妄传"的思想才日渐式微的。苏百川上根坚健，天赋异禀，资质在自己之上，甚至在师尊李逍遥之上。如此大材，百年不遇。

"这不是我的选择，是祖师爷的意思。"马之良时常这样宽慰自己。与旁人不同，苏百川练的是"二五更"的功夫，夜深练功，天明结束，十年不辍。老宅的后院里有一汪水塘，上面置一架水车，终日水流泪泪，尤在夜里声响很大。这是马之良为了传艺，特意购置的，只为掩人耳目。

时至深夜，后院的水车旁小空地，苏百川将一套内家拳练得虎虎生风，有骨骼齐鸣的声响，出虎豹真音。水车后，立着安静的马之良。此时，大门外的风铃下，蹿出一位蒙面夜行人。或许是因为他全神贯注留意着院内，并没有听到风铃在无风自响。他顺着墙根儿向后院摸去……

到了后院的外墙，黑衣人屏住呼吸，耳听墙面，试图获悉墙内动静。可除了水声，一无所获。他不甘心，伏在了地上，用耳朵贴住地面，这一听，惊心动魄！苏百川的腿力蹬蹬作响，黑衣人察觉出有人在练武，越发明晰了自己的猜测。"难道真是他？"黑衣人暗自想道。

他起身时，腰间的刀鞘轻轻地擦了一下墙面，发出了一丝微弱的异响。马之良随即挥手，苏百川停住了。

"有人。"马之良提醒道。

黑衣人吓得闭了呼吸，身子弓在墙面上一动不敢动。马之良回头，眼睛死盯住墙，仿佛有透视之力。他从脚下轻轻取了一枚石子儿，暗发腕力，石子弹出，翻过围墙正砸在黑衣人头上。他下意识地"啊"了一声。苏百川和马之良同时越墙而出。老宅后院是另一条小巷，名叫葫芦巷，巷子只有菩提巷一半宽窄，顶多可以错过两辆独轮车。此时就在巷中，师徒二人一前一后将黑衣人封住了。他退无可退。

"什么人？"苏百川斥道。

蒙面人不敢说话，亦一动不动。马之良笑道："大半夜的一个蒙面夜行人，非盗即敌。"

黑衣人连连摆手。马之良又问："这么晚了，阁下为何在墙外偷听？"见黑衣人还不说话。苏百川故意说："那一定是贼！"黑衣人连连摆手，差点就说出了声音。马之良暗提真力脚步迅速上挪，向他的脚下踩去。这是试探，属于斗步的一种。黑衣人果然有序后撤。马之良笑了："孩子，你不是一直怪师父，不给你和外人动手的机会吗？今天，我成全你。"

苏百川欣喜："师父，真的吗？"

马之良点点头，对黑衣人："朋友，硬闯你是走不了的。你看这样好吗？你和我的徒弟搭搭手，十招之内，如果你能赢他，我就当你没来过。怎样？"

黑衣人想了想，点了点头。

"师父，十招？要这么长吗？"

"别小瞧他，此人少说有二十年以上的功力。现在又蒙着面，说不定早在江湖上有侠名啊！"马之良一语道破，他没猜错。此人正是赵素响。

赵素响自从发现了苏百川的秘密之后，实在按捺不住好奇心，一定要试试百川的武功究竟到了什么程度。那日在天桥没遇到机会，想去学校找他又恐失礼，思前想后这才有了今天的夜探。此刻，他知道自己已经露馅，又当着马之良，怎好再去比武，于是双手轻轻放到面巾处，想揭开了化解尴尬，谁想苏百川以为他抱拳，随即也抱拳："如果是江湖大侠，我求之不得啊！请。"

赵素响硬着头皮只好也抱拳。苏百川展开身法快速而至。正所谓"拳打卧牛之地"，二人在寂静逼仄的小巷中拳脚相向，斗在了一起。前三招用完，赵素响收起试探之心；又三招过去，赵素响才知需使出全力；后三招用尽，赵素响信心彻底崩溃。第十招，苏百川已封住了他的双手，将他牢牢按在一户柴门之上，动弹不得。苏百川伸手要撕他的面纱，发现对方的眼神里全是惊诧和欣喜，苏百川当即认出了他。

"赵……"

正这时，柴门打开了。门槛内站着一位年逾四十的人，面庞清瘦，架一副眼镜，散发赤足，是邻居哑巴史有为。他提着一盏油灯，目光冰冷。苏百川一愣神的工夫，赵素响全力推他，苏百川一撤步，赵素响快速逃了。

马之良对史有为抱拳："对不住，打搅您了。"

苏百川也抱拳致歉。史有为冷哼了一声，呜啦呜啦喊了几声，走了回去，将门重重关上。

"师父，这哑巴的耳朵还挺灵的。"

马之良斥责道："哑巴怎么了？眼里要有人。"

苏百川一吐舌头，说了一声是。马之良示意他一起回家。

"川儿，你刚才为什么不追？"

"师父，您不是也没追吗？"

"唉！他怎么怀疑上你的？"苏百川想了想，摇头说："徒儿不知。"

"这个鬼见愁心细如发。一定是你在不察觉的情况下，露了功夫，才有今天的这次比试。赵素响是君子，又与我师徒两辈人的交情，你的事，但愿他不会说破。但以后更要千万小心了，毕竟江湖险恶。"

苏百川点点头，又笑道："师父，我真的没想到，我能在十招之内赢他！"

马之良摇摇头："你错了。你之所以能赢，不是武功，而是气势。毕竟是他心虚在先，况且有我在场。这种比试，算不得数。"

苏百川恍然，又颇为失望："徒儿知道了。"

说着话，二人已走到后院门口，马之良回头爱惜地看着他，柔声道："你记住，遇事，要往最难处想；看人，要往最高处看。这样，才能立于不败之地。"

苏百川郑重点头。

"你是师父的底牌，也是通天拳的命门。在我三十岁那年，我大师兄苏造时，把春云十三展传给了我。百川，你现在历练得还不够，我要再看你五年。"

苏百川抱拳："是。"

被之前打斗声惊醒的陶士钧早就寻声来到了后院，马之良说这番话时，他就立于墙内，把这一字一句，听得明明白白，清清楚楚。月光照在他英俊的脸颊上，一片惨白……

· 第四章 ·

出山泉水浊

叶广昌与揭心、浥川介在家中商定已毕，专等马之良入套。三人走出书房来到院中，揭心忽然回头说道："想来想去，我还是不放心，那马之良是锥镖，徐闯是走线镖。各自都担着干系呢，马之良凭什么会舍了自己的雇主去帮徐闯？这不合江湖道。"

浥川介也点了点头，他亦有相同的顾虑。叶广昌压低声音道："那我就索性给你交个底。他坐池子保的人，其实是个鬼。"

揭心后脊梁一凉，冷静后又道："那就更不对了。既然是鬼，为什么还要保？难道说，有人怀疑他没死？"

"不错。这个鬼，有仇家。我干脆说了吧，就是老竹帮。"

揭心大惊："你说什么？"

叶广昌点头："那江南的老竹帮早在十年前就一夜垮掉了。原本已无大碍，只是这个池主，想讨心安。池子始终都是安然无恙的，马之良这个差事，十分悠闲。池主又是一个极宽厚的人。这事儿虽然不合规矩，但只要马之良想帮徐闯，或许这个池主真会放人。"

揭心一字一句道："马之良保的是——福郡王？"

叶广昌立即色变，眼神也凌厉起来："你怎么知道？"

揭心喜形于色："咱们又多了一个帮手，还是个强援。我保证，她会铁了心帮咱们的。"

"谁？"

"正是我师妹！"

"她和福郡王，有渊源？"

"大了去了。今儿不说了，我先告辞。"揭心抬步就走。叶广昌喊住他："揭老弟，靠得住吗？"

"你就放心吧。"揭心说罢，人已经飘然而去。看着他的背影，叶广昌吐了一口气："这个人，真是难缠。"只听浥川介冷冷道："叶大人，我不清楚你们说的渊源。我只在想，如果他的师妹，和那个什么王爷真的有仇，一旦她知道了王爷的下落，那必然要去寻仇。这样的话，徐闯的事，马之良还顾得上帮吗？"

叶广昌大惊："哎呀不好，差点误了大事！我不留你了。"

"请自便。"说完，浥川介就出了门自顾离去。叶广昌冲院子里喊着："来人。"

很快，庞知现身："老爷。"

"快，务必追上揭心。他往南去了。"

"是。"庞知撒腿就走，叶广昌想了想，提起一口真气，使出了十成功力，一阵风追了过去。叶广昌果然内功了得，很快就在池塘边超过了庞知。

"老爷，我去就行了。"

"我怕你脚慢。"

"我可是鸳鸯腿的传人。"

"鸳鸯腿是轻功吗？"

庞知停住了，心里一酸，叶广昌人已去远。

揭心出了叶府，一路向东南而去。毕竟他有夜行之术，早把叶广昌甩开。叶广昌只将将能看到他的影子，任全力去追也是撵不上。二人一前一后好一通跑，足有七八里地。约莫是到了德胜门外的大荒地。揭心来到一处废弃只剩四面土墩墙的破木厂房边，绕了一圈，来到一棵大树前。打探四下无人之后，挪开了枯黄的花丛，掀去草垫子，扣动机关木板，猫身钻了进去。原来揭心的家，竟然是北郊荒野的一处地窖。

他划开了火折子，点了两盏六宝宫灯，立刻通亮起来。此处虽然只是地窖，倒比一间大北房还要宽敞。除了没有窗户，布局还算用心。细看之下，家中摆放、用度之物，才是让人瞠目结舌。

金砖砌桌楠木勾边，白玉为床玉玺作枕，名画糊墙，龙袍铺地，连衣裳架子都是两株罕见的珊瑚树。至于什么珠玉、宝石、琉璃盏、钟表、水晶、金宝、银宝这些坏人心术之物，成山成堆，胡乱丢放一地，视为无物。

揭心取了一个八宝转心壶，一支水晶杯，倒了杯葡萄酒，自语道："嘿嘿。师妹呀师妹，这回我可是帮了你大忙了，你可得好好谢你三哥呀。"

叶广昌追到了破厂房外，早已气喘吁吁。他无助地看向四方，心里越发担忧起来，随之而来的又是一阵心悸。这是一片空旷地，皓月当空，他能怀疑的，只能是这棵树，可他仔细围着大树转了几圈，仍旧一无所获，心里沮丧至极。明明眼见他到了树下！怎么这么快就不见了？这世上竟然还有这样的轻功？

"叶广昌啊叶广昌，你又小看了这个揭心。江湖啊，江湖！"

叶广昌失魂落魄地走了，他的步伐和身形，如同垂暮的老人……

揭心喝了两杯酒，忽然觉得哪里气味不对。拿起酒杯、酒壶闻了又闻。又复躺回床上。鼻子不断抽动着，自语道："这什么味儿啊。这么香？"他放心不下翻身起来，四处嗅。忽就见到墙脚银子堆里白花花一片似是个人形，脑袋嗡的大了……

揭心把宫灯举着，慢慢走近前，越是靠近，越发觉得香气浓郁。定睛一瞧，一个玉面白衣的男子正静静地看着他。

揭心魂飞魄散，一屁股坐在了地上。

柳絮才字洁躬，直隶人。二十五六岁。虽然年纪比揭心小许多，但他拜师在先，故而揭心要叫他"二哥"。柳絮才面如冠玉，剑眉星目，鼻子很通直，嘴巴却像女人。皮肤细腻如玉，顾盼间柔弱无骨却又刚似劲刃。这一刚一柔之间，尽得阴阳之美。尘世中一万个男子也挑不出一个来。最要命的是他的眼神，慵懒、迷离，如猫似虎，满是一种对俗世居高临下的宽容，让人不可逼视。他头戴一朵祖母绿冠，齐眉勒着金抹额，上身一件穿花大白箭袖，两肩压着凫靥裘，手捏一个银鼠镶花香囊，单翘起一只腿，露出青黛红锦靴，似笑非笑地半睁着眼。

揭心吞了口唾沫，怯生生道："二哥，您怎么来北京了？"

"我来采花呀！"声如清泉出谷，动听至极。

却把揭心吓得扑通跪倒："二哥明察，这事儿真不能赖我，是那真如意啊，他自己满嘴胡沁！"揭心一边磕头如捣蒜，一边悄悄抬眼看柳絮才。

"真如意是谁呀？"

"一个穷说书的，死了，已经死了。"

"哦，是嘛？怎么死了呢？"

"死了好，死了好。这种人造谣太多，留着是祸害。"

"你杀的呀？"

揭心咽了几口唾沫，勉强道："不是我，是一个高人，一个世外高人！他光明磊落，武功高强，心胸开阔，菩萨心肠。他杀真如意呢，有两层意思：一是让真如意自食其果；再者呢，表示他不计较了！"

柳絮才扑哧笑了出来："起来吧。"

揭心起了一半不放心："师哥，您原谅我了？"

柳絮才哈哈一笑："原谅？说得轻巧。"

一句话揭心的脸色又白了。

"先起来。"

揭心颤巍巍站起。

柳絮才眼里冒出寒星："你这儿太味儿了，我不能再呆，说几句话就走。"

"您说。"

"帮我办一件事，做成了，你的脑袋在，做不成……"

揭心哪会让他说下文，连忙抢白："瞧您说的，只要是二哥张口了，在我这儿那就是皇上的口谕，哪有做不成的啊？您尽管吩咐就是。"

"别贫嘴。帮我偷一样东西，是件国宝，北宋年间的玩意儿了。江湖上传闻，它刚从海外回流，名字叫虎头盘云五彩甲"。

揭心蹙眉："师哥，不是我夸口，这普天之下，就没几样我不知道的玩意儿。"

"嗯？"

"虎头盘云五彩甲？闻所未闻啊！您别被谁骗了，您这么有钱。"

"放屁！东西是真的，刚刚回国。北宋的东西你也都门儿清？"

"听起来，是件衣裳啊。您知道是样什么东西吗？"

"不清楚。"

"在谁的手里？"

"不知道。"

揭心急了："那，这我怎么弄啊？这大海捞针啊！"

柳絮才已经站起："那就是你的事了。弄来了，咱们两清。弄不来，我就送你去陪师父。"

柳絮才说得慢极、淡极，却让揭心不寒而栗……

"二哥，我跟您说实话，我最近正谋划着搞掉通天拳，给咱们师父报仇呢。您的事儿我不是不应，我是怕两边都耽误了……"

"你这又是唱哪出啊？师父的死，和人家通天拳有关系吗？"

揭心嘿嘿坏笑道："这是江湖上已经下了定论的，我为什么不随俗呢？顺便赚上一笔。"

柳絮才冷冷道："你要怎么搞马之良我不管，我的事，不能耽搁。"

"明白。"

柳絮才始终没正眼看过他，此时却凝视他道："师弟啊，两年没见，你不仅老了还瘦了。"

揭心感动："二哥，我跟您不一样啊，您就是天上的星辰，永远璀璨夺人。我是个劳苦命。"

柳絮才叹气拍了拍他的肩膀："要多保重身体啊。"

揭心自小到大，最缺关爱。说过让他"保重身体"的人目前只有他自己。柳絮才虽冷傲，却能说出这样暖心的话来，揭心不禁眼圈都红了："师哥，您也多保重自己。（嗅了嗅）您今儿这香真特别！"

柳絮才笑着递过香囊给他闻："好闻吧？是我新配出来的！"

揭心捧在手里，深深一嗅，通体舒畅："好闻，太好闻了！闻一下就让人上瘾。"

"这叫松静化神散。"

"哎，这个名字好啊。"

"功效也好！"

"功效？怎么这是治病的吗？"

柳絮才点点头："从另一种角度，可以这样解释吧。总之，任何人闻到了，没有我的独门解药，十日内必死！"

"啊！"揭心大惊，后退几步，扑通跪倒哭出声来："二哥，您这是要干什么啊？"

柳絮才冷冷道："没别的，就是要你重视我托付的事。"

"您的事儿，真比我眼睛珠子都重要啊，我哪敢不重视啊？二哥，您解药带着呢吗？咱哥俩不兴这个行吗？"

柳絮才早已掀开了洞口的机关木板，脚尖儿一点，腾空而出。揭心追到洞口，对外喊道："二哥，解药先给我行吗？"

话未说完，嘴巴里就吃了一把冰凉的黄土。

"这件事，不传六耳。任何人知道，我就杀你。"

揭心啐出土沫子："师妹也不说吗？"

柳絮才在外面停顿少顷，冷冷道："任何人。"

揭心点头："我知道了。那您，记着日子来啊！"

没有回答。

揭心叫着师哥跳了出来，还想找柳絮才，早已四野空空……

第五章

我辈孤且直

黄昏，月如钩。葫芦巷中一片清寂。

柳絮才已经找过史有为三次了，皆不遇。至于为什么找，只有他自己知道。

"竹坞无尘水槛清，相思迢递隔重城。秋阴不散霜飞晚，留得枯荷听雨声。"他轻吟着，慢吞吞向前走。"李义山说'枯荷'，而曹雪芹又借黛玉口将其改为'残荷'，不知何意？乍看上去，似比原诗更有韵味，可意境就差了。残荷，是外力所致，枯荷，乃心死也。还是原作更佳。"

说罢对着墙上自己孤独的影子一阵痴笑。而后，他走进了葫芦巷。来到史有为家的门口，他见四下无人，轻轻叩门。

史有为此刻就在院中柴棚，一动不动。

史有为，字苍水，籍贯不详，苏百川的哑巴邻居，是个木匠。可他非但不哑，还是个话痨，更是兴中会成员，志在革命，推翻大清。曾著有《杀慈禧的原因》《杀慈禧的方法》，目前正在写第三本《杀慈禧的后果》。

明明院内有光，柳絮才却没有等到回应。他不再坚持，一笑而去。

两个马灯将柴棚照得通亮，这是一个木匠柴棚，锯、锉、斧、锤，木料、大漆应有尽有。史有为手拿一块奇怪的木板，三尺长，八寸宽。低头凝视，不时用砂纸打磨几下。待柳絮才走远了，赵华从暗处闪了出来。

"难道是跟踪我的人？"

史有为头也不抬："不是你，这人缠上我有几天了。"

"朝廷的人？"

史有为摇头："应该不是。大概是认错人了吧。"

"先生为何不干脆说明，省得又来麻烦。"

"他找错人是他的事。我何必苦恼？"

赵华点点头，不再说什么。史有为依旧认真地斫制这块木板。

"先生，对于烈士的死，我又有新的疑惑。您说正阳门这一声巨响，虽然影响甚大，毕竟鱼已死，而网未破……吴樾他……"

史有为停了手里的活，抬头看他："这里包含着对人生的意义、生命价值的理解问题。"

赵华从茶壶中倒了一杯水给他，史有为喝了。

"普通人、革命者、烈士吴樾。这其中存在着根本距离。面对生死存亡，不同者，回答不同。对很多人来讲，活着就很重要，而对烈士而言，怎样活，才更重要！舍一人之死，唤醒众生的活，意义难以估量！"

赵华点点头："谢先生的教诲，醍醐灌顶。对了先生，那名单之事，现在可有消息？"

史有为警觉地放下茶杯，自己走出几步去，透过门缝向外看了看，确定无人偷听。回来小声道："可靠消息，山西 23 位革命同志的名单，并没有送到刑部督捕司。这是兴中会的肃国兄亲口告诉我的。"

赵华吃惊不小："山西巡抚拿到这个名单，没有上报？"

史有为点头："没有。不知为何已经辗转到了一个鸟枪参领手中。他的名字很长，叫什么喜塔纳……"

"喜塔腊·赛碧图？"赵华脱口而出。

史有为咧嘴一笑："对，就是他。你认识？"

"喜大人？他是我哥的上司啊！"

"哦？你哥赵素响的上司？"

赵华笃定："对啊！鸟枪参领喜大人啊，绝对是他。"

史有为把茶壶盖拔掉，对着嘴将半壶残茶一饮而尽，如饮美酒般畅快："太好了，天助我也！赵华，把你哥拉进革命队伍中，让他去把名单盗出来，有没有信心？"

"没有。"

"啊？"

"完全没有。我哥向来反对我走这条路。"赵华哭丧着脸补充道。

史有为严肃地说："赵华，23 位革命同志的身家性命现在就掌握在你哥手里啊。"

赵华愣住："啊？不是在喜大人手里吗？和我哥有什么关系？"

史有为凝视着他："你哥不去偷出来，喜大人就会上奏朝廷。你说有没有关系？"

赵华深叹一口气，觉得此事难度很大："先生，真的不行。您又不是不清楚，我回回来见您都是趁他不在的时候偷跑出来的。他一脑子君臣父子，根深蒂固的。当初我听您的话，把赵素华改为赵华。我哥说我大逆不道，差点没把我打死。"

史有为很痛心："这就把最方便的那道门关上了。先放放。我问你，钱筹到多少？"

赵华苦着脸："不理想啊，只一百两。"

史有为心中大喜，却板着脸道："怎么才这点儿？"

"我已经快借不到钱了。毕竟，我不能总向一个人借啊。"

史有为眼睛一亮："还是我那个邻居苏百川？"

赵华点点头。

史有为赞许地点头："他知道是捐给革命吗？"

"知道不知道的，能怎么样？"

"当然不同了，如果他知道是捐给革命，那这个人很进步啊，你看是不是把他发展进来？"

"先生，人家是要留洋的。"

"你发展进来，他可能就不去了呀！"

"这绝不可能，我了解他。"

史有为看了他许久，很失望，也很沮丧："不管怎么说，你尽力了，这一百两也不算少，我这里还有二两。你说，这笔钱，我们应该捐给总会，吸纳更多人，还是先留着，用以壮大自身？"

赵华不假思索："壮大自身。"

"好。我完全同意。"他来回在院中踱步，忽然快速道："天津那边说，又有新的同志入会，我需要亲自去一趟。再就是，有一个德国的工程师表现得很友善，据说能有大用。我要去接洽。"

"好的先生。那，名单之事怎么办？"

"我去天津，归期难定。这任务，就先交给你了。"

赵华大惊："啊?!"

史有为："怎么，你怕了？"

赵华想了想，笑道："革命没有'害怕'二字。只是不知道该如何突破。您别让我去说服我哥，那我还不如直接去鸟枪营里偷呢。"

史有为拍了拍他的肩膀："你是有智慧的人，我相信你，赵华同志。我现在命令你，在保证自己安全的情况下，不惜一切代价拿到名单。"

"是！"

史有为送他到门口，忽然想起什么："对了，那个苏百川是个人才啊。他的武功很好的！"

赵华笑了："您不是开玩笑吧？他怎么可能有武功……"

史有为对他做出一个嘘的动作，又瞥了通天拳老宅子一眼，神秘一笑："他有武功。我亲眼所见。"

赵华："啊？真的啊？"

史有为点点头："要是留洋走了，不能为革命所用，太可惜啊。你看是不是……"

赵华向他作揖告饶："先生，您放过我吧。我就这一个朋友了。我已多次向他借钱，人家从来不问原因，慷慨解囊。我真的不好意思再对人家有非分之想了！"

史有为拉下脸来，双手交叉在胸口："这是非分之想？这是中华民族生死存亡的大事，你对革命的理解也太糙了！"

"先生，我……"

史有为失望地摇摇头，目光悲凉，扭头自己回去了。赵华轻叹一口气，垂头而去。

·第六章·

当时只道
是寻常

福郡王福晋母姓舒穆禄氏，父姓苏完瓜尔佳氏，皆与爱新觉罗氏渊源极厚。福晋十六岁婚配福郡王，伉俪情投意合，极为恩爱。福郡王府没有侧福晋、庶福晋，只有大格格的生母，嫡福晋苏完瓜尔佳氏。福晋三十岁方得一女，取名瑞珠，真真眼珠子一般疼爱。光是候选的乳娘就先后挑了十五人，还须是上三旗的出身。其余更是事无巨细，尽善尽美。之后又得了一位小格格，可惜不足周岁早夭。夫妻二人对大格格更加百依百顺了。待她长到十岁，福晋开始留心她将来的婚配大事，早在皇亲贵胄之中觅了几个可心的人选。好事尚未成，王府坏了事情，婚事自然先压着了。万没想到大格格竟然就看上了苏百川。原想用些闺阁手段把他慢慢捂化，谁知劈空就出现一个妖女，要来横刀夺爱。大格格思索了一日，终于瞅准时机去找了额娘把心事一股脑全说了，还逼着额娘去提亲。

　　福晋气笑了："王府向通天拳提亲？"

　　大格格认真点头。

　　"简直胡闹！你昏了头了吧？"

　　"额娘，我是认真的。"

　　"不行！万万不可。珠儿，你从小到大，任何事，桩桩件件你阿玛和我都依了你。唯独这桩，绝对不行！"

　　"既然件件依我，那这件也要依！"

　　福晋正色："不行！"

　　大格格："我知道您有成见，可是三年前满汉就可以通婚了。"

　　福晋爱惜地拉起她的芊芊玉手："你是普通的旗人吗？你是皇亲贵胄，琼枝玉叶！你可知道，在你十岁时，额娘就已经留心你将来的婚配大事了！惠端亲王的十五孙，还有容景皇贵妃的甥男几个，都是荣显之极，与咱们门当户对的。后来王府蒙难，咱们衰败了，皇亲国戚有些勉强，可王公大臣的子嗣总配得起吧？他苏百川算什么？凭什么娶我的女儿？"

　　大格格双目含泪："苏大哥是同文馆高才生，懂四门外语，品格贵重，坚忍敏达，是人中龙凤！比你说的那些提笼架鸟的八旗子弟，不知好过多少！"

　　福晋叹气道："我也知道他好，可他毕竟是汉人，是白丁庶民。真配了他，你阿玛和我如何向泉下的列祖列宗交代啊？"

　　"列祖列宗才不管这些呢！"

　　"你放肆！"

　　"说来说去，还不是顾及脸面？可是额娘，既然咱们家已然这样……您就心疼心疼您的女儿吧！"

"正是因为疼你，知道你是高贵的，我才不同意！"

"我不管。我喜欢他，我就是喜欢。这辈子，我非苏百川不嫁！"

"简直胡闹！你只管心里爱，就把什么都不顾了。以后有你后悔的时候。我今儿也告诉你点儿私房话，你别跟你阿玛说。额娘当年也曾少女怀春，中意一个郎中的学徒。要不是我的祖母以死相逼，我怕是与你阿玛无缘的了。"

大格格愣住："额娘，您还有这样的事？"

"后来听说那学徒勾了别家小姐，和他私奔了。不甜不咸地过了一年苦日子，那小姐熬不住了，时常偷跑回娘家去。一次他喝醉了，竟一把火把娘家的房子给点了，好几口子性命，全都烧死在家里……"

"您和我说这个干什么？"

"门不当户不对，将来你是要吃大亏的！"

"您说的这都是什么啊？那郎中的学徒能和苏大哥比吗？"

"男人都是一回事，有什么不能比的？总之没有门户就是绝对不行！"

见母亲如此决绝，大格格索性狠心道："顾不上您怎么想了。眼下他说要去留洋呢，我不想他走。况且……他身边还有别的女人。"

"那就更不行了。这人品行不端啊！"

"额娘，您想哪儿去了。他可不是那样的人。是我，我怕夜长梦多……"

"既然人家有相好的人，咱们也两不耽误！"

"不行！"大格格急了，绯红着脸站了起来："我今儿把话撂这儿，如果他真的留洋走了或者是娶了别的女人，我就死！"

福晋心口一疼，哀求道："珠儿！你不要使性子，你阿玛是不会答应的。"

"只要您点了头，我阿玛一定会同意。"

"我不许！"福晋一步不让。

她的坚决令大格格更强硬了："好！三天之内你们不提亲，我就亲自去！我说到做到！"

福晋大喊："你敢?!"

"走着瞧！"

福晋连喊"珠儿"，大格格头也不回地走了出去……

柳絮才回到了南书苑。得知空空儿一早就出门了，至今未归。他知道她在找一

116

个宗人府的人，可周癫说，姑娘从没这么晚过。柳絮才一句话不说，独自上楼了。

香炉里篆香断尽，苏百川灯下读书不进，满脑子皆是空空儿，尤其是点了她云门穴之后，她又羞又恼的样子。苏百川把手边的书放下，走出了房门。时值深夜，他一人去了后院，把棉袍脱了，借着水车的流水声，发全力出拳……

大格格放下笔，于灯下端详自己刚刚写过的句子，那是写在洒金笺纸上的一行瘦金小词："君应有语，渺万里层云，千山暮雪，只影向谁去。"随后在压脚处钤上自己的"珠"字篆体印章，把纸仔细地折好，在对角处用蜡烛封了。

天坛，皇穹宇围墙上，坐着孤零零的空空儿。她今天没有去找阮中华，而是去同文馆守了一天，却没见到苏百川。她不知道自己为什么要再去同文馆找苏百川，或许是对那个替他还债的他称"叶小姐"的女子好奇，或许就只是想看到他。真没道理啊！她自嘲一笑。从来没道理的感情才是最致命的。空空儿来天坛，是想等周癫他们都睡下了，自己再回南书苑，明早还去同文馆的。偏这时，远处传过一缕箫声，静夜中点点涌来，如同珠玉跳跃，又似泉水飞溅。她顺墙头而走，闻声西望。

只见南书苑的房顶上，一身白衣的柳絮才头顶弦月，手横玉箫，正吹奏"梅花三弄"，声声断肠。此景此人，好不孤寂悲凉。那箫声瞬时不再是泉水，而是涓涓泪痕……

·第七章·

只愿君心
似我心

"二少爷，您起了吗？"吴妈在门口轻轻问。

苏百川正用铜盆洗脸，让她进来。吴妈走进后，把托盘里的早饭放下，是砂锅汤和馒头。

"今天这么晚？饭都不去吃。"

苏百川勉强一笑："早醒了，没胃口。师父他们去了吗？"

"已经走了。快喝吧，别凉了。"

正说着，赵素响出现在门口，他僵硬地扶住自己的鸟枪和佩刀，僵硬地看着苏百川。

"赵大哥？来。"苏百川忙起身。

赵素响卸了枪和佩刀，坐在他身旁。吴妈退出。

"老爷子走了？"

苏百川点点头眨眼笑道："找我什么事啊？"

"哎呀惭愧！我今儿特意来谢你的。那天你没有点破，给我留了面子！"

苏百川笑道："赵大哥，是我师父给你面子呢。"

赵素响羞红了脸。苏百川把自己的托盘推到他面前："还没吃早饭吧？"

赵素响若无其事般："我，早上不吃东西。"

赵素响很穷，穷到早饭吃不起。

苏百川不忍："这样对身体不好。"

"不碍事，我有十三太保横练。"这当然是句玩笑，他自己都忍不住笑起来。苏百川揭开食盒，做一个请的动作，笑着看他。鸽子汤黄澄澄一片，还漂浮着红枣、山药，伴着一种折磨穷人的香气。

赵素响的瞳孔收缩了："你用过了吗？"

苏百川摇头："我不饿。"

"我虽然不吃早点，但是我痛恨浪费。"

"趁热。"

赵素响不再客气，狼吞虎咽地吃了起来。

"赵大哥，你是怎么看出我的破绽的？是茶馆里那几枚钱吗？"

赵素响点点头："这馒头太好吃了，汤也好！"

"我当时完全是忘了，下意识的。幸亏是你啊。让别人知道了可是麻烦。"

"咱们认识这么久了，你藏得好深。为什么？"

苏百川叹一口气，低下头，慢慢道："难言之隐，别问了好吗？"

"百川兄弟，你是一个大才。你不露，一定有你的道理。我也向你保证，绝不会向任何人说。"

"谢谢！不过你高估我了。什么大才不大才的，一个大逆不道的人才对。"

赵素响停下喝汤，抬头看他："啊？"

苏百川神情凝重："我的师父，视我为己出，师兄弟们，与我情同手足。可是，当有了留洋的念头时，我对他们竟然没有太多的不舍。反而，有一个姑娘。没见过几次，我就……"

赵素响笑了："古董店的那个姑娘吧？"

苏百川低下了头。赵素响哈哈一笑："人之常情！她不错，早十年，我也会动心。"

苏百川凝视他："赵大哥，你是过来人，跟我说说，我该怎么办？"

"不知所措？"

苏百川点点头。

"你多大了？"

"二十五。"

赵素响一本正经地："按常理，男人过了二十岁，任何事要自己想，自己扛，已经没资格向别人寻求帮助。不过这件事，很特殊。"

赵素响把汤喝完，开始撕扯鸽子肉吃，眼神停在要说的事情里，气势上很自信："我年轻的时候，不懂感情，也没人引导，走过很多弯路啊！许多东西都是伤过之后自己悟出来的，很痛苦。"

"你快说，我该怎么办？"

"我先问你，你走，老爷子肯吗？"

"已经求过两次了，还没松口。不过我觉得，师父会尊重我。"

"走之后还打算回来吗？"

"当然了。"苏百川不假思索。

"那就好。你可不是常人啊百川兄，趁年轻，赶紧走。"

"您还没有回答我的问题。"

"已经回答了。"

"没懂。"

"温柔乡，英雄冢。好看的女人是魔，难免会起心动念。稍一不慎就是万劫不复。女人，说到底就是来给男人制造错觉的，千万千万别陷进去。还有一点，也是最最重要的，当你完全了解一个女人之后，就不会爱了。"

"这么严重？"

赵素响眼神忧伤："如果不是交情到了，我才不说。"

"可我有一种感觉，她会去同文馆找我，很强烈的感觉。从昨天就有了，一直在。"

"不好！你是被迷住了。要冷静。"

苏百川忽然站起来："我的辫子散了，帮我弄一下，我要出门。"说罢，走到立柜前的镜子旁，赵素响一边快速地帮他扎辫子，一边苦口婆心："就算她去了又怎样？都是一时冲动而已。你们这个岁数，青春热血，懂什么感情啊！哎你看这样行吗？"

苏百川点点头："我现在必须走。对不住了。"

苏百川快速而出，直奔后院小门而去。到门口正撞见叶深和天心，他们刚从王府坐池子回来。叶深："急慌慌地怎么了？"

"我出去一下。"苏百川脚下没停说完就出门了。叶深心里道这不等于没说吗？刚要喊他，就见赵素响背着鸟枪跟了出来，对叶深二人笑笑。

"这是怎么了？"天心不解。

赵素响回头笑道："古今痴男女，谁能过情关？他是着魔啦！"

说罢追苏百川去了。叶深和天心听到这话都是一凛，叶深看着天心，也是一笑。天心娇嗔："你笑什么？"

叶深笑而不答，回院子去了。天心瞪他一眼，跟了进去。

葫芦巷，苏百川刚出门几步就遇着史有为提着包袱囊出门。苏百川礼貌一点头，史有为低下头不搭话，径直走开了。

不久，赵素响追上了苏百川："这不那天晚上那人吗？"

苏百川点点头："姓史，是个木匠。"

"那天他可是也见到的。你这秘密我守得住，这姓史的可不一定了吧？"

"老邻居了，不碍事。"又小声补充道："他是个哑巴。"

赵素响这才放心地点点头。

苏百川这才疑惑地看他："您怎么还跟着我？不去鸟枪营吗？"

"我，我得再劝劝你啊。你非要去啊？你就不怕真的只是错觉？"

"错觉就错觉，我想试试。"

"万一她也去了呢？"

苏百川愣住，他还真没想过这个问题。万一她真的去找自己，又当如何？我会为她留下吗？就凭她那句"你之所以走，是因为在你的世界里，还没有一个能把你留住的人"？苏百川心乱如麻，低头走得更快了。刚入大道，路边停了一辆洋车，他立刻坐上去说了句："东条胡同。"车夫答应着起身，才拉出不几步，就被赵素响拽住了车子："你先等会儿。"车夫回头看着赵素响，又看看苏百川。

赵素响才不管这些，劈头又说："年轻人容易脑袋发热。要我说啊，并不是她有多好，而是你这个年纪，看谁都觉得好，觉得是缘分。有道理不？稍一心动就觉得是爱情来了，其实，并不尽然！"

"不尽然就不尽然，我就是想见她。"

赵素响挡在他身前："你再想想啊。别为了一个女人，耽误了前途啊！我不能眼看着你掉沟里。"

"赵大哥，这事儿您就甭管了，行吗？"

"你都问到我了，我能不管吗？"

苏百川也急了："那我现在不问了行不行？"

说罢示意车夫快走。

赵素响死死拉着车把："最后一句。"

苏百川无奈，只好听他说。

"你直觉她会去找你，那么你去了她如果没在呢？是不是你的直觉出了问题？也许人家根本就不在乎你。对吧？那你是不是应该好好考虑一下我的忠告，把情丝一刀斩断，好好奔你的前程。你是国家的栋梁之材，要以前途为重啊，我的兄弟！"

赵素响说这番话并没有一点儿私心，站在他的立场，自然认为是在保护苏百川。苏百川亦明白这一点，点头道："好！我会记住你的话。"

赵素响如释重负松了口气。苏百川对他笑了笑，缓缓离开了。赵素响目送着车子渐渐远去，始终立在原地一动未动。

由于柳絮才的缘故，空空儿昨夜并没有回南书苑。天刚擦亮，她就着了魔似的又到了东条胡同，就杵在大门口石狮子的后面，不动眼珠地看，从第一个出现的学子开始，她没有错过任何一人，可始终没见到苏百川……

丢了魂一样的苏百川坐车驶入了胡同，心里一百个希望她能来找自己，又一万个担心她不来！忽有个身材修长身着白袍的女子从他对面一闪而过，苏百川哎了一声，匆匆丢下钱，跳下车，急追出去。

"等等！"

他这一喊，不但那女子惊到，胡同中七八位行人全都驻足了。女子回头，茫然地望他。苏百川呆住了，半晌才对她抱歉一笑。待他悻悻然转过身来，见那不远处的石狮旁，空空儿正怔怔地望着他……

空空儿见到苏百川朝自己跑过来，心里小鹿乱撞，身体不自觉地抖起来，不知何时，眼泪涌在眼窝里打转。她努力平复着，想着如果他来抱住自己就让他抱了！刚想到这里，后面有人一把拽住了她。空空儿大惊，回头一看是揭心，心里厌极了，恨不得一拳把他鼻子打掉。

"你干什么？"

揭心喘着气："可找着你了，快跟哥走，有要紧事说。"

"你走开啊！我有事。"

揭心笑了："师妹，天大的事儿你也丢一边吧，听我说，你的仇人找到了。"

空空儿的脸色骤然而变："什么？"

·第八章·

世事兩茫茫

空空儿见他不像是撒谎的样子，略一踌躇，被揭心拉走。苏百川眼见她被一个獐头鼠目的男人拉走了，心里十分惊诧。正彷徨时，洋教习包士藤叫住了他。

"苏百川。"

"老师。"苏百川恭敬而立。包士藤是个五十多岁的法国人，很知名的教授。

"你跟我来。"

苏百川答应了一声，跟他进去了。忍不住回头看了看街巷，再没见到空空儿。

苏百川在他办公桌的对面安静坐着，轻轻地转动着桌上的地球仪。包士藤低头打开了桌柜锁，在里面翻找着东西。此时，他的仆人进来，手端一个托盘，上面有半瓶洋酒和两个酒杯。

包士藤头也没抬："刘，是酒吗？"

仆人说："是的，先生。"

包士藤直起腰，手里拿着三份包装不同的文件，对仆人挥手，让他退了出去。包士藤为苏百川和自己倒了两杯酒。

"先生，我不喝洋酒。"苏百川抱歉地说道。

包士藤神秘一笑："你会喝的。苏，给你看些东西。"

他先拿出一纸官文，递到苏百川面前。

"这是译学馆受大清国礼部的委托，推荐四名学生的文书。"

苏百川拿在手中看了看："译官？"

包士藤点点头："现在去礼部做译官的学生，薪资是每月六两银子。虽然钱不算多，但是前途无量。"

苏百川若有所思。

包士藤又摆出第二份，在桌上敲了敲："这是要给馆里选拔副教习，有两个名额。"

苏百川点点头。

包士藤又取出最精致的第三份文件："这是给法兰西巴黎大学的举荐信。京师大学堂的官印、译学馆馆印还有我个人的签章，都已经盖好。还缺一个学生的名字。"

苏百川拿起来端详。

"苏，你明白了吗？以你的品格和才学，你的名字可以填在这三份中任何一份上。决定权，完全在你。"

苏百川感激地道："老师！"

包士藤笑道："这是你应得的。当然，你只能选一个。"

苏百川点点头，心里迟疑不决。

包士藤喝了一口酒笑道："多么幸福的烦恼啊。不要说寻常人得不到，就是你馆里的同学，人人都对这些梦寐以求。苏百川，你在等什么？"

自从空空儿一闪而逝，苏百川的心就空了。他迟疑地道："老师，我，还没想好。"

包士藤笑道："你一定想好了！相信自己的决定。写吧孩子。我相信你能做出最神圣的选择。"

苏百川看着他半晌，万千思绪飞过。终把心一横，拿过了第三份文件——巴黎大学的举荐信，抬头看了一眼包士藤，而后郑重地推给了他："谢谢老师。我选这个。"

包士藤大喜，取出一根精美的鹅毛笔，在推荐信中写上了"苏百川"三个字。

苏百川接过推荐信，起身鞠躬："谢谢老师。"

包士藤哈哈大笑，将酒杯递给了苏百川："苏，我很开心。你知道吗？我之前准备的一些严肃而重要的谈话，不会发生了。我殷切地希望，你的法兰西生活愉快、顺心。"

苏百川眼含热泪："谢谢，谢谢先生。"二人干杯，一饮而尽。

"孩子，你的选择非常正确，非常完美。你的人生道路会因为你今天的选择而光辉灿烂。真为你高兴啊。哦，对了，远渡而去，你可以不忙去学校报到，可以先在我表哥家住上一小阵，就在西郊。他是个话痨，但人不错，年轻的时候曾是凡尔赛宫的花匠。家里有三个女儿，个个美若天仙，你会爱上那里的，相信我。"

包士藤从抽屉里取出了自己的私人相册，翻开后一个一个指给苏百川看。他的热情让苏百川觉得非常温暖，可就是高兴不起来。

大格格扮一身戏装，描眉打鬃，凤冠霞帔，手捏一把彩扇，对镜子款款而唱。

"原来姹紫嫣红开遍，似这般都付与断井颓垣，良辰美景奈何天，赏心乐事谁家院。朝飞暮卷，云霞翠轩，雨丝风片，烟波画船，锦屏人忒看的这韶光贱……"

紫云笑盈盈看着她，手里端着一盘水果，等她停了才说道：

"格格今天好心情呢！"

大格格一笑："你来得正好。"走回书桌前，把早写好的那封信递给她："走一趟，送给苏大哥。"

紫云嬉笑着接过来："是。"

大格格叮嘱道："给了就回来，不许停留。"

紫云万福："知道了。"

揭心的古董店大门紧闭着。店内，掌柜老许不见踪影，只有揭心、空空儿，以及周癫。空空儿坐在脚凳上，身子靠着墙，面色苍白。

"我昨天想了一夜，本打算先不告诉你，怕你一时冲动，反倒坏事。"

空空儿不说话，也没动。

"可后来我又想，这件事太大了，你应该知道。"揭心少有地认真起来。

"三哥，谢谢你。"

"难怪江湖上一点消息也透不出来。福郡王居然住在了哥哥月王的府上。真是狡猾。"周癫愤恨地说着。空空儿冷笑："这恰恰证明他心里有事，他怕死。他有见不得光的东西。"

"师妹，三哥要提醒你，事情到这一步，对我们有利。毕竟他在明，我们在暗。越是这时候越不能莽撞。"揭心说完半闭着眼思索着，像个智者。

周癫点头："说得对，姑娘。既然是通天拳的人在给福郡王坐池子，这件事，就非同小可了。我们要想出一个万全的法子来，才能下手。"

"你们不用劝，我心里有数。"

两个男人点点头，心下稍安。正此时，忽然门外响起了敲门声，三人都是一惊，亦都不出声。敲门声更加急促。

"揭心，你在吗？是我。"门外有人喊道。

揭心认出了声音，走过去，卸了一块门板。庞知走进来黑着脸说："可算找到你们了。我们老爷说了，千万别乱来啊！"

空空儿厌恶地说："他是谁？"

揭心忙说："自己人自己人。"

庞知瞥了空空儿一眼："你是揭心的师妹吧？这件事要事先周密安排，然后统一行动，才有胜算。"

空空儿犯了小姐脾气，当即不悦："什么老爷？管到我的头上？"

庞知："姑娘，别那么大火气。大家的心是一样的，请多理解。"

说着看向周癫，忽然眼神凝固了。周癫也正注视着他，也是一脸惊诧的样子。

空空儿猛地站起来："回去告诉你家老爷，让他对别人发号施令吧。"

说罢要走，揭心忙拉住："师妹，别意气用事啊。要办大事，我们必须联手。"

空空儿冷冷地看着庞知："谁稀罕！"

说完拂袖而去，周癫只得低头跟上。

庞知在茶盘里找了杯残茶喝了："哎，还是来晚了。"

揭心怒目："什么晚了？你就不该来，多余！我都说好的事，你怎么那么多余啊你？我告诉你，出了乱子，我可不兜着。"

扔下庞知不顾，也追空空儿去了。庞知一动未动只愣在原地发怔，半晌自言道："他怎么瞎掉了一只眼睛？"

周癫与庞知，三十年未见了。彼此尚能一眼认出对方，因他们是一对宿敌，是有别于赵素响和揭心的那一种。他们没仇，但有恨。没到你死我活的地步，可很多时候，恨比仇更深刻，更隐痛，更折磨人。

当年，他们同时爱上了一个叫秋童的女人。人在江湖，他们自然选用了江湖的方式。先后三次比武，二人没分出胜负，可是秋童已经离开。直到如今，周癫与庞知都还以为，她应该选择了对方……

·第九章·

出神入化

揭心看到空空儿两人转进了左侧的小巷之中，于是分拨开人群追了上去。

巷中没有行人，揭心就大声喝住了她。

"师妹，你，别往心里去，他们就这样。"

"到底是什么人？"

揭心看看左右："这里不是说话的地方。"

"就在这儿说，什么了不起的……"

揭心还未搭话，只听周癫冷冷道："他叫庞知。是鸳鸯腿的传人。"

空空儿和揭心都是一惊。揭心忍不住问道："你居然认识他？"

周癫点点头："认识他很久了。"

揭心察言观色半晌，又问："有仇啊？"

周癫不置可否。二人面面相觑，正要再问，只见紫云拿着信风风火火地走过去，并没有在意说话的三人。可空空儿一眼就认出了她。当初帮苏百川还债时，跟在"叶小姐"身边的那个丫鬟。

"三哥。"空空儿轻声唤道。

揭心立刻凑上。

"帮我办件事！"

"嗯。"

"瞧见那个丫鬟没有？你去，把她手里的东西偷过来。"

揭心抬眼一看，紫云刚走出去十步远，手里拿着信。

揭心不解："你认识她？"

"她的主人我认识。"

"偷朋友的东西，不合适吧？"

"你少废话，让你去就去。我想看那信写给谁的，写了什么。"

"好嘞，你等着。"

刚走出一步被空空儿拽住了衣袖："等一下。不能切，只能借。"

揭心一惊："借？"

空空儿点头："有把握吗？"

周癫听懂了他们的黑话。切，直接偷走；借，切走之后还要原样还回去。就算最高明的贼，也只能做到"入室借物"。要从活人手里"借东西"，这样的功夫，闻所未闻。普天之下，能从活人手上"借"东西的人，大概只有揭心了。

空空儿急道："还愣着？再不去就'老'了。"

130

揭心略一思忖，笑道："有纸吗？"

"我有。"周癫说罢从袖口取出一张巴掌大的空白纸条，递给揭心。揭心将纸条折了几下，快步撵紫云去了。

紫云还没走出巷子，揭心已到。

"姑娘请留步。"

紫云停下，看着这个五短身材的黑瘦男人，并不认识："您叫我？"

"跟您打听一下，慈云寺怎么走？"

"啊呦，那可不近呀，你要雇车马才去得了。"

"哪里能雇车马？"

紫云抬手给他指路："这条巷子一直走，见到三岔路走左边的，一直见到老槐树，树下那间院子，就有车马了。"

揭心的左右手，都是十年的功力，软、长、敏、迅，出神入化。贼魔教授他时，在一缸清油里放五枚围棋的棋子，要求手探入油缸里，须臾间就能一指一枚把棋子如数托出。揭心经过多年苦练，左萦右拂，手法登峰造极，还自出心裁能取托五枚鱼眼！可是当面"借"物，心闲手敏只是一节，还需有"分眼之术"。揭心当年为练分眼，把自己置身于一间昏暗的空房内，当中点一根蜡烛，屋里放一只活鼠，手边置一碗黄豆。左眼盯住蜡烛，右眼捕捉鼠迹。但凡烛芯跳动一下，手里的黄豆必须弹出去打中耗子。经年累月下来，揭心的"分眼之术"也远在师父之上了。

那揭心来到紫云身边假意问路，一只眼盯对方的眼睛，另一只眼盯她拿信封的右手。紫云说着话，不时抬起左手比画着。揭心暗将手里的纸条用中指和无名指夹了，勾抄着手慢慢接近她右手，看准时机手腕带动指尖轻轻一顶，纸条塞进她的指缝，再用大拇指和食指将信封抽出。电光石火间，就用白纸换了她的信。这一送一抽比蚊子落在手背上的动静还小，且手感完全相同，紫云浑然不觉。

"好好，多谢姑娘。"

揭心得手后道完谢转身就走。却被紫云叫住了："哎！"

揭心一惊，以为被察觉，谁想紫云说道："向前走，你怎么回头啊？"

"哦，我得回去拿钱。谢谢你啊。"

紫云笑了笑，继续朝前走去。

……

空空儿拆了信，看到了那行瘦金小字，撇嘴一笑。揭心接过来也瞅了瞅，读出声来："'君应有语，渺万里层云，千山暮雪，只影向谁去。'什么意思？"

"元好问的一句词。果然被我猜中了。哼，有少女怀春呐。"空空儿醋溜溜地说着。心里有些乱，这信给了苏百川，真不知道他怎么想？

"元好问是干吗的？江湖上有这个人吗？武功如何？"揭心接连问道。周癫笑了："也算一代宗师吧！"揭心当时急了："说好了是借，你看完了给我吧。我可不想得罪元好问。"

空空儿一笑："稍等。"说罢，也从自己腰囊之中取出一枚印章来，把纸铺在了墙上，在信纸抬头的位置也钤了印。是一朵芙蓉花。揭心和周癫都看糊涂了。

"师妹，你这是什么意思？"

空空儿嘴角坏笑："心情好，陪他们玩玩儿。三哥，你的刀。"

揭心从袖口取了刀来，这刀仅半尺长，刀尖儿半寸发黄，此处所用乃是最上等的精纯好钢。这叫"摇山动"，是贼的专属工具。空空儿拿着刀尖在墙砖上迅速噌了几下，把刀尖磨热了，在信封的蜡团上一按，蜡团遇热化开些许，正好能把信封原样封好。

空空儿："送回去。"

揭心胡乱应了一声，接过信。再看那巷尾处，紫云早已走出，不知所踪了。揭心忙道："师妹，送我一程。"

空空儿一点头，揭心向前疾跑几步，空空儿比他还快，瞬时就到他身后，双掌托住他的腰身，双腿一用力，嘴里喊了一声："去！"揭心本就提了一口真气，加之空空儿的助力，整个人顷刻腾空而起，像只大蝙蝠一般在屋脊和大树杈上几个起落就飞远了，看得周癫目瞪口呆。

紫云捏着一张白纸走街串巷，走走停停。时而看看两侧的花草，或是行人小贩，完全没有留意手里的东西。忽然身后有人喊她：

"姑娘稍等。"

紫云回头不由错愕："怎么又是你？"

揭心喘气笑道："我取钱回来，把雇车马的地方又忘了，麻烦姑娘您再说一遍吧。"

紫云狐疑地看了看他："这么快？你家就在附近的？"

"对对，家在附近。"

"那你不知道哪里雇车马？"

"我刚搬来，这边不熟。"揭心憨厚一笑。

紫云哪知这些江湖套路，全不放在心上，又再次指路。在说话的空当儿，揭心又用同样手法，把原件还到她手中，把白纸取回了。一进一出，紫云依旧浑然不觉……

·第十章·

好一场买卖

史有为临去天津之前，让赵华设法营救23位革命党同志。所谓营救，就是把名单找到后销毁。赵华已知这名单没有送到刑部督捕司，而是落到了喜大人手中。虽然这里的道道儿他看不懂，可鸟枪营毕竟也是官府，名单里的同志仍有危险。哥哥指望不上，只能自己暗自跟踪喜大人，观其动向，始终怕他往刑部跑。所幸这几日，喜大人白天巡逻，晚上喝酒。看起来没有要去告发邀功的意思，心下稍安。

唯独今天不同。赵华一早赶到护军营，就发现喜大人没穿平日的奇怪铠甲，而是一身武官常服，出门也是骑马，且只带了一个随从，这显然不是去巡逻，更不是喝酒。赵华顿觉事大，悄悄雇了洋车一路尾随他到了西城的泰山楼。

赵华在大堂露头，只看见喜大人的随从在楼梯口桌前与几个随员模样的人喝茶。就径直朝楼上而去，刚出楼梯，正被从雅间出来的伙计拦住。

"哎，哎，干吗？"

"找人。"

伙计看他打扮像个公子哥，可又看着眼生，心里狐疑："找谁啊？"

赵华也不客气："管我找谁？"

倒把伙计唬住了，他语气缓和道："这位少爷，今天二楼被包了。您想找谁，我进去通禀一声？"

正这时，一个佩刀的校尉从回廊走到楼梯口："什么事？"

伙计赶紧上前耳语了几句，校尉上下打量赵华一番，语气和缓地说："小兄弟，这里面有刑部的大人，鸟枪营的参领，还有几位城门领。你找谁啊？"

赵华一听"刑部"二字，脑袋顿时大了，一时语塞。

校尉："说不上来是吧？你现在下楼，我就当你走错地方了，再纠缠，把你当乱党抓了。"

伙计忙道："他走错了，走错了。"拉住赵华小声说："赶紧走，好汉不吃眼前亏。"

赵华无奈，只得悻然下楼，与叶广昌撞个照面，二人彼此不认识。

校尉忙抱拳："叶大人，诸位大人都到了。"

叶广昌嗯了一声，随校尉上楼进到雅间。赵华只得在楼梯口转悠，早被那几个随员察觉异样，不动眼珠地盯着他。赵华一时间没个抓挠，只得迈步离开了。

喜大人和魏大人、钱大人以及阜成门城门领在座。魏大人叫魏闻道，五十岁上下，刑部候补侍郎，与喜大人最为交好。钱大人年岁最小，四十岁开外，是翰林院侍讲学士。阜成门的城门领姓黄，与叶广昌平级，都是从四品，岁数上也是相仿。

阜成门黄大人笑道："广昌，就等你了。"

叶广昌一笑，落了座。校尉亲自把茶给他奉上，退出后把门关了，留下一色的官员。大家彼此寒暄着，又是喝茶、又是吃小点。喜大人取出一个景泰蓝的鼻烟壶来，朝两侧让了让，倒了黄豆大一小撮在虎口，缓缓吸了，而后鼻眼挤在一处，憋着气酝酿。忽然打雷般喷出一个嚏喷，众人都笑了，而后静了下来。

喜大人："两桩事。头一件，是魏大人从上面又弄出几个缺来，是江苏的一个道台，三个藩台，还有一些知府。"

钱大人嗑着瓜子儿直奔主题："叫价呢？"

魏大人微微一笑："道台十万，藩台六万，知府两万。"

众人一听，都面有难色。

喜大人："怎么样？有要入手的吗？"

阜成门黄大人直皱眉头："怎么又涨了？现如今这买卖不好做。去年经我手的几个缺，到任之后连连喊屈啊！说是地方名目极多，每年单给制台的孝敬，就要几万银子。他花了钱做官，还没学会怎么捞，就把老本儿吐得干干净净。"

众人都笑。叶广昌不说话，眼睛看着脚面。他心里很腻歪这些事，可是人在官场，身不由己。一些场面上的事，还是要出来应对。

钱大人："还是京官稳当，我听说在山东，道台以上的，须贡银十万两。名目呢，是给太后的脂粉费。哈哈哈。"

喜大人："先别扯这些了，魏大人的盘子有人愿接吗？"众人都摇摇头，口里说再看看，再看看。

魏大人不悦，阵阵冷笑道："真是屈了我一份好心啊！我可指天指地，这是给我们大人办事，我自己，一两银子也不沾的。"

众人依旧不接话，心里也都不信。魏大人叹了口气，摇头不语。

喜大人从袖中取出一个信封来，扬了扬："诸位上眼。山西巡抚掌握的23个革命党名单。我费了大力气才弄来的。我说，谁要是报上去，最起码，官升三级啊！"

魏大人忙对众人说："好东西，这是好东西。"

众人连连点头，口中称是。

"什么价？"魏大人问道。

喜大人拿眼睛扫了众人一圈："白银，十五万。"

众人纷纷咋舌，都喊贵了。

喜大人笑了："你们也太不识货了！也不懂太后的心思。这东西在朝廷里，可是少有的鲜货。如果我报，起码能捞个制台当当。可惜我们旗人恋家，我呀，一天都离不开北京城。这才拿出来，给诸位一个方便。发财的机会来啦。"

众人面面相觑，揣摩着他话里的诚意。

钱大人笑道："喜大人句句真心。可是话呢，得两说着。这虽然是个讨喜的机会，却也是烫手山芋啊。"

喜大人面有不快："你这什么话？"

钱大人一本正经地说道："谁不知道这革命党人大多都是亡命徒？诸位想想，拿这个去邀官，即便朝廷给了你位子，你坐得安稳吗？"

众人都笑说一针见血。

喜大人红着脸："老钱，你什么意思啊？"

"压价压价。十五万也太贵了。你黑不黑啊？"钱大人笑道。

喜大人冷笑："我黑？ 23 个逆党名单，拢共才管你要十五万，也就是说一个逆党才卖几千两。大家说，算不算公道？"

众人喝茶的喝茶，玩儿手的玩儿手，就是不抻苲儿。魏大人在桌下用脚尖踩了踩喜大人的脚："挑毛病的是买主，钱大人，那您开个价。"

喜大人警醒："对，你说多少？"

钱大人余光早看见他二人的脚碰来碰去的，心里膈应。于是不急不躁地伸出一根手指头："我只给这个数！"

老喜愠色道："十万？太少啦。"

"一千！多一两也没有。"

喜大人拍案而起："我真想操个谁！老钱，你他妈也太黑了。我进价十万，你丫的给一千？成心恶心我是不是？"

钱大人不怒反喜，哈哈大笑，那神态一点翰林院的底蕴都没有。

魏大人打圆场："哎呀老喜，你头一天认识他吗？老钱是谁？鸡贼山庄的庄主啊。你想从他那儿讨便宜，门儿也没有啊。"

众人哈哈大笑。

魏大人话锋一转："不过，他人虽刻薄，比起翰林院的同僚来也算是真性情啦！"

众人又连连称是，都说老钱的好话。

魏大人左右手分别拉住二人："既然能谈。要不，你们各让一步？"

钱大人想了想："三千，三千我要了。够朋友吧？"

喜大人吹胡子瞪眼："八万，再不能少。"

众人还是面面相觑。

魏大人："我说二位门神大人，你们也不要吗？"

叶广昌与阜成门黄大人对视一眼，都摇了摇头。

喜大人气愤一拍桌子："我真想操个谁！好心当了驴肝肺。算我今儿没来！还当是好朋友呢，原来个个拿我当戏瞧。"

说罢收了信封，起身要走。众人赶紧拉劝。

阜成门黄大人："广昌，老喜是够朋友的，同朝为官，咱们也不能总驳人家面子。这么着，要不咱俩凑点钱，买了吧？"

叶广昌面有为难之色。一来他实在不愿沆瀣一气，再者，他心里清楚，八万的水分实在太大。

魏大人道："我做主了，喜大人，你也别说八万，钱大人也别说三千。今天这么办，二位凑出两万银子来，名单拿走。行不行？"

喜大人心里乐开了花，嘴上说："不行，不行，我赔大了。"

魏大人连连劝道："哎呀，交朋友嘛，不要处处只想着本钱。你听我一回，行不行？"

俩人在墙角铆足了劲演戏。果然黄大人有些心动，也对叶广昌劝道："广昌，你看两万可好？咱们各出一半，我只占十个，另外十三个归你，你看行不行？"

叶广昌看着众人，挤出一个干笑："也好！"

喜大人把名单收了起来连说赔死了，魏大人忙去抢，二人绕着桌子演了一阵双簧，把名单争夺一番，最终落在了叶广昌的桌前。

魏大人："广昌，快把宝贝收起来。这东西，一天一个价。"

叶广昌与黄大人私下勾兑着凑钱，说好了明天晚饭前把数凑够了给喜大人送到府上。

喜大人心里跟吃了蜜蜂屎一样甜，却还叹气道："真是赔个底儿掉，我死的心都有了！要不是为了这么好的两位朋友，我，唉……"

众人忙去敬酒，大家称兄道弟喝了起来，彼此说着肝胆相照的话，实在是真情流露，其乐融融……

·第十一章·

春云第三展

后花园水车下，苏百川读着词。他眉毛轻蹙着，心事深重。

"君应有语，渺万里层云，千山暮雪，只影向谁去？"

两处钤印，一个是压脚的"珠"字，一个是抬头处的芙蓉花。一方字章，一枚闲章。苏百川完全没有看出有何异样。

叶深微笑着，悄然来到他的身后："舍不得，放不下吧？"

苏百川苦笑道："大哥又取笑我。"

叶深在他身边坐下："二弟，你送的玉很好，我们都很喜欢。"

苏百川不敢直视叶深的眼睛："一点心意。"

叶深叹气道："天心昨晚哭了，她舍不得你。"

苏百川强忍着伤感："长不过五六年，短不过三两年，我就回来了。请大哥一定照顾好师父，还有师弟师妹。"

叶深坚毅点头："放心，分内事。"

二人正说话，陶士钧提了一桶水走过来，旁若无人一般，抄起葫芦瓢，低头浇院中青菜和花草。

"定下何时动身了吗？"

"查了《玉匣记》，后天是黄道吉日。我打算后天一早就走。"

"我是个井底蛙，我都不知道去法国该怎么走。"叶深自嘲一笑。

"坐火车和汽车去上海，再从那里乘邮轮去马赛。这个时间会非常漫长，我会把沿途的风光和见闻，都写信寄给你们。"

叶深点头一笑："师父知道了吗？"

"还没说。等他回来。"

陶士钧忽然冒出一句："二哥，就算你舍得我们，师父舍得你吗？"苏百川尴尬一笑，不知如何回答。叶深笑道："师父不会为难二弟的。他这一腔的抱负可不是咱们这些舞刀弄枪的人，比得了的。"

陶士钧嘴角一笑，淡淡地看着苏百川。

苏百川惭愧低头："大哥别这么说。"

叶深站起身："三弟，一会儿吃完饭，和我一起去池子换师父回来。"

陶士钧木然不应。叶深又说："二弟，也一道去吧。"

苏百川茫然："啊？我就别去了。"

叶深："难得人家对你一片痴情，你即将远行了，道别总该有啊，这是礼数！况且王爷和福晋都待你不薄。"

苏百川踌躇起身："我……"

苏百川刚站起来，屁股下坐着的方机就塌了。苏百川下意识回头一看，方机一分为二从中间裂开。叶深也是一惊，蹲下来查看。

"怎么回事？"叶深疑惑道。

"不知道啊，刚才还好好的。"

叶深把两块机子的断木拼在一起，那木料是黑檀木的，当初打两套桌椅时的下脚料，做了几个机子，极为坚固。叶深看到中间裂开处依稀有脚印的痕迹，心下狐疑。

"这机子的木料是我三年前置下的，给师父的书房做了套桌椅。这黑檀木是最硬的，怎么可能坐塌？"

苏百川一脸疑惑："我也纳闷呢！"

"你看这儿，分明是有人用内力踢过，里面已经断了。赶巧你一起一坐，吃了寸劲儿，这才塌了。"

苏百川点点头："这么重的脚力，难道是师父？"

"师父怎么会？哼，这一看就是恶作剧，除了天心和士钧，谁会这么淘气？"叶深看向三弟。陶士钧面无表情："跟我有什么关系，别乱冤枉人啊！"说罢，竟然走了。二人面面相觑……

那机子当然是陶士钧所踢。当夜他见到师父和苏百川的事，失望透了，觉得师父太偏心。百思不得其解，为何偏偏要秘传二哥？昏沉沉独自在后院坐了一夜，胸中块垒无限，差点想把水车拆了，可又怕师父责罚。就对那机子发狠，踢了七八脚，成了这样……

吃罢晚饭，三兄弟一起动身前往王府。路上闷闷无话。刚刚走出菩提巷，陶士钧忽然就停住了："哎呀，我忘带茶叶了。"

叶深笑道："忘就忘了，那边什么茶没有？"

"不行，我新抄了一个方子，配得是舒肝明目的茶，我得回去拿。"

叶深只好说："那好，我们等你。"

谁想陶士钧却道："大哥你先去吧，别让师父他们着急。二哥陪我回去，好吗？"

苏百川没有多想："好。"

叶深觉得三弟反常，但也没再说什么，只吩咐说："快点来啊。"

陶士钧说了声知道。目送叶深远去，苏百川和陶士钧转身往回走。苏百川笑问："三弟藏了什么好方子，也借我试试？"

陶士钧黑着脸不说话，只低头一直走。

苏百川察觉出异样："怎么了？"

陶士钧忽然停下，盯着苏百川道："二哥，不是茶叶的事儿。"

苏百川一愣："你故意支走大哥？"

陶士钧没有回答，算作回答。苏百川索性不再说话，等他问自己。

待巷子里的两个行人渐渐走开了，陶士钧深吸了一口气，看着苏百川："二哥，我们的感情怎样？"

苏百川一愣："这还用说，亲兄弟一样。"

"好，我问你一件事，请说实话！"

"你这是怎么了？你想知道什么还用这样……"

"你能说实话吗？"陶士钧一字一句地问。

"能，你问。"

"你真的是要留洋？还是，要去别的地方？"

苏百川苦笑："你究竟怎么了？这几天一直怪怪的。"

"回答我！"

"当然是留洋，这你知道啊！你怎么会问这个？"

陶士钧看着他，一字一句道："春云十三展，你会吗？"

苏百川大惊，不由倒退两步，下意识看了看周遭，生怕被人听了去。而后压低声音："你疯了？"

陶士钧面无表情："你会吗？"

苏百川僵硬一笑，掩饰道："我，我怎么可能会？我不懂武功的，师父连你们都不教，我怎么能……"

陶士钧从腰上拽下一块玉牌，那是苏百川新送的。他眼窝子热了："二哥！你不说实话，我砸了它！"

苏百川大惊："士钧，你这是何苦啊？你要干什么？"

陶士钧咬牙切齿："再问一遍，师父是不是把绝学传你了？"

苏百川面色苍白："没有。"

"你还骗我?!你的事，我知道！"

"什么？"

陶士钧冷笑："师父瞒住所有人，背地里教你武功，对吗？"

苏百川震惊不已。

"师父这么做，不就是想传你绝学吗？多年以来，你一直在练二五更的功夫，对不对？"

苏百川错愕而不能言。

"后院的水车，就是为你买的吧？好让你在练武的时候，抵消声音。"

苏百川低下了头。

"二哥，那天夜里，在后面的葫芦巷，你跟人动手，我见到了。"

苏百川愈发惭愧，不敢直视他。陶士钧眼里喷火："师父为什么要这样做？"

苏百川无法回答。

"他完全可以光明正大的教你，就像对待我和大哥一样。嘴上说不许你学武，又偷着传，到底为什么？"

苏百川只得说道："三弟，别怪师父。他有难言之隐。"

陶士钧长叹一口气："偏心，太偏心了！"

"士钧……"

"二哥，今天跟你说开了吧。我不管师父出于什么原因要瞒大家，作为徒弟，我无权过问。春云十三展是当世绝学，在门内只传一人。假如师父心定了你，那也是你应得的，我也没话说。可是要被你带出海外，我绝不答应。"

"三弟，我真的不会。"

"我都听到了，你还想骗我？他说了，你是他的底牌，是通天拳的命门。我听得真真切切。"

苏百川急道："可是师父说我历练不够，要再看我五年。"

"我没听到这话。"

"士钧，你要信二哥，我学的东西真的和你们一样，完全一样！对于绝学，我也是一无所知啊，真的！"

他真诚地看着陶士钧，陶士钧内心开始动摇。他觉得二哥不会骗自己，二哥这些年对自己高低不错！可是，偷学之事若不是自己发现，他又怎会承认？想到此，他的目光忽然又凌厉了："不行！我不能信你，除非，你和我搭手。"

苏百川斥道："你疯了？跟二哥动手？"

陶士钧含泪道："随你怎么想，错过今天，我怕没机会了。"

苏百川非常坚定："我是不会和你打的。"

"你没有选择。"

说罢，前脚虚步，右拳藏于身后，单掌伸出。

苏百川摇头："士钧，我再说一遍，我不会和你打。"

陶士钧厉声道："不打，就是你心里有鬼。"

苏百川斥责道："陶士钧，你忘了通天拳的祖训了吗？'武者，乃不祥之物，君子慎用。我之拳头不许加在同胞身上。倘有同门相残者，自废武功。'"

"绝学如果被带走，通天拳，还传得下去吗？"

"你放肆！"

苏百川忽然怒斥，具长者风范。陶士钧一凛，之后又冷冷道："你偷练了这么多年，不想跟师弟过过手吗？是瞧不上还是不敢啊？"

苏百川平静一笑："你想激怒我？没用的。"

"二哥，得罪了！"

苏百川刚要制止，陶士钧单掌已到面门。苏百川大惊，连忙后撤半步，腰身一扭，躲过这一掌。尚未喘息，陶士钧原地回旋一脚照着他胸口蹬去，苏百川起双肘格挡。接连数招，苏百川腾挪躲闪，就是不还手。他越是如此，陶士钧越是一招快似一招，一招狠过一招，二人从巷口打到了巷尾，又从巷尾打回巷口……

叶深走后，回想起陶士钧的反常，现在又单留下了苏百川。老成持重的叶深似乎预感到什么，急刺刺返身往菩提巷跑。方才来到巷口，就目睹了一场兄弟间的恶斗。那苏百川虽然只在招架，可单从身法和速度上不难看出，二弟的武功不在三弟之下！叶深如同活见鬼一般，险些惊掉了下巴。

叶深大喝一声："干什么?!"

二人闻声受惊，苏百川顺势一推，将陶士钧弹出丈外。二人见是师哥，都顺从地低下了头……

144

第十二章

夜探月王府

天地昏黄，万物朦胧。

更夫走过街巷，将时间定在了戌时三刻。待走后，王府后墙外的拐角暗处，闪出了两位不速之客。黑衣人立于墙下警戒，白衣人飞身上房，直奔后院而去。

早前，王爷、福晋已设家宴单请了马之良。此时又都移步去了茶房叙话，并斥退左右，没有召唤不许近前，马之良察觉出，王爷有大事要谈了。

空空儿捋着房脊，几个起落就到了后花园的北房房顶，正见到紫云挑灯，大格格与一女子在石桌前坐着。她剑眉星目，白面如玉，浑身上下打扮得紧趁利落，椅背上还靠着一口宝剑。一望即知，这是位女镖师。空空儿不敢怠慢，急忙躬身缩头，把气息喘匀了，使了龟行术，慢慢爬了过去，一直行至将将能看到大格格头上的金花钿子，就不再向前，静听着她们的谈话。

紫云把灯把插在树枝上，又低头拢了火盆，放在格格和天心的脚下。

"格格，您要不回房等吧，这里多凉。"

"我不冷，你去看看，得了消息给我回话。"大格格忍不住问道。

紫云笑道："您也忒急了点，这还没一盏茶工夫呢。"

"你这丫头，我让你去你就去！"

"格格呀，真不是我懒。福晋说了不让下人靠近。再说了，这才坐下没多大会儿工夫，您就耐住性子好不好？"

"你说，我阿玛和额娘，会开口跟他说吗？"

"今天的菜单里有一道'蜜汁藕合'。是王爷亲自加上去的，这意思再明白不过了。王爷、福晋就您这一根独苗，就算他们心里有满汉之分，门户之见，但出于一片舐犊之心，必会向马师傅提亲的。"

听到"提亲"二字，房上的空空儿不免心中一沉。这叶小姐竟然是位格格？那不必问，王爷必是福郡王了。三哥告诉自己的地址，绝不会错。且听听她想嫁给谁？

只听大格格又问那女子："天心姐姐，你说呢？"

天心淡淡一笑："不是我泼你冷水，这件事恐怕没那么简单。提了亲我爹就能同意吗？我看未必。就算我爹肯，我二师兄自己也还两说呢。"

大格格当即心凉了一半。她拿眼睛直瞅紫云，这丫鬟好比是她肚里的蛔虫，当即就说："婚姻大事，自然是长辈做主。只要马师傅答应了，他苏百川敢抗命吗？"

果然是说他？真是怕什么偏来什么。空空儿一时间心乱如麻，恨不得翻身下去，问她个明白。

只听天心又道："我二师兄是有大志向的人，三纲五常困不住他的，况且，我

146

爹也不会用这个去困他。"

　　这番话让大格格更加焦躁了，空空儿倒是心下稍安，暗自又佩服苏百川起来。既如此，就不能和下面三人一样在这里枯坐，不如去听一听马之良和王爷夫妇到底说了什么……空空儿慢慢退后，撤到房脊阴面，小心翼翼跳出院外。又沿着外墙走到了二院，再次翻身而进。跳到抄手回廊，等几个丫鬟走过去了，方才看清西厢房亮着明灯，于是纵身上了北房。因忌惮马之良的功力，空空儿不敢涉足西房，只到了两房相接处，用脚勾了阴阳瓦，使出"老猿坠枝"的功夫挂在了屋檐上。换作常人，屋内的说话声此间难以分辨。可空空儿有夜视夜听之能，仅在此处，就能将西房内所说所讲，一字一句尽收耳中。

　　福郡王夫妇与马之良对坐，显然已将大事说了。马之良面容僵硬，呼吸急促。他思忖再三，起身向二人抱拳。

　　"承蒙王爷、福晋看得起小徒，但这件事……"

　　王爷夫妇面色转阴。福晋："你有何难处？"

　　马之良："格格贵为皇亲，百川不过一介布衣，实在高攀不起。"

　　福晋淡淡道："这话免了吧。是我家小女不争气，偏偏喜欢你徒弟。"

　　福郡王笑道："马师傅，您坐，坐下说话。"

　　马之良只得挨着椅子边又坐下了。

　　王爷道："这门户之见，你我就都不必挂怀了。只要您肯点头……"

　　马之良："王爷，我斗胆拦您一句。如果是其他的徒弟，我，能做这个主。单单百川，他，不太一样。"

　　福晋冷笑："有什么不一样，不就是同文馆的学生吗？"

　　"不光是因为这个。这孩子，他不会武功啊。"

　　"这我们知道。说句您别吃心的话，舞枪弄棒的，我家格格也不会嫁。"

　　马之良红着脸，把那话生生受了，又赔笑说："他，要留洋，决心已定。"

　　马之良素知二徒弟为人，他是有鸿鹄大志的。自己已经数次暗示要将绝学传他，正是想留住他，可他似乎去意已决。作为师父，虽然万般不舍，也只能成全。毕竟当年传他武功，已经有负于大师兄所托。正所谓：雕鹗鸾凤各自飞。他终究会成为什么，还是他自己的命数。可如今王府又横插一道，只会加速他的离开。苏百川的决心连春云十三展都撼动不了，又岂会因为一桩婚事就驻足不前？至此，也只好将实话说了，希望王府能够知难而退。谁想福晋根本不以为然，冷笑道："我当是什么。他不是还没走吗？"

　　西房上挂着的空空儿心里把这福晋都恨麻了，似乎这个女人比自己的杀父仇人福郡王还要可恨可杀。

马之良低头不语，福郡王看出端倪："马师傅，是不是有难言之隐？"

马之良眼睛看向低处，揣摩着究竟该如何应对。他怎能说绝学都留不住苏百川呢？只能沉默。

福晋不悦，故意责怪丈夫道："马师傅难，我们王府就不难吗？小女实在任性，这自古哪有女方向男方提亲的道理？王爷您真是把她宠坏了。"

福郡王也叹了一口气，语塞不能言。气氛霎时间十分僵硬。

福晋本就不同意这桩婚事，无奈被宝贝女儿磨了好几日，好容易狠下心去说服了丈夫。如今夫妇二人把老脸都舍了，王府又如此降尊纡贵，真是给足了面子。可谁想到这马之良竟这样不识抬举，就越发不客气起来。

"马师傅啊，我说句本不当讲但不得不说的话，满汉通婚也只是近些年才开的先例。早年间，哪有这等事？既然我们已经开了口，开弓没有回头箭，我们王府，受不起您一个'不'字啊！"

马之良急出汗来，连忙又起身："福晋您这样说，让我难以招架。我虽然是师父，但百川的婚姻大事我实难做主。这样好不好？我答应你们，亲自去劝说他。成与不成的……"

福晋不会让马之良把后面的话说出来，她起身冷笑道：

"马师傅。"

马之良耷拉着头听她训诫。

"我们家虽然败落了，可她毕竟是格格，是宗人府入玉牒、记皇档的琼枝玉叶。就算我和她阿玛死了，福郡王一门人灰飞烟灭了，独留她一个，她，也是高贵的。"

马之良吓得大气不敢出，额头上汗珠点点。

福郡王有些不忍："马师傅，福晋爱女心切，您别往心里去。"而后欲言又止。

"您对我们有恩，小辈儿的事，成与不成，咱们都不耽搁交情。"他把这话在嘴边转了转，到底没说出来。

马之良抱拳："王爷、福晋所托，小民谨记在心。如今时辰早过了，我的两个徒弟还没来交接，我放心不下，想回去看看。"

福郡王："请便。"

马之良抱拳退步，谨小慎微地挪出了屋子。

空空儿眼见着马之良从西厢房退出来，匆匆去了后院，脚步声确实远了，这才卷起身子，稍定了定神。知道马之良会很快离开王府，决定先原地不动，静观其变。

·第十三章·

漫长的决斗

院中三人见马之良过来，都连忙起身。马之良只对女儿吩咐了几句，侧脸朝大格格微一抱拳，神情凝重地走了。大格格在他身后喊了声"马师傅"，马之良没有回头，径直走侧门出府去了。

不久，福晋也来了，大格格上去问了她，福晋说了几句话，大格格错愕，昏沉沉回自己的房间去了，福晋和紫云也忙跟了去。

院中独剩下天心一人。她烤暖了手，提了宝剑，照例开始在花园和阁楼、配殿之间巡查。空空儿自马之良走后，胆子大了起来。摸去了花园北面，见到一处小湖，湖心还设一顶草亭。她绕湖走了半圈又返身回去，捋着外墙的墙头探勘王府情况。之前揭心已再三交代："踩盘子"可以，绝对不能现身，更不能擅自动手。空空儿也知马之良厉害，自然是应允了他。既然自己已等多年，也不会急于一时。今天来，算是把王府的轮廓、结构、正殿、配殿、罩楼全都看了，做到了心中有数。她正打算回原处与周癫汇合后离开，谁想正经过回廊时，远远见到天心提着剑走来。自己这一身雪白，夜里十分扎眼，倘若被她看到，无论是否动手，都会打草惊蛇。可是回廊中并无藏身之处，想上墙已来不及，情急下只得躲入旁侧草丛的大水缸后面，可是只要天心朝这边来，还是藏不住的。天心似乎真的觉察出了异样，正大步而来。空空儿暗暗叫苦，打得过打不过都不能束手就擒，于是将软剑的手柄攥在了手中。那天心走到自己近前，居然立住，"仓啷"一声抽了宝剑，空空儿吓得也把软剑带出了半尺，随时准备殊死一搏。谁想她提剑竟朝配殿的方向去了。空空儿错愕，忍不住展开身法，悄悄跟了上去。

天心快步朝配殿方向走来，穿过小戏台，径直从小门出了府。刚一露头，就发现了两个黑衣人，正打作一团。原来天心早就听出了府外有异常声响，一路寻过来并不是发现了空空儿。天心警觉地向前走了几步，断喝一声：

"哪里来的贼人！"

那二人就跟没听见一样，打得越发激烈。这里是府外，天心不知深浅，不会轻易动手，只想尽快把他们轰走，于是上前一抱拳："朋友，要动手去别处吧，这里不是打架的地方。喂！"

二人还是没反应。天心只觉两耳发烫，坐池子又不能多管闲事，只得退进院子，把院门关了。

交手的两人，正是周癫和庞知。庞知自从那日见了周癫，就猜他必会来王府踩盘子，于是瞒了叶广昌已私下到过王府两回，果然今天撞见。

那周癫正在为空空儿望风，见巷口来了一位戴着黑色小笠的黑衣人，从走路神态和略略出格的打扮，周癫就认出了这位老朋友。二人也不搭话，相互看着对方发出阵阵冷笑。

庞知笑他依然这么丑，周癫笑他还是打扮得如此土气。这二人也有默契，等马之良离开了王府，立刻动起手来。天心出来喝止时，两位老江湖都知道她不敢出池子，故而谁也不理。天心回去之后，他二人已从王府外墙斗到了相邻小巷。

打累了，就隔着十步远，一个叉腰，一个靠墙，各自喘着气。空空儿从王府围墙跳到道旁的一棵大树上，自上而下，静静地看着他们。

不久，庞知慢慢走向了周癫，忽然单手伸出去，摸着他的脸。那周癫不时也摸摸自己的脸还有庞知的右手……索性四只手都缠在了一起，二人鼻尖相距不足一尺。如此亲昵的动作，看得空空儿不由大惊，差点从树上跌落下来。

原来，周癫的脸上被粘上了一层蛛网，缠了头发和耳朵，庞知帮他摘除。

"庞知，你老了，拳脚都不像样了。"

庞知把扯下的蛛网甩了几下没掉，索性抹到周癫的衣服上："哼，像不像样打你足够！论岁数，我还大你三岁呢。"

周癫呵呵一笑："你歇够了？"

"我可不累，等你呢。"

周癫冷笑一声，二人摆开架势，决斗一触即发。忽听树上飘来一句话。

"想不到啊，想不到。"

二人一愣神，空空儿一跃而下。

"当年江湖上两个腿功最好的人，鸳鸯腿和十二路谭腿，斗到今天，还没有分出高下！"

"姑娘这话错了。门派没有高低，能分出高低的，只有人。"

"说得好！这事儿一拖几十年，皆因为我们老哥俩聚少离多呀。对吧，庞兄？"

"是这话。不过你眼睛不碍事吧？是病了还是彻底没了？"

"用不着你操心，我闭着眼睛一样打你！"

庞知阵阵冷笑："真是再好不过，我刚才一直于心不忍呢！"

"你少废话，我今天非打服了你！"

说罢二人又要动手。

空空儿断喝："行了！你们真会挑地方。两位前辈，今天卖我个面子，千万别在这里动手，行不行？"

二人正犹豫，街口不远处有人影闪动，是叶深往王府赶来。

"有人来了。快走。"空空儿压着声音提醒道。

三人迅速隐在夜色中，分为两路迅速离去……

叶深走到王府后罩院的门外，轻轻叩了三下，天心拉开了房门。

"怎么才来？"

"家里出事了。"

"啊？怎么了？"

"进去说吧。你拿剑做什么？"

"过路贼，没进来。"

叶深笑了笑，摸了摸她的脸："瞧你，吓着了吧？"

天心笑道："哪有？"

二人甜蜜一笑，一同走进了王府院内。

庞知独自走出巷子，见到一座关帝庙，门口站着叶广昌和揭心。庞知大惊。

"老爷。"

"想不到你竟然会节外生枝，要不是我师妹很识大体，咱们可都白忙活了。"揭心冷笑道。

叶广昌冷冷地看着庞知，转身进了关帝庙。二人都跟了进去。关帝庙不大地方，有三个真人等身的木雕。居中的关公坐读《春秋》，两侧则是周仓立刀、关平持印，雕工很粗糙，但香火很旺。揭心取了殿前的贡果，满不在乎地吃着。

"你们，都看到了？"庞知小心翼翼地问着。

"你说呢？"揭心用鼻子说道。庞知看了叶广昌一眼，没敢说话。

"那个周癫，真和你有仇吗？"揭心问。

庞知根本不愿搭理他，揭心撇撇嘴。

"你不说拉倒，跟我多爱听似的。叶大人，要不我回避一下？"

"哎，揭老弟别见外。庞知，这事儿，你得说。"

庞知第一次难为情起来："我和周癫，都擅长腿功，谁也不服谁，斗了几十年，没有分出高下来。就这样。"

叶广昌还没说话，揭心先笑了起来："这倒新鲜了。我久经江湖这么些年，这样的比试闻所未闻。据我所知，同类武功的比试，可以说是出手即知，高下立现。哪有比上几十年的？"

庞知愠怒道："比得少，所以未见胜负。不行吗？你没有见过，就没有啊？"

"你快得了吧，都是老中医，谁也别给谁开偏方儿。庞知，你和周癫之间，必有隐情。"揭心不依不饶。

庞知怒目相视："你——"

"我把丑话说前面，私怨归私怨，可别误了大家！"

这话明显是在点叶广昌。叶广昌果然厉声道："还不照实说！"

庞知叹口气："三十年前，我和周癫，因为一个叫秋童的女人，结怨了。"

揭心一笑："这才对嘛！"

庞知瞪他一眼，继续道："每次比武，我们都想来真的，可又都顾忌她的感受……后来周癫消失了，秋童也走了。我猜，他们在一起了吧……"

三里河邮局牌楼的对面，有一家北京城打烊最晚的酒馆"香如故"，有最烈的烧刀子和最香的莲花白。

小厮已经趴在桌上睡熟，酒馆过了打烊的时间，最里侧的桌子上还坐着两个人，周癫在向空空儿讲述同样一个故事，版本截然不同。

"秋童说，她心里有我。可庞知告诉我，秋童和他说过相同的话。"

空空儿没有搭话，轻轻抿了一口酒。

"我和庞知，必须有一个要退出，命中注定。"

"如果我是秋童，不希望你们以命相搏。"空空儿说。

"最后一次决斗，是二十六年前。我们都负了伤，我没钱医治，在灯市口大街的一家旅店一躺半月，秋童也没来过。大概是跟了他吧！后来我因无力还债，被扔到了街上，做了路倒儿，是老帮主救了我……我随老帮主去了苏州之后，这些年就再也没有他们的消息。后面的事，姑娘已经知道了，我娶妻生子。这种陈年往事，就像没发生过一样。"

关帝庙里，揭心对庞知的情史有着浓厚的兴趣。

"你怎么知道，秋童一定跟了周癫？"

庞知愣住，想了许久道："那还能有谁？我不信还有比我俩更适合她的人。"

揭心捂着嘴嘿嘿地笑。

"你笑个屁呀！"

"我问你，如果可以选择，你希望秋童是跟了周癫还是其他人？不能选自己啊。"

"你哪儿那么多废话？"

"我问问啊，如果，就说如果呢？"

"没有如果。他俩就是在一起了，一定的！"

"你就这么笃定？这些年你见过秋童吗？"

"有什么好见的，我都回乡下成亲生子了。都这么多年了，也不知道见了他怎么还是那么来气。"

"你先别气，你说说，你希望秋童是跟了周癫还是别人？"

庞知想了很久："别人！"

揭心搓着手捧起来笑，庞知恨不得一脚把他当场踢死。

"周叔，你恨他吗？"空空儿已经半醉了。

周癫想了想，轻轻摇了摇头："恨不起来了。是我自己不够好，不关他的事。但我不希望秋童和他在一起，真的不想。"

"他俩在一起了吗？"

"大概是。"

周癫眼中喷火，愤然将半坛酒捧起来，直灌而下……

"你还是恨他，至少你嫉妒。"

"我只爱过这一个女人！为她我差点死了，我凭什么不能嫉妒？!"周癫倔强地反问。

空空儿一凛，触动酸楚心事，眼泪滑腮而下……

第十四章

暴雨将至

天心见叶深不同寻常地说家里出事了，再三问他。叶深就把她拉到一处背人的耳房，将苏百川与陶士钧动手一事说了，惊得天心也是瞠目结舌，觉得不可思议。

"我爹秘传二哥十年？"

"是三弟说的，百川也没有否认。"

叶深说得很慢很艰难。作为大徒弟，叶深持重宽仁，有掌门之风。按门规，他比三弟更加接近对绝学的继承。如今出了苏百川的事，叶深心中的惊诧与不满，不逊三弟，只是没有在人前显露。

天心与叶深是两年前好上的，私下里早已定了终身。她当然希冀着父亲能把绝学传授给未来的夫婿。可不知为何，这件事发生之后，她反倒温和从容，似乎冥冥之中她更希望二哥继承绝学，她不禁哑然失笑，笑自己荒谬。

"你笑什么？"

"没有啊。我，我是想，会不会搞错了？"

叶深摇头："我亲眼见到他俩动手，百川没还手，但武功绝不在士钧之下！"

天心不由好奇起来："二哥真是深藏不露啊？我倒要试试他。"

"你还笑呢？老爷子动了真怒，罚了士钧，还不让百川走了。真让人看不透。"

"不让二哥走了？这，错不在二哥啊。我爹到底怎么说的？"

"他只说，一代不如一代。"

叶深无法完全理解马之良此话的含义。春云十三展作为绝学，传了几十代人，曾经的是是非非，早成过眼云烟。马之良从不敢质疑这"单传"的法则本身是否合理，更不敢试图打破。他只想尽到一代掌门的责任，在后辈中奖掖提携，传承有序。他少年时曾亲眼看见师尊废掉了三弟，故而他在对待几位徒弟的态度上，多宽和而少猜忌，始终是外简内明，用人唯才。从他们的才具来看，叶深稳重通达，士钧勤奋单纯，百川不拘一格，各有各的好。起初，他心定苏百川，要将绝学传他，让叶深继承掌门之位，顶门立户，再把女儿许配给士钧，自算是一种平衡。可是百川去意已决，他就只能重新考量余下二人。相较之下，还是叶深更胜一筹。但不知为何，他隐隐觉得与叶家人在心里隔着一点什么，有说不清道不明的距离感，甚至是顾虑。这样看起来，好像只剩下老三最妥当，可偏就在这个褃节儿上，竟然出了士钧逼迫百川的事，令马之良大为失望。

从进屋见到三个跪等的徒弟那一刻开始，他起心动念，有了十分重大的决定。前提是，他不能再擅专了，他必须离京……

马之良让叶深回池子去，让苏百川回房。

苏百川蚊子一样的声音："师父，我，我本打算后天……"

"后天你走不了。等我。"

苏百川愣住了，他没明白"等我"指的是什么，又不敢再问。

"回房。"马之良继续说。

叶深和苏百川只得走了。房中就剩下孤独的马之良和陶士钧，马之良靠在太师椅上，如同丧子的老人般憔悴，全然没了大师风范。

陶士钧不敢抬头，也不敢说话。

"老三，你知错吗？"

陶士钧冷冷道："徒儿不知。"

马之良一愣，淡淡道："很好！跪到后院去。没有我的话，不许你吃饭，也不许起来。"

陶士钧就是不动，泪流如注。

"士钧，你敢抗命吗？"

陶士钧摇了摇头，又似乎点了点头。

马之良叹气道："你记住，你不是能作恶的人，从今天起，你要断了这个念想。是你的，我一定会给你。不是你的，你拿不走。"

陶士钧泪流低头。

"跪到后院去，不许你吃饭，不许你起来。直到认错。"

陶士钧抹了眼泪站起来，回身道："我可以饿死，也可以跪死，但错的不是我，是师父您！"

马之良震怒："大胆！"

苏百川未曾走远，连忙进来拉住陶士钧："三弟，你别说了。"

陶士钧一把推开他："用不着你假惺惺的。"说罢兀自走出门来，一路气冲冲来到后院，双膝跪地，高昂着头颅。苏百川远远看着，也是无计可施。

关帝庙中的三人，终于下定了决心。叶广昌认为，今天的事没惊动王府，没让马之良察觉，已属万幸。可既然空空儿已经知晓福郡王下落，大事不能再拖。

揭心点头："宜早不宜迟。一旦我师妹遭遇了马之良，无论结果怎样，他都不会再帮徐闯南下。"

叶广昌的目光久久停留在关二爷身上，最后轻叹一口气。

"明天，就让浥川的人，去见徐闯。"

"浥川到底有什么东西，能把徐闯吓住？"揭心非常好奇。

"呵呵，是件国宝。天下无双的好东西。"叶广昌得意一笑。

揭心被警醒，忽然想起来柳絮才让他偷一个北宋年间的国宝，不由眼睛一亮："那是有点意思啊，叫什么？"

"不该问的，别问。"

揭心装出满不在乎的样子："哼！什么国宝我没见过？还能比得上乾清宫里的东西？"

叶广昌果然中计，冷笑道："明清才几年光景啊？这东西是北宋的。"

揭心笑道："北宋能怎样？又不是周秦的青铜重器，至于跟我卖关子吗？"

叶广昌不知他在套自己，不耐烦地解释道："是一件轻薄的小甲。巧夺天工，技法失传！"

揭心猜出个八九不离十了，刚要再问。

叶广昌有些警觉："你不是想打它的主意吧？"

"哈哈哈，哪儿的话？我就是好奇嘛，不说就不说呗！"

庞知笑道："他们'老荣'行做贼的，一听有宝贝，就心里发痒。老爷，这么说您要下决心了？"

叶广昌点头："机会，稍纵即逝。"

揭心提醒道："叶大人，落子，可就无悔啦？你有十足把握吗？"

叶广昌微微一笑："世上哪有十足把握的事。古往今来但凡成了事的，仔细想，无非是：三分运，三分算，三分胆。"

"还有一分呢？"

"是，无常……"叶广昌想了很久，才慢慢说道。

次日清晨，金银巷广顺镖局。徐闯正在院中喝茶，看着徒弟们耍弄枪棒，大徒弟肇星自门外领着两位商贾模样的人拜见。

"师父，这二位先生，有事见您。"

徐闯起身抱拳："在下徐闯。敢问您二位是……"

来者笑道："徐总镖头，我叫陈三，做点小买卖。这位是太原长武号的东家胡覃。"

徐闯一听就知，这自称陈三的，只是一个中人，胡覃才是事主。于是定睛看了看他，不过四十上下，富态可掬，难知深浅。忙道："哦，陈老板，胡老板，快坐快坐。看茶。"

三人在石桌前坐了，早有武师奉茶。

胡覃笑道："我久闻开山虎和广顺镖局的大名，如雷贯耳。今天得见，徐总镖头果然风采夺人啊。"

胡覃操一口标准的太原官话，足能以假乱真。可是他并不姓胡，也不是中国人。他是涯川介的手下，秋山四郎。

"过誉了。阁下今天来，有何贵干啊？"

"徐总镖头，我知道您镖行天下，威名赫赫，多年以来从未失手，是江湖驰名的大朋友，黑白两道都要给您面子。我今天来，是有大事相托。"

胡覃看了看院中的徒弟们。徐闯屏退左右，院中独留四人。

胡覃这才从皮包中取出了一个蓝宝石镶边的楠木匣子，放在了桌上。徐闯是行家，单这匣子，就值万两银子了，不由眉头一蹙。

"徐总镖头，您上眼。"

胡覃说着话，把木匣子盖子轻轻拉开，露出了一件五彩斑斓的宝衣。织工通经断纬，颜色千变万化，图纹隐约是一颗虎头，却完全看不出用的什么材料。徐闯不由大惊，自己走镖多年，过眼的东西车载斗量，早是半个古玩行家，任何宝贝他只消略一上眼就能断年代、知深浅，可这件衣服他愣是看不出一点门道儿。

"恕我眼拙了，您这样东西是？"

胡覃笑了："实不相瞒，这是北宋年间的国宝，名叫虎头盘云五彩甲。"

徐闯由衷赞叹道："好名字。什么来头？"

胡覃神秘一笑："大有来头……"

·第十五章·

五里还阳

赵华被赵素响连推带搡回到了水洼胡同的家中。他跟踪喜大人之事，被赵素响在营房亲自抓现，万幸没有惊动官家。

大晌午的，唱戏的学徒们还有看相的一众街坊，出门未归。整个院子就只有开饭馆儿的小媳妇儿在院子里忙活，支开两张大桌子，还就地铺开一张草席，包了一百多个糖三角，把院子码得满满当当。

"留神别踩啦，他赵大哥，还没上屉呢。"

赵素响答应一声，推着弟弟往里走。那时住在杂院最里侧的穷人，时常是绕屋种菜，编篱为门。他顾及弟弟的体面，直到进去之后，把自家的木栅栏合上了，这才开始搜身，赵华挣扎几下就动弹不得。赵素响只搜到了一包香烟，放了手，是美国的老车牌香烟。赵素响疼钱，蹙眉道："抽这么贵的烟？"

赵华整了整头发，没好气地把烟抢了过来，靠住门，满不在乎地点一支抽上了。

"说，到底干吗去了？"赵素响冷冷问。

"都说一百遍了，我路过。"

"天天路过是吗？早有人跟我说，这几天总能见你在营房门口探头探脑的，你到底想干吗？"

赵素响拿起铁锹，开始翻地。经过一冬，这一块地冻得铁硬。赵素响发泄般铲着。

"说话啊？"

"我刺杀你们喜大人，信吗？"

赵素响停住："你敢？"

"那不得了！我说了是路过。就今儿一回，他们准是看错了。"

赵素响从墙角小地窖里取了一棵大白菜出来，去窝棚的厨房舀水洗菜："我不管你去干什么，这是最后一次。以后再让我看到，绝不饶你！"说罢，又把面口袋找出来，用手持持，只倒了一小碗玉米面："只够蒸两个窝头了，再炒个大白菜。我去营房吃。"

"你别给我做，我不吃。"

"不吃不行！别以为我对你的事情一点不知，我是不和你计较。旁门左道！"

说罢，开始在案板上和面，准备给弟弟蒸窝头。

赵华冷笑道："我旁门左道？我那是进步思想。燕雀安知鸿鹄之志！"

赵素响愣住了："你自比鸿鹄，却说哥哥是燕雀？你真是这样想哥哥的吗？"

赵华冷哼不语。赵素响气不过，想压压他的气焰："那么，苏百川比你怎么样？"

"你什么意思？"

"我不如你有志，那为什么苏百川不去进步？说啊？"

"你真荒唐。苏百川不选择的东西就一定不好吗？人生不同，选择自然不一样。"

"康有为、梁启超、谭嗣同、杨深秀又怎么样？"

赵华冷笑不答。

"这些人跑的跑、死的死！这是进步？"

"我和他们也不一样。"

"都是瞎折腾，怎么不一样？"

"我，我比他们还进步！"

赵素响震惊："你说什么？"

赵华走到窝棚门口，一脸正气："他们是'以澄清天下为己任'，对清廷还抱有幻想，简直愚不可及，如果换作我……"

赵素响的眼睛刀子一样盯住他："难道你还要造反？"

"我不必跟你说。我有自己的路。"

赵素响点点头，把捏好的窝头上了笼屉，给灶里填了一根大柴。淡淡道："有我在一天，你走不上这条路。"

"你太愚昧了。你知道杨度吗？你知道邹华吗？你知道章太炎吗？你知道孙文吗？你就知道朝廷，就知道揭心！"

"没错，我是只知道揭心，所以我的人生很危险。而你知道这么多人，只能更危险！"

"不可理喻，简直无药可救。"赵华大摇其头。

赵素响在案板上快速切着白菜，淡淡笑道："你会理解我的，我都是为你好，素华……"

"叫我赵华。我不要中间这个'素'字。"

赵素响放下手里的菜刀，静静看着弟弟："素华，你是我从小带大的，我省吃俭用供你读书，并不奢望你将来有多大出息，但至少不能看你死我前面。"

赵华怒道："贪生怕死之辈不管活得多长久，与秋蝉朝菌有何区别？且吃且睡的人生，多寿又有何用？"

"我说不过你，不说了。炒白菜要放辣椒吗？"

"放个屁辣椒，说了我不吃。你看你那个阴险的样子，假装没事人一样，是想报官抓我吧？"

"你小看我了。要报官我早报了，可我赵素响做不出那样的事！愧对爹娘祖宗！"

赵华心中一凛。

"我能做的，还有一样。"

"什么？"

"打残你，养你后半生。"

说罢，摆上大锅，准备炒菜。赵华抄起一块石头，直扔到菜锅里，登时大锅被砸出一个洞来。

"你来啊！"赵华怒目相视。

可把赵素响心疼坏了："这口锅我前年才置下的，能用十年的！你这个败家子儿！"

"知道我为什么去军营吗？我是去找你们喜大人的！"

赵素响愣住了，慢慢地回头看他："找他干什么？"

赵华咬牙切齿："我要杀他，我要杀死他！"

赵素响觉得事态严重了："写《暗杀时代》的吴樾，和你什么关系？"

赵华哈哈大笑："没有关系，也有关系。能与吴樾同在一个时代，是我之骄傲！能与吴樾同为革命同志，是我之自豪！"

赵素响点点头，默默地走向窝棚边的柴房，不久扯出一根铁链子来。

"你干什么？"话音未落，已经被赵素响擒住了双手，动弹不得。赵素响用铁链锁住了赵华的单脚并上了锁，另一端系在了院中的大树上。

赵华大笑："好啊，好啊。这皇家的锁链，拿不住揭心，反把你亲弟弟锁了？赵素响，你真有能耐！"

赵素响看了他半晌："炒白菜没有了，窝头熟了自己拿。"

而后，背起鸟枪径直拉开篱笆门走了出去，赵华愤恨地看着他的背影。不久，听见赵素响在院中说话。

"妹子，我拿你家一块咸菜疙瘩行吗？我今儿来不及炒菜了。"

"您得着。"

不久，赵素响回来了，手里多了一块咸菜疙瘩，放到了赵华的身边。之后，头也不回地走了。

赵素响被弟弟气个半饱，心乱如麻，快步朝营房而去。刚穿了几条胡同，就在大街上见到四个同僚编成一个鸟枪小队，拱卫着喜大人缓缓而来，他赶紧也加入队伍里。队尾两个护军在发牢骚。

"最近城里太平，没个放枪的地方，咱们一天到晚的没有正经事做，真是闲得发慌。"

"把嘴闭上。陪大人去喝酒，还不是正事儿？你说呢老赵？哎，你从哪儿冒出来的老赵？"

赵素响忙说："是是。事儿不分大小，人，才分大小。"

老喜停下步子，回头道："聊什么呢？"

赵素响腼腆一笑。

老喜哈哈一声："鬼见愁，你小子什么时候冒出来的？我正找你。"

赵素响的心提到了嗓子眼，以为他要说赵华刺杀……

"我听到风声，琉璃厂一带，忽然聚了一大批日本浪人，我估计没憋好屁。你有空啊，查一查，验验他们的成色。要是依法经商就罢了，如果干什么不法勾当，咱们可不能手软。"

赵素响："大人，就算这些人有问题，也是衙门口儿的人管。咱们鸟枪护卫，越权了吧？"

"我真想操个谁！你这人就是没有归属感。刑部也好，步军统领衙门也罢，和咱们一样吃皇粮、拿俸禄，无非是穿着不同，名头称谓各表。魂，都是一个。"他冲天抱了抱拳："为朝廷分忧，为黎民百姓解难。"

"属下懂了。"赵素响恭顺地说。

老喜点点头继续迈步前进。

瘦子小声道："赵哥你真死板，大人让你查你就查，这里面肯定有油水儿捞。"

赵素响点点头，不再说什么，低头跟在队伍的最后一列。

忽然见到街对面有一个白衣女子冲他笑，还轻轻地挥手，竟然是空空儿。

赵素响问了酒楼名字，对瘦子说一会儿就来。之后就朝对街走去，将将来到空空儿身边还没搭话，身后一人道：

"赵兄！"

赵素响一回头，认出是徐闯和他的徒弟。

"徐总镖头。"

空空儿曾在徐闯小亮镖时造访过他家，当即认出他来，就把身转了过去，走开了几步。

"赵兄，多日不见。一向可好？"

"托福，还过得去。"

他的肚子"咕噜"叫了一声，从昨晚到现在，赵素响只吃了一根萝卜。

"听说您的镖局子又开了一家分号，给您道喜了。"

"还没亮镖呢，才没给您下帖。亮镖那天一定请赵兄光临。"

"一定捧场。"

"偏巧了遇见您，我方才去了菩提巷，马之良老先生不在，家里说不知所踪。您与老先生私交甚好，可知其下落吗？"

赵素响心细，不辨马之良与徐闯的交情深浅，可能马先生在池子坐镖，家人对徐闯不便相告。

"我也有几日没去拜会了，怎么您找马先生有事？"

徐闯点头道："我确有要事需找马先生商议，可他的二徒弟苏百川说，师父留下一张字条就走了，不知去向。"

空空儿听到"苏百川"三字，眼睛一亮，支棱起耳朵来。

赵素响："苏百川既这样说，必是马老先生有要紧事情匆忙走了，连徒弟都瞒了不说。"

徐闯急了："这可怎么办？我这边真的是十万火急呢。"

"您去达官门啊，找他的师弟叶广昌大人，或许有消息。"

徐闯一抱拳："也只好如此了，多谢赵兄，我先走一步。"

二人一抱拳，徐闯带着徒弟疾步而去。赵素响肚子又不争气了，"咕隆咕隆"闹得更响。赵素响羞红了脸，将腰上的板带深了深。

空空儿一笑："赵大哥，您这是练的什么功夫啊？"

赵素响不好意思地笑道："让姑娘笑话了，我是饿了。"

"前面有家烤羊店，您想吃吗？我请。"

"心领啦，我是陪我家大人赴宴的，山珍海味随便吃呢。"

空空儿点点头："可巧了碰到赵大哥，我还真有事问您。"

"姑娘请说。"

空空儿眨了眨眼睛："上回那个书生，就是上次去我店里买东西的那个书生。"

赵素响当然知道她想问谁，心说那个书生为了你魂儿都快没了。

"他叫苏百川。"

"对。好像姓苏的，他不是从我店里买走几样东西吗？有一件玉呀，我给错了，他拿走的是个赝品。"

赵素响装作认真："哦，原来这样。那姑娘是想还他一个真的？"

空空儿红着脸："是啊。您知道他住哪儿吗？"

空空儿方才离他二人五七步远，早把刚才徐闯的话听到了，此时却要明知故问。

赵素响料定她一定听到了，也出于礼貌说道："在南城，菩提巷。"

"几号？"

"哎呀，我去倒是总去，可我记不住门号。"

赵素响根本不想让她破坏苏百川的前程，当然不愿告之详情。

"好找吗？我能问过去吗？"

"嗯，难说，他家里人低调，大门总是闭着，也不常拜街坊。"

"那，您什么时候有工夫，带我去一趟好吗？指个门儿就好。"

赵素响知道她还在客套，此时若是说不便，她一定自己找了去，倒不如能拖一时是一时。

"可以啊。不过我这会儿得陪我们大人去赴宴，你要是不着急，先随我过去，等大人在酒楼喝起来了，我再找工夫溜出来。"

空空儿不知是计，觉得这人憨直可爱，不禁点了点头。

赵素响当然清楚，喜大人的酒宴是多么的旷日持久。空空儿在外等了一会儿没见动静，只好进去单找了一桌僻静的位置，自顾自喝茶等他。这一等，又是三个时辰。

酒楼里，摆了两桌酒席，陪桌的随从们已经喝得东倒西歪。主桌的喜大人以及钱大人、黄大人身边各有一个唱的陪着。他们划拳行令不亦乐乎，赵素响恭敬地站在老喜的身后，饿得眼睛发花。

两个陪酒的歌女对着三人又一通灌，不小心把桌上一盘烧鸡打掉在地，赵素响看在眼里，想弯身去捡。老喜却一再回头，挤眉弄眼，不时将酒杯从腋下递过去，赵素响总能快速接过去喝了将杯递回，老喜拿过空杯又去找钱、黄的不是，嚷嚷着要尽兴。那二人前后干了十几杯，眼看要倒，可老喜居然面不改色，八风不动，就怀疑他把酒洒地上了，分头来寻老喜的不是，可那地面上干干净净的，连滴茶水都没有。一场闹下来，老喜岂能轻饶？二人只得各领三杯罚酒。几番折腾，连陪酒的

166

姑娘和两位大人尽数喝倒，七扭八歪伏在桌上。

天色渐晚，空空儿实在耐不住，结了账要走，正看见赵素响蹲在地上捡起烧鸡吃。空空儿不由心里一酸，低头走了出去。赵素响看到了她，起身喊：

"姑娘等一下。"

老喜迷离地回头看他："你跟谁说话？"

赵素响手腕暗一发力，将老喜的穴道点住，捏起嘴巴对着酒壶一阵猛灌，老喜翻个白眼儿，也倒了。空空儿无暇多想，与赵素响一起快速走出酒楼。

酒楼外，赵素响觉得对她有些愧疚。

"让您久等了。真的对不住……"

"不会伤他性命吧？"

赵素响一笑："放心，这手法叫'五里还阳'，打穴的人走出五里路的工夫，他的穴道自己就解了。"

"见识了。您是不是想用这样的手法，点住揭心，点住正在行窃的揭心？"

赵素响深沉一笑："有那一天，再好不过！"

"真人面前不说假话，我不是去送玉的，我只是想见他。"

"见他干吗呀？"赵素响装作没听懂。

"赵大哥，如果你喜欢一个人，你会大胆说出来，还是等？"空空儿这话就是要告诉他我喜欢苏百川，你不要装聋作哑。

赵素响淡淡一笑："我很难喜欢一个人。"

空空儿实在聊不下去了："太晚了，回去了。改天我自己去菩提巷，碰碰运气吧。"

赵素响立刻说："别。你自己肯定找不到的。找到了也不见得能见上。"

"啊？为什么？"

"他，他家教严，有个老妈子护着。你一个姑娘家的不方便。"

"不会吧？那怎么办啊！"

"这样吧，你，你后天，后天下午到护军营找我。我陪你一起去。"

空空儿大喜："那太好了。有劳了！"

赵素响向她抱拳："别客气。"

心说，对不住了姑娘。到了后天我再找个由头，再拖你三天，到那时百川兴许已经走了。

空空儿怏怏而去，赵素响回到了酒楼之中。看见众人都没醒，只有一个陪酒的歌女在邻桌吃着东西，就一声不吭蹲在了旁边，也大口地吃了起来。这歌女瞧他一眼，也不搭话，加速吃。赵素响顾不上想她究竟是为何饿成这样，总之自己是绝不能再拘着了，双臂伸开，两手并用一阵狼吞虎咽……

许久后。歌女已经离开，赵素响撑到坐在了地上，手拿鸡腿还在往嘴里硬塞。被点了穴道的喜大人，迷迷糊糊挣扎醒了，见身边的黄大人和钱大人还在昏睡，一砸自己的脑袋："哎呀，好酒，好酒。钱大人，你没事吧？"

钱大人鼻孔里出了一股气，嘴巴乌拉乌拉说了几句，又趴在了桌子上打起了呼噜。

喜大人环顾四周，邻桌醉倒一片，回头也不见赵素响。

"鬼见愁，鬼见愁。"

赵素响连忙从桌下面悄悄爬了过去，立于喜大人身后："大人！"

喜大人一惊，扭头回身，赵素响就在原处。他不信自己的眼睛，脑袋来回如拨浪鼓一般抖了几回，确定赵素响真的在，"你去哪儿了？"

赵素响见他神志不清，眼神惺忪。

"没去哪儿啊，我一直在啊！"

"胡说，刚才还没看到你，再说我喊你怎么不应啊？"

"我应啦，您叫一声我应一声，可您就瞪着我一直叫啊！"

喜大人被他说晕了，一掌扇在自己脑门上："我真想操个谁了。快扶我回家。醉成这样……"

第三卷

· 第一章 ·

心潮逐浪

早晨吴妈去马之良房间送热水的时候，没见到人，却发现书桌上留着一张纸条："我走几天，池子交给老大和天心，士钧可以起，不许吃。百川不能走。师字。"

　　没人知道师父为什么忽然不见了，又究竟去了哪里。苏百川自然不敢擅离，出洋的计划行程也只能推后。可整整一天过去了，倔强的陶士钧依然在后院跪着。苏百川已劝过多次，他还是对自己很抵触。早晨叶深回来劝，他不肯起。傍晚时师叔来找师父，也曾唤他起来，士钧竟连三叔的话也听不进。苏百川心急如焚，再这样跪下去，非出事不可。他看着三弟，又无可奈何，心里堵，想出去走走。刚从后院出来，就在门口撞见了天心。

　　天心劈头就问："三哥呢？"苏百川朝后院努努嘴。"还跪着？"苏百川无奈地点点头。"你们啊你们，能干点什么？"说罢黑着脸直奔陶士钧而去，老远就厉声呵斥道："你不要腿了？"陶士钧回头一看是她，心虚地道："没事。""给我滚起来！"天心怒斥。对于士钧此番不讲理，也只能以其人之道还治其人之身。

　　"不，我要等师父回来。"天心伸手就是一个嘴巴："你胡扯！滚起来。"陶士钧吓得急忙颤巍巍地站起来，忍住疼，被天心扶着去了厨房。苏百川暗赞还是小妹英豪，心下稍宽。

　　他步入葫芦巷，想去大街上走一走。这时，史有为家的木门"嘎啦"响了，门开了一道缝，史有为就立在门口静静地看着他。苏百川礼貌点点头，刚要走，史有为冲他挥手。苏百川笑问："您叫我吗？""对啊。苏老弟。"苏百川大惊："史大哥，您，您怎么，说话了？"史有为笑道："许你和人比武，就不许我开口说话吗？"

　　苏百川恍然："呵呵，对，那天被你看到了。""苏老弟，可否赏脸，进来喝一杯茶啊？"苏百川略一迟疑，四周看了看，走进了小院。

　　做了六年的邻居，苏百川第一次进史有为家门。除了有一个放置木料的柴棚之外，其余的陈列并无出奇之处。在史有为的邀请下，苏百川在他家小院的石桌前坐定，不大工夫，史有为从屋里捧了一个托盘来，有新沏好的一壶茶和两个茶盏。他坐定后，为苏百川斟了一盏，递过去。苏百川捧起来在鼻子前嗅了嗅，轻呷一口。

　　"好茶！"史有为笑着点点头。苏百川也算是少爷出身，家境殷实，吃的用的，也都经见过。史有为作为一个穷酸木匠，家里端出来的茶，顶多是高末或是茉莉花，可是这一口下去，苏百川就喝出了武夷山极品岩茶的味道，甚至说，不逊于王府待客的岩茶。再看这一只茶盏，虽然黑乎乎一团，手感也寻常，可他借着油灯仔细看了内壁和圈足，断定这是上等的"建窑兔毫盏"。心中不免惊奇，料定他绝不是木匠那么简单了。

"我们做了六年邻居，鸡犬之声相闻，我却一直不太了解您，只知道您是木匠，还是……"

"是个哑巴？"

苏百川抱歉一笑。

"我装聋作哑是为了省去世俗的交往，因为在这个世界上，很多人并不值得多说话。"

苏百川微微点点头，不敢认同，也不便否认。

"苏老弟就不同。你不是这样的人。"

"谢谢史大哥。"

史有为抱歉一笑："我不姓史，我也不叫史有为。"可是他后面又不说了。苏百川觉得此人真怪，只好说道："您找我来，有事吗？"

"嗯，有啊。我想还你一个人情。"说完神秘一笑。倒让苏百川一惊："人情？咱们之间并无来往啊，大哥您……"史有为挥手制止："苏老弟，你们通天拳几个徒弟是武术高手，只有你是文弱书生，可偏偏你也会武功。我猜这里面必有你师父的曲折用心，不愿示人。可巧被我撞见了，真是过意不去，好像欠了你什么。"苏百川绞尽脑汁琢磨他的话，合情不合理，可能是这位大哥太客气了。只得说："言重了。咱们是好街坊，只要您不外传，倒也无妨。"

史有为正色道："这怎么行？我这人原则性很强，从不欠人东西。这个人情我一定要还。"说罢，他站了起来，开始在自己的衣服袖子里掏着什么。

苏百川吃惊笑了："您不是要给我钱吧？"

史有为叹道："哎呀，钱我是没有的。我穷啊！这样吧，作为交换，我可以告诉你我的一个秘密。怎么样？"

"啊？"苏百川张大了嘴，心说有这个必要吗？史有为很大度地看着他，一副交出最隐私的秘密也在所不惜的样子。苏百川琢磨着怎么才能尽快离开，史有为以为他在想问题。

"你问什么都可以，我一定说实话。不然显得我史有为不仗义。"

"您刚才不是说自己不叫这名字吗？"

"哈哈，对。不过名字不重要，只要你喜欢，叫我爱新觉罗都可以。"

苏百川气笑了，这么荒诞不经的人居然跟自己六年邻居！于是笑着站了起来："大哥，您真是我见过的最客气的人。这不算是人情，自然也不用您还。我还有事，先告辞了。"

苏百川走到门口，史有为立在院中淡淡道："我是革命党。"苏百川先是一惊，而后笑着向他微微颔首，表示尊重。而后又要走。

"赵华是我的同志。"史有为继续说道。

苏百川又是一惊，勉强又笑了笑："知道了。我替你们保密。"

说罢单手推开门。

"赵华失踪了。"

史有为刻意把"失踪"二字说得很重。苏百川木然当场……他想了想，伸手把门关上了，重新走了回去："您有话请直说。"

史有为笑了，卷着袖子要附耳上前，苏百川轻轻一推他："您站那儿说好了。"

史有为偏要再次附耳上前，苏百川没他脸皮厚，只得煎熬着听完。

"如何？"史有为问道。

苏百川长长吐了一口气："绕了这么大一圈子，原来是想让我帮你拿名单？"

"算是吧。"

"您可真会找人啊。"

"可以吗？"

苏百川摇摇头："恕难从命。"

"为什么？"

"不为什么。不能去。"

"这不像你呀苏百川。我知道你和赵华的交情不浅，对革命也十分热忱。"

苏百川笑而不语。

"难道是你怕了？"

"谈不上怕不怕的。"

"你是中国人吗？你是知识人才吗？"

苏百川笑了笑："我还不算是。所以要出去学。"

"路有很多种，留洋未必适合你。你知道史坚如吧？他可是与你相仿的年纪啊，却能以血肉之躯，做出惊天动地的大事。作为同龄人，和他比，不觉得自己少点什么？"

"没觉得。"

"不！窃以为，你少了血性和胆气。"

苏百川唯有苦笑："是吗？那太遗憾了！"说完要走，史有为伸开双臂拦住他的去路，口中滔滔不绝。

"孙文的书读过吗？章太炎的报纸你看过吗？陈天华的弹词唱本你听过没有？自古国家大运不造，杀机深潜而将发，则必有忠勇志士适逢其会，刀轮飞空，热铁在颈，虽九死而无悔！"

苏百川绕着几次没走成，只好轻轻推开他。史有为上前拦腰抱住，闭着眼睛又是一串儿连珠炮："一个知识青年，如果不识救国，那么他有失人格。一个知识青年，并且还是一个身怀绝技的知识青年，仍然不思救国，那么他有失道德。"苏百川回头看着他："撒手！撒手！"

史有为只好松开。苏百川一脸可怜地看着他："难为您了，能一口气说这么长一串儿话。感觉不像是第一次说出来的。"

"你别管，有没有道理？"

"首先，救国的方式有很多种，未见得你的就是最好。再者，我借钱给赵华是出于个人的交情，不为其他。第三，真正的武者，是不会做杀手的，偷盗就更无从谈起了。"

史有为大力鼓掌叫好："你说得好！句句在理！可那是二十三条活生生的性命，你忍心置之不理吗？明明有能力营救却不去，你不是等同于帮凶吗？"

苏百川心说你也太不讲理了，压住火说道："这正是我要说的第四点，以我对官府的了解，那份名单不会被上奏朝廷的。"

史有为不由大惊："你说什么？不会上奏？"

"对。照您刚才说，二十三位革命党人的名单由山西巡抚带进北京城，交给了喜大人。"

"没错。千真万确。"

"问题就在这儿。我问你，山西巡抚几品官？"

"嗯，二品？"

"鸟枪参领呢？"

史有为咂摸一下嘴，想了想："至多是个五品吧？"

苏百川笑着补充道："是从五品。"

史有为恍然，"哦"了一声。苏百川继续道："设想一下，堂堂山西巡抚手握如此重要的名单，为什么不交付刑部、总理衙门，或者直接禀奏太后，却偏偏给了鸟枪参领？这说明什么？"

史有为摇头："不知道。"

苏百川呵呵一笑："说明这东西压根儿就不是用来奏呈上报的……"

史有为急了："为什么？为什么？不上报那干吗？"

苏百川想了想："不好说。也许牵扯到案情，但可能性极小。因为鸟枪参领并无权督查此类案子。一个二品官把名单给了从五品，如果没有极为特殊的缘由，那么就只剩下一种可能——他们同僚之间拿着这份名单用以买卖，从中牟利。"

史有为惊道："哎呀，我怎么没想到这一层？"

"假如真是这样，那名单转手的次数越多，你的那些同志就越安全。因为他们总觉得会有人出更高的价钱去找太后邀功的。"

史有为心领神会："最终，因为出价太高，再无人接手。那么这份名单只会砸在自己手里，反倒保全了诸位同志的性命。"

苏百川点点头："就是这个意思。"史有为手舞足蹈："哈哈，妙哉，妙哉！"苏百川已经走到了门口，忽然扭头道："还有赵华失踪的事，我想问，您有没有派赵华去偷这份名单？"

"没有。"

"到底有没有？"

"我，我忘了。"

"有就是有，没有就是没有，怎么可能忘了？"苏百川厉声道。

"我又想起来了，有。我让他想办法去偷。"

"你也太盲目莽撞了！万一名单是安全的，反而他出了事，你想过没有？"

"想过，但革命就是盲目的。错了也要干。不试怎么知道对啊？"

"那你自己为什么不去？却要让他去冒险？"

"我，我去外地了，也有重要的事。"

"赵华只是一个手无缚鸡之力的学生，你告诉我，他怎么偷名单？万一他被抓，万一他死了呢？"苏百川少见地动怒道。

"他死了，我会去。"史有为平静地说。

"值得吗？"

"值得。"

"这二十三个人和你们是什么关系？"

"是未曾谋面却志同道合的同志。革命非常艰难，在烈火中方能见到真金。为此，我们拼死也要救。"

"假如你也牺牲了呢？又当如何？"

"还有后来人。"

"谁？"

"不知道。"

"不知道？"

史有为想了想，对苏百川坚定一笑："不知道，但一定有。壮志常随云浪起，雄躯争与山河裂，好头颅换取九州同，心如铁！"

苏百川看了看他，转身向门口走去，忽然回头道："我家里也出事了，很难分身。赵华家住在水洼胡同七号，你有时间去看看。"

"好。"

苏百川看着他的眼睛，平静地说："如果赵华真的出事了，我会帮你。"

史有为感激地点点头："我先谢谢你，谢谢你对革命的支持。"

"别误会，我只为朋友！"苏百川说罢，转身离去。

第二章

春云第四展

苏百川从史有为家出来，本打算从后门回家。可无意间见到接通大道的葫芦巷巷口，有条熟悉的人影一晃而过，似是大师兄叶深。

"天心既已回来了，此刻难道不是大哥在王府坐池子吗？怎么能擅离？"

他心下狐疑，就暗自跟了上去。叶深的脚力实在好，一气走了一个时辰步伐不乱。那苏百川也不落下风，二人隔着一箭之地，一前一后出了西直门，朝城外西北方向的树林而去。苏百川心说："这是师叔家，大哥在这个时候急着回家？"过了池塘和几树枯柳，叶深来到了自家门前，环顾四下无人，轻轻推门而入。

苏百川耐着性子，弓背蹑足，一点点挪到了外墙。对于这个院子，苏百川很熟悉。三叔向来好静，家里除了一个聋子老仆人就是那个叫庞知的管家周全着。他从墙角抠下一块砖沫来，有指头大小。轻轻向头顶一抛，不偏不倚正落在院内花丛中，这是一种没有声音的声音，如非高手极难察觉。屋内有高手，可是他们将房门闭着，彼此说要紧的话，并没有留意到这独特的声响。

"连你也没说吗？"叶广昌问。

"没有。"

"天心知道吗？"

"师父走前只留下一张纸条，没人知道他究竟去了哪里。"

"纸条我见到了，我今天去了菩提巷。你师父行事向来谨慎，忽然失踪，一定是出了什么大事，或者预感到要出大事！"说罢，刀子一样的眼睛盯住自己的儿子。

苏百川跳进了院子，隐在大水缸后面，看到书房灯亮着，透出两个剪影，脑袋离得很近，认出是叶广昌和叶深。

"这么晚，那你回来干什么？"叶深沉默了。

"池子有人在吗？"

"我是趁天心回去，王府人都睡下了悄悄出来的。"叶广昌攥住手里的念珠，眼睛不看儿子，他知道叶深一定会说。果然，叶深的呼吸急促起来，心里翻江倒海。

"父亲，师父去了哪里，我确实不知道。但是，之前发生了一件事，我觉得，应该告诉父亲。"

苏百川没有夜听之力，他必须尽量靠近窗户。他犹豫了，是现在离开还是窃听师叔师哥的谈话？

叶深叹了一口气："二弟苏百川，也会武功。"

叶广昌大惊，身子弹了起来低声喝问："你说什么？"

"百川会武功，师父秘传了他十年。"

叶广昌眼冒凶光，叶深只觉得一股寒意直扑过来。须臾，叶广昌长叹一口气：

"我早该想到的。成人之后，百川这孩子的眼神和骨骼大有异象，这是练了内家拳才会有的。唉，我早该想到的，原来真是师哥在算计啊。"

"师父传武给百川，或许有他的用心，未必是在算计什么。"

"你懂什么？你先说，这件事你是如何知道的？"

"三弟昨天和百川动了手。我亲眼看到。"

"难怪老三今天一直跪着，苏百川也怪怪的。发现这件事之后，马之良怎么说？"

"师父说'一代不如一代'，罚三弟跪了。"

"'一代不如一代'？这话好啊！唵？哈！"叶广昌冷笑不迭。

"今儿一早师父就离开了，我不知道是不是与这事有关！"叶广昌站起身来，在房间里来回地踱步，时而看向叶深一眼，时而低头蹙眉，他的心中盘弄着一个大决定。须臾，忽然转身："儿啊，事到如今我不瞒你了。我正在筹划一件事，早晚要告诉你的。"

"什么事？"

"我只问你一句话，你如实说。"

"父亲请讲。"

"你想不想得到春云十三展？"叶广昌的眼睛眯成了一道缝。

"啊?!"叶深大惊。

苏百川还在原地一动未动，他思忖了良久，觉得窃听师哥的家事，有违君子之道。决定返身回去。待他压低身子刚要离开，忽听身后有人轻喝了一声："谁？"

苏百川心中叫苦，还不及反应就听到了抽刀的声音，庞知已逼近："转过来。"

苏百川背对庞知，想着脱身的法子。

"朋友，你是'夜里大'吧？转过来说话。"

"夜里大"是黑话，庞知把他当贼了。苏百川担心一旦师叔他们出来，那误会就大了。况且庞知也认识自己，绝不能回头。庞知见他不动，以为他害怕。作为一位老江湖，庞知犯了疏忽大意的错误，他只仗着四品京官和武林高手的宅邸不会有人敢闯，推测这孤单一人八成是个误打误撞的小贼。庞知笑着走近，单手扶住他的肩膀，用力一压，想把他按倒，不料苏百川借力发力，猛一抬肩膀，"啪"得将他胳膊弹出，当即脱臼了。庞知不由大惊，单手递刀就扎，苏百川听到刀风，脚下一错，躲过刀尖。拧身到了他的身后，单掌一拍，将他震飞了出去，庞知就地翻起，再看那"贼"已经出了院墙。非爬，非跳，非轻功，而是从几乎垂直的墙面，跑了出去。这样的功夫，令庞知瞠目结舌。他双腿发软，身体如雕塑般凝固了……

此时，叶广昌和叶深也闻声而出了。"什么人？"叶广昌急问。庞知面如死灰："没看清。"

叶深拔腿就追，快速来到门口，又向院外两头张望，亦没有人迹。当即慌了，唯恐父亲遭遇歹人偷袭，只得再度返回院中。就在他刚才站立的屋檐下，头顶三尺之处，苏百川手扶栌枓，脚勾阑额，像吸盘一样牢牢吸住。见他走了，飘然而落，低头急速离去。

叶深黑着脸走回书房，见父亲正在给庞知接断臂，吃了一惊。"膀子断了？"叶深问。"脱臼了。"庞知低头小声道。

叶深狐疑："那人蒙着面？"庞知摇头："没有。""哼，什么人能进到我的院中，三两下把你打倒，连个正脸儿都不给你瞧？真是奇闻呐！"叶广昌十分不悦。庞知满面羞愧："老爷，我……"

"我知道你岁数大了，拳脚不比当年，可是没想到你竟然老成了这样。"此话如同万箭穿心，庞知的额头渗出了汗珠。

"老爷这样说，我无地自容。可是这人的武功真的太诡异，我见都没见过！"

叶广昌哀怜地看着他："好了。你回屋去，缓缓神儿吧。"庞知扶着膀子，失魂落魄地走了。

叶广昌看着叶深那错愕的样子，心里又是一惊："难道你也没见到人影？"叶深低下了头。叶广昌目光深邃可怖。叶家人的自尊心受到了莫大的打击……

"父亲，江湖上，怎么会有这样的高手？"

"也许是庞知大意了。"他心里真的希望如此。

"时辰不早了，我要走了。离开池子太久，我怕出事。"

"刚才给你说的事，你还没表态。"

"父亲，请恕孩儿，不能从命。"

"你难道不想要绝学？"叶广昌十分不解。叶深定了定神："想。如果师父传给我。"

这样的回答出乎他的预料又在情理之中。他了解自己的儿子，决定今夜不再深谈，只淡淡说："深儿，你太憨厚老实。你不了解通天拳，更不明白一个父亲的用心。"

"爹，孩儿劝您一句，门里有门里的规矩，绝学给谁都是定数。您都这个岁数

180

了，难道还要和我师父争什么？"

叶广昌惨笑一声："争？我还能争什么呀？"叶深发现父亲笑得很古怪。果然叶广昌平伸出手掌："把你的手给我。"叶深一愣，把手递给叶广昌，叶广昌拿住他的腕子，轻轻放在了自己的胸部左下，只一摸，叶深的脸色顷刻变了。

"父亲?! 你的肋骨？"

叶广昌惨笑："两根，两根都没了。那年我十四岁。"叶深大为震惊："究竟怎么回事？"

叶广昌停了许久，缓缓道："你先回去吧。今天的事，不要对任何人讲。"

"父亲？"

"走吧。"

叶深拗不过，只得深深一揖，转身而去。他心如刀绞，艰难而缓慢地离开了院子，寒风吹干了他涌出的眼泪，很快又流了下来。他的身后，是一位孤独的老人和黑冷的夜⋯⋯

叶广昌走进了耳房小屋，见庞知独自在喝闷酒，也坐了下来。二人并不答话，你倒了我喝，我倒了你喝，将心事消磨。许久。

"你有儿子吗？"

"有个闺女，在乡下老家。"

"闺女好啊。贴心。"

"我离家太久了，恐怕她都不记得我长什么样儿了。"

"将来她会理解的。你一身本事，放在乡下，糟蹋了。"

"我有什么本事啊？"庞知惨然一笑。

"不是你没有，而是刚才那个人，杀掉了你的信心。习武之人，追求的无非'不败'二字。这让我想起通天拳，很奇特。通天拳要的，并不是打败对手，而是在简单的招式中，瓦解敌人的信心，斩杀他们的才华。都说春云十三展厉害，十步之内，摄人魂魄。我猜，不是杀人，而是诛心。"

庞知愣住，细细揣摩他的话。叶广昌忽然瞪大了眼睛："我有不好的感觉，刚才的不速之客，是通天拳的人！"

庞知惊得胳膊一疼："老爷，这，为什么？"

"一定不是贼，最厉害的贼我们都见过。揭心嘛，武术平平。可这人，不简单啊，能在几招之内打败你，还不让你见到脸。为什么？关键是，能伤你就能杀你，但他没这么做。"

庞知倒吸一口凉气："有道理。难道会是马之良？"

"哈哈哈哈……"叶广昌仰天长啸，打破了郊野的寂静，惊飞了院外的一群宿鸟。庞知只觉毛骨悚然，内心惊惧不已。

"老爷，您……"

"不会是马之良的。"

"那，能是谁？"

叶广昌没有回答。而是抄起了白瓷酒瓶，奋力砸到墙上，登时粉碎，留下一块湿润而丑陋的"疤痕"。庞知正错愕间，叶广昌已起身颤巍巍地走了出去。那失神且扭曲的样子，像鬼。

·第三章·

伏象朝真

马之良知道灵山。就在京西不出两百里，人道是仙家修行之所，雇车马只一天的路程。在天柱峰冲虚观，于此处修行了三十年的亿目道长告诉马之良，灵山方圆大小山峰三十有一，唯独没有"鹤来峰"，也从来没听说过什么苏造时。

马之良缠留一日无果，只得讨了干粮，辞别道长，自后山而下。昏走了一昼夜，除了花鸟小兽，未曾再见一人一屋，心知是迷路了。现在莫说是找大师哥，能走出这荒山野谷，得活一条性命已是好的。

这日清晨，马之良自山洞中醒来，吃了半个窝头，就着几口清冽的溪水，方要再寻出口，只听得远处山涧中，悠悠然传来一阵山歌。

"问世间，英雄何处？不过是，北邙山上老荒丘。见梅笑，多少尘想。都化作，一轮明月照凉树。"

马之良欢喜，趋步去寻那歌声，半山林中见了唱歌的人，乃是一位颇有仙姿的樵夫。与之攀谈下，方知这樵歌是五年前他在"请回头"偶遇一位道长所传。马之良思忖这歌中暗含几分江湖气，或与师哥下落有关。再三恳求下，那樵夫画地指路。马之良按图索骥，独身前往。约莫过了两岗一峰，走走停停，终于在次日清晨，爬过一处极为陡峭的山坡之后，到达了"请回头"。

"请回头"是一处山谷之中的深坑洼地，远望去黑森森、雾蒙蒙一片，洼地中有一块光挞挞的大青石，兀自横陈，阻断一切去路，犹如大山的尽头。这青石足有两座四合院之巨，石上有摩崖石刻"请回头"三字，不知何年何月，亦不知何人所写。马之良驻足，感叹难道真是无路可走了？假若前面再无路，又何必多出三字警语呢？心有不甘的他稍作休整，一气降到谷底深处，见那巨石两侧早被植被覆盖，仔细找了许久，才见微微缝隙不过尺余。马之良艺高人胆大，竟钻了进去，顺着石缝慢慢绕行至巨石身后，果然见这巨石彷徨横在山岬之间，那两峰斜搭，成"一线天"之势，下面是暗水湿滑小径，勉强一人可过。他挪了几十步，艰难钻出"一线天"，方见豁然开朗。

层层谷壑兰芝绕，处处巉崖苔藓生，天然一处好凹谷。面前奇峰突起，高百余丈，颇像一只立鹤。马之良来了精神，出了深林，找到路径又走了三五里，就见到山腰上青烟徐徐，隐着一座道观。心中大喜过望，顺蜿蜒小路投观而去。

刚过一处山坡，就见一排石梯漫道。阶旁竟有一位道童当道酣睡，看上去不足十岁，倒也相貌清奇不入凡品。马之良略一思忖，上前摇醒他。

"小兄弟。"

那道童揉着眼睛看了看他，开口就问："你可是从东边来的，俗姓姓马的施主？"

马之良大惊，不免后退两步，定了定神问他："你怎么知道？"

道童笑道："我家师祖说了，旬日之内，必有一位马先生自东而来，让我迎你呢。"

马之良又惊又喜："有这样的事？"

道童点头道："我在'请回头'等了你五天不见，干粮吃完了，夜里又凉，才回来打算复命的。不想这里遇到了。"

马之良大喜："你家师祖多大年纪，俗姓是姓苏吗？"

道童摇头道："师祖法号熬造大师，小徒不敢乱讲他老人家名讳，总之俗家不是姓苏的。"

熬造大师？这名字虽然古怪，但大师兄就叫苏造时啊，这不会是巧合，必有隐情。

"我问你，他多大年纪了？是不是与我相仿？"

"若问年纪，我家师祖寿年没有一万也足八千了吧。"

这是什么话？小小年纪如此玩笑？马之良只好又问："那他怎知我名姓？"

道童笑而不答。

"你们这里是什么所在？道观中有多少人修行？"

"此处是丹云观，世外幽寂之所，只是清修，不受香火的。连我在内，只有四人。我叫巽儿，还有一个比我大些的叫震儿，再就是我家师祖和一个厨子了。"

马之良立刻道："你家师祖现在何处？快带我去见他。"

道童笑道："师祖五天前闭关了，不见任何人。"

马之良心下疑惑，不见人为何让道童来迎我入山？这其中究竟有什么玄机？那道童早早走在前面引路了，马之良只好随他拾级而上。行了三五里，就见到了道观山门，门头有一副石刻：伏象朝真。

马之良忽然愣住，若有所思，久久不能出离。

"我要回去睡觉了，你不要去找师祖，你也找不到他。等他出定之后自然会唤你。"

"要等多久？"

"短则三五日，长则十日。"

马之良错愕，心里焦焚。自己哪有这么多时间等他？

"你饿了自去厨房，穿过大殿过一个跨院，最后面那间。晚上随便找地方歇着就是了。"说罢打了一个长长的哈欠。

马之良抱拳："有劳小兄弟了。"

道童一笑而去。

马之良只好独自在这荒凉的观内闲游。时值初春，古柏老松，黛色苍苍，倒也是"冷气分青嶂，余流润翠芝"。不觉间穿过供着"三清"的大殿，在后跨院，有一水池呈八卦状，马之良低头端详，竟有几尾红鱼游弋沉浮，于是坐下来看，一时间竟出神忘忧。

不知过了多久，觉得腹内空空，想起小童巽儿说后院有厨房可以饱肚，就起身寻去。这道观本就荒凉，偏院更是萧索得不成样子。马之良来时，见一个破衣烂衫的老道正在劈柴火。大致六十开外，身材瘦小，两鬓飞白。他用蛮力，将一条柴棒崩出了几步远，马之良缓缓走去，捡起来，递到老道手边。

老道头也不回："去去去，又来捣乱！"

马之良："道兄，请问您，这里可有俗姓姓苏的人？"

那老道一愣，缓缓转过头来看他。这一眼，看得马之良魂飞魄散。赫然是自己的大师哥，苏百川的生父苏造时！马之良心中好一阵酸楚，哽咽道："师哥，是我！"

老道淡淡地看着他，目光浑浊幽深。马之良扑通跪倒，纳头便拜："师哥，我是之良啊，我看您来了。"老道缓缓抬起头，盯了他半晌，呵呵笑道："听不懂。你是山中迷路人吧，去大殿里找叫震儿的，他会给你指路的，下山去吧……"说罢欲转身离开。

马之良眼泪夺眶而出："师哥，您就不想知道，您儿子百川的事吗？"

老道停住了，眉宇间的仙风道骨转瞬降落凡尘。

苏造时字冠武，北京通县人。其父苏舜永曾任沧州抚标。在"汉不掌兵，满不点员"的清朝，汉人能做到抚标，已不多见。沧州自古是武术窝子，"藏龙卧虎"之地。历来镖局都有"镖不喊沧州"的规矩，可见博大精深。苏造时自幼在沧州地界长大，得地域之便，前前后后拜过十几位老师，太极、形意、八极、八卦、跤法无不精通，十八般兵刃，也样样拿得起来。二十岁时，放眼沧州城，同辈中已无敌手。父母亡故之后，苏造时携妻子以及大儿子苏百国回到北京城。身怀绝技的苏造时不可一世，目中无人，又不通人情世故，不结交朋友。凡听到谁家有能耐把式的，必去登门比武，确实未逢对手。

几年下来，把黑白江湖得罪个遍，终有一日祸及家门……幸得缘遇李逍遥将其收纳点化。苏造时渐悟"武术"二字，实有"道术"之分，自己一味争强好胜，实难有所大成。之后脱胎换骨，潜心武学，不几年果然大有精进，李逍遥就将本门绝学春云十三展传与苏造时。后因本门与偷盗门那桩公案，李逍遥身死，苏造时亦在传闻中死去。其实，他是出于不得已之缘由隐退了，行前特意将儿子苏百川以及绝学春云十三展交付与二师弟马之良，自己深藏身名。

马之良与大师哥自当年一别，已皇皇十八年。

第四章

流水不争先

在昏暗的厨间，老道支了一盆明火，用木棒穿了一只山鸡，慢慢烤着。火光在老道刀削斧刻般的脸庞上一跳一跳。马之良恭敬坐于下首。

"怎么找到我的？"

"我造访了孙福全先生。是他说的。"

老道用一根吹管把火吹旺，口中淡淡道："禄堂负我！"

"不怪孙先生，是我以死相逼，他心软了……"

"罢了。是定数！"

苏造时翻动着木棍，悠悠看着火光。

"三年前，孙禄堂在灵山与人比武，赢了，但也受了内伤。是我帮了他。从他口中，我多少也知道一些你的事，比如你和杨定吾两个。呵呵。"

"师哥，您说，我做得对吗？"

苏造时微微叹气："乱世不立名，但要立功。这句话，自相矛盾。可老师祖就是这么说的。火候分寸，靠自己拿。你是通天拳当家人，你认为对的，就对。"

"师哥，要说立功，您才是本门第一功臣。这么多年，您降志辱身，还不是为了师门，为了，那个人！"

苏造时面无表情，也不说话。

马之良小心试探道："怎么样？他还活着吗？现在何处？"

苏造时眼中迸出精光："住口。"

马之良吓得低下头："是。可是通天拳，还有川儿，我……"

苏造时自顾自吃鸡，并无分享之意，甚至不看马之良一眼："通天拳，已是我身外事。至于川儿，交给你就是交给你了。这点儿事，做不好吗？"

马之良扑通跪下，流下泪来："师兄。之良对不起你。"

苏造时一动不动，等他开口。

马之良低头道："师兄，我愧对您。当年您托付我的事，我没做好。请师哥罚我。"

苏造时气息平稳目中暗透锋芒："你把秘笈丢了？"

马之良吓得冒汗："我死可以，秘笈不能有失。"

苏造时恢复了平静，继续低头吃鸡。

"想当年，您才是春云十三展真正传人。可您高风亮节，执意把绝学亲授于我，论人才、武功我都担不起。"

苏造时一笑："还是那句话，春云虽是绝学，但更需良师良材，承前启后。我一个不爱江湖的人，你比我合适。"

他一抬手，马之良这才站起身，继续坐了回去。

"说到传承，如今的局面实在让我为难。"

"选才，你难在了选才上？"

马之良点头。

"这与我何干？"苏造时冷笑。

马之良艰难地道："我，我想，把春云十三展传给，传给川儿……"

苏造时呵呵一笑："这又与他何干？"

马之良头冒虚汗："我传了他武功。已经，十年了。"

苏造时忽然回头低喝："你大胆！"

苏造时双目如炬，马之良被他照得形神迷散。苏造时的内功登峰造极，近乎"以眼杀人"，马之良站立不稳。

苏造时平静道："秘笈在身上吗？"

马之良点头，苏造时伸手要。马之良从怀中取出一个陈旧的发黄册子，拉开之后近三尺余长，上面密密麻麻写着人名，有血迹，有缺角，有多处粘补。

"一部秘笈就是江湖。从北魏的冰机老人传到你，斑斑血迹，杀机处处。这个多沉重啊，其中滋味，你我都清楚。我已然如此，只想让川儿做个平凡的人，远离江湖是非。之良啊，你为何害我？为何？"

说罢，他长身而起走向窗口，目光看向暗黑的夜空。

"我大儿子怎么死的？你不是不知。小儿百川不能习武，不入江湖，是我当年的唯一所托。你为何背弃？"

马之良拜倒在地流泪道："师哥，不是我不守诺言，只怪，造化弄人。"

"难道一个小孩子会逼你教他吗？当年绝学我可以传你，今天我也能拿回来，信吗？"苏造时说完一动未动，甚至连头也没回。可马之良已感受到杀意腾腾。

"师哥息怒，容我把实情相告，到那时，任由您处置。"

苏造时慢慢转过身，静静看他。

"不是他逼我，是祖师爷逼我。师兄，川儿这孩子，自幼聪慧无比，上根坚硕，无论形格、心智都出类拔萃，是百年一遇的大才……"

苏造时哈哈大笑，眼里有刀。

"传道之事，一半是缘，一半为私。李逍遥当年也对我说出过同样的话，还不是想把一个烂摊子丢给我。"

马之良再三说不同，完全不同当年。苏造时让他起身，还了秘笈给他。马之良

190

向他抱拳鞠躬，这才道出了实情：

原来，在苏百川少年之时，马之良的确没有传武，而是一心栽培他走仕途大道。那时叶深、陶士钧几个在练武时，百川是在私塾用功的，只是偶尔吴妈忙不过来了，小百川会来给他们送送茶饭。

苏百川十五岁那年夏天，在天坛外的野池塘。

少年叶深、陶士钧、天心在一棵大树下练武。马之良将一根藤条不时挥动指点，身边的少年苏百川静静地坐在一块石头上看他们。一套拳练下来，苏百川给兄弟们递上了茶碗和毛巾。

马之良说："来，听听劲儿。"叶深上来和马之良推手，只一下就被送出去，倒在地上。苏百川去扶。

"不许扶，自己起来。"马之良说。

叶深只得自己爬起来。

"深儿，下盘不稳，桩上功夫要加练。"

叶深低头称是。

陶士钧和天心与马之良迈开莲花步，六手连推，马之良毫不费力将二人弹出。苏百川目不转睛地盯着，似乎若有所思。

一日夜里，菩提巷老宅的后花园内，趁着月色，少年苏百川有模有样的独自操练习武，腿法和掌法竟与白天师兄弟练得完全一样……

某夜，后墙有一处破损了，马之良提了一瓦罐儿浆子去补，从小门进来，听到声音就问："谁在那里？"

苏百川慌神儿，连忙藏到了树后，马之良轻轻走了过来，苏百川额头冒汗。

"是深儿吗？"

苏百川吓得不敢出声。马之良笑着来到树旁出手抓他，居然三下落空，不由大惊……

苏百川拔腿就跑，跑出五七步，马之良纵身一跃挡住他。

马之良惊道："川儿，怎么是你？"

苏百川吓得不敢说话。

"我以为是你大师哥在练功，没想到是你在偷练！"

苏百川委屈地低下头。

"我说过，不许你学武，永远不许，不然就把你赶出去。你竟然这样大胆，说，什么时候开始的？"

苏百川默默地擦眼泪："师父，我不是有意的。"

"你何时偷练的？不说立刻赶你出门。"

苏百川委屈道："就，半年前。师父，我只要看到他们练，我就浑身发热，好不难受。只有动起来，才好受些。"

"胡说八道。"

"是真的，师父。小时候还好些，不是经常。最近越发难受了，几乎每天如此，无时无刻不燥热难过。"

马之良一惊，认真看向他："把手伸出来，伸出来。"

苏百川伸出双手，马之良拿过来反复观看，忍不住弯腰下去，掀起他的裤腿，看他的小腿，又不断查看他的肩膀、头骨。马之良眼里冒出精光。

马之良单掌伸出："川儿，推我。"

苏百川一愣。

"推我，发全力推。"

苏百川无师自通一般，半蹲双腿，前弓后箭，腰部一发力，双手推向马之良，第一下纹丝不动，苏百川大喊了一声，再次发力，马之良竟被他撼动，倒退三步……

马之良大惊，似被闪电击中了一般，久久不能言语。任凭苏百川怎么喊他，马之良就是不动。

……

苏造时听完这些，眉毛紧蹙，一言不发。

马之良掠过一丝微笑："不是我自夸，慢说是一个十几岁的孩子，就是成名的侠客，想把我推开几步，也非易事。师兄，难道这不是造化吗？"

苏造时沉默了，神思去了远方……

马之良激动起来："自那之后，我日夜倍受煎熬。要么愧对师兄，要么愧对师门，两害相权，取不得已。"

苏造时冷笑。

马之良颤抖着："川儿虽然不算自幼习武，可在我看来，仅他自己偷学偷练的，已不输精学十年的大师兄叶深了。您说奇不奇？"

苏造时长叹一口气，没有说话。

"他真是一块难得的璞玉啊！只需稍加雕琢，必成大器。我只好违背嘱托，暗自教他武功，不出几年，他果然突飞猛进，远非师兄弟们可比了。而且，这孩子悟

192

性奇高，学什么像什么，读书更是过目成诵，后来在同文馆也成绩斐然。如今他学业有成，想出国深造。可是，川儿是天选的本门良材，我是真舍不得他走啊。为了通天拳，为了咱老祖传下来的这样好东西，真玩意儿，我思前想后，想直接用春云十三展留他。这么大的事，我不敢擅专！特意来找师哥您，希望师哥您，能够成全！"

苏造时心绪难平，凝视着师弟良久。缓缓说道："二弟，你是通天拳的掌门，对川儿又有养育之恩。你能来问我，就说明你心里还有师哥……"

马之良再次跪倒："师哥……"

苏造时闭上眼睛，入定般没有表情了。

马之良跪在地上，大气不敢出……

"我这一生，做错了很多事，只做成了两件事。输的已经输了，赢的未必算赢，担不起你这般礼遇。"

"师哥，您这样说，之良无地自容。师哥之才，师哥之德，都在天地人心之中。我不敢多言，也不敢清扰，只求您，首肯。"

苏造时叹了一口气："什么绝学，一个烂摊子罢了。这些年，最难、最委屈的人，是你呀，二弟。"

"师哥。"马之良泪流满面。

"你走吧，以后别再来。"

"师哥，您还没有回答我。"

"之良，在这山上，你是我师弟。下了山，你是一代宗师。山下的事，你比我强……回吧。"

马之良觉得一无所获，又似乎得到了全部，再不敢多言，毕恭毕敬给苏造时磕了三个头，退了出去。

他跨出院子的时候，苏造时已经盘腿在蒲团上，眼睛始终没再睁开。

马之良走出大殿时，遇见了巽儿。

"你家师祖还未出定吗？"

巽儿摇了摇头。

马之良思忖再三，抱拳道："替我谢过你家师祖，我还有事在身，先告辞了。改日再来拜会。"

巽儿稽首："施主自便。"

皓月当空，一代宗师马之良下山而去……

第五章

史肓为的
预言

今天正赶上是福郡王哥哥月王的忌日，福郡王想亲自去神木厂月王坟祭扫。昨天请了阮中华过来商议，阮中华出于安全考虑自然力阻此事，毕竟福郡王的身份若被外人识破，顷刻间就有大难临头。福郡王心有不甘，又找叶深说，想让他密保着自己独自前往拜祭。可眼下马之良不在，叶深不敢涉险，说什么不能让福郡王出去。天心和福晋也轮番劝，好歹是劝住了。福郡王与月王兄弟情深，自觉愧对兄长。晚饭过后，老王爷把自己锁在哥哥生前的书房里，为他设祭。一壶闷酒下去，加之悲伤过度，熬到亥时体力不支了，就伏在供台上沉沉睡去，不慎失手将烛台打翻，烛火引着了供台的绸面底子，眼见一场大火已熊熊蔓延……

幸好叶深及时发现，破窗而入救出老王爷，又与天心带领府中上下，忙活了好一阵，到底把火扑灭了。火灾烧毁了半个书架，燎黑了半间屋顶。老王爷的辫子被烧断，也吃了惊吓，倒并无大碍。陶士钧一早听闻王府传来的消息，就急忙赶去替班了。

疲惫的兄妹二人赶回家，正遇见焦急等待的苏百川，三人就在门口说话。交谈间，史有为正从家里出来，看到了叶深、天心衣衫焦黑，灰头土脸的样子。兄妹二人急急走进自家院子，换洗休息去了。

史有为走到苏百川近前，探着脑袋往里看，小声问：

"怎么了？"

苏百川一笑："没事。朋友家'走水了'，我师兄他们帮着灭火来着。"

"人没事吧？"说着，他已经进了院子，丝毫不见外。

"多谢关心，说是书房的烛台倒了，还好发现及时。只是虚惊一场。"

史有为点点头："书房、柴房这种地方最易走水，现在天燥，更要小心才是。你看我们做木匠的，就最知避火。"

苏百川好奇："哦，史大哥说'避火'而不是'防火'，看来您有心得啊？"

史有为抚掌一笑："办法肯定是有的。"他眼睛骨碌碌一转，欲言又止的样子。

"怎么了？"

"哈哈，我只怕你们道学先生不肯用。"

他这样说，苏百川更是好奇了："我可不是道学先生。什么法子还要这样神秘？与人方便自己方便。史大哥说给我，我多多传播，不也是一件善举嘛！"

史有为笑着摇头不迭。

"您笑什么？"

"只能自用，不便传播。"

"为什么？"

史有为向前挪了几步，要凑近了耳语。这史有为有"咬耳朵"的毛病，苏百川无可奈何只得不动。

"其实特简单，就在易失火的地方，放一本春宫图就行。"说罢神秘一笑，冲他挤眉弄眼的。

"啊？"

苏百川臊了一个大红脸，不由心生厌恶，向后退了一步。

"您，您怎么说这样的话……"

史有为笑道："你看你看，还说自己不是道学？非礼勿听非礼勿视。我又不是瘟神你躲什么？我还告诉你，这是很多木匠都懂的避火术，老祖宗留下的法子。我是拿你当朋友才告诉你的，真是的。"

苏百川见他不像是开玩笑的样子，就硬着头皮抱拳说："是我见外了。您，您告诉我，为什么避火要用这种东西？"

史有为笑道："哈哈，传说这火神是个未出阁的姑娘。你在易走水的地方摆上春宫图，姑娘见了怎能不害羞？她呀，自然是退避三舍啦。"

苏百川尴尬一笑，觉得荒谬。

史有为看穿他心思，笑道："传说能传下来，也不见得都是荒诞不经的。至少我就是这么照办的，果然未曾有失啊！你不信我，可以找一本徐文长的《路史分释》来看，当个乐子也就是了。"

苏百川正无言以对，史有为已经挥挥手，自顾自走了。对这个荒诞不经的木匠革命家，苏百川全然猜不透。

史有为匆匆出了巷子，在街口叫了一辆车直奔水洼胡同而去。

那赵华被哥哥依旧拴在窝棚里不许外出，身旁摆着水碗、书籍还有他自己吃剩的饭菜。正百无聊赖地冲盹儿。后门响起一阵犬吠。

赵华笑道："是先生吗？"

史有为从后墙露头，神经兮兮地四处张望之后，一跃而下。他在地上踉跄几步，险些一头栽倒。

"先生小心！"

史有为风风火火走近，劈头就问，

"茅房在哪儿？"

"大的小的？"

"先小的吧。"

"就房后墙角吧，我跟我哥都在那。"

史有为也不说话，解了裤带走过去，抵住墙角撒尿，他因憋得太久，一开始竟尿不出来，急得直按尿泡，好容易才细细出了一股，史有为喘匀了气，一边尿一边向他展开手指上的金戒指。

"瞧见没？今儿就用这个救你。"

"先生，您这不是用革命经费买的吧？"

史有为取下戒指笑道："说什么呢？这是我自己的。这玩意儿我多年没戴了，这回给你用上。你再跟我说说喜大人会客的事儿。"

"您先解决完吧。"

"你说你的，我还早！"

赵华想了想："当时和他会面的人，应该都是朝廷官员。对了，那酒楼是喜大人自己去的。这事儿，我哥都不知道。"

"有什么可疑之处吗？"史有为头也不抬。半边墙已经浇湿。

"喜大人很器重我哥，每次外出一定带他。可这回没有……"

史有为点点头："什么器重不器重的，不就是让你哥代酒嘛！所以这次不是去喝酒的。也许真像苏百川说的，他把名单给卖了。"

"极有可能。他出来的时候，一副自足之色。"

"都是官吗？"

"应该都是。先生，我们该怎么办？"

史有为打了个尿颤，终于舒坦了。他提了裤子，跳开地上的尿道，把戒指撸直了，走到赵华身边开他脚上铁链的锁眼儿。

"先生别气馁！我以为，既然失去了目标，那就全部纳入目标。管他跟不跟名单有关，是大清的官员，就该死！不如先把老喜杀掉。"

史有为点点头："胆气可嘉。可多少有些冒失，逊了我革命同志的风范。喜大人官儿太小了，要干就干大的。"

"那也是，他身边有枪兵，下手也难呢。"

"嗯，容我想想，容我好好想想。"

他低头认真地捣鼓了一阵，只听"咔"的一声，锁开了。

赵华大喜："先生真的会这个啊？"

史有为笑道："以前在上海坐牢的时候学过，时间太久了生疏了。"

赵华笑道："哈呀，我想起苏百川说的，人类文明的进步都是从实验室或者监狱发端的。你说，是不是还真有道理？哈哈。"

一提到苏百川，史有为走神儿了。

"我今天又见到苏百川了，他居然还没有走。"

"可能家里还有事吧，或者在等买车票。他已经和同学们都道过别了，学校是不会再去的。"

史有为叹气道："哎，真是个人才啊。如果能加入革命，假以时日，他的前途不可估量。"

赵华笑道："您不会又让我游说他吧？"

史有为摇头道："呵呵，连我自己也做不到，何必再为难你呢。我观其人，志不在小，只要不误入歧途，也许以后会成为我们的同路人。"

赵华想了想："这个不敢讲，但是我敢说，他即使不出国，也不会成为清廷的走狗。苏百川是个很特别的人，以我的认知看他，这人就是天才。也许有一天，他能做出惊天动地的事来！"

史有为仰头看向天空，一只雨燕飞纵而逝。赵华也抬头看，一无所获。

"先生，您在看什么？"

"鸟儿飞过，天空无痕。"史有为颇有深意的一笑。

赵华不知他说这话究竟何意。

史有为淡淡道："古往今来多少天才，空怀一腔抱负，一身本领，到头来，一事无成。又或者，俗世才未众，渐渐沉沦。是人们对他寄望太多把他压倒，还是万物之灵让他自卑，谁也说不清楚。总之，天才多半就是被世俗所羁绊所戕害的，好结局只是期许而不是现实。天才的诞生多是悲剧，追求天才和需要天才的时代也是悲剧的。所以我们要革命。"

"革命还能解决这样的事情？"

"当然了，革命可以让人不迷信太阳、不迷信皇权，同理，也不迷信天才！"

第六章

连环计
双侠入套

徐闯字公达，四十出头，老北京，汉人，家住正阳门后街。父亲曾是造办处的四品大员，家趁人值，少爷秧子。自小不喜读书，就爱惹是生非，到处起哄架秧子打架。十五岁就沾了耍宝赌钱的恶习，不半年，被人设局骗去两万银子还打个半死，老父亲被他活活气瘫。徐闯自此痛定思痛，绝交了损友，要浪子回头，还隐隐发奋，立志习武。终于拜在北路镖总镖头"望云手"孟老真名下，苦练八卦掌十五年，大有所成。

徐闯生性豪阔，重义轻财，是个好交之人，又跟着师父走了小十年的线镖，在江湖上闯出了侠名。孟老真见他历练得差不多了，就在自己六十六岁寿辰当日，把"望云八卦"最后九式传与徐闯，又将镖行事业全权托付，自己云游普陀山去了。

这徐闯自接手广顺镖局之后，广结善缘，和气生财。他的镖在线上很少与人动手，而是按"年敬"给各路绿林道分红。宁肯自己少挣点，也不愿开罪朋友。真就在黑白两道落下一个好人缘儿，一改师尊在时的孤高气象。几年中，开山虎徐闯名震北京四九城，广顺镖局也成了镖行翘楚。可今天，对这个虎头盘云五彩甲，徐闯实在犯难。一来，这东西不比寻常，确实太珍贵，不容有失；二来，走太原必经直隶，有个"金枪太岁"葛宁，从不认北京镖局子，更不认徐闯，且绝少人知道的是，徐闯与葛宁有过梁子，也在他身上栽过跟头。

叶广昌的这条毒计真是算到他心缝儿里去了。镖局子开张亮镖之前到镖，最为吉利，有镖不敢接，这招牌可就砸了。这么大一趟镖，免不得要碰葛宁这块硬骨头，可徐闯镖局内能称得上绝顶好手的，除了他自己，大徒弟肇星勉强算一个，其余难堪大用。徐闯想到找帮手，放眼当今武林，公认武功最好的就是"北马南孙"，马之良、孙禄堂。徐闯师父孟老真与马之良是拜帖的好朋友，马之良虽然如今在坐池子，可他是走了几十年线镖的老江湖了，因此这件事，徐闯必会搬请马之良。

徐闯前前后后去了菩提巷三趟，还找叶广昌商议过。当初答应人家胡老板三天给回话，后来又拖了三天。掰着指头算，今天是第七天了，马之良还是没消息！生意不做事小，丢人事大，徐闯又隐隐担心这老前辈的安危，一时间心里烦杂。吃罢了早饭又快快躺下，自己跟自己生闷气。

忽听到院里肇星在喊师父，徐闯懒得答应。肇星居然推门而进，喘气道："师父，马之良马老前辈……"

徐闯翻身而起："马先生怎么了？"

肇星咽了一口唾沫："马先生他，来了。"

徐闯猛掀开被子，鞋也来不及蹬上，赤着足就奔了出去。在回廊见到马之良正静候着，上前纳头便拜："老哥哥，您可等死徐闯了！"

马之良连忙扶起他："公达快起来，使不得。"

"您什么时候回来的？"

"昨儿晚上回的，这不我一早就来了。"

徐闯喜得直拍手，穿了肇星捡过来的鞋子，拉住马之良的手请进上房，摆好茶点，屏退左右，把房门关上。

"老哥，我给您的留书见了？"

马之良点点头："这东西，是国宝？"

"是宋朝国宝。明朝时期曾经流失到日本，后来被爱国人士重金购得，这才回流的。"

"你验过镖了？"

"验了，叫虎头盘云五彩甲，的确是价值连城，世间罕有。事主要求火速送到太原去，迟则生变。小弟我左右为难呐，不接吧，折了广顺镖局的招牌，给北京爷们儿丢人；接了吧，又怕有闪失！这才来求您给个周全啊。"

马之良点点头："既然是求快，为何不走邮局而走镖行？"

徐闯："咳。他们去了，邮局死活不敢接。说这样的东西最招歹人，押送邮车的邮驿既没功夫也没胆量，须是镖局的达官应承才能得当。"

马之良喝了口茶："话倒不假。那您应下来就是，何必来找我？广顺镖局强手如林，总镖头您威震四省，无论是官府还是绿林，哪个不给面子？"

徐闯苦笑道："哎，老先生您有所不知。这北京去太原道上，也就是定州的西南，有一个陷马台，那里有一支悍匪，叫金枪太岁葛宁。此人与几百喽啰兵啸聚山林，最是心狠手辣呀。"

马之良蹙眉道："葛宁这个人，臭名在外，京城有三家镖局曾被他生生打垮。你刚才说那个地方叫什么？"

"陷马台啊！"

马之良听到这三个字，心里咯噔一下。

徐闯自顾自道："这陷马台地处三不管要塞，葛宁又与各地方的官府都有勾结，过往的客商苦不堪言，谁都奈何不了他。"

马之良沉吟许久："我倒可以给你出个主意，既然是国宝，不妨请官家帮手，派他几百清兵跟着……"

徐闯连连摆手："万万不可，这绿林道才不管这些。树大招风，呼啦啦地全来赶场子，那就越发的不能顺当了。您忘了当年西北镖局那档子事儿啦？"

所谓西北镖局之事，说的是咸丰六年，西路镖总镖头马德远自西宁府押送五十担和田玉去济南。当时马德远镖局倾巢而出，又请了官府点了二百清兵押送。谁知洞庭湖的大匪查氏兄弟，闻听有这一套富贵，贼胆包天。竟自黑龙寨起五百喽啰兵，浩浩荡荡一路北上来劫，绕了三省十一县，走了两个多月愣是把马德远堵在山西盂县，杀人越货，把二百清兵和一众镖师杀得一个不剩……

见马之良叹了一口气，面露难色。徐闯又道："马老哥，如果是寻常的东西，或是不走太原道，我绝不会求到您的身前。只是国宝去太原，兹事体大。说一句夸口的话，我徐闯不接，北京城再无镖局敢接啊。"

马之良拧着眉毛，仍然不开口。

"现在外面都在说咱的风凉话。咱们不成了，不灵了。我上个月跟鼓楼邮局的局长吃饭，酒过三巡之后，他话里就带出刺儿了！"

"他说什么？"

"他说镖局子这套老旧的把戏，要价高，行程长。迟早会被邮局子替代。我说我们是慢啊，可我们搭着身家性命呢，邮局行吗？"

马之良笑着点头。

"可他说什么，咱们无非是有几手把式，路上结交。把式好坏谁也见不到，还是结交最关键。话里话外，不还是骂咱们'镖局绿林是一家'吗？"

马之良呵呵一笑："打有镖局子那天开始，这种片儿汤话还少吗？笑笑就是了。"

"可眼下正逢其时啊。是咱们'挂子行'露脸拔创的机会。国宝找你们邮局了，你们不敢接啊？是骡子是马拉出来遛遛啊！怂什么？说破大天去还不是得看我们达官的？假若咱把事情做成了，我的老哥哥哎，北京城几十镖局，千把号弟兄，得多扬眉吐气啊！"

"话是不假。于公于私，于情于理，此事都可为！"

徐闯大喜："那不就……"

"可是徐师傅，"马之良继续说道，"您是线镖，我是坐镖，不合规矩，我们都不能越过雷池啊！"

"老哥哥。这都什么时候了？还管那些个旧习？况且，您瞒不了我，要说走线镖，通天拳才是行家。"

"你怎么知道这些？"

"哎哟我的亲大哥！您和我师父那是拜帖的朋友，您年轻时候走镖的故事，我

202

这两个耳朵早都灌满啦！况且您的师弟叶广昌大人，也一再跟我举荐您。老哥，护宝入太原这件事，非要通天拳这个强援不可呀。"

"广昌是真糊涂啊。哎……"

"马老哥，论您的能耐，往少了说，十倍于徐闯啊。只有您去，我才能安心。国宝，才能万无一失。"

"高看了，真的高看了。"

"事成之后，主家愿出十六万两白银酬谢。我徐闯只要六万，十万归先生您。"

马之良眉毛紧蹙："没搞错吧？白银十六万两？这么大的数目？按咱们镖行的规矩，'逢百抽五'。光是酬银就这么多，那这件宝甲岂不是天价了？"

"这样的东西，落在了葛宁手里，暴殄天物！马师傅，事关江湖声誉，还有民族大义。我代表北京城七十五家镖局，求您了。"

说罢扑通跪倒，纳头就拜。马之良连忙去扶："快起来。咱爷们儿什么交情？你这样就弄生分了。起来商量，好吗？"

徐闯紧紧抱住双拳，满眼乞求之色。就是一动不动。

马之良思忖良久："好吧！既然是这样，就陪你走这一趟太原。"

徐闯大喜，又要拜。马之良拦住："可我有言在先。规矩不能坏，人家是冲你不是冲我。钱，我只要一万，多的，一文不拿。"

"马师傅，这怎么行？没您成不了这趟镖啊。"

马之良摇头道："不是我故作清高，而是这趟镖非比寻常。谈钱，味道就坏了。"

"绝对不行！咱俩半儿劈，一人八万您必须要拿。"

"你听我说，一万足够了。我马之良坐池子一年不过几千而已。"

"绝对不行。您这不是打我的脸吗？八万，必须给八万。"

"你要再坚持，我可就告辞了，这事儿你找别人吧。"

徐闯一把拉住他，两个眼窝子发热："仁义，您是真仁义啊！都说通天拳无敌，今天我懂了，不是打不过，而是打不了啊。兄弟我五体投地！"

马之良扶他起身："过奖了。你也知道，我在给人坐池子，我虽答应了你，还需池主放行才行啊。"

"老哥哥，我同您一道去求池主。他要人我给人，要钱我给钱，他就是要我徐闯当场给他磕三个，我也绝不含糊！"

马之良笑道："不必了，你也知道锥镖的规矩，池主是不会随意露面的。我自己去求他便是了。我家池主是宽厚人，应该可以谅解。"

"那再好不过。请老哥转告池主，只要他需要，我们广顺镖局有百位精干武师，随时听候调遣。"

马之良点点头："如此，多谢了。"

徐闯笑道："您竟然向我称谢，太折煞我了！"

二人大笑，同时伸出双手紧扣在一起。

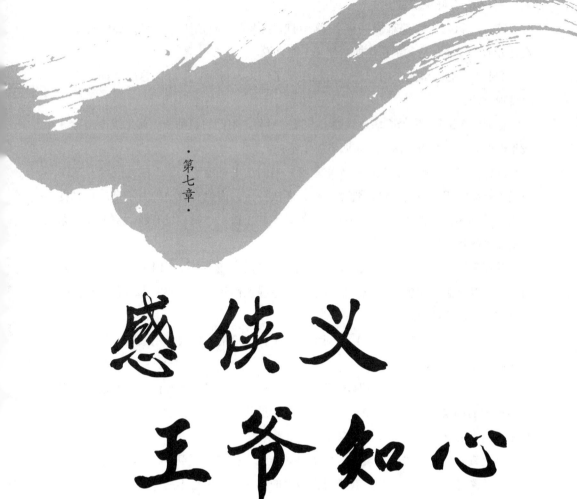

· 第七章 ·

感侠义
王爷知心

马之良与徐闯两下商量定，又选了黄道吉日，决定后天一早镖局子亮镖之后，即刻整装前往太原。徐闯亲自送出马之良，院外早有倭人眼线看个明白。马之良走后，他也急匆匆去找胡罩报信去了。当日下午，马之良就带着苏百川和陶士钧来到了王府。

叶深正坐在房檐下喝茶读书，见大家都到了，不由一惊。急忙起身，刚喊了句师父，马之良开口就问："王爷在哪儿？"

"在书房。"

"深儿，你随我去见王爷。"

叶深一愣："师父，有事？"马之良略一停顿："我要向王爷告假，去太原走趟线镖。"

"什么？"叶深愣住。

苏百川和陶士钧都难掩兴奋之情，可叶深却立刻面色阴沉下来。心中猜测出八九分形状，怀疑是父亲在作梗，却又不能直说。

"师父，咱们坐池子的，怎么走起线镖了？去不得呀！"叶深这般激动，令马之良很意外。

他淡淡笑道："你怎么知道线镖去不得？呵呵，咱们的祖师爷，就是线镖出身，我年轻的时候，四川、两广、东四省哪里不去？"

叶深抱拳："师父，是什么人求您呀？咱们这里有池子，怎么能走线镖？这件事是不是要三思而行？"叶深性格沉稳，老成持重，谨慎有余而魄力不足。马之良只当他是谨小慎微惯了，没有当回事，就挥手制止道："我心里有数，空下会跟你说的，先陪我去见王爷。"

叶深坚持阻拦："师父。我劝您再想想。"马之良正疑惑，陶士钧插口道："大哥，你今儿是怎么了？你不也常因为没有走过线镖而特别遗憾吗？怎么着，现在机会来了，你倒瞻前顾后起来？"

叶深急道："你知道什么！"陶士钧笑了："哈哈，你要是不敢啊，你别去。反正我肯定是要去的。"

叶深："三弟。这事儿有蹊跷。"苏百川一愣，觉得大哥异样，回想起那晚跟踪他回家的场景，也心生疑窦："难道叶深知道什么事？"转念又一想："大哥回趟家也是人之常情，如果真有事他又怎会隐瞒？"

马之良看他眼睛骨碌碌转着，似乎有话要说，就问："百川，你怎么了？"苏百川忙抱拳道："师父，我，我觉得大哥说的有道理。您是不是再斟酌一下，别急着去见王爷？"叶深连连点头称是。

马之良看着叶深："那你说的蹊跷是什么啊？"叶深语塞："我，我不知道啊！"马之良不悦："那就不要乱说了。我心里有数。"

叶深和苏百川都只得低头抱拳称是。马之良回头道："还不随我去见王爷？"叶深茫然自失，师父走出几步了，方才被三弟推醒，只得也跟去了书房。

苏百川和陶士钧对大师兄的行为虽然不解，倒也没有太放心上，就一起到后院去找天心了。那大格格早听闻丫鬟来报，说马之良带着苏百川来王府了，就急让紫云去前院探听。紫云刚走了几步远，格格自己也跟了出来。二人迈着小碎步正到拱门，听到师兄妹在花园说话，于是就藏了起来。苏百川与陶士钧坐在石桌旁吃着天心剥好的香蕉。天心神秘地看着苏百川只是笑，让苏百川浑身不自在："你老冲我乐什么？"

天心："二哥，今天亲自来啦？"

"什么意思？"

"算了吧，还瞒我？咱们全家都出动了，你和大格格的婚事，怕是这就要定下了吧！"

苏百川："啊 ?!"

陶士钧："啊 ?!"

两兄弟面面相觑，受惊不小。苏百川更是把嘴里的香蕉掉在了地上，天心见状咯咯大笑。藏在拱门后的大格格早羞红了脸，轻款款地回去了，紫云笑着也跟了去。苏百川后面的话可惜她们根本没听到。

苏百川："师妹，这种玩笑开不得，哪儿跟哪儿呀？什么婚事？师弟，你知道吗？"

陶士钧笑道："你的婚事，我怎么会知道？你这人那么会藏。"说罢和天心对视一眼，会心一笑。显然陶士钧更倾向于天心的立场。

"二哥，你可真会演戏。我是你亲师妹，什么都瞒着我，真没意思。"

"我冤死了。我演什么了啊？"

苏百川苦笑不迭。天心近身向前，压低声音道："还说没瞒人？你会功夫的事儿，大哥都跟我说了。还装？"苏百川叹了口气。

天心不依不饶："二哥，你藏得可够深的！咱们自小一起长大，你竟然一点痕迹不露……"

"师妹，这件事，容我回去慢慢跟你解释。"

"算了吧，我才不听呢。要能问出来，你俩也不至于打一架。对不对啊三哥，膝盖还疼吗？"

天心一席话说到了要害，二人都尴尬不已，纷纷低下头不说话了。天心自觉压了二人一头，调皮地笑了起来。

书房内，马之良向老王爷告假，叶深立于师父后。他期盼王爷能名正言顺不放人，这样师父也只能从命。谁知福郡王非但欣然放行，还对马之良古道热肠的侠义之举大加赞赏……

马之良起身抱拳："王爷深明大义，之良由衷感激。本来准备了一肚子的话，现在不必说了。"

福郡王笑道："马师傅，不要谢我，放心走便是。说到底我不过是一个罪人，我的事轻如鸿毛，不比马师傅这般光明磊落。"

"王爷这样说，让人不安。"

"我一点没说错。要我看，如今这世道，举国上下，人人只晓得追求鲜衣厚食声色享乐，久而久之难免偷生畏死。谁在兼顾苍生？何人在乎民族？就拿你们武林人来说，多少人争强斗狠，无非在私怨恩仇上使劲，那是野蛮时代的遗风。似你们通天拳的又有几个？你们在我这里坐池子，可谓风气湛然，恪守武德。如今又能为了不相干之事，舍身冒险。这是什么？这是弃体魄而保精神，不谋私利而赴公义！实在是侠者风范啊。我能结交先生，真是三生有幸了！"一番话下来更让叶深大受触动。

马之良亦抱拳道："王爷谬赞了，之良实在惭愧。我可是领受了一万银子的，怎能说不谋私利？"

福郡王哈哈大笑，起身亲自捧了茶敬与马之良，令他不由错愕。王爷请他喝下，马之良只得受了。福郡王这才徐徐道："这一万银子，方是您的高明之处和侠义之道啊！"叶深闻听一惊，不由得看向师父，马之良颔首不语。

福郡王继续说道："万事不谈钱的人，要么是神仙，要么就是伪君子。您这一万银子，要得有章法，有火候，有情义！"马之良笑道："愿听王爷教诲！"

"此事牵头的人虽是徐闯，可没有您，我猜广顺镖局根本不敢接这镖。那么徐闯能请了您，您就是这趟镖头份儿的侠，按江湖规矩该给您多少啊？我想，至少应是一半吧？"马之良笑而不语。

"八万银子您不要却只要一万？为何啊？我猜，您有三处用心。其一，此物是件国宝，您是侠义，英雄护宝，不可拘泥金钱。其二，那徐闯毕竟是广顺镖局的当家人，是事主所托之人，您真拿了一半，就喧宾夺主了。这一路上，徐闯该如何对您，如何示下，又如何自处呢？其三，您为我王府坐池子每年只有几千银子的酬劳，可是此趟线镖您若取酬八万，那我，又会怎么想您呢？"

叶深闻听此言，暗暗佩服师父侠情深幽，亦赞叹福郡王洞若观火的力道，不愧是当年的户部侍郎。那马之良早捧了茶过来，毕恭毕敬道："王爷，什么也别说了，让我也敬您一杯吧！"福郡王接过茶碗，徐徐喝下。二人哈哈大笑。

马之良这才抱拳道："我替广顺镖局的当家人谢过王爷。我这次前往太原，一定速去速回，不让王爷记挂。至于王府的护卫，广顺镖局亦会出人出力，我想挑选五位精干好手，替我当差。"

福郡王一听有外人来帮忙守卫，心下沉吟。马之良看出他的心思："王爷放心。江湖人有江湖人的规矩。这些镖师只会做好分内事，其余的一概不问，更不会打扰到您府上的生活，与之良在时一样。此外，我还会安排两个徒弟留下来周全一切。"

福郡王放心下来，拱手道："这样最好。多谢马师傅，你一路多加小心。我，等你平安回来。"老王爷说完有些动了感情，与马之良四目相望，隐隐都噙着泪花。

马之良欠身抱拳，说了声"您多保重"，带着叶深辞府而去。福郡王看着二人的背影，发自内心地欣慰一笑。忽的，心里也起了豪壮之意，不由得快几步来到了院中，口中喝嚷几声，居然打起了拳来。正巧福晋走来，见他如此，也笑道："王爷这样高兴，看来事情成啦？"福郡王摆了一个鹤形："再年轻他十年，说不定我也能跟去镖路上看看呢！"

福晋一脸茫然："你说什么呢？我刚才看马之良风风火火进来，真担心你们吵架呢。"福郡王哈哈笑道："这什么话？马之良道德武功堪称典范，浑身上下无不出宗师格形。我俩怎么会吵架呢？吩咐朱五，晚上我想吃粉蒸羊肉。哈！"

福晋拊掌笑道："哎呀太好了！王爷一想吃粉蒸羊肉，必是有喜事呢！我这就去跟珠儿说。"

"哎！我让你找朱五，你跟珠儿说什么？"

福晋停下来回头笑道："总得先让她高兴高兴啊！到底合了她的意，成全上了这门亲。"

福郡王吃惊道："什么呀？我们没有说婚事啊！"

"没说婚事你满院子蹦什么？"福晋瞪眼道。

"哎呀，他是来告假的。人家要离开北京去太原护镖。"

"啊?!"

·第八章·

朱颜消歇

马之良与叶深出来之后，就吩咐陶士钧和天心留下护院，并让二人在晚饭之后立刻回菩提巷去，自己有大事要安排。天心不解何事要所有人都回去？父亲不许她多问，只说会安排广顺镖局的人来替班。马之良交代明白，欲离开时，才发现少了百川。

苏百川独自一人站在大格格的院里发怔，引他来的紫云早不知哪里去了。过了好一阵子，大格格才款款出来，婷婷袅袅，语笑嫣然，真如庭花一般娇媚。苏百川看呆了，不知所措。

"苏大哥。你可有日子没来了。"大格格略有责备地说。

苏百川抱歉一笑："我是陪师父过来，见王爷的。"

大格格笑问："为了什么事啊？"

他见格格异常，知道天心所说的婚嫁之事应该不假了。可师父这次明明是来告假的，之所以特意带上自己，是说好了一旦王爷应承，自己要立刻去金银巷给徐闯传话，让他按约定分派四个镖师过来听用的。师父之前的离开，大约是因为自己和三弟打了架，他老人家去了哪里，见了谁，徒弟们一概不知，也没人敢问。回来之后又立刻有了徐闯托镖之事，完全没机会单独和苏百川说会儿话。以苏百川的聪颖，此事大概也能拼出来。既是自己和格格婚配大事，自己不知，师父没提，那一定是王府提了亲。以他对大格格的了解，她一定能做出这样"离经叛道"的事来。眼下她冷不丁地问起来，自己也只能装糊涂。

"我不知道啊。师父只说是大事。"

"你真的不知道啊？可不要骗我！"

苏百川脸红了，支支吾吾还没开口，福晋正走来拱门处。她看见女儿的装束着实吓了一跳。一个时辰之前还不是这样，分明又刻意打扮了许多。想到人家马之良师徒根本就不是来复议提亲之事的，女儿如此唐突，老福晋自觉脸面有损，努力咳嗽了一声，苏百川立刻回头垂首，向福晋问安。福晋悄悄冲女儿摆手，让她莫要再问了。

大格格也不避讳母亲，就直直地看着百川，问道："苏大哥，我那封信，你收到了吧？"

苏百川点点头，正要说什么，陶士钧走进来："二哥，师父叫你呢。"

苏百川答应了一声，从怀里取出了那封信，递过去："格格，这个你先收着，以后，我再跟你解释。"

大格格听这话苗头不对，脸色当即一变："你什么意思？"

苏百川低着头，向格格和福晋鞠了一躬，一言不发就跟陶士钧走了。大格格愣在当场，福晋走了过来，心疼地看着女儿。

大格格："额娘。"

福晋叹了一口气："珠儿，你这是何苦呢？"

大格格板着脸转身往回走，福晋叫她也不应。紫云连忙追了上去，对大格格耳语了几句，大格格脸色也变了："没谈婚事？"紫云点点头。

大格格一言不发回到自己的小院，在石桌前气鼓鼓坐了，三两下拆了信，紫云过来瞧了瞧，心里也很不高兴。

"他，他把信退回来了？"

大格格心里发酸，正想一把撕了，却瞥见了抬头处的那朵陌生的芙蓉花。当即一怔，又霎时红了脸，心也怦然而跳。

"怎么了？"

"这个印，这个花章，是他的！"大格格一指芙蓉花。

紫云也是识文断字，冰雪聪明的，当即欣喜不已："我好像看明白了。"

"你明白什么了？"

"他若是原封不动把信退回来，那是他狠心、无意。可是他加了自己的花章再退回来，那意思就完全不同了。"

"怎么不同啊？"大格格明知故问。

"我也附庸风雅一回，这就叫'君心似我心'，一字也不差。对不对？"说罢拊掌大笑。

大格格早也笑了起来，忍不住一点她的脑门："多事！"

主仆二人满心欢喜地回房里去了……

当夜，叶广昌府邸。

正厅内灯火通明，房门紧闭着。周癫和庞知门神一般立在厅门之外，互相望着，间隔五步，谁也没动。院里静极了，彼此可以听到对方的鼻息之声……

许久。

"庞兄。"周癫率先开口了。

庞知瞪他一眼，算是应声。

"秋童，还好吗？"

庞知的瞳孔收缩了，深吸一口气："你想逼我现在动手？"

"我有吗？不过，你若有此意，我乐意奉陪。"

庞知冷哼一声："废话别说了。今天时候不对。下月十五，在积水潭，你敢来吗？"

周癫笑着点了点头："好啊。下月十五积水潭，万山不阻。"

庞知："万山不阻。"

二人瞪着对方，恨不得瞪出火花子来，还是谁也没动。

房间之中。叶广昌与揭心，混川介及手下以及空空儿商议着大事。叶广昌看着桌前的地图，一张请柬，还有那个盛着宝甲的楠木盒子。淡淡道："正如方才混川先生所说，鱼儿已经咬钩了。马之良答应了徐闯。"他用手点了点桌上的请柬："请柬。明天的亮镖大会。"

众人点头。

叶广昌："胡罩会拿着宝贝到场，届时我也在。如果不出所料，在亮镖之后，徐闯和马之良，会即刻动身前往太原。"

混川介："这是镖行的惯例吗？"

叶广昌点点头："大差不差。现在我想跟诸位说，这件事要想做好，做到滴水不漏，咱们的人应该分为三路，一路线上，一路池子，一路接应……"

他边指着地图说着话，揭心却漫不经心地拿过楠木盒子，打开了瞧。混川快速抢了过来，揭心只看了一眼，一眼就够了。

"你干什么？"

"看看啊。"

"有什么好看的？"

"好奇不行啊？"

"你的眼睛，不老实。"

揭心一笑，正想着怎么对付，空空儿冷哼一声："有什么了不起的，看看怎么了？"

"就是。"

混川介身后的两名武士立刻对空空儿怒目相视，身体前倾。空空儿一笑未动，揭心立刻站了起来："干什么？"

叶广昌赶紧打圆场："好了好了，都是自己人，别伤和气。"

众人谁也没动。

叶广昌："坦白说，咱们虽然各怀心思，可目标一致。大事当前，自己不要先乱了。要顾全大局！否则，我们几个月的工夫不都白费了嘛？"

叶广昌笑着劝众人坐回，徐徐展开了地图："话既然说到这儿了，我有必要提醒各位，由于我们的对手非常厉害，我们必须统一规划，一起行动，这样才保万全。"

"统一规划就是都听你的呗，可以啊，你就说什么时候动手我照办就是。"空空儿淡淡道。

叶广昌笑道："姑娘莫急！不光是这个，在人手上，也要统一调配。比如王府那里，就必须要加强力量。浥川，你的手下我要二十个。"

浥川介点头："可以。"

空空儿立刻道："不需要，我的仇我自己报。人多了，碍事。"

叶广昌笑道："马之良虽然会离开，可是通天拳必然有高手坐镇，你觉得自己行吗？"

"你先问问自己行不行吧！我的事，不用你操心。况且，我还有师哥呢。"

揭心当即尴尬一笑："你是指二哥，还是我？"

"你。"

"呵呵，我呀……"揭心搓着手干笑着。他还没表态，叶广昌先道："不行，揭三爷是要与我们一道下太原的。"

"师哥，你怎么说？"

揭心看了一眼楠木盒子，心里惦记着偷国宝，对空空儿干笑："师妹，我，我怎么都行，怎么都行，真的。我听叶大人的，怎么都行。"

他说话这样滑头，连浥川介都忍不住一笑。

"别含含糊糊的。你现在就说，是不是帮我？我不想让外人沾我的事情。"空空儿不耐烦了。

"好，好。"

"你答应了？"

"好，好。我想想，想想啊。嗯，那，那我就去太原呗！"

"什么？"

"不是，你想啊，主要这马之良啊，他不好对付。多一个人多一分力量……"

"我呸！你去对付马之良，不等于是添乱吗？你留下帮我，给我拿个主意也好。"

"之前不是你自己说的嘛，咱师父的仇，师哥报。你的仇，自己报……"

越说到后面声音越低，说完看了看空空儿还扫了扫门外，似乎害怕被周癫听见进来打他一样。

空空儿点头："揭老三，你好样的！"

说罢站起来就走，揭心立刻去拦她，空空儿扭身怒视："滚开！"

揭心举起手，尴尬一笑。叶广昌却叫住了她："姑娘，脾气归脾气，事情不能含糊。马之良押镖离开之后，王府那边什么时候动手得我说了算！"

空空儿哼了一声算是回答。

"还有，你的力量不够，我必须添人手，我要万无一失。我把丑话说前面，你要是擅自行动坏了大家的事，别怪我翻脸无情！"

空空儿什么时候受过这样的话，可是她忍了，铁青着脸头也不回地走了出去。院中的周癫见状，连忙跟了出去。

揭心拍了桌子："你看看，你看看。你好好说话不行吗？这非出乱子不可呀！"

叶广昌一笑："放心，她要乱早乱了。明天，一切照旧！"

揭心叹了一口气，颓废地往椅子上一坐，自觉对不起师妹。可是当他奔拉下脑袋看到楠木盒子时，眼中又有了异样的神色……

·第九章·

武无第一

菩提巷通天拳老宅正厅，马之良师徒五人神情肃穆，正襟危坐。马之良开卷考，问大家什么是通天拳？天心说，"拳以德立，无德无拳。"叶深又补充，是"外健体魄，内修心性，以武取道，天人合一"。至于三徒弟陶士钧，则是一贯的简单直接，"以最快的速度和最强的力度，一招制敌"。

马之良非常满意，很欣赏他们自己的体悟。最后，他看向了苏百川："川儿，你也说说。"苏百川展眉一笑说："我，我没怎么和人动过手。我觉得，能不打就不打吧。"天心忍不住笑了出来，马之良却为之一凛："你再说一遍？"苏百川紧张了，小声道："能不打就不打。"众徒弟都忍不住笑他，马之良心里一紧，记得当初大师兄苏造时传授自己绝学心法时，开口便是"退让"二字。这二徒弟如此了得，竟能一语道破天机！他顿了顿，目光扫向众人："好，都很好！"说罢从怀中取出通天拳秘笈，递给了叶深："这个，就是通天秘笈，也称通天十三式。你们，看看吧。"

众人震惊！忍不住一一传看。秘笈的正面是密密麻麻的人名，反面则是一套图解的拳法。虽然人人向往，可此时此刻谁敢留恋？最后，又传回了马之良手中。

"这上面有五十一个人名，都是每一代的传人。试问，难道他就是当时的本门第一高手？错！这后面，又有十三幅拳法套路图。两者合一就是通天拳了吗？更错！记住，传人只是树上的果子，而他的同门兄弟姐妹，才是树枝、树干和树根。"众人肃然。

"这秘笈，原本只许传人看，可今天我拿给大家，为的，就是团结。"

陶士钧低头："师父，徒儿惭愧。"

马之良一笑："我说者无心，士钧，你可不要自己找话听呐。"

陶士钧："是。"

马之良把扉页十个大字摊开：盛世不立功，乱世不立名。

"祖师爷有规矩：乱世不立名。良苦用心啊！因为春云十三展只传一人，你立了名，树大难免招风，引来无穷祸端。可话说回来了，身怀绝学而不用，岂不是辱没了自己和师门？因此，祖师爷的真正意思是：盛世立名，乱世立功。"马之良的解读令众人眼睛一亮。

"何为立功？做你自己认为该做的事。今天说开了。我和沧州杨定吾，从戊戌变法开始，就做了一些我们认为该做的事。这其中是非曲直，我不多谈。虽然败了，但，无怨无悔！江河岁月，自鉴我心！"

马之良长长叹了一口气，众徒无不感慨。陶士钧只恨自己学艺不精，师父做此大事没有带上自己；天心是知道杨定吾的，父亲与他的事自己也隐约知晓，发自真心地为父亲感到自豪；叶深的父亲在朝为官，他深知师父所做之事要冒多大风险，感佩师父侠之大者，自觉武道深远，万山重重；苏百川念及师父其人其事，纯然一念，不挂己身。

他想道："变法维新，是思想家之事，乃帝王之术。师父一介武者，却能挺身而出，冒天下之大不韪！将自己生死置之度外，这绝不是武者那么简单了，这是国士的风骨与气格……"

这时，马之良才十分郑重地把国宝一事向大家详尽说了。众徒弟无不血脉偾张，跃跃欲试。马之良正色道："护送国宝去太原，我认为，是我们侠义道该做之事。"

众徒弟都起身道："责无旁贷！"

马之良欣慰地看了看众徒，而后对苏百川说道："川儿，你志向远大，师父很欣慰，你要出洋留学，我也没有意见。可眼下这个节骨眼儿……"

苏百川连忙抱拳："师父，大事当前，正用人之际，一切听您调用，我自己的事，暂缓……"

"好。我要的就是这两个字。你们听好了，线镖和池子都要保。而且，都不能有失。"众人点头。叶深知道太原凶险，也无暇去想究竟是不是与自己父亲有关，作为大徒弟，自己必须先站出来，他上前请缨道："师父，我和三弟去太原吧，保证万无一失。"

马之良看了看他欣慰笑道："难得你一份孝心。太原此行，我必须亲自去，另选两人，与我同路。"

三兄弟都争抢："师父，我去……"马之良挥手制止众人的喧闹，正色道："表面上看，线上很凶险，池子更安全。可这是常理。江湖，没有常理！池子这边，虽说一向波澜不惊，可一旦出事，我们的人，要能扛得住。"

"爹，我不管，反正我要跟您一道走。"天心道。

"胡闹，王府里那么多女眷，离得开你吗？"

"爹。我要去，要跟您一起。"

"你不许多话。"天心撅起嘴，还要再辩，叶深轻轻拉了拉她的衣角："师父说得在理，师妹别任性！"天心哼了一声，瞪他一眼。

苏百川忙道："师父，要么我和三弟陪您走线镖，让大哥和师妹留下？"马之良沉吟不语。这显然还不是他想要的结果。众人面面相觑，不知道老爷子心里究竟怎么想。

叶深又道："不，还是我去吧，老三留下。"

陶士钧说："都别说转圈儿的话了！我有言在先，我不管你们谁守池子，反正我必随师父去太原。"

天心却道："凭什么你必须去呀？我看你守着女眷挺好。"四人吵成一团，马之良只能再次平息。

"你们知道体谅别人，这很难得。可吵下去也没结果。这样说吧，兹事体大，要想让我安心，天心是不能走的，她必须要照看好女眷。你们三个里面，武功最好的那个，留下来镇守王府。"

此话一出，鸦雀无声。三兄弟面面相觑，又齐刷刷看向师父。马之良笑着问道："你们谁觉得自己是最好的？"马之良是从不说这种话的，今天也是被事所挤。徒弟们个个纳闷儿，孰高孰低的怎么能拿到台面儿上说呢？这太敏感。假如一定要比较，谁又能服谁呢？天心也觉得，这老爷子不是挑事吗？

马之良呵呵一笑："既然都不说，那我可就指派啦？"

大家心里又都"咯噔"一下，难道老爷子早有人选？嘴上当然都说："一切听师父的。"

马之良说了声好，起身在房中踱步，环视众徒，最后目光停在了苏百川身上："那就，川儿留下吧。"苏百川大惊！叶深大惊！陶士钧大惊！天心大惊！

马之良笑道："就这么定了。你俩守王府。明天一早，深儿和士钧陪我去广顺镖局参加亮镖大会，而后进发太原。都早做准备吧。"说完就走了出去。

四人枯坐着，时间死去了一样。尴尬、失落、疑惑、恐惧、内疚，万念齐来。苏百川更是埋着头，大气都不敢出。之后，马之良让吴妈把夜宵端到书房，单叫了苏百川一起来吃。把坐池子的规矩和门道儿，事无巨细又都交代明白，苏百川一一谨记在心。这次对话少有半个时辰，二人究竟在里面说了什么，成为日后叶深的最大心病！

饭后，马之良吩咐吴妈替自己准备行囊包裹，刚与苏百川一道走出门来，就见天心站在门口。"哎？你做什么不去休息啊？"

天心哈哈一笑："我，我等二哥呢。我给他讲讲坐池子的事儿。"

马之良点点头："好啊！那，他们两个呢？"

"两位师兄怕是已经睡下了。"

"我去找徐闯议事。你们都不要太晚了，早点歇了。"二人连声说是。马之良匆匆出门而去。见父亲真的走出了大门，天心才冲苏百川一招手："二哥，他们没睡觉，都等你呢。"

说罢，朝后院走去，苏百川疑惑："等我？"

天心转身道："你来啊！"苏百川只得跟了她，去了后院。叶深和陶士钧果然双双在座，面无表情。苏百川笑着过去，抓了石桌上的果子吃："这么冷坐这儿干吗？我去弄个火盆来。"他起身想走，天心挡住了去路。

苏百川干笑几下，可大家也没人搭话，苏百川发觉这三人表情异样，心说坏了，肯定是师父那句话说出毛病了。果然听陶士钧愣愣道："二哥，我不服你，我要搭手。"

这种气氛下，显然不是玩笑话了。苏百川不由站了起来，倒退出几步："这可不是闹着玩儿的。师父知道了，又要罚你。"

天心笑道："说那么多没用，我爹已经出门了。二哥，今天要是不比，你可走不了。"

苏百川笑道："干吗呀你们，行啦！师父就是随口一说，你们还当真了呢，真是的。"

天心："别打哈哈，这事儿真的大了。我们跟着爹学了十几年，谁不是起早贪黑，勤学苦练的？而你，是我爹秘传的，谁都没见你露过，凭什么你就是第一？难道你会春云十三展？"

苏百川苦笑："我可不是第一，我更不会绝学。"说罢就要走，天心伸手挡住他："不行，我爹不说那句话倒也罢了，可他老人家说了，就必须见分晓。今儿个，大伙都在，二哥，你挑一个吧。"

苏百川走到叶深身前："大哥，你看他们，你管管啊！"叶深低头不语。苏百川继续哀求道："大哥，你说句话呀。"

叶深淡淡道："这也没什么吧？只是切磋，点到为止。师父怪下来，我担着。二弟，你要体谅大家。"

"大哥，不行啊！"

天心："你说了不算！自古道，文无第一，武无第二。今天必须见分晓！"

陶士钧摆出一个架势："二哥，弟弟放肆一回。请赐教。"说罢，举拳就打。苏百川错开身形让过这一拳，陶士钧飞膝又到身前。

苏百川深知师弟是个直脾气，果然招招迅猛，力道十足。苏百川再不敢大意，连忙再次闪开，原地纵出一丈开外，挥手大喊："三弟别忙，我有话说。"

陶士钧住手，气息急促："你哪儿那么多话？"

苏百川认真道："听我说一句行吗？'文无第一，武无第二'，古往今来有多少好汉，明明可以去做更重要的事，可偏偏屈死在这句话上。要我看，武功，也没有第一。很多事，一辈子难见分晓。"

三人都是一愣。叶深站了起来："你荒唐！难道是古人错了吗？武功当然可以分出高下，而且是立见高下。"

天心也笑道："你只要和三弟打，立刻就能见分晓！"

陶士钧："对！我输我认了。"

苏百川再次告饶："你们先回答我一句话，答上了，我就打！"

陶士钧停下了，二人也是一愣。叶深笑道："好，你问。"

苏百川平静地看着大家，轻然道："你们说，是师父厉害，还是孙禄堂先生厉害？"

一句话把大家问懵了。天心脱口而出："当然是我爹，我爹一生就没有败过。"

陶士钧："孙先生也是，人称'天下第一手'，没败过。"

"一定要比呢？你们说，孰高孰低啊？"

天心和陶士钧面面相觑，叶深蹙眉道："这个，比不起来吧？"

苏百川拊掌笑道："这就对了。我们都很清楚，这两位要想分出胜负来，都需拿出十成功力，在纤毫之间，见到分晓。可问题是，他们是至交，为什么要以命相搏？朋友之间尚且如此，何况你我手足？这个高下，不分也罢！"

忽听有人说道："说得好。"众人惊诧间，一条黑影从外一纵而入。

·第十章·

天人

来者正是赵素响。

众人疑惑间，却听赵素响呵呵笑道："很多事情，不需要结果。因为结果会伤人。"众人又是一愣。

"百川，有人找你。我把她带来了……"赵素响神秘一笑。

"谁呀？"

"就在前院，你去了就知道。"

苏百川正想借故离开，可陶士钧摇头道："二哥不能走，我们还没有比。"

赵素响笑道："陶三弟，来客啦！"

陶士钧坚决地说："谁来也不行。二哥，我不是要分胜负，我只是想知道，你究竟在哪儿？"

苏百川叹气道："三弟，你何苦呢？"

可是陶士钧冰冷地坚持。叶深和天心也都不说话，显然不愿放行。苏百川进退维谷。赵素响见状，对众人笑道："这样吧，我好人做到底，如果你们信得过我，这场比武，由我代劳。"

众人一惊。天心："你代劳？赵大哥，这是通天拳门里的事，你凭什么？"

赵素响哈哈一笑："我和百川交过手，他的深浅，我知道啊。如何？"

众人都看向苏百川。陶士钧是目睹过他二人比武的，想到此，也点点头："可以。"

赵素响笑着取下鸟枪，从怀中找了一块黑布蒙在面上："我那日与他动手，就是蒙着面的。陶三弟，放开手脚。来吧。"

苏百川叮嘱："点到为止。"赵素响和陶士钧都一点头。苏百川释怀一笑，自己奔前院去了。陶士钧和赵素响打在了一处……

苏百川回到院中，并无赵素响所说的客人，确信了他是在帮自己脱身，感叹赵素响真是个妙人。今日若不是他来，自己真不知如何收场，有此等好友，苏百川好不温暖开怀。他漫步回到自己房门口，推门走进后，当即愣住了。空空儿拿了烛台，正在他的书柜前凝视着。听见门响，回身一笑，不可方物。四目相对间，二人触电般凝固了。

她一改往日的白色，此时一身赤霞红，头发是精心梳理过的。

"是你？"苏百川心里又惊又喜。

"意外吗？"空空儿妩媚一笑。

苏百川双手没个着落处，憋了半晌，说了声："坐。"空空儿脚下有点踉跄，走向桌前，身子歪靠着桌子。

"你喝酒了？"苏百川见她两颊绯红。

空空儿笑道："一坛而已。"

苏百川的眉毛拧住了，忙给她倒了一杯茶。空空儿接过杯子一饮而尽，"咣当"一声把杯子丢在了桌上，忍不住还笑出了声："什么破茶呀！哈哈。"

苏百川苦笑："你怎么醉成了这样？"

"谁说我醉了？"空空儿凝视着他，缓缓走到他的身前。脂粉味扑面而来，苏百川有些慌乱了。

"那你，找我何事？"

空空儿浅浅一笑："新裁了一件衣裳，穿来让你看看。"她眼神中凝聚着怪诞与天真。苏百川既疑惑又欣赏，不由心跳怦然。"好看！"苏百川由衷地说道。

空空儿骄傲地一笑。

"不过……"

空空儿的笑容停住了。

"你是先喝的酒，才饰的胭脂，画的眉毛吧？"

"怎么了？"

苏百川笑着起身说："你等等。"他走到书柜旁，从抽屉里取出一个精致的梳妆盒和一根白玉簪子，走了回来。空空儿望着他。

"这原本是作为临别的礼物送给我师妹的，给你先用一用应该无妨。"

"你要干什么？"

苏百川不再回答，只取了铜镜过来放在桌旁，让她照见自己。拿那根簪子轻轻换掉了她鬟上的竹簪子，顿时变了一种味道。

"你平日穿白，竹簪最配。今天这身红色，当佩戴白玉簪子才好看。"空空儿在镜前照了照，心里欢喜："你还挺懂女人，经常买吧？"

"第一次买。"

"你既然说好，我可不摘了。"

"行。你左边的眉毛稍稍淡了。"说罢竟从梳妆盒内取了一根细碳，用锡纸包了，轻轻拿在手中，左手温柔地扶住了空空儿的下巴，为她描眉。二人互通鼻息，空空儿暗叫一声"轻浮"，却心跳怦然……

"问你一件事。"

"嗯。"

空空儿正要说，外面打斗的响动越来越大。苏百川知道是赵素响和三弟从后院打到了前院。忽然大门被撞开，赵素响摔了进来。二人大惊。赵素响翻身而起，尴尬一笑："抱歉，你们继续。"说罢关上门，又打了出去……

　　"赵大哥怎么了？"

　　"在比武。"

　　"啊？好好的，怎么比武了？和谁？"

　　"只是切磋，不碍事。你刚才要问什么？"

　　"你知道男人给女人画眉毛，意味着什么？"

　　"管它呢，想画就画了。"

　　"你要这样说，我还不让画了。"

　　"不让画也已经画了……你别动啊，就好。"苏百川捏住她的下巴，好一张精致的脸。苏百川慢慢俯身下去，鼻尖几乎已经碰在了一起。空空儿瞪大了眼睛，呼吸气促起来。如果他要轻薄自己，该立刻制止还是……苏百川却把嘴贴近她的耳边，轻轻道：

　　"这簪子，就是买给你的。"说罢抬起头，笃定地看着她，温柔一笑。空空儿心都融化了……

　　赵素响的面巾被陶士钧抓了下来，二人都住了手，气喘坐下。天心递来两块毛巾给他们擦汗，二人又都大口喝水，谁也不说话……

　　叶深抱拳："赵大哥，我三弟从来如此，切磋不留手亦不留力。得罪了。"

　　赵素响爽朗笑道："真是名师出高徒！能在二十招以内赢我的，江湖上，没有几个。"

　　陶士钧目光凌厉："那么，我二哥怎样？"三双眼睛齐刷刷看向他，要的就是这一句。赵素响眼皮略一沉，随即笑说："和你差不多！伯仲之间。"陶士钧当即释然，长出了一口气。

　　叶深上前抱拳："赵大哥，到我了。"赵素响："好！让我歇一气。"叶深亲自为他奉茶一杯："应该的。"

　　"我来，是为你送行的。毕竟你要走了。"

　　苏百川坐着，眼睛不敢看她，生怕多看一眼自己就会动摇意志。

　　"可现在，我想法变了。我希望，你能留下。"

苏百川看着她，心里感激师父的这趟镖，至少自己能够暂时留下，只要还在北京，就还有可能说服自己，为了她，留下来。

"可以吗？"空空儿追问。

"我，我暂时走不成，有事绊住了。"这已是他最好的回答。本以为她会很开心。没想到空空儿脸色一变，此时她脑海中一个闪念，当初在王府听到的关于格格与苏百川提亲之事，又想起自己截下过的那封信！让她心乱，抬头就问："是为了那个女人吗？"

"哪个女人？"

"你知道的。"

苏百川知道她说谁了，二人心照不宣。忙摇头："不是。"

"没骗我？"

"没有。"

"如果你骗我，我就杀了她。"空空儿眼中有刀，令苏百川不寒而栗。她慢慢地站起来，靠近他。二人互通鼻息："看着我的眼睛。"苏百川看她。

"你是通天拳的人？"

"是。"

"你决定不走，跟通天拳有关？"

"是。"

"你，会武功吗？"

苏百川一愣："不会。"

空空儿眼神闪烁，忽然落下两行泪来："苏百川，你，不会远行吧？"

"远行？我说了暂时不走！"

"不，不是说你留洋。我是说，比如，走镖？"

苏百川心里一沉，她为何这样问？只淡淡道："我又没武功，怎么会去走镖呢？你问这个干什么？"

"多保重吧。这些天，最好哪儿也别去。"

苏百川吃惊不小："为什么？"

空空儿笑道："记住我的话，哪儿也别去。我会再来找你。"说罢拉开了房门，纵身跃出。苏百川觉得大有蹊跷……

空空儿出来的时候，叶深与赵素响仍在后院打斗正酣。她顾不得这些，径直从大门走了出去。来到菩提巷，见四下无人，展开身法快速离去了。刚过了几条胡

226

同，隐隐觉得身后有人，猛一回头，那影子躲闪不及，竟然是苏百川。空空儿当即酒醒了，瞪大眼睛：

"闹鬼啊，你怎么出来的？"

苏百川只好急追过来："你刚才的话，说清楚。"

"你先说清楚，这么快能追上我，你能不会武功？"

苏百川为难："我……"

空空儿飞起一脚踢了过去，苏百川本能用双肘格挡，轻轻一推把她弹开了。空空儿狠狠地瞪他一眼，半晌道："骗子，果然是个骗子。"

说罢，纵身上了房檐，几个起落，去远了……苏百川略一迟疑，展开身法追了上去。二人一前一后穿街过巷，不大工夫到了天坛外墙。苏百川身法虽然不慢，但与空空儿比轻功，他几乎不入流。到了墙根，空空儿使出蝎子倒爬墙的功夫，只弓了几下身子就翻上了墙头。苏百川追到近前，见那墙头少有丈半高，勉强见到她顺着墙沿跑了。苏百川尽平生之力，疾跑上墙，又借力一蹬，弹起丈高，勉强单手抄住了墙沿，又在半空回了些许体力，这才翻身上去。夜色可怖，松柏森森。苏百川穿过皇穹宇围墙回音壁，又到七星石，找来找去，没见空空儿身影。

忽然听到空空儿的声音。"你追不到我的。骗子！"苏百川闻声而去，只见一箭之远的祈年殿白玉阶上，隐隐有个红影，立刻奔了过去。祈年殿是天坛主殿，是皇帝敬天礼神所在。下有三层汉白玉台环绕，大殿拔地而起十余丈高，有鎏金宝顶，蓝瓦三重攒尖顶，气势磅礴，壮观威严。

苏百川来到台阶下，笑着看她："现在你总是无处可去了吧？"

"呆子。"空空儿心里一笑。

"你把刚才的话说清楚了。"

"我偏不说。"

"那可别怪我不客气了。"

空空儿厉声道："你别过来了，停下。"

苏百川哪里肯听，几步跃上台阶眼看就要捉住她。谁想，空空儿居然原地不动了，抬头看那房檐。苏百川笑了，笑她不知天高地厚，就算她轻功绝顶，这样高的房檐岂是人能上去的？

"你知道这三层圆檐，第一层有多高吗？"空空儿根本不理他，只微蹲着身子眼睛瞄着屋檐。

"至少四丈！"苏百川警告道。

空空儿把衣衫紧住，浑身上下再无绷挂之处，从后腰上取了飞抓在手。

苏百川大惊："飞抓？哪有侠义道用这个的？"

"谁稀罕什么侠义道？"说罢，扔起飞抓咬住了房檐，身体腾空而起，朝那白玉阑干上一蹬，借这一脚之力荡了两荡，猿猴一般向上攀去，只五六纵就到了屋檐，伸展双臂抓住了，利落地卸了飞抓，人已翻身而起，立在了大殿圆檐之上。

"你，你到底什么人？"

"骗子，你没资格跟我说话。"

"你不是古董店的东家。普天之下，除了盗门弟子，没人能有这样的身手。"

"你错了。盗门里也没人敢和我比！"空空儿骄傲一笑。

此时，一轮弯月高挂。苏百川仰头看去，那月亮仿佛在空空儿肩上浮动着，照亮她雪白晶莹的脸庞，真如天人一般。

"你，你是'摸着天'空空儿？贼魔的徒弟？"

"是又怎样？"

苏百川无比痛苦地望着她："我知道你不寻常，可万没想到，你竟是盗门的人。你骗我，竟然说你姓慕容。"

"苏百川，只有你骗我，我从未骗过你什么。"

"你知道通天拳和你们盗门的恩怨吗？"

"知道。"

"所以你接近我？对吗？"

空空儿一阵心酸："随便你怎样想吧！"

"你说走镖的事到底何意啊？你是不是知道什么事情？你说话！"

"你走吧，我不想和你说话。也不想见到你。"

"我不走。"

空空儿再不搭话，居然用飞抓又攀了一层，苏百川在下面看得心惊肉跳。

"你，你别上去了。太高了，危险！"

空空儿站在了第二层，北风凛冽，吹得她险些站立不稳。

"你下来好吗？那我走，我离开，你下来。"

"苏百川，你当初打我穴道的时候我就说过，如果你真的会武功，我一定不会放过你。"

"好啊！你下来，任你处置啊！快下来。"空空儿踩着蓝瓦走到了金匾之下，伸手把自己头上的玉簪摘了，一头乌丝顿时被大风吹乱。

228

"这簪子我不要了，也不还给你。除了你我，永远不会有任何人知道它的存在了。"说着，她把玉簪插进了金匾后面的木楔之中。

"你这是何苦啊？"空空儿不再搭话，向后方绕了过去，跳动几下不见了。苏百川急忙自下面去追看，没见到踪迹，只得又绕回原地，哪里还有人影儿。明白她躲了自己，可凭自己的本事，根本上不去，只得呆呆地离开了。

造化弄人。他万没想到，自己心爱的女人，竟是宿敌。镖师和匪盗，从来势不两立，何况通天拳与盗门？这件事要不要告诉师父？这趟镖这么巧，是不是有阴谋？说了师父能信自己吗？他胡乱想着，却理不出章法。无论后面会发生什么，对自己都是大考，又自信师父与师门的武功，一定可以应对无常。除了自我宽慰，已别无他法。苏百川慢慢走下台阶，数次回头都没能见到空空儿的身影，只得踱步出了天坛，回菩提巷去了。

他哪里知道，空空儿真正的身份是竹帮少主人，这次马之良南下走镖，空空儿必杀福郡王，而自己的职责正是保护王府不失……

·第十一章·

心猿

春夜，无风。

明天亮镖之后，叶深会和师父去太原走镖。当晚他决定回家去看父亲，天心一直送他到车马店雇了一匹马，又舍不下分离，二人厮磨一阵，竟一同骑了，信马走着。

"夜深了，你回吧，别再送了。"

天心不舍，贴着他的胸口："我不，到了阜成门，我再回去。"

叶深看着她："你这样我怎么能放心？你回去还有夜路要走呢。"

"哈，我巴不得来几个嘎杂子呢，我都小半年没怎么动手打架了！"

"什么话？瞧你还是姑娘家的。"

"太原路上，要事事小心，你和爹还有士钧，都必须平安回来。"

"放心，有师父同路呢，万无一失，倒是王府这边让我记挂。百川虽然武功好，可他没有江湖历练，你更要打起十二分精神来！"

天心点了点头，忽然一笑。

叶深疑惑问她："你笑什么？"

"我有一个感觉，这次太原回来之后，我爹会宣布传人。"

如此讳莫如深的话题即使出自师妹之口，叶深还是一惊。他勒住缰绳，下意识地看了看左右。

"你不要乱说话。"

天心略略笑道："瞧你紧张的，又没外人听了去。你说说，我爹想传给谁呀？"

叶深想了想："这是门里最大的事，我可不能乱说。"

"跟我也不说吗？你怎么想的就说嘛，快点。"

叶深略一沉吟："嗯，二弟要出国去的，也许会等他回来。也许会传三弟。或者你。"

绝学不是家学。自己一介女流，更何况论武功也不如三位师哥。父亲如果要包藏私心将绝学传给自己，那他就不配是一代宗师了。天心这样想着，但没有说，只扭头看他："为什么不是你呢？"

叶深憨厚一笑："我，我不够格吧。"

天心笑道："我爹的心思，我大概能猜出八九分的。"

叶深惊诧。

"我爹传二哥武功，或许只是想让他防身。因为大师伯的缘由，我爹和百川把大家都瞒了，才让人浮想联翩。"

叶深点点头。

"那你有没有认真想过，我爹为什么要接这趟镖？"

"兹事体大啊，侠义道护送国宝义不容辞嘛！"

"话是不假，可是你能说我爹就没有一点私心吗？"

"什么？师父会有私心？这我不信。"

"你真是笨啊。这么大一趟线镖，多好的一次考验徒弟的机会啊！"

叶深不由大惊。这层意思他还真就没想过，不由得对师妹刮目相看了。

"你接着说。"

"依我看，我爹心定的传人只在你和三哥之间。他若想让二哥继承，这趟太原他必带二哥去啊！"

叶深彻底惊住！马之良要选传人，这趟线镖当然是最好的试金石！如果他要传百川，怎么会让他守池子呢？难道真如师妹所说，师父的考量是在自己与士钧之间？她这番话如拨云见日，令叶深心生快意，竟也笑而不语了，在她的额头上亲了几下。

天心似乎看出他的心思，忽然娇嗔一声："你说，是我重要还是绝学重要？"

"什么？"

"你听懂了，别装傻。"

"当然，当然是你重要啊。"

天心顿时拉下脸来，推了他一把："口是心非！"

"我哪有啊？"

"你想了，这句话你过了脑子。"

"想也不可以啊？"

"当然不可以，你应该不假思索！"

叶深苦笑不迭。天心挣扎几下要跳下马去，被他紧紧抱住。

"傻丫头！我向你起誓，春云十三展纵然是天下第一武功，我也不稀罕。让他们争去，我不在乎。我在乎的是你。"

天心眼泪汪汪看着他，心里热乎乎的。

"真心话？"

"天地可鉴！太原回来，我就向师父坦白心迹。天心，我们成亲吧！"

天心钻入他的怀中，眼泪夺眶而出……

北城，叶广昌府邸。马之良从金银巷出来后，特意借了镖局的马匹来找师弟。为了托付好大事，马之良把秘传苏百川武功以及接镖太原之事一股脑都同师弟讲了。叶广昌特特装出震惊的样子，演得入木三分，让马之良多少有些愧意。叶广昌却大度地对师哥表示出应有的理解与支持，令马之良非常安心。两人说完了话，叶广昌亲自送到门口。

"师哥，你放心。明儿一早我去营房画过卯就会到徐闯府上，参加亮镖大会，也为你们壮行。"

马之良点头，小声叮咛道："广昌，我还有一件事要托付你。"

"您讲。"

"嗯，我离开这段时间，你能不能搬到菩提巷去住？"

叶广昌一愣："师哥，您？"

"我对池子不很放心。毕竟只有百川他们两个。徐闯那边的镖师难堪大用，如果你在菩提巷照应着他们，那就不同了啊！"

叶广昌不假思索一抱拳："师哥放心，明晚我就搬到菩提巷去，早晚周全他们。那边一旦有事，我就能火速驰援。"

马之良长舒一口气："如此最好！哈哈。"

马之良在拴马桩上解了缰绳，跳上了马与叶广昌话别。叶广昌目送师哥催马走出了老远，刚要转身回去，忽然见到马之良又打马而回。叶广昌心惊，猜疑是不是师哥察觉了什么？

"师哥，怎么了？"

马之良从马上一跃而下，来到他的身边，笑呵呵地看他，表情十分奇特。叶广昌更加狐疑。

"我上年纪了，脑子钝了。来前定好的哪几件事与你说，哪几件要和你商议，说来说去，还是漏了一件。刚才上马一颠，我倒想起来。"

叶广昌笑着："师哥您快说，何事？"

他虽表面轻松，心早就提到了嗓子眼儿。生怕国宝或者王府哪里露了马脚。

没想到马之良却笑着问："你觉得，天心和老三如何？"

叶广昌不解："您是说？"

马之良和蔼一笑："你觉得，他们般配吗？"

叶广昌心中一凛，之后一酸，再是一疼。他当然知道儿子与天心的事，叶深早在一年前就同他讲了。对这门亲他非常地满意，甚至还暗自高兴了一阵子呢。可马之良偏偏问天心和老三？他究竟是被蒙在鼓里不知情，还是他故意在试探自己什么？叶广昌品不出来。

"广昌，你觉得天心和士钩般配吗？"马之良又问。

叶广昌好可怜，勉强挤出一个笑脸："自然是郎才女貌。"

马之良点点头："你这个当叔叔的都说好，那我就有底了。等我从太原回来，就张罗他们的事。眼见一天天大了，毕竟男女有别，总这么下去，外面有闲话。"

叶广昌黯然："师兄说的是。"

马之良点点头，一身轻快跳上了鞍。刚拉转马头，就见到叶深飞马驰来。见二位长辈都在，叶深老远跳下马，疾跑几步上前作揖拜道："原来师父也在啊。明天远行，我想陪陪家父。"

马之良点头："哦，也好！路上用的行头都备下了？"

叶深一指马背上的褡裢："都在这里了。"

"好，今天晚上陪陪你爹。明儿一早你们爷俩一起去镖局子，等亮完了镖，我们就上路。"

"是，师父。您回去也早点歇着。"

叶广昌父子拜送马之良远去。

叶深刚想开口，叶广昌阴沉着脸说了句："你回来得很好，天意！"说罢一把拉住他的手，直奔书房而去。叶深很意外，连叫几声父亲，叶广昌全不理会。路过庞知耳房时，使劲砸了两下门，仍带着叶深去书房。

进房后，叶深还在错愕间，叶广昌已经快速地从书架中抽了一本线装书来，自书盒里拿出了一封写好的书信。此时，庞知也到了。

"老爷，少爷。"

"你马上走，去达官营的营房，找小马，把信交给他。"

庞知一愣，上前接过信："您，下决心了？"

叶广昌点点头："让小马连夜动身，两天之内，这封信务必要递到金枪太岁葛宁的手里。出一点岔子，我要他的命！"

庞知抱拳："是。"说罢，转身而去。

叶深不由大惊："爹，你要干什么？金枪太岁葛宁？我，我好像听过这个名字。"

叶广昌慢慢走过来，看了看儿子，扶住他的双肩，让他坐下。自己则在他对面的太师椅上瘫倒了，额头冒出涔涔冷汗。

"爹，您怎么了？"

叶广昌身体微微有些抖。叶深起身找了一条毯子过来给他盖上，又把火盆搬到他的脚下，从火盆上边的小铜壶里倒了杯热酒给他。叶广昌徐徐喝了，这才略略回了神。

"等过了惊蛰，"他轻轻喘了一口气，又说，"过了惊蛰，我就五十七岁了。"

叶深一愣，不明白父亲要说什么。

"你祖父，也只活到了五十五岁。"

"爹，您要说什么？"

"你，是爹的儿子吗？"

"当然，我是您唯一的儿子，爹。"

"我是黄土埋到眉毛的人了。今儿个，我不想和你费口舌，我很累，特别累。"

"好的，爹，我回房去，您也早点休息，明天一早我们还要……"

"我没说完！"叶广昌用沙哑而严厉的声音喝止了他。

"我现在很累，非常累。我不想和你费口舌，我只要你听话。可以吗？"

"可以。我听话，我听您的。您说。"

"好！深儿，既然回来了，就多住一些日子吧。"

"啊？"

"哪也别去。"

"这怎么行啊？我明天要去参加亮镖，然后动身去太原的。"

叶广昌摇摇头："不，你不能去。就在家。"

"为什么？"

"你不是答应我了，会听话的吗？别问。"

"不行啊父亲！门里有大事啊，我不能……"

叶广昌开始剧烈地咳嗽起来，叶深只好起身，给他捶了几下后背，又顺了顺前胸的气。叶广昌这才徐徐又道：

"原来，我只想把他骗出去，离开北京城。我，我毕竟是三爷，是可以看家的人，他临行前，东西一定会交我保管。我或是看看，或是抄一本，没有想好。可是现在，我的想法，有点变化！"

说到这儿，他忽然"呜呜"地哭了出来，后面说了几串话，完全含糊不清。接着，他又仰着头笑了！是夹杂在哭声里的那种笑，令叶深不禁悚然！本来线镖这件事，在叶深心里就疑点重重，如今看着这半人半鬼的父亲，他大有不祥之感。他稳了稳心神，慢慢站起来，想连夜回去找师父。

"您歇着，今天先不说了。"叶深恭敬道。

而后，他佯装无事一般，走出几步去开房门。忽然叶广昌飞身而至，在他身后雷霆出手，"噗噗噗"三下，点中"神道""神堂""心俞"三穴。叶深只觉后心被铁爪猛然锢住了一样，腰身以上全都僵硬不动了……

· 第十二章 ·

亮鏢

乙巳年，戊寅月，庚子日，乙卯时，金银巷广顺镖局鸣炮开张。

这天，《玉匣记》上写："宜开市、宜出行……火逼金行，大利西南。"日子是徐闯亲自选的，连摘牌在卯时、出行在申时，都处处掐着吉数，要讨好彩。

大门上高悬一块泥金匾，双插金花，上书广顺镖局四个大字。徐闯与马之良亲自摘牌，早有乐班吹打起来，有弟子挑竹竿儿挂着鞭炮，毕毕剥剥地爆响，气氛好不热闹。各界人士送来的招牌，叠肩压踵往院子里送，都是"陶朱事业""本固枝荣"等字。

瞧热闹的百姓们在镖局外围了个风雨不透，七嘴八舌议论着。

"我说老几位，听说北京城的江湖道今儿全齐啦！真的假的？"

"那错得了吗？有大热闹瞧喽！"

"我听说亮镖的规矩是，三日内若有人来挑战，打败了当家的，镖局子可就开不下去了！"

一句话将众人镇住了，只听人群中一位拉车大哥冷哼一声："打败？你也不扫听扫听广顺镖局干吗的？那是咱北京城头把交椅！总镖头徐闯什么人？人家是北京第一的把式！哪个不开眼的敢挑战他老人家，活够了吧？"

"敢情您门儿清啊，我说爷们儿，哪位是徐大镖师啊？"

拉车大哥一指马之良："不就他嘛，常坐我车。"

大徒弟肇星站在门口，接应着前来道贺的人众，有弟子接过帖子或花篮一一唱喏。

"怀远镖局，永昌镖局，长兴镖局……"

肇星一一抱拳还礼。

大院内，红花，窗纸一应俱全，十八般武器分列两边。八仙桌六张，上铺猩红毡，八凉八热的酒席，当间摆设金元宝。东西两侧密匝匝攒了两排花篮，最当间的两个分外夺目，飘带上赫然写着：霍元甲敬贺、孙福全敬贺字样。人的名儿，树的影儿，两位当世大侠的花篮照得整个院子熠熠生辉。

院中黑压压坐了几十人，除了武林中人，再就是士农工商的名流。还有马之良师徒、叶广昌、胡覃、喜大人、赵素响……众人分主次坐满好几桌，弟子们献茶、倒酒。

主桌上，徐闯引荐着："这位就是镖主，胡覃胡老板。这位就是马之良先生，是我徐闯本次线镖的定海神针啊，哈哈。"

胡覃赶紧抱拳："马先生名震江湖，是武林泰斗。您能受邀一同走镖，胡某真是倍感荣幸！"

马之良忙说："哪里，哪里。我听说胡老板是爱国绅士，花了重金从海外购回了这件宝物，真有国士风范啊。在下佩服！"

胡覃："不敢，不敢。"

众人依次敬酒吃菜，徐闯的十几位弟子在院中对练拳脚算是助兴。徐闯的这次亮镖可谓用心用力，一丝不苟了。

东房的屋脊上，来了两位老熟人。正是空空儿和揭心。

空空儿一撇嘴："搞这么大排场？万一失了镖可就丢人丢大了！要是我，保住东西悄悄走就是了。"

揭心笑道："师妹，这你就不懂了。亮镖是必然环节，镖局子吃的是江湖饭，这种热闹是免不了的，这也是给自己壮声势呢。至于下面走什么镖，往哪里去，绝对不会说的。"

"他们今天走？"

揭心点头："八九不离十。"

"师哥，王府那边，你真的不帮我了？"

"你武功比我好啊！我去了，反倒累赘。"

"哼，关键时刻就见着人心了。"

"我顶不了用，帮手的事，叶广昌都给你安排好了。"

"可靠吗？"

"一百二十个可靠，都是一等一的刀客。你放心好啦。"

"那天叶府里那个叫什么川的商人，是干什么的？我看他挺怪的。"

揭心眼神躲闪着："不知道，我也不认识。"

空空儿狐疑地看他一眼，刚要再说，正看见赵素响拉着苏百川给喜大人引荐碰杯。一见到苏百川，空空儿又跟丢了魂儿一样，把方才的话头忘了。

徐闯起身，端起一杯酒："各位英雄，各位朋友！今天小号开张，蒙大家抬爱，徐某感激不尽。这里先干为敬了！"

说罢一扬脖子把酒喝了，众人一起叫好。

"来的都是贵客，是好朋友，大家给面子，我徐闯自然要好好招待。还有些外省的朋友远道而来，自不必多说，一定要在这北京城多玩儿几天，所有花费都由广顺镖局支付，离京时另有程仪答谢。"

众人叫好。

一镖头笑道："徐总镖头，今天是大喜的日子。光喝酒可不热闹，您得把压箱底儿的绝活给大家露露！"

一席话说完掌声雷动。

徐闯："没说的。既然大家赏脸，我给诸位练趟大刀，以做酬谢！"

房上的空空儿一撇嘴："他这个人怎么就会练刀啊？"

揭心笑道："你当这是天桥啊？什么把式都露一遍？徐闯是'尖挂子'，真功夫可不能随便露。我看挺好，哈哈。"

空空儿白他一眼，无心看徐闯卷小辫儿，紧绷带，施展刀法，眼睛都盯着苏百川呢。这时马之良起身了，与胡覃、叶广昌以及苏百川几个都向后院去了，空空儿想动，被揭心按住。

"他们必是去验镖的，等进了屋再说。"

空空儿点点头。

马之良等人纷纷进了后院北房，寒暄过后，双方落了座。苏百川几个立在师父下首。徐闯的弟子们又一一献茶，而后退下。

马之良笑道："我们行武之人，虽然读书不多，却也粗晓事理，这件事，我们通天拳和广顺镖局，乃至整个京城的镖局，都是义不容辞。胡老板放心，东西我保了，人在镖在。"

胡覃连忙起身作揖："那就多多仰仗诸位英雄了！"

天心问叶广昌："叔，我大师哥呢？怎么没来？"

一句话让马之良也是一愣："对啊，深儿怎么没过来？"

叶广昌轻描淡写："哦，他昨晚多喝了几杯，没起来。我已经吩咐了，让他去达官门等你们。"

马之良点了点头，正要再说什么，徐闯已经带着两个弟子抱拳走进来："怠慢，怠慢。大家久等了。"

前院，宾客们有的醉了，被仆人搀扶去客房休息，有人已经离开。更多的人则是大喝特喝。喜大人和赵素响兴致不减。

喜大人："我让你查的那帮日本人，怎样了？"

赵素响："回大人，他们在南城有一个桐川道场，总有一些日商和浪人模样的人进出。"

喜大人点点头："你进去过吗？"

"门口拦着了，没能进得去。大人，我是不是继续查？"

老喜看了看左右，小声道："嗯。要查，但先放放。我手头还有一件大事要交给你马上办。"

赵素响一愣："大人请吩咐。"

"你去一趟山西阳泉府，给我接一些人到北京来。"

"阳泉府接人？什么人？"

"哦，是一些京官的女眷。"

赵素响一惊："女眷？"

喜大人挥手让他附耳过来，赵素响上前聆听仔细。一个下巴有瘊子的枪兵借着给大人倒酒的时机，全部听到耳中……

后院房内，叶广昌冲师兄抱拳："师哥，时候不早了，我先回衙门取官文，申时，我在达官门等你们。"

马之良点点头："尽早派人去催一下深儿，早点与我们汇合。不能误了大事啊！"

叶广昌："师哥放心。我这就办。"说罢，向众人一抱拳，自己先出去了。

马之良对众弟子道："你们都先回避，我要验镖。"

徒弟们心领神会，与徐闯的弟子一齐走了出去，将房门从外面关上，规规矩矩走开，立到拱门去了。屋内只剩下马之良、徐闯以及胡罩。

马之良正色道："胡老板，公事公办。我要再验一次镖。"

胡罩点头："这个自然。"

胡罩捧上了黑丝绒皮子包裹的楠木盒子，把封条亲自拆了，毕恭毕敬地打开。马之良谨慎取出宝甲，赞叹不绝。拿在手里仔细端详一番，又郑重捧给徐闯再看。

马之良又问："到了太原，送往何处？谁来接？"

胡罩叮嘱道："您记好了。送往兰州巷，郭白郭大人的府上。"

马之良在心里记牢了，点了点头。此时徐闯已经二次验镖完毕，胡罩取出蜡丸封条，想把楠木盒子再次封了，马之良挥手制止。

"胡老板且慢。"

胡罩一愣。

"如信得过我马之良，这件东西请不要加封，须是我随身携带才最为妥当。"

胡罩看向徐闯，徐闯微微点头。

胡罩抱拳道："您是行家，我都听您的。"

马之良用自备的黄绸袋子将软甲包好，塞进上衣贴身的内兜里，又用别针别住。一丝不苟地做完，向徐闯点点头。徐闯向胡罩出具了一纸押过的文书，胡罩过目之后，取出数张银票来。

"当家的，这是定钱。等您胜利班师，我自当把酬金全数奉上。只是一路上，千万要多加提防。"

徐闯抱拳："胡老板放心，有马先生同路，这趟镖万无一失。"

胡罩欣然："如此，胡某告辞了。"

徐闯打开房门，与马之良一道送别了胡罩。双方说了一些回京摆庆功酒的客套话。徐闯又把大徒弟肇星叫过来，问他："往太原去的物镖攒了几件？"

肇星从怀中取出一张单子："有七件。白银一万两，送大荣庄；苏州绢扇三对，珊瑚树两株，送山西布政使衙门；还有……"

"好了好了。这些我早已有数了。你现在就布置人，通通装车，这趟南下一并护送。"

肇星抱拳称是。

二门的甬道放着五辆镖车，不断有镖师抬了麻袋、木箱子装车。马之良和徐闯走了出来，徐闯把楠木盒子放在了当间那辆镖车的麻包里面，而后招呼众弟子继续回房喝茶。刚才他放盒子的时候，早被提前来到后院东房上的空空儿和揭心看个真切。

空空儿："有意思，要紧的放在中间的车里，前后的东西货物，是掩人耳目吧？"

揭心一笑："错。都是掩人耳目！"

空空儿："嗯？"

"这样的东西怎么能放在镖车里呢？"

"我都看见那木盒子了。"

揭心狡黠一笑："我跟你打赌，东西不在盒子里。不出意外，一定是马之良随身装着了。"

空空儿说了一句"老奸巨猾"，不知是在说马之良还是骂揭心。

揭心笑道："师妹，马之良一走，王府那边，就是你的用武之地了。"

"三哥，说实话，关键时刻，我还是希望你能在身边帮我。"

"师妹，我也跟你掏心窝子，不是我推辞，我真的还有一件大事要办。办不成，我命都保不住。"

"难道你也要那秘笈？"空空儿疑惑地看着他。

"当然不是。我才不稀罕那个。"

"哼，你就骗我吧。有什么大不了的事，难不成你要去杀马之良？"

揭心摇了摇头，一字一句道："是比杀他，还难的事。"

说罢，神秘且得意地一笑。空空儿见状，着实吃惊不小！

第十三章

何事吹皱
少年心

"前不见古人，后不见来者，念天地之悠悠，独怆然而涕下。"史有为边说，边对着墙角撒尿。

名单的消失、严重的负债、哥哥的锁链……都令赵华心力交瘁、意志动摇，这几日越发精神不振了。

史有为提好裤子走到窝棚里，从赵华的身前捡了一根大萝卜在水缸里洗了洗，大口嚼着。

"革命事业本就不是常人所能想，常人所能做的。别在乎俗人，不然你就俗了！"

赵华从脚下一地烟蒂里翻出一根最长的，用打火机点了，悠悠抽了一口："也许百川是对的，我应该先专心学业。"

"荒唐！我的大学是在日本读的，我的学业也荒废啦！我还坐过牢呢。我抱怨过吗？没有。我也没有妻子，甚至都没有经历过男女之事，我着急了吗？没有。在革命道路中，我也曾因为自己的渺小无力而感到无助，可是我迷茫了吗？没有。"

赵华内疚地看他一眼。忽然史有为从自己的怀中变戏法一样掏出了一沓手稿。

"天将降大任于斯人也！我们不是与世俗对话的人，我们对话的是历史，是整个民族！"

"这，这是什么书？"

"《杀慈禧的后果》。"

赵华不由大惊："先生真是神速啊，三部大作竟然在短短两年之中全部完成。"

史有为笑道："何止是写完？前两部，《杀慈禧的原因》和《杀慈禧的方法》我都已经翻译成了日文。"

赵华为之一振："先生真神人也！我佩服得五体投地！"

史有为激励道："赵华，你要知道，你并不孤独。我们的目的是唤醒大众。我没有太多的精力一直唤醒你。"

"先生，我错了。这本书出来，先生的三部书可以合集出版了。"

"名字我都想好了，就叫《三杀》。印刷厂那边怎样？"

"已经说定，无非是钱。我一定想办法早日把书印出来！到那时，一定是劈空出世，震动四海。"

"这个信心我绝对有！康南海之所以失败，是他的著作虚张声势，缺乏说服力。他的变法手段单一，过于温和、迟钝。再就是此人沐猴而冠，心口不一。天天戒杀生，而日日食肉；天天谈一夫一妇，而妻妾成群；天天说人类同等，自己却用男仆女奴。保皇派有康南海这样的领袖，如何不败？"

赵华补充道："而先生的著作和先生为人，则完全不同。先生的著作振聋发聩，书名就是惊天一响。书中不偏不倚直指清廷颠顶本质，罗列罪魁慈禧的十大罪状，字字泣血，刀刀见骨。呼吁国人丢掉一切幻想，必须除之而后快，而后安，而后强！振警愚顽，发人深省。我认为，当下国人最应该读到的书，就是先生的《三杀》。"

史有为激动得热泪横流，他拉着赵华的手，许久才说出："好啊。好……"之后仰头极目视天，缓缓道："那拉老妇，你的好日子到头啦。"

赵华也心潮澎湃，忍不住流下了热泪。

史有为举起赵华的手："洒我热血，铸我汉魂。"

赵华："洒我热血，铸我汉魂。"

史有为："诛杀慈禧，复我中华。"

赵华："诛杀慈禧，复我中华。"

二人在院中慷慨激昂。篱笆门外，开饭馆儿的小媳妇儿愣愣地看了许久，神情麻木。

"怎么了余嫂？"赵华抹掉眼泪问。

"那个，那什么，我打扰你俩背诗了？"

史有为和赵华面面相觑。

"没有。您有事儿啊？"赵华忙道。

"你哥出门前让我管你晚饭来着，我家里有口剩的，够咱俩，你，你这朋友跟家吃吗？吃的话，我就改烂肉面了。"

赵华看向史有为，史有为咽了一口唾沫："就——不打扰了。"

余嫂还没说话，就听她身后赵素响笑道："烂肉面好啊，我听着都馋。"

"呦，赵大哥，您回来啦。吃吗？有您的。"

"不了，我说了话就走。"

赵华急急扣上自己的脚锁，又挥手让史有为快躲，史有为猫一般敏捷，直钻进墙根儿柴火堆的油布之中，探脑袋问："他怎么这时候回来？"

"不知道，快藏好了。"

史有为藏好身子探头出来，小声喊道："我留下吃面也行。"

赵华点点头挥手让他藏好，史有为方钻回去。

赵素响拉开篱笆门，恰在此时，赵华将脚上的锁链刚刚扣上。赵素响看了看弟弟，没察觉异样，从身上取出钥匙来，上前给赵华解了。

"哥？"

赵素响拉着他就走。

"哥，你干什么？"

"刚得了差事，我要出远门，你跟我一起走。"

"去哪儿啊？我不去。"赵华挣脱着。

"山西，十天就打来回了。"

"我馆里有课。"

赵素响想了想："已经缺了，不在乎这几天了。"

赵华甩开他的手："哎呀不行。"

赵素响厉声道："不行也得行。把你一人放家里我不放心，怕你惹事。"

赵华告饶道："哥，我保证老老实实的，哪儿也不去。"

赵素响哪里肯信，上去又抓。赵华一使劲挣脱，怀里的书稿掉落一地。赵华大惊，赵素响一脸疑惑："这是什么？"

油布之下的史有为听见声响，悄悄露出头来，见状脸都吓白了。赵素响是官人，又向来刚直，他要是看了那书稿保不齐就报官。就自己《三杀》的那些内容，够朝廷杀自己三回的。

赵华当时也懵了，他急中生智说："这，这是百川的东西。"

赵素响刚弯腰去捡，停住了回头问："苏百川的？"

赵华急忙挡住他："百川给我看他的论文呢，我好容易借来的，你别弄脏了。"

说罢用身体挡住，三两把捡了起来塞回了衣服里。赵素响正欲再问，后墙响起阵阵马蹄声，紧接着传来枪兵的一声喊。

"赵哥，弟兄们都齐了啊。"

赵素响听出是瘦子的声音。

"就来！"

赵素响看着弟弟，内疚地拍拍他："唉，想不到这些天你这样用功，是我粗鲁了。"

赵华立刻道："哥，没事儿。长兄如父，你打我都是应该的。"

赵素响笑笑："你别怪哥哥就好。"

"哪能啊？哥，你办差是公干，我去了反倒添乱。你就放心走吧。十天就回来了不是？我保证就在家里用功哪儿也不去。"

"能让我放心了？"

"绝对。您让余嫂说，是不是你出门我就看书的？"

赵素响点点头，从兜里掏出一个小布袋子："这儿有三两碎银子，都给你了，不要惹事。我很快回来。"

说罢，就把银子包递了过来。赵华感动，推让道："哥，你自己也留点儿，我用不了这么多钱。"

"我出公差，饿不着！"赵素响笑着。

"哥，您一文钱不装怎么出远门儿啊？"

"哥不需要钱，你留着吧。"

史有为听到钱，早掀开了油布，露了半张脸来，对他做眉做眼地一通"批判"。赵华推让的手停住了。

赵素响拍了拍他，笑道："给余嫂一两，死活要给，当你的饭钱了。剩下的，不许乱花。再见到百川，也请他吃吃茶什么的。穷归穷，咱不能总占人便宜。"

赵华低低答应了一声，赵素响走出篱笆门，跟余嫂客套了几句，就出去了。赵华想追出去说一句"哥，一路小心"，又怕哥哥不给自己好脸，就驻足没动。

不久，听到后墙响起马嘶，他翻上墙头。正看见赵素响飞身上马，领着十几位护军疾驰而去……赵华愣愣望着哥哥消瘦的背影，心里酸楚。他身上一文钱都没有就这样走了，他去山西做什么？有没有什么凶险？自己一概不知。如果不是史有为在这里，也许他会跟着哥哥一起去……

"你还挺机灵的，没被他看到吧？"史有为捡起地上的最后一页书稿，吹了吹尘土对他说道。

赵华叹了口气："真让我哥看见，非杀了我。"

"事不宜迟，要尽快刊印。原稿就这一份儿，出点娄子我这几年的心血可就白费了！"

赵华点点头："走，我们现在就去印刷厂。"

二人走出篱笆门，也没见到余嫂，索性也不搭腔了。火速出了杂院大门，赵华低着头向右走，被史有为拉着。

"先回葫芦巷吧。我家里还有两本书稿呢。"

"也好！"

"钱够吗？三本书都印出来？"

"都印了吧。先各自一百本。"

"你算过没有，那得多少钱啊？"

"嗯，五两吧。至少五两。"

史有为伸手拿过赵华的钱袋子在手里掂了掂，又翻开了看看，口中喃喃道："这可不够啊，还要想法子借点儿。"

赵华停住了，脸色暗沉下来。他自己知道，如今再也借不到一文钱了。想到哥哥临走前那几句话，他心里就一阵阵地疼。

正焦急无着，一位小贩推着一辆空的独轮车从巷中走过，车上扔着几个麻袋片子，里面还有几根菜叶和几个烂土豆。那小贩腰间拴了一个鼓鼓囊囊的布口袋，看起来，像是刚下市的菜贩子。赵华对史有为轻轻道："等我一下。"

他低头捡起半块墙砖，顺着墙根儿踟蹰着向小贩走去……

·第十四章·

崤壁之花

赵素响率领十几位鸟枪护军，沿着护城小道缓缓而来，走近达官门，他始终没有勒马，士卒老远见是官军，就推开了栅栏，放他们出了城门。那士卒追几步喊道："哪个衙门的？吱一声啊！"

　　赵素响摘下一个腰牌，没有回头，只在头顶晃了几晃，人已经远了……

　　士卒："嗨。没瞧清楚我说，哪个衙门的啊？我也要上报交差的！"

　　说罢还要追，叶广昌自身后叫住了他。

　　"行了。我认得他。是委署鸟枪护军。"

　　士卒追着赵素响远去的烟尘啐出一口："呸。没比我高多少啊！神气什么？"

　　叶广昌笑了笑，劝慰了手下几句，就听见老远天心在喊他："师叔，师叔。"

　　叶广昌回头望去，莲花大道上，徐闯带领着四十位趟子手，十位精干镖师，押着五辆镖车，与马之良师徒一道，骑着高头大马，浩浩荡荡朝达官门而来。叶广昌正了正顶戴，带领四位手下，迎了过来。众人纷纷下马，牵马而行来到了近前，叶广昌忙抱拳。

　　"徐总镖头。"

　　"叶大人。"

　　"您这趟镖到哪里？"

　　"太原。"

　　"车里装了什么？"

　　"一共五箱礼品，我有清单，大人一一过目就是。"

　　"交情归交情，您出达官门，我可是要开箱验货还要点兵器的。"

　　"这个自然。"

　　二人你来我往把场面话说完，叶广昌的手下就去查验五车货物了。

　　北京城走镖的只能从此门进出。江湖上都叫达官门，其实就是北京外七门之一的广安门。此处是南方各省进京的一条要道，城门领正是叶广昌。徐闯他们去西南，打这里出去是顺道，可有的要走北线，比如去一趟奉天，那也必须从此处进出，出了城门再绕去。镖车一进一出还需履行手续，这叫王法。叶广昌的手下查点完镖箱，并无违禁之物，又开始逐个清点镖师人数并查验他们随身携带以及镖车里所放兵器。离开北京城有多少人，带了多少兵器，回来的时候还要从此处入城，接受核查。人数和兵器，只许少，不能多，这也是王法。

　　马之良和苏百川几个都问起叶深。陶士钧手搭凉棚看向远处的箭楼，也没瞧见人影儿。马之良疾步走上近前，小声问叶广昌："深儿呢？还没来吗？"

"我也纳闷呢。早就打发人回去催了，这会儿还不过来。"

马之良眉头紧蹙："这孩子，向来谨慎的。他昨天喝了多少啊？"

"咳，可是没少喝呢。"叶广昌也是一脸责怨之情。

马之良何曾知道，此刻的叶深，还在叶府半步没有离开。穴道虽然早给解开了，可也换成了五花大绑，捆在太师椅上动弹不得。屋里还有三个面无表情的下人，手里端着食盘和水杯，伺候吃喝可以，问什么一句不答，任喊任骂，没听见一样。

这边的士卒统计完人数兵器，一一记录入册。捧到叶广昌面前过目之后，叶广昌递给徐闯官文："收好喽。徐大当家的，一路平安。"

徐闯抱拳："多谢叶大人。"转身吩咐一声："上镖旗。"

一句话说完，徐闯的弟子们纷纷拿出了橘黄色的镖旗插在了每辆车的车头位置，上写：广顺镖局。

徐闯冲马之良点点头，指挥镖车缓缓走出了达官门。

马之良焦急起来，天心一指远处大道上飞来一匹快马。

"快看，是大哥吧？"

那人催马跑到近前，滚鞍下来，竟然是庞知。众人都是一惊。

"老爷。"

"怎么是你，深儿呢？"

庞知抱拳："少爷下不了床了。"

众人大惊。苏百川低头拧住了眉毛。

马之良厉声问庞知："怎么回事？"

"他说，昨天夜里的牛肉吃多了，又喝了那么多酒，难受了一晚上，肚子疼得厉害。"

叶广昌："糊涂！这太耽误事儿了！"

"少爷还说，让师父先走。等自己好起来，顺官道一路追你们。"

苏百川看着庞知，心里一沉。回想起这几天发生的事，他直感不妙。可那夜跟踪大哥去到家中，什么也没有听到。当夜到底发生了什么？与大哥今天的消失有没有直接的关系？苏百川拿不定主意，也不敢当着师叔的面儿随便开口说此事。

天心早急了："那万一他一时半会儿好不了呢？这趟镖怎么办？"

苏百川忙说："师父，要不我替师哥去太原吧。等师哥身体缓过来，他代我坐池子。也不耽搁。"

252

马之良微微摇头。他所顾虑的是，万一叶深不能好起来，王府就只有天心一人，断不可行。庞知看着苏百川的身形，特意转到他的身后扫量，怀疑他与那天的夜行人有几分相似，亦不便当面告之叶广昌。

天心见父亲不允，又道："二哥，还是我走太原，你和大哥都留下。"马之良还是沉吟不语。叶广昌见机劝道："师哥，要不改天上路吧？等深儿好起来。"

马之良看着门外的镖师们已经在静候他们出发，摇了摇头："镖车走不快的。希望他尽快好过来，能追上我们。还是我和士钧去吧。川儿、天心，你们按部就班。"

"爹，这怎么行啊？少一个人，少一份力。如果大哥好不了，又怎么办？"

"可是他病了啊！我们没有更多的人手。"

叶广昌忽然眼睛一亮："哎，师哥，我有个主意。不如让庞知陪你们去太原？"

苏百川心里咯噔一下。他看了看师叔，又看看庞知，二人没有异样。马之良也一愣："他？行吗？"

叶广昌笑道："他都跟了我十年了。武功非常好。深儿去不了，有他陪着，路上也是个大帮手！庞知，你觉得如何？"

庞知抱拳："既然老爷发话，我自然是义不容辞！我就怕自己干不好差使。"

叶广昌笑道："你虽不比叶深少壮，但总比徐闯的人强太多了。怎么样师哥？"

马之良又仔细端详了庞知几眼，还未拿定主意。庞知抱拳又道："前辈，您徒弟叶深刚才也说，如果人手不够，请我替他的。"

陶士钧道："师父，也许这是权宜之计！"

马之良看了看天心，女儿也向他点了点头。唯独苏百川表情木然。马之良想了想："也好。那就有劳庞老弟辛苦一趟了。"

庞知一抱拳："这是我分内之事。"

叶广昌："庞知，路上一切都要听我师哥的安排，不可节外生枝。"

庞知："老爷放心。"

叶广昌点头："师哥，别让徐闯等急了，您，上路吧。"

马之良看着他，眼神冒出精光："广昌，借一步。"

说罢，自己先行走开了。叶广昌盯住他的背影，不知道师哥有什么事需要背过众人，只得跟着他。二人一起走到箭楼的石阶，马之良还没停，又向上走了半程，方才停了下来。回身看向他，又换了一种眼神。

叶广昌一凛："师哥，什么事？"

"三天之后，深儿如果还没好起来，就不要让他勉强了。"

"知道。"

"我走之后，家里的一切，还要靠你多照应啊。"

"哥哥放心，这里都有我呢。我今晚就回菩提巷住。"

马之良点了点头，数次欲言又止。

叶广昌："师哥，您，是不是还有话要对我说啊！"

马之良叹气道："有话，我当然有话。而且很重要！"

叶广昌一惊。

"这趟镖虽然要紧，可我身上还有一件更重要的东西。思来想去，应该暂交你保管。"

"是什么？"

马之良自怀中取出秘笈来，轻轻递了过去，低声道："通天秘笈。"

叶广昌听来如同凭空打了一个焦雷，他万没想到梦寐以求的东西，师哥果真就要给了他。登时慌了："师哥，这可不行！秘笈，只能是传人持有，我连看都不能看，更别说保管了，坏了规矩啊。"

"太原一路，凶险难料。通天秘笈是本门的命根子，我不能随身带走！"

"那您也不能交给我呀！"

"你混账！你是我师弟，是我最信任最倚重的人。大事当前，我不托付给你还能给谁？你给我找出第二个来？"

叶广昌心里一阵绞痛，他知道师哥说的是肺腑之言，可正因为如此，他才觉得句句扎心。不免惭红了老脸，轻轻垂下头去。马之良没有注意到他的神情，自顾自道："我昨天想了一夜，秘笈不能带走，应该留在北京，留在通天拳门里。如若不然，路上万一有个闪失，我死事小，秘笈出了岔子，那可就……"

叶广昌五内怆然，流泪道："师哥，出门远行，何谈'死'字啊！"

马之良一笑："我就是怕万一。"

叶广昌感慨道："没有万一。师哥，凭你的武功，普天之下的保镖达官全算上，如果你称第二，谁敢称第一？徐闯找你，就是这个道理。师哥不要多虑，尽管早些上路，弟弟我在这里，等你平安回来。"

"广昌，你听哥的话，把东西收着。"

"师哥，我不能拿呀。"

"我是掌门，你敢抗命啊？"

叶广昌把秘笈塞回师哥的手里，握住他的手道："师哥，您还记得我这肋骨是怎么断的吗？师祖他罚我，一辈子不许我沾手，对绝学，连一个念头也不许有。我们，都不能违背师命啊！"

"哎呀，广昌，这件事，我和大师兄都，都觉得是师父草率了。"

叶广昌扑通跪倒，落泪道："哥，有您这句话，我死而无怨。可是秘笈，我绝不能收。一来，我信师哥你的本事，秘笈不会有失。再者，我要让天上的师祖看看，要他知道，当年是他老人家，错怪我了！师哥呀！"

叶广昌说完，号啕大哭。马之良双手将他扶起，一把抱在怀里，动容道："广昌，这些年，苦了你了。"

叶广昌擦干眼泪："哥哥，走吧，我看你出城。一路平安。"

马之良："弟弟，先回。"

两位老兄弟躬身抱拳，洒泪而别……

红霞赤城，雁南飞。

角楼上，叶广昌独自凭栏，目送师哥远去，心有万马奔腾……他把顶戴摘弃一旁，使劲拽着辫子，皮绳松了，头发一点一点散开，任风吹乱。他谋划了这么久，处心积虑想得到的宝贝，当师哥拱手相送时，他硬是接不下来！真对自己恍然不识了。为什么不要呢？是愧疚？是措手不及？还是怕对同伙无从交待，剑已出鞘，无血难还？叶广昌不知道……

并非所有的心软与仁慈结果都是好的。叶广昌的一念之仁，好似峭壁之花，纵然雪般白，火般烈，可惜朝生夕死，无人能及。毕竟花朵之下，幽谷深深……

·第十五章·

誓入刀山

余晖脉脉，孤鹰盘桓。

镖车队伍已缓缓出城十里。徐闯的人马走在前面，庞知居中，马之良师徒四人走在最后。天心对陶士钧低声念叨，觉得父亲应该等叶深，哪怕等一日也好！

"通天拳一诺千金。师父已经验了镖，宝贝也在他身上，怎么能因为徒弟不到就耽误大家？"陶士钧淡淡说道。

马之良回头一笑，也对天心道："莫再为深儿的事烦恼。不能来，也非坏事。这样你们三个守池子，我更安心。"

苏百川看着师父，欲说还休。陶士钧见天色已晚，对他二人道："二哥，小妹，别送了，回吧。"

苏百川还是不舍："再送十里。"

天心也使劲点头。

马之良和蔼一笑："都回吧，晚了，城门就关了。"

天心撒娇着："爹。"

马之良爱惜地摸着女儿的头："喜欢什么？爹从太原给你带回来。"

天心扑到父亲怀里，十分不舍："我什么也不要，只要爹和三哥都平安回来。"

苏百川与陶士钧拥抱，拍打着彼此的肩膀。

"三弟，照顾好师父。照顾好自己。"

"二哥放心。王府就靠你们了，也多保重。"

陶士钧这般冷面冷心的人，离别之际，也不免动容。他一扭头，红着眼睛自己先走了，追徐闯的车队去了。

苏百川来到马之良身边，小声对师父说道："师父，有句话我不知道该不该说。"

"怎么？"

"大哥的事情，我总觉得有些蹊跷。"

"你指什么？"马之良淡淡一笑。

"庞知，庞知有点不对劲。"

"哦？为什么？"马之良目光如炬。

苏百川想了想，只得照实说："不知道，只是感觉。或许是我多虑了。"

马之良平静一笑："你心细是好的，不过太多虑也不行。大丈夫，言出必行，敢作敢当。这趟镖，已势在必行，刀山火海也要闯！不能让猜忌和恐惧左右了自己。圣人说，有所为，有所不为，这是君子；而明知不可为而为之，方是豪杰。"

苏百川觉得师父话里有话，以为他也预感到了什么，却不肯说出来怕自己担心。其实马之良此时，并没有预感出凶险，也没有察觉出叶广昌、庞知的异样。不过，他心里的确始终有一个顾忌，那就是葛宁盘踞之地陷马台这个名字。对于走镖的江湖人，这是犯了地名讳的：马之良姓马，此处偏叫陷马台，非常不祥！可马之良堂堂一世豪杰，保护国宝，责无旁贷，怎会因为一个地名就裹足不前？

马之良悠然道："拿不准的事，就不要多想，也不要多说了，说出来也无用。"马之良这句话似乎是在回答苏百川，也是在宽慰自己。

"是。"苏百川看到师父坚毅的眼神，不由点了点头。

"现在你要记住。王爷，是有仇家的。"

"谁？"

"江南竹帮，慕容氏。"

苏百川顿时色变，以前从叶深那里零星得知的一些隐情，坐池子在防慕容家的人，如今被师父亲口证实了。这空空儿就姓慕容，她难道真的是竹帮的人？

"你怎么了？"

"没。没事。"苏百川心神不宁地回应道。

马之良察觉出异样，不转眼珠盯住他："对为师，不要隐瞒啊。"

"您说了，要有担当。不能让猜忌和恐惧左右了自己。拿不准的事，不多想，不多说。"

"好！"马之良赞赏地点点头，"假若有事，你们要尽全力保王府不失。"

苏百川抱拳："是。师父。"

马之良用手摸了摸自己袖子里的那本通天秘笈。看着眼前的二徒弟，起了一个念头，想把秘笈留给他，让他保管。可转念又想，仍旧觉得如今的苏百川，欠着火候，还是自己亲自带上最妥当。苏百川看着师父半晌："师父，您怎么了？"

马之良笑了笑："没事。就此别过吧。一个月内，我们就回来了。"

苏百川、天心与马之良洒泪而别，二人立在高岗之上目送车队远去，不时冲着偶尔回头的马之良、陶士钧挥手告别，遥遥相望了许久，这才抽身往回走。二人商议着，由苏百川先回池子照看王府，毕竟那里只有几位年轻的广顺镖师坐镇，难以安心。天心则不进城，直接绕去北城叶府找叶深，看看他病情究竟怎样。无论多晚，都会去王府与师哥汇合。兄妹二人商定已毕，就地话别，各自速速离开了。

天桥"心心相印古董店"，里间。揭心穿好一身短打扮，扎好衣裤，又收拾着一个包袱，要出远门的样子。

258

掌柜挑帘儿进来，愣住了："东家，您要出远门？"

揭心头也不抬："老许，正要给你说这事儿，我走几天。回来之前，这个店就别开了。也给你放个假，歇一歇。"

"谢谢东家。那琉璃厂和大栅栏那几家店也歇吗？"

"你就甭管了，我都安顿好啦。走吧，回去吧，一会儿我上板儿！"

掌柜一愣，上大板儿这种事从来不必东家自己动手的，就知道是揭心急着轰他，识趣道："得了东家，那我先走。"

掌柜离开店铺之后，揭心在油灯下干坐了一阵，长叹了一口气，打开了自己的包袱：匕首，面巾，银票，几个药瓶，还有一个奇怪的木盒子。盒子里面是一把更小更精致的小刀，以及类似人皮面具一样的模子，他拔掉药瓶的塞子，将绿色的药水轻轻拍在自己的脸上……

由于柳絮才的逼迫，揭心不得不孤身涉险，秘密尾随镖队南下，想办法从马之良的身上，把那件宝甲偷到手。如今，他首先要完成第一个步骤：易容。

暮色鼓楼传来了隆隆鼓声。

达官门的大门要关了，两个士卒听到鼓声，恪守职责，缓缓合门。一个留胡子的商人气喘吁吁地赶过来，正是乔装之后的揭心。士卒看了他一眼："怎么这么晚？"

揭心赔笑道："我来城里给孩子抓药的。"

正这时，有位打更的更夫提着灯笼和一面锣沿着墙根走来。那士卒反而公事公办起来："按说你是过了时间的，你说我让你出城不出？"

揭心又笑说："这不还没打更吗？"

"你没听到鼓声哪？戌时五刻。我们关城门。"

他说着，从脖子上拽下一根金链子，上面挂了一块精致的怀表，他弹开表盖子，让揭心看里面。

"你瞧这走针儿，快九点了不是？"

揭心一看这人模样，二十出头的年纪，细皮白肉的不像个农家孩子。这八成是哪家的"秧子"玩闹够了，家里使门子进到了步军统领衙门当了门卒，充其量对付一两年就买个协领或者把总升迁走了。不然的话，此类小门卒还不至于能佩戴金怀表，这表，就是他自以为的背景和说话的底气。

揭心心里道："小子，遇到三爷算你倒霉。"就从包袱里取出几个蜡丸儿来，捏开了纸皮儿给他看："你瞧，你瞧，我真是给孩子买药。您就通融通融哈。"

士卒看着揭心就是不动。揭心猜出他的用意，识相地从怀里取出一枚光绪元宝，平值一两银子的，递了过去。

"您通融通融。小哥俩买壶酒喝。"

两士卒笑着对视一眼，果然挂表的那位并不接钱，而是让同伴拿了，自己却笑道："我们这是破例啦。要不是你急着回家给孩子吃药，我绝不能放你出城的。"

揭心笑道："那是，那是。我谢谢您了。"

说完鞠一躬，低着头走了。那边刚要关门，揭心忽然又回来了。

"军爷，抱歉，您刚才说现在什么时辰了？"

"快九点啦。"

"您能给我再看看吗？那表，我想知道个准时候。"

那士卒不耐烦，全是看在那块元宝的份上，到底把表拽了出来，让他凑过来看时间。揭心眯着眼睛凑近了瞅，单手一扶表壳子。

"看明白了吗？"

"看到了，看到了。谢谢您，回见您嘞。"笑着出城了。

那士卒跟同伴一起把大门合上，放下一条横门大闩。正谋划着夜里去哪里吃酒，忽然同伴问他："你胸口挂的什么？"

士卒低头一看，黑乎乎一片。连忙用手去摸，怀表早换成药丸了。心里喊了一句不好，骂了一声"我非活劈了他！"二人急忙重新把大闩抬起来，胡乱扔在地上，合力拉开了大门，齐齐抽出腰刀就往外跑。四下看去，哪里还有人影儿……

第四卷

·第一章·

杀器

叶广昌府中堂的自鸣钟响了，正是夜里十点。叶深被钟声唤醒，他疲倦地睁开眼，发现自己仍然在太师椅上，绳索已经解开了。不知何时，父亲静静地坐在他的对面，幽灵一般看着他。叶深动了动脖子和手脚，他看父亲的眼神不再恭顺，而是充满了不解与愤恨。

"吃点东西吧。"叶广昌用眼神示意，茶几上有一碗粥。

叶深愤愤盯住他："我师父呢？"

"走了。"

叶深挣扎着站起身，舒缓了关节肌肉。他捧起粥碗，看了父亲一眼，"咕咚咕咚"一扬脖子喝了，抹了嘴就往外走。

"来不及了。"叶广昌淡淡道。

叶深一愣，回头看他一眼，抬腿就走。

叶广昌笑道："早出北京城了，你撵不上的。"

"镖车走不快，我顺大道……"

"庞知已经替了你，放心吧。"叶广昌制止道。

"庞知？他凭什么替我？我怎么能放心？"

叶广昌一笑，没有回答。

"爹，你究竟要干什么？你想方设法不让我去太原，不会只是为了培养你的管家吧？"

"哈哈哈……"叶广昌忍不住一笑。

"你要害师父？至少是，是要做对他不利的事情！"

"站在他的角度，或许是。可对你来说，不是。"

叶深冷笑："我听不懂。"

"没关系，你早晚会懂。"

叶深不再搭话，决心离开。

叶广昌提高声调："深儿，我提醒过你，我们是父子。"

叶深回头看着他，一句很重的话已到嘴边，被他艰难地吞了，回身走出了门。

"敢走出这个院子，你就不再是我儿子！"叶广昌威胁道。

叶深停了，但没有回头。父亲这样说，他大概也猜到了他的用心，预感到太原路上要出大事，必须先找到师弟苏百川商议。想到这里，他极速走到院中，朝大门而去，忽然叶广昌出现在他身后，出手如闪电，点中他的"井肩"与"天宗"二穴。叶深的身体瞬间僵硬了。这是父亲第二次封他的穴道，且这一次，有钻心的疼痛。

"你师父一定教过你打穴，六十四穴位口诀你也谙熟，爹也传你一手。过了亥时，要打'天宗'穴。"

"师父从不教我从背后点穴。通天拳是光明正大的武功。"

叶广昌笑了笑："你说得对，本门确实没有这路功夫。这手是庞知教我的，很实用。"说罢，诡异一笑，叶深不寒而栗。庞知？庞知教了父亲如此阴毒的手法，此人现在替自己在镖路上……

"父亲，你让庞知去太原，是要害师父？"

叶广昌冷冷地看着他，没有回答。

"叶广昌，你敢做出任何对不起师门的事情，我绝不饶你！"

"你放肆！"

"放肆的是你！"

父子二人怒目相视，谁也不肯相让。正僵持不下，门外响起了敲门声。

"师哥，师哥！"

这是天心的声音，叶氏父子都是一惊，叶深张嘴正要大喊，叶广昌伸手捂住了他的嘴，而后点住了他后脑的"哑门穴"，叶深顿时觉得头重、舌缓，不能出声。

叶广昌前院有一处假山景观，是当年他建造此处宅院时，根据"二十四山砂水吉凶"营造的一处灵璧石小景。此时，正可将叶深藏于假山之后，自己也和他一起躲了。叶深对父亲怒目而视，却无能为力。

天心叫了半晌无人，就自己推开了房门，走了进来。

"有人吗？有人在吗？"

天心毫无戒心地向里面走。叶广昌把外衣脱了，取出了背弩，搭好箭拉满弦对准了她。叶深大惊，眼珠突兀欲出，尽平生之力向父亲摇头。叶广昌一动不动，死死盯着天心，随时准备击发这一箭。

天心站在院中大声喊："师兄！师叔！我是天心啊！"

她见北房灯亮着，就快步走了进去。屋内有捆绑叶深时所用的绳索，不能让她见到。叶广昌迅速迈出了草丛，来不及将弓弩扔掉，只得背于身后，快速几步来到厅外阶前。

"谁在那里？"

天心闻声从中厅走出："师叔。"

"哦，是天心啊，你怎么来了？"

"三叔，您在家啊，我以为没人呢！"

叶广昌淡淡道："你不在池子里，到这儿来干什么？"

"我来看看师兄。他好点儿没有？"

叶广昌慈爱一笑："你说深儿啊？他走啦！"

想象着父亲道貌岸然的样子，叶深气得浑身颤抖。

"走了？他去哪儿了？"

"还能去哪儿？他爬起来追你爹他们去了。"

"那他病好了没有？"

"应该没大碍吧。我也是刚回来，没见到他，是听下人说的。"

"奇怪，回来的路上我们怎么没遇到？"

"大概是抄近道了吧。"

天心想了想："哦，那好。这样我就放心了，我回池子去了，叔。"

"你吃了饭再走？"

"不吃了。我走了叔。"

叶广昌点点头。天心转身的时候看见师叔的影子映在地砖上，似乎看到了他反剪的双手上有东西，越看越像是一张弓弩。天心狐疑起来，因她知道，师叔的绝活就是紧背低头花装弩，轻易不会露，此时怎么拿在手里？她定睛又看了看叶广昌，叶广昌笑着侧了侧身子，把弩又藏了藏，一动没动。天心没有多说，冲叶广昌笑了笑，快速离去了。

叶广昌走到门口，看见她确实离开了，才将大门关上。笑着走回假山后面，在儿子的身边蹲了下来。

"这孩子多好啊，是吧？"

他竟然想对天心下手？叶深不敢相信自己的眼睛，至少他非常防范她！他在怕什么？父亲的陌生与可怕，令叶深又羞又气。太原这趟镖，一定是阴谋，无论父亲是主谋还是帮凶，都是不能原谅的。师父一定中了什么圈套，他们利用了师父的侠义与无私，这，真的可耻！

疼痛还在继续，庞知的手段果然毒辣！叶深不记得父亲从什么时候开始变成这个样子的。难道是庞知来了之后？古语说："近朱者赤，近墨者黑。"自己自小跟在师父身边，庞知什么时候进府听差的他已经想不起来了，对他的过去也几乎一无所知。背后点穴这种阴毒的手法绝不是侠义所为。这人替了自己去太原，难道是要对师父下黑手？凭师父的武功，十个庞知也不惧，但如果是亲近之人从背后忽然偷袭？叶深不敢往下想了……

镖车队伍已经走了二十余里地，来到了京郊大具镇。马之良一行人走到了一处客栈前，车队却没有停下来的意思。客栈没有设招牌，门口也没"望子"，却在门里门外隐隐站着几个妖媚的女人，也不搭话，只拿眼神扫看诸位镖师。一位店伙计打着灯笼迎到车前。

"诸位达官，到小店歇脚吧？"

徐闯回头看了马之良一眼："马师傅，再往前五里，有泰康客栈。咱们今晚在那里歇脚吧？"

马之良点点头。队伍继续向前。那店伙计也不阻拦，撇撇嘴走回去了。

陶士钧十分不解："师父，人困马乏走这么久了，好容易遇到一家店，怎么不歇啊？"

马之良笑道："坐池子和线镖，虽然都是保镖，但隔行如隔山。就拿住店来说，就有'三不住，两提防'。"

陶士钧来了兴致："怎么讲？"

庞知笑着插话道："新店不住，易主之店不住，娼店也不住。提防店家，提防客人。老爷子，我说得对吗？"

陶士钧一愣，马之良点点头。

"庞大哥，这里有什么门道？为什么要'三不住，两提防'？"

庞知笑道："常年走镖的镖师对沿途的客店都很熟悉，与店家也多半相识。新开的店，不知道底细，不会贸然进驻。易主之店也不能住，老店忽然易主，必有缘由，在没弄清楚之前，镖师对这种店也是敬而远之。以上两点就是镖师要提防店家。至于娼店，就更容易理解了。娼店的客人正经人少，歹人多，难免有明为嫖娼，实则盗窃之人。这就是第二个防，防客人。"

陶士钧若有所思，马之良却对庞知另眼相看："你走过镖？你师父是哪位高人？"

庞知笑道："前辈，我师父是直隶的'眼镜儿冯'，不知道您有没有过耳闻？"

马之良略一思忖，而后点头："有这个人，听说腿功很好。怎么你们也是镖局子出身？"

庞知谦逊道："高看了！无论是能耐、门路、还是财力，我们都干不了镖局子。这些个江湖趣谈，我都是听朋友说的，或者是茶馆听来的。"

马之良并不知道，为了今天这趟镖，叶广昌已经提前将自己的江湖经验倾囊相授与庞知了，连"春典"也教了他许多，就是为了做戏做全套，不失时机地赢得马之良的好感，使他放松警惕。

马之良点点头："你刚才说得很对。士钧啊，你看这家店，连招牌都没挂上，门口已经有女人，十有八九是家娼店。咱们还是远远地躲开为好。"

陶士钧不以为然："师父，我虽然涉世未深，但也知道店大欺客，客大欺店的道理。咱们什么人？个顶个儿的英雄豪杰，就算有贼，咱们怕吗？"

马之良拉下脸来："人外有人，山外有山。你记住了，走镖在外，安全第一。待人接物，礼让三分。不到万不得已，不能和人动手。"

陶士钧恭顺抱拳："是。师父。"

马之良快步撵徐闯去了，庞知见陶士钧心有不平，上前拍了拍他的肩膀，笑道："老弟，一入江湖深似海。光凭武功好，是保不了镖的。咱俩都该跟着老爷子好好学呢。"

陶士钧点了点头，心中很惭愧。堂堂马之良的弟子，竟然不如一个外人对此事用心，于是虚心向他请教。二人一边走着，庞知假装半会不会地，又把镖师住店的门道给他说了。不光有"三不住两提防"，还有"进店三不要"，"睡觉三不离"，如果是人烟稀少的地方，还有"三会一不"等，陶士钧一一记在心间，越发对师叔府上的这个管家刮目相看了。

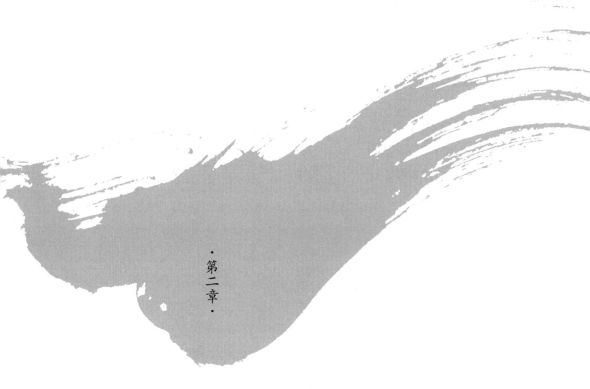

· 第二章 ·

陷落

"嗷嗷嗷嗷，呜——"

黑夜中的犬吠凄厉如狼，尾音拉得很长，令幽静的小巷充斥着可怖气息。苏百川的心中略有不安。

福郡王所居住的月王府，规模雄伟，占地宽广，重门叠户。苏百川平日里来王府，多是从菩提巷过去，自西花门心安殿进出。今天不同的是，他打南边的达官门一直向东北方向走，就径直来到了王府的南大门。苏百川对此处的环境并不十分熟悉，只见石狮肃然，朱门紧闭。那狗叫声骤停之后，院内似又有声声异响。王府之内庭院深深，回廊、亭台众多，苏百川不知这到底是狗吠的回响还是确有怪异。他急步向前，将耳朵贴住门仔细聆听，却没有异常，于是敲了几下门，也无人应答。略迟疑，就顺着墙根儿向西走，一路上并无异样。待来到西花门之后，敲门还是无人应。他透着门缝看进去，只见廊柱上靠着一个人，仰着脑袋不动。苏百川心惊，攀树而上，跳上了墙头。再向下一看，花园里横七竖八躺了七八人，苏百川心里略咯噔一下，知道大事不妙，纵身跳进了院子。

地上躺着的，多是府里的下人，还有几位武师，更有一个黑衣蒙面的人，全死了。苏百川快步跑去廊柱下，看那个坐着的，一眼认出来。他姓松，当时自己去广顺镖局传话时，徐闯拨了十位镖师给他来王府调用。领头儿的，正是这位松大哥。苏百川低头查看，见他口鼻有血，前胸及腹部有多处刀伤，面目狰狞可怖。探他鼻息，也已断气了。连松大哥都死了，府内还能平安吗？才想到这里，一把冰凉的弯刀已架在了他的脖子上……

马之良等人离开北京不久，送行的苏百川和天心还没有回来。趁府中空虚，空空儿和周癫就率领了十五位黑衣蒙面人夜袭了王府。从四门同时进入，打了镖师们一个措手不及。当时王府上下刚过了晚饭时间，福晋带着丫鬟在后花园散步，先被擒住。大格格与紫云在闺房准备读书，也被周癫控制。下人们见状，没头苍蝇般乱成一片，被一一锁住赶进配殿里关了。镖师们三两一队分布在偌大王府各处，出事后，大都未及反应就被杀害，零星几处抵抗的也很快被弹压。空空儿自打进府之后，提着剑直奔老王爷的书房，可巧了福郡王根本没在。又低着头在罩楼、后殿、戏台子找了个遍，愣是没有老王爷的踪迹。这才去找到了大格格，问其父亲下落。大格格一眼认出了她，那个曾和苏百川在一起的古董店东家，苏百川身上有她的脂粉味儿。虽然不知道她究竟是谁，却也意识到大难临头，早吓得花容失色，始终闭口不说话。无论空空儿怎样逼问，大格格只低头不语。

她自然知晓父亲现在何处。那福郡王吃过晚饭之后，自己径直去了厨房，叫上了厨子朱五，二人溜溜达达去了王府东北角配楼的二楼老饕阁。此处，虽是不起眼的仓房，却是福郡王的最爱，因为王府的上等食材都储备在这里。王府被血洗时，二人全不知情。朱五拿个清单，依次在瓷罐子和储物竹柜中拿取明日所用的海参、鹿筋和豹胎……福郡王呢，瞅着房梁上挂着的二十几根宣威火腿直咽口水。这批火腿是去年霜降就备下的，从宰杀、去血、揉盐、腌制、风干，老王爷全程参与。自今年立春之后，火腿酿成，福郡王餐餐要吃。眼见熬不到今年的霜降，心里正犯愁，就听见了楼下喊杀声……

"别动，慢慢转过来。"那人说道。

苏百川回身，是一个独眼的陌生人。周癫是空空儿的老仆，可是苏百川从没有见过他。

"人是你杀的？"苏百川厉声道。

周癫不说话。

"王爷呢？福晋呢？在哪儿？"

周癫一晃刀："别动。"

苏百川缓缓站了起来，眼睛盯着他。

"你是通天拳的人吧？你一进巷子我们就知道了。"周癫一笑。

"你到底是谁？"

"你开口就问王爷，想陪他一起去吗？"

苏百川唯恐王爷真遇害了，不由大怒，一脚踩中他的脚尖。周癫一疼，苏百川肩膀发力弹开了他的刀，上前一步猛地用肩一顶他胸口，将他撞倒在地的瞬间，苏百川已夺了刀。周癫刚想起来，苏百川的刀尖已经指在他的面前："别动。"

周癫呵呵一笑，示意他看身后。苏百川侧身用余光看去，几个蒙面黑衣人已悄然将他围住。

苏百川毫无惧色："王爷还活着吗？带我去见他。"

周癫笑道："我不知道啊。杀福郡王的事儿，并不归我管。福晋是我抓的，你猜杀没杀？"

苏百川大怒，举刀要劈。

"住手！"

苏百川回头看去，见到大格格直挺挺走了过来，她的脖子上有一把剑，而她的身后，正是空空儿。很快，几位蒙面黑衣人紧跟了上来。

"苏大哥——"大格格见到他,忍不住眼泪落了下来。

"格格。"苏百川从未见过大格格这般狼狈,心中羞愧难当。

"她,她是谁?"大格格问道。

再见到空空儿,苏百川心绪难平,之前所有的担心和猜测都成了现实。此刻面对格格的诘问,苏百川已面无人色:"她是竹帮的人,王府的仇家……"说罢,痛苦地低下了头。

大格格看了看二人,无比怨恨地对他道:"她是怎么找到这儿的?是不是和你有关?是不是你?是不是你?!"

她近乎咆哮着,愤怒到了极点。苏百川只觉万箭穿心,百口莫辩,只能一边摇头一边流泪。周癫趁势滚出几步远,三两纵回到了空空儿身边。

空空儿冷笑着看着苏百川:"你哭什么?这么心疼?"

苏百川切齿道:"把她放了,有什么冲我来!"

"哈,你俩什么关系啊?你又是福郡王什么人?女婿吗?我看不像吧,你充其量就是个保镖。"

"王爷和福晋呢?你把他们怎么了?"

"已经杀了。"

"你敢!"

"为什么不敢?真杀了,就剩她了。苏百川,我知道你在护院,在保护王府,可惜,你来晚了。"

苏百川顾不得她,向大格格问道:"格格,是真的吗?"

大格格木然摇头:"他们杀了很多人,打晕了我的丫鬟。"

"你阿玛呢?额娘呢?"苏百川急问。

大格格流泪摇头:"不知道,没见着……"

苏百川只觉五内怆然,刀割火炙一般,内疚、羞愤、悲怆一齐涌上来……

空空儿把大格格交给周癫,自己笑着走近苏百川。

"通天拳有什么了不起的?还不是一触即溃,说完就完啊!"

苏百川低着头,不能直视。

"不过,说到底你只是一个镖师,此事原与你无关,我们竹帮并不愿滥杀无辜。更何况,我也不舍得杀你。"

说着,她眼睛看向大格格,这让大格格对苏百川误会更深了,恨得双眼发红:"呸!我瞎了眼,真错看了你!"

苏百川垂首，一言不发。

空空儿笑道："苏百川，福郡王已经死了。你势单力孤也别抱任何幻想。我给你个机会，杀了她，我放你走。"

苏百川惨笑："别做梦了！"

苏百川不知道王爷和福晋生死，但不能再让大格格有任何闪失，他决心舍命一搏。他与空空儿有五步的距离，只需全力一击，自信可以把她打倒。可是，对她，自己又如何下得了重手？空空儿早看透他的心思，他脚下刚要动就立刻跳远了几步。

"别动，你乖乖地听话。绑起来。"

两个黑衣人拿着绳索走近。

"谁敢过来？"

"苏百川，既然你不舍得动手，那就留下来看戏，看我怎么杀她，如何啊？不过你要乖乖听话，先把手伸出来，让我绑。"

苏百川不肯束手就擒，双掌立在胸前，与黑衣人对峙不下。

"你不听话？那我可扒她衣服了。"

"你敢！"苏百川怒吼道。

空空儿笑着走到大格格身前，让黑衣人把格格架着，任她怎样挣扎也不理会，自己伸手去解她领口的盘扣，边解，边笑看着苏百川。她的手指自上而下，戏谑而残忍……

· 第三章 ·

大清第一人

当着很多男人，空空儿解开了大格格衣领上三个盘扣。暗夜中，露出了斜斜一道白线，隐隐连向高耸的胸脯。空空儿昂头看苏百川，手却没有放下来，似是最后的警告。

"三……"

她一边倒数，单手已拽住了她里面的肚兜，只需一扯，大格格的上半身就会彻底裸露而出。只有犯了奸情或者妓院的老鸨才会被当众扒衣，俗称"卖肉"。这是对有罪女性的惩罚，亦是极大羞辱。如今她竟然在王府当着七八个男人的面，扒她的衣服，真比杀她更残忍。大格格没挣扎，她麻木地看着苏百川，在男人们的笑声中，静静淌泪。

"二……"

"住手！"苏百川怒吼着。

他屈服了，垂下头伸出双手。空空儿得胜似的看了他二人一眼，又忽然愤恨道："你是真的贱！为了她，你情愿立刻死对不对？我恨不得先杀了你！"

周癫木然道："姑娘果然认识他啊？那，是杀还是绑？"

空空儿没好气地瞪了他一眼，传话道："绑。"

一声令下，几个黑衣人上前，三两下把苏百川双手死死绑住了。

"把她的衣服穿上，现在。"苏百川咬牙切齿道。

空空儿松了手，格格双手捂在胸口，气得浑身发抖。

苏百川又道："你把她放了。我由你处置。"

空空儿一笑："说什么呢？你换她，凭什么？我等今天，等了五年！"

大格格心惊不已，问道："你，到底是谁？"

空空儿回头看着她道："我叫慕容非池，江南竹帮的帮主是我爹。你的父亲，在五年前，纵兵剿灭了竹帮，残害了四百余条性命。"

回想往事，周癫痛苦地垂头。大格格和苏百川亦都无比震惊。

"脱你衣服怎么了？我要当着福郡王的面，先杀你，再杀你额娘。我要让他亲眼看到，好好尝尝失去亲人的滋味。"

大格格闻言，不由花容失色。苏百川面色铁青却无计可施。忽然有人喊了一声："快请住手！"

几个黑衣人，押着福郡王和福晋从后院走了过来。苏百川目测，连空空儿、周癫在内，对方至少有十二个人，王府别处另有多少帮凶还是未知。广顺镖师们应该都死了，自己又双手被缚，想起师妹天心，不知她人在何处？如果能汇合师叔和大师哥前来搭救，或许还有一线生机。

苏百川惭愧地低头："王爷。"

马之良临行前，通过天心给福郡王有留书，阐明了除广顺镖师以及天心之外，还有苏百川会留下坐池子，亲笔承认了苏百川是自己秘传而且武功高强的事实。福郡王暗自欢喜了好一阵。如今见到，苏百川竟被绑着，福郡王心中颇是感慨。他看了看院中的不速之客，平静道："你们是竹帮的人？"

周癫："这位是竹帮的少主人慕容姑娘。福郡王，别来无恙啊？"

福郡王认得他："周癫？"

周癫一笑："王爷好记性，认得故人。"

福郡王看到多具尸首，心中不忍："为什么要滥杀无辜？"

周癫狂笑不已："要说滥杀，跟王爷您比，在下还只是个学生。"

福郡王叹了一口气："该来的还是来了。"

苏百川惭愧低头："王爷，我……"

福郡王："冤有头债有主，我女儿没经过这些，你别吓她。我，换她，好吗？"

"阿玛！"大格格摇头喊道。

空空儿："不行！福郡王的女儿，一样该死。"

福郡王一笑："你们要找的人是我，何必牵连无辜？"

"哈，这府上府下在我看来，连一根草都不该活，要与你同罪！"

"实不相瞒，当年竹帮之事，还有很多谜团，而我，是唯一的知情者。你难道不想知道真相吗？"

空空儿一愣。虽然自己当时在直隶学艺，没有亲历那场灾难，但竹帮案的罪魁就是福郡王，他竟然还想狡辩！

"我不想知道。既然你们一家子都在了，挑个地方死吧。"

福郡王仰天大笑，一动没动。

"老东西，你笑什么？"周癫切齿道。

"杀了我，你的父亲和老竹帮，还是一群冤魂！"

空空儿大惊："你什么意思？"

"姑娘想想看，当年的我，只是区区户部侍郎，手里并无兵权，凭何我能带兵剿灭四百人的大帮，可信吗？"

"我亲眼见到的，你还想抵赖？"周癫怒目道。

"眼见也未必为实！周兄。"

周癫一怔。

"当年之事，绝不是你们以为的那样简单。我再说一次，我叶赫那拉·福忻，从来只是个文官，手里并无一兵一卒！"

空空儿想了想："照你的话说，此事还有隐情？"

"当然！"

"元凶另有其人？"

"是。"

空空儿和周癫面面相觑，非常震惊。

空空儿许久道："你把实情说出来，我给你一个痛快的死法。"

"成交。"

说罢转身向后殿走去，迈出几步回头道："放了我女儿，放了我夫人，还有苏百川。我在书房等你。"

福晋和格格一起喊："王爷！""阿玛！"

空空儿推了格格一把，福晋将她扶住。空空儿吩咐黑衣人将苏百川和大格格、福晋分别关押，自己随福郡王而去。

周癫对黑衣人头领道："都关到一起去，这个单独关！任何人不许跑了。"

黑衣人头领点了一下头。

周癫走向苏百川："别动歪心思。动一下念头我就杀福郡王！"

说罢，也追空空儿去了。

看着大格格被黑衣人带走，苏百川自己也被人架着刀推走了。他跟跄着，脑袋一片空白，如同置身一个陌生世界。

王府里还剩下六个仆人被关在配房当中，个个吓得面无人色。不久，周癫推门而进，冲众人道：

"谁是朱五？"

大家都是一惊。

"福郡王要见朱五！"周癫又问。

朱五从家丁中缓慢站起来："我是。"

周癫上下打量他一番，看他穿着粗布的套袖和围裙："厨子？"

朱五点点头。周癫走近几步，忽然出手推他，朱五向后几个趔趄摔倒在地。

"你干什么？"朱五爬起来怒道。

周癫确定他不是习武之人，冷冷道："跟我来。"

朱五跟随周癫出了配房，径直去了福郡王的书房里。只见王爷和一位陌生的女人在场，上前扑通跪倒，口喊王爷。

"是他吗？"空空儿问。

福郡王点头。

"这么说我们竹帮的事情，与他也有关？"

福郡王没有答，只是对朱五笑道："五爷，别怕。先起来！"

朱五拿捏着站起身。

"他们是我的朋友，找我有别的事，不会伤害你的。"

"王爷。"朱五哽咽了。

"找你来，是有件事要问你。"

空空儿和周癫都屏气凝神看着福郡王。

"你的'八仙醉桃源'，我见识过六味。还有两味没有尝到，是什么？"

空空儿和周癫都是一愣。这番话他们完全没听懂。

"回王爷，是'踏雪寻梅'和'开水白菜'。一道是甜点，一道是汤。"

周癫附耳小声道："可能是暗语，小心有诈！"

空空儿也看着二人，心里狐疑着。福郡王没理他，继续对朱五道："你，能做吗？"

朱五抱拳道："回王爷，按宫里的规矩，这样的菜，只有在大日子里，才可以做。"

福郡王笑道："今天就是我的大日子啊！"

朱五心中早猜出八九不离十了，也知王爷的大限到了，心里十分酸楚。

"可以做吗？"福郡王又问。

朱五流泪道："士为知己者死！"

福郡王感慨地点点头："需要多久？"

"三天，至少三天！"朱五脱口而出。

福郡王想了想，转身对空空儿道："三天之后，我告诉你真相。"

空空儿怒斥："笑话！拿我当三岁孩子吗？"

周癫抽出了短刀，直指福郡王咽喉。

福郡王笑道："在你们的记忆中是否有过这样的时刻，为了一道菜，等上三天？

连我都没有。为什么不试试呢？"

朱五看了王爷一眼，刚要离开，周癫伸手拦住他："王爷，你说朱五很重要，就为做顿饭？

福郡王笑了："一顿饭怎么了？多少人一辈子都没正经吃过一顿饭！"

空空儿摇头："我不信两道菜要三天。就算有，也是你想拖延时间，要要诈！"

福郡王叹了一口气："尝过'八仙醉桃源'我就圆满了。如若不然，性命你拿去，竹帮的事，我一个字也不说。"

周癫大怒："这世上哪有这样混蛋的人？姑娘别上当！"

空空儿也懵了，拿不准眼前这个仇人究竟目的何为。可是她看老王爷与朱五的神情，又似乎不像是演戏，到底忍不住问道："福郡王，你对吃饭这么在意？"

福郡王呵呵笑了，正待张口，朱五却笑道："福郡王是我大清开国至今第一美食家。"

二人闻言一惊。

"圣人云，食色，性也。但，能在最平常的事情上出类拔萃，才是难得。在'吃'这门学问里，我说句大不敬的话，就是太后老佛爷和李鸿章大人加起来，也不及福郡王。他的《金枝迷津录》可以称得上是古今第一食单。"

周癫急了："什么乱七八糟的！别听他胡说，狗屁！"

"王爷，容小的放肆一回？"朱五抱拳道。

福郡王首肯。朱五走到他的书柜前，取出了一本线装书《金枝迷津录》，递到空空儿手中。她忍不住翻开，果然是一本食单。开卷就是洋洋洒洒几千字的小序，目录上更有：须知、江鲜十最、海鲜十最、羽族十……还有北方雄美集、南国性灵集……空空儿看得不由呆住。

只听朱五徐徐道："我七岁学艺，十岁拜师鲁菜大师陈清酉，人称'小刀陈'。后来随师父进了御膳房。从'白案'做起，南北大菜精学十五年，满、蒙、川、粤、鲁，无所不通。之后还担任过左宗棠大人和李鸿章大人的总厨。这都不算什么。直到我遇到了福郡王，见到了这本书，我朱五，才活出了人生。"

周癫笑道："娘的，一个厨子，玩这些弯弯绕。姑娘，满清跟竹帮势不两立，就算他是给皇宫、王府做饭的，那也是个最坏的厨子。"

空空儿低着头在房间里快速地走了几步，眼里冒出精光，思绪飞快。忽然道："我看你的手。"

朱五伸出双手，虽然洗得很白，但右手拇指和食指各处有厚黄老茧。这是握菜刀的手，指缝里有面粉和油垢的残留。

"别看了，朱五只是厨子，而且是最好的厨子。"福郡王说，"到底行不行？"

空空儿摇头："不行！无论真假，我等不了三天，也受不了你这种癖好！"

福郡王笑了笑："姑娘，人无癖，无深情啊！你的父亲，不也是这样的吗？"

空空儿一愣。

"我没记错的话，老帮主喜欢酿酒。我去过他的酒窖，很震惊，也很欣赏，有一百多种酒啊，居然全是他自己亲手所酿，了不起！"

"你闭嘴！你没有资格提及先父！你没有！"空空儿怒道。

"我知道你的顾虑。你在担心镖师马天心！可是你们人多势众，最大的对手马之良老先生已经不在，苏百川也被你们抓了，一个马姑娘能翻起大浪吗？你多虑了。"

空空儿被言中。她清楚马之良带走了三徒弟，也知道叶广昌会绊住大徒弟，此刻最担心的，正是始终还没有露面的马天心。可正如老王爷所说，苏百川已经被俘，凭那个女镖师一人又能怎样呢？为了获悉可能的真相，空空儿动摇了，她想成全福郡王。

周癫立刻有所察觉："姑娘，不能放他走。他出去报官了怎么办？"

福郡王又笑了："朝廷早有邸报，福郡王全家，死在了流放伊犁的道上。就算他去报官，也没人会信。"

"可是宗人府的人，知道你。"

"知道啊，半年来一回。如果死了，就给我收尸喽！"福郡王说完惨然一笑。

空空儿思忖再三，又看了看那本书："好，我信你。我给你三天。"

第四章

隐匿

"二哥，二哥。"

披头散发的苏百川猛然坐起，这是师妹的声音。此刻，天还麻麻亮，屋内光线昏暗，恍惚间未能见人，莫非是在梦中？昨夜他被单独关在了东配殿的仓房中，双脚和双手都箍了铁链子，周癫亲自上了两个大铜锁。

他仔细辩听着声音的方向，窗口和大门都没有动静，就从稻草堆里慢慢翻身起来，晃动的铁锁链哗啦啦直响。

"二哥。"又一声轻唤，果然是天心的声音。

苏百川激动起来，使劲揉了揉眼睛，满屋子找。到底在仓房东北角的天窗外面，见到一个倒挂着的小脑袋。正是天心。

苏百川尽量将铁链都攥在手里，减少响动。又慢慢挪向西边的门窗处，看门口哨位的动静。透过木窗，见两个黑衣人正靠在门外的柱子上打盹儿。他回身冲天心点了点头。天窗被拉开了，天心猿猴般钻了进来，坠了一根绳子，徐徐降下。

"二哥，我找了你一晚上。"天心红着眼说。

"嘘。"苏百川示意她一起到了离门窗最远的角落。

"你怎么被抓了？伤到没有？"

"一言难尽。外面情形如何？"

"王爷在书房里，有人把守。福晋和格格也被关在花园独院。我不知凶险，没有打草惊蛇。看见他们在收殓尸首了，一直没见到你，我快急死了！"

"你昨晚回来的？"

天心点头："我见到院子里有死人，就知道坏事了。想到正殿已经过不去，全是黑衣的蒙面人，只好先藏了，等深夜才出来的。"

"他们有十几个，至少我见到的就这么多。你藏的地方安全吗？"

"王府大得很，我知道怎么躲。二哥，是什么人干的？"

"王爷的仇家，老竹帮。"

"果然是竹帮。可既然你都被绑了，王爷一家为什么安然无恙？"

"我也在纳闷，你刚才说王爷一家三口都没事，亲眼见到吗？"

"我亲眼见到的，至少王爷一定活着，我看见他就在窗下坐着。"

苏百川点点头，揣测福郡王一定是用了什么手段，将空空儿拖住了，可他究竟要干什么呢？自己作为护院，又该如何应对？

"这些人一定对通天拳坐池子了如指掌。不然我爹一走这边就出事，怎么会这么巧？我担心我爹他们，会不会也被人算计……"

苏百川何尝不担心？却又不忍多说。只得宽慰道："先不要乱猜，应该不是一回事。师妹，你昨天见到大师兄了吗？"

天心摇头："二哥，我说的就是这个。我真的觉得这里面有事。"

苏百川心里一沉："怎么了？"

"说不好。昨天师叔怪怪的，他说，大师兄已经去太原了。可我感觉大师兄当时就在院子里，他在有意躲我。

苏百川大惊："什么？这怎么会？大哥不会这么做的。"

"二哥，咱师叔的独门兵器是什么？你记得吗？"

苏百川想了想："好像是紧背低头花装弩。怎么问这个？"

天心眼睛看着暗处，摇了摇头："我昨晚见到师叔，他手里有个东西，特别像弩。他故意不让我看见。"

苏百川的瞳孔收缩了："花装弩是暗器，是保命的东西。他拿在了手里？你去的时候，还有其他人吗？"

天心摇头："没看见。我叫了半天没人，自己进去的，院子里也没人应我。我都进了北房的，这时候师叔就在院子里叫我了。他反背着手，神色很怪！"

"始终没有见到大哥？"

"没有。他说大哥走了，顺大道追我爹他们去了。"

苏百川察觉出问题的严重。之前他始终怀疑叶氏父子有蹊跷，偏偏走镖当日，叶深出了幺蛾子来不了，取而代之的是庞知。如今，天心又见到了叶家的种种怪相。难道说，师父的线镖和池子真的是被人同时算计了？而师叔也在其中，或者，此事就是师叔所为？苏百川心乱如麻。

"二哥，你说话啊！"

"巧合，或许只是巧合。别乱想，先保住王府要紧。"他宽慰道。

"好。先救你出去，我看看你的锁。"

苏百川手脚上各有一个元宝型的铜锁，天心一看就蹙眉了。

"怎么？"

"这是子母文王锁，开不了的，除非有钥匙。"

"钥匙在一个独眼儿的人手中。他武功不弱，你一定要想办法偷而不能夺……"

方才说到这里，只听门外响起了周癫的声音。

"他还老实吗？"

"在里面，还算老实。"

"把门开开。"

苏百川大惊，让天心快走。天心双手拉住绳索，三两纵到了天窗，钻了出去。刚把木窗合上，想抽绳子已经来不及了，大门已开，周癫黑着脸走进来。

见苏百川慌慌张张跑去了对角，在旮旯坐下了，神情很怪异，于是迈步走近他。

"刚才屋里什么动静？"

"有吗？"苏百川一笑。

"你在干什么？"

"拉屎。"

周癫厌恶地后退几步，开始环视房间，将要回头看向天窗时，苏百川立刻大声道："你是来杀我的？"

周癫转回来冷笑着："王爷还活着呢，且轮不到你。"

天窗外，天心露了半个倒挂着的脑袋，见周癫背对自己，徐徐将绳子抽回……

"你们对王爷做了什么？"

"无可奉告。你小子，是不是认识我家主人？"

"你去问她呀！"

"我现在在问你。"

"无可奉告。"

周癫恶狠狠地看向苏百川，天心已经将绳子抽回，要合上窗子时，苏百川故意大喊："绝对无可奉告！"

周癫冷哼了一声："还挺狂。"

他回头再次审视房间，目光停留在了天窗，苏百川的心又提到了嗓子眼儿。想起刚才天心攀出去之前，在窗下的灰墙上蹬了一脚，极有可能会留下脚印。果然周癫看出了异样，他特意走近了几步，那是一道巴掌宽、一尺长的灰黑色擦痕。周癫仔细端详着。

"她说想嫁给我！"苏百川忽然说道。

周癫大惊，回身看向苏百川。他一笑却又不说了。周癫对他烦极了，感觉此人不太正常。又回身看这道擦痕，琢磨是何时留下的？谁留下的？看起来有点像脚印，又似乎不是。可脑海迅速又被另一个念头占领：昨天我就看出来了，姑娘跟这小子不简单。难道真有事情？

"你等会儿再走啊，我马上就好。"苏百川忽然又道。

"嗯？"周癫狐疑地转头。

"一会儿帮我把便桶倒了。"

周癫实在懒得理他，冷哼了一声，走向了门口，从外面把门关了。苏百川长出一口气。不久，天心的脑袋再次倒吊着出现，她伸出左手，单扣拇指，四指向下，而后攥拳挑动拇指。此为江湖常用的手势暗语，意思为：夜里四更之后见。她向苏百川比画了三次，可惜苏百川尚未学过手语，一脸错愕地看她。天心挥挥手，隐去了。

天心回到东配殿的房脊之上，伏着身子悄悄探出脑袋看院中动静。只见朱五带着一个挑竹筐的伙计正要朝府外走，周癫近前盘问了几句，挥挥手就放行了。待朱五走后不久，周癫唤来一位黑衣人，让他把面罩和黑上衣脱了，又把自己的大氅脱下给他，吩咐他跟上朱五。那人点点头，换了衣服立刻追了过去。天心意识到这是要跟踪朱五了。可是朱五为什么可以自由出入呢？天心决定等朱五回来之后，找机会接近他。打定了主意，她猫起腰藏到东北角的老饕阁去了。

· 第五章 ·

破绽

京郊泰康客栈。店伙计全员出动，帮助镖师们喂马。

马之良、徐闯一行人则在大堂用早饭。黑压压坐了几十个人，吃饭的时候一点动静不出。无论是总镖头还是镖师，趟子手还是车夫，每桌的饭菜全一样。徐闯还吩咐肇星把自带的肉干给每桌分食。这是江湖镖客们都遵循的规矩。无论什么身份，一律同吃同寝，不分彼此。只有这样，该拼命的时候才会上下一心。

正这时，门外响起一阵马嘶，易装之后的揭心跳下马来："小二。"

一个伙计放下马刷子殷勤迎上："呦，客官里面请。"

"把马喂足了料。外加十个煮鸡蛋，沙（仨）苹果。"

"几个？"

"沙（仨）。"他伸出了三根手指。

"嘿，您这马吃得讲究。"

"废啥话呀？别耽搁咱爷们儿赶路，也别替我省钱。"

揭心操着一口半生不生的东北话，尽量从喉咙的部位发声，使得自己的声音更浑厚。说着话，他已经迈进了店中，大马金刀往徐闯的邻桌一坐。

又嚷："熟牛肉切两斤，蒸条鱼，时令的蔬菜要一盘，再酾一斤烧酒。"

店伙计唱了一声喏："得嘞。"

揭心卸了随身的包袱，假意向周边镖师点头。忽然发现了徐闯，凝视半晌，站起身来，近前道："唉呦！敢问这位英雄，您可是开山虎徐闯啊？"

徐闯和马之良换个眼色，微微一笑："正是徐某。这位兄弟咱们认识？"

揭心连忙惊讶抱拳："哎呀，果然是徐总镖头啊。在下童元，是东北锦州府凤凰镖局的镖师。早就听说您是北京城镖行里的这个。"他竖起大拇指，"老厉害了！今天让我瞧见，真是三生有幸啊！"

"不敢当。阁下怎么会认识我呢？"

揭心笑道："俺们镖局有南七、北六，十三省大镖师的画像啊。那徐大镖师您，那家伙，威名赫赫大人物。您长啥样早就刻在我心里了！"

徐闯蹙眉，心说我怎么不知道还有这种事？就低声问马之良："锦州，没听说有个凤凰镖局啊。"

马之良亦摇头。

徐闯看着揭心："童老弟，是我孤陋寡闻了，我从未听说锦州凤凰镖局的字号。敢问贵镖局当家人是谁？"

揭心打哈哈道："嗨。俺们那旮小镖局，当家的就是我。哈哈，就是会几下庄

286

稼把式，穷嘚瑟。江湖上混口饭吃。哪能跟您比啊。让您听说过我，那得多大面子啊？"

"呵呵，童老弟过奖了。"徐闯说罢把头扭过去继续吃饭了，并无深谈之意。

揭心又一惊一乍地看着马之良："哎呀！这位老英雄器宇不凡，是个大人物吧？"

马之良摆摆手，笑笑低头喝粥。众镖师都看景一样看着揭心。

陶士钧笑着问道："怎么瞧出来的？"

"嘿！别看我功夫不行，我懂。老先生这'太阳穴'大肉疙瘩往外突突着，这是内功绝了顶啊！"

马之良苦笑着看了陶士钧一眼，那意思是，我太阳穴都鼓出肉疙瘩了？这不是胡说八道吗？

"敢问一声，您是哪家镖行的当家人啊？"揭心抱拳道。

马之良一笑："您看错了，我只是在总镖头的手下做事而已。"

陶士钧不解师父为什么不说实话，正要张口，旁边的庞知掐了他一把。庞知这边身子一动，就被揭心留意到，当即认出了他。心里一阵嘀咕，怎么这姓庞的老小子也混进镖队了？他不会认出我了吧？就特意地与庞知对视了一眼。揭心的易容术，并非诸葛盾的门户，乃是他大师哥"今世愚公赢岱山"亲传的，足以改头换面，绝非泛泛江湖小技。果然，庞知丝毫没有认出他来。

揭心取出了怀里的一封信，在胸前晃了晃，继续试探众人道："我这趟是往太原送封信。您这兴师动众的，要去哪儿啊？"

"西安。"徐闯故意说错。

揭心哦了一声，笑着点点头，没说什么。此时，他的酒菜也到了，揭心拿了酒壶给自己倒了一杯酒。起身又来到徐闯身边："今日有幸结识诸位英雄，我童元敬大家一杯。咱们有几百里同路，还望多多照应。"

说罢要给徐闯和马之良倒酒。徐闯想了想，自己拿杯子迎上："老先生不会饮酒，我代劳吧。"

揭心给他斟满了酒。

徐闯笑道："咱们萍水相逢，朋友归朋友。但你走你的信镖，我走我的物镖。咱们各有不便，也就各不相扰了。如何？"

揭心假意不悦道："我有意结识您，可您这话是在轰我呀！"

肇星起身："你有完没完？虽然是同行，但是镖路上不过交情，这是行规，你不懂吗？"

徐闯瞪了肇星一眼，微微摇头。

揭心冷笑道："既然信不过咱，那拉倒呗。江湖上都说徐闯是个大朋友，还真是见面不如闻名。"

说罢愤愤地回自己桌子去了。肇星当即不悦，一拍桌子道："你说什么你？"

"我就说了，咋啦？还想仗势欺人啊？"

揭心巴不得肇星过来跟自己动手，敢碰自己一下他就能借题发挥赖他们一路。谁想徐闯一把拉住徒弟，对揭心笑道："是我徒弟冒犯了。多有得罪。您大人不记小人过。"正想跟他再解释几句，宽宽心。打外面走进一位镖师："大当家的，时间不早了。该上路了。"

徐闯点点头，冲众人做出一个起来的动作。众人瞬间利索起身，准备出门。徐闯抱拳："童老弟，后会有期！"

揭心假意自尊心受挫，随意一抱拳，就是不动。

徐闯笑了笑，与马之良等人一齐走了出去。

揭心这边喝着酒，脑袋飞速转着。这徐闯、马之良果然老辣，根本不给个抓手啊。不成，我还得想办法，实在不成我再易容，换个身份。正胡乱想着，店里忽然热闹起来。

原来，镖师们套好了车马整装待发。店外忽然来了七八个混混儿，他们扫了镖师们几眼，全不当回事，纷纷进了客栈。

陶士钧小声道："师父，这些人不像善类。"

马之良摇头，让他不要多管闲事。他虽这样说，可是就立在店外不动了。大队徐徐开拔，马之良几人都在店外假意拾掇马鞍，实则留心店里。

为首的是一个光头混混儿："伙计。"

店伙计连忙过去："几位爷，您来点什么？"

光头混混儿往一张空桌上一坐，晃着脚环顾四周："这店什么时候开的？"

"哦，有五六年了。"

"胡说。我天天打这儿过，我怎么没见过？"

"您，您吃点什么？还是住店？"伙计小心伺候着。

"那就吃点吧！不在这儿吃啊。办五桌上好的酒席，给我送到王村去。"

店伙计一听，面露难色："五桌？这，这王村离着小店，十里路呢，我们……"

光头混混儿一拍桌子："扯淡。让你送你就送。不给你钱还是怎么？不送我他妈砸了你这鸟店。"

几个混混儿纷纷掀起了板凳。

门外的陶士钧早看不下去了，刚要扭身回去，被庞知一把拉住："别动，这是嘎杂子，专吃饭馆的。不关你事。"

伙计们苦着脸面面相觑，掌柜的从后院忙不迭走过来赔笑道："哎哟是您啊！您可有日子没来照顾小店了！"

其实掌柜的跟他根本不认识，但场面上必须这么说。伙计跟掌柜耳语了几句，掌柜又堆笑道："几位爷，小店人手不够，一时半会儿的备不齐那么多。也送不了那么远！您看这么着行吗？几位爷就在这儿吃着喝着，您都瞧我安排。这行吗？"

光头混混儿："多少钱啊？"

掌柜的："什么钱不钱的，一直想跟您交朋友没逮着机会不是。"

光头混混儿笑了，语气也和缓很多："哎！懂事儿，赶紧着，好酒好菜招呼着吧。不合口儿可不行！"

"您就擎好吧。"

揭心早看不下去了，心说三爷正不宣分呢，你们倒来触霉头？干脆我揍你们一顿，让徐闯他们瞧瞧，咱也是路见不平拔刀相助的侠义。想到这里，揭心一拍桌子站了起来："别让人家掌柜的请啊。我有钱啊！"

混混儿们一愣，光头走近前看了看他："你是干吗的？"

"别管我干吗的，请你吃饭吃吗？"

众混混儿相视一笑，全没把他放在眼里。

"行啊。那你打算请爷们儿吃什么呀？"

揭心伸出右手："往这儿瞧啊，请你吃个大嘴巴！"

说完伸手就是一个大嘴巴，结结实实拍在光头的肥肉脸上。

光头混混儿捂着嘴："哥儿几个，弄死他！"

几个人抄起家伙就把揭心围了。掌柜、伙计吓得缩到一边。揭心虽然武功寻常，可打这些没练过的小混混儿也跟假的一样。只见他拳脚并用，丁零当啷一眨眼的工夫，几个混混儿全趴下了。

揭心上前拉住光头的耳朵："还想吃点啥呀？"

"好汉饶命，您报个名头。咱以后躲着您老，成不成？"

"凭你也配知道我？滚！"

几个人连滚带爬跑了出去，一溜烟都没影儿了。

揭心颇豪迈地拍了拍身上的灰尘，特意瞧了瞧门外徐闯几个，又看了看店家，觉得给店家出了气，拔了创，等掌柜的上来谢自己呢。谁想掌柜与伙计们却全愁眉苦脸，一点笑模样都没有。揭心当即一愣，似乎也察觉到了哪里不妥。

掌柜："这位爷，您是出气了，小店往后，可没个安宁日子了。"

揭心的笑容僵硬住，坏菜！他本想做点侠义之事让徐闯几个多些好感，没准儿一套近乎就又能同道走了，哪知却犯了镖行的大忌。揭心草草扔下一小块银子，低头出来，快快牵了自己的马，冲众人一抱拳："各位英雄，见笑了。先走一步。"说罢，打马而去。

徐闯似笑非笑看着他，也略略一抱拳，连句客套都没说。陶士钧看不下去了："师父，徐大哥也太冷淡了，人家童镖师确实是条汉子。"

"何以见得？"马之良笑道。

"路见不平拔刀相助。咱们这几十个人，都不及人家一个仗义。"

马之良笑道："呵呵，恰恰这一点，他露了马脚。看他的出手，像个江湖道，但绝不是镖师。"

"为什么？"

"真正镖行的人，最知分寸。这种嘎杂子，是不能打的。不然，镖师走了之后，倒霉的，是人家客栈。"

陶士钧恍然。

掌柜带着伙计们苦着脸送镖局的人。徐闯笑着对掌柜说道："掌柜的，那帮嘎杂子日后恐怕还来惹事。你别怕，我给你们一样东西，保你们太平。"

掌柜："是什么？"

"正是我广顺镖局的镖旗。来人，抽一杆镖旗给他们。"

早有趟子手去镖车上拔了旗子，递给了迎过来的伙计。

徐闯笑道："在店门口插上这杆旗，没人敢来找你的麻烦。"

"广顺镖局"四个烫金大字迎风而展。在这条镖路上，"广顺"是当之无愧的威名赫赫。有了这杆旗，莫说是嘎杂子，就是绿林匪盗也不敢轻易来犯了。

掌柜和伙计们无不喜笑颜开，对徐闯及众人感激不尽，连连作揖。

徐闯等人纷纷上马，赶上了镖队，众人浩浩荡荡向南进发。

·第六章·

攻心

正午，黄石岗山阴处有一片松柏林。揭心卸了马鞍，任它松快舒展地跑开，自顾自吃草去了。揭心觅了一棵大树，靠在树干上休憩。他取了小葫芦喝了几口酒，心里闷闷的。由于腹内空虚，酒气上涌，小风吹拂，他居然昏沉沉睡着了。

不知过了多久，忽然觉得有东西不断地"噗噗"砸到自己身上，揭心一骨碌爬了起来。只见柳絮才在距离他十步开外的青光石上，安静地坐着，手里抓着小土疙瘩。

揭心吃惊不小，赶紧用汗巾擦了擦自己的脸，小跑着迎上。

"二哥，您怎么来啦？"

"你是谁呀？我们认识吗？"

揭心笑道："二哥，您就别拿我寻开心了！"

"谁是你二哥啊？远远儿的我看有个财主在歇脚，打算劫俩钱儿花呢。"

"哈哈，二哥，您说真心话，我这易容术手法还行吗？"

柳絮才把脸一沉："行个屁！我看见他们车队了，就在你身后不足十里。你现在这么逍遥快活，看来是得手了？"

"哎呀二哥，哪那么容易啊？我这儿正想辙呢！您给我的可真是一份苦差呦。"

柳絮才冷笑："小圣手也有为难的时候？"

"我根本近不了身。"

柳絮才面色一转："东西在哪儿知道吗？"

揭心翻着眼珠子："十有八九，是马之良随身揣着呢。他是什么人，您最清楚啊。况且这帮走镖的，全是老江湖，一身的本事，一肚子心眼儿。我假扮成东北的镖师，说送信镖往太原去，就想着和他们混熟了一道走，再找机会下手的。"

"可人家根本不抻你的茬儿？"

柳絮才说完起身，在石岗上踱步，时不时看向远处的北方大道，揭心也跟了过去。二人极目望去，绵延十余里外，马队迤逦隐现。

"对啊，一点儿抓手儿都没有，急得我呀！"

"急得你都快睡着了吧？"

"可不嘛……什么啊！我哪有心思睡觉啊？我想招儿呢！"

"你真的没露出什么破绽？"

揭心一想，打那帮嘎杂子肯定是破绽了。何止是破绽，简直就是个大窟窿。当着柳絮才他可不敢说实话。

"绝对没有啊。我跟您说，主要是这国宝确实金贵，那保他的人啊，恨不得看谁都是贼，完全没机会接近。"

柳絮才微微点点头："三弟，这件事，你费心了。"

揭心眼睛一亮："二哥，您那意思，就此打住？哎哟那可太好了！咱犯不上啊，跟马之良、徐闯为敌。再说那东西有那么重要吗？您要是缺钱，就吱一声。"

柳絮才哈哈一笑："你涨行市了？都敢对我仗义疏财了？"

揭心虚空给了自己一个嘴巴："我打脸。您是什么人啊，我敢在您面前提个钱字儿？真是不知死活。从您身上逮一个臭虫下来，都够我半辈子用度的。"

"我他妈身上有臭虫吗？你别废话，我就要那件宝甲。"

"您能告诉我您要那件东西是为什么吗？不会是想送给小师妹吧？"

"笑话。我用这么讨好一个女人？"

"你讨好她的事儿还少吗？"

"给我闭嘴。东西我有用，大用。别再问了。"

柳絮才板着脸转身走了回去，在揭心方才歇脚的大树下，坐了下来。揭心又忙不迭跟了过去："那您先把松静化神散的解药再赏我吃一回吧。眼见就又到日子了。"

柳絮才脸色一变："坏了。出来得急，我忘带了。"

揭心急得跳起来："哎呀师哥，你这不是要我命吗？"

柳絮才看了他许久，笑道："慌什么？你今儿运气不错，虽然我没带着，但这松静化神散的解药就在眼前。"

"哪儿啊？"

柳絮才一指不远处郁郁葱葱的松树："松针即可解毒啊。"

揭心大喜："真的啊？"

"骗你干吗？要不怎么叫松静化神散呢？"

揭心觉得有道理，撒腿就奔黄石岗下松林而去，三两下扯断一根松枝来，一把撸了许多松针在手，喊道："这，怎么个吃法啊？"

柳絮才冷笑："你还想炒着吃啊？就这么嚼！"

揭心听罢，忍着疼就往嘴里送，慢慢走回来问道："咽，咽吗？"

柳絮才点点头："好吃吗？"

揭心使劲摇头："为了活命，顾不上了。"

柳絮才看着他龇牙咧嘴地嚼松针，终于忍不住拊掌大笑："这你也信啊？"

揭心一愣，赶紧把残渣往外吐，瞪眼道："你耍我？柳絮才，快把解药给我。"

柳絮才笑出了眼泪，叹气道："你连松针都吃了，我要再不说实话，就不够意思了。你听好了，根本就没有松静化神散，你也没中毒。满意啦？"

揭心大喜："真的？"

柳絮才点了点头。

揭心凝视着他，揣摩他这次说的究竟是真是假。

"二哥，那，你上回给我的解药是什么？"

"茯苓糕而已。"柳絮才说罢，往树上一靠，闭目养神起来。

揭心长出一口气："我说呢，二哥也不至于这样对我的。可你也不该骗我啊，还害我吃了一把松针……"

"别磨牙了，快想主意吧，眼见车队就到了。这回啊，无论如何你得混进去。"

揭心索性席地而坐："不是我泄气。别说混不进去，就算混进去了，也下不了手。那个马之良啊，是个不打盹儿的老虎。我真干不了。"

柳絮才不睁眼，也不说话。

"要不这样，我也给你易容，把你化装成一个小姑娘，你去试试？"

柳絮才忽然睁眼，起身折了一截树枝，在手里比画几下，吓得揭心向后爬了几步。所幸柳絮才没针对他的意思，而是动手给树枝剥皮，眼神冷峻。

揭心又试探说："要不，你用药给他们麻翻了，我再找机会下手？"

柳絮才没好气地瞪他一眼："我哪儿有那么多药？放倒四五十个人，说什么呢你？"

"二哥，我给你说实话吧。马之良这趟镖，是条绝路。早有人琢磨他呢。"说罢上前耳语了几句。

柳絮才吃惊不小："既是这样，那就更得趁早下手了。怎么说，咱们偷盗门不能跟劫匪同流合污。况且一旦有了风吹草动，让马之良起了戒心，就是神仙也下不了手了。"

揭心绝望地叹了一口气。

"此事必须智取，而且，还得是你。"柳絮才说罢，抽出靴子里的匕首削这根木枝。

"二哥，我是看出来了，您是一点都不心疼我呀！"

"你造谣的时候心疼过我吗？"

"哎哟，提那事儿，我真说不清楚了我。那马之良武功绝顶，警惕性必然非同常人。我纵然有些绝招，怕也是使不出来啊。"

"那么，'寒江钓雪'呢？"

揭心低下头，不自觉地看向自己的脚，嘴角泛起一丝得意之色。

"你的'寒江钓雪'从未失手，我对你有信心。倒霉了那东西现在在马之良手里，可是如果你都弄不来，这世上还能有第二个人吗？"

这话说得揭心有些飘飘然，竟然认同地点了点头。

"现在要做的，还是接近他。让他带着你南下，再找机会下手。"

"我还怎么接近啊？我已经化名东北的童元了，演戏也演了全套啊，可人家不理我。"

"真那么容易，他就不是徐闯、马之良了。做事情，要百折不挠嘛。再说了，我既然来了，一定会帮你的。"

揭心大喜："二哥，你打算怎么帮我？"

"你，身上带钱了没有？"

"有个万把两银票吧。怎么？"

"拿来。"

"干什么？"

"都给我。"

揭心无奈，只好掏出一沓银票，还想数数，被柳絮才一把抢走。

"你给我留点儿。"

"做戏做全套，这是你说的。把马牵了，跟上我。"

"干吗呀？"

柳絮才也不搭话，拿着那根削尖的树枝径直朝坡下大道走去。揭心只得扛了马鞍，回身去找马，上了鞍子，牵马，顺坡跟了下去。二人来到大道旁，柳絮才朝身后的大道看了看："这是他们必经之道吧？"

揭心点头。柳絮才看着他笑了笑，揭心的脸色一变，这才留意到柳絮才手里那根树枝已削得又尖又长。

"二哥，您什么意思？"

"只能委屈你了。"

说罢，用树枝"噗"地一下扎进揭心的大腿里，揭心哎呀一声倒地，登时血流如注。

"你干什么？"

柳絮才吊下脸："就说你被响马抢了，挨了一箭。钱没了，马跑了。这荒山野岭的，我就不信马之良不管你！"

揭心强忍着疼痛，指着木杆："可这，这根破树枝，怎么能是响马的箭呢？"

柳絮才哦了一声，攥住又搅了搅，而后连根拔起。揭心几乎疼死过去。

"那就说是镖打的。"柳絮才说完，奋力一掷，那根沾血的树枝箭一般飞入了松林深处。

揭心疼出了一脑袋汗，气得说不出话来。

柳絮才回头淡淡道："三弟，能做的我都做了，下面就瞧你啦。要是再拿不下来，就别回北京了。"

揭心红着眼睛恶狠狠道："柳絮才，你就不怕我翻车不干了吗？"

柳絮才冷冷笑道："我谅你也不敢。"

揭心捂住腿艰难地站起来："柳絮才，我今儿算认识你了。你也忒毒啦。自私、贪婪、蛇蝎心肠，你禽兽不如。你有什么了不起的？不就是家里有钱嘛？也没给我花过一文啊！我揭心凭什么就对你低三下四、掏心掏肺呐？不就是为了咱同门的情义嘛！我年纪比你大，可是二哥、二哥的我叫了你几十年呐，你却拿我不当人。这下行啦，你把我扎醒了，我也把你看透了。爷们儿，咱们今儿就今儿了。从此以后咱们俩忘于江湖，你走你的阳关道，我过我的独木桥。"

说罢摆摆手，一瘸一拐地要走。

"呦呵，这是要撂挑子啊？"

"爱咋想咋想。有能耐，自个儿偷去，老子死也不帮你。"

"哈，哈哈，哈哈哈哈……"柳絮才仰天大笑，笑声极为放肆与不屑。揭心隐隐感到不安。

"你刚才那番话好感人啊！我都快哭啦。揭心，师门二字你也敢说，你也配说？"

揭心闻听当即一惊。

"当年师父怎么死的？别人不知道，我，清楚得很！"

"你，你血口喷人。"

"虚什么？我还没说你就怕？揭心，就你做下的那事儿，别说我捅你个血窟窿，就是把你脑袋拧下来，也是你罪有应得。"

揭心愣住："你，你什么意思？"

"当年师父养伤的时候，你把本该外敷的药，加大了剂量给他喝了，打量我不知道？"

揭心登时脸色变了："你胡说，你栽赃！"

"马钱子……"

揭心吓得面无人色了。

"师父死的时候，头脚相连，作牵机状。我查了你的药渣。揭老三，你是真毒啊！

揭心闻言脚下一软，扑通跪倒了。

"这么多年了，我可跟谁都没提过。老三，我是同情你的遭遇啊，要不然，哼，小妹的脾气你是知道的，更甭说大师兄了。但凡我透出去一个字，你小子脖子上那猴儿脑袋还能撑到今天？"

揭心被往事勾动心肠，不由得落下几行泪来："二哥啊！"

"你不干可以，咱俩一起回北京都行。别勉强。"

揭心抹了抹眼泪低声道："二哥，您消消气儿啊！您的事儿，我尽力办，办到我死……"说着又呜呜哭了出来，泪水血水一齐涌出。横在路上的样子，好不凄惨。

柳絮才翻身上了揭心的马，回身冷冷道："北京等你。"

柳絮才打马而去，并没有向北走山道，而是冲着树林的深处绕道走了。

揭心仰面朝天，眼望一块云彩，放声号哭。

"诸葛盾……"

半个时辰后，镖队已缓缓来到了黄石岗。探路的肇星见到路当间躺了一个人，流了一地的血，认出了童元，不由大惊，当即撒马回报徐闯。徐闯挥手让车队全部停下，与马之良双双催马近前，一看果然是那位镖师童元。二人都不由一惊。

揭心因失血、暴晒加之伤心过度，此时已昏死过去。徐闯亲自用湿手巾给他擦了脸、喂了水，半晌他才勉强睁开了眼。

"童元兄弟，你怎么了？"

"徐，徐总镖头。"

徐闯蹲下身，看到了他的腿伤："别着急，慢慢说。"

肇星和陶士钧一起将他扶起，揭心慌忙在身上查找着，终于翻出了信，长出了一口气："哎！遇见你们啊，是我命不该绝啊。"

"到底怎么了？你遭了歹人暗算？"

揭心刚点了点头，身后的镖师们雪白一片抽出了家伙，向四周警戒起来。肇星更是带了三个镖师迅速向两侧山包子巡查去了。

揭心："早跑啦。是七八个'胡子'。我的银子我的马，都让他们整走了，还好，我的镖还在啊。干咱这行的，脑袋掉了行，不能丢镖啊。"

陶士钧冷笑道："哼，早知道和老哥搭伴儿一道走，就不会出这样的事了。"

徐闯和马之良都面带愧色。

陶士钧关切："老哥，您伤哪儿了？"

揭心扯开大腿的伤口给众人看："就这儿。镖，镖打的。"

陶士钧蹲下来仔细看了看，伤口足有一寸深："这么深的镖伤？师父，这人腕力惊人啊！"

马之良一脸凝重，也蹲下来查看："镖呢？打你的镖在哪儿？"

与马之良四目相接，揭心又心虚了。他不知道马之良这样问，究竟是不信他的话还是真的想看看暗器，判断出对方身份。于是胡诌一句："是金镖，金的，他又拔掉取走了。"

马之良当即站了起来，回头看了一眼同样错愕的徐闯。

陶士钧信以为真："看清楚什么人没有？"

揭心摇头："哪能让我瞅真了啊？人家全都蒙了面的。"

陶士钧又问："往哪边跑了？"

揭心胡乱一挥手："西边儿。"

这时候，肇星和几个徒弟分别从两侧的山岗下来，都对徐闯摇头。

"师父，都查看过了，没有可疑之处。看来响马并不是伏击了他，而是在大道上恰巧撞见的。"

"对，是撞见的，就被他们害了。"

徐闯和马之良走出几步远，有意避开众人。

"马老先生，您怎么说？"

"伤是真的。话里有诈。"马之良轻声道。

徐闯也点点头："我也听着不对劲。除了当年的胜英胜子川，近两百年来，江湖上没听说过还有能使金镖的人！"

"就算有，也必是侠义。怎么可能当道打劫？"

"有鬼，确实有鬼！怎么办？我去打发了？"

说罢，马之良迈步回到了揭心身边，慢慢蹲了下来。揭心瞅他心里就发毛，似乎马之良的眼神总能看穿自己的五脏六腑，暗自警告自己不能弄巧成拙，索性低了头不再言语。

"童老弟，你这是皮肉伤，不碍事。我这里有独门的疮药，你敷上，三天可以见好。"

说着，取出随身的一个小药瓶递给了他。

"多谢老英雄啊。"揭心双手接过来称谢道。

"不必谢。士钧，留一些干粮和水给他。"

揭心听闻这话，像被人锤了一下脑袋，只觉眼前一阵发黑。他啊了一声，委屈得眼泪直在眼窝里打转……

陶士钧当时急了："师父，您不会是要把他扔在这荒山野岭吧？他可连马都没有。"

马之良没说话，徐闯也不说话，都没有松口的意思。揭心暗自骂娘，想不到此二人如此难骗，远超自己所料！不带自己走，必然还是不信。如果此刻还不抓住机会，就再无接近可能。揭心一把拉住陶士钧，颇艰难地站起，咧着嘴巴大声道："没事儿！我，自己慢慢走。要是我命不该绝，找到了村寨，先养他几天。"

陶士钧哪里听得了这话？他果然上当，颇不满地看了师父一眼，竟然手搭他肩背，把他背了起来。揭心假意推脱挣扎："老弟，使不得。"

庞知也察觉出异样来，有意上前阻拦陶士钧，可毕竟马之良和徐闯都没有动，自己怎能僭越？

陶士钧背着揭心关切说道："你这个样子，能走到哪儿去？跟我们一道吧。我实话跟你说，我们不去西安，也是去太原。你放心养伤，咱们一路护送你就是。"

陶士钧这样一说，把马之良和徐闯的面子全都拘住了。尽管二人都怀疑揭心，可这般情形下，谁也无法再去阻拦陶士钧了。

"兄弟你快把我放下，镖路上不过交情，这是老规矩了！不能因为我受点小伤，就拖累了诸位英雄好汉啊。"

"英雄好汉"，揭心故意强调这四个字，让陶士钧听着越发觉得耳根发红，他真的替师父和徐闯害臊。众镖师亦有同情之色。

"徐总镖头，您给句话吧？"陶士钧冷冷问道。

徐闯看了看马之良，只得艰难点头："马师傅，童元兄弟落了难，咱们不能见死不救。要我说就一起走吧，路上也有个照应。"

马之良无奈点头，淡淡道："既然是总镖头开了口，自然是错不了。"

揭心低头把眼睛看着脚面不动，两副眼皮强撑了片刻，任风吹辣了眼珠。抬头之后，果然是眼泪汪汪。他颤抖着对众人抱拳道："多谢诸位英雄活命之恩啊！"

众人合力腾空了一架镖车，垫上了稻草、被褥，将揭心抬了上去。陶士钧亲自为他清理、包扎伤口，并陪同左右。队伍缓缓开拔。马之良和徐闯却偏偏落在了后面，二人都在仔细观察着周边一切，面色沉重。

　　总算是混进来了。揭心又是惊喜，又道侥幸！马之良、徐闯这两个老江湖，实在太难骗。接下来怎么办？他心里一点底没有。只是不断告诫自己：别乱说话，别做错事，没有绝对机会和十成把握，绝不下手。否则，非但事情败露前功尽弃，自己的小命也是说完就完！

·第七章·

情迷

次日清晨。王府之中。

正如天心所讲，之前杀死的人，尸首都已被处理。庭院也早就打扫干净了。几个黑衣人安静地隐在院中各处角落，一切就像什么也没发生过一样。

周癫在后罩楼的屋檐下支一条懒凳坐着，里面的四间房正是王府的厨房所在。朱五带着两个伙计紧锣密鼓地忙碌着。案头上码着食材、主料、配料，满满当当足有上百种。不消说角落铁笼子里还有活鸡、活鸭、小鹿等等不一而足。

周癫看他们操持，一脸的不屑，心想："两道菜，费这么大周章？难怪大清不得人心。"

朱五吩咐妥当后，自己走了出来，在窗下面取了烟袋锅子，到石阶前蹲了，点了一袋烟，"扑嗒扑嗒"地抽着，看也不看周癫一眼。

周癫强忍着火："为什么还不做啊？"

朱五淡淡道："这是大菜。所有器具需要先上蒸锅，除去先前附着在上面的荤腥膻辣。得蒸够时间呢。"

周癫朝里间看去，大蒸锅上果然白气腾腾。

"何时可以备好？"

"天黑之前，应该可以。"

"要等这么久？"

"我还没选米呢。

"我看见米了，有好几种呢，你拖延什么？"

"'踏雪寻梅'所用的，是胭脂米和怀远糯米两种。必须要一粒长，一粒圆。阴阳交错分毫不差。要一颗一颗地挑，你说费不费工夫？"

周癫愣住了。

"对了。吊汤和蒸饭的水，都必须是山泉水。水车我们有，但需要你的人帮忙。"

"可以。我派三个人，现在就去。"

朱五摇头："现在不行。今天夜里亥时出发，到玉泉山取水，明天寅时正好回来，这样，才算是最新鲜。"

周癫看了他半晌："你当厨子真是屈才了。"

福郡王的书房外，站着两个岿然不动的黑衣人。

书房里燃了一炉龙涎香，空空儿在王爷的书案前写字，福郡王则是在一旁的小桌上刻印。二人竟相安无事。

　　不久，空空儿又写好了一个"杀"字，自己展开了给福郡王看。

　　"这回怎样？"

　　福郡王停了手里的刻刀，气定神闲端详了半晌，点点头。

　　"嗯，这回有点儿意思了。框架气势不俗，潇洒有贵气。美中不足的是，骨子里，还差些力量。"

　　空空儿冷笑道："我这么苦命的人，何贵之有啊？"

　　"贵与苦，并不相碍。人，生来皆苦，无一例外。"

　　"帝王家，也不例外吗？"

　　"尤是帝王最苦。"

　　"骗人的鬼话，权术而已！如果王位真的苦，何不把这苦命的皇权让出去？为何偏要去抢、去争、去杀人呢？"

　　"权力的诱惑！权力可以带来一些福气，这福气被误解为可以抵消诸苦。但事实上，是苦上加苦。《通鉴》上说，帝尧时期，有位老者，天天吃饱了拍肚子唱歌，唱的是：太阳出来劳作，太阳落山睡觉，自己打井喝水，自己种地吃饭，帝王与我何干？这个人福气不小啊。哈哈哈哈。"

　　空空儿冷冷地看着他，心里想道："不管他是真看破了还是有算计，他的命，只剩两天，何必跟他嚼舌头。"于是一言未发，转身要走。福郡王起身道："姑娘稍等，我就刻好啦！"

　　说着，他把刻好了的印章，用手指肚蘸了墨汁，均匀地打在印章上，立刻显出了一朵芙蓉花的样子。他拿起手边另一方旧印，反复比较，又修了一两刀。之后把新刻的印在小水盂里洗净了墨迹，用软布擦干，吹了吹。取了印泥，慢慢蘸了，在连史纸上钤了一枚印来，果然是一朵芙蓉花。他又用旧印蘸了印泥，也在纸上钤了一朵芙蓉花，左右端详一番，这才道："行啦。你看看，我复刻得怎样啊？"

　　原来，福郡王刻的，是空空儿给他的那个芙蓉花的印章。空空儿走近桌前，在纸上仔细端详了半晌，笑道：

　　"佩服！连我都分辨不出哪个是您新刻的，哪个是我父亲的了。王爷的手法足可以假乱真了。"

　　福郡王哈哈大笑，把空空儿的印交还给她。

　　"你到底还是年轻。其实这两方印，差别非常大。"

　　空空儿一愣。

"由于我是在模仿，故而刀法上多以切刀为主。虽然有几分老辣和苍劲，但只要细看，还是有几处略显刻意的痕迹。而老帮主当年制印时，用的是冲刀法，雄浑、奔放，一气呵成。这朵荷花，古老、原始，浑然天成。正如父亲对女儿的爱，没有一点杂质！"

空空儿噙着泪花瞪着他："你在阿谀讨好我！你什么意思？"

福郡王强忍着泪水，恳求道："放过我的女儿！"

空空儿看了他半晌："不可能！"

说罢，转身走了出去。她离开之后，福郡王瘫倒在靠椅上，双目紧闭，面沉似水……

"玉儿。"福晋叫着大格格的乳名："说了这么多，你怎么还不明白？你阿玛一定是在为你争取时间。"

"额娘，你告诉我，竹帮究竟是做什么的？阿玛和他们到底有什么过节？咱们藏在大伯的府上，就是在躲他们，对不对？"

"儿啊，你阿玛的事，额娘怎能知道啊？你听话，时间不多了，就今儿晚上，你一定找机会跑了。"福晋小心地叮嘱道。

空空儿出现在后花园的月门后，两个黑衣人见是她，一动没动。空空儿的听力惊人，方才的对话，她几乎全听到了。此时，一个念头飞快闪过。假如大格格真的要连夜跑掉，自己肯不肯放她逃命？

大格格摇头道："额娘，我哪儿也不去，我要陪着您和阿玛。"

紫云起身过来，贴近了劝道："格格，福晋说得对。事到如今，您还是先保命要紧……"话音未落，脸上结结实实挨了一个嘴巴。"多嘴！玉可碎，不可改其白。我父母身陷囹圄，独我自己跑了，我成了什么？"

大格格历来待紫云不薄，平日莫说打骂，连一句重话也未曾对她说过，不想今天会这样对她。一时间紫云委屈地哭出声来："格格——"

大格格厉声道："再多嘴，撵你出去。"

福晋打圆场："好了好了，紫云也是护主之心。"

紫云捂着脸，眼睛看去了暗处，心中有恨。

"无非一死，阿玛和额娘都不怕，我怕什么？偏偏马老先生离开了，天心姐也见不到人。可怜了苏大哥，一个文弱书生，也被牵连进来。咱们家若真是有灭顶之灾，最对不起的人，就是他。"大格格悠悠说道。

空空儿忍不住闯了进去，院中三人都是一惊。空空儿冷冷地看着她："谁告诉你的，苏百川是文弱书生？"

　　大格格一愣，更吃惊她能隔着十几步远听到私语之声。

　　"别傻了，苏百川说的话你也信啊？他这个人，是个大骗子！"

　　苏百川窝在东配楼的仓房之中苦不堪言。天心自从昨日来过之后，再没露面儿。他手脚被缚，对外面发生之事又全然不知。越是如此，他越担心王府的安全，担心师妹出事。可是这对文王锁，实在太坚固了，他的手腕，已磨出了森森白骨……他暗自盘算，假如今晚师妹还不来，多半已经出事。不能再坐以待毙，得设法把那个独眼龙骗进来，将他制服。就是拼得一死，也要先出这间屋子。想到这里，他开始为可能到来的生死搏斗蓄积体力，他转身找到食盆，从里面拿了馒头，大口嚼了起来。

　　正这时，门开了。空空儿带着大格格、紫云出现在了门口。苏百川愣住。

　　空空儿冷笑："你看看，这人多没有心肝，这时候了还能大吃大嚼！"

　　"苏大哥。"

　　"格格。"苏百川吐掉了嘴里的馒头块儿。

　　二人四目相望，心绪难平。

　　"王爷呢？福晋呢？"

　　"活着，都活着。"

　　苏百川长舒一口气，缓缓点头。空空儿把房门关上了，走到苏百川近前。

　　"不要郎情妾意了。我问你三件事，你要一五一十地说。不然，我保证你再也见不到她了。"

　　苏百川昂着头，对她怒目而视。

　　"第一，你师父马之良走的时候，就留下你一个人坐池子吗？这未免太草率了。你的师兄、师妹呢？"

　　她能这样问自己，说明天心还没有暴露。这真是一个好消息。可是师妹为何不再来找自己呢？苏百川百思不得其解。

　　"回答我。"

　　"就我一个。"苏百川淡淡道。

　　"我不信。马之良在时，王府都有三位镖师。他走了，就留你一人，凭什么？"

　　大格格和紫云同样疑惑这件事。三人目光齐刷刷看向苏百川。

苏百川平静一笑："你听说过，我们通天拳的绝学春云十三展吗？"

空空儿脸色变了，大格格的脸色也变了。

苏百川闭上眼睛身体向后面一靠，不说话了。

"苏百川，你少吓唬我？"空空儿惊惧道。

苏百川还是不睁眼不说话，空空儿越发焦急起来。

"说，什么是春云十三展？"

"马之良临行前，把绝学传给了你？"

苏百川始终不回答，让空空儿有些不安。不过他手脚被缚，纵然真的身怀绝技，也无从施展。

"故弄玄虚！不过第二个问题我就不必问了。格格，你自己听到的，他不但会武功，还被委以重任，说不定人家已经是少掌门了，哈哈！可惜啊，可惜。"

大格格之前一度怀疑是苏百川把空空儿引到了王府。可是从目前的情形看，这二人并不同路。她暗想，眼前的苏百川，毕竟是自己深爱的苏大哥，是那个才华横溢、风度翩翩的同文馆学子。万没想到他竟然还会武功！他真的身怀通天拳绝技？他能成为拯救自己的英雄吗？假如，他真做到了，我就死心塌地跟他一辈子！

空空儿发现大格格的眼神已经不对劲了，不由妒火中烧。

"苏百川，咱俩可是定了亲的人。现在你为了别的女人，甘当阶下囚，有点儿不自重啊！"

大格格和紫云大惊。

苏百川怒斥："你胡说什么？"

"到现在了你还想骗人家啊？男人，果真到死都是不专一的。"

"你闹够了没有？"苏百川对她怒目相视。

"没有，才刚开始呢。"空空儿针锋相对。

"我问的第三件事，是那封信，你最好跟格格说清楚。"

石破天惊的一句话，让屋里三人全都瞠目结舌。空空儿所谓订婚之事，大格格根本不信，可是她竟然提到了信！那是自己的尊严和绝对隐私。

"什么信？你别乱讲。"苏百川的声音已经慌了。

"君应有语，渺万里层云，千山暮雪，只影向谁去？"空空儿淡淡道。

字字如刀，戳在了大格格的心口之上。苏百川目瞪口呆，紫云更吓得面色苍白……

"听着耳熟吧？说不好，那信你恰巧带着呢。"

大格格果然从袖子里取出那张信笺，又羞又急，质问苏百川："你说，她怎么会知道这个？她怎么会知道的？"

"我，我……"苏百川无言以对。

紫云也吓得面色惨白："这是怎么回事啊？苏百川，你说清楚啊。"

"百川，你干吗不说实话。当时就是这个丫头来找你送信，当着我的面，你想烧了。可是我说，这样不好，哪个少女不怀春嘛，人家格格对你也是一片真情，就压了我的花章送回去，让她死心。"

说罢，她取出了自己的那枚印章，递给了大格格。她颤抖着接在手中，把信铺在了墙上，拿起印章来只一压——果然是芙蓉花，和信中那枚印，一模一样。大格格羞得面色发紫，身体颤抖起来，苏百川也早惊得不知所措。他们都想不通，如此私密之事，空空儿如何知晓的？苏百川把信拿了反复看，的确是自己见到的那封，百思不得其解……

"你说，这究竟是怎么回事？"大格格对着紫云，眼中喷出火来。

"格格，没有的事啊！送信的时候根本没见着她。"

"你还不说实话？"

紫云倔强道："真没有啊！"

羞愤万分的大格格尽平生之力，重重一个嘴巴打在了紫云的脸上，之后夺门而出。紫云"哇"的一声哭了出来，委屈地蹲在了地上。苏百川恨不得把空空儿撕碎了，他正高高扬起手，她却幽怨地看着自己，也哭成了泪人，似乎她才是最心碎的那个，比所有人还要受伤，还要委屈……

· 第八章 ·

侠隐

镖队一行人饥餐渴饮，晓行夜宿，第二日已到定州地界。揭心因有伤在身，昨夜在陶士钧的照料下睡得很好，一觉醒来，已经约莫是寅时了。大部队没有开拔，镖师们也都在树荫下喝水、休息。

揭心下了车，发现自己大腿上的绷带已经新换了。他一瘸一拐地四处找，却没见到马之良、徐闯，连陶士钧也不见了踪影，心下狐疑起来。正巧撞到肇星："怎么没见当家的他们？"

"一早就走了，你不知道？"

"走了，去哪儿了？"揭心十分吃惊。

"去会一个朋友。从前也是武林名宿，可能是拜山头吧。"

"武林名宿？拜山头？还有这种事儿？"

"走镖的路上，遇到武术名家，是要停车歇马，专程上门拜访的。不然就是不敬啊！你也是镖师，怎么这规矩也不懂？"

揭心当然不懂，他既不是镖师，又从来离经叛道。这种事，他一辈子都不会做。此刻掩饰着笑道："哦，我们小镖局，以信镖为主，又不插镖旗，打马经过而已，不弄这虚的。"

"虚的？"

肇星显然不悦了："这叫敬畏之心。你们小地方来的，真该学着点儿。"说罢，摇摇头走开了。

揭心忙点头："是……"

一旁的庞知早凝视他半天了："童老弟。"

说罢，走到他近前一抱拳："我叫庞知，昨天没顾得上说话。"

揭心连忙抱拳："原来是庞先生。久仰。"

庞知皮笑肉不笑："咱俩是不是在哪儿见过啊？"

揭心面不改色："我看您面生啊，难道您去过锦州府？"

庞知摇头："没有。"

"哎呀，那太遗憾了。你指定记错了，我从没去过北京。"

说罢，转身要离开。

"我听您的声音，真的很熟悉。"

揭心回头看着他，思索着他究竟是否真的已经认出了自己，成心戏耍，还是只在怀疑？于是笑道："我听庞兄的声音也很熟悉，咱俩这就叫有缘呗。"

庞知客气一笑。

"我有伤在身，这一路之上，还要庞兄多包涵，多照应啊。"

"好说，好说。"

庞知呵呵一笑，半信半疑地走开了。早在泰康客栈的时候，庞知就觉得这个童元声音很像揭心。他有意要一起同路就显刻意，之后又恰巧被劫，更加有嫌疑了。此人无论身形还是声音都很像揭心，莫非是他易容了？可是按照计划，他应该和老爷叶广昌一起出现在陷马台的，怎么提前混进来了？难道另有目的？或者，真是自己认错人了？

揭心看着他的背影微微冷笑，自认易容术高明，不会真被他看穿。就算自己被认出，庞知也绝不敢捅破。虽然庞知混进镖队，也不在之前的计划中，至少自己不知晓此事。不过，这家伙既然是叶广昌的心腹，应该不会与自己为敌。在没到达陷马台之前，倘若自己被众人识破，这庞知没准儿还是个帮手呢。

春风和煦，野花盛开。一只黄狗从山腰上顺着小路跑下来，不时发出阵阵犬吠。马之良、徐闯、陶士钧分乘三匹快马踏上小道，随着小狗一起走上山去。到了半坡，路窄不能走马了，三人就将马拴在了树上，顺着石阶走了上去。

这是一户由土墙茅草筑成的农家院，墙上挂着农具和草编。院前有一片菜地，两侧各起一个窝棚，是厨房与茅舍。当间有石板、石墩搭成的桌椅一套。栅栏门虚掩着，那黄狗没有进门，懒散地跑开了。一位老农正低头在菜地里拔青菜。菜种子是他头前一个月播的，山里气温低，小青菜的长势并不十分喜人。他见到较为茁壮的才拔下来用。只见他每拔一棵，就头也不回地往石桌上海碗里撂，拔一棵撂一次，眼见越走越远，可那青菜总是不偏不倚正中海碗。

陶士钧叹道："老爷子手上真是有数啊。"

听见有人说话，老头儿慢慢站起身来。回头见是马之良，吃了一惊。这老者七旬左右，穿着打扮俨然农夫，只是双目如电，使人不敢逼视。

"之良？"

"定吾。"

杨定吾大喜过望，忙走过来把篱笆门拉开，与马之良双手紧握。

"听到狗叫，我当是货郎打下面过呢，怎么是之良你啊？哈哈。"

"我路过定州，特意来看你。你瞧谁来啦？"

杨定吾大喜："呦呵！徐闯贤侄！"

徐闯迎头跪倒："杨老前辈，晚辈徐闯给您磕头啦。"杨定吾连忙伸手去扶。

马之良笑道："士钧，这是太极名家杨定吾。还不行礼。"

陶士钧抱拳鞠躬："拜见老前辈。"

"我三徒弟，陶士钧。"

杨定吾笑着，把三人让到桌前坐了，自己进窝棚里取了一个大碗和一个茶壶来，把石桌上放青菜的碗涮了涮，倒了两碗浓茶。

"我家只有两个碗，一个盛菜，一个吃饭。你们谁都不要嫌弃啊！哈哈！"

他说来轻松，可马之良见老友清贫如此，心里十分不忍。徐闯忙捧起来喝了一大口，笑道："马师傅说要拜会一位前辈，我万没想到是杨老先生您。半年前您一夜之间隐遁江湖，我们都以为……"

杨定吾哈哈大笑："你们来得正好，我昨儿个去市集，二十双草鞋换了一坛好酒，还没舍得喝呢。哈……"

陶士钧聪慧异常，师父曾说过他和杨定吾的事。此时，老前辈把徐闯的话岔开，他就心领神会了，硬拉着徐闯去厨房做饭，徐闯只得跟他去了草棚。

二人走后，马之良拉住了杨定吾的手，声音哽咽道："定吾，躲在这里，委屈你了。"

杨定吾笑道："说什么呢？大事得成，你我都能全身而退，再没有比这更好的了。何谈委屈啊？况且我在这儿田园逍遥，不做世俗之想，别提多快活了。"

马之良小声道："那三位先生呢？"

"已经从天津离岸，东渡日本了。北京情形如何？"

"玉渊潭当夜，有一个捕快没死，他供出了你。起初，我十分焦急，想给你带信让你设法再躲。可又怕中途出岔子，反倒坏事。"

"你是对的。后来呢？"

"九门都贴有缉拿你的告示，各省也都有海捕公文。"

"让他们慢慢找吧。哈哈。"

"不能大意啊，你要小心为上。不到万不得已，千万别回北京城。"

杨定吾点了点头。之后马之良取出一千两银票给他，杨定吾坚辞不受，马之良近乎翻脸，杨定吾只得收了。

不久，陶士钧和徐闯炒了两碗青菜，用笸箩端来了蒸好的窝头、红薯，又开了杨定吾新换的酒，因为没有碗。四人就轮番抱坛痛饮，真真英雄本色。

闲谈中，杨、马二人都装作五年没有见面的样子。并非不信任徐闯，只是"玉渊潭"这桩秘事，越少人知道才越安全。

杨定吾笑道："你和徐闯一道，莫非是你又走线镖了？"

马之良还未说话。徐闯就说："是我专程请马师傅同我一道护一件东西去太原的。"

杨定吾看着徐闯微微点头，话锋一转忽然问道："贤侄啊，你师父孟老真向来可好啊？

一句话将徐闯问得面红耳赤，支吾道："惭愧，自从家师南下云游，已经十年没有音讯。我曾多方派人打听，至今……"

杨定吾淡淡一笑："我有个老友，叫初缘大和尚，说好了'龙头节'来会。今儿个是初一，我估摸着他快到定州了。你们多住两日，早晚等到他来，给你们引荐。之良，他可也是内家拳的高手呢！"

陶士钧兴奋道："初缘大和尚？他练的是哪一路拳法？"

徐闯笑道："士钧，晚辈不可乱问长辈师承的！"

陶士钧哦了一声，低头不语了。

马之良叹道："定吾，能让你称朋友的，人才武功一定登峰造极了。本不该交臂失之，可我们这趟事情很急，后面还有几百里的路，不敢耽搁啊！等我们从太原回来，如果有缘，一定相见。"

杨定吾点点头，侧着脑袋问："徐闯贤侄，你说呢？你想不想见见啊？"

徐闯愣住了，杨老前辈是话里有话吗？可是他又不点破，自己也只好顺着马之良的意思说道："正如马师傅所说，我们此行责任重大，又有多人随行，确实不便多留……"

杨定吾笑了笑。半晌道："好！随缘，随缘吧。"

徐闯还要再问，谁知杨定吾却又将话题绕开，一直用眼睛打量着陶士钧："你这三徒弟有南相，口音又是北方。怎么回事？"

马之良笑道："他是广西人，他父亲陶家清是位名医。多年前，我南下护镖，身染了瘴疾，陶兄于我有活命之恩。后来，就让士钧拜在我门下了。"

杨定吾慢慢站起来，走到陶士钧身边，挥手示意让他站起来。陶士钧不明就里，只能照办。杨定吾上下仔细把陶士钧打量一番："哦，看来，这个缘分可是不浅呐。"

陶士钧点头说是。

"那，我可不能轻饶了你——"

"你"字还没落地，杨定吾忽然出手单掌推向陶士钧，后者躲闪不及被推开五六步远。陶士钧大惊失色，身体尚未站稳，杨定吾的掌风又到，陶士钧结结实实挨了一掌，整个身体横飞出丈余，滚落在菜地之中，神情十分狼狈。

陶士钧站起来大喊："师父，这，这怎么了？"

三人都笑着看着他。

马之良笑道："孩子，杨老前辈是太极宗师，他有意抬举你，和你搭手。这是你天大的造化！不挨打，你怎么学啊？"

陶士钧猛然惊醒，跳回院中，向杨定吾深深鞠躬抱拳。

"多谢老前辈赐教！"

果然那杨定吾双手划弧，脚迈八卦，几个起落，波浪一般向陶士钧涌来。陶士钧出拳相接，几乎都是沾手即飞……直到他摔得再爬不起来。

杨定吾哈哈大笑："小子，你今儿摔得不轻。就到这儿吧。回去之后，要反复琢磨琢磨，今天的每一下，都是怎么摔出去的。"

"哎！"挨了打的陶士钧却笑得十分灿烂，惹得马之良和徐闯都哈哈大笑。高手过招，不怕斗不过，就怕不识招。虽然这样的搭手不过半盏茶的工夫，却是陶士钧未曾见识过的太极正宗。只需日后融会贯通了，功力自然精进，大有裨益。

杨定吾将三人送出篱笆门，浅浅笑道："士钧小友，今日给你看的，是杨氏太极的大架和小架。你能拿去多少是多少，可有一节，绝不许你人前卖弄，更不许你传别人！"

"是。陶士钧谨遵前辈教诲，不敢相负！"说罢鞠躬再拜。

"孺子可教。之良，你们有大事在身，我这个闲人就不留你们了。倘若回来时，还从定州过界，别忘了来喝茶！"

"我一定会来的。老哥留步，我走了。"说到这里，马之良一抱拳，刚转身撤步时左脚踩了一块石头，身子歪了一下，马之良哎哟一声，把腰扭。徐闯赶紧去扶。

陶士钧一惊："师父！"

马之良忍着疼，捂住腰眼儿："没事儿。"

徐闯也关切道："您闪着了？"

杨定吾隔着篱笆门问道："之良，你不碍事吧？扶回来我瞧瞧。"

马之良推开陶士钧和徐闯："不碍事的，回吧。记住我的话，我先前的话。"

"嗯，知道。"

二位老英雄深沉对视一眼，杨定吾轻轻点点头走了回去，在先前徐闯所坐的石凳上，有一块红薯压着什么东西。杨定吾近前拿在手里一看，竟是五百两银票……

徐闯和陶士钧搀扶着马之良，慢慢顺小路走了下去。马之良虽然强作镇定，可是二人都觉得这下闪得不轻，都隐隐有些担心起来。

·第九章·

诡谲

菩提巷通天拳老宅门口，吴妈独自一人站着，呆呆张望着巷口。她枯等了许久，又空落落地往后院去了，开了后门，往葫芦巷的巷口眺望。

马之良之前交代过，苏百川和天心坐池子可她已经到了转眼就忘事的年纪，实在记不起老爷的原话。苏百川和天心究竟是一起坐池子，还是像从前那样轮流倒替？更有，她早早按老爷吩咐，把客房收拾了出来，等三爷叶广昌来住。如今已过去两天了，三爷未见踪影。天心和苏百川更是谁也没露面。吴妈煎熬了一夜几乎没有合眼，今早天一擦亮她就等在了门口，前门后门来来回回不知换了多少岗，左等右等就是不见自己家人。她根本不知道池子在哪里，就算知道她也不敢去，只得一个人焦躁地等待，越等时间越慢……

好容易，巷口出现了两个人影儿，在朝里面走。似是史木匠和一个学生模样的青年，他俩边走边说着话。可木匠是个哑巴啊，怎么嘴皮子动那么快呢？莫非是自己眼花了？

史有为远远也看见了她，立刻咳嗽了几声，不说话了。赵华也十分配合地装作互不认识的路人。吴妈只当是自己眼睛看花了，轻叹了一口气。不久，史有为经过她家门前，低头欲快速而过。

"老史，你，你这几天见到我家二少爷没有？"

史有为茫然地抬头，嘴里乌拉乌拉说不清楚，双手摆了摆。"我家小姐，天心，见了吗？"吴妈又问。

史有为还是摇头，又胡乱比画几下。

吴妈叹了一口气："对牛弹琴。"说罢转身回去了。史有为看她把大门关了，挥挥手让赵华跟了上来。

史有为观察了左右，小声道："德国工程师的配方已经拿到，威力绝非土制炸药可比。此人十分同情中国革命，要价很低。"

"我以为他会免费呢！你之前说他会加入革命。"

"已经加入了。但是洋人对我国人并没有真正意义上的精神认同，他们只知道钱，能便宜就已经是同志了。"

"先生，那您打算跟他合作？"

"是的，尽快制成炸弹，来它一响。"

赵华激动不已："太好了，我等这一天很久了。先生你说炸谁？"史有为沉吟片刻，说出一个名字："喜塔腊·赛碧图。"

赵华出乎意料："喜大人？您不是说，他可能已经把名单卖了吗？"

"不管卖没卖，炸他，都有重大影响。对内，提振士气；对外，敲山震虎。"赵华点了点头："说的是。只要是满清的官员，就该死。"

"还有一层，杀慈禧老妇绝非易事，正好拿这个姓喜的练手。无论成败，都是宝贵经验。"

"透彻，透彻。"

说着话，二人来到了家门口，史有为用钥匙开了木门铜锁。刚进到院中，二人就都愣住了，只见里面的房门开着，柳絮才端坐在门槛上，正用史有为的茶具喝茶，一脸风轻云淡，似乎他是这里的主人。

柳絮才笑道："实在口渴难耐，就自作主张进来找水喝。得罪了。"史有为竟然没有特别意外。

赵华却惊道："你是谁呀？怎么擅闯民宅？"柳絮才看着赵华，笑问史有为："你徒弟？"

赵华惊了，难道他们认识？转眼看着史有为，史有为面无表情，不置可否。柳絮才对赵华笑道："在下柳絮才，来看看史木匠。"

柳絮才？赵华没听过这个名字，看他的穿着打扮像是个富少爷。但他称史有为"木匠"，说明史有为的真正身份他并不知晓。

赵华客气点头道："我不是他的学徒，只是朋友。"

柳絮才笑道："我看你也不像他徒弟，你不是这块料！"

"你说什么？"

"一个人的经历和学识都在眼睛里。你的眼神，很苍白！所以你不行。"

"你才不行呢！这人好没礼貌。先生，你认识他吗？要不要我报官？"

史有为就是不动，只冷冷地看着柳絮才。

柳絮才的出现让赵华十分不悦。这人说话的语气和神情怎么总是高高在上的样子？况且，一个木匠收不收徒弟何足轻重？可是史有为始终没有表态，自己也不好发作。

赵华小声又问："先生，是不是来找麻烦的？要不要报官？"

史有为摇摇头，径直走到柴棚前，把自己先前斫制的木板用破布包了，拉起僵硬的赵华竟然走了出去。从始至终没再看柳絮才一眼。

柳絮才笑了笑，没有追。只慵懒地往门框上一靠，仰天看云去了。

出门之后，赵华迫不及待问道："先生，这人到底是谁呀？"

史有为摇头："不认识。"

"不会吧？看起来不像。"

史有为抱着木板低头疾走，赵华追上又问："你之前说被人跟踪过，是不是他？"

史有为还是不理，逃命一样跑了起来。赵华急了，在后面大喊。

"你拿这块破木板干什么？到底有什么事瞒着我啊？"

史有为停住了，盯住他的眼睛："这不是破木板，他就是为这个来的。已经很多次了，可我不想理他。"

赵华大惊，近前接过史有为的木板，在手里看了又看，并未有出奇之处。

"这，这是什么木头？"

"杉木。"

"很平常啊。难道很值钱？"

"目前来说，不算值钱。"

赵华瞪大了眼睛，十分迷惑，直觉史有为手里的破木板另有乾坤。

"先生，那姓柳的上赶着追您，就为这块木头？"

史有为冷淡一笑："我的事，别打听。"

赵华很失望地叹了一口气。

史有为宽慰道："这是我的私事，与革命事业无关。明白了吗？说起来非常复杂。也许必要之时，我会告诉你，也许永远没有这个必要……"

"可是那个人，他会不会对你不利？"

"应该不会，他不像那种人。"

"你们不是不认识吗？"

"不认识，但我知道他想要干什么。"

史有为说了一圈，赵华听来还是自相矛盾，心中疑窦丛生。可史有为对此事如此讳莫如深，自己就不敢再多嘴，只得随他去找那个德国工程师研究炸药去了。

·第十章·

义盗

徐闯临走前吩咐过肇星，三个时辰之后队伍开拔，在三道梁汇合。此时，肇星领着镖车队伍已缓缓接近三道梁地界。此处山势险峻，道路崎岖，两侧的山林树木茂盛。镖队身处在陡峭的上坡之中，肇星本能地警惕起来，示意大家小心。不久，前方大道尽头，镖队的探马回奔而来，见到队伍立刻紧勒缰绳，飞马双蹄腾空而起，发出一声长鸣。肇星立刻挥手让众人停下。

"有'点子'！"探马喊道。

这是春典，也叫唇典，是行走江湖惯用的切口，或者说黑话。江湖人在外闯荡，常常逢人遇事，凶险莫测，敌友难分。出于自保，黑话就应运而生了。后经发展与演变，黑话已成为江湖人最重要的沟通工具。可是早前的江湖黑话分南北两派，南方称"春"，北方名"典"，各自切口与用法全不相同。这反倒阻碍了江湖人惯常的交往与融合。后经几辈江湖首领的努力，把"南春"与"北典"统一了起来，就形成了所谓的"春典"。

探马回来说的"点子"，意思就是敌人。

肇星不慌不忙问道："是'老宽'还是'拦路虎'？"

探马略一思索，说道："不像'老宽'，可能是拦路的。"

肇星皱起了眉头。"老宽"是指外行，"拦路虎"就比较扎手了，十有八九是劫道的山贼。

肇星又问："看清了吗？有多少人？"

探马摇头："怕是要剪镖。"

话音未落，两侧山中，枝叶猛烈晃动，显然是有人在极速靠近而来。

揭心当即也慌了："坏了，高手都不在啊！"

他话音未落，只听满山遍野的叫喊声。

"合吾，合吾。"

有镖师喊道："不好啦，水漫了。抄家伙吧。"

肇星斥道："慌什么？"说罢，也双手拢在嘴巴上向山中喊"合吾，合吾"。

"合吾"的意思，就是朋友。一时间，连镖师带山贼，都齐声喊合吾。揭心也半懂不懂跟着一起喊。

果然，一侧山道中涌下来一哨人马，足有五十人之多，将众镖师团团围住。另一侧山腰之上，则有数百喽啰兵在摇旗呐喊。山下这五十多喽啰兵当间簇拥着一位三十出头五短身材的黑胖子，此人正是坐地大匪"小茉莉"。他穿一身赭红袍，头戴一串黄白花环，腰间束一根紫荠带，手托一口鸿鸣刀，凶神恶煞地冲肇星喊话。

"吃谁的饭？"

"吃朋友的饭。"

"穿谁的衣？"

"穿朋友的衣。"

"合吾，合吾。"

"合吾，合吾。"

小茉莉咳嗽了一声，近前上下打量他一番："你是当家的？"

肇星一笑："当家的去拜山了，还没回来。"

一位黑瘦山贼厉声道："到了定州，不拜小茉莉，瞎拜什么人？"

肇星拱手道："原来是江湖上赫赫有名的小茉莉，在下北京城广顺镖局肇星。失敬了。"

揭心对身边镖师小声问道："小茉莉名头很大吗？"

镖师轻轻摇头。

"广顺镖局"四字一出，山贼为之一震。眼见镖车左边有白色的四方镖旗招展，赫然写着"广顺镖局"。右边则插着一面黄色的三角小旗，上书一个"徐"字。

小茉莉一笑："啊哈哈！原来是开山虎徐闯的人啊。并肩子嘛！"

肇星忙说："并肩子，并肩子。"

劫匪说出"并肩子"三字，那就是称兄道弟了。可见广顺镖局和徐闯的名头不虚，众人暗自都松了一口气。谁知那小茉莉忽然变色："就算是并肩子，打我这里过，不知道规矩吗？

肇星抱拳："不知寨主您所说的规矩是？"

小茉莉瞪眼道："你头一天走镖吗？并肩子也要懂礼数。不管我在与不在，你打我山下过，当家的要亲自拿着镖旗，朝我山门方向三作揖，再放四色水礼，然后才能哑声而过。你们广顺镖局哪样也没做到，未免太目中无人了吧？！"

肇星再次抱拳道："寨主莫怪。我们当家的确实有事外出，我是他大徒弟肇星。有怠慢之处，我向您谢罪了，等我们当家的一会儿回来，一定……"

黑瘦山贼喊道："寨主，这小子没说实话。可能有诈！"

小茉莉笑了笑，对肇星道："我看你也像冒牌的。你们这车上装的，是红货、白货，还是色堂货呀？"

"红货"是指珠宝玉器，"白货"就是银子，"色堂货"单指外国货。肇星呵呵一笑，岂能与他交底。

"这个，不是您该问的吧？我们可不是羊牯。寨主，我少不得再提醒您一次，这真是广顺镖局的镖。"

小茉莉与手下对视一眼，晃着身体道："每年，打这条道上过的镖车，有他妈一半儿自称是广顺镖局的。我只见旗未见人，凭什么信你？弄不好，你也是一个新上跳板儿的雏儿。"

肇星压住火，冷冷道："朋友，我劝你宽着点儿踩，别自己走窄了。"

小茉莉一笑："嘿！你要真是广顺镖局的人，咱们一切好说，可我看你不真哪。这样吧，瞧这阵仗，你押的东西一定价值连城。我也不问是啥了，你给我放下一万两银子，咱们就算交朋友了，怎么样？"

肇星笑道："您胃口也太大了。我们当家的正往这儿赶呢，您听我一句劝，我这里有纹银五十两，弟兄们劳烦这一趟，回去买口茶喝。"

说罢，从怀中取出一个银子包在手里掂了掂，放在了旁边的青石之上。

小茉莉笑道："我要是不渴呢？"

肇星："那，等我们当家的回来，再和您交朋友吧！"

小茉莉瞪起了眼睛："你少拿徐闯吓我？我告诉你，这里是定州。莫说是徐闯，就算是武林中字号最大的孙禄堂、马之良来了，他也要矮我三分。"

黑瘦山贼拱火道："当家的，五十两银子，是欺负咱们山中无人啊，分明就是打您的脸。"

众贼一听，也跟着起哄了。

小茉莉一发狠："他妈的，弟兄们，清了！"

一说"清了"就是动手。山贼们抄起家伙，跃跃欲试。

肇星伸手拦道："等等！朋友，你可千万要冷静。别瞧你们人多，可我们广顺镖局也不是吃素的！你敢过来，就是条子扫，片子咬！"

这一句话也是发号施令，瞬时间，几十位镖师呼啦啦一阵响，抽枪的抽枪，拔刀的拔刀，寒光一片。双方僵持不下，大战一触即发。可是谁也不会轻举妄动。此时，唯恐天下不乱的揭心也抽了自己巴掌大的小片儿刀，直嚷嚷起来："没错，谈不拢就不谈啦！我瞅你黑不出溜的跟个老倭瓜似的，你咋那么横呢？信不信我收拾你！"

小茉莉一听大怒，带头冲了过来。揭心一闪身直奔小喽啰去了，小茉莉正面遭遇了肇星。几十人捉对厮杀，打作一团。庞知和揭心等人把一群喽啰打得落花流水，小茉莉也不是肇星的对手。二人只斗了三五个回合，肇星一脚将他踏翻在地，

322

众喽啰大惊。揭心趁机跑将过来，小刀抵到了小茉莉的咽喉上。

"都别动。动一下就给你家寨主放血。"

众喽啰被唬住。只听远处传来一声大喝："住手。"

众人看去，徐闯三人纵马而来，徐闯在前，陶士钧与马之良共乘一匹，身后还牵着一匹。揭心不由一愣。

肇星见当家的回来了，立刻上前抱拳，之后耳语几句，徐闯点头。

众人帮手，马之良缓缓从马上下来，略一动腰身，站稳。

揭心看出异样："你师父怎么了？"

陶士钧："没留神闪了腰。"

揭心："大师怎么这样不小心？"

马之良呵呵一笑，没说什么。

徐闯上前亲自搀起了小茉莉。

徐闯抱拳："原来是小茉莉兄弟，徐闯这里有礼了。我的徒弟冒失了，多有得罪。"

小茉莉认出了徐闯，知道这个台阶已经递过来了，能下就要快下了。咧嘴一笑："哎哟，真是徐大哥您哪！想死兄弟我了。"

山上有贼喊："寨主，还抄家伙吗？"

小茉莉瞪眼道："你瞎眼啦！这真是徐大哥，是我在林外最好的朋友。哈哈哈。"

徐闯笑道："当家的，您不是在沧州吗？怎么跑到定州来了？"

小茉莉："咳，沧州水太深，兄弟我游不动啊。多少武林豪杰盘踞在那儿，我这几下花拳绣腿，别丢人现眼了。哈哈哈。"

徐闯："原来如此。幸亏我们来得及时，不然，可就伤和气了。"

"不能，不能。"

"我来引荐。这是我的徒弟肇星。"

肇星与他抱拳，都喊："多有得罪。包涵包涵。"

"这位，是通天拳当家人马之良马先生。"

马之良抱拳。小茉莉瞪大了眼睛："什么什么？您是马老先生？"

马之良笑道："正是不才。"

小茉莉单足跪地，纳头便拜："哎哟，原来是马爷爷您来了。小的有眼不识泰山，给您赔罪了。"

众人都是一惊。马之良伸手一抬："寨主快别多礼！我可受不起。我今天腰上不甚舒展，恕不能扶你，快起来。"

"您太受得起了。跟您提个人，您兴许记得。"

"谁？"

"保定的王怀水，您认识吗？"

"王怀水？"马之良思忖半晌想不起是谁。

"江湖人称'王坏水儿'啊。就，一只耳的那个。"

"哦，我想起来了。这王怀水是寨主您的……"

"那是我的天伦呐。"小茉莉咧着嘴笑道。

马之良点点头："哦，原来如此。"

揭心差点笑出来，对身边的陶士钧道："听他爹的名字，就不是什么好鸟。哈哈。"陶士钧忍住笑，上下打量小茉莉一番，觉得此人花花绿绿一身打扮，说话也乱七八糟的。

"您当年救过他的命啊。我父亲曾经说过，林外的朋友，他最服的就是马之良马老先生，武功第一，胸怀也是第一。"

"谬奖，谬奖了。"

小茉莉一把抓住马之良的手："老爷子，今天咱爷俩遇见，说什么不能走，可得跟我上山去，让我好好孝敬您。"

马之良连忙看向徐闯。

徐闯上前拉开小茉莉："兄弟，这可不行。不瞒你说，我请马师傅同路，是往山西有要紧事情，不能耽搁。"

"一日也不行吗？"

"一日也不行。见谅。"

小茉莉看了看他们的镖车，知道定有贵重物品，点了点头："既这样，那我就不强人所难了。等你们回程的时候，请务必到山上一叙。"

马之良："一定一定。"

众人抱拳："多谢寨主美意。"

小茉莉说了句告辞。一挥手，喽啰们呼啦啦全上山了，顿时间消失不见。

陶士钧："师父，我看这人身上，有几分邪气啊。此地不宜久留。"

揭心也不失时机地说道："陶兄弟说得对，这人眼睛贼溜溜乱转，一直在打量马先生。您身上倘若有要紧东西，可别被他惦记了去！"

揭心这有意无意地一说，倒让马之良和徐闯心中警惕。

徐闯："马先生，您真的救过他父亲的命？"

马之良略一沉吟："准确说，不是救，是饶他一命。"

徐闯点点头，大概猜出过去马之良走镖，路遇王坏水劫道，马之良恩威并施，让他服气，就算交下了半个朋友。这种事在江湖上并不鲜见。

揭心凝住眉毛："那这里面，就有吃不准的东西啊。咱们不要冒险，你们说呢？"

徐闯想了想："事不宜迟，赶快动身。"

马之良却摇头道："不，不要急，慢慢走。"

"为什么？"陶士钧不解。众人亦都疑惑不已。

马之良缓缓说道："他虽然不成气候，但毕竟有旧交。咱们刚才不上山，现在又着急走，这不合朋友之道。"

肇星："马老先生真是仁义，可我看这人性情反复多变，不像善类啊。咱们还是当心为妙。"

众人纷纷点头，马之良拗不过他们，只好同意快走。肇星一声口哨，趟子手们纷纷赶起了马车，大部队徐徐离开。

才走出十几步远，忽听山上小茉莉喊道："恩公留步。"

众人抬眼看去，小茉莉带了十几个随从又奔了下来。

陶士钧本能地护在马之良身前："师父，当心。"

马之良也是一愣："寨主，还有何事？"

小茉莉快步跑到近前，气不待喘匀，就解下了自己的腰带："恩公啊，我这条紫蟒腰带，是去年从一位王爷手里抢……买来的，是把犀牛角和梅花鹿鹿茸碾磨成粉封在其中，最是护腰健体，还能养寿延年。方才看您不甚灵便，像是扭伤了，特来相赠。"说罢，毕恭毕敬递了上去。

马之良心头一热："小兄弟，我心领了，这么贵重之物怎能……"

他还没说完，陶士钧早早接在手中，替师父围在腰间，笑着对小茉莉道："多谢寨主相赠，这个东西太用得上了。"

马之良不悦："士钧，把东西还回去。"

"师父，寨主一片好意，您就收下吧。眼下正用得着腰带呢。"

徐闯也劝道："小茉莉是出了名的豪爽好交，他又真心服您，您不收着，人家寨主脸上不好看呢。"

小茉莉亦笑道："就是，就是。我本有意拿金银相赠，估摸您老绝不能要。一条腰带何足挂齿？就当是我孝敬您的。"

马之良点点头："好吧。那就，多谢寨主了。"

"马老英雄，我还想起一个事儿来。"小茉莉笑脸一沉。

众人都是一凛。

"你们要去山西，必经陷马台啊。那里有个神枪太岁葛宁，您可知道？"

这一句非同小可。徐闯和马之良对视一眼，淡淡道："葛宁怎么了？"

"最近绿林上有风闻，葛宁正在招兵买马，估计要有大动作啊。"

马之良当即变色，忙问道："有这样的事？确实吗？"

小茉莉："道上都这么说，不得不防啊。"

徐闯："寨主见过葛宁没有？"

小茉莉摇头："陷马台以外，见过葛宁的人，都成了他的枪下鬼。听闻此人枪法了得，自称天下第一，从来是要货也要人。我听说北京城有三家镖局子葬身陷马台啊。"

徐闯脸色铁青。

小茉莉自打圆场道："江湖传闻从来真真假假，也不能全信。总之，你们此次南下，最好能绕过此处。"

徐闯低头，轻吐了一口气："绕道全是深山，且多出六百多里。我们耽搁不起。不过话说回来，一个陷马台，困不住北京城的镖局。"

马之良亦徐徐点头。

小茉莉点点头："诸位都是英雄虎胆，在下佩服。神枪太岁葛宁凶狠好杀，从不讲绿林规矩。恩公，徐大当家的，你们一定要多加提防才好呢！"

马之良心中涌出一道暖意，抱拳道："寨主有心了，多谢提醒！"

"恩公，人手够用吗？要不要我给你们拨五十弟兄？虽说都是些矮冬瓜，烂萝卜，不堪大用，可是凑人数，壮声势啥的那可都不含糊啊！您别多虑，他们这一来一回啊，挑费我自理。您看这怎么样？"

马之良和徐闯闻言大为感动。没想到这深山野岭还有这样的义盗。

马之良抱拳："自古赠人之法：富者以财，君子以言，壮士以心！当家的，您的好意，马某心领了。咱们来日方长！"

徐闯一把拉住小茉莉的手："我说兄弟，回来的路上，我们不一定打三道梁过。咱们这样，端午节，你来趟北京怎么样？你到金银巷找我，我呀，请来马老先生，咱们喝他三天。"

都说镖师和绿林道有着千丝万缕的关系，甚至有诽谤说，自古镖匪是一家。徐闯作为北京城头号的镖头，竟能不畏人言，邀请山贼到家串门儿，真是投桃报李给足他面子了。

小茉莉拊掌大笑："太好啦！那咱就说定啦。端午节，咱北京见！"

小茉莉立于山腰之上，目送众人渐行渐远，心里美滋滋地憧憬着端午节的重逢。可他哪里知道，这端午之约，再难成真。他与马之良、徐闯此处一别，已成永诀……

·第十一章·

失魂父子

亡妻已去世六年，叶广昌在每年的冬月初七都会带叶深前去拜祭。昨天，他弄了一辆马车，与叶深一同去了墓地。一不带祭品，二不扫墓，只伏在老妻的坟头痛哭了一场，这让叶深有莫名的愧疚。之后二人又一同乘车回了家，在房中彼此枯坐了整整一天……

叶深面色惨白，坐在太师椅上一动不动。他没有被绑，穴道也没被封。叶广昌坐在他对面呆呆出神。天色将晚，房间里还没掌灯，二人于昏暗中一言不发，似一对鬼魂。

夜风穿堂，寒意袭人。早春的北京，还不能离了火盆。叶广昌用火钳拢了拢火，推向了儿子那边。他咳嗽了几声，缓缓起身，闭了两扇窗子，取了棉袍自己披上，又点了两盏灯。见儿子这两日越发形容消瘦，心有不忍，便将自己的棉袍拿下来披在他的肩上，叶深身子一动，棉袍滑落在地。叶广昌叹了口气，回身在书橱里取了几张机密文书拿给叶深。

"看吧，希望你懂。"一天以来，这是叶广昌说的第一句话。

叶深看着他，慢慢接过。马之良、杨定吾的"玉渊潭"案，跃然纸上。

"有些事情，表象一回事，真相是另一回事。你只知道我这次处心积虑害你师父，却不知道，多年以来，是我一直在保他。他和杨定吾在玉渊潭杀害捕快，劫走康逆党羽，身份已经败露。刑部凭什么只通缉了杨定吾？若不是我暗中周旋补救，马之良早就人头落地了。"

"刑部和大理院的密件，你怎么得到的？"

一个内侍端着托盘走进来，在桌前摆下一瓶打开的红酒，两个杯子，一碟烤火腿，而后轻轻退出。叶广昌倒了酒，嘴里含了一片火腿，靠着椅背闭目道：

"买的。"

叶深心中一凛。

"我本不屑与那些贪官污吏同流合污，可不这么做，就会被视作异己，假清高。要想保住禄位，不说要和他们打成一片，至少不能离心离德。这些年来，我何止保下了一个马之良？看看吧，山西的二十多位革命党名单，广东的举事要义，这是章太炎在上海的几处据点。这些，与我何干呐？可我通通买了。"

他把手里的文件一列举，又件件撕碎，扔进了脚下火盆之中。叶深心惊！

"我不在乎。我只在乎绝学。"

叶深不说话，他在等下文。

"知道为什么吗？这个国家，没希望。它烂透了。"

如此大逆不道的言语从四品京官的口中说出，叶深不免动容。

"父，父亲。"

叶广昌疲倦一笑，老态尽出。

"大清国说完就完，撑不住了。甲午战败，一泻千里。辽东半岛、台湾、澎湖列岛，全割了，还要赔款两万万两白银。大清一年的财政才八千万，拿什么还？提高赋税和田税，还要去向西洋四国借款。两万万两，还清了日本的，可四国的账又怎么算呢？单利息就高得吓死人啊。他还不许提前还，要分三十六年还清。为什么？因为利息就近四万万两。杀人不见血啊！"

"父亲，您为什么说这个？"

"大清必亡！日后是什么景象，谁也说不清楚。爹就你这一个儿子，不得不为你图谋将来。有一天大清没了，我，自身难保的，你懂吗？你一不为官，二不经商，只是个纯粹的习武之人。百川可以留洋，士钧的家族是医药世家，他们都有退路，你的退路呢？"

叶广昌深叹了一口气。

"退路都没有，你凭什么不去争？"

叶广昌眸子里放出光来。在这一刹那间，叶深的灵魂似被什么东西击中了，久久震颤着。可是他的良知，让他忍不住小声诘问：

"就算你说得对，可你不是在争，是在抢。"

此时，一名侍卫走了进来，见叶深在场，就要上前耳语。

叶广昌一挥手："没事儿，说吧。"

"人来了，在外面。"

"嗯。"

"还有，徐闯他们，已经出了定州。"

叶广昌点点头："这么说，再往前两百里，就是陷马台了？"

"是。"

叶广昌端起酒杯，慢慢喝了一口酒，眼睛看着院外的蓝黑色的天空。

"让他进来。"

侍卫走了出去。不久，一身西装的浥川介和一名日本武士走了进来。浥川介看了一眼叶深，嘴角神秘一笑。叶深见这二人打扮，心里咯噔一下。叶广昌站起身，低声道："里屋。"

浥川介点点头，率先走了进去，那名武士立于门口。叶广昌走到桌前，把红酒瓶和两个酒杯拿了起来，看了看叶深。

"你刚才说我抢？过程不重要。总之，绝学总会有一位继承者，那为什么不能姓叶呢？你认为，你比百川，比士钧差吗？"

叶深听闻此言，只觉后脊梁阵阵发凉。多少个不眠夜，他何尝不是在思索这个问题？

"李世民的江山就是抢的，他亲手射死了太子李建成，那是他大哥，还把他爹关了。干得漂亮，很漂亮！在历史的风口浪尖上，换了人，就是换了一套书。我看李建成不行，没有玄武门之变，会有盛世大唐吗？"

"爹，我……"

"话到这份上了，你若还是要走，我他妈认命。"

他与叶深对视良久，从儿子的眸子里看到了彷徨、惊惧还有野心。尤其是最后一种，叶深从没有过这样的眼神，他仿佛看到了少年时期的自己。

"儿子，待这儿别动。"

他说完，慢慢移步走去了里间。坐在门口对角的罗汉床上，目光牢牢盯住窗外，只要叶深走出中堂房门，他就能看到。欣慰的是，他没有走出去。

父亲在里面干什么，那个日本商人可能会是什么人，叶深能猜出七八分。他不忍去听，却也没有决心离开。这种变化连他自己都非常吃惊。

"怎样了？"

"揭心，没有找到。"他拿起叶广昌的红酒瓶端详着。

"所有的铺子都没有吗？"

"都没有。"

"他搞什么鬼？"

混川给自己倒了一杯红酒，慢慢呷了一口："我早和你说过，这人靠不住。他不会坏咱们的事吧？"

"不会。揭心和通天拳，有世仇。"

"既然他不见了，那我们也用不着帮他做事。我看，应该把王府的人撤出来。"

"空空儿得手了没有？"

混川上前耳语几句，叶广昌一愣："三天吃一顿饭？真是滑天下之大稽！这么说通天拳的两个弟子还活着？"

混川点头："活着。天心没出现，苏百川被抓了！"

叶广昌下定决心道："顾不了这些了，计划不变。我明天一早必须要出发了，不然两日之内赶不到陷马台。这趟你别去了，你今晚就亲自去王府，不管她空空儿怎么想，找机会先把苏百川杀了。"

渑川亦被震惊："有这个必要吗？"

"打蛇不死，后患无穷。"

渑川点头："可以，不过我要先拿到地图。"

叶广昌一愣，旋即一笑："按步骤，不是这样吧？"

"叶先生，我已经付出了虎头甲，还派出了那么多大日本武士听候调遣。目前得到的，还只是你的一个空头承诺。换作你，安心吗？"

叶广昌愠色道："我连命都押上了，你他妈跟我谈这个？"

"正因为这样，才要说清楚。别怪我太坦白，你这次去山西，最多七成把握。可如果你死了，我什么也得不到。或者说你赢了，我是不是就没价值了，会被你灭口呢？"

叶广昌阴沉一笑："大事当前，你将我一军？"

"你可以这么想。总之，我要图。"

"我要不答应呢？"

"很简单，撤出王府的武士，释放通天拳的弟子，把真相告诉他。到时候，你有把握你儿子一定帮你吗？"

叶广昌点头笑道："好手段！"他从怀中取出了一张手绘地图，慢慢递了过去。在渑川伸手碰到图的一瞬间叶广昌收回了。

"你什么意思？"

"还是按最初的计划来。你和我一起去山西，杀了马之良，夺回我要的东西，这个图自然属于你。很多时候，第一方案就是最佳方案。"

"你就不怕王府那边有变？"

"空空儿能不能报仇，苏百川是死是活，我无所谓。我在乎马之良，我要的是本门绝学。"说罢笑着又把地图放回了怀里。

渑川长叹一口气："你这个人太善变了，和你交朋友，真难啊！"

叶广昌笑道："您拿我当过朋友吗？

渑川愤然："领教了。"

渑川走了出去，回头道："你就不怕我一走了之了？"

叶广昌笑道："虎头甲这么大的注你都下了，没开牌之前，你会离桌？"

渑川介面色铁青。

"明天一早，我在达官门等你，一起南下。王府那边，你最好连夜去，把苏百川做掉。"

"和你一样，我毫不在意王府的事。你想干就自己去吧，别明天一早，我在达官门见不到你就行。"混川介说罢，冷笑了一声，走出了里屋房门，带领手下快速离去了。

叶广昌长叹了一口气，踱步到椅子前坐下，缓缓闭上了眼睛。叶深静静地看着父亲，嘴角泛过一丝嘲笑……

"是日本人吧？你勾结了日本人，对池子和线镖同时下手了？"

"放心，天心很安全。"

"真的？"

"饿不饿？我让他们送。"

叶深没有回答。

半晌，叶广昌闭着眼道："你说什么？"

"我没说话。"

"你心里说了。"

"没有。"

"你骂我了。我听到了。"

·第十二章·

竹帮旧事

傍晚，空空儿草草吃了晚饭，喝了半壶凉酒。忽然起意，想去找大格格，要把那印章之事如实相告。于是移步往后院走，路经后花园时，见紫云独自靠在树下居然也在喝酒。空空儿愣住，她打心里同情这个丫鬟，盘算着是否到时放她活路。紫云听见动静，抬头闪着泪光。见是她，立刻低声怨道：

"你为什么害我？为什么？"

空空儿面无表情："我没有。"

"格格给苏大哥的信，你是怎么知道的？你怎么知道的啊？"

空空儿一笑："我猜的。"

"你骗人。你真是个妖精！"

空空儿呵呵一笑："你尽管骂，我不会跟你计较的。"

紫云站了起来："我跟格格七年了，她连一句重话都没对我说过。你一出现，她打了我两次。两次。"

空空儿看了她半晌，淡淡道："人总是要成长的，对你未必是坏事。"说罢，转身欲走。

"不要以为我是丫鬟，你就高我一等。"

"你误会了……你多大？"

"十六。"

"我二十了。二十岁的人做的事，十六岁的很难懂。"

紫云一愣："什么呀？"

空空儿笑了笑，摇了摇头："你有心上人吗？"

紫云低头想了想："没有。"

"所以说你不懂。"说完夺了她的酒瓶，自己迈步离开了。

紫云狠狠道："你别得意太早，你最好现在就杀了我。"

"不然呢？"空空儿回头一笑。

"我也会长大的。"

说完，紫云也是一笑，嘴角微微上挑，那眼神十分冰冷、阴森，绝不是十六岁的女孩子该有的。空空儿心里陡然一震。

仓房天窗外响起了轻轻的敲击声，很快一条带鱼被扔了进来。苏百川察觉时，天心已不知所踪。

带鱼身上布满了指甲划出的小字，大意为：福郡王与敌约定要吃两道名菜，时间就在明日，届时我能救出格格与福晋。钥匙在鱼腹，我在老饕阁。明日之前不要妄动。

　　苏百川大惊，拉开鱼腹，果然见到了文王锁的钥匙。他试着捅锁眼，果然"啪"的一声解锁了。苏百川不由大喜，暗赞师妹是女中豪杰。想象不到她究竟怎样得到的钥匙！更不明白她所说的能救出格格又是什么方法！心正欢喜，门外响起了脚步声，紧接着听到空空儿和黑衣人说话声，苏百川忙把带鱼塞进稻草之中，把手锁重新扣好，将钥匙藏在了靴子里。

　　空空儿推门进来，双眼通红地看着苏百川。

　　"那丫鬟给你送信的途中，被我恰巧遇到了。我师兄用了点手段，所以，信上才有我的印章。"

　　苏百川看了她半晌，才明白过来，她是在解释昨天的事情。不由哑然一笑："好大的酒气，你喝了多少？"

　　"走，我带你过去，找她。找格格，你说给她。"

　　说罢，走到近前，拉起了苏百川的铁链。

　　"你师兄是个人才啊。偷信、盖章，还让她没有察觉又还了回去？"

　　空空儿拉着他就往门外走。

　　"要不说做贼的最可恨，人人喊打呢。"

　　"我虽然拜在贼魔门下，却从没有偷过一次，这一点总好过你。你第一天坐池子就被抓了，现在像狗一样被我牵着。"

　　"你醉了。"

　　"不用你管，走不走？现在就去后院找她，你把实情说给她。说你在乎的人是她。不是我！"

　　"既然已经伤了别人，这又是何苦？"

　　"我愿意。你去不去？别说我没给你机会。反正明天过后，就都一样了。"

　　"明天你要动手了？"

　　"你说呢？"

　　苏百川叹了一口气，垂下了头。

　　"别去找她了，没这个必要。我可以陪你走走。"

　　空空儿不置可否，只拉着苏百川一起来到了院中。负责看守他的两名黑衣人要跟着她们，被空空儿斥开。他们就隔着一段距离，默默地跟在二人的后面。

戌时二刻，王府后厨。灶房所用器皿准备停当，两个火灶被烧得通红发亮。活鸡、活鸭、火腿、梅花鹿肉、活鱼、糯米、椰蓉、蜂蜜、桂花、椰蓉、枸杞、白菜摆得盆满钵满……

朱五亲自写了一封红纸牌位："东厨司命九灵元王定福神君。"

帮厨请过来，贴在了西墙上。

朱五郑重地看向自己的两个帮厨。三人各持三炷香，三人面西而跪。

朱五："敬灶神！"

三人齐齐跪倒，毕恭毕敬叩头……

房门微微开着一道缝，空空儿、苏百川立于门外目睹了一切。

"这是在干什么？"苏百川问。

"明天你会知道。"

说完，拉着苏百川静静地离开了。

寒鸦噪晚景，琴落老风霜。

一阵京胡声忽起，空空儿一凛，她收了心念，拉着苏百川闻声而去。来到后罩楼的戏台处，见周癫靠在台口，虚闭着眼，一动没动……福郡王端坐在戏台中央的杌子上，勾了半张花脸，拉着胡琴在唱《牧虎关》，其状甚为肃杀。

"高老爷来在牧虎关，偶遇娃娃将某盘，松林内本是那杨贤妹，娃娃当作了押表官，大战场见过了千千万，何况小小的牧虎关……不叫尔看尔要看，不叫尔观尔要观。哗啦啦打开了咱们大家看，这就是打将钢鞭要过关……"

福郡王这一拉一唱，早惊动了老饕阁的天心。她走出房来到楼梯口，正准备下去看看究竟，只见那个妖女用铁链拉着苏百川慢慢朝这边来了，不由心里一惊。

空空儿拽着苏百川，来到了东配楼东北把角的楼梯口。她认为这是王府中最僻静之处，于是在楼梯上坐了下来，静静地看着苏百川。

"坐会儿吗？"

苏百川就立在她的身前，一动没动。曾经的画面，历历在目。想起他们在同文馆的初遇……为救阮中华第一次点了她的穴道……同乘一辆黄包车穿街走巷……她喝醉了酒穿红色的衣服来菩提巷找他，自己为她画眉、赠簪……天坛里的惊天一跃，舍掉玉簪的幽怨与决绝……

对于她，苏百川根本恨不起来。

空空儿看着他的眼睛，许久缓缓道："竹帮是我爷爷创立的。"

苏百川一惊，没有打扰她。

"那时候有很多纤夫，从运河下游拉到上游，把所剩无几的钱花掉就无所事事了。有不少人加入了哥老会，暗地里与朝廷作对。我爷爷把一些本分的笼络起来，连同很多同乡，做起了丝、竹、盐、茶的生意。最鼎盛的时候，帮众有两千多。苏州、扬州、杭州、徽州，还有一个淮安府。四州一府，都是竹帮的天下。我们是正经的生意人，之所以称为竹帮，是因为那时帮会盛行。名字，只是为了保护自己。后来英国人打来了，国运衰退，波及甚广。竹帮传到我父亲手上时，只有当年的一半基业。在户部主事的月王和福郡王，非但不扶持，反而苛以重税。不几年，竹帮就萎缩得只剩百余众，财力也大不如前。之后，甲午海战，为了打这一场不可能战胜的战争，竹帮被迫认捐三百万两。这已经是我们的全部家当……"

空空儿没有留意到苏百川的表情，仍旧沉浸在往事之中。

"万没想到的是，这笔血汗钱，被户部的两个王爷私吞了。太后不问青红皂白，定了我父亲欺君之罪，可怜我爹为朝廷献出毕生所有，到头来，却被诛灭三族。竹帮上下，死了四百余口。你知道吗？有一个邻居的小男孩，只有两岁，因为他的大名是我父亲取的，竟然也被官军摔死了……"

空空儿说到这里，早已泪流满面。苏百川、天心亦大为震动。

苏百川的眼眶湿润了："我同情你的遭遇！"

"不需要你同情，我只是想把自己的事告诉你，和你彻底了断！"

"明白。我是镖师，有护院之责。你要杀人，我必将以死相拼。"

空空儿看着他，凄然一笑："希望你能如愿。"

说罢，站起了身，天心立刻躲回了房内。空空儿拉着苏百川向关押他的仓房走去。

苏百川动容道："空儿，你有没有想过，有些事，一旦发生，就再也没有真相了。以我对王爷的了解，他绝不是那种滥杀无辜的人。我劝你三思，现在还没到不可收拾的地步。"

空空儿淡淡道："自我踏进这院子那一刻起，福郡王就只能有一种结局。他是当年的罪魁，至少，他身在其中。就算还有隐情，我也给了他自辨的机会。我不关心他究竟是什么人，某种时刻，他和我父亲还很相像。不重要了，他杀我父亲，毁我竹帮是事实。我为父报仇，也天经地义。纵然如此，百川，我不想与你为敌……"

苏百川一惊，这句话何尝不是自己心中所想。

"我，我恐惧明天的到来。因为，我不知道，真的不知道，在我杀了福郡王之后，该怎么面对你？"

空空儿说完这些，早已泪流满面。她那日在天坛与苏百川断情，以为只要那样说了，那样做了，就可以摆脱。但是，爱是可以摆脱的吗？

空空儿松了手，轻轻闭上了眼睛。在这个瞬间，她甚至想，假如苏百川此刻动手，用铁链将她勒死，也是一了百了……

她听见脚链声哗啦啦，哗啦啦远了。她睁开眼睛，看到苏百川失魂落魄的背影。他一言不发，自己走回去了，回到了关押他的仓房。两个黑衣人把房门锁好，站在门口，不动了。

暮色沉沉，更阑人静，剪剪轻风，月移花影……

· 第十三章 ·

裂变

明治维新之后，日本逐渐走向了对外扩张的军国主义道路，确立了"开疆拓土"的侵略总方针。公元 1874 年日本侵略中国台湾，制造摩擦，大清赔付五十万两白银，草草了事。1875 年，日本武装侵入朝鲜，1876 年 2 月签订《江华条约》。1879 年，日本吞并了琉球。

当时的大清，尚在两次鸦片战争以及平定太平军叛乱后恢复元气之中，并积极开展洋务运动，实现"中兴"之梦。孰料，日本已悄悄地对中国露出了牙齿。公元 1886 年，日本在华的最大间谍机构"乐善堂"在汉口成立。经过多年的经营，相继在北京、长沙、重庆、天津、福州等地遍地开花。间谍们多以外交官、商人、药店老板、书店老板、学生等身份为掩护，搜集与中国相关的一切情报。

在日本占领朝鲜之后，清廷在战与和之间举棋不定，因为对日本的了解几乎为零。而日本，对中国的渤海湾航道、山东半岛、辽东半岛、天津、塘沽等地的设防情况已经了如指掌。地理与水利勘察基本囊括整个海岸线，对各个口岸水域的水深、海底是泥沙还是岩石、民船数目、运输情况，等等，都有极为详尽的侦查与记录。对辽东半岛和威海内陆的绘图已经精确到了村、路、炮台、营房、粮田面积、人口情况甚至是水井和牲口的数目……单从情报方面看，大清已经败了。

甲午海战后的第二年，湦川介就已来到了汉口，并加入乐善堂。同年秋天，他来到了北京。叶广昌认识他的时候，湦川介已在中国整整八年了，是个实实在在的中国通。他对外的身份是瓷器商人以及桐川道场的馆主。叶广昌听说他还是日本"镜月向心流"一派的宗家，号称大日本第一人。当然，湦川介最重要最神秘的身份是在华间谍。他与叶广昌嫟和，为他获取春云十三展提供必要帮助。作为条件，身为广安门城门领的叶广昌给他画了一张图，这是北京城"外七内九"十六座城门的驻军防务图。可是，日本已经在十年前的那场海战中取得了巨大胜利，为什么湦川介还要北京城的防务图呢？他是成长在后明治维新时期的日本武士，身上流淌着对日本天皇绝对忠义的所谓"大和魂"的血液。在湦川介看来，只要中国没亡，日本早晚还要动手。他所做的一切，就是在燃烧自己，照亮日本的未来……

经过一夜的推心置腹，叶广昌仍旧没有说服叶深。

叶广昌的练功房就是后罩院的北房。在建造此宅时，他就按照八卦阵位精心布局过了。乾、坤两位铺设毡毯，练习拳脚软硬功。巽位头顶开天窗，下设蒲团，利于静坐。兑位设水池，净手、聚气。而震位，则是专门用来练习弓弩的。此刻，这里变成了牢房。

屋内四角都扎着火把，叶深被绳索绑在木桩上，叶广昌失去了耐心。天亮离开前，他必须彻底说服儿子，说服不了就要征服他。

叶广昌亲自用鞭子抽打叶深，一边打，一边嘴里恶狠狠地喊着：

"马之良，马之良，马之良。"

叶深被打得皮开肉绽，几乎晕厥过去，嘴里却一声不吭。叶广昌打累了，扔掉了鞭子，坐到椅子上大口地喝酒。他近乎疯癫，口里喃喃道："马之良，你还我儿子，你还我儿子……"

叶深艰难道："爹，我是你的儿子。"

叶广昌瞪着血红的眼睛："你不是，你被马之良害了，被通天拳害了。你眼里只有师门，没有父子！人伦何在？纲常何在？"

叶深惨笑："那么爹你呢？你背叛师门，背叛你的国家。为了得到绝学不择手段，竟然跟日本人合作。你把北京城的防务地图给涅川介，会酿成什么后果，你想过吗？"

"笑话！大清国积重难返，奄奄一息了，还差我这一张图？"

叶深失望地摇了摇头，如果人人都像他这样想，这国家还能成国吗？

"为了得到绝学，你竟然如此没有底线！为什么？难道就是因为当年的传人不是你吗？"

叶深一语中的，叶广昌垂下了头。

叶深失望至极："通天拳门槛这么高，想不到会有你这样的人！"

叶广昌黑着脸缓缓起身，踉跄来到他的身前，直勾勾看着他，看得叶深浑身发毛。叶广昌伸出单掌，抠住了他的肋骨，暗一用力，叶深登时疼得大喊一声，一串冷汗渗到了鼻尖。

叶广昌冷笑道："轻轻地碰你一下，你就受不了。"他掀开衣服，扯去里面的中衣，露出凹陷的腹部。"我当年，却被师父断了两根肋骨！逍遥子，他要我断了心念。没有绝学，就没有恶毒的人心。孩子，我不服啊，不服啊！"

"你一定做了什么出格的事，才让师尊下了狠手。"

"我没有。我只是提了一个问题，就被他废了。"

"什么问题？"

"春云十三展为什么只能有一个传人？"

叶深一愣，这问题他从来没敢设想过。

"就凭这一句话？"

"就凭这一句话。"

叶深陷入了巨大的恐惧之中，仅凭一句话就可以废掉一个人一生，这是不是太过于狠毒了？如果事实果真如此，那么父亲今日的所作所为是否值得自己的谅解和宽恕？

"幼年在天津时，我常混迹于码头与洋人有交道。别看我小小年纪，已学会说些英文和日文。故而，来到北京后，除了日常随师父习武，我还受雇于洋教士和洋医生。不是我说大话，早前的几年，是我在挣钱养活着师父啊！关于武学，我承认自己不是最好的，可我只是想知道，为什么只能是一个人继承绝学？这就成了异类？人的成见是一座大山，凭你怎么努力也休想把它搬走。"

叶深看着父亲，心中酸楚。

"通天拳，并没你想得那么磊落。我索性都告诉你吧，其实逍遥子当年是把春云十三展传给我大师兄苏造时的。"

叶深极度震惊："什么？传人不是我师父？"

叶广昌点头："你大师伯苏造时是苏百川的父亲，这你知道。可当年，李逍遥击败诸葛盾不久也病逝了。弥留之际，他召集了我们三个，亲手将绝学传给了苏造时……再后来，偷盗门的大弟子在江湖上放出话，要我们通天拳去蓟门桥破阵！这个大徒弟名叫赢岱山，据说是带艺投师的，比他师父还要厉害。苏造时和马之良一道去了蓟门桥。当晚，只有马之良回来了。他说，敌阵已破，可大师兄死了，死前，把秘笈传给了他。"

"有这样的事？父亲，我怎么从未听人说起？"

"我说的句句是真。我始终怀疑，所谓偷盗门的大弟子以及破阵之事，是马之良为大师兄做的局。是他对大师兄下了手，夺了绝学。"

"不可能，我师父绝不是那样的人。"

"江湖上从没听说过有赢岱山这个人，除了那次从马之良口里说出来。我大师兄怎么死的？葬在何处？这么多年马之良为什么一直不说？他心里要是没鬼，怕什么？又在防谁？"

"这说不通，如果是这样，他为什么要传给百川武功？一旦事情败露，这不是给自己树敌吗？"

叶广昌呵呵一笑："人都死了，真相自然也随之消散。他这么做的目的，也许，是在报复我大师兄，也报复我。"

叶深更加不解："为什么？"

"大师兄是门内百年不遇的大才。马之良自小就嫉妒他的武功。而且，大师兄始终都不许川儿学武的。可在他死后，马之良偏要传武苏百川，人家明明是要留洋的，他偏不让走，还要他沾染江湖是非，命他去守池子。这一切，不就是要让大师兄九泉之下，不能瞑目嘛？至于说对我，不是报复也是排挤啊，他是用苏百川挡住你啊，让叶家彻底没机会。"

叶广昌癫狂地笑了起来，似乎一切都被他看透看穿。

"挡我，什么意思？"

"如果我没猜错，他心定的传人是老三。秘传了苏百川武功，除了刚才说的那一层，还有就是，能对你构成威胁。毕竟，你要想继承绝学本来只有一个竞争者，陶士钧而已。"

"我不信。师父绝不会这样险恶。"

"孩子，你太善良了。为什么偏偏陶士钧和苏百川动手让你看到了，想过没有？"

"巧合，那只是巧合。我们已经说开了。"

"那么，你和天心的事呢？马之良难道一点也不知道吗？"

"我，我和天心？"

"这次临行前，马之良故意问我，陶士钧和天心是否般配？"

这句话，如剜心掏肺一般，叶深瞪圆了眼睛。之前父亲说的一切他都可以不信，但是关于天心的事，他动摇了。

"师父说过这样的话？不过，他，他还不知道我和天心……"

"假如他知道呢？"

叶深六神无主了，无言以对。

"再想想我的推测，是否全成立了？孩子啊，如果真是那样，咱们叶家，什么也得不到，落得个两代失落的下场啊。这，或许就是他想看到的。"

"师父真的说过，要把天心许配给三弟？"

"当然。他说走镖回来就成亲，是特意告诉我的。"

叶深彻底迷失了，他动了感情，理智在一点点消亡……

"这次去太原，是杀死马之良的绝好机会。儿啊，爹这么做，全都是为了你。爹是黄土埋到眉毛的人了，还有什么好怕的？咱爷俩的命，不能握在他马之良手里。我这次的计划很周密，马之良、陶士钧、苏百川，一个也活不成。"

"不，不……"

"至于天心，就看你的造化了。我告诉你，王府那边，苏百川已经被关了，天心下落不明。你不要分心，在这儿等爹回来，就在家等！男人，别被儿女私情害了前途，等到了我这个岁数你就明白了，这世上没有哪个女人值得男人不顾一切。"

"父亲……"

"傻儿子，只要我拿到了绝学，你就是唯一传人。爹帮你灭了通天拳，有了春云十三展，你早晚重新开宗立派。不出十年，谁还记得马之良？谁还在意通天拳？到那时，江湖上的第一高手，姓叶，叫叶深。一代宗师叶深！"

叶深瞪大了眼睛，他看着父亲的眼睛，知道这最要紧的一句话才是父亲的真实用心。

叶广昌说完这句话，似乎老了十岁，他解开了叶深手脚上的绳索，步履蹒跚地走了出去，再也没有回头看他一眼……

次日清晨，叶广昌没有再见儿子，只留书一封，自己早早骑马出门。他在达官门外汇合了浥川，带领二十位黑衣人策马出城去了。

叶深换了一身干净的衣服，手脚上没有绳索，依旧一动不动地坐在原来的椅子上，身边一个看守也没有。泛青的脸上没有一丝神采，手里拿着父亲的留书。

"深儿，爹走了。一代人做一代人的事情，这一次，爹全押上了，为了给你拼一个将来！你怎么想，我顾不上了。如果我错了，就让我死在陷马台。"

叶深站了起来，徐徐向院子走去。

"深儿，爹把该说的都说了。如何做，全在你自己。无论你选择去王府救人，还是留下来等我，爹，都很欣慰。"

叶深来到了大门口，彳亍不前。最终，他伸手把大门从里面合上了……

·第十四章·

寒江钓雪

春雨如丝，又轻又细，湿漉漉、白茫茫一片裹着山峦。

镖队下榻的客栈距陷马台仅二十里。马之良师徒及众镖师在客栈吃早饭，徐闯望着窗外的雨和绵延的山路，若有所思。

"这该死的雨，耽搁咱们一天了，还不停！"庞知抱怨着。

肇星笑笑："出来走镖，随遇而安。师父，今天是不是该出发了？"

徐闯看了看马之良，淡淡回答道："大伙儿吃完饭先休息。等雨停了再赶路。"

众人点头。

马之良发现少了人，就问大家："怎么没见童元下来吃饭啊？"

"哦，他说胃疼。"陶士钧应道。

马之良点点头，没有说什么。

"师父，您的腰，好些了吗？"

"不碍事了。"

最应该感谢这场雨的，是揭心。前方不远就是陷马台了，一旦与葛宁交上手，后果不堪设想，眼下是盗宝的最后机会。他必须想尽一切办法把宝甲偷到，而后立刻抽身，离开镖队。

趁着大家都去吃早饭的时机，他绕到了客栈后院，找到把角处的马之良、徐闯房间，悄悄推开窗户，钻了进去。他先用衣角把窗台和自己脚底的泥水擦拭干净，而后跳入。他知道虎头甲十有八九藏在马之良身上，在房间里的可能性万分之一，然而揭心的过人之处在于，哪怕万分之一的可能也不放过！

客房并不大，摆了两张床，一套桌椅。揭心清楚，此次运送的五大镖箱都是掩人耳目所用。故而总镖头的房中也只象征性的有一个镖箱。他先找了块湿抹布将封条边角捂湿了，而后双手极稳极慢地轻轻掀开封条，又从随身的百宝囊中取了一根细软的铜丝，对折后塞进锁眼儿，不两下就开了锁。而后他打开了镖箱：除了若干银票、折扇以及一卷字画之外，并无宝甲。他放下心来，把东西原样放好，将铜锁重新锁上，又原封不动地把封条贴回。把这一切做完，刚准备去床头翻找，门外响起了说话声。

"我已经吩咐肇星了，除了值守的弟兄，其他人先休息。"

这是徐闯的声音，他还听到了马之良轻声的回应。揭心慌而不乱，把湿抹布放回原处，之后迅速猫腰钻入大木桌下面。

桌子抵墙摆着，两面设椅，桌子对门的位置有一块大桌布垂地，正好遮挡正门处视线。而两侧的桌布也垂下半尺，揭心藏在下面，极难暴露。

很快，马之良与徐闯双双走进，都没有发觉到异样。徐闯取了地图过来，展开在桌面上，二人落座。

"咱们现在在这儿。再往南二十里，就是陷马台了。"

桌下的揭心屏住了呼吸，一动不敢动。

马之良仔细观瞧，点头道："这个陷马台是个吃横粮的地方，自古惯出匪盗啊。早年我跟师父师兄走线镖，走过一次陷马台。虽有匪盗出没，但没怎么成气候的。这些年我坐池子，没在道上走，想不到竟然出了一个神枪太岁。"

徐闯的脸上变颜变色起来。

马之良又问："这会儿没外人在，有句话我想问你。咱们常年走镖的达官，什么没有经过见过？一场雨怎么让你这样犹豫？"

徐闯低头不语。

"你已经让大队推迟一天了，今儿个又说等雨住了再走。这个，是不是……"

徐闯长长叹了一口气："老哥哥，我也有句话，从北京城一直憋到了现在啊……"

不止马之良，桌下的揭心都是一惊。

"其实，我和这葛宁交过一次手。"

揭心吃惊地张大了嘴，差点出了声音，他连忙用手捂住了自己的口鼻。还是马之良城府大，心里吃惊，脸上一点没有带出来，只淡淡道："哦？"

"说来惭愧，葛宁还有两个兄弟，一个叫花斑豹葛强，一个叫旱地虎葛飞。我那回和他们摆开了架势，没等葛宁出手，单这俩人就不好对付啊！"

马之良吃惊不小："山林之中，还有能胜过你开山虎的人？"

"若论单打独斗，葛强、葛飞都不是我的对手。可是那天我们只有三十几个人，而他们足有一百喽啰兵。时逢暴雨初晴，道路泥泞，视野模糊，贼人占据天时、地利、人和。那葛强一上手就杀了我三个徒弟，他们的土炸药威力很大，我的队伍首尾不能相顾，在气势上，我们已经败了。而葛宁，竟然一直坐在马上，始终没有动手。"

"原来是这样。那么，你那趟镖？"

"命都差点丢了，镖怎么保得住？我护送的那十万官银，在事过之后，由我镖行私下里赔付了。对外面，一点风声也没透。毕竟，这走麦城的事儿，传出去砸招牌。"

桌下的揭心按住自己的嘴，努力不笑出声来。

马之良叹道："徐老弟你是一位人杰！你能把自己的痛处示人，是信得过我马之良。你放心，这一趟，我就是来会这个葛宁的。他要是放咱们过去，一切好说。若想动武，我就拔了他这颗毒牙，为武林除害。"

"您的武艺，我是一百个放心。只是……"

徐闯起身，从自己枕头旁的包袱中取出了两支洋枪，递了一支给马之良："老哥，以防万一。"

马之良自信一笑："我用不上这个，也用不惯。当家的，你不要多虑。有我在，何惧葛宁？我给你吃一颗定心丸，你要相信我，春云十三展，没败过。"

揭心闻言，也是心中一颤。这春云十三展究竟是什么武功？

"有您这句话，我又添了几分胆气啊。不过话说回来，我的老恩师曾多次教导我，打硬仗之前，要心无旁骛。这些天，我心里始终有块儿疙瘩，舒展不了啊！"

"童元？"

桌下的揭心额头渗出冷汗。

"英雄所见略同！可以说，除了那身打扮之外，行动坐卧，待人接物，他完全不像镖师。而且，上次他被劫，自称被一帮马贼打伤了，我特别留意了事发地，根本没有杂乱的马群踏压的痕迹。"

桌下的揭心暗暗叫苦。

"还有，此人最可疑之处，是他的伤。"马之良补充道。

"难道是诈伤？"

"不。伤是真的，可是伤口太蹊跷。他说是镖打的，还说是什么金镖。那创口很小，但却极深。记得吗？当时我就说这伤口不对。"

"我看也不像镖伤，那是什么？"

"想象不出是被什么兵器打的，倒像是有意做出来的！"

说得徐闯倒吸一口凉气。桌下的揭心恨不得找个地缝钻了。

"他不会是贼吧？"

马之良心下也一沉，桌底的揭心吓得哆嗦起来，下意识连小匕首都摸在了手中。

"防人之心不可无。要不然，这件宝甲还是总镖头你带在身上？"

"万万不可，没有比您更妥当的了。一个小小的童元还吓不倒咱们。不如，今天试他一试，就拿陷马台吓他，看他走不走？"

"怎么说？"

"倘若他离开咱们，说明是我们多心了。如果他不走，那八成真是另有企图。"

马之良点头应允。

揭心看见徐闯离开了座位，而后是开门的声音，大概是出门找自己去了。揭心自知不能脱身，索性盘起腿来，打坐思考对策。

倘若这童元是贼，那他会不会是惦记自己身上的宝贝？想到这里马之良伸手进内兜，把别针取下，掏出丝绸布囊来看。自打出北京以来，马之良从没有解开过这个丝绸囊。多少天风餐露宿，虽说不会弄脏，但实实在在被汗透过几次了。今日难得住了一回店，又不急赶路，倒不如把这丝绸布囊洗一洗。想到这里，他从里面取出了虎头甲以及通天拳秘笈，将两样宝贝放在床上。回身拿铜盆和清水，就着一块胰子清洗丝绸布囊。这一切，揭心都看得清清楚楚。

很快，徐闯推门进来道："他没在房间。"

马之良把洗好的布囊拧干了凉在椅背上："吃饭的时候不是说胃疼吗？"

"士钧说，回房之后也没见到他。"

"难道已经走了？"

"不会，他的布包袱还在床上呢。"

桌下的揭心，看见马之良从床上把小册子放入腰带，紧接着是一件明黄色的轻薄小甲，也折好掖到了腰带里，坐回桌前。真是天赐良机，那明黄小甲必是虎头甲无疑了，揭心壮起胆，撸开了袖管想下手偷，不料马之良站了起来。

"走，去找找看。"

"我去吧，您歇歇腰。"徐闯说。

"我不碍事。"

二人就一起走了出去，将房门关上了。

揭心长出了一口气，一猫腰钻了出来，丝毫不敢留恋。闪身去推开窗门，轻车熟路跳了出去，并把窗户从外面合上了。

揭心谨慎地绕墙而走，他并不知晓后院的山坡上，在一棵大树后面，有一双眼睛看着他，正是庞知。

一个厨子立在屋檐下捧了一碗热面条吃着正香。揭心低头绕着墙根儿走，差点和他撞个满怀。

"呦！吓我一跳。"

"大爷，您怎么从这边过来了？"

揭心急中生智："哦，我起晚了，来厨房找口吃的。嚯！好香的热汤儿面啊。"

"您来一碗儿吗？有现成的，我给您捞去。"

揭心笑着摸出一枚元宝来："不，我就来你这碗……"

揭心与陶士钧的房间，陈设和布局与马、徐的房间一般无二，也是两张床，一套桌椅，连摆放的位置和桌布的颜色大小都完全相同。此时，马之良对徒弟将自己的担忧实情相告，谁知陶士钧不以为然。

"师父，您说得也太悬了。这一路走过来，我觉得童元大哥挺热心的，对我也很照顾。您和总镖头始终对他不冷不热的，现在又要赶人家走……"

"士钧，你涉世不深，不知江湖险恶。我说过，他的那个伤，有大问题。"

"我说句犯上的话，您没见过的伤口，就一定有问题吗？"

马之良一愣，旋即笑了笑："你师父我，从没有看走眼的时候。"

陶士钧点头："这我信，可是……"

马之良制止道："不要再说了。此人真的可疑，既然他的伤没有大碍了，就不能再让他同行。"

正说着，揭心端了一碗面条，没事人一般出现在门口，"呦，老爷子您也在啊？"

师徒二人登时尴尬，也不知刚才的话他听去了多少。

"你去哪儿了？大家到处找你。"陶士钧问道。

"咳，胃疼得挨不住，我到厨房要了碗热汤儿面吃。"

马之良往他碗中一看，果然是吃剩的半碗热面。揭心大咧咧地走了进来，在桌子前坐了，低头吃面。陶士钧笑着看了师父一眼，觉得他有些紧张过度，有失大师风范。

马之良端详他许久："童元老弟，你的伤怎么样了？"

揭心看了看自己腿，笑道："我都不知道咋谢您了，您这药老厉害了，当天就不疼啦。这几日，越发松快，就跟没事儿了一样。"

"那太好了，你吃完饭，我再给你上一次药，应该就能痊愈了。"

揭心快速喝了汤，把筷子往桌上一拍："那就有劳老先生了。"

马之良从怀里取了药瓶："士钧，打盆干净的水来。"

陶士钧答应一声走出了房门，马之良也起身准备在床上给揭心换药，不料揭心当时就把自己的旧棉布活扣儿解了，把受伤的左腿往旁边的凳子上一架："就在这里吧。"

这个动作对于长辈来说是失礼的，马之良心中略有不悦。之前的几次敷药，都是在野外席地而坐。今天既然有床，我又是长辈，你理应自己过来躺着。这四仰八叉随意伸着，甚是不敬。他何曾知道，揭心就是要利用这一桌之隔，施展"寒江钓雪"的绝技。如果真的去床上敷药，他还没有把握当面偷走马之良的随身之物。

马之良只得点头走了回来："好。"

"老英雄，您的腰，行吗？"

"已无大碍。"说罢，低头细心地给他拆了棉布扔在地上。此时，陶士钧端了一个小瓦盆走进来。

马之良点点头，示意他将瓦盆放到桌子上，回头道："取一块干净的白绸布。"

陶士钧去找干净绸布了。桌子下面，揭心悄悄伸出右脚，从左脚的靴子里捏出一对筷子，暗自用脚趾夹住了。

"寒江钓雪"是当年贼魔诸葛盾独创的绝技，乃近身偷的最高境界——用脚行窃。揭心自幼脚趾就比普通人更长、更灵活，这也是贼魔当年看中他的重要原因。之后揭心用了五年时间，将双脚练得出神入化，抓力、精细度都与双手无二。后来在宫中做太监时，偶然得了一副西洋进贡的伸缩筷子，伸出有一尺，收回仅一寸。于是他改良了这项绝技，借筷子的一尺之长，可以偷对面人身上的东西。因此，揭心四季都穿长靴，且从不穿袜子，那双筷子始终藏在靴子之中。

马之良边给他用清水擦拭伤口、抹药，边说道：

"童老弟，咱们萍水相逢，一见如故。士钧跟我说，您是个热心肠，对他也很照顾。作为他的师父，我这里谢过了。"

揭心笑道："老英雄，您这是哪里话。我不过和我兄弟聊一些江湖掌故，奇闻逸事啥的。要说照顾，你们对我那是有活命之恩的。"

"都是达官，咱们是一家，不必客气。只是，等这场雨停了之后，咱们可能就要道声珍重了。"

揭心非常震惊："哦？老英雄您，何出此言啊？"

"再往南走，就是陷马台了。之前在定州，小茉莉提到过的那个地方，还记得吗？"

说到这里，马之良的药末正巧洒在了揭心的伤口上，揭心借故咧了一下嘴喊出声来，实则弯了一下腰，抬起右脚，用手拉长了筷子，而后用脚握住，脸上没事人一般："您说什么？"

"我说陷马台的神枪太岁葛宁。"

352

"哦，那个大匪盗。怎么？"

"你也知道，葛宁是个悍匪。我们此行呢，人马和货物众多，无论如何绕不开陷马台，凭他是刀山火海也要过。童老弟你就不同了，你轻装上路，只保一封信，完全可以绕道而行，避其锋芒。无非是多走些路途，劳累一点，但毕竟可以免于一场恶战啊。"

揭心正色道："老英雄您把我当啥人了？我童元虽然是籍籍无名之辈，但绝非贪生怕死之徒。打京郊咱们就搭伴同行，怎么，到了陷马台我自己先走了，那我成啥了？"

说着，右脚伸展，把筷子递了上去，神不知鬼不觉已然到了马之良的腰带上。陶士钧和马之良，一个站在水盆边背向他们，一个侧着身子低头包扎揭心的左脚，全没留意桌子下面伸来一双筷子……

马之良呵呵笑道："你有这份胆气，也不愧是一条好汉。可咱们毕竟不是一路镖，您犯不着和我们一道趟这个浑水啊。万一动起手来，生死难料……"

"有老英雄您压阵，我还怕什么？不走，不走，坚决不走。"

说到这里，筷子已经够到了马之良的腰带之中，可偏偏马之良此时已给他上完了药，身子向后微仰，毫厘之间，筷子够不着了。正巧陶士钧回身一笑，揭心吓得赶紧把筷子收回桌下。

"童大哥，我师父可全都是为你好，别意气用事啊。"

大好的机会揭心焉能错过？贼起飞智，揭心竟从袖里取下一枚光绪元宝，对二人笑道："这样吧，既然大家都坚持，那就让老天爷来定。咱们呀要个游戏，我扔这枚小钱，假如是字，我就跟你们一道走陷马台；如果是龙，我就自己走。咋样？"

陶士钧和马之良相视一笑，觉得此人倒也有趣。陶士钧索性走到了师父身旁。

马之良笑道："好吧，就依老弟你。"

揭心将那枚元宝在手上来回地运转一番，把马之良与陶士钧的注意力全部吸引到自己手前来。马之良不由向前微微一探身子，揭心脚上的筷子刚刚够上。

下面使着绝活，可手上不能停下。这是揭心惯使的把戏，其实要图还是要字，他早已得心应手。此刻脚下没有得手，揭心自然转出了一个字面，这是一起走陷马台的卦面。马之良此时略感有物件碰他，刚要低头看腰带，揭心双手鼓掌：

"好，好，好。这叫天意不可违。咱们一道走。"

马之良被他一喊，就把刚才的微妙感觉岔过了。

陶士钧也喊："事不过三，事不过三。再转两次。"

揭心没有得手，巴不得陶士钧这样说。于是，他又装神弄鬼地鼓捣一番，把银元旋转起来。脚下一夹筷子，分量是一本书，放弃了；再一挑，正将那虎头盘云五彩甲勾了出来，死死踩在了脚下。

揭心大喜，心想此时不脱身更待何时？于是再转第二下，竟然正是龙身图案，心里好不得意，嘴上却说："不好，不好。再来第三次。"

他手上转第三次的时候，右脚快速地用筷子把当初马之良扔在地上的那块带血的棉布挑了起来，轻车熟路给马之良塞回了腰带之中。

第三次转的，自然还是龙身图案。揭心面上沮丧至极，长叹了一口气："难道真是天意？"

马之良不知宝贝被盗，与陶士钧相视一笑，站起来抱拳道："童元兄弟，天意不可违。咱们就在此别过吧，来日方长。"马之良下意识摸了一把自己的腰带，鼓鼓囊囊有一团东西在。

正这时，徐闯推门而进："雨停了。咱们走不走？"

揭心见马之良师徒扭头看徐闯，二人又刚好挡住了徐闯的视线，快速把宝贝拿在手中送到了袖子里。两只脚灵活运转把筷子压短，又收回靴子里，力道、时机、分寸极好，一切如同没有发生一样。

徐闯见揭心笑道："哈，童老弟，我正有事和你说。"

马之良笑道："不用了。我们已经谈过，童老弟决定自己走了。"

"老英雄他，唉……"揭心做出十分为难的表情。

徐闯哈哈大笑，以为得计："这样最好，这样最好。大家省事嘛。"

马之良抱拳："童老弟，我们要尽早赶路了，你请自便吧。后会有期。"

揭心点点头："老英雄多多保重！"

陶士钧也抱拳道："童大哥，后会有期。"

揭心苦着脸抱拳道："后会有期吧，有缘再见。到了锦州一定找我啊！"

"一定，一定。"

陶士钧收拾了自己的包袱皮儿，和马之良、徐闯一起走了出去。

三人刚一出门，揭心从凳子上跳了起来，先去把门拴了，回身将宝贝取在手中端详。小甲轻飘飘，软绵绵，像一块云朵拿在手中也似。构图轻灵别致，透发心花。织工通经断纬，色彩奇幻夺人。尤其那虎头与盘云，更是惟妙惟肖，到了无字画出的境地。揭心这种一等一的大贼，什么稀罕东西没有见过，可偏偏这件宝甲，他险把一对眼珠子看掉了，也愣是瞧不出来门道儿。

他在房里来回乱转着，愣一阵儿，笑一阵儿，狂一阵儿……心里甜得吃了蜜蜂屎一样，忍不住说道："二哥呀，二哥，兄弟我这回，成啦！"

第十五章

可怜无益
费精神

山西阳泉，城门楼外。

赵素响带领护军马队抵达阳泉，远远见到一位武将押着三辆马车，在城门楼子下面手搭凉棚眺望着。

赵素响催马而至，二人抱拳行礼。

"在下赵素响，来的可是吴经高吴大人？"赵素响问道。

千总先下了马，笑道："果然是赵大人啊！吴大人有军务在身不能相迎。不才姓马，是他的表弟。赵大人一路风尘，辛苦辛苦！"

喜大人没有跟赵素响说实话。其实压根儿就没有吴经高这个人，一切事情都是这位马千总在运作。赵素响端详着他和几辆马车，见他骑着军马，补服是彪，头上的顶珠也是砗磲的，都合六品的典仪，也就信了他。

赵素响下了马，上前抱拳道："千总大人不必客套，都是为朝廷办差，应当应分的。车里何人？"

"正是十六位女眷，吴大人让我护送至此专候赵兄。"

赵素响一愣，怎么不等我去接，这都送出城了？身后的胖护军小声道："这么急？这一路口干舌燥的，不该请我们喝一顿接风酒吗？"

瘦子冷笑："山西人真抠儿。"

马千总早看出枪兵们的不悦："本应该尽地主之谊，请兄弟们在阳泉喝两天酒，无奈吴大人要务缠身不能相陪，况且，车里的女眷大都离京数年，思乡心切。这才……"

赵素响笑道："明白。公务要紧。我们只需补一些干粮、清水，即可返程。"

护军们当时就急了，那胖子索性瘫在了马上："赵大人，您不会不让弟兄们休整就要原路返回吧？我虚脱了没什么，马可是吐了白沫了。"

千总是行伍出身，知道当兵的出来当差心里图的是什么，早从腰上解下一个布袋子："这三百两银子，给大人和弟兄们路上买酒吃。千万别嫌少。"

三百两不是小数目，赵素响小队这一趟差，喜大人拢共才给二十两差费。护军们个个心花怒放，赵素响想推辞，可哪里还能由他？早被瘦子冲上前接了过来。

赵素响心说这趟差弟兄们也算是值了，在道谢之后，移步来到第一辆马车前面。

"三辆车一共十六位女眷？"

"正是。城外有家'太白醉'，炖鱼和老酒都是出了名的。咱们现在去吧。"

马千总笑道。

身后的护军们欢呼起来，都说山西人实在。

"不忙。"赵素响慢慢走近马车，伸手要拉马车的车门，被马夫挡住了。

"你干吗？"赵素响怒目而视。

马千总急忙跑了过来："车里都是女眷，多有不便。一路上，小姐、夫人们都有王嫂照应，您安心护送就是。"说罢，他喊了一声王嫂，马车侧面的轿帘被挑开了，一个四十多岁嘴唇有痣的女人对赵素响一笑："大人，男女授受不亲，这车里的事儿啊，全有我呢。"

赵素响只得说了句："有劳，有劳。"

他顺着轿帘的缝隙看进去，王嫂身边紧挨着一位绿衫妙龄女子，模样极好，却穿着朴素，没有施粉，也没有头饰。女子眼睛瞪大了看他，似乎有些惊怕的样子。赵素响狐疑，这不像是京官的女眷啊？正要上前细看，王嫂笑着放下了轿帘。

马千总搭住赵素响的肩膀："赵兄，别让弟兄们等着急了，那边都安排好了。"

瘦子早喊起来了："赵哥，弟兄们都快饿扁了！"

赵素响只得点点头："那她们怎么办？"

"她们一早用过了，车里也都有干粮。"马千总皮笑肉不笑地说，眼神里已有厌烦之情。依着赵素响的性子，一定要把十六个人看清楚了问明白了才能放心。可是，自己不是当年那个四品金刀御马快了，眼下只是一个从八品的鸟枪护军。人家虽然是小地方的武官，也是正经的六品千总，出手大方，安排得当。自己何必再自讨没趣呢？于是，赵素响招呼手下弟兄上马，一起随马千总去酒楼用饭了。

待护军队伍走后，王嫂从马车里钻了出来，对着三个车夫一使眼色，三人把各自的车门都开了，每辆车里都有五六个缩成一团的黄花大姑娘。王嫂从车夫的坐垫下面抽出一把剪刀捏到手里，轮番向她们示威道："瞧见没？外面的兵全都是我们的人。这一路上谁要是胡说八道，或者企图逃跑，我铰了她鼻子。"

姑娘们吓得抱得更紧了。

今天是史有为和赵华行刺喜大人的日子，商定的举事时间为巳时三刻。那赵华早早备好了炸弹已然先去了宣武门。史有为带上房门刚跨进院子，就看到了一位熟人。

"史先生，又见面了。"

史有为见是他，立着不动了，心里想着对策。

柳絮才正在抚摸那块木料，喜爱之情溢于言表。有时还忍不住去闻它的味道，近乎于一种病态。

柳絮才笑问："是一块老料吧？"

史有为伫立在院中，雕塑一般。

"三百年？五百年？就算是一千年，也不过是一块木头，您存着它做什么？"

史有为还是不说话，只伸手问他要那块木板。

"您还是不愿开口，对吗？"

史有为不说话，只是伸手要。

"还是那句话，我无意冒犯，但是，请相信我的诚意。"

史有为仍旧不动。

"现在这年月，您这样的人，不多了。你坚持的，正是我所看中的。"

说罢对史有为淡淡一笑。史有为冷哼了一声，上前抢回了自己的木板，走到柴棚把旧布找来包好了，抬腿就往出走。

"就算你是一个真哑巴，十天，十天之内，我也能让你开口讲话。"

史有为略一停，没有回头看他，而后快速出门离开。

宣武门，人头攒动，车水马龙。

赵华一身土布罩衣，扛了一个扎满糖葫芦的草靶子，在城门口闲逛，眼睛盯住主街道，不动眼珠。

"我不跑，我给你拿车钱。"

赵华一听声音，扭头看见一辆洋车车夫正跟史有为矫情着。

"怎么才来啊？"

"有事绊住了。把车钱付了。"

赵华从口袋里抓了一把铜子儿出来把车夫打发走了，发现史有为抱着木板：

"又抱出来了？那人又去找你了？"

"不要管他。你怎么样？东西带了吗？"

赵华拍了拍糖葫芦的草靶子："在这儿。"

史有为点点头，把他引到了一棵大树后面，亲自检查炸弹。果然见到几根大炮仗似的东西缠在一起，塞在草靶子里。赵华从里面拉出了引信，又拿出了一支烟，用火柴把烟点燃了，一切就绪。

"会来吗？"史有为问。

"我早摸出规律了，每隔一天，必到凌云楼吃饭。现在正是饭点儿。"赵华刚说完，就见到喜大人带了一队鸟枪队伍，缓缓走来。

"现在点吗？"

"不急，等他近了。"

眼看着喜大人的队伍走近，正这时，一群官兵从他们的身后飞驰而至，把喜大人的队伍团团围住了。

"都别动！"

喜大人一惊。赵华与史有为更是吃惊不小。

"怎么办？"赵华急问。

"先看看。"史有为吩咐着。

为首的监察御史就是当初与喜大人一道喝酒的钱大人，此时假模假式地拿马鞭一指："喜塔腊·赛碧图，哪位是喜塔腊·赛碧图？"

老喜心里一惊，拱手道："正是本官。御史大人，您有何贵干？"

监察御史板着脸道："刑部的黄新黄大人劾奏你利用职权，徇私枉法。跟我们走一趟吧。"

老喜一头雾水，走到近前踮起脚尖小声道："老黄喝多了？劾奏我什么呀？"

御史也小声回道："你山西的事儿漏啦，黄大人都捕到大理院了。"

老喜跺脚道："我真想操个谁！这老黄够阴的。不给他入伙，他就把我点了？太后知道了吗？"

"你小点声儿。屁大点事儿能惊动太后吗？魏大人帮你按住了，你还是先去一趟吧。走。"

老喜这才惊魂未定地点点头。

史有为见二人要离开，忙喊道："炸他。"

"这么多官军，不好脱身啊。"

"你怕什么？先炸了再说。"

赵华哆嗦着手半天点不着引信。史有为急了一把抢了烟头，迅速点燃了引信，命令道："扔过去。"

赵华颤抖着双手把草靶子塞给了史有为："我扔不准咋办？"

史有为大骇，又推给他："我也没劲儿啊！"

赵华没接住掉在了脚下。二人大惊，看着滋滋的白烟冒起来都不敢捡了，一起跳开窜出去老远，躲在一辆木车后面。等了半晌愣是没炸，彼此面面相觑……

"钱大人，我跟你说这里面有误会。我不是贩卖人口，那都是签过卖身契的。"

老喜絮絮叨叨跟着御史一起走了，护军们也都低着头跟上了。最后一位护军看到了树后的草靶子，左顾右盼一下。

"这谁扔这儿的？怪可惜。"

他拔出一根没沾土的糖葫芦，咬一大口，刚嚼几下就一口啐出去："呸！大蒜？谁他妈用大蒜做糖葫芦？缺德东西！"

史有为和赵华把头压得更低了……

史梦甄

著

Chun
Yun
Shi
San
Zhan

春云十三展

—下册—

漓江出版社

·桂林·

图书在版编目（ＣＩＰ）数据

春云十三展 / 史梦甄著 . —— 桂林 : 漓江出版社，
2024.6
　ISBN 978-7-5407-9785-0

　Ⅰ.①春… Ⅱ.①史… Ⅲ.①侠义小说 – 中国 – 当代
Ⅳ.① I247.5

　中国国家版本馆 CIP 数据核字 (2024) 第 077812 号

春云十三展

史梦甄　著

出 版 人　刘迪才
策划编辑　霍　丽
责任编辑　李　慧
装帧设计　徐俊霞　俸萍利〔广大迅风艺术〕
责任校对　王林秀
责任监印　杨　东

出版发行　漓江出版社有限公司
社　　　址　广西桂林市南环路 22 号
邮　　　编　541002
发行电话　010-85891290　0773-2582200
邮购热线　0773-2582200
网　　　址　www.lijiangbooks.com
微信公众号　lijiangpress

印　　制　北京中科印刷有限公司
开　　本　787mm×1092mm　1/16
印　　张　52
字　　数　900 千字
版　　次　2024 年 6 月第 1 版
印　　次　2024 年 6 月第 1 次印刷
书　　号　ISBN 978-7-5407-9785-0
定　　价　108.00 元（全两册）

目录

第五卷

第七卷

第八卷

4

第五卷

· 第一章 ·

节外生枝

广顺镖局的队伍在客栈驻足了两天，店饭账的花销不能算小，几十口子人，十几头牲口，人吃马喂的都在精细处。徐闯特特交代了肇星，要跟店家过仔细了，生怕漏说了一捧草料或一碗汤圆，让店家吃亏受损。

肇星在店里过账，外面的镖师们各自忙碌着装箱、刷马，队伍随时准备出发。

徐闯与马之良因劝退了童元，都觉去了一块心病。

"看来那个童元没什么问题，是咱们多心了。"徐闯笑道。

马之良点点头："人老了，难免多疑。哈哈，多一事不如少一事。陷马台是一道大关口，分开对大家都好。"

徐闯点点头，对身边人道："人齐了吗？"

陶士钧忽然说："好像少一个。"

"谁？"

"庞知。"

马之良和徐闯一愣神儿的工夫，肇星从店里出来，用手一指："在那边，跟童元道别呢。"

众人回头望去。两百米外岔道口的大树旁，揭心背着包袱早被庞知叫住。

"童兄，哪儿去？

"呵呵，我不和你们同行了，陷马台太危险。"

"当家的知道吗？"

"当家的让我走的，还有马老英雄。"

庞知看着他神秘一笑："童兄，你这么做，不够意思吧。既然是搭伴儿，就要有始有终啊！"

揭心也笑了："我犯不上和你们去冒险知道不？"

"可我舍不得你走啊！"

揭心一听这话，心里直冒火。冷冷道："咱俩有那么熟吗？让开。"

他一拨庞知，想让过身去。不料庞知快速出手，当即点了他的穴道。揭心大惊，但此时已经动弹不得。

"别喊，被他们听到你可就麻烦了。"

揭心呆呆地看着他，大脑一片空白。

"说，你究竟是谁？"

"我，我是童元啊！"

"少扯淡，就你那夹生的关外话，蒙不了我！"

"你爱信不信。跟你说不着。"

"朋友,你在定州的时候,已经暴露了自己。"

在定州何时暴露了?揭心正愣神的工夫,庞知从他的腰间抽出了那把短刀:

"这是镖师用的吗?只有梁上君子,才用得着吧?"

揭心干笑一声:"我听不懂你在说什么?"

"还装?你这刀叫'摇山洞',刀尖开刃,专门撬砖卸瓦起门闩用的。对不对?"

话说到这份儿上了,揭心只得苦笑。

"朋友,别挡道。你把穴道解开,咱们一切好说。我身上的钱都给你。"

"早上你从马之良的房间里跳出来,我可看见了。"

揭心脸色大变。庞知把手伸进他的腰带内侧,要搜身。揭心急得眼睛冒火:"你别乱动。"

庞知停了手,将脸靠近他,差点鼻尖挨上:"兄弟,你这易容术真是不错啊。可今儿下了雨,你这鬓角,都起皮儿了。"

说罢要去撕他的假面,揭心大惊:"别碰,那上面有毒药,外人碰着就完。"

"你少唬我。趁早交代,不然我可喊了。"说罢就要去揭他面皮。

揭心大惊:"哎,好了好了。老子是揭心。"

庞知一愣,旋即笑了:"真是你呀揭老三,打一开始我就觉得像。"

"妈的,阴沟里翻了船。"揭心没好气地骂着。

"你说什么?"

"我说咱们同在一条船上,快放了我。不然那边起疑心了。"

庞知小声道:"不对啊。按计划,你应该是跟老爷他们一起出现在陷马台的。怎么混进镖师队伍了,还易了容?难道另有目的?你不会是真偷着什么了吧?"

看见陶士钧已经从远方朝这边走了过来,揭心急道:"计划变了。你老爷让你服从我的命令。快点解开穴道,我来不及了。"

庞知轻轻摇头:"不行。在没见着老爷之前,我不能信你。"

陶士钧离他们二十步开外了:"庞大哥,走啦。"

"哦,童老弟说,他舍不得咱们,还是要和咱们同道走。"说罢拍了拍揭心,实则暗运气力,解了他的穴道。

陶士钧一喜:"真的,你又变主意了?"

庞知压低声音:"别耍滑头,不然我随时揭穿你。"

"你只是叶广昌的一枚棋子，狂什么？"

"那你现在捏在我手里，你是什么？"

揭心冷笑，无言以对。

看着陶士钧越走越近了，庞知也不便搜他身，真把他逼急了，连自己也卖了那可就糟了。于是轻声道："合作点，照我说的做，对咱俩都没坏处。"

这话说完陶士钧已经到了俩人面前。揭心欲哭无泪，转瞬堆出一个笑脸："是啊，我想着绕出去几百里虽然安全了，可我干粮不足，道儿也不熟，不如和你们搭伴儿走，彼此有个照应。不知道大当家的和马老英雄可愿意啊？"

陶士钧哈哈笑着上前一把拉住他的手："太好了童大哥。我师父是什么人？盖世的侠客，他老人家何等心胸！您既然改主意了，我师父他们绝对不会有二话的。"陶士钧回头冲马之良挥手喊："师父，童大哥改主意啦，他还和咱们一起走。"

马之良看见揭心又跟着回来了，和徐闯对视一眼，都是一头雾水。

马之良拧住眉心："这，庞知把童元留住了？"

徐闯摇了摇头："算了，他真的另有企图，一定不会走的。既然决心分开走，又岂是庞知能留得住的？"

马之良点点头，没再说什么。他大致认可徐闯的推断，更因为陷马台这块硬骨头已在眼前，他不会再去为一个不合规矩的小镖师过于计较。

如此，揭心无可奈何地再次回到了镖师队伍中。"宝甲"已经到手，多待一刻都可能露馅儿。可偏偏这个庞知识破不说破，又不放他走。他很清楚，前方不远处的陷马台将是马之良的一条死路，他希望马之良不要察觉出异样来，好让自己可以在恶战中全身而退。可是他就算想破脑瓜，也不可能知道，他的宿敌赵素响，已经迫近……

第二章

踏雪寻梅

申时初刻。到了王府的晚膳时间。

应福郡王要求，朱五做好的两道菜，要在"湖心亭"吃。空空儿一早留意过这水塘上的小草亭。这是个重檐园亭，有两间屋子的大小。湖光潋滟，杨柳依依，的确风景宜人。且小亭连通王府北墙甬道的只有一道曲桥。空空儿把几乎所有的黑衣人都调集过来，看住了曲桥入口，还饶有兴致地拉上了苏百川——一方面利于对他的看管，另一方面，她要让他这个王府的大镖师亲眼看见福郡王被自己清算。

福郡王坐在亭中的石桌旁，福晋、大格格、紫云、空空儿、周癫还有双手被锁的苏百川，大家都立在两侧，静静地看着王爷。所有人都知道，吃完这两道菜，福郡王的结局是什么。

"这里从前是放生的地方，名字叫雪亭，匾是我王兄写的，纵横开阔，峻实厚重！就跟从汉碑上抠下来的一样。可惜你们见不到了，抄家时，没了。"

"雪亭？好名字。"空空儿赞叹一笑。

"是啊，'踏雪寻梅'的那个雪。"福郡王说完，也对空空儿一笑。目光缓缓看向自己的妻子、女儿，还有镖师苏百川。除了大格格每日早晚来书房问安，其他人都已几天未见。这三天来，妻子憔悴了许多。还有苏百川，多么俊逸的后辈，无端端被折磨成这样！老王爷与他，彼此都心怀愧疚。福郡王深叹了一口气，看向了远处的朱五，那朱五早就领着四个帮厨在曲桥上静候了。福郡王朗声问道："朱五爷，齐全了吗？"

"回王爷，都齐全了。"朱五说罢，微微抬头与福郡王对视一眼。福郡王点点头，挥手道："呈上来。"

朱五说了一声"嗻"，有条不紊地将食盒中的两道菜一一捧过来，放到王爷身前的圆石桌上。所用器具都是景泰蓝的，且只有一副餐具。

福郡王先呷了一口茶水，轻轻漱了，将水吐在紫云捧来的铜盆里，又接过热手巾板儿，擦了擦嘴。朱五掀开第一个盖子。容器是半边黑漆葫芦，朱五递上金羹匙，毕恭毕敬道："王爷，今儿个我走运，请尝这道'开水白菜'。"葫芦里盛着两朵白菜心，有几粒枸杞。汤色看起来清清淡淡，并无出奇之处。福郡王细细端详了一会儿，用汤匙舀了汤，慢慢送进嘴里，登时脸色一变，连喝三口汤，又咬了一口白菜心，缓缓嚼了，这才赞许地点头。

"这个汤，看似清淡，却是大有乾坤啊。你吊了几天？"

"三天。"

福郡王微闭双目，似是追想着朱五在厨房里做菜的场景。

"这个'开水白菜'是用母鸡、母鸭、猪大骨还有上好的火腿熬制出来的。"

朱五点了点头，心中佩服不已。众人侧目称奇。

"你以猪大骨打底，滚熟五个时辰，而后弃之骨肉，添烧酒和冰糖，生姜与大葱。候不过十二滚，就将劏好的鸡、鸭还有浸发好的干贝一起下锅，文火炖足了两天，直炖得骨开肉化，浑然一体。又滤掉渣滓，最后放了火腿，又炖整整一天。"

朱五微微点头。看来王爷的推断，与厨房里朱五操作手法和次序不差分毫。

"而后，择至嫩的白菜心两朵，置入清水热锅中滚成七分熟，再用清水漂冷，用细针在菜心上反复穿刺。之前熬了三天的老汤，再添鸡肉蓉，转大火烧开，立刻捞出肉蓉，可以起到彻底隔渣和去油的效果。再用细纱布一点点滤净，才是现在汤色清新，清澈如水的样子。之后，用高汤自上而下反复淋灼，直至白菜心烫熟。"

朱五又笑了，从欣慰变成了感激。

空空儿先前确有担心，福郡王借故吃菜，实则耍诈。听到他这番言论之后，心里悬的那块石头终于落地了。

"最后是你的用盐。这样的汤，盐用坏了，就是暴殄天物。你跟我多年，知我口淡。可是这汤如果少盐，就少了一份鲜活口感。这手盐，你真是用绝了。"

周癫惊了，他当时可是眼见着朱五如何用盐的。那朱五把结晶的盐块捣成碎末，而后倒入一个瓷盘中，面对砂锅里翻滚的老汤，用一个看不见的东西在不断地向锅里投盐花。之后搅拌均匀，用小勺子舀了汤出来，倒在一个青花品盘上品尝。不厌其烦地反复多次。

"你不是用手指，也不是勺子，甚至连筷子你都不敢用。本王不知道，不知道你怎么放的盐啊。朱五爷，难道你用了比筷子还要细的东西？"

朱五抱拳："王爷圣明，是绣花针！"

众人大惊。

"绣花针？"

"绣花针！"

福郡王几乎笑出了眼泪，伸出一个大拇哥："朱五，好好好！妙到颠毫啊，哈哈哈！"

众人也面面相觑，对二人的一唱一和心生敬佩。

"这么说，'踏雪寻梅'就更不会让我失望喽？"

"王爷。这道'踏雪寻梅'我可是呕心沥血了呢。"说罢，他揭开了盖子，大家都去端详这盘菜。两尺有余的椭圆银盘，堆满了糯米糕，形似雪山横陈，"山崖"

368

峭壁处伸展出一束红梅。山下有一位老者拄杖前进。

"这么说，梅花你找到了？"

"找到了，王爷。"

"妥当吗？"

"妥当，王爷放心。"

这几句奇怪的对话令所有人都很不解。福郡王缓缓起身，忽然扑通跪倒："朱五爷，请受我一拜啊。"

众人大惊，无不错愕万分。朱五含泪连忙把福郡王扶起。

周癫冷冷道："一道菜，你至于吗？"

福郡王轻轻擦掉眼泪，目光回到"踏雪寻梅"之上，徐徐赞道："这道'踏雪寻梅'，浑然天成，毫无穿凿之意，颇有韵味。"

朱五一笑。

福郡王低头闻了闻："好香啊。"忍不住拿了筷子在手，夹了一块糯米送到了嘴里，而后徐徐点头。看得周癫直咽口水。

福郡王笑道："除了胭脂米连同怀远的糯米，出不了这种味道。"

朱五点头。福郡王又吃了一口，点头又赞道："桂花、猪油、椰蓉、奶酪比例非常恰当。用料潇洒而谦让，口感丰富，层次分明，香糯之中还富有稻米的自然醇香。这是太阳光的味道啊！好，非常好！"

众人对视一眼，周癫转动喉头，心向往之。

福郡王一指"雪山"上的梅花："这株梅花与老者，相映成趣，是什么做成的？"

"回王爷，是生鹿肉，梅花鹿的脖颈。"

福郡王叹了一口气："有心了。你要的是这种独特的颜色。"

"王爷圣明。此处梅花，若不用生鹿肉，就出不了这种艳绝之色。"

福郡王点点头："这道甜品，色味双绝，气象不凡，足见你山水画的深厚功力。"

"王爷过奖。"

"此外，这道'踏雪寻梅'还有两个独到之处，是你朱五的悠悠心事，非常人可察。"

朱五吃惊不小："王爷，请讲。"

"一个是火，一个是蜜。对吗？"

众人不解。朱五的脸色变了。

"能出这个味道，你用的不是普通的劈柴，非荔枝壳莫属，如何？"

当初在厨房时，朱五把干荔枝壳作燃料，一捧一捧送入火中，是周癫亲眼见到的。他忍不住道："没错，是荔枝壳啊！王爷真神了。"

福郡王哈哈大笑："最难得是蜂蜜的选用，你用了岩蜜。"

他又对众人解释说："岩蜜和普通蜂蜜不同。蜂巢在悬崖峭壁上，采集极难。岩蜜的可贵在于，口感中独有一种山韵和野意。用在此处，恰如其分。"

朱五抱拳："圣人云：'人莫不饮食也，而鲜能知其味。'王爷不但知其味，而且知意、知心，不愧是当世第一美食家。王爷在上，我给您磕头了。"

说罢，早已热泪盈眶。福郡王更是老泪纵横。二人的肝胆相见，令身边人也不由动容。此时，福郡王拭了拭眼角，欣慰地笑了笑，将朱五扶起："朱五啊，你做这个菜，有典吗？"

"有典。"

福郡王："我记得张岱的《夜航船》里有说，孟夫子踏雪寻梅。难道是指孟浩然？"

朱五含泪点头："正是取此意境。孟浩然雪夜独行，入山寻梅，苦心而不失情致。"

"好一个苦心而不失情致。朱五啊！朱五！本王有幸吃到这两味菜，可称圆满。我，死而无憾！"

空空儿正色道："三天了，我就等您这一句。福郡王，您是个体面人。"

福郡王点点头："稍等。朱五，"

朱五抱拳："王爷。"

"剩下的事，跟你无关，不要裹在里面。走吧，现在就离开。"

"朱五情愿陪在王爷身边。"

"混账话，你算我什么人？我用得着你陪？"

朱五看了一眼空空儿，空空儿没说话。

朱五扑通跪倒："既然王爷不留，朱五从命就是。可是，小人斗胆向您要一样东西，请王爷把《金枝迷津录》赏给小人。"

说完已是泪流满面。福郡王从怀里取出了那本小册子苦笑道："雕虫小技，不必挂怀。走吧。"

"王爷，请您赏给小人吧。"

福郡王不肯赠书给朱五，出乎所有人意料。就连空空儿都不忍劝道："王爷，您的这本书，留给朱五，岂不是物尽其用啊！"

"朱五，你我今生缘尽，不必记挂。你，要好好活着，把你的绝活传下去。要让世人知晓，厨事并非贱役，它是一门学问，是一等一的学问……"

朱五毕恭毕敬给王爷叩头三下，起身离开了曲桥。黑衣人首领伸手拦住他，空空儿挥了挥手，表示放行。朱五头也不回地径直朝园外而去。

空空儿冷冷地看着福郡王，眼中有杀机："能做的，我都做了。王爷，您，可以说了吗？"

福郡王轻轻笑了笑："你想知道什么？"

"真相。你所谓的真相。"

"世上有许多事，不去探真相，才是一种幸福。因为你知道了真相，人，就被它困住啦！"

"你想要我？"

"这是肺腑之言呐。姑娘，你了解你父亲的竹帮吗？"

空空儿一愣："当然。"

福郡王笑了，他取茶碗慢慢喝了一口："未见得吧？我做了六年的户部侍郎，对朝廷的事，国家的事，也尚且是一知半解。你一个老帮主的女儿，对本帮本派也难有确评吧？"

"你什么意思？"

"姑娘，你父亲犯的是欺君罔上之罪，被灭三族。他伏法时，请问你在哪里？"

空空儿尴尬："我，我在直隶学艺未归，不然今天谁给他报仇？"说罢亮出了软剑。

福郡王平静一笑："这件事，千头万绪……你只看到竹帮为国家捐了钱，却不知朝廷容忍了竹帮多少。"

"听不懂。"

"仅从我看过的折子来说，道光二十九年，地方官员对你们慕容家的评价是四个字，'有力之家'。到了咸丰八年，峰头为之一转，成了'添丁减赋，尤以税阻'。而到了光绪六年，竟然是'广开山头，结社营私，武略四州'。这是什么？是要谋反！"

空空儿瞪大了眼睛，因为后面的评价，就是针对她的父亲。

福郡王从袖子中取出《金枝迷津录》："知道我为什么不给朱五这本书吗？因

为我根本就不想把书传下去。这个，只属于我一个人。"

说罢，竟然一页一页地撕了，众人无不震惊。

空空儿动容："你在喻示我什么？"

福郡王将一片残纸送到嘴里慢慢嚼着："姑娘，你凭什么确信是我和月王谋财害命加害竹帮？你又凭什么确信，你父亲，你们竹帮，真捐了三百万两？"

空空儿大惊："你说什么？"

"你听好了。你父亲在朝廷的大树，是江苏都督侯坤。你父当年认捐时，只有两百万两，而侯坤上报了三百万。非但如此，这些钱，已全数都被侯坤所扣。因当时大清新败，焦头烂额。太后西狩不能兼顾，侯坤看准时机借刀杀人，一纸密状揭发了竹帮。而我因王兄主战十一国之事已被牵连待罪中。那侯坤与我弟兄二人是多年政敌，偏偏太后听信了谗言，命我前去清算竹帮。懿旨是我宣读的不假，可是杀人的，是侯坤的手下啊……"

福郡王毒入心脉，面无人色了。他身体渐渐不支，倒了下去。

空空儿连忙上前扶住他："福郡王，福郡王。你说的是不是真的？"

福郡王嘴角沁出一口血沫，惨笑道："姑娘，上一代的事，说不清楚，也说清楚了。你知道，你父亲临终最后一句话是什么吗？"

"是什么？"

"求你，放过我女儿吧……"

"什么？"

福郡王双眼忽然深凹，眸子散乱。他伸出手来，喊着大格格的乳名："玉儿，玉儿。"

大格格流泪跪到福郡王身前："阿玛，阿玛。"

空空儿感其父女情深，脑中一片空白。周癫厉声道："姑娘别信他，当心有诈。"

话音刚落，福郡王用手转动了石桌底部的机关，忽然石桌徐徐移动，露出了一个地道口来。众人见状大惊。福郡王用尽平生之力，把大格格推了下去……

"玉儿，快跑。"

周癫大惊："不好。"

说罢，直扑了进去。不久后，只听一声惨叫，周癫又爬了回来，他右眼淌着血，眼球已不翼而飞，只剩下一个黑色的血洞在汩汩冒血，惊得紫云啊呀一声……

这一切，都只发生在电光石火之间，众人皆惊骇不已。

"周叔，周叔。"空空儿一把扶住了周癫。

"里面，有人！有人！"周癫不顾血流如注，疯狂地喊着。

"二哥，还不救人啊！"这是密道中天心的声音。苏百川立即警醒，忙用钥匙开锁。周癫已被气疯，他拼命喊道："杀了他们，杀了他们！"

周癫说完几乎疼死过去。可是他一声令下，黑衣人的首领就说道："杀掉所有人。"这是一句日语，苏百川听懂了这句话。他震惊之余正要开口制止，福晋已经被黑衣人一刀毙命，王府上下，惨叫一片……

踏雪寻梅的确是一道名菜，更是王爷和朱五之间的一句暗语。福郡王早在搬到月王府那日开始，就与朱五有这样的约定：如果有一天，我让你做"八仙醉桃源"的"踏雪寻梅"，说明我的仇家来了。福郡王府与月王府的两府之间有一条密道相连，各有两个入口，都是花园凉亭的石桌与戏台的后方。由于福郡王府亦被抄家，他不知道那边的入口是否被封。朱五必须借做菜的机会，想办法出府，而后潜到福郡王府，找王府戏台的屏风处，见到梅花方是入口机关，务必要把女儿救出府去。而那本《金枝迷津录》，最后一页纸，早被老王淬毒，留着自决而用，故而不能交付朱五。

那天心自从第一日见到苏百川之后，确定他安全了，也发现了朱五可以出门买菜这个蹊跷，于是瞅准时机与他在府外接头。天心先按朱五所说，回到月王府北边不远处的福郡王老府之中，在戏台后方开启了密道入口，秘密打通了两府之间的联络，又在戏台口留书向朱五求救，让他设法偷到周癫身上的钥匙救出苏百川。当夜，朱五观察出周癫腰上那把钥匙的形状和大小，在厨房找了一把大体相同的钥匙，也用红绸子穿了。朱五让周癫帮忙挪动厨房核桃木的大桌子时，悄悄把他腰间的钥匙换了，又趁夜悄悄放到戏台的密道入口，这才令天心得到钥匙，也令苏百川得到了那条救命的带鱼……

今天，天心按约定时机来到雪亭石桌下方，专等机关开启时刻救人。没想到刚刚救下格格，就被周癫追到，天心一剑将他扎瞎，救起惊魂未定的大格格，顺着密道逃走了。

苏百川目睹福晋被杀，顿时奋起，以一当十，凭借手中一条铁链，将黑衣人尽数打死。可惜，王府上下所剩仆从八人都已全部遇难，福郡王毒发攻心也已经气绝。苏百川杀红了眼，他提着锁链，正要走向空空儿，忽然听到"救命"声。原来是紫云跳湖逃生，被一个黑衣人从岸边抓到了，正要勒死她。苏百川快步奔去，一拳将他打翻，注意到他脖颈后面的文身，是一个鹿头的标志。苏百川抓住他的头发，一路拖到曲桥，去翻看其他黑衣人的脖子，无一例外全都有这个标志。

"你们是什么人？为谁效力？"苏百川气竭声嘶地喊道。

黑衣人冲他挥挥手，苏百川靠近，黑衣人左手短刀迅速刺向苏百川，他早有提防，一把夺过来，反手一刀结果了他……

残阳如血，映照着血海尸山的王府花园，其状极惨。紫云不知所踪了。空空儿木然地扶着双目失明的周癫，蹒跚地从苏百川身边走过。他含泪望着她失魂落魄的背影，紧紧攥着手中铁链，却一动没能动。

· 第三章 ·

血战陷马台

昨日放晴之后，镖队徐徐推进了二十余里，在天黑之前就已到达陷马台前山。徐闯选了一块宽阔平地安营扎寨，吩咐烤了两只羊，每人分了半坛酒。饭后，除了值夜的镖师，其余人全都早早休息，为的就是养足精神今天闯这道鬼门关。揭心多找了一坛酒，想方设法地拉着马之良去远处的树下喝，马之良并不贪酒，揭心就东问西问一阵乱打听，总之就是不让他去车队的篝火旁。万一他在有亮光的地方把宝甲拿出来看，自己就悬了。好在山里的天黑很快，揭心就地给马之良铺了草垫床，又抱来毛毯子让他安寝。马之良师徒哪知他这些弯弯绕，只当是这小镖师待人真挚，厚道好交。

　　天刚麻麻亮，斥候先于镖队出发了，他顺小路钻入山林，打探陷马台山谷中的动向。翻过几道山梁之后，的确见到一处狭窄隘口，两山逼窄，狰狞可怖，四周树木丛杂，虚实难辨。返回途中，发现了一座颇为隐蔽的山洞，斥候壮起胆子提刀闯入。洞里没人，却有一堆未燃尽的篝火，还有一块烧焦的地瓜……斥候不敢停留，早早返回，在大道遇上了大部队，把实情报与徐闯、马之良。两人都认为，洞中的篝火可能是"山眼"留下的。葛宁这样的巨匪，常年盘踞经营此处，对周遭动向一定了如指掌。镖队昨天一踏进前山，就一定被"山眼"盯上了，虚实动向八成也都在彼方掌握之中。

　　队伍迤逦前行，渐渐走近那逼仄的隘口处。

　　"当家的，快看那上面。"

　　众人顺着肇星手指方向，不远处道旁巨石上有三个石刻大字"陷马台"。

　　虽然久经江湖道，马之良心里仍有微澜。自己姓马，这陷马台是犯了地名讳的。自古以来，大将犯地名总是不祥之兆。三国庞统道号凤雏，死在了落凤坡。隋唐猛将裴元庆命丧庆坠山，还有那精忠报国的杨家将，也曾兵败两狼山……想到这些，马之良不由得打起了十二分的精神。他倒要看一看，是什么样能耐的人可以把他马之良陷困于此？刚想到这里，只听徐闯大喊：

　　"弟兄们，昨天的酒肉好不好？"

　　众镖师齐喝：

　　"好！"

　　"觉睡得香不香？"

　　"香！"

　　"咱们达官从娘胎托生下来，就是专碰劫匪的。有人说保镖的怕强盗，我真不由想笑，没有劫匪，咱们保镖的吃谁去？"

众人大笑。

"弟兄们上眼瞧，咱们这趟镖最硬的一道大关就在眼前。都给我打起精神来，一会儿倘若有朋友来会，谁都别含糊！"

"是！"

"镖趟子喊起来。声音要传出十里二十里去，把咱们北京城镖师的威风劲儿给我抖出来。"

徐闯这总瓢把子不是浪得虚名。几句话讲出来，人人精神抖擞，神完气足，硬生生添了三分胆气。肇星清了清嗓子，冲着山道密林深处喊了起来："达摩，威武！威——威——威武！"

"威——武！"

前方的趟子手也抖足了劲跟着肇星一起喊起了镖。

队尾的揭心、庞知和陶士钧走在一处。揭心对二人道："还别说，人家广顺镖局在江湖上确实有腕儿。这一路下来，一马平川呀。我看这陷马台，也不见得就能把广顺怎么地。没准一看这阵势，缩头乌龟藏起来不敢下来了。"

三人刚笑了一阵，忽地，一支响箭冲天而起，众人皆惊。紧接着又是一阵铜锣交脆，密松林两侧呼啦啦闯出了一哨人马，全是喽啰兵，巾帕缠头，手拿单刀，一身短打扮，连颜色都是一样的。一字排开，少说有二百人。人群中闪出了三匹马拦住当间。一个黄衣，一个紫衣，一个白衣。

肇星策马拦住头一辆镖车，做出了一个护镖的动作。趟子手和镖师们各亮了兵刃护住了镖车。

两阵人马谁也不搭话，打量对方的阵势。

山下两军对垒，山腰上一块巨石旁，叶广昌和混川等二十余人早已悄然在伏。虽然晚出发一天，可是他们快马加鞭，星夜兼程，提前半日已经赶到了陷马台。

马之良看了看徐闯，又望了一眼队尾的陶士钧，陶士钧急忙催马上前，揭心刚要跟着去，被庞知轻轻地拉住，微微摇头。

徐闯对马之良道："黄衣服的是二寨主葛强，紫衣服的是老三葛飞，后面穿白衣的才是神枪太岁葛宁。"

马之良点点头："光看这喽啰兵的装束打扮，他们就不是一般的绿林道了。能养得起几百号人的，就是大贼。咱们要上下一心，通天拳和广顺镖局的招牌，不能折在这里。"

徐闯和陶士钧各自点头。

葛强咳嗽了一声："前面的'尖挂子'，可是广顺镖局的开山虎徐闯吗？"

徐闯向对面一拱手："三位寨主，少见啊。"

葛强笑道："呦，还真是徐总镖头。失敬，失敬！想当年您带领广顺镖局在我们的陷马台，那是一战成名，扬眉吐气呀。哎哟把我们兄弟打得呦，差点命都丢了。不巧今儿个又遇到，想想真是岁月如歌呀！"

众贼狂笑不已，把徐闯臊了一个大红脸。肇星气得眼中冒火。马之良微微向他摇头。

葛强把脸一沉："徐闯，这一回您又保了一笔大买卖吧？还找了几个帮手，看着眼生。"

马之良一抱拳："在下通天拳马之良。"

兄弟三人对视一眼，葛强呵呵笑道："噢，原来是武林翘楚马之良马老英雄来了，失敬。"

葛氏兄弟都向马之良抱拳行礼。

"马老前辈！我叫花斑豹葛强，这是我三弟葛飞，后面这位，就是我大哥，枪法天下第一的神枪太岁葛宁。我们兄弟三人，带着几百弟兄，在此久候您老多时啦！"

这话一出非同小可。镖队众人全都一愣，面面相觑。马之良走镖之事，陷马台的人怎么已经知道？谁把消息泄露出去的？

"有人走漏了风声，看来他们早有准备。"徐闯小声道。

"师父，怎么办？"陶士钧也问。

马之良淡淡一笑，冲前面道："既然认识我，知道我走这趟镖，可见三位寨主您下了功夫，是真心真意地要跟我交这回朋友。我也不瞒您说，我本在京城坐池子，二十年没走线镖啦。中原一带我不很常来，在这条道上的诸位山林好汉我也少拜望，这就是我马之良的失礼之处。我这儿，先给各位寨主作揖了。"

葛飞终于开腔："不愧是大家风范，说话滴水不漏。论起来您是武林中的大字号，我们哥们儿是山野粗人，是您的晚辈，可受不起。"

马之良笑道："山水有相逢，咱们既然碰上了，那就是朋友道，这又是您的一方宝地，应当，应当。可话说回来了，我这趟镖呢是一道官差，替衙门口办事，咱们山不转水转，您看，今天能不能给我一个薄面，借一条道，让我们过去呀？"

378

葛强仰天大笑："老英雄您有所不知。我们葛氏兄弟是自己扯旗上的山，论武功，我们是家传的本事没有师承，论江湖朋友道，嘿嘿，我们跟谁也不论朋友，不过交情。就这道山崖子，我们弟兄是一条道吃到底啦。您能明白不了？"

陶士钧发狠道："他们也太不识抬举了，师父，跟这伙山贼还客气什么？"

肇星也抽了刀："直娘贼，怕他怎的？跟他们干。"

一时间，几十位镖师群情激愤。马之良挥手制止，仍抱拳道："俗话说，四海之内皆兄弟。咱们一回生二回熟，你只要闪一条道来，咱们就是好朋友。以后，有用得着我马之良的地方，一定会赴汤蹈火，在所不辞。"

葛强笑道："好哇！我也打开天窗说亮话，我们哥们儿等您的镖队，可有些时日了。知道为什么？就为了您保的这趟东西啊。既然您要跟我们交朋友，那就把东西留下吧。"

马之良和徐闯按捺住火气，对视一眼。马之良伸右掌轻弹出四根手指，这是"舍财"之意。徐闯会意点头。

"亏得二位都是江湖上有名望的侠客，可规矩是真不懂啊。兄弟们！遇高人不能交臂而失之，抄家伙！"葛强已经按捺不住了，说出了"掰面儿"的话。喽啰们立刻亮出了家伙，这就要下手抢。

马之良忙拱手道："寨主慢来！您瞧见没有，现在我押的这趟官镖，一共有五车东西。我不愿意跟您伤和气，也不愿动手。您看这样好不好？头一车东西我让给您，放我们过去行不行？"

葛强十分决绝地摇头："不行。"

马之良咬牙道："好，我再让一步。把最后面那辆车的东西也让给您了。五车给您两车，三位寨主，够意思吧？"

葛强和葛飞冷笑了起来，葛强道："不绕弯子了，什么头车尾车的我全不要。就是把所有的镖车都留下，也不稀罕！"

徐闯大惊："你，究竟什么意思？"

"马老英雄，要是想真心交朋友，把你身上的那件留下！"

此话好比晴空打了一个焦雷。不但镖队众人大惊，马之良、徐闯也心凉了大半截。敢情人家全都明白。

"那我们要不肯呢？"徐闯怒目相视。

葛强仰天狂笑："徐总镖头，回头瞧见那面山坡没有？风水很好啊。坑是新挖的，你们不舍财，这就是你们的长眠之所。明年的今天，我给诸位上坟。"

一句话令广顺镖局的镖师们群情激愤。

马之良下意识地一摸自己的腰带，不远处的揭心眼皮儿也抬了几抬，扫看着周边情况，随时准备开溜了。

马之良抱拳："寨主，您不是说不交朋友吗？那您能告诉我，这事，是谁跟您说的？"

山腰上的叶广昌面无表情，下意识地矮了矮身子。

葛强打哈哈一笑："没人告诉我，是我呀，能掐会算，怎么样？准不准啊？"

马之良小声对众人道："贼人铁了心了，眼下只能打过去。除了这三个人，喽啰不在话下。我看他们的马上姿态，不像内功高手，无非是外家拳或在兵刃见长。咱们只要能挑动他们下来单打独斗，就有胜算。"

徐闯点点头。

马之良翻身下马，取了马鞍提跨上的银丝枪，卸了枪套，走到马前抖了一个枪花："大胆狂徒！我马某一让再让，你们这般执迷不悟。有道是，良言劝不动该死的鬼。你们啸聚山林，祸害一方。今天老天爷让你们碰到了我马之良，好日子就该到头了！来来来，你们都抄家伙一起上吧。我就这一杆枪立在这里，十步之内，让你们有来无回！"

马之良大枪在手，气势如虹。非但葛氏弟兄惊愕，就连山腰上的叶广昌也不禁一阵心惊。

葛强回头看了看葛宁，后者微微点头。葛强笑道："拿话挤我们？你是怕我们一哄而上吧？别小瞧人。我们还就愿意上你这个当了！你马之良一生未逢敌手，可我们葛氏兄弟也没败过呀，今天咱们就单打独斗。按规矩您和我大哥都是坐镇拿纛的主儿，都先安坐，各自派将就是。"

"好，痛快！只要你们能赢，别说我保的东西，命都留下。"马之良厉声道。

"这地方名叫陷马台，您把老命留下我看很合适。"葛强说完，众匪一阵哄笑。马之良只觉双耳微微发烫，心里动了真怒。徐闯始终在观察着对面三人的动向。按理说，马之良这么大的英雄在场，山匪们应该有所忌惮。可他们丝毫没有惧怕的样子，似乎成竹在胸。莫非这个葛宁真的是不出世的高人？

不久，只见葛飞下了马取了一口铁环鬼头刀在手，嚷道："二哥别动，头功是我的！"

"肇星！"徐闯大声喊道。

"在！"

380

"打头阵！"

"是！"

肇星摘了一对双刀，跳下马来。

马之良叮嘱道："留神他的兵刃，要巧打。"

肇星点头。

双方阵型各自向后让了让，留下一个空场来。肇星提双刀上场与葛飞对阵。

"我是陷马台三寨主，旱地虎葛飞。请了！"

"巧了，我的名号也有虎，广顺镖局飞天虎肇星。看刀！"

二人兵刃双接，单刀战双刀杀在了一起……

葛飞力沉，肇星轻盈，十个照面走完葛飞就渐落下风，肇星卖个破绽葛飞一刀扫空身子没回来被肇星一脚踢倒，刀接右手正要猛砍，忽然一把飞刀打了过来，肇星本能用刀面一磕，飞刀落地。肇星正愣神间，又三把飞刀齐齐射来，肇星只得纵身形躲闪。

葛强大喝一声："兄弟回来。"

葛飞连滚带爬逃回了自己阵中。

肇星大笑："跑起来蛮利索，不愧是旱地虎啊！"

众镖师哈哈大笑，头一仗开门红，徐闯面上有光，大家也都兴奋起来。葛强撕掉了上衣，露出一个豹头的文身，自腰间解下一根蟒鞭走向阵中。

"暗器伤人，算什么好汉？"肇星问他。葛强也不搭话，只笑着把蟒皮长鞭慢慢顺开。

肇星抱拳："我是广顺镖……"

"局"字还没落地葛强的鞭子已经扫了过来，肇星急忙闪躲。

"肇哥小心，跟这种下三烂，别拘礼。"陶士钧大声提醒道。

肇星把心一横，使出了平生所学和葛强又战在了一处。

马之良蹙眉："双刀对长鞭本来就不占便宜，肇星体力渐衰，这样下去，怕是要吃亏。士钧。"

陶士钧答应一声，取自己胯下枪，摘了枪套，这枪和师父的枪几乎一般无二。

"师父。"

"下狠手，当心后面那个，可能还有暗器。"

"好。"

果然肇星被葛强缠住了兵刃，二人双臂扭在了一起，暗自发力。葛强渐渐将双手推至肇星面门，肇星使出全力抵挡，二人仍是平分秋色。二人的鬓角和鼻窝都已发汗。正难分难解，匪众之中有人打了一声响哨，肇星稍一分心，葛强的铁护腕里突然弹出一根钢抓，肇星大惊，可是双手被缠无法脱身，葛强脚下猛踩他的脚背，肇星吃疼，手上稍有松懈，钢抓已直捣肇星的哽嗓咽喉，立时鲜血飞喷而出……

徐闯、马之良等人不由大惊。陶士钧大喝一声，跃入阵中，单枪直刺葛强，葛强不敢大意，连忙闪躲跳开丈二距离。陶士钧抖一朵枪花，将肇星护住。

"肇大哥，肇大哥！"

肇星的脖颈被生生割断，早已气绝身亡。

陶士钧双眼喷火："狗贼，我杀了你！"

陶士钧气极了，出枪接连猛扎。葛强不敢硬接，只得躲闪。只三招，陶士钧将葛强的软鞭牢牢缠在枪杆之上，一掌将他震出数米，双脚拌蒜倒地。葛强还没爬起来，陶士钧已凌空而起，一枪戳进葛强心口，枪尖从他的后心透了出来……

葛飞见二哥被杀，大喝一声提刀飞奔而来，直扫陶士钧。陶士钧不及将银枪拔出，错身躲过致命一刀，飞出一膝顶在他胸口，紧接着一记重拳打在他面门，脱了门牙两颗。葛飞大喝一声，双手举刀狠狠剁来，陶士钧错身躲开一刀，大力扫腿将其掼倒在地，一纵身子骑了上去，根本不给他任何喘息之机，一拳打断了他的咽喉，葛飞当即毙命。陶士钧并不解恨，左右开弓，雷霆十拳。可怜葛飞的脑袋如同西瓜一般被他生生捣烂了……

只半碗茶的工夫，陶士钧火并了两位寨主。众镖师一片欢呼。惊得匪众目瞪口呆。葛宁面色发白，心中发慌。

陶士钧回首一指葛宁："你别走。"

说罢，走到葛强的尸体旁，拔出了自己的亮银枪。轻轻一抖，看向葛宁："天下第一枪。请赐教。"

葛宁坐在马上冷冷看着一切，就是不动。气氛压抑……

陶士钧又一拱手："大寨主，今天你不想比也得比。"

葛宁微微冷笑道："通天拳好样的。我不善步战，全在马上功夫。你回去牵马，我等你。"

"可以。"陶士钧爽快地答应着。

怕他从后面用暗器偷袭，陶士钧身体面向葛宁，缓缓向后退去。葛宁忽然吹了一声口哨，众喽啰心领神会，呼啦啦一下子撤走了，霎时间一群人马在隘口的尽头处消失不见……

众人面面相觑。

陶士钧向前跑出几步，被马之良叫住："别追。"

陶士钧只好走回来："师父，您看到了，以葛强两人的武功，也敢自称未尝败绩？还有那个葛宁，竟然不敢动手，这是什么神枪太岁啊？不会是有诈吧？"

马之良也暗自纳闷，本想再问问徐闯，可见他此时正抱住弟子肇星的尸体泪流满面，不忍再问。

庞知撇嘴道："什么诈不诈的？分明就是徒有虚名。马老前辈，依我看，既然咱们已胜了两场，不如趁势追下去！"

揭心眼见马之良要赢了，急于脱身，也连喊道："说的是啊！两位寨主都死了，就算有诈，我就不信咱们这么多人打不了一个葛宁？"

马之良思忖一下，问徐闯："大当家的，你看呢？"

徐闯含恨道："打下去！"

马之良把枪杆一挥："一鼓作气，打下陷马台！"

众人纷纷上马，大军浩浩荡荡向隘口推进……

·第四章·

春云第五展

方才山谷里发生的一切，半山腰上的涀川看得清清楚楚。他不由倒吸凉气，转头对叶广昌叹道："什么神枪太岁？眼见两个兄弟被杀竟然无动于衷。这葛宁，不是什么了不起的人物。可见你们中国的江湖高手，多半是虚有其表。"

　　叶广昌复杂一笑，并没有反驳他。

　　涀川深叹一口气："唉！是我大意了，我真后悔和你做这件事。那件虎头甲，我可是真金白银花了十五万啊！"

　　"十五万买一张北京防务图，多大的便宜啊！"

　　"嗯？"

　　叶广昌神秘一笑："下山。"

　　"什么？"

　　"我说下山。"

　　叶广昌说完扭头就走，涀川见他胸有成竹的样子，只得硬着头皮率众武士向山下奔去。

　　马之良带领众人穿过狭窄的隘口，仰头看去，只见怪石嶙峋，崖壁狰狞。众人谨慎弓足，缓缓而行。直到走出隘口，也依然未见到葛宁的身影。正在疑惑之际，只见前方一箭之遥，有十人半弧阵排开，半跪而蹲，手上并没带兵刃。当间端坐马上的，正是葛宁。先前的喽啰兵众都无精打采地远远席地而坐，似乎眼前的阵仗与己无关。

　　葛宁大喊："葛宁在此！"

　　陶士钧大怒："姓葛的，搞什么名堂？"

　　葛宁冷道："给你们摆个阵法，为我的兄弟报仇。"

　　之前葛氏兄弟露面时，葛强与葛飞都有兵刃在身。而号称天下枪法第一的葛宁，却是赤手空拳。如今他的身前身后马镫旁，还是素身赤手，与先前并无区别。且身边这十位喽啰兵也是笑得十分诡异。众人都觉得哪里不对劲，却不知道问题出在何处。

　　徐闯忍不住向前两步："大寨主，我有一个提议。"

　　"讲。"

　　"一场恶战，双方都有损伤。再斗下去，真就是鱼死网破。不如咱们息事宁人，你放我们过去……"

　　葛宁仰天大笑："徐闯，你死到临头了还心存侥幸！你是不认得我这个阵法，心里怕了吧？哈哈哈。"

喽啰们也跟着笑了起来。

马之良和徐闯都不由一惊。他们虽然都闯荡江湖几十载，大小阵势见过无数，可都没有亲身经见过所谓的"阵法"。至多，是从古书上或者从各自的师父李逍遥、孟老真那里略知一二，什么"鸳鸯阵""八卦阵""拐子马阵""鱼鳞阵"，等等。可无论什么阵，首先人数上不会这样少；其次，也是最关键的，摆阵必须要借助武器。传说中诸葛孔明的"八阵垒"，虽然没有一兵一卒，却也需借助石头和特殊的天时地利，按照奇门遁甲设置"八门"。不识"生门"者，任你千人万人也会被困死其中。可如今这葛宁，带了十个手无寸铁的喽啰兵，在这大空场上一蹲，还能是什么阵呢？最让人惊诧的是，方才这伙人分明已经大败，摆阵之后，气势上却比刚才不降反增了！

徐闯一咬牙，取了一条朴刀在手，一指葛宁道："不要装神弄鬼，你有什么本事就使出来。"

"我兄弟是那姓陶的杀的，让他先来送死。"葛宁说得响亮干脆。

马之良三人面面相觑。

徐闯急了："你少废话，受死吧。"

"开山虎，我跟你打个赌，你在我手里走不了一个回合。"

众贼大笑。

"岂有此理！"

徐闯大怒，催马横刀直奔葛宁。葛宁却是纹丝不动，冷笑道："既然你着急，那就送你先走。"

眼见只有十步之遥，葛宁还是不动。眨眼间，徐闯挥动朴刀已到近前，葛宁忽然从腰后拔出一支洋枪对准了徐闯，众人大惊，徐闯想勒马已经晚了，一声枪响，正中心窝，徐闯滚鞍落马，当即被打死。

马之良大喊一声不好。

葛宁座下的喽啰们忽然转身，从各自身后草丛中捡起了土枪，齐刷刷瞄准了马之良的队伍。众人不由大惊失色！

葛宁狞笑道："哈哈！马老爷子，这都什么年月了？你武功再好能好过我的枪吗？你身手再快能快过我的子弹吗？"

陶士钧怒目而视："卑鄙小人！"

葛宁哈哈大笑，吩咐喽啰道："别伤马之良，我要他身上的东西。其余一个不留！打！"

十杆土枪齐齐射来，陶士钧前胸中枪倒地，镖师们接连人仰马翻。

赵素响自阳泉北还的队伍由南向北徐徐而来。此刻他单人匹马跑在最前面，听到前方有阵阵枪声，急忙勒马隐蔽。定睛一看，隘口有帮山贼正在阻击一群镖队，仔细观瞧，竟然是广顺镖局的镖旗。

"哎呀不好！"赵素响大喊了一声，卸下了背上的步枪，冲身后一挥手："前面有山贼，都跟我上。"

枪军们一听召唤，纷纷催马而来。

"给我打过去。"赵素响命令道。

瘦子定睛一看，有些茫然："赵哥。前面是什么人？"

"少废话，我让你打过去。"

"是。"

众人列出一个急行阵位，杀气腾腾冲将而来。叶广昌众人刚绕下山，正看见赵素响的骑兵，心里叫苦，忙示意众人隐蔽在草丛之中。

众匪乱枪齐发，一时间，已将广顺的几十位镖师尽数打死。马之良和揭心也只得藏身镖车之后。马之良就算有通天的武功，面对枪林弹雨，也是无可奈何，万念俱灰。

葛宁等人得意扬扬充填火药，一代宗师马之良此时在他眼里与胡狼无二。不料身后一群马队疾驰而来。葛宁回身望去，不知是敌是友。

赵素响的鸟枪护军队虽然只有八人，但若论打枪，却是个个训练有素。早在顺治年间，大清能进枪队的人，就经过"十之中八"的精挑细选。况且赵素响这次出差，喜大人这样极好面子的人最讲究排场，越是秘密行动，出去的弟兄们就越代表着自己的脸面。出发时，赵素响身揣着喜大人的一道"堂批"，八个人出了南城门就直奔火器营把鸟铳换了，一色的直槽式线膛枪，也就是德式的前装式来复枪。从前的火绳也改为探条冲打，从装填到击发，省去了一大半时间，精度和穿透力更是相当惊人。如今这支正规军遇到了葛宁的土枪队，不亚如狼入羊群。

"镖局的朋友莫慌，鬼见愁在此！"

葛宁一回身，雪白的上身被打出了万朵桃花开，当即滚鞍落马而死。剩下的枪兵，霎时间都被护军们一一射杀。

只有单刀的众喽啰一看大寨主和枪兵尽墨，立时群龙无首乱了阵脚。赵素响作势喊了一声："你们当家的已死，速速逃命去吧！"

众喽啰傻在原地，一派木然。

"我是御林军火器营的都统，我有一千枪兵就在山后，就你们这些烂白菜臭冬瓜，不够我大军热一回枪管子的。还不滚蛋！"

说罢对天鸣枪。众喽啰兵这回怕了，吓得一哄而散，四下逃命去了。赵素响忙带着护军催马赶到镖师队伍中。还活着的，只有惊魂未定的马之良、揭心、庞知三个。赵素响滚鞍下马来到近前。

"马老英雄，怎么是你？"

"素响贤弟……你怎么来了？"

"巧了巧了，我去阳泉公干，正要回北京啊！"

马之良叹气道："今天若不是你及时出现，我，唉……"

赵素响看见眼前镖师们惨死一地，更见到了徐闯和肇星的尸体，还有奄奄一息的陶士钧，不禁怆然。

"老先生，这究竟是怎么回事？"

"一言难尽。总之，多谢了。多谢诸位兄弟救命之恩。"马之良给众护军一一作揖，感激之情溢于言表。揭心暗中叫苦，也只得硬着头皮向众护军抱拳称谢。

赵素响忽然盯着他道："马老先生，这人是谁？"

"他是东北的镖师，叫童元。和我们搭伴去山西的。"

赵素响凝视他半晌："童老弟在哪个镖局谋事？"

揭心硬着头皮一笑："锦州的小镖局。"

没想到赵素响被雷击中一般："不对，你是揭心！"

马之良大惊："什么？"

"此人是揭心，江湖上人称小圣手。"

"啊?!"

揭心赔笑道："军爷，您认错人了，认错了。"

赵素响冷笑一声："你化成灰我都认得。还记得当年东华门之战吗？"

一句话惊得揭心目瞪口呆。原来在多年前，揭心在宫中行窃时，被赵素响堵在了东华门内，当时揭心也是易了容的，不巧的是，那张人皮面具正是今天所戴。而那时的赵素响就已经认出了这个飞贼是易容的揭心，几个回合下来赵素响挥刀切掉了他的尾指。若不是揭心急中生智从自己的"百宝囊"中抓了一把石灰扬过去，杀

388

疼了赵素响的眼鼻，自己早就成了他的刀下鬼了。

揭心笑着向后退去："您认错人了。"

赵素响步步逼近他，却对马之良道："马老前辈，此人是江湖大贼，他易了容接近您，定有所图。您这趟镖保了什么啊？"

马之良忙去摸自己的腰带，掏出了那条破棉布，登时大惊失色。

"不好！我的虎头甲！"

揭心早已飞身上马，赵素响举枪要打。

"下来，我开枪了！"

"你得了吧，你枪还没装弹呢！"揭心一拍马屁股绝尘而去。赵素响方才出手相助时，他早看清楚了。此时还故意炫耀马术，双臂撑住马鞍左右插花向前跑去。

赵素响鼻子都气歪了，放了一声空枪，又夺了身边袍泽的长枪，对着揭心又打，谁知也没有弹药。

"赵哥，弹药都没装呢。"

听着揭心大笑着远去，赵素响把他恨麻了，一咬牙纵身也跳上马，双腿猛夹马肚，急急追去。

"他偷了我的虎头宝甲！"马之良喊道。

赵素响回身大喊道："交给我了！"

马之良张开嘴正要再说，身边的几个护军先急了。

瘦子喊道："大人！咱们的车队怎么办？还有军务啊！"

一生宿敌就在眼前，如今又再次作案，嚣张逃匿而去，赵素响哪里还顾得上别个？恨不得插上翅膀把他撵上捉了，就地活埋才解恨。

马之良赶紧又摸自己的秘笈，所幸还在。眼下宝甲被盗，徐闯、肇星身死，徒弟陶士钧身受重伤昏迷不醒……马之良不禁悲从中来，掩面而泣，谁说英雄不落泪，只是未到伤心时！

正在这悲怆无助的时刻，叶广昌带领浥川众人从隘口的方向急速跑来。

"师兄，师兄！"

马之良定睛一看，心里一热："广昌！是你吗广昌？"

"是我呀师哥。"

马之良站了起来，难掩激动之情。在他最无助之时，自己的师弟竟然到了。

"你怎么来了？"

"师哥，你们护镖责任重大，我放心不下呀。"

"哦，原来如此。他们是？"

"哦，都是我在江湖上的朋友。"

混川等人冷冰冰地看向马之良以及诸位护军。马之良发现他们神情异常，忽然觉察出蹊跷："广昌，你从北京赶来？"

"对啊！"

"是步行吗？如何赶上我们的？"

叶广昌呵呵一笑，走过来道："师兄，您听我说，是这样的……"

他装作随意说话，忽然猛一低头，"嗖"的一支箭直射马之良，马之良猝不及防，正中胸口。打中马之良的兵刃，正是他的独门暗器紧背低头花装弩。

马之良一把捂住箭杆，吃惊地看着叶广昌："师弟！你！"

叶广昌没有直视他，回头对混川淡淡道："一个不留。"

赵素响的鸟枪护军们还不明就里，枪管里都还未及装填弹药，就被混川手下的武士雷霆出手，尽数杀害了！这一切，只在电光石火间。

重伤的陶士钧挣扎着要起来，也被他身后的庞知一指点入"魂门穴"，当即口吐黑血，昏死过去。

"老三！"

马之良双眼充血，大喝一声，犹如虎啸龙吟，内力震破庞知双耳，顷刻间血流如注。叶广昌不由大惊，未及反应，马之良忽然跃起，极速向前奋力顶出一肘，叶广昌避之不及，当胸犹被巨石猛撞，只听"噗，噗"两声，这是自己肋骨断裂戳进腑脏的声音……叶广昌的身体腾空飞出，滚落丈外。马之良跟跄着上前，俯身看向师弟，流下泪来："广昌，为什么？为什么？"

叶广昌五内俱碎，口鼻冒血。喘了许久，他问了一句话：

"师哥，这，这是不是，春云十三展？"

马之良的瞳孔紧缩，顷刻苍老了许多："你就为这个？"

"是不是？"叶广昌的身体已抽搐起来。

马之良接下来的话，杀死了他："打你，不需要绝学。"

此话犹如万箭穿心，是对他一生的否定。叶广昌喷出一口血，身体扭动几下，口鼻中只有出气没有进气了。叶广昌死不瞑目，他最终无法合上的眼睛，死死盯着不远处的庞知。

庞知默默起身，提刀过来，从后面对着重伤的马之良连捅三刀，马之良不支倒地。庞知从他的腰带里翻出了秘笈，走向叶广昌扑通跪下磕了三个头，而后不睬混

390

川众人，催马而去。浘川连喊他三声，庞知始终没有回头。此刻的庞知，已双耳失聪了……

日本武士要追，被浘川拦住。浘川俯身在叶广昌的身上找出了他要的地图，拿起来看了看，揣在了怀中，吩咐手下取回虎头甲。

一声令下，众武士在马之良、徐闯等镖师的身上快速翻找起来，甚至把镖车全部倾倒，打开了所有的箱子，翻遍了每一具尸体，不放过任何地方。一无所获。

浘川想了想，用日本话向手下说道："回北京。"

·第五章·

初緣

夕阳残照，深谷尸横……

赵素响自阳泉护送而来的那几车所谓"女眷"，在车里惊了许久，闷了许久，终于有几个胆儿大的，悄悄地从车里冒出头来，见到尸横遍野，都忍不住惊叫起来。王嫂也吓得面色发白："回去，都回车里去。"

护送的枪兵死了一地，三个车夫也跑得一个不剩。姑娘们哪还顾得这些，一拥而上把王嫂推翻在地，纷纷四散逃命去了。

王嫂坐在地上号啕大哭："老天爷啊！这可怎么办啊！"

她哭了一阵子，回头见到同车的绿衫女子在车前站着，神情木讷，目光冰冷，对眼前一切视若无睹的样子。

"你怎么不跑？"王嫂问。

"爹妈早死了，十二岁我就被哥嫂卖给了飘香院。这次又被你们买了，我逃回去，还是会被卖掉。"

"你叫什么名字？"

"绿翘。"

"我问你本来叫什么？"

"你管不着。你把我们卖给谁了？"

"还，还不知道呢。反正是交代不下去了。"

绿翘从车厢里取了王嫂的包袱皮扔在了地上："别再作孽了！"

说罢她顺好了辔头，坐到车夫的位置，一手握缰，一手挥鞭，那马就跑了起来。

"哎，你去哪儿啊？回来！"

任她怎样叫喊，绿翘都没有回头，她生硬地驾着马车，向北而去……

天色越来越黑，赵素响只能勉强看到半里地外纵马疾驰的揭心。也不知跑过了几道山梁，好容易见到一户有炊烟的人家。揭心早早下马，用农户门外的木桶舀水给马降温。见赵素响穷追而来，他慌忙往自己脑袋上淋了一瓢水，张大嘴吸了几口，走时不忘一脚踹倒水桶，翻身上马跑了。口干舌燥的赵素响跳下马来，抱起水桶贪婪地舔着剩水，又抓了几把浸湿的泥土胡乱往马肚子上抹了几抹，算是给它降温了。不敢片刻迟疑，就跳上马急追而去。

暮色沉沉，池水昏黄。

天心将马拴在池塘下的大树旁，径直走向叶家大门，算上早晨，今天已是她第二次来了。

可她还没走到大门口，"嘎吱"一声门开了一道缝，露出了家丁木然的脸。天心愣住。

"你家少爷还是没消息吗？"

"没有。"家丁表情淡漠。

"他若回来，让他到菩提巷去。我有急事找他。"

"知道了。"

"我三叔呢？他还是不在？"

"没有回来过。"

家丁的每句回答都简短生硬，感觉随时要合上大门。这让天心无可奈何。对一个家丁她又能怎样？只得勉强一笑，转身离开了。

此时的叶深就立在院中，如同泥塑。家丁关上门，并不敢多看他一眼，低头走了。叶深直勾勾盯着紧闭的大门，似乎可以看穿过去，能见到师妹失落的背影，看到她忧心忡忡地上马，怏怏而去。直到她的身影越来越远，越来越淡……叶深自始至终一动未动。他此刻的眼神，像他的父亲。

菩提巷通天拳老宅，各屋都黑着灯，只有苏百川的书房依稀亮着，显得十分萧索冷清。

大格格躺在苏百川的床上，昏迷不醒，高烧难退。如今王府已陷落，福郡王和福晋双双殒命，大格格不能再有一点闪失。苏百川昨晚去太医院请了大夫来号脉，说是"惊悸躁烦，心火淤结"导致高烧不退。按方子让吴妈抓了七服药回来，眼下大格格已经吃了两剂，仍不见好。苏百川心急如焚，倘若三弟在，他一定有办法。可是师父和三弟现在又如何了？自己不得而知。

天心一直怀疑此事不是巧合，王府和镖路可能被人同时算计了，担心镖路上的父亲和师弟他们凶多吉少。苏百川只能不断宽慰她，毕竟师父的武功超绝，就算有意外，也能化险为夷。

"师哥，她是'摸着天'空空儿，是偷盗门的人，不管她有没有算计我爹他们，可害王府的凶手就是她……"

"在王府杀人的，是那些日本人。王爷自尽之后，慕容和周癫就离开了。所有的黑衣人我全都没有放过。我怀疑，他们后面还有主谋。"

天心不明就里，自然无条件相信二哥的话，就又动身去北城叶家了。二人当时商定，待她回来之后，无论有无新的消息，都再由苏百川去金银巷的广顺镖局，看看徐闯那边有无音讯。

苏百川始终没有勇气告诉师妹自己和空空儿的事，当然更不敢说是自己心软放过了她和周癫。这件事一旦让师妹知道，会如何？让格格知道了，又当如何？他不敢设想。

虽然空空儿逼死了福郡王，也间接害死了福晋，可是在他看来，假如福郡王没有说谎，目前看这可能性极大，那么空空儿的父仇还是没有报。当年竹帮惨案的元凶侯坤依旧没有浮出水面……在那一刻，他真的很同情她，心疼她。他甚至觉得，空空儿或许都不知道那些帮她的是日本人。

作为王府的镖师，苏百川也曾懊悔亲手放走了空空儿，认为是自己因爱而迷失了本性，辜负所托。可每当他冷静下来，又觉得自己没有做错。他不认为自己是一个被情爱迷惑，被情爱所左右的人。为父报仇，天经地义。放在任何人身上，都值得同情和谅解，何况她是自己所爱的人！可是大格格呢？遭此灭顶之灾，她又何罪之有？苏百川无法回答自己。

"阿玛，阿玛！"大格格从噩梦中惊醒。

苏百川忙为她换了一条湿毛巾，紧紧拉住她的手："格格别怕。"大格格睁眼见到是他，不禁泪若泉涌："苏……你别走。"

"我不走。我在，我在……"

揭心的地窖中，两根蜡烛照出半边白光，一身雪白的柳絮才与雪白一身的空空儿相对而坐。

柳絮才笑道："两年没见，周癫可是老了不少。"

"两个眼睛都没了，他不会在意这些了。"

"怎么会弄成这样？我说了，你的事要跟我讲，假如我在……"

"我的事，与你无关。"

柳絮才深叹了一口气："师妹，你别总是这样。冷冰冰的。"

空空儿面无表情，亦不说话。

"你在我那边住得还好吗？"

"谢谢，很好。需要给你腾房吗？我可以去别处。"

"不不，你住着，你住一辈子都行。"

空空儿看了他许久，眼神复杂。起身道："那倒不用。算了，我不等他了。"

柳絮才一把拉住她："师妹。"

"你放手。"

柳絮才只好松开手，酝酿许久道："你，你为什么不给我一个解释的机会？"

"解释什么？"

"你知道我说什么。"

"我不知道。我要走了。"

"那年在直隶，小月河的树林里，你见到的那个女子，她，只是……我表妹而已。"

空空儿笑了笑："二哥，她是谁不重要，我不关心，也不在乎。"

柳絮才茫然："怎么可能？你不要自欺，别骗自己。揭心说，你是为了这个才下山的……"

空空儿厌恶地说："揭心知道什么？他算我什么人啊？"

柳絮才笑道："那你还来找他？"

"他欠我一个说法。我当然要问清楚了。"

"无论你是否真的在乎，二哥一直想找机会给你解释。不想让你误会。"

"就算是有误会，也无妨。世界上比误会重要的事，多着呢。"

"师妹，我们，能不能还像过去那样？"

"哪样？"

"我，我希望我们可以回去。你别再说你听不懂，你听懂了。"

柳絮才静静盯着她，一字一句道。

空空儿轻叹一口气，平静地说："师哥，时间是一天也回不去的。我长大了。我那时候小。哪个女人都有天真和懵懂的时候，你别介意我这样说。"

柳絮才酸楚道："你是说，你只有在天真幼稚的时候，才喜欢二哥？现在长大了不需要了。"

"你想多了。"

柳絮才深叹一口气："好伤心啊。我原以为，是我不好。没想到，只是因为你小。"

"随便你怎么想吧。"空空儿说完还要走。

"师妹，你骗不了我，也骗不了自己。你心里那个人还是我，我很清楚。"

空空儿停住，回头："什么？"

柳絮才自信一笑："你看你的这身装束，是我几十年没变过的，你也这样穿，

396

意味着什么？至少你在内心深处，忘不了我。"

"天底下穿白的人多了，都是因为喜欢你？"

"别人我管不了，至少你是这样的。这是你的本能，或许连你自己都还没有察觉……"

空空儿实在听不下去了："你要愿意等他你就等吧，我要走了。"

"你找他干什么？"

"我刚才说过了。"

"哦对，他欠你一个说法是不是？"柳絮才显得非常无助，他渴望和她多待一会儿。空空儿嗯了一声算是回答。见她真的要走，柳絮才又忙问道："你就不问问我，我找他干什么？"

"没兴趣。反正你在我就走。"

"那你等他吧，我走可以吗？"柳絮才无奈，长叹了一口气，只得纵身跃出了洞口，又低头卑微地补充一句："他欠我一样东西。"

空空儿根本没有回应。

柳絮才摇了摇头，自尊心接连受挫。本来还要再叮嘱什么，也不知是忘记了还是觉得说了她也不会回应，迟疑半晌之后，垂头丧气地离开了……

天心失落而归，苏百川知道叶家那边仍旧没有任何消息，就动身前往金银巷广顺镖局。结果也是大门紧闭，一无所获。待他再回家的时候已接近定更天了。天黑气冷，下着毛毛细雨，路上一个行人也没有。而他身后仿佛有一个白色的身影，失魂落魄，不远不近地跟着他走。眼见来到了葫芦巷，有街坊的后窗被风吹开了，屋里没灯，有雨溅了进去，苏百川找了一块石头，垫上去帮着把窗子关好。那个白影就超过了他，也向巷子里面走去。光线太暗的缘故，苏百川一看这背影，就愣住了，一身白衣白靴，一头散发。模模糊糊看不真切，当即把他当成了空空儿。她眼见大格格被人从地道救走，若想来报仇也未可知。

苏百川低声呵斥道："站住。"

柳絮才停住，但没有回头。

"你怎么来了？慕容……"

柳絮才心中一凛，慢慢转身："你叫我什么？"是男人的声音，苏百川知道自己认错了。二人对视一眼。

苏百川抱歉一笑："认错了。见谅。"

柳絮才狐疑地看着他，没有再开口，刚要转身走。

"你新搬来的？还是来找人？"苏百川试问。

柳絮才没有说话。

"我以前没见过你啊。"

"你没见过的，多了。"柳絮才冷冷道。

苏百川笑了笑，自觉太失礼，向他拱了拱手，没再说什么。

柳絮才来到史有为家门口，苏百川一愣，难道他认识老史？柳絮才并没有敲门，直觉那人还在看自己，猛一回头正与苏百川的眼神撞上。苏百川只得低头推门回家去了。

马之良觉得自己死了。他身上有多处重伤，他熬不过的。半夜的时候他曾从昏迷中醒了一次，四周漆黑而阴冷，他以为到了阴间。可半晌也没有小鬼和夜叉上来盘问自己。况且他也动弹不了，一动就浑身疼得头晕目眩。嗓子更是裂开了一般烧灼，像被人插了一根竹子……

清晨的第一缕阳光照在了马之良枯黄的脸上。忽然，他觉得自己的牙齿被顶开，一片曲卷的树叶送进了嘴中，接着，是清凉舒润的露水流入……这是人间的味道。

马之良渐渐睁开了眼睛，一位慈眉善目的老僧正看着他。

"阿弥陀佛！善哉善哉！之良，你总算醒了。"

马之良不由一惊，这老僧竟认得自己？

"阿弥陀佛，贫僧是五台山的初缘大和尚。出家之前，也是镖师。俗家名姓，孟老真。"

马之良流下泪来。他当然认得，这位自称初缘和尚的老僧正是徐闯的授业恩师，昔日的北路镖总镖头，"望云手"孟老真。论起江湖辈分，孟老真与马之良的师父李逍遥是莫逆之交，因年纪只比马之良大五七岁，早年一起行走江湖时，孟老真与马之良以及苏造时都是以兄弟相称。此人在江湖上已十年没有消息，徐闯也苦寻了师父多年，未曾想今日有这样一段奇逢。

"望云老哥……"

马之良心里想这样喊，可是他刚一张嘴，身上的疮口崩裂，疼痛不能言。

"孟大哥，我对不住您啊。我和徐闯走镖，可是我，没有保全他……"老泪纵横的马之良眼望着初缘，心里这样想的，仍是一句话也说不出来。

和尚平静地点点头，似乎已经知晓一切。少顷，和尚盘腿坐了，口中念念有词。马之良这才看见，在他们身旁不远处，有一座新坟。再看和尚合十的双手指缝之中，粘着许多黄土。这座坟，一定是孟老真为徒弟徐闯所挖。徐闯，已经入土为安了。在新坟的不远处，有一棵枯树桩，陶士钧闭眼歪着，生死未卜。

马之良数次张嘴，终于用极为细弱的声音问道："我徒弟，他活着吗？"

和尚一直闭眼诵经，有一只蓝歌鸲从远处飞过来，在和尚面前的土地上跳了几下，而后叫着飞开了，直到无影无踪。马之良那句话不知他是否听见了。等到和尚念完了经，才微微睁开眼睛："我见他口鼻处有黑血，后背魂门穴有一块紫青。是有人点了他的死穴。"

马之良微微眨了眼睛，无力回答。

"我本要去定州访杨定吾的，不想竟与故人在此重逢。看来我尚有这一段尘缘未了。我过此处时，只探出之良你和这位少镖师尚有鼻息，可惜我的九果九花丹只有一丸，只因他年纪尚轻，就给他吃了。我并不知道他是你的徒弟。阿弥陀佛！"

马之良听出徒弟有救，早已热泪盈眶，口不能言。

"小徒徐闯已被我安葬。这些死去的人，我都一一超度了。逢此劫难，本该搭救你师徒性命，可我一人之力，难能两全……方才为你诵念《华严经》的《寿量品》一卷，希望之良你，能够……"

马之良伤势太重，不知何时又昏死过去了。和尚不再留恋，起身从翻倒的镖车中找了一条毡毯给他盖上。又平静地望了望徐闯的坟墓，算是告别。而后走到陶士钧身前，把他抱起来扛在自己肩上，慢吞吞地走了……

·第六章·

所緣之緣

多年之后，空空儿依然记得她与苏百川的这次会面。他看自己的那种眼神，她这辈子也忘不了。

由于周癫还在南书苑养伤，空空儿只能不断奔波于揭心的几家店铺和地窖之间……直到那晚王府被大开杀戒，她才发现原来那些听从指挥的黑衣人，竟然全是日本人！什么时候中国人自己的事情需要日本人帮衬？真是吃了苍蝇一样恶心。周癫说他也是当晚才知晓的，这事儿得问揭心。可数天以来，揭心像是人间蒸发了一样。就算找到了，他再推脱呢？不如找叶广昌！

好在她之前被揭心引来过，也算轻车熟路。晌午过后，空空儿纵马方至，就见叶府大门外，也立着一匹马。正思忖着会是何人，就见到苏百川面色阴沉地走了出来……

苏百川当然是来找师哥、师叔的。同天心一样，他没有见到任何想见的人。因为叶深听到他叫门时，就让家丁出来应对，自己跑到后院到练功房远远躲了……

一无所获的苏百川走出大门就撞到了空空儿，彼此大吃一惊！几日没见对方都瘦了许多，形销骨立对着弱不胜衣，流泪眼观流泪眼，断肠人对断肠人……苏百川忍不住先开口：

"这是我师叔家，你来干什么？"

"路过。"空空儿艰难地说道。

苏百川冷冷一笑："你不可能路过，这里面有事情！"他挥手在空空儿和叶府之间来回指了指。

"是路过。"

"太原镖路上的事，你知道多少？"苏百川忽然问。

"听不懂。"

"你撒谎。当初你到菩提巷找我，让我别走镖，你预知了什么？"

"我那时以为，你没有武功，怕你……"

苏百川一步步走近她，一把拽住她的手腕，全不顾斯文与风度，狠狠地斥道：

"怕我什么？说！"

空空儿红着脸："你放手，你弄疼我了！"

苏百川咬牙切齿："说不说？"

"你杀了我吧！给格格的父亲报仇啊！"

"当我不敢？"

苏百川单掌高高扬起，立于她的面门。空空儿红着眼睛看他。苏百川又心软了，手渐渐松开，失望道："就算你不知情，镖路与你无关。那王府的事，又为什么和日本人勾结？"

"我没有。"

"这些人，始终缄默不语，我一直奇怪。直到第二天早晨他们给我送水的时候，在外面把水瓮打翻了，我听到了他们说话。声音很小但我听到了，是日本话。后来在动手杀人的时候，全都原形毕露了。"

"我不想解释。反正我说什么你都不信！"

"我当然不信！你连日本人都勾结还有什么值得我信？我问你，这么多甘当你走狗的日本人，幕后主使是谁？又凭什么和你联手？"

空空儿一字一句道："我说了，我不清楚。"

苏百川双目喷火："人在哪儿？"

空空儿索性不看他，将脸撇去一旁。

"好！你可以不说！什么你都可以不说！别让我找到他们。还有，如果我师父在镖路上真的出事，就一定与你有关。你绝逃不了干系。"

说罢，狠狠地推开了她。空空儿踉跄倒地……

"苏百川——"

苏百川上马时，空空儿叫住了他。她怔怔地望着他，问了一句很奇怪的话：

"我们，是不是回不去了？"

苏百川脸颊抽动了一下，像是在冷笑。他终是没有做声，飞身上马，疾驰而去。

两个衣衫不整、蓬头垢面的人，一前一后双双闯入达官门。

"挡我者死！"跑在前面的揭心大喊着。

街上的人群纷纷避之不及。揭心边跑边撕掉了自己的面具，打算混入人流中，不慎撞翻了道边水果摊。刚狼狈起身，拧身正要走，后面的黑影飞到近前。

"五里还阳。"

话到手到，揭心被点中了穴道。雕塑一般立住不动了，手里还捏着那张面具。赵素响大口喘着气，旋即放声大笑，笑得地动山摇。

老百姓都觉得很蹊跷，三三两两的都围了过来。

"这俩叫花子怎么啦？"

"叫花子哪有背着枪的？肯定不是。"

赵素响在茶摊讨了一碗茶，一通牛饮，湿了前胸一片，他向众人一抱拳。

"各位老少爷们儿，乡亲父老。我并非歹人，我叫赵素响，过去是个御马快，替圣上办差的。如今呢，是委署鸟枪营的一个护军，官阶差了一大截子。为什么这样呢？全都是拜这位仁兄所赐。这一位，就是江湖上赫赫有名的大贼，他叫'小圣手'揭心。"

人群顿时哗然，似乎这名字如雷贯耳。

"兴许，你们在场的哪位老爷，谁家的员外，就曾被他偷过呀。来来来，都认一认，看看脸熟不熟？你们瞧，他手里拿的就是他易容的面具。两个都看，都看看！"

他还把假面拿过来，绷在揭心的面前，让大家认一认。真有几个好事爱起哄的，争先凑上前端详，咯咯地笑着。揭心肺都气炸了，无奈动弹不得。

"我赵素响平生夙愿，既不是荣华富贵，也不是高官厚禄，就为抓他揭心一个现行。为此，就算是丢差使、赔性命也在所不惜。老天有眼啊。今天，揭心被我人赃并获，我赵素响，如愿以偿啦。哈哈哈。"

人群里似乎有人听明白了，原来是捕快抓贼，就叫了好，也有的鼓了掌。赵素响闪动泪花，双眼模糊了。

"劳烦诸位，帮我报个官。就说天下第三号的贼头，小圣手揭心被抓了。谁去报官，官府肯定有赏的。"

有好奇者问道："这位军爷，说了半天，他到底偷什么了？"

赵素响从揭心的怀中翻出了那件宝甲："大家请看，这是一件宝甲。是他从一位镖师身上偷来的。贵吗？"后面一句是在问揭心，揭心白了他一眼："废话，不稀罕我能出手吗？这是北宋……"

赵素响根本没兴趣听："不管是什么，哪怕是一件手帕，那也是赃物。"

正这时一个白衣人拨开人群走到近前："这件东西我认得。很有来头的。"

"是吗？"

赵素响不认得柳絮才，还拿宝甲在他面前一晃：

"那您给断断，这是什么。"

柳絮才轻轻一挥手，指向那件宝甲："它是北宋年间的国宝，名叫虎头盘云五彩甲。"

一句话说完，围得最近的一圈人竟然纷纷晕倒在地，赵素响"哎"了一声，也觉天旋地转，扑通一声栽倒了。揭心大喜："哈哈二哥，你可是来了。我被点穴了，快给我解开。"

"开"字没有说完，揭心也中了迷香，笑容凝固。只是他身上的穴道封着，身体虽然没有倒下，可是已经翻起了白眼儿。

众人目瞪口呆，眼见着柳絮才把宝甲塞进袖子中，一笑而逝……

黄昏时分，刑部二堂。

从来刑部审人都在大堂，倘若在二堂过审，说明可以营私。此时的赵素响偏偏就躺在二堂的青砖地板上。

他被一口清茶喷醒了，勉强挣扎着起来，就见到了几个差役正威严地注视他。公堂之上，依次是：公书案上坐着魏闻道魏大人，抓老喜的钱大人，告发老喜的黄大人，以及被绑的喜塔腊·赛碧图。

差役抱拳道："启禀大人。方才在达官门内大街，找到了人事不省的赵素响。

魏大人点点头："他是不是从山西往京城运送女子啊？"

老喜的心提到了嗓子眼儿。

"回大人，赵素响身边没有女眷，也没有车队，更没有护军。倒是有个叫花子一样的人，直不愣登地这么戳着，好像是被点了穴，小人不会解穴。也不知他是不是跟赵素响有瓜葛，就先把赵素响给带来了。"

老喜长出了一口气，乜着眼睛看魏闻道。

魏大人开口道："赵素响，你家大人在刑部等你多日啦。说吧，你到山西干什么去了？你抓的那些女人呢？"

老喜使劲冲他一瞪眼睛："老赵，你可得跟大人说实话呀。嗯！"

赵素响在阳泉时就对那三车女眷心存疑惑，此时见到自家大人也被绑着，就猜出他没干好事。无论如何在这个裉节儿上，不能把他卖了，于是赵素响擦了一把脸，起身抱拳道："大人！我到山西不假，可我是去抓揭心的。"

"揭心？那个大贼吗？"

"是啊。我得到可靠消息，揭心在山西阳泉作案在逃，我就立刻追过去了。您兴许还不知道。我以前是个御马快，跟他斗了十几年。这次，从山西一路追回京城，本来我已经成功，可惜他有帮手，还是被他跑了。"

说罢长叹了一口气，魏闻道见他真情流露不似在说谎，就缓缓点了点头，又问差役："你们两个看清了没有？确实没见到可疑的女人在他身边？"

差役忙说："回禀大人。千真万确。一个也没有。"

老喜暗自吐了一口气。

赵素响抱拳："大人，我在达官门和揭心周旋了半日，大街上很多百姓都亲眼所见啊，我点了他的穴道，还让百姓帮忙报官的。可后来他有了帮手，用麻药把我麻倒了，您，您可以去查的。"

老喜一听这话，心里的石头可是落地了，不由喜上眉梢，直对老钱挤眼睛。

钱大人果然道："你看你看，我就说是个误会嘛。真的错怪老喜啦！"

魏大人哈哈大笑，亲自走来给老喜松绑："哎呀喜大人，让你受委屈啦。你的为人我是知道的，一向是一清如水，刚正不阿。怎么能做出贩卖妇女这种勾当呢？可既然有人私告，我总得公事公办，你可别怪我。幸亏我压着案子，没有上奏朝廷。"

老喜假嗔道："你说你这个鬼见愁，总是擅离职守，自作主张，谁让你跑那么远去的？我真想操个谁！害得本大人为你背这么大的黑锅。"

赵素响抱拳："小人该死，小人该死。"

"算啦，念你是初犯，况且是为朝廷办事，就下不为例吧！你家大人我可不是那种小题大做，佛口蛇心的人。"

说罢，瞥了一眼黄大人，不由阵阵冷笑。

柳絮才把宝甲双手捧到史有为的面前，史有为面上八风不动的样子，心里早已按捺不住惊讶与激动。

"先生。您，认得这样东西吗？"

史有为定住神，仔细看了看，内心翻江倒海。

"先生是直隶人吧？看到自己家的东西，您可以开口说话吗？"

史有为平静地说："怎么拿到的？"

柳絮才大喜过望，史有为几乎看到了他眼中的泪水。

"您终于肯和我说话了，我谢谢先生。"

"不遇知音，枉费舌尖。"

不知为何，就连史有为自己都觉得，当面对柳絮才的时候，自己似乎变了一个人一样，或许这才是他本来的样子。

柳絮才抱拳道："承蒙先生看重，能与我柳絮才讲话。"

史有为看着他，意思是，我刚才的问题你没回答。

"先生肯说话，说明您与这件宝贝确有渊源。我这一番心思也没白费。请放心，我拿它，自有我的手段。"

"花了钱没有？死了人没有？"

柳絮才一惊，不知该怎样回答。

"丢了几百年了，失而复得，不是吉兆。"史有为淡淡道。

"钱是花了一点，不过没有惹出祸端。是我从日本国的富商手里买回来的。"

史有为看了看他，似是不信。

"我叫柳絮才，是直隶无垢山庄的少主人。家父柳文长生前是直隶首富。能交您这个朋友，花多少钱都值。"

说罢嘴角微微一笑。史有为闭上了眼睛，不再说话。

"先生，这件事只要不传六耳，你我不说，就没人知道。即便是以后，有什么祸端，也有我担着，绝怪不到先生的头上。"

史有为摇头："你的话有假。东西我不要，你走吧。"

柳絮才大惊："哪里有假？"

"邻居们都以为我是哑巴，叫我哑巴木匠。知道为什么吗？因为肯说真话的人太少了，我不愿费神。"

柳絮才抱拳："先生恕罪。真人面前不打妄语，东西确实不是我买的，是机缘巧合，偶然听闻它回到了本土，我费尽万苦才得来的。我向你保证，绝对没有杀人。"

史有为这才轻轻叹了一口气。

"既然是辛苦得来，你认识吗？"

"认识，这是无价宝，本名虎头盘云五彩甲。"

"无价宝，贵在哪里？"

柳絮才摇头。

"虎头盘云五彩甲，只是它世俗的名字。它真正的出奇之处，是织工。世上所有的织物都是通经通纬的，唯独这个是通经断纬。这个手法叫'填花孔雀菱纹缂'，需要绝顶的技师，耗费二十年才能做成一件。"

柳絮才一愣。

"填花孔雀菱纹缂是我母亲的家族，江南沈氏独创，这门手艺早已失传了！"

"我也有耳闻，据说是毁于战乱。江南沈家，再无高手出世。"

"错！沈家一直有人，但手艺是真的失传了。"

"渐渐不会做了？"

"是渐渐没人信了，才不会做。"

柳絮才细细揣摩着他的话。

史有为进一步说道："你没听说过'伯牙摔琴'吗？子期死了，伯牙还要琴何用？这种织物本来就是织中圣品，若不是李后主、宋徽宗这样的皇帝恐怕也欣赏不来，受用不起！正是由于它太宝贵，太精美，常人根本不信，以为虚幻。等到后世最后一位方家死掉的那一刻，结局就只能是失传！我并不是哀伤灿烂的东西归于寂寞，我只是想告诉你，这世上原本有很多美好的东西，是在人的心里先死掉的。"

柳絮才扑通跪倒："先生，我果然没有认错，您真的是我要找的人。"

"你知道我是谁？"

"江南沈氏在康熙年间有一支定居直隶。之后出了一位奇女子，是个做扇子的高手，这本也没什么，可她嫁了一位怪人，蜀中雷氏，名叫雷川的。这个雷川一生只做了一件事，他遍访名山古刹，就为找块木头。后来在直隶的无垢山天觉寺，他相中了撞钟的杉木钟椎，以手叩之，已有金石之声。雷川痛哭流涕，三次来求方丈，为此付出了良田百亩和三世家财，终于如愿以偿。能以举家之财换得良木的，这世上只有一种人，琴人。"

史有为的脸色渐渐变了。

"我说的这个雷川，不是别人，正是您的祖父。您院中所藏，就是那根六百年的杉木。我说得对吗，雷先生？"

史有为面有惊恐之色："你想干什么？"

"我绝无伤害之心。柳生不才，愿用这件宝甲，换您一张琴。"

"你喜欢琴啊？可以去找别人，何必是我？"

"雷兄，若论斫琴之道，您要称第二，世上绝无第一。"

"谬奖了吧?!"

柳絮才仰天大笑："纵观泱泱华夏，斫琴最工者，乃是蜀中雷姓。您的祖先'盛唐八雷'，其人其名，光焰万丈，直立千古。可惜世人，知者寥寥，过去有白居易、苏学士，如今，柳生勉强算半个吧。"

"好大的口气。凭什么？"

柳絮才缓慢起身，在院中走了一圈，忽然回身道："只有雷琴，才出旷世绝响。只有雷琴，堪比唐宋文章。凡夫听琴，只知音律曼妙。而只有知己，才见你胸中锦绣，宇宙关怀！志合者，不以山海为远。先生，我找了您整整三年，为了弄到这件宝甲，我把身边的人都得罪光了……我只要您一张琴，一张可以传世的好琴。您母亲家族的悲剧，绝不要再发生在您的身上。先生，求您了。"

柳絮才说完，深深一揖。

"你自以为了解我？"

"不敢，据我所知，自您祖父雷川开始，雷氏三代人没做过一张琴。我不信是手艺失传了。"柳絮才眼眶发热地看着他。

"那你觉得是为什么？"史有为眼中有了泪光。

"不知道。难道说这六百年的老料还不配雷氏出手？"

史有为哈哈一笑："言重了，什么配不配的！不过你说得对，的确是料子的问题。"

柳絮才不由大喜过望。

"先生，我，我果然猜中了！我居然猜中了！哈哈哈！"

史有为看了他许久。

"以后，你可以我叫雷音。"

·第七章·

象犹其心

"少爷，庞知回来了！"

昏暗的练功房中，在"巽位"天窗下，叶深正在蒲团上打坐。忽听到家丁的声音，他猛然睁开了眼……

庞知一路带风而入，纳头就拜。叶深见他衣衫褴褛，蓬头垢面，顿觉事大，挥手命家丁出去。

房门紧闭之后，叶深缓缓注视他，一字一句问：

"我爹呢？"

庞知抬头时，已泪眼婆娑。

"我问你，我爹呢？"叶深慌了。

庞知走到他近前，取了他的茶杯，用手指头蘸着茶水，在地砖上写了三个字："我聋了。"

叶深大惊。细看之下，他的耳洞深处，果真有乌黑色的血斑，不禁悚然。

"少爷。你赶快离开北京，迟则生变。"庞知开口如洪钟。那声音在空空无物的练功房不断回响，令叶深更加心神不宁！他猛地站起来，一把抓住了他的领口大声道："我爹呢？"

庞知看出了他的口型，哽咽道："老爷，出事了。"

叶深惊悚："说。"

庞知流泪道："在陷马台，被马之良打死了。"

叶深这几日噩梦频频，曾在他梦里出现的最坏的事如今成为现实！叶深犹如被人打了一闷棍，半晌没能回过神来。

"你，你亲眼所见？"

庞知痛哭点头。

叶深脸色刷白，颓坐了下去，两眼无光："好端端，偏要去争。我师父呢？"

庞知看着他，充耳未闻的样子。叶深大喊着："我师父呢？马之良呢？马之良！"

"死了！也死了。"

叶深见他支支吾吾，就也蘸了茶水在地上写着："凶手是谁？"

庞知不敢抬头："少爷！死了，全死了。你师父、师弟还有徐闯他们，全死了。全死在了陷马台。"

叶深大怒："你们做的好事啊！"飞起一脚将他踢出老远，直撞在了兵器桩上，呼啦啦兵器倒了一片。

庞知艰难地翻身，尚未起来又被一脚踏在心口。

"你们与揭心还有倭人泯川，还有陷马台的寨主，到底是怎么勾结起来害我师父的？今天你再不说实话，我把你的心挖出来！"

庞知早就聋了，这些话他一个字也听不到。叶深气极，在地上写了揭心、倭人、陷马台……又一把抹了。

庞知似乎猜到了他想问什么："我也几十岁的人了，少爷你不用吓我。"庞知擦了嘴角的血迹，惨笑一声。叶深愣住。

"我跟了老爷很多年，他的心思，他的委屈，我最清楚。少爷，我回来，是为了完成老爷遗愿的，其他的，我无可奉告。"

"遗愿？"

庞知从怀里取出通天拳秘笈双手呈上。

叶深的脸色登时变了，每个毛孔都竖立了起来！他颤抖着捧在手心，喃喃道："春云十三展?!"

"相信老爷在临走之前，把该说的都跟少爷讲明了。如今秘笈到手，老爷在九泉之下，也该瞑目了！"

庞知说完，呜呜地大哭起来。叶深翻动着秘笈，那通天十三式令他血脉偾张！

"少爷。拿着秘笈，赶快离开北京城。一刻也不要停留了。"

"为什么？为什么？"

"那个神枪太岁葛宁，之所以称霸陷马台，是他有一个火枪队，咱们武行出身，如何招架？你师父、师弟全都是被洋枪所杀。可这葛宁的两个同胞兄弟葛强、葛飞，都在混战中被你师父他们打死了。葛宁不会善罢甘休的，一定会倾巢来犯，为他的亲兄弟报仇啊。"

叶深一脚踢飞了蒲团："哼！我还怕他不来呢。抓住这贼，我把他千刀万剐。给我师父、师弟报仇雪恨！"

"我听不见你说什么，可我劝少爷千万不要用强！葛宁手下还有几百人，连你师父他们都栽了，你又如何抵挡？通天拳，不能再有闪失。秘笈给了谁，谁就有责任把它传承下去啊！"

叶深想了想，用茶水在地上写道："秘笈我不能独占。这件事，我必须立刻告知百川和天心。"

庞知见字大惊："怎么？他们还活着？"

叶深惭愧地点头。

"那就更去不得了。"

"为什么？"

"少爷，你好糊涂啊！他们可满心以为你去了山西。怎么全都死了，独你一人回来？还拿着本门秘笈，你说得清楚吗？"

"说不清楚也要说……"

庞知猜出他的意思，立刻扑通跪倒："少爷，这秘笈是你爹用了半世英名还有自己的身家性命换来的啊！为了老爷的在天之灵，庞知，求你了！"说罢连叩三个响头。

叶深闭上了眼睛，许久道："当初我是一念之差，没有去王府和弟妹们并肩战斗。不然的话，我现在就把你打出去。"

庞知看了他半晌，似乎完全听到了他这句话一般，忽然道："少爷，一念之差，就是另一种人生。"

叶深被这句话深深触动。

"通天拳没人了，苏百川迟早要留洋的。我去菩提巷找他，就说大敌当前，我不信他不走。少爷，你拿着秘笈快跑。我理解你的善良和道义，可这些，和绝学比起来，孰轻孰重？少爷！"

许久，叶深叹了一口气，拍了拍庞知的肩膀。

"庞知，你好样的。我爹没有看错你！不过，"

他对庞知淡淡一笑，用茶水在地上写着："我要带天心走。菩提巷，我去。"

"不能跟她交实底！"

"知道。"

"需要我做什么？"

叶深看了他半晌，写道："你的衣服，你的马。"

庞知一愣，还在思索着，叶深就拿起了那个白瓷茶杯使劲一拍，砸在了自己的额头上。登时，血流如注……

黄昏。天桥古董店的套间内。

揭心用手巾洗脸擦身，把一盆清水洗成了泥汤。空空儿挑帘子进来。

"磨蹭够了没？"

揭心连忙护住自己半裸的上身，惊恐地道："男女授受不亲，你，你先出去。"

早前，揭心被点了穴位，又被迷药放倒，着实受了一些苦。好在赵素响的点穴

412

手法"五里还阳"会很快自解。经脉舒活之后，揭心率先恢复了意识，他乞求路人找来清水，为自己和那几个无辜者清洗了口鼻。好容易勉强可以站起来，就叫了车，一路回到了天桥古董店。没想到，正被赶来的空空儿撞个正着……

"谁稀罕看你呀，我怕你跑了。"她说罢又放下了帘子。

揭心忙穿好衣服，喝了半茶壶的茶，这才咳嗽了一声，空空儿厌恶地走进来。

"师妹，我，我能吃口东西吗？两天了，我真的水米不打牙。"

"别跟我提这个。我不上当了。"

"这怎么能是上当呢？"

"哼，吃一堑长一智。万一吃完东西，你也自杀了呢？"

揭心不知她说的是福郡王之事，听得一头雾水。

"好好的，我干吗要自杀呀？师妹，我求你了。这一路上，鬼见愁追得我呀，跟王八蛋似的。刚到京郊，马都跑死啦！我要不是吃了一块手绢，都不定能逃回来。"

空空儿扑哧一笑："瞧你那点出息。你怎么还吃手绢啊？"

"那我吃什么呀？差点把我噎死。你坐你坐。"

空空儿哈哈笑出声来，示意他起身，自己在主位上坐了："好，我就让你吃口饭。"

"好好好。咱们去哪家馆子？"

"就在这儿吃，让掌柜的去给你买过来。"

"也行！"

"我有言在先。吃完了东西，你必须一五一十地告诉我所有真相。要是耍滑头，可别怪我不顾师门的情分，跟你翻脸。"

揭心叹了口气："师妹呀，我是看出来了。咱们这一门人，就你有良心。比那个柳絮才强多了。你放心，你三哥不是那颠三不着两的人，我还真有事情要告诉你，你得容我先吃东西……老许，老许。"

蓬头垢面的叶深穿着庞知的脏衣服，拉着瘦马，走近菩提巷的街口树下，停滞不前了。他把那本秘笈拿出来，看了看，捏了捏，又重新放进最贴身的内兜里。蹲下在地上抠了一块泥，轻轻涂在了自己额头的伤口上，而后，面无表情定定站着。似乎在等风干伤口，或者是在做最后的斟酌……

吴妈提着一串中药包从他身旁走过去，又忽地一回头，当即眼窝红了："大，

大少爷 ?!"

叶深淡淡点头道："吴妈。百川和天心在吗？"

"在，在的。"

吴妈往他身后扫看："老爷呢？老三呢？"

叶深没有说话，牵着马向老宅走去。

吴妈早早跑在他前面进了院门，一直喊着："大少爷回来了，大少爷回来了！"

苏百川和天心闻声而出，不由大喜过望。

"大哥。"

叶深刚走进院子，就被跑来的苏百川一把抱住。天心也落泪不止。

"你受伤了？"

"不碍事。"叶深淡淡道。忽然他听到了一阵咳嗽声，是西房的方向。

"谁在里面？"

"是大格格。王府出事了。"苏百川低头道。

叶深装出惊讶的样子："什么？王府怎么了？"

天心红着眼道："我们被算计了，王爷和福晋都死了，只保全了格格。"

叶深迅步走了进去。大格格退了烧，此时已能靠在床头，只是不住地咳嗽。

叶深定定看着她，心中一阵愧疚……

"叶大哥。"

叶深点了点头。他转身问苏百川："谁干的？"

苏百川轻声道："还在查。"

天心终于忍不住开口问："我爹呢？士钧呢？"

叶深不回应，只低头走出了房门，苏百川顿觉事大，连忙跟了出去。天心把门掩好，追二人至影壁墙下，急问："我爹怎么了，你说啊！"

叶深流下泪来，悲痛得说不出话。

天心瞪大了眼睛，哭喊道："你说啊！快说！"

"没了，都没了！"

天心当即只觉天旋地转，苏百川扶住她："师妹！"

叶深靠在影壁墙上，放声大哭。那撕心裂肺的声音让苏百川和天心心碎不已……

"我，我对不起师父，对不起你们！"

苏百川惊问："师父、师弟，难道真的是在陷马台……?!"

叶深点头："葛氏兄弟，有火枪队，师父、师弟，还有广顺的徐闯他们，全死了。我躲在镖车后面，捡了一条命。我亲眼看到葛宁从师父的尸首上搜走了宝甲还有我们通天拳的秘笈，我，我真没用……"

虽然见到叶深时，苏百川和天心都隐隐有不祥之感。可是亲耳听到这些遭遇，仍然痛断肝肠……最亲最近的人死了，镖丢了，连老祖宗留下的传世绝学也没了。这，就是塌天之祸！

苏百川强忍悲痛："大哥，不要太难过，至少，你平安回来了！"

叶深惭愧地低下了头……

天心哭道："二哥，我要报仇。给我爹，给士钧报仇！二哥！"

苏百川重重点头："好！马上联合广顺镖局，联合北京城的其他镖局，还有一切可以联合的仁人志士，倾尽全力，打掉陷马台。"

叶深忽然厉声道："不行！"

几乎是喊出来的，不光师弟和师妹，连他自己都惊愕了。叶深缓了缓情绪，平静劝道："你们想一想，镖折了，通天拳和广顺的招牌已经砸了，没人会帮咱们的。葛宁的亲兄弟也死了两个，他还想杀到北京来报仇呢。而且，镖丢了，事主绝不会放过我们。眼下，大家最好先避一避。"

从来大智大勇的师哥竟然说出这样懦弱的话来，苏百川的内心十分震惊，他断然摇头："这怎么行？不想着为师门报仇雪恨，自己先躲了？"

天心正色道："我死也不走。就算事主来问罪，我们也应该把实情相告，赔钱、吃官司，通天拳不会退缩。这个仇，也一定要报！"

叶深苦笑："那么贵重的东西，我们赔得起吗？况且那葛宁穷凶极恶，报仇心切。眼下最重要的，是避其锋芒，保全实力，再图将来啊。"

"大哥！师父、师弟不能这样白白死了啊！"苏百川含泪道。

眼见分歧难以化解，叶深淡淡道："都先冷静一下。这其实，是我爹的意思。"一提到叶广昌，苏百川和天心都是一凛。

苏百川问道："你见到三叔了？"

叶深点头说："回来的时候，在达官门碰到的，我把事情，都跟他说了。爹让我们先躲一阵，面儿上的事情，有他撑着。"

叶深的这段谎言涉及自己的父亲，他说得很慢很迟疑。苏百川始终对这对父子有些怀疑，但又猜不出问题出在哪里。无论怎样，叶深是爱师妹的，他把天心带走避一避风头，或许是权宜之计。况且，假若他说的都是实情，自然是三叔当家，自己又怎敢违背呢?

苏百川点点头,叹气道:"既然是师叔的意思,我没有二话。通天拳蒙受大难,师父、师弟没了。可在外人看来,毕竟是我们丢了池子,失了线镖。我们不要奢求被人原谅。暂避风头,或是权宜之计。天心,你跟大哥走吧,先避一避。"

天心惊诧地看着他:"二哥,你,你怎么反来劝我了?我不走!"

"你听话,走吧。大哥一定会照顾好你的。"

"我不走,要走大家一起离开。"

苏百川对师妹笑了笑,转身看了里屋一眼:"我不能走啊,我还有事没做完。"

叶深问道:"为了王府吗?"

苏百川点头:"这边也出了大事,我有责任。"

天心倔强道:"二哥这样说,我更不能走了。王府的事,我也理应承担。"

苏百川忽然大怒:"你承担什么?你又不是通天拳在册弟子。你不过是一介女流,轮得上你吗?男人还没死绝呢!"

天心两眼通红:"二哥,你……"

"你什么你,别在这儿碍手碍脚的。"

叶深拉起她的手:"走吧。"

天心回头不舍:"二哥。"

叶深已经拉着她走到了门口,苏百川忽然双膝跪地:"大哥,师妹,如果我死了,通天拳的传承大业,就仰仗你们了。"

苏百川向叶深磕头。二人大为触动,双双跪倒,向苏百川还礼。

起身之后,天心对里屋鞠躬,落泪道:"格格,对不起。"

大格格躺在床上双目紧闭,泪水止不住地流淌。

天心在门口又和吴妈抱在了一起,许久不分。叶深拉开她的手:"走了。"

正这时,赵素响匆匆走来。

"呦,二位去坐池子呀?"

叶深略点了一下头,急拉着天心走出了院子。

"赵大哥?"苏百川愣住了。

"百川,我有事相告啊!咦,你怎么哭了?"

苏百川擦了擦眼睛:"有事里面说吧。"

赵素响环顾四周:"你师父还没回来吧?"

苏百川一惊:"你怎么知道我师父出门了?"

赵素响叹了一口气：“一言难尽。能先给口吃的吗？我两天没吃东西了。”

叶深一把抱住了天心，捧着她的脸，亲了又亲。

“师妹。想死我了。”

“大哥，这些天，你一点消息没有，我一直在找你。”

天心说罢，委屈地哭了出来。叶深把她抱在了怀里。

“如果不是为了你，我一定跟葛宁他们死拼到底。绝不独活！师妹，我是为你回来的！”

“可是我们走了，天大的事让二哥一个人撑着，这……”

“你看不出来吗？百川是想带大格格走的。”

“什么？我怎么没觉得啊？”

叶深笑道：“他要各奔前程，只是不便明讲。懂了吗？”

“大哥……”

叶深抱住她：“师妹，你信我吗？”

天心看着自己的爱人，温柔地点了点头。

叶深把她抱上了马，自己牵住缰绳走在前面。

“你放心，先躲过这一阵，将来时机成熟了，师父和师弟的仇，我一定会报。”

“可眼下，我们能去哪儿啊？

叶深想了想：“先离开北京，有多远走多远。”

“还回来吗？”

“当然，一定要回来！”

第八章

雪隐鹭鸶

飞 始 见

吴妈端进一个托盘，把几样小菜摆在大格格的床前小几上。大格格轻声问："百川呢？"

"来客了。二少爷说，好容易不烧了，一定要吃点东西。"

"我不想吃。"

"你听话，身体要紧。试试这个粥，还有这饼，闻闻香不香？"

吴妈把黄灿灿的热油饼递到她的鼻子前，果然葱香扑鼻。大格格这几日腹内空空，忍不住伸手揪下一块，送进嘴里。

"好吃吗？"

"嗯。这是什么啊？"大格格点点头。

"哈哈！这是猪油渣。你这金枝玉叶没吃过吧？"吴妈笑道。

养尊处优的大格格吃惯了山珍海味，佳肴美馔。油渣葱花饼、酱豆腐、棒碴儿粥，这些市井家常菜，她根本见都没见过。

"你再尝尝这个凉拌鱼皮。我家三少爷是广西人，这是他最爱吃的。"

"来了什么人？"

"是赵素响。"吴妈说完，关上门出去了。

这名字令她心下稍安。大格格自那日被天心救出，一场惊吓令她卧床数日不起，朦朦胧胧感觉是苏百川和天心在照顾自己。今晨勉强醒了，就问阿玛和额娘的状况。苏百川只字不提，只说让她安心养病，她知道大概是凶多吉少了，没人的时候默默哭了许久，真恨不得一头撞死随爹娘去了，一了百了。傍晚叶深回来，隐约又听到说马师傅也死了，天心姐也离开了，心里又一阵一阵地怕，不知道还会有什么灾祸降临……最怕的是那个空空儿再来寻仇。毕竟苏百川和她之间有着千丝万缕的关系，如今她就剩苏百川这一个主心骨了，她不怕死，可是她受不了他面对空空儿时那种异样的神情。在他们身边，连呼吸都是一种屈辱和煎熬……

揭心被空空儿推搡着，很不情愿地走进了葫芦巷。

"师妹，咱们到底见谁呀？"

"别问，走你的。"

"我怎么感觉不大对呢？你不会陷我于不义吧？"

"让你做个证人。仅此而已。"

"是谁家呀？"

"通天拳马之良。"

"你疯啦？"揭心眼珠子都快掉出来了，空空儿冷冷一笑。揭心转头就走，被空空儿一把拉住。

"我都不怕你怕什么？马之良不是还没回来吗？这里顶多只有两个徒弟在，女的会武功，男的，只是一个书生。"

"你早说啊！马之良在家我也不怕呀。作证是吧？没问题，包我身上了！"

"一会儿你去找苏百川，你见过他的，他不认识你。"

"苏百川？不就是同文馆那个吗？"

"是他。"

"我没见过。"

"就是广顺镖局亮镖那天跟在马之良后面的那个，那个俊书生。想起来了吗？"空空儿说完脸一红。

揭心察觉出异样，故意冷哼一声："想起来了，书生倒是有一个，俊吗？很普通嘛！"

"不跟你磨牙。你见到他，要把日本人的事情一五一十地告诉他，证明我是被你蒙蔽了。把这些说完你马上走，不要多说话，更不要停留。"

揭心点点头，忽然觉得哪里不对："你呢？你不跟我进去？"

"我在门外等你。"

"为什么呀？"

"你照做就行了，别的不要问。你记住，不能说自己是揭心。通天拳跟咱们有梁子。"

"那我总得有个身份吧？不然他怎么信我？"

"就说，是周癫的手下，竹帮的人。"

"我凭什么是他手下啊？"

"你哪儿那么多废话呀！"

"不是，说周癫的手下也太跌份了……"

后花园石桌前。赵素响狼吞虎咽地吃着葱油饼，喝着棒子面儿粥。

苏百川此刻一脸凝重。

"我师父不是被葛宁杀的？"

赵素响把嘴里的饼拼命咽下去："是啊！他们在陷马台被劫了，对方有土枪。是我带着鸟枪护军给打散的呀！谁说他死了？"

苏百川心里一咯噔："这就怪了，我大哥分明说，师父被葛宁枪杀。"

"叶深吗？他几时知道的？他又没去。"

苏百川脸色大变，噌地站了起来："他没去？没去是什么意思？"

赵素响一愣："我，我没见着老大啊！"

苏百川不觉心悚："赵大哥，这事儿，可不能有丝毫差池。您再仔细想想，护镖的队伍里，究竟有没有我大哥叶深？"

"你这么一问我也懵了。没印象啊。不过当时很仓促，也许是我没留意到他。"

"既然我师父被你救了，人也没死，那'镖'呢？丢没丢？"

"唉！徐闯死了，这是我亲眼所见，可你师父是好好的，绝对没中枪啊！至于镖嘛，说来就更离奇了，有一个大贼，就是小圣手揭心，他易了容，也化了名，不知怎么居然跟你师父同路了。他早把东西偷了，是我当场认出来的，这才一路追回了北京……"

苏百川听得云山雾罩的："您是说，镖在沿途就被揭心偷了？"

"对呀！"

"那这个揭心人呢？"

正这时，揭心推门而进："苏百川在吗？"

"我就是。"

"有人托付我给你传个……"

他刚一抱拳，笑容就凝固了，与赵素响四目相接，吓得魂飞魄散，眼睛都直了。

赵素响大喊一声："好个胆大包天的贼人！百川，他就是揭心。"

苏百川愣住了。揭心扭头就跑，正被空空儿堵在了门口。

"怎么是你？"苏百川又是一惊。

"我本来是不想进来的，只让三哥来跟你解释一件事。没想到，赵大哥也在！"

赵素响也是一怔："慕容姑娘，你们怎么在一起？"

苏百川苦笑："他们是同门师兄妹。"

"啊？"赵素响瞪大了眼睛。

空空儿笑道："赵大哥，我知道你俩有些宿怨，可今天既然遇到了，不如大家坐下来说开了！您说呢？"

赵素响冷笑："好啊！我求之不得。"

"三哥，你给我这个面子吗？"

揭心苦着脸小声道："这不是面子的事儿，这是命的事儿！咱们走。"

空空儿笑道："什么陈谷子烂芝麻的事情了，怕什么！你不就偷了一点东西嘛。赵大哥，您过去丢过什么，只管说，只要我见过的，我保证给您要回来！"

赵素响哈哈一笑："痛快！"

"哎哟，我真是倒了八辈子血霉了！"揭心捂住肚子蹲了下来。

"你要不要脸啊？这些年你弄了多少不义之财？十几辈子也花不完吧？你要那么多钱做什么？自己想想你把人家害成什么样子了？能还的还给人家，给自己积点德不好吗？冤家宜解不宜结呀！"

说罢，竟把揭心强按着坐了。

赵素响笑道："揭心！我真没想到你还有这样好的一个师妹，真是出淤泥而不染啊！哈哈哈！远的先不说了，你偷马老先生的那件东西呢？交出来！"

"什么东西？"

"宝甲。"

"没见过。"

空空儿一惊："怎么还有这事儿？我明白了，难怪你之前死活不肯帮我，原来就是为了偷宝甲？"

"你听丫的呢！压根儿就没这个八宗事儿！"揭心冷笑。

"赵大哥，捉贼拿赃，您有证据吗？"空空儿淡淡道。

揭心咧开嘴笑了。

赵素响急了："我！我在达官门已经把他抓了，抓现了。后来他来了帮手。"

"什么达官门不达官门的？听不懂。鬼见愁，我身上可没东西，你少冤枉好人！师妹你别信他。你是不了解捕快，自己没能耐破案吧，只能乱栽赃。之前好多事儿啊，我都被他冤死了！"

苏百川站起身来："揭心，你别蹬鼻子上脸！我问你。我师父保的那件国宝，虎头盘云五彩甲，是不是被你偷了？"

揭心压根儿没把他当回事，伸手一扒拉："有你什么事儿，靠边儿。"

苏百川单手擒住他的腕子，只反向一拧就将他擒住，死死按在桌面上："说！"

揭心疼得眼泪都出来了："啊呀你轻点儿！师妹，这是不会武功吗？你怎么净坑我啊?!"

空空儿叹气道："哎！我懒得跟你解释。"

赵素响将一杯酒泼在他脸上："揭心，东西在哪儿？再不说实话，我活劈了你！"

揭心扯着嗓子嚷道："鬼见愁，捉贼拿不了赃，你算什么好汉？你说我偷了，三爷偏说没有，你能拿我怎样？空口白牙的，我还说是你偷的呢！"

赵素响在他身上翻搜一遍，果然一无所获。苏百川只得松了手。

揭心当即得理不饶人："找不到了吧？我说了没见着就是没见着。你们也太欺负人了。通天拳有什么了不起的？"

空空儿冷冷道："赵大哥，这就是您的不对了。平白无故不要冤枉好人啊！"

赵素响脸色阴沉："东西就是他偷的。一定是被他藏起来了，百川，你信不信我？"

"我当然信。"

"好！要他开口也不很难……我切他一根手指下来，断了他吃饭的家伙，看他说不说。"

苏百川心领神会再次把他按在桌上，赵素响拉住他的右手，从靴子里抽出了匕首："给你找个齐！把右手的尾指也削了吧！"

揭心急了："别！别！有话好说。"

"有缓？"

"有缓，有缓。我，我还别不告诉你，那宝贝现在就在我二师兄柳絮才手里，东西就是给他偷的。"

空空儿也愣住了。敢情这里面还有二哥的事情？难怪他也找揭心！

赵素响恍然："原来是他使的迷药，把我放倒的？"

"对啊！"

赵素响刚一松手，揭心又骂骂咧咧起来："'穿花蝴蝶'柳絮才，那是天下用迷药的祖宗，有本事你去拿他呀。跟我这儿臭来劲，瞧你那熊样儿！哈哈哈……"

不巧此时，柳絮才和史有为正在小院儿对饮，忽然听见有人喊他的名字。

史有为道："柳兄，你听，是不是有人在说你？"

"有吗？"柳絮才淡淡道。

"大英雄行不更名坐不改姓，'穿花蝴蝶'柳絮才，直隶无垢山庄的少主人，你去抓吧！去啊！"

揭心的声音越来越大了，柳絮才听得真切，肺管子都气炸了，面上秋水一般沉静："有人说话吗？我听着像狗叫！"

史有为笑道："怎么会？你不是叫柳絮才吗？这声音就是斜对面的马家，有人喊你名字啊。"

柳絮才摇头："您一定听岔了，我在这一带，没有熟人。"

史有为笑了笑，没再说什么。

柳絮才举杯："酒逢知己千杯少，雷兄，我再敬你……"

气氛缓和下来，揭心居然和赵素响、苏百川围坐在一起，形成奇特景致。

揭心笑道："咱俩可以并排坐着，一起吃顿饭，喝杯酒，这样的场面连梦里也没出现过。呵呵。"

赵素响冷冷道："揭心，这是你的错觉。事实上，我没有和你吃饭喝酒，只不过一起坐在了这张饭桌上，彼此没有动手而已。坐下来，不等于和解。"

空空儿问："格格呢？是不是在府上？"

苏百川看着她，没有点头也没有摇头。

"经过这件事，她也怪可怜的！我知道她恨我，可是和她一样，我也经历过丧父之痛。单从这件事说，我希望跟她和解。"

苏百川说道："你认为她会同意吗？"

空空儿叹气道："请你一定转告她，竹帮和福郡王的恩怨，是一场灾难。我们是朝廷的功臣，可朝廷反过来灭了竹帮，不是因为它真要造反，而是它有了造反的能力。福郡王和侯坤之间究竟有什么恩怨，我不清楚。可是如果真如他所说，屠杀竹帮之事是侯坤指使，自己只是被利用了，那福郡王就不是我逼死的，是朝廷，是户部，是侯坤，或者说，是他自己……可是，我向格格保证，假如有一天被我查出了当年真相，印证了她父亲的说法，那就是我冤枉了福郡王，我愿意，以死谢罪！"

苏百川颇为动容……

"还有，我要给你一个解释。那些日本帮手，我之前并不知情，王府被血洗，也绝非我本意。这一点，我的师哥可以证明。"

苏百川看向了揭心，可此时，揭心正在与赵素响暗中较劲，完全没在意空空儿说什么。

"鬼见愁，我想知道，你怎么看我？"

"一个不入流的卑鄙蟊贼。"赵素响冷笑。

"哈！正相反，我觉得你是条汉子。这就是咱俩的区别。我处处高看你，你却一直藐视我。所以，你永远抓不到我。"

"我是官，你是贼。一辈子的事，别那么早下定论。咱们来日方长……"

"荣幸之至。"

二人居然碰了一杯，一饮而尽。

空空儿一拍桌子："告诉大家，那些日本人，是怎么回事？"

揭心看了看空空儿，又看看二人，为难一笑："师妹，我不都跟你说过了吗？"

"我要你再说一次！"

"这是人家通天拳门里的事儿，我说，不合适。"

一语道破天机，苏百川不由大惊："通天拳？你少往我们身上泼脏水！难道还是通天拳串通日本人不成？"

"苏百川，你别小瞧了我们偷盗门。我们靠的是独门功夫，赶尽杀绝的事，从来不会干。再说了，咱们上一辈子的事情还没掰清楚呢，我跟你说得着吗？"

空空儿瞪了他一眼，揭心不情愿道："好吧！我只能说，日本人不是我请的，更不是我师妹请的。那些帮手是别人安排好的，我师妹在这之前，根本不知情。"

"别人是谁？"苏百川冷冷道。

揭心一笑抱拳："对不住！咱们的交情，够不上把话说透。失陪了！"

"你不说，绝走不了！"

"苏百川，君子不强人所难。不是我不肯说，是说出来会引火烧身！"

"她知道吗？"苏百川看着空空儿。空空儿心里早已明白揭心指的是什么，正踌躇。揭心果断地一伸手："她不知道！你呀，别老问我们外人，问问自己家里人吧！告辞！"

苏百川似有所悟，忽然道："等一下。好吧，我再问最后一事。"

"虎头甲确实不在我手上。"

"不问你这个。你离开陷马台的时候，葛宁是死是活？"

揭心想了想："死啦。被鬼见愁带人打死啦。"

苏百川点点头："我师父呢？没有出事吧？"

"你师父？好好的。鬼见愁还跟他说话呢！是吧？"

赵素响点点头。

苏百川上前一把拉住他的胳膊："我大哥叶深，在护镖的队伍里吗？"

揭心闪烁其词："叶深？我不认识。"

苏百川陷入了沉思。赵素响道："我没见到叶深，揭心说他不认识。不管叶深去没去，他都说了谎。因为葛宁是被我亲手所杀，然后我才去到你师父的身边和他说了话，之后又发现了易容的揭心！可是叶深却说自己随路护镖，还说葛宁打死了你师父，这分明是颠倒黑白！百川，你这个师兄，有大问题。"

苏百川颓坐在了凳子上，只觉天旋地转。当即联想到那日尾随大哥去了叶府，看见剪影中的叶广昌和叶深凑在一起密谋的样子。之后叶深的种种反常在脑海中飞快闪过……

苏百川呆呆自语："大哥骗我！也骗走了师妹！这事儿，一定跟叶家有关……"

谁与斯人
慷慨同

太阳刚从陷马台的东山露出一缕曙光，杨定吾与初缘大和尚就已经各骑一头毛驴匆匆而至了。

杨定吾看到新拢的黄土包，一问方知是初缘为徒弟徐闯起的新坟。想到那日徐闯与马之良一道来拜望自己，还悄悄留下了许多银两。如今人鬼两隔，不禁悲从中来！

"徐闯贤侄！"

初缘举目望去。先前许多镖师与山贼的尸首尚在，位置也都在原处。唯一不同的是镖箱已被翻开，所有贵重之物早被一扫而空。更奇怪的是，没有马之良的踪迹。活不见人，死不见尸！

杨定吾急了："之良呢？你说的之良在哪儿？还活着吗？"

初缘双手合十："阿弥陀佛，我遇到他时，就在此处啊！"

二人仔细检查了马之良当时所在的位置。那是一处枯草地。除非有负重的马车从这里碾压而过，否则，绝难留下任何痕迹。也就是说，马之良是自己离开还是被人拖走的，二人都不得而知。

杨定吾双手拢在嘴前，放声喊道："之良！之良！我是定吾，之良啊！"

声音传去很远，在山谷中一圈圈地回荡着，许久也无人回应。

"经此一战，葛氏弟兄算是土崩瓦解了。可是你说，会不会还有山贼盘踞在此？故而害了之良啊？毕竟他已身负重伤！"

初缘叹了一口气："应该不会。你看这几个头领的尸首都没被收殓。唯独镖箱里的金银财宝，全都不见了。说明有些山贼又悄悄回来过，把镖箱里的宝贝拿了！可见葛氏之外，都不过是群乌合之众！"

杨定吾点点头："就算是之良身上有宝贝，他们会乘人之危，杀人越货。如此，之良的遗体也一定还在这里，不会这样踪迹全无了！"

"是了，是了。他们连自家首领都不顾，又怎会在镖师身上费心思？我料定，他们分赃之后，全都已经跑干净了。"

正这时，杨定吾发现了穿着一双官靴的尸首，走近翻转一看，竟是叶广昌。他仍瞪着眼睛，脸色已发灰发暗，口鼻处的血迹已黑。样子十分狰狞！杨定吾不由震惊。

"你认识这个人？"

"叶广昌！是马之良的三师弟。"

"阿弥陀佛。原来是他。我那日并没有留意到他。这么说，叶广昌也与马之良一起走镖，也被歹人陷害了！通天拳真是不幸啊！"

杨定吾觉得他衣服后面有异物，就翻开了叶广昌的尸身，果然露出了背后的弓架。杨定吾不由倒吸一口凉气。

"你之前是不是说，马之良后腰有刀伤，而前胸中了一箭。"

初缘点点头。

"你还记得箭身是什么样子吗？"

"是短箭，硬红木的箭杆。"

杨定吾取出了叶广昌弓架上的弓囊，从中抽了一根断箭出来，与他的描述一般无二。初缘立刻眉心一蹙："哎呀！"

"就是这个？"

初缘点头。

"大师，你认得这武器吗？"

初缘摇头。

"这叫紧背低头花装弩，是叶广昌的独门暗器。"

"你是说，杀马之良的，是他的师弟，叶广昌?!"

杨定吾深叹一口气，重重点头："至少前胸的那一箭……"

初缘双手合十："阿弥陀佛。"

"之良啊！之良，你到底在哪儿啊？"

"他身负重伤，就算是内功深厚，也很难自己离开。除非，除非是有人把他带走了。"

"如果不是陷马台的喽啰，又会是谁呢？"

"不可思议！总之，他当时状况极糟。我以为，他撑不到我们来救的。"

杨定吾把断箭藏在袖中，叹气道："通天拳遭此巨变，马之良下落不明！我不能再袖手旁观了。我要找他，找不到，我就要去北京……"

"定吾，你原有案在身，是清廷的通缉重犯，这个时候回北京，恐有性命之虞啊！"

杨定吾仰望天空，垂下英雄泪："我这一生，只有马之良一个朋友。我死可以，他的事不能不管！"

初缘双手合十："阿弥陀佛。"

杨定吾与和尚合力挖了一个大坑，将叶广昌与肇星及其他镖师合墓。

事毕，初缘叹道："可惜这荒山野岭，连一个木牌也不易得，如何立碑啊！"

杨定吾淡淡道："不必了，只要死者入土为安，我们也算尽心了。多少事，盖棺也没有定论的。"

初缘点点头："阿弥陀佛。"

杨定吾轻吐一口气："请大师速回定州，一定救活陶士钧。".

"他吃了我的丹药，性命暂且保住了。但他伤势太重，我要把他带回五台山。"

"有把握吗？"

"阿弥陀佛。即便救活他，日后恐怕也是个残废。"

杨定吾轻然闭上了眼睛："那就看他的造化了。初缘，那咱们，就此别过。"

"定吾，你一定要保重。我在五台山等你。"

杨定吾抱拳一笑："一定。"

叶深和天心自从连夜离开北京城之后，一路向南纵马而驰，奔走出两百多里。到达定州地界时，已是粮水耗尽，人困马乏。

叶深牵马驮着天心，沿着大道昏沉沉地走着，竟鬼使神差地来到了杨定吾的农舍院外。那黄狗狂吠不迭。

叶深问道："有人吗？打扰了。"

院中没有回应。

"有人在家吗？"天心也问道。

黄狗堵在了门口猛叫。

"可能主人不在，不进去了吧。"

"好容易有户人家。"

叶深说罢把天心抱了下来，自己推柴门而入，黄狗迎上狂吠不止。叶深从包袱里取出了最后一块肉干扔给了它，黄狗低头去吃了。二人一前一后走进了院子。

叶深又问："有人在吗？打扰您了。"

还是没有回应。二人并不知晓，此时的卧房内，正躺着昏迷不醒的三师弟陶士钧。

叶深看到了菜地和不远处的窝棚，笑道："我找点吃的。"

"主人不会把我们当贼吧？"

"给他钱呀。"

叶深出去在马背上取了水袋，走到窝棚里找了水缸，灌满了水。又在笼屉中找到了七八个馒头，尽数装在了褡裢之中。

"师哥，我们不要都拿了吧。"

叶深留下了一锭银子在灶边："咱们赶路要紧。主人可以再做嘛！"

他说着，把褡裢放到石桌前，下意识往堂屋里一看，不由一愣。于是迈步走进了堂屋。阵风吹来，卧房的门被吹开半尺，叶深心中不由一凛。

"家里有人吗？"

还是没有回答。

叶深看这家中陈设，并不像是普通农家的堂屋，因为正中堂设一处神台，写了六个大字：天地君亲师位，下首是两个副牌位，一并供着香炉、鲜果。副牌位分书：先师郭云申仙位、先师郝未真仙位。

叶深当即脸色大变，连忙恭敬地取了香，在烛台上点燃了，拜了三拜。

天心走到门口道："师哥，你做什么？"

叶深恭敬拜毕，回身缓缓道："师妹，这家主人不是等闲之辈。你我也算是与之有缘，你也来拜一拜吧。"

天心还未答话，叶深就燃了三支香给她，天心只得拜了。

"天地君亲师，写得好，郭、郝两个牌位立得妙呀。这家主人，大有来头。"

"这怎么说？"

叶深笑道："你看这笔法。天不连二，地不离土，君不开口，亲不闭目，师不并肩（是指"天"字一、大不相连，"地"字土、也不分开，"亲"字目不合口，"君"字不开口，"师"字上下不齐），这种写法才是古制，现在京城中有几家书房能见？"

"我不太明白。这郭云申和郝未真又是谁？似乎哪里听到过。"

"简直是如雷贯耳！他们是形意和太极的两位宗师。能同时拜此二人为师，这家主人的武功就不在师父之下了。"

天心张大了嘴，刚要再问。又一阵风吹来，卧房的木门吱呀呀又开少许。天心不禁打了一个寒战："师哥，那，我们……"

叶深示意她别动，自己快速来到卧房门口，探头往里一望，只见床上躺了一个人纹丝不动。他向前又迈一步，就认出了是面色灰暗、气若游丝的陶士钧！吓得汗毛倒立，呆若木鸡。冥冥中，他觉得是上苍给了自己一次机会，命他上前相认，与师妹一起将三弟救活。这样一来，他依然能被同门谅解。可转念又想，眼下已成覆水难收之势，自己何必妇人之仁？这并不是堕落，这是取舍……

"师哥——"

天心说着话人也要进来，叶深用手一推她："别进来。"

"怎么了？"

"床上有个死人！"

"啊呀！"

天心被他一唬，吓得几步跳到了院中。叶深也黑着脸跟了出来。

"什么样子的？"

"脸色发青，像是中毒死的。吐了一地黑血！"叶深胡诌道。

"那怎么办？我们留下来吧，等主家回来问清楚。也许他正需要人帮他呢！"

"不行！这事儿看不到深浅，我们何必自找麻烦。"

"师哥……"

"那人是中毒死的，万一他赖在我们头上呢？"

"不会吧？我们只是路过。"

"江湖险恶啊，师妹，你听我的，此地不宜久留，尽早离开吧。"

叶深没有再听师妹说什么了，他脑子快速思索着。看师弟的情形已是受了重伤，无论是谁救了他，都不能再有片刻停留。叶家与通天拳既已如此，就绝不可能再回头。倘若不是师妹在场，他不惜下手将陶士钧杀死。

叶深拉着天心出了院子上了马，匆匆顺小坡而下。

"师哥，我们去哪儿啊？"

叶深没有回答她，也不管她说什么问什么，只想着绝不能再朝西南方向去，因为那里会途经陷马台，万一再有什么蹊跷事出现，岂不是前功尽弃了……

苏百川从叶府出来，心情十分低落。叶府竟然已被步军统领衙门的人接管了，连大门也没让进。有军校告诉他：广安门城门领叶广昌，已经七天没有点卯……

回想起之前揭心的话中有话，似破非破。与他和日本人合作的人，应该就是叶广昌！事情到了这一步，似乎完全印证了苏百川的料想：是师叔和师哥，算计了通天拳！眼下师哥和师妹走了，师叔失踪，师父和师弟肯定是凶多吉少了。苏百川的心里万分着急。可他不知道该怎么办，该去找谁。

池塘边，大格格呆呆地坐在马上等他。是苏百川带她出来的，这个时候，无论发生什么事，苏百川都不会让她离开自己一步。

"怎样？"

苏百川摇摇头："人不见了！七天没见人。"

"到底发生了什么事啊？"

"不知道。"

"那，我们该怎么办？"

苏百川上前牵了马："先去王府，收殓你的阿玛和额娘。"

大格格感激地点点头。苏百川翻身上马，拍马就走。

"百川，我害怕。"

苏百川不清楚她说的害怕，是觉得自己跑得太快了，还是在担心将要目睹惨死的父母双亲。抑或是，对将来要发生的未知……

"我在呢，别怕。"

苏百川带着大格格催马赶到了月王府西门外，在胡同里找了一户卖豆腐的人家，讲好了借一架独轮车，打算天黑之后就悄悄把她双亲的尸首运走。苏百川把马匹寄存了，二人一路步行绕到北边，小声商议着可以掩埋的地方。可是等到了王府雪亭之后，眼前一切让苏百川大吃一惊。福郡王和福晋的尸体已经不见了，连那些被苏百川打死的黑衣人的尸首也全都消失无踪。而且，地面、石桥、连廊等处曾经沾染血迹的地方都已擦干洗净了。二人正错愕间，就见到有四个差役模样的人从王府北门里抬着几个木箱子出来，领头的赫然是阮中华。

"你怎么在这儿？"苏百川惊问。

阮中华一见二人，挥手让手下停住，自己走向近前。

"苏百川，这话我还想问你呢。"

"这人是谁？你怎么认识他？"格格惊问道。

"宗人府的，阮大人。"

"她是谁？"阮中华问苏百川。

"你不需要知道。"

阮中华叹了一口气："格格，我知道是你。咱俩虽然从未见过，但我过去在王爷的书房里见过您的照相！"

大格格点点头："宗人府，就是娘家咯。我们的事，你管不管？"

阮中华干笑道："格格！您节哀吧！我是昨儿来的，已让王爷、福晋入土为安了！我只是个微末小吏，能做的，只能是这些。"

苏百川和大格格都已想到。这阮中华大概是照例来王府关照一眼，没想到就遇到了这事。因为福郡王本就是个活死人，阮中华作为宗人府的官员，能给王爷收

432

殓，已经算是恪守职责。

"箱子里装的是什么？福郡王的家产吧？"苏百川问。

阮中华脸红了，赔笑道："按例要充公的。不过，本家儿既然还有人，格格您瞅瞅，有什么想留的，您留下就是。假若说，您一样也不许搬走，我们，也一定遵命。"

苏百川看了看他和他的手下们，心中感慨！眼下已然如此，又何必计较这些家资究竟是充公还是营私呢！

果然大格格说道："人都没了，我还要这些劳什子做什么？都抬走吧！"

苏百川不忍："留下一两件吧，做个念想也好！"

大格格点点头。阮中华让人把木箱子都放下，依次打开。果然有不少字画、古玩、奇珍异宝。

大格格随意看着，忽然眼睛停在一个木头佛龛上。

"这个佛龛留下吧，这是我额娘的。"

"好。"

"大人，这个可是好东西。您不知道……"手下附耳道。

"闭嘴！"

阮中华亲自把佛龛取出来，用黄绸子包了，递给了大格格。而后，领着众人要走。被苏百川叫住："等等，王爷和福晋，埋在何处？"

"神木场，就挨着月王墓。是我新拢的，还不敢立碑。眼下不要去，过了这阵子，再去看看吧。"

"阮大人，谢谢你。"大格格向他万福致谢。

阮中华欠欠身，带着一众手下抬着箱子走了。

一只白头雁贴着水面疾闪而过，在柳林中来回飞了几飞，冲天而去。

"谁怜一片影，相失万重云。"

苏百川和大格格伫立在雪亭之中，同时想到了此句，都觉得是应在了自己身上。大格格默然涕下，苏百川轻轻揽住了她的肩膀……

"你还会留洋吗？"大格格问。

"走不了了。"

"百川，你带我走吧，远离这是非之地。"

"不行！"苏百川平淡而坚定地说道。

"为什么叶大哥可以带天心走，而你不能？"

苏百川愣住了，他无法回答这个问题。

"是因为她吗？"

"你怎么会问这样的问题？"苏百川忍不住苦笑。

"是吗？"

"当然不是。"

"那为什么我们不能一起离开？"

"有些事，总要有人去做。"

"你还能做什么？通天拳只剩你了。"

"所以更不能离开。"

"可是我那天听到了，叶大哥说，葛氏兄弟要来寻仇。况且通天拳保的镖丢了，你怎么赔啊？"

"我就是怀疑这里面有事情。我巴不得他们来呢！你放心，我绝不会让你出事的。"

"我才不怕死呢！我是担心你啊！"

"你都不怕，我还怕什么？"

二人相视一笑，格格把他抱得更紧了……

这之后的两天，苏百川始终没等到师父的消息，也没有等来所谓葛氏兄弟的复仇，倒是收到了一封孙禄堂的亲笔信。信上说，获悉通天拳一门蒙难，十分痛惜。正在联络武界同仁，全力寻找马之良的下落。孙禄堂还告诉苏百川，如需帮助，任何时候都可以到南剪子巷来找自己。更重要的是，春云十三展是绝顶武功，绝不能在他的手上失传。如果马之良之前没有传道，他应该尽早去灵山"鹤来峰"找他的父亲，苏造时……

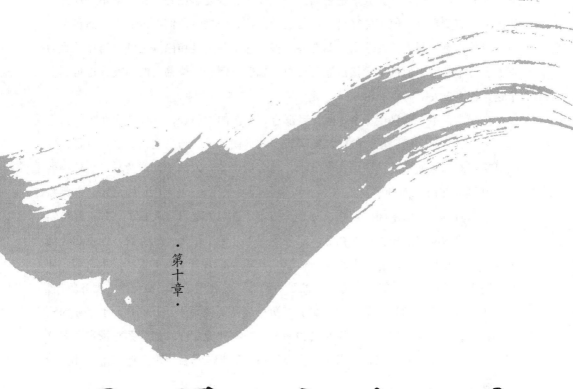

·第十章·

君子死知己

杨定吾自那日辞别了初缘，仗着自己一身武艺，竟独自上了陷马台山寨去寻马之良下落。果然偌大的聚义厅空空荡荡，值钱的物件儿一样没剩，连交椅椅背上的镶嵌都被人抠了。偏厅偏房中更是柜倒箱翻，一片狼藉。这印证了之前他和初缘的推断：葛氏兄弟死后，山匪们再难成气候，就各自逃散了。好容易在后厨见到一个七旬老汉。杨定吾与他搭话，一问三不知，才发现是个聋子，给他写了字也全不认得。见他的样子十分木讷、本分，不是为非作歹之人，推断他不过是附近的庄稼人，被山贼抓来做饭而已……

杨定吾思忖，眼下只有一路找到北京去。就算沿途没有马之良下落，也要亲口把叶广昌之事告诉通天拳弟子。明知山有虎，偏向虎山行。杨定吾骑着毛驴，一路向北，不出两日，就到了北京城。时值黄昏时分，城门守军已然松懈，他乔装成樵夫，顺利地混了进来。通天拳是否因为马之良、徐闯之事已经报官，他不得而知。只因先前有案在身，他不能轻易前往菩提巷。打算先找一个信得过的人，商量个主意。可他本是沧州人，在北京的朋友并不多，除了马之良和徐闯之外，当年的大刀王五算一个，可惜他也早已伏法遇害。思前想后，倒有一位慕名的朋友或许可靠，于是，他连夜去了南剪子巷。

孙禄堂，本名孙福全，字禄堂，是形意、太极的大门长，人称"虎头少保天下第一手"。早年客居武昌，故而江湖美誉"北马南孙"，与马之良齐名。可是，这仅是出于对二人武功的认同。在名气上，马之良要差一大截子。毕竟马之良的声名只是江湖人知晓，而孙禄堂的大名，可算是闻名天下。他半生比武无数，未尝败绩，曾与日本三大高手闭门切磋，都是一招定了胜负。那日本人急了，拿了洋枪要打，孙禄堂就立在院中，让他在五米之外的廊下开枪。结果一枪击发，他竟然灵活躲开了。一时间，"天下武功，唯快不破"，孙禄堂能躲开子弹的说法成为奇谈。如今受聘于徐世昌，可以算是官方认可的第一武者，其名声与津门霍元甲并驾齐驱！

孙禄堂与通天拳是两辈人的挚交，当初马之良要找大师哥苏造时，也是先面晤了孙禄堂。而他与杨定吾，只算闻名的朋友，彼此并无交往。如今案犯杨定吾忽然到访，让孙禄堂大吃一惊。可当杨定吾说了马之良在陷马台之事，还拿出了那枚断箭，孙禄堂陷入了沉思……

虽为一代宗师，可他毕竟半个身子在庙堂之内，说话、断事就要比江湖人更沉稳、老辣。他劝杨定吾不要轻易在菩提巷露面，以免被官府捉到，好心劝他先回直隶暂避。至于马之良莫名其妙失踪之事，由他负责密查。可是孙禄堂并不知道杨定吾与马之良是断头之交，通天拳出了这么大的事情，不查出个子丑寅卯来杨定吾绝不会罢休。习武之人，火气都大，二人一言不合，杨定吾竟然拂袖而去。

自他走后，孙禄堂顿觉事情不妙，立刻给苏百川手书一封，连夜命弟子亲自送往菩提巷。信中，孙禄堂把苏百川父亲还在人世的真相和盘托出，希望苏百川见信之后能够尽早离开北京去找父亲。万一马之良已经出事，苏百川还可以从父亲那里继承绝学。更有一点，孙禄堂没有写明：倘若杨定吾惹出了事，也不至于牵连到苏百川。毕竟通天拳已经岌岌可危了！

杨定吾出了南剪子巷，被夜风一吹，也冷静了下来，觉得孙禄堂的谨慎不无道理。毕竟自己一个通缉犯，满世界跑消息，多有不便，稍有不慎就会牵连别人。可就这么回直隶去，也太熬淘了。思前想后，他决定先找个地儿忍一晚。等明天天黑之后，再去菩提巷找苏百川。而后，他就溜达去了什刹海，正巧银锭桥下面有一艘空船，他就在船上对付着睡了。

第二天起来，也不上岸去找吃的，为了少露面儿，他竟把船摇到了桥洞下，接着忍。一直挨到了日暮，眼见着街上的人确实少了，就翻身上了桥。树下遇到一个卖鸡蛋的老农，花钱买了他的斗笠戴了，这才动身前往菩提巷。走到恭俭胡同时，有一家卖卤煮的小店，当街支了口大柴锅，正熬着一锅猪下水，顺着锅边盘了一圈火烧，飘得半条胡同都香喷喷的，可把杨定吾馋坏了。他还是昨晚在孙府吃了一口点心，一直饿到现在。

小店不大地方，摆着三套小木桌凳，还没开张。有两张桌子被杂物占着。里面那桌子上，又趴着一个小姑娘，在那儿哭哭啼啼的。杨定吾饿极了，讨了一碗卤煮就蹲在门口吃。这斗笠戴着也有些碍事，索性摘了。可毕竟他是个钦犯，又怕来往的人把他认出来，就蹲在门口，脸冲里边这么吃。

杨定吾不认得，里面哭鼻子的小姑娘，正是大格格的丫鬟紫云。而这家店的老板，是她的母亲朱氏。

朱氏一边用葱叶翻洗着猪肠子，一边骂闺女："瞧你那点儿出息！天天跟我这儿哭丧。烦都被你烦死了！"

"你嫌我烦，我走好了！"

"你走一个我看看？昨天那顿打你是忘了？再敢乱跑我把腿给你敲断！"

紫云又呜呜地哭了起来。

朱氏不忍，委婉劝道："儿啊，你这是何苦呢？要我说，彻底离开也好。她都沦落到什么样子了还耍主子威风？如今她爹妈也没了，看她还能得意到几时！"

"娘，你别说了。我都后悔死了。她一个金枝玉叶，说真格的，她连头发都不会自己洗呢！没有我，她怎么过呀？"

"奴才相！"

"这是我的本分。"

"天都塌了，还要本分干什么？你如今就是自由身了。凭你这花般美貌，娘一定能给你找个好婆家。"

"我可不想嫁人，我宁愿跟您卖卤煮。"

朱氏笑道："傻丫头，这是你干的事儿吗？你就擎好吧，你娘我有门路。俗话说相府门前七品官，咱们家四代王府包衣，也不是闹着玩儿的。"

听到这里，杨定吾低头不觉好笑。

朱氏神秘地说："知道吗？你表舅去年补买了户部员外郎。他老人家路子广，你以后的事啊，娘得找他合计。"

紫云眨了眨眼睛："娘你啥意思？"

"她们家如今败了，正是咱们朱家的出头之日。好闺女，我怎么看你都像个二品诰命夫人。哈哈哈。"

她一边笑着一边回头，正和杨定吾对个正眼儿，笑容僵住了。杨定吾忙把斗笠戴上了，留了一把铜子儿，微微一点头出去了。

朱氏贼眉鼠眼盯着他若有所思。

"闺女，这人你眼熟吗？"

"我没留神。"

"谁啊？"

"朝廷捉拿的一个要犯。胡同口就有画像呢，我每天过来的时候都瞅一眼，错不了，绝对是他呀！这不是给我送钱来了嘛！"

她说着，用抹布抹了手，急急要走。

"娘，你干吗去啊？"

"你甭管了，娘给你弄嫁妆去。别动，娘一会儿就回来……"

紫云撵到铺外，见她顺着墙根儿倒腾着小脚飞也似的去了……

朱氏悄悄跟着杨定吾走走停停一路来到了菩提巷，眼见他翻墙跃进一家宅子，扭头就打算去报官。来时路上，有一家酒楼门口，立着两个枪兵，她琢磨着应该是衙门口的人，于是又返回去找那家酒楼。

赵素响在里面喝了酒，背了枪出来换人。

"你俩谁先去吃饭？有条蒸鱼从大人那桌撤下来了，一筷子都没动。"

一个护军抢先道："谢谢赵哥。"

说着就先溜进去了，另一个正要掰扯，朱氏就到了。

"二位官差，您在哪个衙门高就啊？"朱氏笑眯眯地问。

护军没有正眼瞧她："你干吗的？"

"哈哈，我有一条消息，于我是一套富贵，于您二位更是高官厚禄。想知道不？"

"去去去。哪来的粗婆子。凭你给我升官发财？拿我们哥们儿打镲是不是？我可告诉你，我饿着肚子的时候，脾气特别不好，别找不自在。"

"哎呀，真的。我看到通缉要犯杨定吾了。"

赵素响闻言大惊："你看到谁？"

"杨定吾啊。我告示上见过他的样子，刚才他在我小店吃饭，被我瞅得真真儿的。肯定是他。"

赵素响也假装不耐烦地："什么杨定吾、马定吾的。你走不走？"

"哎，真的。我一路从北边跟他过来的，他进了菩提巷啦。"

赵素响心说坏了，这老婆子看来是真的见到杨定吾了，这是要报官领赏啊。于是上前猛推了她一把："让你走就走。别跟这儿起腻！什么要犯不要犯的，不归我们枪兵管。"

"哎，别介赵哥。这杨定吾我知道啊，那是个通缉要犯。"护军认真起来。

"这种粗婆子的话你都信？"

"我可对天起誓，我就见到杨定吾了！"朱氏拍着胸脯说。

护军笑道："你等着，别走啊。"

说完，进去找喜大人汇报了。

"你刚才说那人在菩提巷是不是？这样吧，你先回去，我们去核实之后，算你一份功劳！"赵素响语气缓和想把她诓走。

"我，我还是跟着去吧，是我先发现的杨定吾！真抓着了，我还领赏呢不是？"

赵素响恨不得拔刀把她杀在当场，可毕竟是一条人命。正没个主意，喜大人醉醺醺走了出来。

"谁？谁看到杨定吾？"

"我，大人。我瞅真真儿的。"

"前面带路。"

"得嘞！"

朱氏搓着手哈着腰前面带路了。喜大人领着六个枪兵缓缓跟了上去。赵素响愣在原地，心急万分。喜大人回头道："鬼见愁，走啊！"

"大人，我就不去了。我，我得避嫌！"

此话一出，大家都是一愣。

喜大人笑了笑，走了回来："你什么意思？"

"您有所不知，这杨定吾跟我有些渊源。"

"嗯？他可是钦犯，你俩什么渊源啊？"

"他，他跟我们街坊四嫂子是远房姑表亲。听说他欠了四嫂子不少钱。我去抓他吧，四嫂的钱就还不上了！"

"嗨！我真想操个谁！街坊四嫂子也算个事儿？你是给朝廷当差的，我让你抓人你敢不去？"

"不是大人。这四嫂子对我弟对我都特别照顾。要让她知道是我亲手抓了杨定吾，非一头磕死在我家门上不可。您就体谅体谅我行不行？我去不去的，咱有六条枪呢，还怕抓不了他吗？"

"可是说好了，真抓着案犯，上面赏下来可没你那份。"

"哎，该着我倒霉呗，摊了这么个街坊。"

喜大人没有多想，笑骂了几句，带着人走了。他们刚一走远，赵素响纵身就上了墙，穿房过脊，飞檐走壁，抄着近道直奔菩提巷而去。

柳絮才和赵华各挑一支马灯，见到史有为庄重地为自己手斫琴"淡和"上弦，并在上面轻走泛音。史有为深叹了一口气，竟然情不自禁地弹奏起来……

柳絮才如痴如醉，似是自言又像是对赵华诉说："这张淡和琴，是先生三代人心血所铸。今初试凤鸣，果然非同凡响。其声松透秀雅，古奥深回，可称天下第一绝品。"

赵华哦了一声，眼里净是钦佩之情："我一直以为先生只是个普通木匠……"

柳絮才笑道："琴有七弦，徽十三枚，音三种。面圆法天，底平象地，龙池通八风，风池象四气。我以为，可以抽象代表着天、地、水、火、山、雷、风、泽。"

史有为忽然停了，看了看柳絮才："那是用八卦的意向解释，八卦是人发明的。"

柳絮才大惊："难道靠不住？"

"也不是，只是不应附会过深。毕竟，琴是人做的，而非自然造化。你说琴长三尺六寸，七弦十三徽。我偏说长三十丈，披九弦、带五十徽，又如何？"

"那成什么了？"

史有为笑道："我只做个比喻你就受不了，心志狭隘。如果我们对'形'的理解局限，也不会对'声'有广大的感知。"

柳絮才似懂非懂地点点头："先生教训的是。"

史有为摇头："我不是说你，自嘲而已。"

赵华懵了："这是何意？"

史有为叹气道："我们三代人的心力，都在这把琴上，难道不是拘于'形'？这种付出，值得吗？逢此乱世，清廷大厦将倾，还能放得下这张琴吗？"

柳絮才不忍："先生何出此言？"

史有为苦笑道："就拿这首《广陵散》来说。一千多年前，嵇康服刑的时候就说'广陵散于今绝'。难道我弹的不是吗？不，他说的不是琴谱没有了，而是一种气力死了，精神消失了。你弹了《广陵散》你也成不了嵇康，他的风骨和高绝是学不来的。他给山涛那封《与山巨源绝交书》，看似把山涛骂个狗血喷头，后世多少笨蛋都认为他俩真的绝交，其实嵇康是在保全他。不和他绝交，山涛恐怕也脱不了干系。不然，嵇康怎么会把自己的女儿托付给山涛呢？可见朋友之道，我们与古人，也差着境界呢。所以说，我弹的《广陵散》，并不是嵇康的。再也不是了……"

一串眼泪落在了琴弦上，发出了"唔唔"的悲声。柳絮才竟也陪他酸了鼻子。

赵华劝道："我虽不懂琴，却觉得先生不免悲观。学生以为，嵇康这样的名士固然风流天下闻，但正是因为他是不世出之才，他的精神才是可贵的，方能照耀后世，催人进取。可是时代不同，人的精神风貌也不同。不会弹琴不会写文章的人，未必人格上就不如嵇康。所以，我不相信什么精神死了，中华传统精魂我认为一直是在的，且始终不死。人世间有许多事，不能因为我们做了，就认为别人不能做；因为我们想过，就以为别人不会想。毕竟我们无从知道，普天之下，究竟有多少人，曾经做过或正在做着令人敬佩的事。为民族，为国家，为朋友……"

柳絮才对他侧目相看："壮哉，壮哉！"

杨定吾与苏百川见面之后，在书房里把陷马台的事前前后后细说了一遍，又取了断箭给他看。苏百川握着断箭，肝肠寸断……既然叶广昌已死，师父下落不明，又回想叶深当时来这里时，神色不宁、谎话连篇。二人都断定，通天拳的秘笈八成是被叶深带走了。正商议着对策，就听到门口有人拍门，连喊百川。苏百川听出了赵素响声音。急忙起身开了门。赵素响人在门外就说："杨老英雄快走！"

杨定吾大惊，起身问道："你是谁？"

"这是赵素响赵大哥。我的好朋友。"

"发生什么事了？"

"老英雄，您已经被人认出来了，有个婆子为了领赏钱，找到了喜大人。他是鸟枪护军的首领，正带人来这儿了。"

"我想起来了，卖卤煮那个婆子。"

"杨伯伯，事不宜迟，快从后门走。"

"好，多谢兄弟了。"

三人刚出书房，大门口就响起了砸门声，一定是喜大人带人到了。吴妈从耳房出来，要去搭话，苏百川忙示意她尽量拖延，而后带着二人急匆匆往后院走。杨定吾忽然看到赵素响也背着枪，当即一愣："兄弟，你怎么也背着枪啊？你也是护军？"

"嗯。我在喜大人手下做事。"

"那婆子报案的时候，你也在场？"

"是啊，快走吧！"

"那你怎么先来了？"

"我扯了一个谎，骗过了他，抄近道来的。"

"他信了吗？"

"管他信不信呢！"

说着话三人已经来到了后院，苏百川从门缝里看到外面有两个枪兵举枪瞄准着后门。

"两个人，端着枪。"苏百川回身低声道。

"我去轰他们走。"

赵素响说完正要开门，被杨定吾拉住。

"你不露面儿都脱不了干系，开了门你就完了。"

苏百川也急了："杨伯伯，顾不了这些了。我俩挡着，您先逃了吧。"

杨定吾摇摇头："走大门。我自个儿出去。"

二人同时上前拉他，杨定吾双臂一震，闪电伸出，一拉一送，二人就被推出丈外，都是一惊。

杨定吾淡淡笑道："我这趟出来，本是为了朋友，不能因为我，再害朋友。"

442

说罢，抬腿就向前院走去。苏百川二人急忙追上，杨定吾回头笑道："二位贤侄。我可是重犯。跟我沾上，你俩就都完了。"

"杨伯伯。"

"川儿，若你师父还在世，一定设法找到他，给他养老送终，你要把绝学接过来，传下去。若之良已经不在了，我也不怕是今儿是明儿了，希望他在桥前等等我，哥俩搭伴儿走。"

说罢，一笑而去。

苏百川的眼泪忍不住喷涌而出，喊着他，还要去追。赵素响默默地拉住了他，轻轻摇摇头。

"要是让官兵看见你这样，你就是窝藏。"

"你放手。"

他话音未落，赵素响闪电出手，将苏百川点在了原地。

杨定吾自己开了大门，若无其事地走了出去。喜大人带着枪兵立刻一拥而上。朱氏一指杨定吾：

"大人，就是他。"

"干什么的?

"没干什么。"

"斗笠摘了。"

杨定吾只好抬手摘了斗笠。喜大人一看喜出望外。

"哈哈。杨定吾，本官等你多时啦！"

杨定吾笑而不语，不承认，也没否认。

"这家住着谁？和你什么关系？"

"不认识，看这家宅子挺大的，想进来弄点钱花。"

吴妈站在门口，吃惊地看着众人。

喜大人问她："你认识他吗？"

吴妈瞅了瞅，摇了摇头。

喜大人又问朱氏："你方才见他进这家院子，是敲门进的，还是翻墙进的？"

朱氏想了想，如实说道："翻墙，我看见他翻了墙。"

老喜对吴妈挥了挥手："行了，把大门关好，留神坏人。走吧，杨老英雄，咱们来一趟刑部吧。"

杨定吾假意答应着，既然百川脱了干系，他就没了顾虑。刚走出去几步远，忽然回头笑道："抓我赏金多少啊？"

"怎么也值个几千吧。"

"抓活的比死的值钱？"

"那肯定啊！"

老喜刚一愣神，杨定吾忽然一脚蹬在他心口，喜大人四仰八叉倒了下去。杨定吾施展出太极功夫，泥鳅一般在枪兵之间钻来钻去，不几下四个枪兵全都倒了，吓得朱氏大叫起来。杨定吾纵身上了一家院墙，想跳入民宅逃匿，忽然枪响，杨定吾一头栽了回来，重重摔在地上，一动不动了。

老喜半躺着，手里多了一支冒烟的火枪。可怜太极宗师杨定吾，与他的挚友马之良一样，死于枪口之下……

老喜喘着气骂道："妈的，赔了。"

·第十一章·

春云第六展

涀川介在城南的桐川道场位于陶然亭的东南把角。起先是个四进套院，曾是乾隆朝工部郎中哈家的老宅，咸丰朝被一位山西商人购入。光绪二十五年，涀川介相中了这里，出资长租，翻修大改。三十年的租金几近房价七成，可是涀川介依然只租不买。在他看来，三十年后他若还活着，定能见到大日本帝国占领这片土地……

　　门脸和前两进原样未动，三进及后的正殿和院墙都拆了，与陶然亭东侧的小丘连为一体，难得一片郁郁葱葱，这是借景的手法。可惜日本的枫树在干燥多风的北京很难得活，勉强以松树替代。他还运用原木、竹、藤等天然材料，搭出独立的茶社、水溏、庭院、功夫道场。局部上，的确逼肖逼真，俨然一座淡雅、简洁、富有禅意的日式院落。尤其这茶室，是涀川介特意依照奈良老茶屋的样式等一复制的。在仅容纳四人的茶室中，置一方素雅小几，地上铺榻榻米。面墙上挂一幅卷轴："神驰"。涀川介最钟情在这里饮茶、冥想，时常从夜晚坐到天光。

　　当夜，身穿和服的涀川介与秋山四郎对坐，共同欣赏着从叶广昌那里得到的北京防务图。

　　秋山就是曾化名胡罩向徐闯托镖之人。还有一位浓妆和服的艺伎正用木炭炉煮水。水开后，她将茶粉舀了两勺放入"建盏"之中，再用茶筅快速地击拂，发出好听的声响。

　　"每当听到这声音，就会想念我的妻子。"涀川介出神地说道。

　　秋山笑道："涀川君，您想念妻子的方式很特别啊。"

　　"这个茶筅出自奈良高山乡。我的妻子千月美子，就是奈良人。"

　　"原来是这样。不过先生很快就能回去和她团聚一阵子了，毕竟这份地图是回日本的绝好理由。"

　　涀川抚摸着地图，眼睛放光："你可以想象出军部的那些蠢蛋们，下巴快要掉在地上的样子吗？"

　　二人不由哈哈大笑起来。

　　此时，艺伎奉上了新打好的茶。二人才觉得颇有些忘形，于是都收敛了心绪，平静对饮。

　　"只是，那件宝甲很可惜，本来只是我们计划中的一部分，现在却不知下落。"涀川叹气道。

　　"那真是北宋时期的珍品吗？我一点没看出有什么稀奇之处。中国人，贫、愚、弱、私，他们的北宋祖先也未必好到哪里去。"

　　"混蛋！要有敬畏之心！"

"嗨！"秋山惭愧地低下头。

"这件宝甲，是人类织工的巅峰之作。正因为技法失传，才应该由大日本帝国来收藏它。如果能再次找到，并且带回日本去，是多么让人快意的事啊！"

秋山爬出座，伏在他的身前鞠躬道："这件事，请交给我去办吧。"

混川向他鞠躬："拜托了。"

杨定吾自被喜大人枪杀之后，尸首被连夜交付刑部。魏闻道早上起来收了喜大人这份大礼，高兴得手舞足蹈。在验明正身之后，当即报与侍郎大人，并提议将逆贼杨定吾的尸首在菜市口曝尸三日，以儆效尤。很快，大理寺和都察院那边也都复核批准了，又火速进呈宫中御览裁夺。可巧了，光绪帝正陪西太后用膳，慈禧闻听此事，笑着说了句"好奴才"，一高兴多吃了俩丸子。磕绊儿没打，当即准奏，还赏了刑部尚书一两龙涎香。

身在鸟枪营的赵素响，当天下午就亲眼见到了刑部的堂批："三日之内，任何人不许给杨定吾收尸，否则，与案犯同罪。"赵素响顿觉不妙，撒腿就往菩提巷跑，事已至此，绝不能让苏百川知道这个消息，否则必出乱子。可惜，他还是晚了一步。

史有为在巷口听到巡役鸣锣普法，宣讲了此事，当即回家奔告苏百川。只因昨晚喜大人枪杀杨定吾之事，史有为与柳絮才、赵华都曾围观目睹。从喜大人口中，隐约获悉此人就是玉渊潭案的主犯。虽然在政治理念上，史有为对康党非常反感，可是对杨定吾在玉渊潭救人的义举，他还是由衷敬佩的。他并不知晓通天拳与杨定吾的关系，更不清楚事发时苏百川就在院内不能动弹。只是当成一个新闻说与他听，毕竟那个叫杨定吾的逃犯，在穷途无路时曾跑进他家行窃，还被当场击毙了。苏百川听到他说出曝尸三日，气得面色铁青，身体发抖。

"可惜了，这样一位义士，也沦落到入户行窃的田地！"

"他不是行窃，他是找我的，杨定吾，是我叔叔！"苏百川眼中含泪道。

"啊！这样啊？抱歉啊，我不知道。百川，我，我亲眼看到鸟枪营的人杀他，是喜塔腊·赛碧图亲自开的枪。"

"你认识喜大人？"

"不瞒你说，我暗杀过他，惭愧没得手。"

苏百川看着这个荒诞不经的邻居，叹了一口气。

"要是你刺杀成了，我杨伯伯就不会死。"

史有为坚定地摇头道："你错了。杀杨定吾的不是喜大人，是制度。任何一个大清官员碰到他，都会抓、会杀。"

苏百川深叹一口气，似乎同意他的说话。史有为不失时机地继续说道："如果你想替杨定吾报仇，最好的办法，你认为应该杀谁呢？"

"我先出去一趟。"

"朝廷有明令，不许收尸。"

苏百川轻蔑一笑，径直向门外走去。史有为撵出去时，苏百川已经奔至葫芦巷的西巷口了……

柳絮才昨晚也目睹了杨定吾被杀，心中颇感慨！尤其是喜大人后来对围观者说："此人同治时期中过武举的，后来成了康党走狗。江湖上传得神仙一样，武功再好有什么用？受得了我一枪吗？"

柳絮才自幼受父亲的训诫，一生不入仕途，不问国事，落得做个逍遥快活的世外闲人。直到亲眼看见杨定吾的死亡，柳絮才也不觉得这与自己的命运有何关联。他永远不可能也不需要理解杨定吾这种人的精神世界。只是，有些为他可惜。

柳絮才驾着自己的豪华双马车，拉着揭心和空空儿一起去叶府。这是他早就答应了空空儿的事，一定帮她再寻叶广昌，把背后日本人的事弄明白。纵然他自己对这种事永远漠不关心。

空空儿在车里问他："二哥，你要那个宝甲干什么？"柳絮才完全没有听到，他仍在想着杨定吾这个人，和他当时的惨状。

揭心接话道："装听不见。跟没事儿人一样。我差点命都搭里边了。管他要，东西肯定在他手上。"

柳絮才回身大喊道："我已经送人了，你俩就别嘀咕了。还有啊揭老三，宝甲是我自己从赵素响手上拿的，当时你被他擒住了，你不感激我救你，还好意思管我要东西。"

揭心冷哼一声："我就知道……"

空空儿叹气道："我有言在先，这件宝甲不出事还好，出事不能再牵连苏百川。咱们把人家害得够惨了。"

揭心闻言扑哧一笑，不怀好意地看着她。

"你还有脸笑？要不是因为你，勾结叶广昌和日本人陷害通天拳，苏百川现在会这么惨吗？"

"都跟你说过多少次了，我那能算勾结吗？叶广昌的事儿我后面根本没掺和。再说了，我也腻歪日本人，那个浥川我压根儿不熟！"

空空儿冷哼一声不再说什么，可是揭心却冷嘲热讽起来。

"一口一个苏百川，苏百川。肉麻死了！你俩才认识几天啊？唉，十几年的师门情分，抵不上那同文馆小子的虚情假意？我倒没什么，唉！只是替二哥叫屈啊！"

"你少胡说八道！"

"你俩说的谁啊？跟我有什么关系？"

"哈哈！就说他呢。二哥，前面打架的那个，你情敌。"

柳絮才一拉缰绳，把双马的嚼子勒住了，马车缓缓停下。三人齐齐回头看去，苏百川和赵素响在车后十几步远的对街正扭在一起，各不相让。

"这不是赵素响吗？他也配做我的情敌？"

"哎呀，跟鬼见愁打架的那个。"揭心提醒道。

"噫？这人我好像在哪儿见过啊！"柳絮才蹙眉道。

"你在哪儿见去？人家可是同文馆的……"

"你俩别说话。烦死了！"空空儿早急了，她不明白怎么苏百川跟赵素响能当街打起来。

"撒手。"

苏百川左手被赵素响死死拉住不放。猛推数下，赵素响换双手抓他。苏百川一拳打在他胸口，赵素响吃疼松了手，跟跄后退几步。苏百川抬腿刚走，又被他撵上了索性一把抱住，强拉着苏百川走到道边背人之处，喘气道："幸亏让我撞见，不然你非闯祸不可！"

"我不用你管。昨晚若不是你，我杨伯伯会死吗？"

"百川，"赵素响看了看左右人群，低声而急促地说，"你冷静一点。杨定吾犯的是死罪，保不了的。我不拦着你，连你也坏了。"

"大不了让他们抓，让他们砍脑袋，我认了。你闪开！"

苏百川奋力一推，赵素响跟跄后退倒地，一头撞在道边的石墩子上，登时血流如注。苏百川看了他一眼，迈腿就走。

"百川。"赵素响捂着头站了起来。"难道我不想救他吗？不想救他我昨晚为何去你家？"

苏百川闻言，稍稍冷静。

"被堵之后，老英雄为什么要走前门？凭咱们三个还弄不了后门的两个枪兵吗？他是怕，怕万一出了岔子，自己天大的案子就沾上了你啊！百川！如今官府好容易抓了他，曝尸三日，就是要威慑异己，要堵天下悠悠之口。这时候你去收尸，不是往枪口上撞吗？明者远见于未萌，智者避危于无形！眼下事情已出，危险就在，你可不能糊涂啊！"

"那我就眼睁睁看着？看着杨伯伯死了也被这样侮辱？我师父秘传了我十年，是让我做缩头乌龟的吗？"

赵素响静静看着他，眼圈渐渐红了，哽咽道："在陷马台，我亲眼见到徐闯被打死，我亲眼见到的。如今你师父师弟，生死未卜。杨老英雄，死于枪下。这还不够吗？百川，这条老路已经走不通了！我们这些旧人，注定会被淘汰，被抛弃！就算你有绝学在身，面对西洋火器，又能如何？"

"功夫，不是技艺之争。几千年的东西，你说不行就不行了？"

"那也不能硬来啊，刑部督捕司是有配枪的。"

"杨伯伯是因为我死的，是因为通天拳死的。不敢收尸，我还算人吗？"苏百川说完，眼泪在眼眶里打转。赵素响心中触动，也知道再劝不住了，眼看苏百川大步朝菜市口而去，只得默默跟上。

对街的马车里，盗门三人面面相觑。空空儿正想下车去问，就见到苏百川走进了一家布行，不久走出。腰上扎了一根白麻布，他又把店门口的独轮车推了，面无表情迈步继续朝前走。店老板追出来，赵素响急忙拦住，人家要钱他却没有。空空儿看到这里，和揭心一起走了过去。

无风三尺土，有雨满街泥。

菜市口铁门胡同是赫赫有名的法场。当年戊戌六君子就是在此处被正法。此刻，从胡同南口一直到菜市口三岔路，都被百姓围得水泄不通。魏闻道、阮中华领着十几军校推来一辆木囚车，车里杵着十字桩，桩上绑着杨定吾的尸首，耷拉着脑袋，胸口以下全是污血，样子惨极了！

王府之事尘埃落定后，负责善后事宜的阮中华运用阴阳手段，捞了十万不义之财。只是还了赌债，置了两处私宅，又所剩无几了。这不禁让他十分触动！心说在宗人府猴年马月才能再遇这等美事？不如挪个地方，去到近水楼台的刑部当差。于是花钱使门子，自愿降级去了刑部督捕司，做了七品中书。可巧了，正在魏闻道手下当差。

"大家看着，此人就是康党的余孽，逆贼杨定吾。他曾在玉渊潭劫走了三位逆

450

臣。如今呢，却被我朝廷捉拿正法。奉劝那些作奸犯科、为非作歹之徒，以此贼为戒！再敢与朝廷作对，这就是下场！"阮中华向众人宣讲完，低声问魏闻道："大人，您看我这么说行吗？"

魏闻道暗竖拇指："阮大人太上道儿了，说得好！"

阮中华来了劲头，清了清嗓子道："都听好，朝廷有令，曝尸三日，以儆效尤。任何人不许为杨定吾收尸。敢有明知故犯者，与案犯同罪。"

"人都死啦，还要曝尸啊？"

"听说这杨定吾是英雄啊。义和团的时候他可是跟洋人干过的。可惜啦。要不咱等晚上悄悄给埋了？"

"疯啦？官府不让收尸。你充什么大头蒜？"

老百姓正七嘴八舌议论着。苏百川推着独轮车走了进来。与阮中华四目相视，都是一愣。苏百川也不搭话，把小车推到囚车旁，解了囚车的闸门绳索，开木门要去抱杨定吾的尸体。众官军、百姓全都傻眼了！

魏闻道远远见了，忙翻身上了马，这才看清楚是个书生打扮。用马鞭子一指："你们都是死人啊？快拦着他！"

众兵这才围了上去，十几个枪头齐刷刷指向苏百川。

阮中华双手一展："都别动！"

他上前几步，用不可思议的眼神看着苏百川，小声道："你，你认识杨定吾？"

"他是我叔！"

"杨定吾是你叔？"

"是。"

"那他的案子……"

"他的案子我不知道。但人我要管。"

"朝廷有令，不许收尸。你别让我难做啊！"

魏闻道远远嚷着："跟他废什么话？还不拿下！"

今天，魏闻道带出来的人，有几个是督捕司的，身上都有俊功夫。起初没把苏百川当回事，只来一人，上前伸手拿他的腕子，苏百川一翻手，登时被反擒了。哎呀一声，就跪倒在地。众捕头一惊，纷纷抽刀就剁。苏百川拳打掌劈，瞬时间就把三五个人的单刀全部打落。

百姓齐齐叫好："好功夫！"

外围的士勇们挺着长枪把他团团围住。阮中华瞠目结舌看着苏百川，谁想到他竟然武功这样好！

魏闻道下了马，一伸手接过同僚递来的火枪，拨开人群，走到近前："好大的胆子！你是什么人？"

"我叫苏百川。杨定吾是我叔，我要接他回家。"

"你刚才没听到吗？杨定吾十恶不赦，不许收尸。违令者，与他同罪！"

苏百川不为所动，继续去抱出了尸体，放在独轮车上，把自己的外衣脱了，盖住杨定吾的上身。魏闻道把火枪顶住了他的脑袋："我说话你没听到吗？信不信我一枪崩了你？"

众哗然。

阮中华上前附耳道："大人，他是同文馆的学生，有功名在身，打不得。"

"同文馆？哼，离经叛道的地方，尊西洋人为老师，学的尽是些奇技淫巧。国之根本在于人心而不是在技艺！我打心眼儿里就瞧不上这些小洋鬼子。"

"那你还用洋枪指我？跟他们一样跟我打呀？为什么不敢？拿枪就是心虚。用洋枪而鄙夷洋技，就是伪善！"

群众一片唏嘘哗然。魏闻道气得脸色发青。

"我为官三十载，还没人敢这样和我说话。"

"那你现在见到了？"苏百川毫无惧色冷笑道。

魏闻道再次举枪，对准了他的脑袋。

人群中有人大喊："大人且慢！"赵素响急急走来，抱拳道："魏大人。"

"咦！你不是那个赵什么什么……"

"小的赵素响。在喜大人手下听差。"

"对，是你。你什么意思？想为他挡横儿？"

"小的不敢，只是魏大人，这苏百川，是叶广昌大人的侄子。"

魏闻道一凛，冷冷道："叶大人，可真会教孩子啊！好吧，本官今天就饶你一命，带回刑部去，让他叔来领人。"

苏百川坚定地看着他："我不是同文馆的学生，更不是叶广昌的侄子。这个地方和这个人，与我如今已没有关系了。"

赵素响听闻不由大惊。

"我是通天拳的弟子，杨定吾的侄子，就这一个身份。我要给我叔收尸。"

阮中华也急了，忙上前小声道："魏大人已经很给你面子了，你真的要公然抗法吗？"

"我叔叔纵然有罪，也被你们打死了，他已经伏法，怎么能说是抗法呢？可是你们还要曝尸？未免太残忍，你们考虑过家人的感受吗？再大的王法，也不能肆意践踏人的尊严。"

人群再次聒噪起来。魏闻道冷笑道："苏百川，就凭你这些话，就够杀头的。"

"这话哪够啊？我直说了吧，杨定吾伯伯是因为去找我，才被官府堵到的。"

赵素响脸色骤变。这不是不打自招吗？魏闻道于公于私都可以立刻把苏百川锁拿，先扔到提牢厅去，审你一年半载的完全不在话下啊！

果然魏闻道换了一张笑脸，再次打量苏百川一番："哦？那他找你干什么？"

"来家吃饭啊，怎么了？"

"那么玉渊潭的案子，也有你一份儿喽？"

"我倒是想去来着，可他也没喊我呀！"

"我看你是活够了，苏百川。"

"杨伯伯都不怕死，我给他收尸，还怕吗？连这点血气都没有，我就不配给他当侄儿！"

魏闻道倒吸一口凉气，看来今天这擂台他是打定了："好小子，我敬你是条汉子。可是，王法就是王法，不许收尸就是不许。菜市口这地方，铁板一块，从无先例！"

"是吗？魏大人，您知道谭嗣同吗？"

苏百川这样一问，魏闻道还没反应，赵素响倒先一惊。

"废话。谭嗣同是乱臣贼子。当时就砍在这儿了。怎么了？"

"谭嗣同被杀之后，朝廷明令禁止，也是不许收尸。对吗？"

魏闻道一愣，想了想："对。"

"可偏有人给他收了尸。又怎么说？"

魏闻道冷笑："哼哼，我当什么？这事儿我知道。给谭嗣同收尸的不就是大刀王五嘛！可后来他照样也被砍了头啊。而且，也是不许收尸！"

"您说的一点没错。那您知道大刀王五是被谁收殓的吗？"

魏大人惊了，心说还有这种事？摇头道："谁这么大胆子？"

苏百川淡淡说道："天津霍元甲。"

众人一片哗然，也不知谁起了个头叫了一声好。老百姓都嚷嚷着叫好。

魏大人愣了："霍大侠？"

赵素响小声道："是的，这事儿后来太后也默许了。"

苏百川正色道："魏大人，朝廷有朝廷的法纪。武林，有武林的规矩。案犯既已伏法，收尸人之常情。你们可以处决杨定吾，但消灭不了道义和良知。今天，我一定要把杨伯伯带走，让他入土为安。如果你要阻拦，请立刻开枪，把我就地处决了。我敢跟你打赌，即使你杀了我，照样有人敢给我收尸！"

魏大人慌了，向后退了几步："胡说八道。我不信，不会有这种人的。"

"我。我会。"赵素响坚定地说道。

"我。"空空儿从人群里走了进来。她看着苏百川，满是敬佩之色。阮中华一见是她，不自觉地就往后面缩。

"哈哈，还有我！"揭心也走了进来，站在空空儿旁边，对着苏百川挤眉弄眼的。

"我，我也敢！"这是一句陌生的声音，从众多围观者中发出。

"我，我……"许多人义愤填膺地喊着。

魏闻道不由大惊："反了，反了！都别走，你们一个个谁都别走！跟我回去调兵！"

说罢仓皇上马，带着阮中华等手下，一溜烟儿跑远了。

早有人送来草席和棉被，苏百川把杨定吾的尸身郑重收殓好。在赵素响、空空儿、揭心的陪同下，走出了欢呼的人群。

柳絮才在马车旁立着，远远地看着苏百川，百感交织，怅然若失……

454

·第十二章·

龙光射牛斗

尽管苏百川艰难地夺回了杨定吾的尸体，并使之入土为安，可是接连的灾祸还是令他心力交瘁，悲愤无说处。放眼门内，只剩自己孑然一身，无所凭赖。赵素响虽是挚交，可他是个守旧且固执的人，在事上总见分歧。且他并非通天拳弟子，又为衙门当差，让他去帮自己寻找师父、师弟的下落，去寻叶深的踪迹，实在强人所难。眼下第一要务是必须找到父亲，求道春云十三展。如果也像其他内家拳一样，是心法和套路，那么父亲一定精熟。自己要力争继承，光大门楣。倘若叶深已将绝学盗走，一旦被他学成，后患无穷。故此，他无心再与盗门三人做过多的纠缠，算是暂时放下了瓜葛。

　　空空儿三人驾着马车去北城叶府了。苏百川则与赵素响将杨定吾的尸身掩埋在了陶然亭。期间，苏百川告诉了他三件事，托付了两件事：

　　谋害师父马之良的人是师叔叶广昌，如今师叔已死，而师父和师弟生死未卜；自己的父亲还活着，同样身怀绝学；加害王府的黑衣人身上都有鹿头的文身。苏百川希望赵素响可以帮他找这个有文身的日本人组织；在自己离京寻父期间，请他搬到菩提巷去住，帮自己照看好大格格。

　　赵素响满口答应，让他放心出京，自己会保护好大格格的安全。可苏百川没料到，一说到鹿头文身，赵素响立刻想到了之前密查过的桐川道场，而且，这道场与此处仅一箭之遥！但赵素响没有说破。在他看来，通天拳接连的不幸恐怕还没有终结。歹毒的叶氏父子和日本人既然选择了对池子和线镖同时下手，那就是要置通天拳于死地。苏百川只要还在，随时都有危险。江湖上的事，不该由他一个学生来承担。更别说他的学业那样卓越，眼下又有出洋的大好前程，他的人生不该在此处。于是竟瞒过苏百川，自己酝酿着另一个计划……

　　秋山四郎带着一个手下，从金银巷的广顺镖局出来之后，乘车抵达了菩提巷。由于广顺镖局大门紧闭，他们决定今晚趁夜潜入再探虚实。而通天拳这边，就需要动一番脑筋了。秋山推断，通天拳如今应该还有三个徒弟在，硬闯是不可取的，不如继续假扮胡覃，来询问走镖之事。见到通天拳的人就说，广顺镖局那边没有线镖的消息，给了这个地址，让他们来问；倘若家中没人，再越墙而入。打定好主意，秋山又叮咛手下平野，镖师都是细心之人，你的中国话夹生，不要多嘴。

　　"嗵嗵嗵！"

　　平野敲了三下门。

　　"有人在家吗？"秋山问。

半晌没有回音，平野又重敲了三下。

此时，大格格在书房读书。而吴妈已闻声来到院内，透着门缝看到了两个陌生人。想起二少爷早有吩咐，眼下家里频频出事，除了赵素响，不要轻信任何人。于是就站着不动了。

秋山与手下相互递了一个眼神，溜着墙边走了。与先前在广顺镖局的遭遇相同，虽然判断可能家中无人，可是一丝不苟的日本人依然捋着院墙来到了葫芦巷，寻到了老宅的后门，继续敲。假如这次还是无人应答，他们就要越墙而入了。

"嗵嗵嗵，嗵嗵嗵。"

依旧半晌无人应对。

"马之良已经死在了陷马台，但宝甲很可能没有带离北京。真是一个让人头疼的问题。"秋山用日本话低声说道。

"秋山君，您认为广顺镖局和通天拳，哪个嫌疑更大？"

秋山用手坚定地一指："应该还是这里。虽然我们委托了徐闯，但是他更倚重马之良。不等晚上了，我们翻进去吧。"

方才在前门时，吴妈听见他们走后不久，大格格就出来了。吴妈让她别出声先回屋里去，自己悄悄向后院走。刚过了月亮门，就听到了后门的敲门声，心里一阵发毛。蹑手蹑脚走到近前，耳朵贴在门上一听，全是一串日本话，登时吓了一大跳。眼见敲门声越来越急，正没个主意，就听门外有人搭话。

"出什么事儿了？"

秋山二人一回头，是个四十岁左右的邋遢木匠。

"什么意思？"

"你说什么意思啊？你们找谁啊？"史有为一脸不高兴。

"我们找马之良先生。"

吴妈透过门缝一看，哑巴居然说话了，吓得更是六神无主。

"你们也太没规矩了，有你们这么敲门的吗？"

秋山一愣，与平野面面相觑："怎么？哪里失礼了吗？"

"太失礼了。你这么敲，那叫报丧知道吗？家里有大人没有啊？"

"对不起，我还是不明白。"

史有为暗笑，家里没大人就是骂你爹妈死得早，这话都不懂。他走到门前，伸出两根指头叩门。先击一下，之后是两下，如此反复。

"嗵，嗵嗵……"

二人仍是一脸茫然。

史有为板着脸："我告诉你，甭管什么时候，敲门是这样敲的。连着三下那是报丧！"

秋山臊红了脸，暗笑自己自诩中国通，这个常识竟然不知。

"抱歉。是我失礼了，我真是不知道敲门还有这样的讲究。"

没想到史有为不依不饶："不对啊，我看你俩穿着打扮也像个知书达理的样子。就是没读过书，家里的大人总教过吧。到人家里去拜门儿，敲门你都不会。真遇到那矫情的，你可是要吃嘴巴的。"

秋山有点慌，不知该怎么应对，向他鞠了一躬："实在抱歉，我们下次注意。"说罢就要拉着平野离开。

史有为发现了蹊跷。"你等等。你俩到底是干吗的？"

"商，商人。"

"来这儿找马之良干什么？马师傅出远门儿了你们不知道吗？"

秋山支支吾吾半天不知怎么说。

"还有，你怎么对我鞠躬啊？中国人都是拱手的，日本人才鞠躬！"

听到这里，秋山的冷汗都下来了。他有心说我叫胡覃，是托镖的事主，可是跟一个邻居说得着这些吗？况且人家从敲门就瞧出来蹊跷了，你不是一个识礼数的人，说托镖人家未必就信。最糟糕的是，还鞠躬致歉了。

秋山索性把心一横："实不相瞒，我是日本人，我叫秋山太郎。"

秋山这样说，不光门里的吴妈，连平野都是一惊，尽管他把四郎说成了太郎。

"我知道中国人不是很喜欢日本人，所以刚才没说实话。关于敲门的学问，受教了。再次多谢！"

谁知史有为却哈哈一笑，竟用日语回道："原来是日本的朋友，那就不怪你不会敲门了。"

二人一听不免大惊。吴妈彻底傻眼了。

"原来阁下也是日本人？"

"不不，我是中国人，我曾在横滨留学。"

秋山欣然笑道："原来是这样啊。我的家乡在鹤见。"

"鹤见啊，说起来好亲切啊。我的老师就是鹤见人，我是学牙医的。我叫史有为。"说罢，也向二人郑重鞠躬，二人急忙还礼。

"秋山太郎。"他说完，用余光乜向手下。平野无奈也向史有为鞠躬："平野，平野信男。"

秋山瞪了他一眼，惊讶他怎么把真名都报了。平野也回敬他一个眼神，意思是说你不也报了吗？秋山心说我至少把四郎改成了太郎，你倒好，把真名都报了。真是废物。想到这里，不由瞪他一眼，又叹了一口气。

史有为笑道："您二位是做什么的？为什么来找马之良啊？"

秋山只得继续撒谎道："我在礼部教书。很痴迷中国的武术。听说马先生是拳术名家，特意慕名拜访的！既然他不在，我们就择日再来！"

说到这里，就示意手下离开。没想到史有为一把拉住了他。

"你先等会儿！你说什么？你在礼部教书啊？不会是四译馆吧？"

"惭愧。算是吧。"秋山搪塞着。

"哎呀！朋友，我可找着你了……"史有为一惊一乍地嚷道。

二人再次大惊。

"秋山君，平野君，二位能否赏光到寒舍一叙？"

二人面面相觑，又凝视史有为半晌，觉得这个有些神经质的家伙应该不是要使坏。略一迟疑，就都跟着史有为进院子了。吴妈从门缝里目睹了一切，感叹这老史藏得太深了，非但不是哑巴，还是个日本人？洋人就没一个好东西，东洋人更坏。可是看情形，他与这二人又好像不认识。想到这里，她顺手就把花盆里的一把剪刀装身上了，要有人硬闯，自己就跟他们玩命。

秋山二人在院中坐定，打量周遭的环境，只是一个木匠窝棚而已，确信史有为没有威胁。史有为殷勤地奉上了茶。

"秋山君，平野君，请别客气。能遇到真是缘分啊。"

"既然您毕业于日本的医学院，那您现在是医生吗？"

史有为神秘一笑："不，我从事其他职业。"

秋山点点头，本来也只是寒暄，既然他不说，便没有深问。

"请二位到家里来，是因为我写了一些东西，确切说是几部书籍，这些对我很重要，我已经把它译成了日文。"

二人很惊讶。

"是要在日本出版吗？"

"是的，我想介绍到日本去。自明治维新以来，中国学界受到日本的影响很大。我这几本册子，算是一种交流吧。我希望更多的人可以看到。"

秋山竖起大拇哥："原来是这样。了不起，了不起。"

平野忍不住问道："那您找我们来？"

"是这样的，有几个章节，我分析了日本明治维新时期的特有事件。可是，关于一些称谓和具体的引用，还不甚严谨，毕竟我离开日本很多年了。如果秋山君和平野君愿意帮我的话……"

"原来是这样啊。非常荣幸，愿意拜读大作。"

史有为别扭一笑："不过呢，这本书啊，在内容上可能会是禁书。因此，我只能给您看部分稿件，并且请您为我保密。十分抱歉！"

"理解，完全理解。"

史有为起身去了里屋，在一个罗汉床上快速地翻阅起来，除了一些稿件和成堆的书籍之外，虎头盘云五彩甲竟然被他胡乱丢弃在杂物堆里。平野站起身，打量着里外环境，无意间瞥到了，心中又惊又喜。平野是跟随淝川介一起亲临过陷马台的，曾目睹过为了这件宝贝，有多少人命丧黄泉。如今竟被这个神经兮兮的家伙胡乱丢弃在杂物堆里，简直匪夷所思。

"虎头甲。"他跑回来极小声地说，并用手指了指罗汉床。秋山张大了嘴，刚想看个真切，史有为走了回来，将十几页稿子递了过来。

"啊，就是这个了。请一定帮我看一看。"

秋山拿来假意浏览，眼睛下意识向里屋扫看。平野趁史有为低头倒茶的工夫，示意秋山现在动手抢。秋山略一思忖微微摇头，对史有为笑道："史先生，看得出来，您是一位治学严谨的人。我的学识浅薄，读起来十分吃力呢！"

"连日本人读我的书都很吃力啊？"史有为有点儿飘飘然了。

"是的。如果您不介意的话，我想带回去校对。"

"带回去？"

史有为把稿子拿了回来，反复审视一番，抽出了两页他认为比较敏感的部分，把余下的递给了秋山。"只是占用您的宝贵时间了。"

"请不必客气，我很愿意交您这个朋友。"

"这是我的荣幸啊！您何时可以完成，我去府上取稿。"

"不必了，我过两天给您送过来吧。"

"那怎么好意思，还是我亲自登门……"

"真的不必了，您这本书没有出版之前，还是保密要紧。我，亲自送来吧。"

史有为连忙起身向他鞠躬："十分感谢您。拜托了。"

盗门三人在北城的叶府没有觅得叶广昌踪迹，驱车回"南书院"时天色已近黄昏。途经菩提巷，柳絮才忽然起意，想让空空儿见识一下那件传世宝甲。于是三人就去了相邻的葫芦巷，要拜访史有为。

孰料进院一看，史有为和赵华俱在，更还有赵素响和大格格。双方正剑拔弩张。原来，这赵素响自辞别了苏百川，就赶到了菩提巷，将苏百川托付之事跟她说了。大格格未及多问，吴妈就把邻居史有为的反常之举也告诉了赵素响。赵素响顿觉事大，悄悄溜到他家门外探听虚实。谁想他弟弟赵华竟在！赵素响夺门而入，问他俩是什么关系，赵华只敢说史有为是个琴师，自己慕名结交而已。关于日本人的事，史有为也只是说随便寒暄罢了。赵素响哪里肯信，吵嚷着逼他们讲实话。大格格听到了，也连忙来劝。就在这时，盗门三人也到了。

柳絮才这才将宝甲之事，一五一十跟众人说了。自己弄这个宝甲，只想送给史有为，物归原主。赵素响这才相信，他真的只是一个琴师。众人颇感叹，若不是揭心偷走了宝甲，如今这国宝必然又落到日本人手中。毕竟，无论揭心偷与不偷，叶广昌都会借葛氏兄弟之手图害马之良的。赵素响亲口告诉众人，叶广昌已经死了，让他们不必再找。而苏百川去了哪里，他却不肯再说了。原本，揭心见了大格格之后，也动了恻隐之心，想把泥川介的事情告诉赵素响。可是赵素响对自己依旧成见很大，一副颐指气使的样子，话里话外又夹枪带棒，揭心就懒得跟他啰唆了。

柳絮才一时兴起，要请大家吃饭，让揭心速速去东兴楼办了一桌好酒席，送到了史家院子来。赵素响死活不肯与揭心同流合污，要拉大格格一起回对门儿去，可是大格格却忽然对史有为十分地好奇甚至仰慕，好说歹说，要留下来喝三杯酒再回。

赵素响这个官人一走，院子里顿时就活分许多。大家都围观着史有为这张淡和琴。

大格格忍不住问道："我阿玛给我说过做琴，他说良材最难得。以前老的斫琴师傅要进到深山茂林之中，听风吹树干的声音，在细微之处，分辨出哪个可以取用，是不是这样？"

史有为点头："是的。即便如此，也要放置很多年，去掉木料的湿气，方能斫制。"

柳絮才笑道："据说最好的琴材是老棺木，或者是老宅的大梁，就是因为时间久了，湿气已经散尽。"

史有为点头。

柳絮才又问："先生，您这张琴所用的琴材，是无垢山天觉寺的大钟钟椎，六百年的杉木老料了。可是我记得您之前说过，材料还是有问题，如今怎么又做成了呢？"

史有为把琴横在膝盖上，在弦上走着泛音，旁若无人一般，弹奏了一曲《石上流泉》，众人如痴如醉……

"这世上，就没有十全十美的东西，琴材也一样。这根钟椎，木质、尺寸、火候，还有这得天独厚的金石品质，都算是上上品。可正因为它常年击锤铜钟，金石之气太盛了，才要调整。"

"怎么调整？"

"这是天觉寺的钟椎，说白了，是佛祖的法器。要动这件东西，必须心怀敬畏。普通的地方，就辱没了，因而我搬来菩提巷附近。"

"原来是这样啊。那您搬来多久了？"

"六年了。"

"然后呢，又该怎样？"

"天地之性，五行相克。以火销金，过犹不及。"

"我还是不太明白。"

"在正午的时候，用火烧。要非常小心，做到炽而不焦。"

"听起来也不算难，那为何要六年之后才把木材斫制为琴？"

"这根六百年的老钟椎，藏于木中的精胜之金，比普通的金器还要顽固。故而，只能借端午之火。每年端午，正午之时，阳气最旺，只有这时候的火，才降得住它。烧它一次削减一百年金气。所以，我烧了整整六次。哈哈哈。剩下的就是斫制了，工序也是几百道之多，繁琐得很。"

"这也太玄乎了，说得跟木头成精了一样。不就是做一张琴嘛，费这么大周章！"揭心撇撇嘴，表示难以相信。

"你懂什么？先生本名叫雷音，'盛唐八雷'的后裔。"

众人都是一愣。

大格格蹙眉道："我知道的。雷氏，是做琴的绝顶高手。"

"我蜀中雷氏，自唐贞观以来，世代斫琴，备受皇室推崇。不但如此，唐有王维、白居易，宋有苏学士、柳永，他们不光藏有雷琴，还以此入诗、撰文，得占一时风流。唐代的李龟年收有一张司马相如的仲尼琴，但是他仍觉得不如雷琴松透，于是他把雷琴评为千古第一。这是雷家的莫大荣耀，同时，亦是沉重压力。自此，雷氏不得不三代出一琴，际会世风。这块琴材，是我祖父用三世家产换来的。我斫琴，没有选择。"

众人听来无不感慨非常。

"柳兄与我同为直隶人，他了解我的一些事。为了得到我这张淡和琴，竟不惜做贼，偷了我母亲家族的传家宝与我交换，让人感动。"

揭心冷笑一声看着二哥，空空儿也白了他一眼。柳絮才面沉如水不为所动。

"可是，一件宝甲，换不走淡和琴。"

柳絮才抱拳："惭愧，惭愧。"

"请听我往下说。祖辈的事我做完了，我自己的事，还远未结束。我早年间毕业于日本横滨医科大学，在日本的三年，我认识了很多旅日华人，他们可称先生、大儒、思想家。是他们，让我真正了解吾民族，认识吾国家，也为我的人生开启了全新的可能。一条万古水，向我掌心流……赵华。"

史有为一伸手，赵华早捧着一堆书稿在旁边静候多时了，就等这句"一条万古水"，急忙递了上去。

"你们都是江湖儿女，性情中人。我不怕实言相告！我来北京，一为安心斫琴，二为潜心著书，第三，专为救国。从一八四零到一九零零，这一个庚子年的轮回中，我看透了昏聩颠顶的大清，受够了'拔一毛利天下而不为'的那拉老妇。我们生在这个时代没有选择，但是我们绝不允许国家毁在那个老妇手里，毁在洋人手中。在座的都比我年轻，你们莫要辜负了大好年华。劝君莫惜金缕衣，劝君要惜少年时。人活着，不是为了功名利禄，更不要深陷儿女情长，小家子气！"

空空儿和大格格下意识对视一眼，似乎觉得他在说自己，顿觉灵魂矮小了许多。史有为的唾沫星子飞到脸上都不敢躲。

"那什么是最重要的？无非'救国'二字。行止坐卧，都不可忘。如忘救国二字，便不成人格。"

赵华激动鼓掌。

"这是我的新书。共分三册：《杀慈禧之原因》，《杀慈禧之方法》，《杀慈禧之效果》。"

虽然已有心理预期，可当听到这书名，大家依然心惊不已。

赵华笑道："我是第一个读者。不是我夸口，此书，足以推倒一世豪杰，开拓万古心胸。来来，诸位，开卷有益，开卷有益！"

空空儿让揭心把油灯拿到自己手边，翻着翻着就读了起来："这句说得解气，就算没有《马关条约》，没有《议和大纲》，没有《辛丑条约》，仅凭她对洋人说'量中华之物力，结与国之欢心'，此老妇就该杀……"

大格格瞪了她一眼，没有说话。

空空儿继续念道："昏聩、腐朽、专横、残暴、祸国殃民的老妇，是开天辟地以来，中华第一罪人。这话重了吧？但是有道理。"

史有为笑道："一家之言，可以探讨！"

大格格极力隐忍着。

空空儿忽然想起什么来："哦，我差点忘了，你和慈禧是宗亲。"

史有为和赵华当即尴尬。

大格格淡淡道："我生在宫里，自小在王府长大，不比你们跑江湖的经过见过得多。但我想问你一句，大清国，是太后一个人的大清国吗？"

众人一愣，竟不能答。

大格格看着空空儿："你家的事，我家的事，人都快死绝了，也没弄明白。国家的事，你又能说清楚？"

空空儿叹了一口气："如果没有苏百川，我们一定会成为朋友。"

大格格幽幽道："不！有没有他，我们都不会是朋友，永远不会。"

空空儿残忍一笑："没了家人，不要朋友。那你最好祈祷苏百川能够平安……不然，你就一无所有了。"

大格格心里咯噔一下："他，到底去哪儿了？"

"我不知道。"空空儿说这话的时候却故意让她觉得自己在说谎。大格格正犯疑心时，门外响起了赵素响的敲门声。

"格格，回去了。"

大格格站了起来，向众人欠身离去，那些书，却一本也没拿。

盗门三人也起身告别了，史有为早留意到揭心这个人眼有邪光，于是上前堵在了门口，让众人等一下。待听到赵素响和大格格关上院门的声音，这才对三人道：

"不瞒各位，我的这三本书和我这项上人头，能值白银两万。哪位若是缺钱花，尽可报于官府！"

柳絮才大惊："先生何出此言？"

空空儿不悦道："您把我们当什么人了？"

揭心听出史有为这话是对自己说的，于是笑道："我们能结交您是三生有幸，谁敢做出卖之事？"

史有为哈哈一笑："一句玩笑。不过……"他忽然神情肃然了，定定地看着赵华。

"倘若有朝一日我真的死了。赵华，我要你把我的脑袋切下来，找个生脸去刑部领赏。所得之资尽数捐于湖南同志。"

赵华大惊："先生！"

"如果赵华不能做，就仰仗您三位了。"

柳絮才吃惊不小："先生，您，究竟什么意思？"

史有为含泪一把拉住了柳絮才，低声嘱咐他："二爷，明儿一早，请您务必再来一趟，我，有事相托！"

柳絮才见他欲言又止，又无比殷切地看着自己，顿觉事大，于是点了点头。

第十三章

借树开花

茶室没有点灯，只一缕月光从窗外投进。

浘川介"正坐"在小几前，将八九根枯枝条和新折的迎春花枝插入笔洗大小的石盆里。他娴熟地翻弄、剪修，在这幽暗中，掌控着细腻与优美。

"下面这根取下如何？"浘川斜着身子问旁边的秋山四郎。

"会更紧凑一些。"秋山恭敬地说。

浘川点点头，取下一根枯枝。端详半晌又放回去，又取下。接着，他拿了几块卵石压在花盆里，把花蕊揉了几瓣洒上。最后，他点了一根蜡烛，照亮了盆景。秋山不禁赞叹了一声。

"静雅传神，见之忘俗，真有缩崇山峻岭于咫尺之间的境界。先生不愧是草月插花流的传人。"

浘川淡淡一笑。屏住呼吸欣赏着自己的作品。须臾，浘川的目光才缓缓移开，定定看着秋山四郎。

"真的是宝甲？看清楚了吗？"

秋山一愣，之后鞠躬说道："事出突然，我没有绝对把握。但是，平野君很确定。"

浘川介咬着下嘴唇，思索着他的话。

"而且，他的家就紧挨着通天拳的镖局。所以……"

"你们去马之良家，不会是被他发现了吧？"

"您的意思是，他在故意试探我们？"

"不是没这个可能。书稿给我看。"

秋山从宽大的袖中取出折好的手稿，递上。又把烛台端过来给他照亮。浘川介仔细端详许久，才淡淡道："看起来，他不像是说谎。这的确是明治维新的内容。"

秋山点头称是。

"书稿的其他部分你看到了？"

秋山慢慢摇头："他说，不会为当局所欢迎。"

浘川介笑着点了点头："这个人，应该是革命党。"

"我也猜到了。这也是我迟疑的原因。那么，我们要拉拢和争取他吗？"

浘川介坚定地摇头："这不是我们的工作。我只要宝甲。这样吧，报告给中国的当局，就说他的院子里，有禁书。等到他被抓捕之后，我们再去拿宝甲。"

"可是，浘川君，你我了解的中国官府，行事一向缓慢。拖沓一天，宝甲都可能被转移。我更加担心的是，万一抓捕他的中国官员中，有人认出了国宝，那可就糟了，会被没收的。"

秋山的话令浥川介再次陷入了沉思，他沉吟片刻才笑道："中国人，已经认不出自己的好东西了。尽管他们会装作很了解的样子，可他们只认识钱。"

二人相视一笑。

"不过，你的担忧不无道理。还是我们自己来吧，不要惊动官方。"

"嗨。"

"这个史有为，是练武的人吗？"

秋山摇了摇头："四十岁的年纪，形态和体魄不像武者。可是有些中国的高手，外形就是这种松松垮垮的，一动手就换了一个人。我当时，没有硬来。"

"你的做法很好。想一想，马之良凭什么把这么重要的东西交给他？仅仅是邻居？绝不可能。这里面有隐情。比如，他和马之良交情极好，他的武功也令马之良放心。东西放在他那里，更安全。"

"哈哈，这个推断我可不赞同。马之良和徐闯我都见过。高手，自带杀气。而他没有。我当时没有贸然动手只是出于谨慎。我更愿意相信，他只是一个书呆子。宝甲在他家出现，或许只是一个巧合。"

浥川介站了起来，在房间来回地踱步。

"好。明天你去还书稿。一定要把宝甲带回来。我要万无一失。"

"嗨。"秋山起身鞠躬，拉开房门准备离去时，忽然回头道："浥川君，我想起了一件事。史有为知道了我们的名字！"

浥川介瞪大了眼睛，缓缓站了起来。

"为什么会这样？

"是我们粗心了。平野也说了。非常抱歉。"他再次鞠躬致歉。

"那么，这个人不能留了，拿到东西之后……"

"明白！还是我和平野去吗？"

"保险起见，再去一个。"

"谁？"

"我。"

赵素响接过吴妈端来的一海碗酱菜肉丝手擀面，宽汤、重码、面粗。他忽然怔怔愣住，半晌捧起碗喝了一口汤，当即心里一酸，眼角湿润了。

吴妈惊愕："怎么了孩子？"

"没事儿，辣。"

"是你说多搁辣椒的。"

"吴妈，特别好吃，特别好吃。谢谢你。"赵素响哽咽地说着。

"你敞开了吃，管够。"

"哎。"

吴妈真以为他被辣着了，给他倒了一杯水笑着出去了。赵素响默默地吃面，黯然落泪。他并非穷到连面条也吃不起，只是这味道，真的是久违了，就像母亲做的一样……他感激苏百川，让他搬过来帮忙是最大的信任，能吃到这样的面条，是给他家一般的温暖。

赵素响是一个苦人儿。失败的捕快，失败的丈夫，失败的哥哥。作为朋友，他不想再失败。他与苏百川虽不是结拜兄弟，可他的赤诚之心，比苏百川认为的还要深厚和真挚。常言道："宁学桃园三结义，不学瓦岗一炉香"。世人总爱讲仁义，说交情。可见人情淡薄，真心难寻。真看重交情的，都在事儿上见，从一而终！

他之前答应了苏百川去调查日本人，却没有说出来鹿头标志与桐川道场有关，那时他已决定要替苏百川解决这件事。赵素响早把他当亲弟弟看待，毕竟赵华忤逆，不闯祸就算烧高香了。此刻，他已顾不上弟弟与史有为胡羼，一心要帮苏百川解决大事。眼下他能确定的是：联合叶广昌谋害王府的日本人就在桐川道场。可对方究竟是什么人，在华的势力怎样，还一无所知，自己孤身一人贸然前往必定不妥。他打算明早点卯之后不回菩提巷，先去月王府和叶广昌家，再找蛛丝马迹。

可巧了，空空儿自得知苏百川离开，心里就快快不快。他究竟去了哪里？要办什么大事这样迫在眉睫？有没有危险？当时在史家院子，赵素响讳莫如深，一字不说。她觉得自己应该单独去见他。为此，回南书苑不久，空空儿悄悄溜了出来，又到了菩提巷来找赵素响。

时值深夜，空空儿从后院越墙而入。她断定赵素响必然住在苏百川的那间屋。

果然被她猜中了。屋里亮着灯，赵素响此时正在擦澡。他平日十天都不去一回澡堂子，冬天的时候三个月也不去。和赵华窝在水洼胡同的陋室之中，就是身上有味儿也早习惯了。可到了苏百川家，一切干净而整洁，甚至还有清新的檀香余味，衬托出刚吃完面过一身白毛汗的自己黏糊糊、臭烘烘的，那尴尬劲儿就别提了。穷人的自尊心是最强的，越在不要紧的地方越强。他红着耳朵打了一盆清水，把门闩了，脱得一丝不挂，正要擦洗。门外响起了轻轻的敲门声，可是把赵素响吓得不善。

"吴妈？"

空空儿小声说："我。"

"你，你谁呀？"

"慕容。"

赵素响大惊，胡乱穿了衣裤，开门一看，果然是她。

"你怎么来了？"

他说完光着脚就往门外走，直奔后院而去。

"你怕什么？我不是找她的。我找你。"

"找我？你站着别动。"

说完，他回去把鞋子穿了，跋拉着一跳一跳地急急去了天心的房间，那里如今住着大格格。他见里面也亮着光，就来到门口轻轻唤道："格格？"

空空儿撵过来，示意他不要打扰她。

不久，大格格在里面应声道："赵大哥，有事吗？"

看到空空儿不断地摆手，赵素响只得说道："哦，别开门了。我来就告诉你一声，明天我有事外出，要晚点回来。你哪里也不要去，明白吗？"

"知道了。"

赵素响示意空空儿往回走，二人又一起重新进了苏百川的房。关上门之后，赵素响才瓮声瓮气地说道："你还真是来找我的。"

空空儿扑哧一笑。赵素响让她坐定，才发现连杯水都没法倒，刚才的热水都让他兑着擦澡了。赵素响也不好意思解释，就原地站着搓手。

谁知空空儿忽然冷冷道："苏百川让你来照看她，就是为了防我呀？他怎么那么不相信人？"

赵素响拿捏半晌只得道："也不是要防谁。格格不能再出事。"

"赵大哥，他到底去哪儿了？干什么去了？"

"你来就为问这个？"

"不然呢？"

赵素响看着她半晌，一言不发。

"你倒是说话呀。"

"你们都挺关心他的嘛！格格今天也一直问。"说罢嘿嘿一笑。

"看起来，我们两个你都不愿说。"

"告诉你们也没用，你们帮不了他。"

"你怎么知道我帮不了他？"

"那你说，苏百川眼下最应该做的事情是什么？"

"这还用问？当然是找到日本人，找到叶家的人。"

"错。他最应该做的，是出洋深造。"赵素响平静却坚定地说道。

空空儿不由一愣。言之有理，苏百川本应该出洋的。

"百川是同文馆推荐留洋的学子。同文馆啊，一年才出几个这样的人？整个大清，一年又有几人？江湖，不是他的人生。"

"赵大哥，我没听明白。"

"你是不想明白吧？我说句不敬的话，马老先生恐怕已经死了！而叶深远远跑了，避而不见。这门里的恩怨谁能说清？日本人在马之良活着的时候都不惧通天拳，现在更不会在意苏百川。就算他是个盖世英雄，凭一己之力把日本人，把叶家人，把这世上的仇家全清算了，你觉得需要多久？我算他十年可以做到，可是十年啊！对于这样的人才，十年可以为国家，为民族做多少事？一场恩怨，就把这个人毁了。多么可惜！"

空空儿想到了自己的遭遇，心里翻江倒海。可是她依旧摇了摇头："你不会理解仇恨的滋味，事情没有发生在你的身上。这是他的命，他没得选。"

"谁说没有？他本来就选好的。我的意思是，只要能阻止苏百川报仇，他就可以出洋完成学业！"

"他不会答应的。"

"答不答应的，我也没打算告诉他。"

"什么？"

"你别急，听我说。叶家人我或许暂时找不到，可是日本人那边，我有把握。"

"你为什么要这么做？"

"百川是我最好的朋友，我拿他当弟弟一样。我不能眼睁睁看他为了报仇，而不顾一切。你愿不愿帮我？"

空空儿摇头道："让你失望了。苏百川不属于你一个人，不管有没有这些事，我都不希望他走。"

"你这人怎么这样自私？"

"我本来就自私。我不想苏百川离开我。就是不想。"

"如果他为了报仇而丢了性命呢？"

空空儿一怔，半晌说道："那我情愿和他一起死。"

"你到底是笨还是傻？"

"随你怎么说。既然你不肯说出他的去向，那我就告辞了。我劝你不要意气用事，有什么计划更不要瞒着百川。这样对大家都好。"

说完，她起身走向门口，刚把门拉开，却听赵素响忽然问道："揭心是怎么知道马之良保了虎头甲？"

空空儿当即愣住，又把门合上了。

"他还易容混进了镖队。你说实话，揭心是不是勾结了叶广昌和日本人？"

"没有，肯定没有。这件事那天当着百川，不是已经解释了吗？"

赵素响摇摇头："那天说的，只能证明他与马之良的死无关，与王府的日本人无关。可我现在问的是，他是怎么知道马之良保了虎头甲？"

"我实话跟您说吧，我三哥知道叶广昌的一些事，可是他后面都没掺和，只偷走了宝甲。"

"我不信。"

"事实真的如此。"

"慕容，你告诉我揭心在哪儿？我去找他。如果他肯出面指认叶广昌勾结的日本人是谁，我们可以立刻报官，把这人抓起来。这样一来，是不是就帮了百川？"

空空儿低头思索着他的话，不久摇头道："江湖争斗，不见官府。况且，我三哥怎么可能去指认别人呢？他自己身上多少盗案？"

"人命关天啊！通天拳师徒，广顺镖局几十号镖师，王府七八条人命，都与这日本人有关。揭心会因为自己有案底就不去指认凶手吗？"

"你太不了解我三哥了，他比我自私一百倍。"

"这事儿你做不了他的主。你告诉我他在哪儿，我自己去找他。"

"没有用的，他绝不可能帮你做这件事。"

"我告诉你苏百川的下落，你告诉我揭心在哪儿。"

空空儿摇了摇头："我不会出卖我三哥，你可是他的宿敌。"

"一码归一码，我找他只为日本人之事。我向你保证。"

空空儿非常为难地说："就算我告诉你也没用。他真的不会去的。"

"你告诉我就可以了，我来说服他。请你相信我，我做这件事，半点私心也没有。"

空空儿低着头，思索着他的话。

"苏百川离开北京去找一个长辈了。长则五日，短则三日就回来。"

空空儿点点头："谢谢你。我三哥的地方，你去过。"

"我去过？"

"就是你和苏百川买玉的那家店。"

赵素响恍然，猛一拍脑门儿："我怎么就没想到呢？真是个贼大胆儿，他竟然连自己名字都敢写进招牌里？我真恨不得……"

"我丑话说前面，"空空儿打断他，"你找他只能问日本人的事，要是翻旧账可没义气！"

"这跟义气有什么关系？他是贼我是官……"

"你答应过我的！"

"好好好！我答应你就是。"

空空儿看了赵素响半晌，缓缓说道："赵大哥，揭心的地址是我说的，我就要负责。不光是我，盗门的人都不想他出事。你我虽然认识不久，可作为朋友，高低不错。咱别为了这事儿，坏了交情。"

"哎？我怎么听你这话有点威胁我的意思？"

"我哪敢呀！"

她说完之后，一笑而去。

第二天一早，柳絮才如约而至。推开史有为院门叫先生，无人应答。走进院中之后，正看到史有为坐在厅堂的椅子上，脸冲外一动不动。像是在看他，又像在出神。

柳絮才一惊："先生，先生你怎么了？"

史有为还是没动，也没回答。柳絮才疑惑，迈步往里走，还没跨进门槛，忽然门后闪出赵华来，手持一根木棒直劈而下。柳絮才一拧腰，闪开了身子，赵华扑空了……

柳絮才专注地喊："先生！"

赵华再次挥棒，柳絮才侧回半身，单手夺了棒子，顺势将他扔到了院子……

赵华疼得大喊："哎哟！"

史有为笑着站起来："柳兄果然是高手。哈哈。"

柳絮才懵了："先生这是什么意思？"

史有为笑着上前，拉了他的手："意思大了。拙作看过没有？"

柳絮才一笑："我已通宵拜读。"

"如何？"

"醍醐灌顶，高屋建瓴。"

"柳兄，我还有东西送给你。你来看。"

史有为说着掀开罗汉床上的绸布，露出了那张淡和琴。柳絮才眼睛发亮。

"当初，你把虎头甲送我，要换我这张琴，即便是你这样懂琴爱琴的知己，我也没有答应。可是你还是将宝甲赠我，说物归原主。你是个君子。"

"先生过奖了。"

"柳二爷，只要你肯帮我一件事，这张淡和琴，就归你了。"

"先生请讲。"

"今天是十四，明天就是十五。按惯例，每月的十五，慈禧老妇必去广济寺进香。"

柳絮才吃惊不小："先生，您什么意思？"

"替我，替天下苍生，杀了慈禧！"史有为切齿道。

柳絮才的头"嗡"的一下大了……史有为和赵华屏住气观察着他的举动。

"这怎么行啊？这是掉脑袋的事儿啊！"

"慈禧该杀否？"

柳絮才深吸一口气："该杀。"

"你恨清廷吗？"

柳絮才不置可否。

"看了我的书，你恨吗？"

柳絮才点了点头："恨。"

"你想要这张琴吗？"史有为拿起了那张琴，翻过来露出了琴腹。"柳兄请看，字我都刻好了。"

抬头：柳君絮才惠存

题识：倚山照海花无数流水高山心自知

钤印：雷音手斫

柳絮才看得血脉偾张，晶莹的汗水自他额头渗出来……

"想，做梦都想。可，可这天大的事，就算我想帮，也不能说干就干啊！"

"二爷啊，正因为是天大的事，才要说干就干。迅雷不及掩耳，才能成功。"

"慈禧出行必有御林军和枪军护卫，我根本近不了身的。"

史有为笑道："无须近身，只要用炸弹即可。"

"炸弹？"

赵华也从院子里走了回来，对他说道："是我们自制的炸弹，德国工程师的配方。之前已经试验过多次，威力巨大，万无一失。"

柳絮才恍然。

史有为继续说："老妇从颐和园去广济寺，只会走两条官道，紫竹院、积水潭。我们只要提前到达，觅得一处隐蔽之所，等老妇的车队来时，点燃炸弹，一击得手！"

"我们？"

"对，你和赵华去积水潭。我和天津的三个朋友去紫竹院。"

柳絮才大惊："先生，您也要亲自去吗？"

史有为笑道："天下之至柔，驰骋天下则至刚！你可别小瞧我呀。"

柳絮才关切问道："这样的大事，您天津的朋友，靠得住吗？"

史有为苦笑："实不相瞒，是帮会的人。我花钱了，已经付了一半。明天一早，不管他们到不到，我一定会去！"

赵华也感叹道："无论老妇走哪一条路，她都必死无疑。咱们谁撞见了，谁就是千秋义士，名垂万古。"

柳絮才对这二人由衷地敬佩。人家可是冒了很大风险对自己肝胆相见了。可是好端端地让自己去杀慈禧，做这天字第一号的大案，他心里实在忐忑。如果不成功，必是满门抄斩！自己跟革命党八竿子打不到的呀，犯得上这样帮他们？可史有为这个人，令柳絮才根本无法拒绝。他心里乱极了，不知道该如何是好。他这样凝重地思索，脸上也就带出来迟疑了。史有为看在眼里，笑着把琴捧给柳絮才。

"柳二爷，您去或是不去，这张淡和琴，我都送您了。假若我明天出了事，这琴，也只有您配得起。"

"先生，您何必这样，我，我承受不起啊！"

史有为又笑道："这件事啊，你一点犹豫都不能有，倘若有，请你一定放弃。人各有志，我绝不勉强。你也别担心我。反正啊，苏百川已经答应了帮我做这件事！大不了我等他回来，再干不迟。"

一句话惊骇柳絮才。连赵华也是一惊。苏百川何曾做过这样的承诺？赵华张大嘴看着史有为，史有为冲他一挑眉毛让他别问。

柳絮才的眼睛眯成了一道缝："苏百川，他有这么大的胆子？"

早在昨天，史有为就发现了柳絮才的师妹慕容和大格格都对苏百川的离奇消失极为在意。他是过来人，一个眼神，几句话，就懂了。而柳絮才看他师妹的那种眼神，无须过来人，小孩儿都懂。因此他才故意用苏百川激他。果然柳絮才就吃了心，当即妒火中烧，脸都烫了。

"你没搞错吧，先生？"

"这事儿我还能搞错？苏百川好样的，是个俊品人物，文韬武略，人才武功，没得挑！为人还特别仗义。我跟你说赵华，就这种人，是最招女人喜欢的！"

这赵华自打跟了史有为，道行也是一天天见长，竟然严丝合缝地回了一句话，连史有为都惊了。只见他笑道："您说得太对了。就我们同文馆，您猜怎么着？所有的女人都喜欢苏百川！包括女老师！"

可把柳絮才气麻了。他这么一个仰头天外的人，眼里放过谁啊？心说不就是杀慈禧吗？杀不了我还跑不了吗？死也不能让苏百川压我一头！

"不用等他了，我也能做。明天一早，我去积水潭！"

第六卷

·第一章·

春云第七展

苏百川自那日埋葬了杨定吾，话别赵素响之后，就去了南城相熟的一家马房，赊了一匹马还借到了二两银子，直奔灵山而去。

与师父马之良当初的经历相似，他也是先到了天柱峰的冲虚观，见到了亿目道长。道长亦是实话实讲说灵山没有鹤来峰，也不认识苏姓的修行之人。苏百川缠留半日，讨了干粮辞别道长自后山而下。昏走了一昼夜之后，又见到了那个唱山歌的樵夫。据樵夫指点，苏百川约莫在次日清晨找到了"请回头"。钻过湿滑小径，出了"一线天"，高耸云间的鹤来峰就在眼前了。他顺着石梯，拾级而上。半山腰有一个打盹儿的小道童，摇醒之后，他自称巽儿，奉祖师之命，在这里等一位自东而来，俗姓姓苏的施主……

清风徐徐，吹动松涛。苏造时此时，正在后跨院的八卦水池边与一位老道长对弈。不远处，有一名小道童在木盆里洗着衣服。

老道的年纪与苏造时相当，生得豹头重瞳，狮鼻虎口；须发白中带紫，乱蓬蓬一片；两眉断开，山根塌陷；纵是一动未动，也自带三分狰狞之相。老道此刻抱着黑棋罐子茶呆呆地发怔，许久才道："昨天的打入你不管了，今天在左下又打入？又是什么冷僻招法试我应手？"

苏造时不说话，只静静地看着他，老道的额角微微渗出汗来。他与苏造时的棋力相当，苏的布局和中盘略胜他一筹，而自己的官子功力深厚，往往能反败为胜。目前的棋局只走了八十四手，刚刚进入中盘。老道自己占了左下与右上的对角，把另外两块让与对手。苏造时佯装构建中腹模样，拉开阵势要打持久战，可是自七十八手之后忽然在赢岱山的地盘频频打入，让他应接不暇。任何一处让他活出大龙跑掉，就只能中盘认输没有官子了。想到这苏造时几乎每手五图，每图五十手的算力，加之他落子后胸有成竹的样子，老道不敢怠慢，叹了一口气道："你知道的，白天我下不出好棋。"

苏造时轻轻一笑："那就封盘吧。"

老道点了点头，叫了声"震儿"。洗衣小童嘟囔着起身，把湿手在胸前擦了擦，取了一个竹笊篱过来，瞪了老道一眼。

老道点头说："封。"震儿就把竹笊篱扣在了棋盘上，算是封棋了。此时，巽儿从前院走过来，见他封棋盘，就笑着说："又是一天一手棋吗？"

震儿麻木地点点头，又回身搓衣服去了。

"巽儿，人到了吗？"老道长问道。

"回师祖，就在大殿。"巽儿恭敬禀告道。

"知道了。"

苏造时淡淡问："什么人？"

巽儿刚开口说："是一个……"

"卖鱼的。你先回房休息，等掌灯之后，我们再战？"老道抢白说道。

苏造时点了点头。老道拿起拂尘，跟着巽儿朝大殿去了。

这位老道长就是先前马之良来时尚在闭关之中的那位师祖。他不是旁人，正是空空儿的大师兄，赫赫有名的天下四大名偷之首"今世愚公"嬴岱山。

大殿之内，香炉青烟袅袅，"三清"神像威严端坐。嬴岱山推开北边侧门迈步而进，正见一位书生双手合十在拜"三清"。

"善人。贫道稽首了。"

在这虚空大殿，嬴岱山沙哑的声音倏然发出，吓了苏百川一跳。忙寻声看去，此人虽有道骨仙风，却是一脸凶相。苏百川心中一凛，仍上前抱拳施礼："道长，打扰。"

"请问善人，造访所为何事？"

"您就是那位能掐会算的老师祖吗？巽儿说您知道我要来。"

"呵呵，雕虫小技，不足挂齿。"

"道长，我想找一个人。"

"谁？"

"我父亲。"

"你父亲，是谁？"

"他的名讳：上造下时，苏造时。"

嬴岱山双目如电，定睛看了他半晌。似是确定了自己的推算，不由嘿嘿地阴森而笑，衬着他一目双瞳的重瞳子，狮鼻虎口大獠牙，真是鬼兽模样。苏百川顿觉毛骨悚然。

"请问道长，他在这里吗？"

嬴岱山没有回答，仍是阴笑。

"难道这里没有这个人？"

"有。"

苏百川惊喜："他在哪儿？"

"我就是。"

苏百川当即大惊："什么？你，你是父亲？"

嬴岱山笑着点头。苏百川心中暗叫不好。虽然他们父子分离多年，父亲的样子早已模糊不清。可无论相貌如何变化，至少父亲不是重瞳子。此人绝非善类，倘若他说没有苏造时，自己或许不会纠缠。可他竟然敢堂而皇之冒充父亲？苏百川把心一横，壮起胆走近他。

嬴岱山笑道："儿啊！你也长变了样子，爹都认不出了。"

苏百川正色道："道长，不要开这种玩笑。你到底是谁？为什么要冒充我父亲？"

"孩子呀，你怎么连爹都不认了呢？咱爷俩分开多少年了，你还能记着我的样子？"

"我当然记得，至少我爹不是断眉重瞳。告诉我，我爹在哪儿，我要见他。"

"你这孩子真固执。为父我这些年修炼上乘内功，改变奇经八脉。样貌和以前必有变化，但这改变不了咱们的骨肉亲情啊！儿啊，你是怎么知道我在这儿的？"

"既然你自称是我爹，那我给你看样东西。你一定会认得。"

说罢，从袖中取出了叶广昌的断箭，递到他眼前。老道端详半晌，两眼发直。嬴岱山纵有天大的本事，也算不出这是叶广昌的东西，只得打哈哈说道："这是暗器啊。一种袖箭？"

苏百川收回了短箭做出要解释的样子。嬴岱山身体将将向前一倾，苏百川忽然出手，欲擒住他的左臂。嬴岱山早有防备，不待他手到，身体早已弹出丈外，之后哈哈大笑："我的儿啊，功夫不错啊，不过你竟敢跟爹动手？真是大逆不道！"

苏百川大怒："妖道，你到底是谁？"

"打得赢我再说！"

说罢，抖动拂尘直向苏百川袭来。苏百川心中窝火，发了全力和他斗了起来。眨眼十几个回合过去，竟然平分秋色。

"好小子，有点火候。走，寻个宽敞地方！"说罢，道袍一挥，放出一阵紫烟，人已跃出南门不见。苏百川岂肯放过，脚尖一点，也向殿外奔去，就在他的身子将要跨出门槛的一刹那，眼前景象骤然一变，方才的石阶竟变成万丈悬崖……苏百川大骇，慌乱中脚蹬殿柱硬生生翻身回来。不觉间，苏百川的后心已被冷汗打透。这转瞬间的一切，出乎他平生的经见与想象。

殿外响起了嬴岱山的笑声："我的儿，你好不孝顺啊。怎么不出来啊？哈哈。"

苏百川略一迟疑，朝北边的侧门跑去，单手刚一推开门，外面竟是火海一片……苏百川吓得魂飞魄散。又觉脚下大地颤抖，大殿摇摇欲坠，三清像似乎腾空而起，纷纷向他扑来。他站立不稳，扑通一声，晕倒在了地上……

嬴岱山奔走如飞，急速下山而来。刚走出"伏象朝真"的石刻，只见前方冷冷立着苏造时。嬴岱山愣住了，喘气道："你真是绝情！"

　　苏造时淡淡道："你没伤他吧？"

　　嬴岱山摇头："我，只是觉得这是个机会。"

　　苏造时不否认："算是机会。"

　　"谁能想到你这么铁石心肠，连儿子的安危也不顾。"

　　苏造时一笑："我谅你也不敢伤他！你说，这是第几次？"

　　"第三次。"

　　"事不过三的那个三？"

　　嬴岱山艰难地说道："看在你儿子的份上……你们父子俩十几年没见了，总不至于让他看你杀人吧？"

　　苏造时定定地看着他，不置可否。

　　"我向你起誓，今生今世，不再动这个念头。行吗？"

　　苏造时不再说话，扭头向山上走去，嬴岱山臊眉耷眼地也低头跟他回去了……

　　苏百川醒来时，身处后跨院的水池边，苏造时正静静地看他。苏百川一眼就认出了他，忙挣扎翻身起来。

　　"父亲！"

　　"百川！"

　　"我，我怎么在这里？我不是在大殿吗？"

　　"你受了迷惑，你俩动手的时候，很快就到了这里。你入了他的穷思不象阵。"

　　苏百川大惊："妖道，果然是妖道。他是谁？"

　　"他不是道士，他是贼。天下第一号的贼。"

　　苏百川不禁心悚："贼魔的大弟子，今世愚公嬴岱山？"

　　苏造时点头道："他当初是带艺投师，原本只为避祸。论能耐，他在贼魔之上。"

　　"穷思不象阵，这是什么武功？"

　　"孩子，广宇之大，无奇不有。这个阵法其实不难，无非借力而已，借了你内心的乱力。自心不乱者，不受迷惑。"

　　苏百川点点头若有所思。经与老道一战，他着实受了极大惊吓。

　　"百川，你是怎么到这儿来的？你师父呢？"

　　苏百川这才把断箭呈上，又把通天拳的遭遇一股脑全都说与父亲。苏造时闻听之后，久久不能平静。

"绝学啊……是我害了之良，是我害了广昌。我不该让出绝学，不然也不会有他二人今日之祸！"

苏百川不禁黯然："父亲，您说，我师父，他还能活着吗？"

"杨定吾告诉你，他身后中了三刀，前胸中了一箭？"

"是。"

"孩子，杨定吾或许没告诉你实情。"

苏百川一惊："不，杨伯伯不会骗我的……"

苏造时扶他起身，与他一起在桌前坐了，淡淡说道："如果我是杨定吾，可能会把之良埋了，然后告诉你，只是失踪，让你心念不灭。"

一句话让苏百川好是心酸，师父一世豪杰，下场如此凄凉。在父亲面前，压抑多日的情感宣泄而出，他连唤师父，顷刻间泪如雨……

苏造时叹气道："秘笈呢？"

苏百川拭干眼泪，羞愧道："下落不明。可能，被我大师兄叶深带走了。"

"广昌的儿子？"

苏百川点了点头，又道："爹，我三弟士钧也被人点了死穴，虽然被救，恐怕日后也武功尽废，不能再承担门墙重任。我想，既然师父秘传了我武功，眼下门内巨变，我应该担起……"

"你想要我传你绝学？"

"是的爹。"

苏造时看了苏百川半晌，许久道："我是你的父亲，不是你师父。你懂吗？"

"可是您是通天拳的大门长啊。"

"早就不是了。我当年若不是擅作主张，把绝学传与之良，他和老三就不会兄弟反目，成这样的下场。如今，我怎能一错再错？更何况，我本不同意你入此门。"

"爹，通天拳门里没人了。您若不传，绝学就断了。"

"不是还有老三的儿子吗？"

"他是盗走的。"

"盗走，也是继承……"

苏百川瞪大了眼睛："爹，请您把心法传给孩儿吧！我一定……"

苏造时摇了摇头，索性闭上了眼睛，不再说话了。

"既然父亲恪守原则，那我也不敢强求。就请父亲与我一道下山，查明真相，夺回秘笈。"

苏造时笑道："我哪儿都不能去，只能在这丹云观。"

"父亲，这究竟是为什么？您为什么一定死守在这种地方？当年我师父为什么又说您死了？"

苏造时看了苏百川许久，长长叹了一口气："儿子，你曾经是有一个哥哥的。"

苏百川一凛，这显然是他从未知晓的。

"比你大四岁，叫苏百国。我那时年轻气盛，是出了名的武痴，仗着家传的内家拳功底，与人比武是家常便饭。无论得知谁有绝活，千方百计也要和他搭手比试。侥幸赢了很多人，越发猖狂自大，目中无人，说话做事也不留余地。现在想想，真正的高手，我那时一个也没碰到过，却已经在江湖和黑道上树敌无数，直到有一天，酿成了大祸。"

苏造时抱着刚满周岁的苏百川外出看医，回家之后发现大儿子百国和妻子已经被人杀死在院中……

苏百川流泪道："爹，是谁干的？娘和哥哥是谁杀的？"

苏造时摇摇头："不知道。为了报仇，我发誓要杀所有与我有过节的人。只当天下午，我就用大枪挑死了三个。那些日子，我真是杀人如麻！这之后，我遇到了师尊李逍遥，他点化并收留了我，让我止杀，止恶，从一个罪恶的轮回中悔悟。"

苏造时缓缓送出一口气，似是把这段往事沉淀下去。"后来我立誓，坚决不让你涉足武林半步。你是我唯一的亲人，我希望你无灾无难，远离是非。"

"就算如此，那这么多年以来，您为什么远离师门，还对孩儿避而不见？"

"一是愧疚。对你娘，你哥，还有那些可能无辜的人，我心怀愧恨！再者，是因为嬴岱山。"

"什么？为那个妖道？"

"我说过，他不是道士，是贼！"

"是不是与师门恩怨有关？"

"我们这一门人啊，与偷盗门世代累仇，争斗百年。他们是贼，我们是镖师，自然水火不容。本来，师尊降服贼魔之后，偷盗门也算日渐式微。可就在我师父离世不久，偷盗门居然横空出世了一位旷世奇才。"

"嬴岱山？"

苏造时点点头。

"他虽在盗门，却会蛊术、能炼丹、会观星，精通六甲驱使之术，有改天造地之能。"

"爹，这到底是什么样的武功？"

"不是武功，是方术！奇技淫巧，变化多端。当年在直隶某地，有一回闹饥荒，村民没有吃的，有人曾亲眼看见，嬴岱山用了半个时辰的工夫，将一塘池水退净。待村民捞走了池中之鱼，水又自然涨了出来……"

苏百川大惊："他是怎么做到的？"

"不知道，据说只是用了十几块石头，围着池塘，布了一卦图而已……我还知道的是，他曾用这个石头阵，困杀过一个男童。"

"那孩子得了瘟疫，不杀他，一村人会死。"嬴岱山背着一筐土豆经过。苏造时笑道："孩子的父亲可不是这么说的。"

"他知道个屁。"嬴岱山说罢，悻悻然走开了。

苏百川这才小声道："这人是挺邪乎的。他用的是妖术吗？"

"自东汉以来，江湖上就有这种神秘术士了。何门何派，祖师是谁，已无从考证，他也从不提及。"

苏百川听罢无比心惊。

"他当年的遭遇与我相似，也是被师父收留，躲过仇杀。因此，在诸葛盾死后，嬴岱山立誓要对通天拳赶尽杀绝。作为当时通天拳的大门长，我必须出来面对他。我把绝学口授于之良，自己寻了他一年，终于在这里找到了。"

"父亲和他动过手吗？"

"他见到我根本就没敢出手，一次也没有，他似乎知道差距。可是，他剪出几尺高的纸人，十几个纸人，个个有刀，夜夜来和我纠缠。而我，又不能杀了他，他毕竟还没有作恶，我若出手取他性命，有悖道义和良知。可我最担心的是，有此等手段的人，如果起了别的心思，那就是人间的不幸。《孟子》里说公孙衍，'一怒而诸侯惧，安居而天下熄'，嬴岱山就是那种人。"

苏百川点点头："我好像懂了。丹云观出家是假，父亲圈禁嬴岱山才是真？"

苏造时笑道："不能说是圈禁。他喜欢下围棋，我就跟他讲，十番棋论胜负，赢了我，就可以下山。掐指算来，已过三个十番棋，总战绩仍是平手。这一场棋战，我们竟下了十八年……"

"是爹故意输他，好让他永远别想下山？"

"世人都以为赢棋难，其实要想输得不露痕迹，更难。"

苏百川淌下泪来："爹，为了这个妖人，您耗尽半生，这，值吗？"

"我是通天拳门长，我没得选。"

苏百川想了很久，徐徐道："我师父曾经说过，武的最高境界是止戈，是化解争斗的能力。操戈挥戈能止戈可称武，左难右难选最难方为侠。父亲选择放弃绝学，放弃家庭，只为能防住赢岱山这样的人去祸乱天下，这样的壮举，就是侠之大者。"

苏造时叹气道："如果有一天，赢岱山又在江湖上兴风作浪，那一定是为父不在了。"

苏百川流下泪来："爹……"

苏造时父子说话的工夫，赢岱山已经带着震、巽二童在厨房里操持了一桌斋饭，蒸土豆、炒蚕豆、炒苦瓜、南瓜粥、玉米面窝窝头。两道童各自捧了海碗装了去奉三清祖师了，他二人自然会在殿内单吃。

父子二人默默地吃饭，赢岱山却定定望着苏百川，半阖双目入静，似看而非看的样子。苏造时与赢岱山相处多年，知道他在为苏百川观相："你看到什么了？"

赢岱山手捻紫髯，笑而不语。

"说吧。"

"天机不可泄露！"

苏百川一愣，敢情老道给自己看相了："道长，我是西学的学生，从不信这个。"

"不信也好，省得心里挂着。"

苏百川一笑，全不理会他。可苏造时却对赢岱山道："你但说无妨。"

赢岱山伸出鹰爪一般的右手："我的儿，刚才已为你'望气'，要不要再摸个骨呢？"

苏百川摇了摇头："我说了我不信。"

赢岱山看了苏造时一眼，那意思是，这是他自己不肯。

"川儿，给他看看吧。是为父想知道。"

苏百川无奈，只得把脑袋伸过去。赢岱山张开右手拇指和无名指搭在他两侧的太阳穴上，掌心按住他的印堂穴。忽然发力压住了他的脑袋，对苏造时厉声道："老家伙，你儿子在我手上，你不要妄动，动一下我捏碎他的脑袋。"

苏百川登时大惊："你干什么？"

"你别动！老家伙，我要你自点中枢穴，然后放我下山。"

486

苏造时也愣住了，一时间不知所措。假如自点了中枢穴，嬴岱山就能为所欲为了。谁知那老道忽然又哈哈大笑。

"老家伙，你也有怕的时候啊！啊哈哈哈！玩笑，玩笑而已！"

说罢，又收敛了笑容，一本正经起来。只见他松了手指慢慢向苏百川脑后推去，一直摸到玉枕穴，才收了手。

"少爷是不是有西行的打算？"

"有过。怎么了？"

嬴岱山点点头："如果你向西远行，日后必将鹏程万里，声闻于天。"

"我要不去呢？"

"呵呵，那就是另一种人生了。一步一难，险上加险。"

苏造时关切道："有性命之忧吗？"

"处处杀机，步步惊心。"

"你别唬人，我才不信。"苏百川道。

"直说吧，如果你不西去，将有三次大难。第一次，是你自寻苦恼，亏了咱爷俩还有一段尘缘未了，是老道我帮了你。第二次嘛，是你根本意想不到的事情，防不胜防。第三次就……"

"第三次怎样？"苏造时急问道。

嬴岱山看着苏百川，数次欲言又止："第三次，我看不到了。"

苏造时猜度着他话中含义，究竟是他真的看不到，还是他看到了什么，不肯再说。

苏百川笑道："真那么神吗？"

嬴岱山叹气道："天即苍苍，地亦茫茫，以余渺渺，得法自然。小朋友，我劝你藏锋守拙，潜龙勿用。不该管的别管了，往西走，才是你的开阔人生！"

苏百川点点头："多谢道长提点。此生自断天休问，我命在我不在天！"

嬴岱山愣住，半晌对苏造时哈哈一笑："你这儿子，比你还倔！"

"你当真要自己扛？"

送苏百川下山的时候苏造时问他。

"和您当初一样，我没得选。我也知道，无论门派或人，都有其命运和定数。可是，只自顾自地留洋走了，我师父，就白疼我了！我过不了我自己啊爹！"

苏造时定定地看着儿子，眼睛湿润了："你的成熟和胆气，让为父很欣慰。嬴岱山是有道行的，他的话……至少父亲会担心，希望你体谅。"

苏百川低头不语。

"你之前说王府的事情，既然这里面牵扯到了日本人，最稳妥的办法，是报官。我想起一个人，或许能帮你。他叫阮中华，从前是银库的库丁，隔三岔五的就被混混盯住打劫，我曾救过他两次命。我上山之前，此人已经去了宗人府。王府的命案，你可以找他帮忙。"

苏百川没有说破他与阮中华的渊源，只是点点头："孩儿记住了。父亲，请回吧。"

二人说着话，已走到石阶最后一层，来到了山下。苏造时忽然闭上了眼睛，似在做最后的决断。终于他睁开了眼睛。

"你听着，春云十三展分三大要义：一是套路，再是心法，三为隐门。"

苏百川顿时汗毛倒立，又惊又喜："父亲?!"

"我不是你师父，我也不想传你绝学。只因这是世上最窄、最难走的路，是人生最大的孤独。作为父亲，我真的不想让儿子再有这样的遭遇。更何况你将要面对的，是未来枪炮之世界，比你的先辈还要艰难! 儿啊，你真的想好了吗? "

"父亲，师父和徐闯的事也曾让儿子茫然失措。咱们习武的半辈子努力，一个手无缚鸡之力的人只要洋枪在手，就能将这一切化为乌有。可是，难道就因为这个咱就怕了吗? 习武的人就没价值了吗? 一定不是。我三叔在官场那么多年，他对洋玩意儿的经见那么多，可为什么他还要不惜一切地去争、去抢。就因为他知道，老祖宗的东西，放到什么时候，都不过时。"

"之良说得对，由你继承，是祖师爷的意思。春云十三展可能没败过，但不是神话。它只是一种极为实用和扎实的武功。能练到何种程度，要看慧根。我刚才说的，套路、心法、隐门，掌门传授时，只传套路、授心法，而隐门，要靠自己! 所谓天、地、人，缺一不可。"

"儿子懂了。套路，就是被大师哥带走的那本秘笈；心法，需要父亲口授；而隐门，一定藏于这两者之间，要靠自己的智慧参悟。倘若悟不到，就不配传承绝学! "

苏造时欣慰地点头，重重点头。

"你听好。心法，实为六个穴位。你要依次记住，以心念驾驭，气血周行，光入丹田，以意使气，运转周天。"

苏百川郑重点头，附耳过去，只听苏造时轻声说出了六个穴位："云门、中府、巨阙、章门、太仓、涌泉……"

488

·第二章·

英雄本色

揭心一早在天桥吃了萝卜丝烧饼，喝了鸡汤馄饨，一路哼着小曲儿就奔自家柜上了。一进门正瞅见老许在招呼客人，满心欢喜。凡开店的，对待当日头客都格外殷勤，又见这柜台上林林总总摆了七八样儿，揭心就没进里间，打算客套客套。这人一转身过来，吓得他浑身一哆嗦，不是别人，正是赵素响。

"东家您早啊，这位赵爷是从前来过的，他挑了几样东西说等您一到就结账。"老许低着头翻找东西一边笑着说。

揭心僵着脸，后退着想溜，被赵素响一把按住了肩膀。

"哪儿去？"

"我，我走错了。"

"这不是你的店吗？"

"什么呀，我哪有这样的店？"

"他刚才管谁叫东家呢？揭心，我来都来了，你就别演了。"

揭心一看，横竖是躲不过了，咬牙道："鬼见愁，你，你要干什么呀？"

"找你聊聊。"

"哼，找我聊？我跟你，吃冰拉冰没话（化）。"

赵素响笑了："你要不跟我聊，咱就去刑部说。你选。"

老许一听二人这番对话，眼睛都直了。

揭心抠着鼻子想了想，急促道："老许，你去吃早点吧，把大板儿上上。"

"我，我吃过了……"

老许这回还真不是没有眼力见儿，他的意思是告诉东家，您要是有麻烦我跟您一起盯着。

"他妈再吃点儿！"揭心的态度很明确了，让他快走。

老许忙不迭答应着，赶紧退出了大门，把门板上了一多半，特意留了一扇。万一东家遇到麻烦想跑，别把他堵死了。

"怎么找到我的？"揭心冷冷问。

"当初我陪苏百川来过这里买玉啊。竟不知这是你的贼窝。"

"怎么说话呢？我这是买卖，怎么能是贼窝？"

"这儿的东西，别人不认得，可我件件都说得上来。要说你还真是煞费苦心啊。摆出来的，都是失窃十年以上的宫中宝贝。揭心，你是个有思想的贼。"

揭心忙跑去门口往外瞅，生怕他这话被人听了去。有心把最后一块门板上上，挡一挡买主，又怕一会儿赵素响犯浑，自己弄不过他还跑不了，泥在门口别提多为难了。赵素响却指着柜上的宣炉说："这是朱砂斑宣炉，慈宁宫的。这东西分三种，有斑点的叫红斑，长丝者曰红丝，而你这个最为难得，叫红片儿。对吗？"

揭心摆着双手："我的爷爷呀，您就别说了。"

"揭心，这算不算抓现？"

揭心低头不语，半晌道："妈的！既然被你撞见，爷们儿我认栽了。你的链子呢？要锁便锁，要抓便抓。"

"你看我今儿来带锁具了吗？"

"什么意思？"

"坐下说？"

揭心不由眼睛一亮："里间……"

他把赵素响让到了里屋，二人坐定。揭心给他沏了茶递上，赵素响单手推了回去，却从自己的怀里取出一个小白瓷瓶。

"你先看看这个，认得吗？"

揭心拿过小瓶仔细一端详，又闻了闻瓶口。

"酒？瓶子寻常。闻着倒香！"

说着要去拔瓶盖儿，被赵素响拦住："你不认得就先别乱动。"

"嗨，你能有什么好酒啊。"揭心满不在乎地一笑。

"亏你在宫里多年，连宫廷的上品乳酒都不认得。"

揭心又对着瓶口闻了闻笑道："我当什么呢？我过去在宫里的时候，隔三岔五的也能喝到这玩意儿。张家口马场，盛京牧场，每年都上贡几千斤。不稀罕！"

"打眼了不是？这是外藩蒙古的上贡乳酒，极品中的极品。每年只有九瓶。这一瓶，是同治七年进贡的，光禄寺备载在册。看见这戳没有？"

说着拿瓶底让他看，果然揭心脸色一变。

"我父亲过去当差的时候，有一回同治爷在西花园骑马，不知怎么，那马受了惊，把皇上摔下去就跑。可是呢，马镫还挂着脚呢！"

"哎哟！"

"马已经跑起来了，任谁也拦不住。皇上在地上拖着，在场的侍卫、太监全傻了。大家伙儿根本不知道怎么救！是我爹，眼疾手快追上去，一刀，削断了马鞍上的皮绳，这才把皇上保下来。"

"那受了惊的马，它慢不了。连着马镫和鞍子的皮绳，也就一拃长，偏一点儿就砍到皇上了。这节骨眼儿，你爹是真敢下刀啊?! 哈哈哈！”

“这瓶酒，就是那次救驾赏的。距今三十一年了，是我们家最值钱的东西！今天天没亮，我特意回家取的。现在，我要送给你。”

揭心脸都白了："鬼见愁，你这是有事儿求我啊？够下本儿的啊！不是让我替你杀人吧？咱先说好喽，我这武功可……”

“谁让你杀人了？帮我做件事。只要你点头，不但这酒归你，咱们过往的恩怨也一笔勾销。”

“我的天哪！鬼见愁，但凡你说过去的旧账一笔抹了不再追我查我，上刀山下火海我都得去啊！你还用搭上这么贵重的东西？”

“别打哈哈。这事儿有点难办，但只有你行！”

“偷谁啊？”

“你能不能不插嘴！听我说，不偷、不抢、不蒙、不骗。你答应了，咱们就是朋友，一笑泯恩仇。你不答应，我就公事公办，带你上衙门。”

揭心不假思索地说："别呀赵大哥，咱俩什么关系啊？几十年的交情，有事儿您言语！”

“痛快！我先问你。你是怎么知道马之良保镖保了虎头甲？”

揭心的眼睛溜溜地转着。

“别耍滑头，照实说。”

“是叶广昌跟我讲的。”

“那叶广昌勾结的日本人对线镖和池子同时下手。对不对？”

“这我不知道。我只是为了偷宝甲。”

“这人叫什么名字？”

“我不知道。”

“揭心，你要是这样聊天儿，别说咱们不交朋友！”

“不是，你打听这干吗，你又不在刑部当差？”

“少废话，我不和你绕弯子了。据我所知，陷害王府和线镖的日本人就在南城桐川道场。他的手下，全都有鹿头的文身。对吗？”

“哎哟，我都不知道他在南城的桐川道场。但文身的确有。敢情您门儿清啊。那还问我干什么？”

“他叫什么名字？”

“浥川介，是个日本商人。哎，我真的只知道这么多，也只见过他两次。”

"一次就够。揭心，你听好了，我今天所托之事，就是希望你能到刑部，告发他。"

揭心从椅子上弹了起来，差点把腰都闪了。他眼睛睁得鸡蛋那么大，圆鼓鼓地瞪着赵素响，用手指点着他在屋里来回转了五六圈："我该叫你一声什么好呢？叫哥哥？叫爷爷？还是叫你一声孙子啊?!"

"哎！你怎么说话的？"

"你是疯了？还是打算明儿个就死去？跑我这儿来胡说八道。让我告发他？凭什么啊？"

"就凭你们串通勾结，谋财害命！还不够吗？"

"我说了，这里没我事儿。"

"你不敢去就说明你有事儿。"

"说了八百遍了，叶广昌和涃川的勾当我压根儿没掺和，我就偷了宝甲。我呀！腻歪日本人，真的。"

"那你就更应该去了。你想想看，就单这一件事，涃川介手上害了多少中国人？你再说说，当年这小日本把北洋水师打败，跟咱们签了什么《马关条约》，割地赔款，丧权辱国啊。哪个中国人不恨他们？"

"你扯得也太远了不是？这国家的事，与你我有关吗？大清国是你的不？不是。是我的不？也不是。"

"那是谁的？"

"哎呀！你这人怎么木头脑袋！大清国那自然是皇上的，是太后的。割地赔款的事儿也没让咱爷们儿操心哪？"

赵素响苦笑道："大清正是因为有太多你这样的人，才显得苏百川难得！"

揭心贼眉鼠眼地瞄着他："等会儿，我好像琢磨出来了。你费劲巴拉地劝我去投案，连自己多年的规矩也破了，这么贵的稀罕玩意儿你也舍了。到头来，是为了苏百川吧？"

"揭心，你这机灵劲儿，我挺服的。说的没错，就是这份儿意思！"

"哈！那你觉着，只要帮他把日本人给收拾了，就不会耽搁他出洋留学？"

"好小子，上道儿。我是这么打算的。"

"哎哟，你真是够朋友啊。我都感动得快哭了！可你想过没，你求的人，是我？"

"这不就来找你了吗？"

"你让我去告发别人，可我本人就是大清重犯啊，你不知道？"

"废话，你的案子普天下属我最清楚。可是告发的方法有很多嘛，你未必要报上真名实姓。再说了，有我帮你褶着你怕什么！"

"我谢谢您，免了吧！这苏百川跟我八竿子打不着，他的事儿我凭什么管？"

"现在不是他求你，是我托付你。你不是帮他，你是在帮我。帮了我，咱俩就两清。"

"唉！你知道干我们老荣的，最丢脸的事情是什么？不是抓现，是投案！我揭心宁愿死于你刀下，也不会向官府认头的。爷们儿是谁？爷们儿是天下四大名偷行三，你让我去刑部告别人的状？鬼见愁，我，我要是能打得过你我早动手了……"

"揭心，你别蹭鼻子上脸。你以为这事儿还有商量吗？你要是不答应，我也不杀你，杀你我还犯法呢。我现在就把你锁到刑部去，宝贝儿，你偷了皇家十几年的东西，知道该问什么罪吗？"

揭心咽了一口唾沫："什么罪？"

"凌迟！"说着，伸手一把抓住了他的腕子，吓得揭心脸儿都绿了。

"别别，鬼见愁，赵哥，您先消消火，咱再商量商量。"

"没商量。你必须告发涩川介。"

"我呀，不是不想帮你。你以为告日本人那么容易吗？人家什么背景，多大势力你了解吗？再者说，我红口白牙的说他勾结叶广昌杀人越货，叶广昌已经死无对证了，我还有什么证据啊？"

"人证啊，你不就是证据？"

"我没掺和他们后边儿的事儿啊。叶广昌和他之间究竟因为什么勾在了一起，我不知道。线镖和池子，如何谋划，怎么动手的，我也一点儿不清楚。你急忙三火地让我去告，别到头来人家屁事儿没有，反把我搭进去了！我的案子那可全是铁证啊！"

"你这么说倒是提醒我了。叶广昌凭什么和涩川介勾结？这俩都不是省油的灯，肯定各有目的。"

"对啊！俩眼儿一抹黑你让我告什么告？"

"叶广昌大概是为了拿到马之良的绝学秘笈，那涩川呢？他又图什么？"

"所以啊，赵兄，这事儿急不得，得慢慢调查！我帮你，成不成？"

"不成，说话儿苏百川就回来了。我必须在他回京之前就替他把事儿办了。"

"这怎么可能啊。除非……"

"除非什么？"

"除非你去踢馆！"

揭心说完，非但赵素响，连自己都是一惊。

赵素响看了他半晌，忽然眼睛一亮。"对啊！我怎么没想到呢？"

"不是，我随口一说的，你还当真了？"

"眼下，这或许是唯一的办法。论起来，这是私仇，可以不惊动官府，按武林的规矩来。日本武士残忍杀害了王府一门，作为武林同道，我理应主持这个公道！"

"鬼见愁，你的武功我向来钦佩。那就祝你一切顺利！"说罢，他起身抱拳这就要送客了。谁知赵素响一把抓住他的手腕。

"走，一起去。"

"别呀，我够什么使的？打架我外行啊！"

"撑个场子也是要的。再说了，你也是当事人。没有你他不认账怎么办？"

"别别，咱再合计合计，先搞清楚桐川道场的底细啊。万一里面高手如云，咱俩都得死里面了！"

赵素响的大手铁钳子一样死死箍住他，眼睛却看着暗处："这是最坏的一种，不是没想过。我只有苏百川这一个朋友，如果我做这件事，真能帮到他，我死也值了！"

揭心吓得脸色发白："可我招谁惹谁了！赵大哥，您能体谅体谅我吗？我打架真不灵，我，我前天还被一个卖豆腐的给揍了呢！"

"这事儿没商量！事情紧急，我也是矬子里面拔将军，谁让你欠我的？走！"

揭心长叹一口气："你可真会夸人，矬子里面拔将军，我这是陪你去玩儿命的，你就不能说句中听的？"

"这还不是夸你？"

·第三章·

公无俗骨

地难埋

二人絮絮叨叨出了店门，打算直奔陶然亭桐川道场。不巧天色突变，晴天日头的忽然就下起了冷雹子，不一会儿，又暴雨如注。揭心立时就要打退堂鼓。赵素响决定去菩提巷借雨伞，顺便也在马之良的练功房里给揭心挑一件趁手的兵器。一这么说，揭心干脆开始装病。赵素响连唬带哄好容易给他塞进了黄包车。

　　自打柳絮才和赵华二人走后，史有为就关了大门，蹲在窝棚旮旯里准备着明天所用的炸弹。他刚把引信续好了，又弄了一包火柴就着这几根棉花条在院子里练习擦火，就遇到了那场雨，史有为忙把炸弹抱起来就往里屋跑。

　　此时，浭川介的汽车已经稳稳停在了他家院外。浭川介使了个眼色，秋山和平野二人撑起雨伞走到门口，按史有为先前提醒过的敲门方式轻轻唤他。

　　"史先生，史先生。"

　　过了好一阵工夫，史有为才把大门打开。

　　"哎呀，是秋山君和平野君啊。"

　　"稿子已经校对好了，今天专程给您送过来。"

　　"快请进。"

　　浭川介摇开车窗，关注着院内和小巷的动向。看情形，家里只有史有为一个人，凭秋山他们应该可以对付。假如史有为真是深藏不露的高手，他就会第一时间援手。忽然，巷子里出现了一个人，是史家的斜对面院子走出了一位老妈子。

　　只见她举了一个油毡子盖在墙根儿的煤堆上。那老妈子看到了汽车，愣住了。浭川介下意识地低下了头。

　　自那天史有为与日本人攀谈之后，吴妈就十分好奇这木匠的身份。如今居然他家门口停着一辆洋汽车？车里还坐着一个奇奇怪怪的家伙，她不由抻长了脖子。

　　恰在这时，史家院内发出了一声惨叫，吴妈不由大惊。很快，秋山和平野跑了出来，秋山将黄色的宝甲塞进了自己的西装内兜，冲浭川介点了点头。浭川介示意二人快上车。史有为从院内爬了出来，心口有一摊血，摇晃了几下栽倒在自家门前，一动不动了。

　　吴妈吓得面无人色："杀人啦。杀人啦！"她忍不住大喊道。

　　秋山和平野双双再次下车。秋山一边探看左右动静，一边用手指竖在嘴唇上，让她不要出声，而后，迈步向她走去。吴妈退着进了院子，刚要关门的时候，大格格已在院内问她。

"吴妈，怎么了？"

"木匠被杀了。"

"啊？"

"回去，快回去！"

秋山笑道："不要乱讲话啊！老太婆。"

说罢，一把掼了过来，单臂夹住了她的脖子，用力勒了下去。吴妈使劲挣扎着，死命一口咬住他胳膊，秋山吃疼松了手，吴妈挣脱了出去。扑到花丛边捡起了花剪子，而后把格格挡在了身后。

"你们再过来，我不客气了。"

秋山和平野对视一眼，笑了起来。

"杀了她。她看到了。"

"两个都杀吗？"

"都杀。"

大格格虽然听不懂他们的日本话，却见他们已经双双抽出了短刀。没想到，吴妈忽然一用力，将剪刀生生掰开了，两手一分，成了一对护手短刃。双臂展开，右脚虚弯，与方才判若两人了。秋山暗暗叫苦。

吴妈手分双刃，回想着马之良的话。

"吴妈，通天拳一门人，只有你不会武功，但生在恶世，人心难测。你记住，敢与你动手的人，此人一定该死。我就传你一招保命的功夫吧……"

"多谢老爷。"

"不会武功的人，要在危急时刻保命，只能以命相搏。你记住：拳是枪，腿是马，看马不看枪，看下不看上。枪动马不动，是虚招，枪马齐动我先动。"

两人齐齐冲过来，吴妈紧盯二人腿脚的移动，平野挥刀劈来。吴妈单剪迎着刀锋而上，直刺了过去。这哪是武功，简直是换命。平野心念一动，刀锋稍偏砍在了她的肩头，自己却被吴妈一剪插入喉咙。平野瞪大了眼睛，倒下了。

秋山慌乱中握紧了刀，吴妈不顾鲜血直淌，攥着剪子刃，低着头死盯着他的双脚。

"她根本不会武功，怕什么？她只盯你的脚。骗她先动。"淀川介已经出现在了门口，他用日本话大声呵斥着秋山四郎。秋山如梦方醒，于是虚上一步，吴妈果然举剪就刺，他闪过之后，一刀砍中她的脖子，登时血流如注。吴妈仆地而死。

大格格崩溃大哭了起来："吴妈！"

秋山已经杀红了眼，横刀正要追大格格。不想她身后出现了两个人，赵素响和揭心。这二人来时，叫了半晌大门无人应对，向来警觉的赵素响立刻翻墙而入了。来到后院一看，被眼前一幕惊呆。

"涃川，我操你姥姥的！你丧心病狂，连老妈子都杀！"揭心大喊道。

"不是我哦！"涃川介笑着摊摊手。

赵素响举起了鸟枪对准了二人，问揭心："他就是涃川介？"

"老赵，就是这孙子。别轻饶了他！"

大雨滂沱，赵素响鸟枪的火绳早湿了。涃川介和秋山相视大笑了起来。

"赵大哥，他们杀了史先生，吴妈看到了，他们就过来把她……"大格格早已泣不成声。赵素响看着草丛里吴妈的尸身，心里恨疯了。

"操你大爷的！正要去找你呢，你倒送上门来！"

涃川介出奇的平静，淡淡道："揭桑，他是谁？"

"委署鸟枪护军营，赵素响。"

涃川淡定一笑："哎，他不是你的宿敌吗？你们怎么凑到一起了？"

"少他妈废话！你个狗日的东洋鬼子，早我就看出你不是个东西，谁知道你禽兽不如。老赵，跟他们丫拼了！"

揭心是动了真怒了，不由血气上涌拔了自己的小片儿刀。赵素响拉了他，让他闪去一旁。自己缓缓抽出了腰刀，也不搭话，照着秋山挥刀就剁。秋山四郎虽然勇猛过人，却不是赵素响的对手。三五招之后，他被赵素响一刀掼心而过，倒在了涃川介的怀中。

"秋山君。"

这一刀穿透了他的胸口，涃川介掏出了血迹斑斑已经被戳烂的虎头甲，对赵素响怒目相视。

"混蛋，你弄坏它了。"

揭心眼尖，立刻认了出来："虎头甲！是他们抢了史先生的虎头甲！"

"这本来就是我的，我只是取回来！"涃川介对二人怒吼。

"取回来你用得着杀人吗？"大格格亦怒道。

赵素响用衣角擦掉刀上的血水："涃川介，你用虎头甲诓骗马之良去山西走镖，还派人灭了王府满门。对吗？"

"无可奉告。"

"你和叶广昌合作，他要通天拳秘笈，你要什么？"

泯川介轻蔑一笑。

"这狗日的，能用国宝做诱饵，肯定还有阴谋！"揭心嚷道。

"鬼见愁，我可以告诉你真相，但你得能打赢我。我要一场公平的决斗，你敢吗？"

赵素响点了点头，示意他捡起秋山的短刀。可是泯川介却摇头道："这不是我的刀，我只用自己的。在车里。"

"小心有诈。"揭心低声道。

"我凭什么信你？你这种人什么事做不出来？"

"大清朝的金牌御马快会惧怕日本的棉花商人？说出去，哈哈哈……"泯川介讥笑着。

赵素响冷冷道："想拿刀就去拿。要是敢动枪，我会比你快。"

泯川介笑着点头的时候，一道闪电印在了他脸上，惨白、可怖、诡谲。

二人一前一后出了院子，赵素响让揭心和格格站在屋檐下不要上前。自己提刀慢慢跟上，在距离他十步的位置停下。泯川介脱掉了上衣，露出了健硕的胸膛，他从裤兜里取出了一根白头巾齐额勒了，当间有一朵金色的菊花。之后他拉开了车门，从后座取出了一柄太刀。他拿刀的动作，自然、谙熟，人刀浑然一体。看得赵素响心中一怔。

太刀的刀鞘是黑底镶金的，刀柄金色，都嵌有菊花。泯川介面对赵素响，左手缓缓横推，在雨中将太刀慢慢拉开，一股慑人的杀气冲过水雾直逼他的眉睫。

"这刀的名字叫'虎澈'。愿你安息。"泯川介淡淡说道。

赵素响知道此人绝非等闲之辈，他深吸一口气，双手握刀横在身前，眼睛高出刀刃半寸，在雨中静静地看着对手。

大雨倾盆，二人一动不动。忽然，一道闪电掠来，如是令下。二人踏着水花向对方奔去。刀剑相撞的清脆之声响了两次，二人都矗立不动了。揭心和大格格也都愣住。

须臾，泯川介捂住胸口，鲜血连同雨水一齐而下。他颇惊讶地看着赵素响，跟跄着退回汽车里，发动引擎。揭心大喊了一声，跑了过来。

"别追。"

500

赵素响叫住了他。汽车缓缓倒出了葫芦巷。揭心回头时，吓得面无人色。赵素响的小腹被切开了一尺长的口子，肠子已经翻出……

"鬼见愁！"

"别回，古董店。"

揭心还未明白他的意思，赵素响已仰面倒了下去。与相隔不远的史有为，脸对脸死在了一处……

第四章

镜月向心流

"慈禧一准儿来吗？"

柳絮才的声音非常小，仿佛大了慈禧能听到。赵华咽了口吐沫说："我有预感，一定来。"

赵华的声音颤抖着，脸色苍白如纸。柳絮才暗笑他胆儿小，可自己的手心也冒了汗。毕竟干这种把天捅个窟窿的事情，谁也不能无动于衷。

"我倒是希望她走这里，别去紫竹院。先生说的帮会，我怕靠不住。"柳絮才无不担忧地说道。

史有为再也不能去紫竹院了。他之前雇请的天津帮会也无人到场。所幸，进香的慈禧没走那条道，她的銮驾果真摆道了积水潭。而柳絮才和赵华在天没亮的时候就如期而至了。他二人并不知晓昨天史有为就已遇害，只按先前计划，一起动手将炸弹掩埋在大道当中，洒了黄土掩盖停当，一前一后隐蔽在了道旁齐腰深的杂草丛里，手握引信和火折子，正严阵以待。

"你回去吧。这儿交给我。"柳絮才看了他半晌，淡淡道。

"那怎么行？说好一起干的。"

"走吧，出了事，我怕你脱不了身。"

赵华颤抖着声音眼神坚定："不成功便成仁。改写历史的时刻就在眼前了……"

柳絮才拉下脸来："谁要和你一起成仁？你走不了，我也受牵连不是？事儿交给我了，走吧兄弟。"

赵华决绝地："那不行。我赵华绝不会临阵退缩的，今天可是我的大日子……"

柳絮才越听越不吉利。正要再说什么，忽然听到远方传来一阵开道响锣。柳絮才立即让他收声，自己猫着腰去了大道上，附耳贴地，聆听动向，果真有车马队隆隆之声。

"是车队来了？"赵华急问。

柳絮才点点头："不出五里地。"

他说完起身要隐蔽回去，无意中瞥见对面林中有两条人影短兵相接，正打得难解难分……

柳絮才不由大惊："这是什么人？"

赵华抬眼望去，也是一脸茫然……

"史有为又找了帮手？"

"这不可能。帮手怎么会自己先打上了？"

柳絮才回身钻进草中。那两人竟然从对面的树林追到了中间大道，正在预埋炸弹的位置打得不可开交。柳絮才定睛一看，其中一人竟是周癫！

"真活见鬼了。"

那周癫自在月王府被天心刺瞎眼睛之后，一直在自己的南书苑养伤。如今他算是双目失明了，怎么跑到这里来与人打架？柳絮才当然不知道周癫与庞知早前的决斗之约就是此时此地。那庞知自叶深走后，自己也离了叶府，觅了家客栈一忍多日，专等比武。他不知周癫双目已眇，周癫也不清楚庞知两耳失聪。这二人颇有默契地老早订好了包车，天不亮就到了积水潭。起先都对车夫讲好的，完了事还拉自己回去，可见面时，出了岔子。

周癫听到对面来了人，摸着刀问："是庞知来了吗？"

他连问了两句，庞知看他口型似乎是在问自己："这儿呢。"

周癫闻声过去举刀就剁，错把庞知的车夫劈死在地。庞知说："你瞎啊？那是车夫。"

周癫愣了："是瞎了。那总不能让你也杀我的车夫吧？"

吓得车夫撒腿就跑，连车都撇下不要了。

"废话别说，周癫。我两耳都聋了，但我还是来了。我不怕你。"

周癫听他声如洪钟，料他没有撒谎，也不再多言。二人这才拉着手，由庞知寻了一块开阔地，动起手来。这一打，又是七八十个回合不分胜负……

柳絮才急跑到路边："快住手！周癫，你干什么？"

二人停下了打斗。周癫听出了柳絮才的声音："二爷，是你吗二爷？"

"可不是我吗？你，你这是干什么啊？"

庞知看到这个打扮很江湖的年轻人鬼鬼祟祟地出现在道旁，还和周癫相识，不由勃然大怒："好你个周癫！决斗就是决斗，你竟然找帮手，算什么君子行径？"

说着单刀劈面就剁，周癫赶忙用刀挡住："二爷，这是我的私事，请你不要管。"

"我才懒得管你呢。你俩把道闪开，我有大事要办……"柳絮才也急了。

庞知根本听不见柳絮才说什么，只找周癫厮杀。

柳絮才斥道："你们快走，不然会有性命之忧的。"

周癫一笑："不是我不给二爷面子。我俩大半辈子都在等今天的这场决斗。别说二爷您，就是太后打这儿过，我也不让。"

赵华也急了，从草丛中走了出来："哎呀，就是太后要来！"

周癫又听到一个陌生的声音，更急了："这又是谁？"

"我朋友。他说得没错。你们快闪开，晚了要坏大事。"

正在此时，慈禧銮驾中四马结队的斥候枪兵飞驰而来。柳絮才一推赵华藏了回去。为首的枪兵当道一勒马缰，拿鞭子一指："何人挡道？"

庞知一看他们的装束就知是宫里的人，登时不知所措，而他们手里的兵刃分外刺眼。枪兵们也愣住了，时间凝固了一般。

只听周癫气恼道："还有完没完啊？这又是谁啊？"

庞知眼睁睁看着，哪敢搭话。

"庞知，你不说话就是你叫的人。"

周癫喊着又举起了刀，庞知想要制止，已经晚了。枪兵们果然误会，为首的枪兵厉声大喊："护驾。"

话音未落，一个枪兵马打回旋向来路奔回，另三名枪兵不由分说对着庞知和周癫乱枪齐射。可怜周癫、庞知争斗一世，临死之前也未分出胜负……

柳絮才离道旁最近，很快就被发现了。大惊过后，他施展平生所学，足不点地飞奔而去，后面响起了阵阵枪声……

树林中的赵华看得目瞪口呆，跑也不是，躲也不是。只得先把火折子和引信都埋了起来。三个枪兵催马赶到时，赵华急中生智假装出刚刚方便完的样子，提了裤子站起来。

"什么人？"

"过路的。"

"刚才都是什么人？"

"不，不认识啊。"

"那你躲这儿干什么啊？"

"我，我拉屎……"

枪兵跳下马来，走近了他，仔细近观，冷笑道："屎呢？"

"我，还没来得及……"

话音未落，被一枪托砸翻在地。

赵素响临死之前曾对揭心说，别回古董店。这句话在他心里始终是个疙瘩。他辗转想了一夜，隐隐感到不妙，以赵素响的性格，他真能在见面之前，就先揭发了自己。

天黑之后，揭心换了一身粗使衣服，找了个毡帽戴了，包了一辆车悄悄去了天桥。刚一进街面儿，就见到自家店门口已被百姓围得水泄不通，店内果然有七八个枪兵正在搬东西，喜大人亲自督阵。揭心的脑袋"嗡"地大了。他半刻也没停留，让车夫调转车头直奔大栅栏。所幸这间店铺没被官家察觉。揭心拍门唤起了住店的二柜，吩咐他连夜去老许家，让老许火速离开北京，没个一年半载的不要回来。他又从柜上拿出不少钱来，让二柜把本店人员全部遣散。从今往后，谁问也别提这店铺之事。又亲自将最要紧的几样古董装了，趁着夜色，悄悄溜回家。待他回到地窖的家中已是后半夜。躺在床上时，从怀里摸出了赵素响送给他的那瓶乳酒。揭心睹物思人，百感交集，不由放声痛哭……

揭心猜测得没错。赵素响在去见他的前夜，就先回了水洼胡同拿酒，又去鸟枪营找了喜大人。他把揭心在天桥的古董店一事全部揭发。赵素响再三叮嘱喜大人，一定要三天之后再去查没，只搬东西不要抓人，自己找揭心还有要事。喜大人大喜过望，满口答应。可之后没两天，就传来了赵素响遇害的消息。一打听，才知道是跟桐川道场的日本人起了瓜葛。喜大人忙带人去了道场，不想渑川介已申请了外交保护。待他来时，魏闻道已吩咐手下在外围警戒了。

"两班轮休，日夜值守。明天渑川先生离开中国之前，务必要保护他的安全。但有擅闯会馆者，就地正法。"

"是。"

老喜忍不住咳嗽了一声，魏大人假装刚看见的样子。

"呦。原来是你呀老喜。"

"怎么？渑川明天就走？"

"是啊！明天中午十二点，在天津乘邮轮回日本。"

老喜上前小声道："老魏，我奉朝廷的旨意，监视这个桐川道场。没想到他竟敢杀了我的人，你倒保护起他来了？"

"哎呀，你手下赵素响企图抢劫渑川先生的汽车，人家是出于自卫。"

老喜一愣："这谁说的？"

"渑川先生啊。人家有证人。"

"我真想操个谁。赵素响根本不会开车，他能抢日本人的汽车？"

枪兵们也嚷嚷道："赵哥绝对不是那种人。"

老喜一推校尉："渑川呢？让他出来见我。"

魏闻道忙拉住他："我说老喜，你怎么不开窍呢？渑川先生是总理衙门都不敢

506

得罪的人。别说是赵素响抢他，就算是他抢赵素响，人家也是有豁免权的。"

"这里面有误会！赵素响绝不可能做出强盗之举。就在昨天，他还揭发了一个大盗呢，为朝廷立下了奇功……"

"哦？什么大盗？"

喜大人心说我要告诉你，你就捷足先登了。于是笑道："情况还在核实中。不过赵素响真的不会抢劫汽车，你相信我。"

"我信你没有用。浞川是友邦，赵素响是家奴。你觉得太后会信谁？老喜啊，不是我跟你抖官威，以大压小。这件事，你少掺和。"

"日本人杀了我的手下，您不能一点交情也不讲吧？"

"糊涂。赵素响干出这样匪夷所思的事情来，我不追究，不就是给你面子吗？"

"人都死了，你还追究个屁？"

"当然可以追究了！比如说，赵素响不过是一个小小枪兵，竟敢抢夺友邦的汽车，拿来何用啊？会不会是有人指使啊？"

"你?!"

魏闻道皮笑肉不笑："老喜啊，现在你体会到了我多够意思吧？"

老喜定定地看着他，一言不发。

魏闻道又道："这样，我给你面子，我先撤，你再走。记住，在大清国，跟洋人较劲，那可不是闹着玩儿的。"

他拍了拍老喜的肩膀，故意大声道："恕我公务在身，少陪了。"转身对一众手下道："看住大门，有擅闯道场者，就地正法！"

魏闻道带着几个随从，打马离去了。

枪兵啐地一口："什么东西！"

老喜叹道："他自从破了杨定吾的案子，太后赏了他一百金，候补刑部侍郎，加赏西苑门内骑马，连刑部尚书都没他的实惠大！这小子现在今非昔比了！瞧那个小人得志的样子，鼻孔冲天，说话横着就出来了。我真想操个谁，杨定吾还是我抓的呢，他才分了我三百两。"

枪兵问："大人，现在怎么办？咱们要是硬闯，可没好果子吃。"

喜大人愣愣地看着道场的大门，一言不发。他想替赵素响讨公道，可如今刑部干涉了，这就是朝廷的态度。他知道和洋人作对意味着什么。当年闹义和团的时候，杀洋人、烧教堂，大清国被群起而攻之，太后都吓没影儿了……

"妈的，不能让鬼见愁白死了。"

"大人，就等您这句了。下命令吧，哥儿几个冲进去。"枪兵嚷道。

"不。我的意思是，你们先跟我去天桥。"

枪兵愣住："去天桥？那赵哥的事儿怎么办？"

"这就是赵素响生前交代的事，办成了，老子至少也升三级。等我腰杆子硬了，再给他报仇。这旧衙门太腐朽，老子待腻了。赵秉钧大人早有笼络我的意思，老子要借北洋翻过身来……"

一半儿人没醒过味儿来，剩下一半喜出望外，都说跟着大人有肉吃。枪兵们无论脑袋里怎么想的，但双腿都很听话，簇拥着喜大人奔赴天桥古董店去了。

身着孝服的苏百川看了吴妈最后一眼，轻轻合上了棺盖。之后，他亲手打入了棺钉。大格格跪在一旁烧纸，默默流泪。

隔壁史有为家的院子，也停了两口棺材。窝棚里设了灵位和香炉。柳絮才亲手写了两副挽联，揭心和空空儿一起动手，将挽联挂好。

史有为的挽联：世有良才天不永。

赵素响的挽联：英雄何曾见白头。

苏百川和大格格走进来，一看到这挽联，苏百川就落下了泪来。他跪倒在赵素响的牌位前，泣不成声……

"百川兄弟，我，我得跟你说。天地为证，是赵素响找的我。"揭心小心翼翼地说着。

"他说你是江湖之外的人，要替你做这件事，为你分忧。可还没等我们去道场，就……"

苏百川一言不发。

"这家伙是真狠啊，找我之前就把我揭发了。我的古董店，也被封了。"

"你少说两句。"空空儿斥道。

"我不是怪他。鬼见愁好样的。如果你要报仇，算上我！"揭心补充道。

"我就不该到北京来。这张琴，代价太大了。"柳絮才看着那张琴，淡淡说道。

苏百川慢慢站了起来："赵华呢？他知道吗？"

空空儿哽咽道："赵华被抓了。我周叔，也死了！"

苏百川大惊："因为什么？"

空空儿看向柳絮才，柳絮才正要解释，只听揭心道："管他因为什么，全都算在涆川这狗东西身上。先把他收拾了再说。"

苏百川看着揭心："格格说，赵素响和滉川介的比武，时间非常短？"

揭心点头："几乎是出手定输赢。他们都中了刀，只是赵素响的那一下，太致命了！"

苏百川看了众人半晌，缓缓道："等我回来再发丧！"

说罢转身向门口走去。柳絮才厉声道："你还回得来吗？"

苏百川停住，在场人都是一惊。

柳絮才苦笑："我佩服你的胆气，也知道你的武功大概不错。可是，别怪我给你泼冷水，这个仇，要报也难。"

揭心不解："二哥，你这什么意思？我们这么多人，还怕他一个小日本？"

柳絮才一笑："这不是人多人少的问题。"

揭心冷笑不以为然："那是什么？"

柳絮才轻叹一口气："日本的剑道，自古有三大宗派：一刀流、二天一流，还有一个镜月向心流。"

空空儿恍然："大事不好！"

"怎么了？"揭心急问。

"之前你告诉我他叫滉川介，我从未放在心上，也没和镜月向心流联系在一起！"

"师妹，这人的来路你知道？"

空空儿点头继续说道："从前的竹帮，通商沿海六域，经常会遇到上岸的倭寇和日本浪人。从这些日本人的口中我们得知，日本剑道的确有三大流宗，个个不能小觑。而镜月向心流，几乎是神话一般的存在。因为他们的宗家，姓滉川，是个少年天才，幼时拜镜月向心流的宗家渡户稻造为师，成年后就已成为本门第一，练成了本门最高剑法无念无相斩。同年，春、秋两季，他分别约战一刀流和二天一流，打败了他们门内的最强者，成为不折不扣的日本第一人，而那一年，他才二十八岁。滉川，滉川，难道就是这个滉川介？"

众人一惊。

"鹿头文身就是镜月向心流的标志。"柳絮才长叹了一口气。

揭心额头渗出汗来："妈的，转了一大圈，原来最危险的人是滉川？"

"我如果知道虎头甲与滉川介有关，也许……"

"也许怎样？"

"也许会知难而退吧。"柳絮才低下了头。

揭心瞪大了眼睛："二哥，您是什么人？我可是头一回听您这样自惭形秽！"

大格格冷冷道："没志气。还没有打，自己先怕了。"

柳絮才看了看她，苦笑道："谁说没有打？二十年前，八卦掌的望云手就是败在了镜月向心流宗家渡户稻造手中。"

"还有这样的事？"空空儿也是一惊。

"他们是在天津的日本领事馆闭门切磋的，鲜有人知。"

揭心问道："你是说徐闯的师父望云手？"

柳絮才点头："那根本不叫比试，渡户稻造太快了，一招就分出了胜负，应该就是无念无相斩。试想，如果所用兵刃不是竹剑，而换成了……"

气氛低落下来，杀了人一样的安静。

空空儿许久道："二哥这么说实在让人灰心。毕竟望云手与渡户比的是兵刃而不是拳脚，以短击长，这本身就有让的含义。况且望云手也不能代表整个中华武林。"

"可渡户稻造全力培养出的弟子涀川介，他的武功到了什么境地，谁能设想？赵素响也算是一流高手，还不是一招就……"柳絮才没有忍心说下去。

大格格却正色道："镜月向心流有那么厉害吗？涀川介是不可战胜的吗？你无非是想说，中原武林已经不战自败，我们就这样自甘被人欺辱、抢夺，而无能为力?!"

空空儿半晌道："不，不是的。"

众人一愣。

"别的我不知道，至少有一种武功，应该不输无念无相斩。"

大格格急问："是什么？"

空空儿看向了苏百川，缓缓道："春云十三展。"

众人的眼神齐齐看向苏百川。

空空儿一字一句地问他："百川，通天拳只剩你了。你说实话，绝学，你会不会？"

苏百川慢慢回道："不会。"说罢，大步走出了院子。

大格格顿觉天昏地暗……

·第五章·

大武如文

涅川介身着黑缎和服，斜插着太刀，手提一件小藤箱，带着那名艺伎，在众弟子的列队相送下走出了道场大门。他二人向院内弟子鞠躬还礼，待大家退回院内，涅川亲自合上了院门。刚转身打算上车时，只听艺伎叫了一声，这才见到原本在门口警戒的那几个刑部差役，全都七扭八歪地倒在了地上。旁边还立着一位白衣男子，正似笑非笑地看他。

　　"你谁呀？"涅川介用极为标准的中国话问道。

　　柳絮才还不及说话，揭心就笑着从道旁涅川介的汽车上走了下来。

　　"他是我二哥柳絮才。我师妹慕容。同文馆的苏百川。都是朋友。"

　　涅川介看到自己的汽车上又下来了一男一女，而司机却噤若寒蝉，心中大感不妙。他对揭心正色道："揭心，你们好大的胆子！连官差都敢杀？"

　　"言重啦。我二哥只是请他们睡一会儿。"

　　涅川介俯身探看差役的鼻息，起身说："想做什么事不敢让官府的人看呢？"

　　空空儿一笑："你如果不心虚，又为什么要请刑部保护？"

　　涅川介傲然一笑："我心虚？哈。说吧，什么事？我奉陪。"

　　艺伎用日本话对他说道："先生，再晚就来不及了。"

　　涅川介对她摇摇头，小声道："先等一等。"

　　苏百川用日本话说道："抱歉，你哪儿也去不了。"

　　涅川介和艺伎都很惊讶地看着他。

　　揭心哈哈一笑："苏百川懂你们的东洋文，别想犯坏！怎么着涅川？咱们进去聊聊？"

　　见此情形，涅川介知道横竖是躲不过了，不如见机行事。于是对众人鞠躬道："来者是客。请。"

　　桐川道场设在一进的大殿之内。外观仍是中式，而内饰已全然变为日式的格局。此刻，六个武士正席地而坐，在各自的托盘中静静地进餐。众人走进后，武士们都很惊诧，面面相觑。

　　揭心有意无意地打了一个喷嚏，鼻涕喷到了身边武士的头上。他笑出了一个鼻涕泡来："原来你们在吃饭啊？我还就喜欢打扰别人吃饭！"

　　说完，正好那鼻涕泡破了，溅在那武士的脸上。后者大怒，愤然起身，用日本话喊道："师父，您怎么回来了？这些支那人是谁？"

　　涅川介瞄了一眼苏百川，对他大声斥责："雄三，不要无礼！"

　　众武士早都停了手中的饭团子，纷纷站了起来。

涃川介冷笑着看向苏百川："我真的赶时间，你只有五分钟。"

苏百川乜他一眼："家里来客，连杯茶也不倒吗？"

涃川冷笑，用日本话对苏百川说道："我从不请中国人喝茶。我劝你珍惜时间，不然，我就要再多用五分钟杀死你们。这样，我恐怕赶不上去天津坐轮船了。"

苏百川也用日本话说道："这么有把握？我听说你受伤了。"

涃川介回道："皮外伤，就像被狗咬了一口。不妨事！"

他说完，所有的武士都哈哈大笑。苏百川紧紧咬住腮帮。

空空儿不解："他说了什么？"

苏百川抬头时看见了中堂匾额：桐川道场。下角有鹿头的标志。匾额的两侧有一副对联："豪然跨鹤上清空，一笑吹成下界风。"

苏百川一指说道："就说这个。"

雄三傲然道："这是我们馆长在十五岁时写下的。这样的豪情，你们中国人有吗？!"

众武士哈哈大笑。

涃川笑道："少年意气，见笑了。"

空空儿白了他一眼："自大狂！"

苏百川一笑："涃川先生，十五岁就熟读刘禹锡。这很难得啊。"

涃川涨红了脸："刘禹锡，他，他没有这样的诗。"

苏百川脱口而出："晴空一鹤排云上，便引诗情到碧霄。"

涃川顿时尴尬。

柳絮才也笑道："虽说谈不上抄袭，但借用、化用颇为明显。而且，意境和气度与原句相去甚远。当然了，不能对一个十五岁的日本少年苛责太多。"

涃川倒吸一口凉气，上前对众人深深一躬。

"刚才，多有得罪了，请原谅。我尊重你们这样的对手！我愿意为你们改变原定的计划。不是想喝茶吗？请移步到后院茶室，接受我最庄重的茶礼。"

苏百川笑道："我正想见识一下日本的茶室。听说很小？"

"是的，如果四位都去，加上我和茶师，就非常拥挤了。真的非常抱歉。"说罢，他再次鞠躬。

苏百川思忖着他的话。究竟真的是茶室太小坐不下，还是他想将四人分开，逐个对付。可转念又想，这个骄傲的宗家，还不至于在茶水里对自己下毒。

苏百川回身对空空儿道："我去吧，你们在这里等。"

"百川?!"

"放心。"

他说完，又对柳絮才和揭心点点头。

浞川介命艺伎带着苏百川先去后院的茶室。之后叫来了雄三，低声用日本话说道："他们不动，你们不动，等我出来。"

说罢，嘴角一笑。雄三心领神会。浞川介向柳絮才三人鞠躬行礼，之后也去了后院。

揭心全不在意肃杀的气氛，自顾自坐在了日本人中间。拿起一份寿司，大口送到嘴里，而后啐了出去。

"什么呀？生的就吃？"

苏百川在艺伎的引领下来到了茶室外的庭院，他停下来欣赏院景。艺伎脱了鞋子先进茶室去了。

"想不到北京还有这样神似奈良的地方。"听到身后响起了脚步声，苏百川感叹道。

浞川介惊讶了："你到过奈良？"

"没有。在学校看过一些图册。"

浞川介点点头："请里面用茶。"

苏百川感叹："可惜树种错了，为何没有枫树？"

浞川介吃惊停下，禁不住多看了苏百川两眼："先生内行。确实应该种枫树，可是日本枫树在这里无法成活，北京太干燥了。"

苏百川笑了笑，欲言又止。

"怎么了？"浞川介见他笑有深意，于是问道。

"中国人有句老话，'松柏不进门'。你这个替代品，不吉利。"

浞川一愣："不吉利？"

"中国人对阴宅和阳宅的风水极为看重。松树，五行属阴，多见于墓地。你在家里种这么多松树，是打算埋这儿吗？"

浞川介脸色大变。此时，艺伎跪在茶室门口迎接，浞川介握着太刀死死盯着苏百川。进茶室，太刀一定不能带入，可是他担心苏百川有诈，故而在门口犹豫。

苏百川笑道："据我所知，进日本茶室饮茶是极为庄重之事。主人应该在门口跪迎，而不是握着刀立在门口。"

涩川介摘了太刀，然后恭敬地跪在门口。

"欢迎之至。"

苏百川这才脱了鞋子，从涩川介的身前迈过，进入了茶室。二人坐下之后，涩川介平复了心情，强作一个笑容。

"我要正式地引荐一下，这位是苏百川先生，这位是渡边西子。她是画家，也是茶道高手。"

艺伎微微向他欠身："欢迎之至。"

"有劳了。"苏百川礼貌说道。

客人坐定之后，西子开始煮茶。她在角落里摆开陶炭炉、茶釜烧水，又焚了香，摆上了茶点。一切动作柔美而细致，一丝不苟。苏百川留意到墙上的字轴"神驰"，许久淡淡问道："这是文物吧？"

涩川又是一惊："如何看出？"

"笔法。骨力通奇，雄透雍容，得柳少师三昧，有我大唐气象。难道是日本书法家所写？"

涩川拊掌笑道："苏先生果真不是俗人。这是阿倍晴明的手墨，取自他的先祖阿倍仲麻吕《望乡诗》'仰首望长天，神驰奈良边'中的'神驰'二字。此卷，为我恩师渡户稻造先生的家藏，后来转赠于我。"

"渡户稻造？镜月向心流的宗家？"

"正是。"

苏百川若有所思："这我就不懂了，这里的字与道场的那副对联，全然不是一种境界。不客气地说，门口那个，太小儿科了。竟能同时在府中出现，让人匪夷所思。"

涩川欠身道："让您见笑了。那门外的对联确实是我年少时的率性之作，时常我自己看着也心生厌恶。每每想要取下来，可是手下不肯。后来我明白，俗气的东西，对于鼓舞士气，尤为重要。"

"鼓舞士气？十年前的那场战争日本已经赢了。还需要什么样的士气？"苏百川忽然问道。

涩川介欲言又止，笑了笑。

"涩川先生，我想问你一件事。"

"请讲。"

"你和叶广昌做了什么交易？"

泷川介一愣。他脑子里始终在想苏百川究竟何许人也？已知他是同文馆学生，无非博闻强识而已。可仅仅是文弱书生有面对自己的胆气吗？如今他忽然问叶广昌的事，完全出乎自己意料。

"我提醒你一下。你和叶广昌合作，他为的是通天拳秘笈。你要什么？"苏百川接着问道。

泷川介笑了笑："这个……"

此时，艺伎已经将茶煮好。泷川亲自捧了一杯递给了苏百川，将话题岔开："请先喝茶！你喝过日本的茶吗？"

"没有。"

"唐朝时期。日本的遣唐使在大唐学习时带回了茶。到了九世纪初期，又由最澄禅师带回茶籽在日本本土种植。而后数百年间，饮茶的风气在日本贵族和僧侣之间逐渐形成。"

苏百川点点头，接过了茶杯，喝了一口。果然有一种未曾体验过的清香。不禁向西子点头致谢。

泷川介笑着说："日本茶道的兴起，是四百年后的事了，应该是宋宁宗初年。在大宋朝学习南宗禅法的荣西禅师，引进了宋茶的礼仪。"

艺伎红着脸笑了笑。

泷川介看到了，就问："西子，我说错了吗？"

艺伎笑着说："是错了。时间应是宋光宗五年才对，而且荣西法师入宋求法，学习的不是律宗，而是密宗。"

泷川挠头道："是这样啊？"他又对苏百川道："很抱歉，西子说的应是事实。她有过目不忘的本领，比我强多了。哈哈。"

苏百川对西子赞许一笑。

"刚才说到哪里？对了，茶的礼仪。直到后世千利休等大师，才将茶道推向了极致，以至于产生了众多流派。但没有超出千里休提出的'和、敬、清、寂'的最高美学宗旨。"

苏百川接过来，轻呷一口："学习了。"

泷川的眉宇之间掠过一丝得意，他拿起了茶筅："您认识这个吗？"

苏百川摇了摇头。

泷川舒心一笑："不光是你，明代以后很少有人认识它了。这是你们宋人饮茶时使用的茶筅。如果不是日本茶道将其继承，它就消亡了。这说明一个问题，对晚

516

近的中国人来说，喝茶，不过是喝一个味道，不再是取道和精修的方式。国家长久以来的苦难，夺走了他们探索生命意义的热情，中国人的茶杯中再也没有唐人的浪漫或宋人的礼仪，他们变得苍老而实际。"

苏百川百感交集，涅川面有得意之色，自觉压了他一头。

不料苏百川却道："可能是这样。又或者说，茶，终究只是茶。倘若它真是取道的工具，那么到岸舍筏，不拘一格才是中国人的心胸。正如屈原所说：'不凝滞于物，而能与世推移'。从这个角度看，日本的园艺、插花还有茶道都显得秀美有余而气宇不足。"

涅川的脸色猛地沉了下来。苏百川喝了一口茶，对他笑了笑。

空空儿向揭心招手让他过来。揭心起身来到二人身前。

"三哥，你去后院看一下，喝茶要这么久？"空空儿小声说道。

揭心点头要走，被柳絮才拦住。

"先别急。等他。"

"还等啊？百川可是手无寸铁进去的。万一……"

"既然跟他来了，就要相信他。"

"万一，万一他被涅川……"

"他死了，我上。"柳絮才淡淡地说道。

空空儿刚要再说，雄三已经忍不住站了起来："嗨，你们在说什么？"

揭心笑道："小子，你揭三爷尿急啊，借你的酒杯用用？"

雄三大怒欲冲过去，被武士们拦住。

揭心也是怒火中烧，大声对后面喊道："什么时候动手啊？你再不出来我可摘他们的牌子了啊！"

后院方向，并没有传来任何的声音。

"日本知中国多，而中国知日本少，甚至不知日本，这是历史现实。以甲午海战为例，日本对中国的八旗、绿营军，北洋、南洋水师了如指掌。而中国对日本的了解，几乎一无所知，只是在战前打发人通过朝鲜渠道了解只言片语。究其原因，中国从文化心理上鄙夷日本，认为我们只是蕞尔小国，却看不到日本国土虽小，其现代化程度已远在中国之上。甲午海战，清国完败，落得个割地赔款的现实。这一切，都该归咎于中国的愚昧和落后。"涅川介说完，与西子相视一笑。

苏百川看了看他，缓缓道："日本，创国在我周、秦之间。通使于汉，修贡于魏，而宾服于唐。此时，仍处于世界文明的末端。之后大举引进中国的高度文明，有计划地汲取文字、宗教、律令、制度、建筑等，世界史上，别无他例。向强者的虚心求教，使得日本在当时就与高丽、新罗、百济等国大不相同。唐衰败之后，日本国内南北裂乱，群雄沸扰，七八百年间，国主高拱于上，强臣擅命于下。平氏、源氏、足利氏、织田氏、丰臣氏、德川氏迭起，你们称为战国时期。后来明朝禁海，太祖说'片板不得入海'，为商业的发展自捆手脚。明朝中叶，因内政不修，有奸民冒充倭人旗帜，群起为寇。而日本的一些藩主，因贸易需求，容忍并加入了海盗。滋扰东南，觊觎华夏。中国加强海防，有力拒之。从此两国情谊不再，音问隔绝。之后就是明治维新，日本举国学习西方，你们找到了崭新而先进的强者，三五十年，自强革新，取得了举世公认的成就。从而反过来，在制度、科学、工业等项影响亚洲诸国。包括大清。可不久，中国和日本几乎同时受到西方列强坚船利炮的践踏。英国和美国先后洞开你我门户。相同的是，我们都败了，不同的是，大清在鸦片战争之后，虽然也搞洋务，图自强，却难改自尊、自闭的现状。而日本的国民性决定了他对力量的崇拜，心悦诚服地接受了战败的屈辱，并努力加入了强盗的队伍，成为欺凌亚洲的一员。自己的元气尚未恢复，就吞并琉球，而后开始觊觎朝鲜、大清……"

泷川拊掌笑道："如果大清人人都似先生，则日本不敢来犯。"

"我说的是常识，不足为怪。泷川先生是日本的精英，你也持日本右翼思想，让人遗憾。日本虽然赢了，终究也只是短暂的胜利。"

"短暂的胜利？哈哈，大清向我日本赔款两亿两白银，割地台湾、澎湖列岛。这是多么伟大的胜利，世界战争史上鲜见。算起新近结束的对马海战，日本赢得同俄国的战争，其成果也远不及'甲午'。你竟然说是短暂的？"

"所谓成大事者，争百年而不争一息。从大历史的角度看，国运的兴衰是有规律可循的。中国曾经领先了世界那么多年，如今的两场败仗，还亡不了我们。也许中国日后还有战争，或对西方列强，或是日本，或输或赢，要看时局与国运。由于落后甚远，我们可能还会败十年，五十年，一百年。可只要'华夏'不死，'汉魂'尚存，中国人，照样能成为世界的强者。"

泷川被他的自信所震动，勉强一笑："以我愚见，两国相争，不光政治、经济、军事的比拼，最深层的缘由，在于文化。我认为，中日之争，归根结底是日本和中国到底谁是东方文化的宗主。换句话讲，日本和中国，究竟谁才能真正地代表亚洲，代表东方。很显然，这方面中国落后日本实在太多了，绝无追上的可能。因此，日本最终会彻底征服中国。这才是历史规律。"

"你错了。中国是中国，日本是日本，虽然同处亚洲一隅，一衣带水，但是文化的沿革与文明的过程不尽相同。中国从未想过要去取代日本。自宋以来，日本总一厢情愿的以为自己在中国这里很重要，这只是它自己的看法。日本学习中国，这没有什么不好。可你们的民族主义过于虚张声势，这，恰恰是一种自卑。尽管如此，我仍然要说，日本在晚近以来也对中国有所帮助，但这远远小于中国对日本的巨大影响。对我个人而言，对日本政权的厌恶并不能完全吞噬我对日本整体的态度。即使我们甲午战败，但是我依旧不会全盘否定一个国家以及他的文化。"

涩川介的内心受到了震动。从进到后院那一刻开始，涩川介对他就有一种不安，甚至是恐惧。这个人身上有自己未知的力量，无穷无尽，源源不断。这感觉从未有过，他也不希望再有。他起了杀心。

"面对你这样的人，我更笃定自己所做的一切有多么重要。我之前不愿讲出来，我与叶广昌有什么交易，因为知道底细的人都死了。我，不想杀一个学生。可是你不同，你今天在这里说了这番话，我一定不能留你。"

苏百川点点头："也就是说，你愿意告诉我，你和他的交易是什么？"

"北京防务图。"

苏百川点点头："原来如此。你得到了吗？"

涩川笑道："你觉得呢？"

苏百川的目光移到了他手边的小藤箱之上。里面装着什么，不言而喻了。他深叹一口气："师叔啊师叔，你真糊涂啊！"

"苏先生，这场争斗，起因在你们。中国人自己不乱，我，没有机会。中国人就是一盘散沙，离心离德，做不了大事。"

"你总是过早下结论，这习惯很不好。道场的三个人，与通天拳有世仇。可是我们还是一起来了。难道不是同仇敌忾？"

涩川忽然面色一变："同行的四人中，你是最强者？"

"你可以这样认为。但是中国人，不做这种区分。"

"那么为什么是你呢？通天拳的苏百川。我没有杀马之良、叶广昌。福郡王的死，也不能归罪于我。"

"你用一件宝甲，害了多少人命？"

"宝甲本来就是我的，是我从日本带回来的。可惜它现在毁了。"

"宝甲是中国的。它是我的邻居史有为的家族之物，是因为战乱才流失。可是你却卑鄙地杀害了他，他根本没有武功。你还杀了吴妈，她在我们家快四十年了，我们情如母子。还有赵素响，他是我最好的朋友，我一直认为我们的友谊会很长久。生命的终结，是非常遥远的事情。甚至连我师父出事，我都没有感到绝望。而在他死后，让我一下子，似乎看到了生命的尽头。"

"发生这一切，我很抱歉。"

"不用你道歉。拿命来偿。"

涊川介笑了起来："恕我直言，虽然我身上有伤，刀在门外。可是，苏先生。你一点机会也没有。毕竟你面对的，是镜月向心流的宗家。"

苏百川不再说话，气定神闲地倒了一杯茶慢慢放到了嘴边。

"今天的事情，以后也许会传遍日本的大街小巷。人们会说，你死得非常勇敢。"涊川笑道。

"我这里有另一个版本，镜月向心流的宗家涊川介，死于通天拳弟子苏百川之手。一招即败！"

涊川介缓缓站了起来。苏百川则一动没动，他笑着看向艺伎。

"西子小姐，你觉得哪一个会成为现实？"

西子面色骤变，瞪大了眼睛不知该如何回答。

"无礼！"涊川介大喊着。

"知道春云十三展吗？"苏百川问。

涊川介的眉毛跳动数下："什么？"

"春云十三展。"

"不知道。"

"不会吧？难道叶广昌没有告诉你这是最霸道的武功？可惜，他抢走的那个秘笈，根本没用。真正的绝学，在我身上。"

涊川介闻言大惊，不禁后退了两步，死死地盯着他。

"有绝学，也不是法术。苏百川，你不可能已学成了春云十三展！"

苏百川仍旧盘腿坐着，身体笔直如刀，双目垂帘，高僧般淡定。

涊川介示意艺伎爬到角落去，自己向前虚探了半步。

"受死吧！"

他忽然横出一腿，劲力极大，快如闪电。直奔苏百川的面门而来……

520

· 第六章 ·

疑是故人来

涅川介势大力沉的扫腿直奔苏百川面门而来。这之前，苏百川已盯住他的双腿，当他左脚挪动，右腿将起之时，苏百川就拧身而上直钻了过去，瞬间单肩顶到他膝盖处。涅川介万没想到他会后发先至，只得硬生生收了一半力量，再想放腿已来不及。苏百川双手锁拿住右腿，借他扫腿余力，自己腰腿连动发了十成力道，猛喊了一声"哆"，直把涅川介掼了出去。只听"嘭咚"一声，他的后脑猛撞在了墙上，随之身体重重落下。苏百川跃至近前，未让他有任何喘息之机，雷霆一拳，捣烂了他的咽喉。

　　一旁的西子听到了骨骼断裂的声音，不禁惊悸。涅川介翻着白眼，喉咙里发出"嘎嘎"的声响，嘴里、鼻子里不断涌出红黑色的血泡。苏百川的一个接摔，一记重拳，涅川介就一命呜呼了。西子爬向了涅川介，连声呼唤，饮泣不止……

　　苏百川喘匀了气，看着她，淡淡道：

　　"日本武道的第一高手，不过如此！"

　　西子神情复杂："错了，错了。"

　　"什么错了？"

　　"没，没什么。"

　　她把要说的话又咽了回去，讳莫如深的样子。苏百川眉峰双蹙，心生疑云。而此时已顾不了许多。他必须拿回北京防务地图。

　　"我不为难你，防务图在哪？"

　　西子摇了摇头。

　　苏百川不甘心，搜了涅川介的衣兜，毫无收获。又打开了涅川介的小藤箱，里面有涅川的证件和一张三口之家的合影以及几根金条，再无其他。苏百川回身走向西子。

　　"图在哪儿？"

　　西子惨然一笑："我不知道。"

　　"不要以为我不敢搜你的身。"苏百川冷冷说道。

　　西子害羞地低下头，又摇了摇头。

　　苏百川凝视着她。为什么涅川介要带一个女茶师回国？无非三条原因：涅川很重视茶道；涅川与她是秘密的情人关系；西子身上藏着地图。

　　"涅川介为什么要带你回国？"苏百川忽然问道。

　　西子脸色一变，搪塞道："不是带我回国，我只是送他去天津。我连行李也没有不是吗？"

苏百川半信半疑："那地图呢？这么重要的东西他不带在身边？"

西子叹气："实话告诉你吧，地图，已经寄到日本去了。"

苏百川闻言大惊，揣摩着她这话的真伪。混川介有可能将地图寄给一个非常信任的人，也有可能亲自携带回国。这里面有很多他吃不准的东西，可是苏百川不会因为她一句话就此罢休。于是进一步问道：

"你说他寄出了？寄给谁了？何时寄的？"

"我，这我不知情。这么重要的事情，我没有过问的权利。"

这话有破绽。她说完立刻意识到了，不觉两耳发红。果然苏百川上前一步，厉声问道：

"你没有过问的权利，却知道他把地图寄走了？你不觉得这本身就很矛盾吗？"

西子咬住嘴唇，低头不语了。

"其实混川计划亲自带图回国，是不是？"

西子的眸子向左下方一闪，神情明显紧张了。苏百川笃定了自己的推测。地图一定没有寄去日本。问题就出在这个女人身上，至少她一定知情。

"混川这样聪明的人，怎么会拿着防务图出大清的海关呢？这不合理。因此，他带上了你。"苏百川一边试探着说道。

"什么意思？"西子脸色骤变。

"西子小姐。我猜到地图在哪儿了……"苏百川大声说道，其实他使了诈。西子果然中计，似乎自己的秘密被人揭穿一般，显得手足无措。

"在哪里？"

"就在你的……"

正在此时，只听到南院道场方向传来了一声枪响。西子立刻向门外大喊起来："救命，救命。"

情急之下，苏百川用毛巾堵了她的嘴，又解开混川介的黑绸腰带，将她反剪了双手，死死绑了。

"别想跑，我还会回来。"

说罢，他一个箭步跨到院中，三两纵去到了南院道场大殿。走进道场一看，苏百川愣住了。

道场的武士已经尽数被杀，柳絮才和空空儿都披散了长发，浑身上下血迹斑斑。最惨的是揭心，他正捂住大腿勉强坐靠墙边，豆大的汗珠从他的额头不断渗出。而道场的门口，站着一排刑部枪兵，魏闻道和阮中华一左一右虎视眈眈。

苏百川看着空空儿："你受伤了？"

空空儿摇头："是我三哥。"

魏闻道厉声道："又是你，不知死活的苏百川。竟敢在光天化日之下，杀害日本友人。罪不容诛！我问你，淜川先生呢？"

空空儿三人也一齐看向他。

苏百川淡定道："我罪不容诛，你也跑不了。"

"放屁，这与本官有何关系？"

"淜川介不就是您奉命保护的吗？"

魏闻道的脑袋嗡得大了。他张大了嘴，声音也哆嗦起来："他，他到底怎么啦？"

"后院呢。自个儿瞧去。"

"全锁起来，谁敢动一下就地打死。"

魏闻道气急败坏地大声吩咐着手下，而后带了两个枪兵急匆匆奔后院而去。阮中华看着苏百川等四人被全部上锁，轻叹了口气，慢慢走近他道："苏老弟，你怎么总是跟我们官府过不去啊？"

苏百川淡淡一笑："给阮大人贺喜了。"

"喜从何来？"

"魏闻道的好日子，到头了。"

阮中华不明就里刚要发问，只听见后院的魏闻道挨了刀一般呼叫着。

"快来人，快来人。淜川死啦！"

阮中华先一愣，后一喜，之后又装作惊恐的样子。道场的武士固然不能死，可是淜川介这样重要的人，那是万万不能出事的。他明白苏百川的话究竟什么意思了。刚要迈步去后院，又被苏百川叫住。

"大人！里面的女人，叫渡边西子。别让她跑了。"

"怎么？"

"事关重大。"

阮中华微微点头，分拨手下持枪看守四人，自己带人急奔后院去了。

大格格苦等了整整一夜，未见四人回来。又惊又怕地胡思乱想，苦挨到第二天天光，忙出了巷子叫了一辆洋车直奔陶然亭。

此刻的桐川道场已被百姓黑压压围了一片。大格格未等车子停稳就跳了下来挤进人群，还没瞅见苏百川他们就被戒严的官兵挡住了。

"不要往前。"

"这里，怎么了？"

官兵打量她一眼："出事儿了。桐川道场的日本人被杀光了。"

大格格听到这话，眼泪夺眶而出，口里喃喃道："阿玛，额娘……"

"你说什么？"

她擦了眼泪："是，是谁干的？"

"打听那么多干什么？"

大格格不再说话，又看向院内，确定没有苏百川等人的身影，心下稍安。

又听围观的人七嘴八舌议论着："嘿，了不得啊。日本人都敢杀？"

"杀得好，日本人有他妈几个好东西?!"

"有谁见了吗？到底谁干的？"

"这事儿你问我呀！我瞧得真真儿的。告诉你们说，一个蒙面人，身后背一口宝剑。我眼瞅见他飞进去的，不大工夫就听里面哭爹喊娘惨叫一片呀！"

大格格从人群中钻了出来，又上了洋车。

南城的桐川道场被几个中国人踢馆，里面的日本人全被杀了。消息传进宫之后，众大臣的心情微妙复杂。唯独慈禧太后震怒，连摔了俩茶碗。她先骂了武林道，逞能不挑时候。甲午海战的时候干吗不去打日本？偏在惹不起的裉节儿出来裹乱。又怪刑部保护不利，全是吃干饭的废物。

庆亲王忙召集鹿传霖、瞿鸿机，北洋赵秉钧等几位枢臣合计。命刑部戴罪立功，把苏百川等人审出个子丑寅卯来，不能只停留在江湖恩怨，这样朝廷就很被动。要深挖，最好这些暴民能跟俄国人沾上边儿，如此一来，总理衙门和外务府才有得说道。再命工巡局协查内外城中苏百川等人潜在的党羽。又请了懿旨，从善扑营调了一棚高手，专门督办刑部查封菩提巷通天拳一事。防的就是，万一又有江湖高手捣乱，刑部的督捕不够人家玩的。

大格格的黄包车刚进巷子，就见到通天拳老宅门前全是官军。有新式警服，有军校裤褂，还有穿黄马褂的人。大格格虽然不能尽知这三拨人分别是工巡局、刑部和善扑营，可这乌泱乌泱地来了近百号人，就知道苏百川他们遇到大麻烦了。这种时候，她不再是那个温柔沉默的格格，她至少要打听出下落来。

大格格刚来到大门口，就听见里面嚷嚷着翻出了禁书以及柴房里找到了两具日本人的尸体，各衙门的人全都涌了进去。门口独剩两人。

"这是怎么了？"大格格淡淡地问。

门口这俩人一个是善扑营的翼长，一位是刑部的督捕。那善扑营的翼长自她的黄包车进巷子就盯上了。到她走过来，一张嘴说话，断定她没功夫，不是武林人。斜她一眼之后，摆出一脸傲慢，根本不接茬儿。倒是那个刑部的督捕因为职责所在，特意地上下打量了她一番，觉得这个女人模样气质都是出类拔萃的，说话又不急不躁，不像是寻常女子。于是颇为客气地问道：

"你是干什么的？"

"我来找苏百川，他在家吗？"

督捕看了同僚一眼，不免笑了。那意思是，这小丫头敢情不知道苏百川出事儿了。翼长还是一脸僵硬，没看见一样。督捕笑着对大格格道："苏百川惹大祸了。你是他什么人啊？"

"惹祸？惹出什么祸了？"

"打听那么多干什么？姑娘，你是苏百川什么人？"

"我是他的家庭教师，来给他，上课的。"

"据我所知，苏百川可是译文馆的高才生，你这岁数比他还小几岁吧？你能是他的老师？"

"满文老师。"

她故意这样说，反倒让对方不知深浅了。

"姑娘府上哪里啊？"

"我们家，不是随便什么人都能打听的。"

"哎，你这什么意思啊？我就偏要问你。不说你可走不了。"

大格格尽管显着身份，可是她的穿着却是汉人模样，督捕就有点儿想教训她了。谁想旁边善扑营的翼长不乐意了，一手按在了他肩膀上。

"怎么着？人家不愿说，犯你家王法了？"

善扑营的人都是清一色的八旗子弟，天然地会向着满人。刑部督捕可不敢得罪他，只得赔笑几声，而后对大格格道：

"你回去吧。苏百川啊，以后也不会回来了。"

"他到底怎么了？"

"刺杀日本友商。已经下大狱啦！"

虽然已有心理准备，可是听到他这样说，大格格还是吃惊不小。她强忍着眼泪，向翼长走近几步。

"这位大哥，能让我见见他吗？"

"姑娘，这可不行。苏百川犯的是死罪。别说你是他的私人老师，就是他爹娘妻子，也恐怕见不到。"

翼长公事公办，一丝不苟。

"我就想见见他，求您了！我，我……"

"你是什么人？"

大格格差点儿就说自己是叶赫那拉·瑞珠，跟西太后是宗亲。可是真把自己的底子告诉这个人，是不是又有不测的风险？

"是谁要见苏百川啊？"

说着话，一个穿警服的黑脸的人走了出来。大格格不认识他，此人正是委署鸟枪护军营的，原是赵素响同袍。眼下，刚追随喜大人调到工巡局做到了内城监督。先前他才在院中，眼见着刑部的人收殓了两具日本人的尸体，善扑营的人卷走了《杀慈禧之原因》等禁书。而自己作为内城工巡局的代表，一点好处没捞着。回去之后跟喜大人交代不下去，少不得要领一个嘴巴。正发愁呢，居然有人要找苏百川，还自称是他的老师。这刑部和善扑营的人竟然都把人家往外轰。他一琢磨，我呀，先给你弄走吧。有你在，就能替我挡一个嘴巴。

"姑娘。我带你去见苏百川。怎么样啊？"

大格格见他穿着警察的制服，哪里明白他们各衙门之间的钩心斗角弯弯绕。无暇多想，使劲点了点头。

苏百川四人自然没有被关押在工巡局，而是在只有重犯才会光顾的刑部提牢厅羁押所。

此时的提牢厅审讯房，火光通照，鞭声响脆。苏百川被绑在一根木桩上，被三个赤膊的狱卒轮流用刑。一个打一会儿，喝水休息，换另一人。

不久，魏闻道一脸愁容走了进来："怎么停了？"

几位狱卒一看魏闻道，已经把顶戴花翎自己摘了攥在手里，都不免好笑。

"大人，毕竟还没审，我怕打坏了没法交代。"

魏闻道对苏百川都恨麻了，气急败坏道："怕什么？先打了再说。来，刚才的不算，重打。先替太后打二十鞭，然后是皇上二十鞭，外务府二十鞭，刑部也是二十鞭。"

狱卒坏笑道："大人，太后和皇上怎么应该高一等才是啊。"

魏大人咬牙道："好好好。太后和皇上各算三十鞭。"

"好嘞！"

狱卒重新攥起了鞭子一边打一边喊："刁民，刁民。"

苏百川血汗模糊了视线，体力也渐渐不支，昏死了过去……

待他再睁开眼睛的时候，盆火暗淡了下来。他也已经被人从刑架上松了绑，除了脚镣尚在，手上并没有枷具。他勉强睁开眼睛，方才打他的三个狱卒都离开了，连魏闻道也不知所踪。他依稀看到对面的马扎上坐着一个人，正似笑非笑的看他。

"阮大人？"

阮中华笑道："饿不饿？要不要喝一点粥啊？"

苏百川挣扎着坐起来，靠在墙上，确定这审讯房只有阮中华和自己两个，这才喘气道：

"水，水。"

阮中华起身，在浸着皮鞭的水缸里单手抄了一口水过来，淋在了苏百川的脸上。苏百川张着嘴贪婪地舔吸。

"我的朋友呢？他们在哪儿？"

"关着呢。"

"魏闻道呢？"

"哼。他呀，也关了。"

"失职之罪？"

阮中华点点头："苏百川。你是同文馆的学子，算是有功名的，对你用刑，是魏闻道干的。可不是我！"

苏百川勉强点头。

"为什么杀日本人？"

"比武。"

"比武还要害命吗？一杀就是七个？"

苏百川一笑，没有回答。

"咱俩算是故交，你还救过我，我不想为难你。可是呢，你得跟我说实话，为什么杀日本人？"

"涃川介，害死了很多人。而且，他还勾结叶广昌，窃取国家军事地图。"

"目前我们掌握的情况是，你的朋友赵素响抢夺他的汽车，被他杀了。至于你说他还杀了其他人，要有证据。叶广昌已经死无对证，军事地图嘛，就更需要证据，你有吗？"

阮中华这样说话，苏百川心里凉了一半。

"涊川的背后一定是日本军部，在华经商只是外衣。涊川介和他的手下都是野心勃勃的间谍，是侵略者。还有那个渡边西子，她有大问题。她人呢？"

"人我控制了。可她说自己是受害者。她也要控告你。"

"撒谎，她知道地图的下落。"

"你是怎么知道的？那你说那份地图在哪里？"

苏百川低下了头。他只是直觉，没有任何证据。

"苏百川，你跟涊川介之间，是不是受了什么人的挑唆？"

苏百川一愣，他不明白阮中华这样问出于何意。

"没有啊！"

"你是译文馆的学生。你的洋教师之中，有没有谁和这件事有沾染？"

"莫名其妙。我杀他就是为了私仇。还有，涊川介确实是日本在华间谍。"

阮中华笑了笑，叹气道："你要知道，他不是普通人，也不是普通的日本人。就算你铁证如山，可你杀了日本在华的重要友商，日本镜月向心流的宗家。你，恐怕很难……坦白告诉你，太后最恨这种事。当初若不是永定门的甘军杀了日本外交官，又杀德国公使，八国联军怎么会进犯我大清？这才消停了几年啊？苏百川啊苏百川，你惹谁不好，偏去惹东洋人。"

苏百川看着他的嘴脸，想起当初他躲在自己书桌下面瑟瑟发抖的样子，不禁长叹了一声。

"你们运气好，碰到圣上颁布新政，优待犯人，我会让你死得体面。可是，那个曾经找我麻烦的慕容，就另当别论了。"

"这样不好吧，她只是一个女孩子。"

"苏百川，咱们做个交易。你答应了，我就不难为慕容。"

"说来听听。"

"我需要你一份口供，就说是魏闻道告诉了你桐川道场的地址。"

苏百川震惊不已！魏闻道固然可恨，但罪不至死。阮中华竟然让自己作伪证，用来扳倒上司，未免太歹毒了。

"阮大人，如果我没猜错，他的候补侍郎应该是由您顶了。何必，落井下石？"

"我只问你，行，还是不行？"

苏百川摇头："你找错人了。"

阮中华阴冷地站了起来："明白了。"

苏百川忽然想起什么："等一下。阮大人，看在，看在我父亲的面上，请您，高抬贵手！"

阮中华愣住了，回身走过来蹲在他旁边。

"你父亲，谁啊？"

"我父亲，叫苏造时。"

"谁？"

"苏造时。"

"这名字，倒似曾相识啊！"

"我父亲说，您过去做库丁的时候，与他有过交情。"

阮中华露出了一丝怪异的微笑："哦，我想起来了。哎呀，想不到你竟然是苏造时的儿子。"

苏百川点点头。

"你父亲他还好吗？"

"他，已经不在了。"

"原来如此，真是好人不长命啊！那么，他还跟你说了什么？"

"因为我师父马之良下太原走镖，出了事。我父亲就跟我提起了你这个故人。他说要从官府想想办法，他并不知道你我已经相识……"

阮中华打断他："苏百川，我和你父亲是生死之交。如果是别的事，我一定豁了命帮你。可你杀了日本人。那可是连太后都惹不起的，你能明白吗？"

"我当然知道。阮大人，我只求你，不要为难慕容和她的师兄。"

"好说。我答应你就是。"

"多谢大人。还有那个渡边西子，你一定要查。她绝不简单。"

"好。我尽力。"

阮中华起身，从门外叫来两个狱卒，让他们架起苏百川回牢房去了。苏百川暗自庆幸，多亏提起了父亲。否则，阮中华究竟会做出什么事来，不堪设想！可是，在这件事上，他和父亲苏造时都犯了大忌。毕竟镖师和学生，对库丁这份差使理解有限。外人看来，库丁是照看金库的皇差、肥差，实则有难言之隐。阮中华从前的那段库丁生涯，是他生命中最为心酸和黑暗的日子。为了防止夹带，所有的库丁在

530

金库内劳作时，必须一丝不挂。出金库时，更是要弯腰，张嘴，双手掰开腚眼儿，接受检查……

阮中华一步一步好容易爬到了今天，这段往事，是他绝对不愿提及的。他原本只想利用苏百川彻底扳倒魏闻道。对于他们四人，终有王法处置。自己原也不想为难，甚至在内心深处，对他们敢于踢馆，斗杀日本人的行为是钦佩的。可如今不同了，苏百川竟然知道他从前的事，令他十分厌恶……

几乎是同一时刻，大格格被黑脸警察带入了工巡局巡警总厅，来到一间颇为西式的办公室，被安置在一张椅子上坐下。她对面一张硕大的办公桌后面，坐着新任的内城巡警总厅警长，喜塔腊·赛碧图。

老喜自查抄了揭心的古董店之后，交六扣四，又从自己扣下的古董里，豁出去一半用以运作打通北洋关节，终于高官得做，骏马得骑，一下子从鸟枪护军参领，成了内城巡警总厅警长。虽说官阶上不在一个系统，难分伯仲，可是实权可谓大大提升。现如今就是给他一个正经的四品云麾使，都不稀罕。毕竟，北洋才是新势力，是新趋势。

老喜穿着警长簇新的制服，正了正警帽。大马金刀地往椅子上一坐，撇着嘴，乜着眼。翻了翻黑脸手下递上来的文书，又听他叽里咕噜耳语了几句，就抬眼看了看对面的大格格。

"你，是苏百川的老师？"

"是的。"

"叫什么名字，家住哪里？"

"叶瑞珠，家住东单头条。"

"念你是旗人，看你的样子，定是好人家的姑娘。我也不妨告诉你，苏百川他们已经被打入刑部大牢。"

大格格痛苦地闭上了眼睛。

"可是。可是他杀浥川介……"

老喜示意手下，手下回身过去把房门关好。

老喜接着说道："他杀浥川介，我真心佩服。而且，浥川这狗东西我同样恨他入骨。"

大格格一愣："警长大人何出此言？"

"浥川介杀了我最器重的属下，赵素响！"

大格格腾得从椅子上站了起来："什么？"

老喜点了点头："我曾是鸟枪营的参领，赵素响是我的手下。不信，你可以问他。"

大格格回转身去，手下的眼圈早已发红。

"我虽然没有能力把苏百川他们从大牢里救出来。但是，作为赵素响的上司，我愿意做些力所能及之事。姑娘，你愿意相信我吗？"

大格格点了点头："警长大人，我信您。既然苏百川已入刑部大牢，我请求您一件事。请您替我做主。"

"何事？"

"我要见西太后。"

"什么？"

"我说，我要见慈禧太后。"大格格一字一句坚定地说道。

老喜从座位上走了出来，慢慢来到大格格身边。

"姑娘，你开什么玩笑啊？"

"我不姓叶，我本名，叶赫那拉·瑞珠。"

老喜的眼珠子差点掉了出来："哎？你，你再说一遍？"

"我叫，叶赫那拉·瑞珠。"

老喜不禁后退了几步："你的父亲是？"

"我阿玛，叶赫那拉·福忻。"

老喜靠在桌子上，脸色煞白，上下左右仔细把大格格看了个透。大格格也豁出去了。既然父母已死，苏百川身陷囹圄，假若再不想办法去求慈禧太后，眼前，就只能是一条绝路了。

老喜小声道："姑娘，这可不能乱讲。说错了是要杀头的。"

"我是死过几回的人了，还骗你做什么？我和太后是宗亲，我要亲自去见她，给她磕头，求她对苏百川网开一面！"

老喜定了定神，挥手让手下出去。

"你出去，我还有话问她。"

手下答应了一声，出去了。老喜走到近前亲自把门反锁了，把窗帘也拉上了，扔了警帽，扯断了警服上的劳什子流苏。

大格格大惊："你要干什么？"

老喜早已满面泪流，扑通跪倒在地："格格，老奴万没想到，格格您，竟还

532

活着……”

老喜这话，让大格格震惊不已：“你，你是谁啊？”

老喜号啕大哭，伏地不起：“老奴名叫喜塔腊·赛碧图，曾是福郡王府上的包衣啊。”

大格格大惊站起：“啊？你是我家的包衣？”

“大格格，你小时候，我还扛着你逛过庙会呢。我因头发稀黄，只能留一撮小辫儿，你管我叫辫儿叔啊。”

大格格猛然想起了什么：“辫儿叔，辫儿叔，我记得，我记得。”

老喜叩头如捣蒜，把前额磕出了血来：“格格，你终于认出老奴啦。”

大格格扶起他：“辫儿叔，快，起来说话。”

“老奴不敢，老奴有愧啊！”

大格格勉强扶起了他。老喜颤巍巍垂首站着，仍是抹泪。

“你，早就离开王府了？是不是？”

老喜点头道：“我自小是跟着福郡王一起长大的。虽说是包衣的身份，可王爷一点也不把我当奴才使，倒像是半个朋友。我成年后，王爷一直要给我找门亲，我舍不得离开他，没答应。后来王爷爱惜我，奏请皇上给我抬了旗。光绪十一年，月王成了军机大臣，王爷让我跟着他多历练，早晚也能出息了。就这么着，去了月王府听差。那时格格您不过三四岁光景。”

大格格早也哭红了眼睛。老喜的话，勾起了她对父亲的无限怀想。

“跟了月王没几年，他老人家也抬举我，让我去了委署鸟枪营当差，后来，就做到了参领。有一回，在步军衙门遇到了老主子福郡王，主子说，你越发出息了，我脸上也有光呢。”

老喜说到这里已经哽咽不能言。大格格早也哭得梨花带雨。

“三节两寿的，我也总去府上瞧主子和福晋。可格格都长成大姑娘了，您的后院，奴才不敢进去，这才和您疏远了。再往后，就是对西洋诸国的那场战争，大清吃了败仗，朝廷降罪主战大臣，令两府蒙难。起初，奴才急得什么似的，无头苍蝇一样到处乱撞，逢人就问，是个衙门就打听。可惜我人微言轻，蚍蜉难撼大树，没能阻止这场灾祸……”

大格格一边流着泪，一边点头。老喜作为一个小小的武官，如何救得了两位王爷？

“那时，朝廷风声很紧，奴才为了自保，昧了良心，在联名参奏二位王爷的折子上，签了字。直到月王被斩，福王发配，奴才，也没敢露个面儿。无非借酒浇愁而已。我真是古往今来头一号的缩头乌龟，我，我是个忘恩负义，黑了心肺的狗奴才！奴才该死，奴才该死……"

老泪纵横的老喜左右开弓抽着自己的嘴巴，大格格也哭成了泪人。主仆二人心酸了好一阵。

大格格叹气道："辫儿叔，你别自责了。国家的事，说变就变，岂是你我就能左右的？今天，你能说出这些心里话来，你就是忠心的。"

"格格，您怎么和菩提巷的苏百川认识？还有，王爷、福晋现在何处啊？"

大格格闭眼道："没了。都没了。"

老喜两腿一软跪倒在地，号啕大哭："主子，主子啊……"

·第七章·

因果不空

苏百川回到牢房之后，与空空儿关在了同一间。而揭心与柳絮才则在正对面。除了揭心原有枪伤，柳絮才和空空儿都没有被用刑，他心下稍安。还顾不得与空空儿说话，他就见到了另外两个熟人。关在揭心、柳絮才隔间的赵华，以及最里侧单间的魏闻道。

魏闻道玩忽职守，保护不力，导致日本商人被杀。阮中华趁机将其倾轧、扳倒。魏闻道尚在将功补过的第一线，就忽然被剥衣去靴，过堂受审。阮中华逼他说出是否与俄国人勾结，故意放任苏百川行凶。魏闻道原是提审司老人儿，每年都会饶有兴趣地改良刑具，这回全用在自己身上了。"绳刑"才用了一半，他就晕死了过去……

赵华自那日被抓之后，死活不认刺杀、谋逆之罪，也没有供出史有为和柳絮才，算是把积水潭的事儿一人扛了。无奈实在熬不住酷刑，只好说埋伏着准备杀仇家，可再往下，又编不圆熟。于是也被打入提牢厅羁押所，等待秋审。

苏百川回牢房时，揭心已把史有为与赵素响的遭遇告诉了赵华。早已形如枯槁的赵华听闻哥哥的噩耗，崩溃大哭。

"哥，哥哥！哥呀！"

在这寂静凄绝的黑夜，绝望无助的深牢，如此痛彻心扉地嘶喊，让人如何不心酸……

报童手握报纸串街走巷来到了菩提巷口。

"《警钟报》：神秘侠客力挫日本高手。"

报童："看报啦，看报啦。日本武馆被踢，剑道高手被一招毙命啊！"

巷口看守的差役将他撵走："去去去。"

老喜带着黑脸和大格格从通天拳院子里走了出来，黑脸亲自捧着佛龛，大格格则是背着古琴。督捕苦着脸撵了出来。

督捕："喜大人，喜大人。"

黑脸不悦："没告诉过你吗？这是我们工巡局警长。"

督捕："喜警长。刑部有令，任何人不能擅闯，更别说拿东西了。"

老喜撇了撇嘴："小子，你回去告诉魏闻道，就说两样都是我拿的。我还别不告诉你，这些东西，原本就是人家姑娘的。你们守这儿是职责，我为民解忧也是职责，懂吗？"

督捕："不是小人不放，魏大人怪下来，我真吃罪不起。要不您等等，我这就去请魏大人。"

老喜一笑："魏闻道多大的官？也配让我等？"

那督捕心说北洋的警长可以不把刑部候补侍郎放在眼里？真的还是假的？北洋竟然这样霸道了？正瞎琢磨，巷口跑来了一个把总。

把总："呦，喜警长。少见啊。怎么了这是？"

督捕上前耳语几句，把总微微一笑："喜警长，您请自便。"

老喜冷笑一声，带着大格格走了。

督捕急了："魏大人怪下来，您自己跟他交代吧。"

把总小声道："交代个屁。魏闻道已然下大狱了。"

"啊？"

来到巷口，老喜点燃了一支香烟，身子靠着汽车，远远看着刑部这帮人，暗自得意。心说要不是自己改换门庭，摇身一变成了警长，能有今天这气势？不知道我要是抽他两嘴巴他敢不敢眦毛？

黑脸拉开了汽车的后门，把两样东西放到了后座，自己上了司机的位置。

大格格长出了一口气："谢谢你，辫儿叔。"

老喜："这东西有这么重要吗？"

大格格："佛龛，是我额娘的遗物，我必须拿回来。至于这琴，系着我几个朋友的身家性命呢。"

老喜点了点头，不再多问。

"什么时候可以救人？"

"主子，苏百川他们犯的是弥天大罪，不日将三法司会审。现在这节骨眼儿，奴才就是拼掉头颅，也救他不出。刚才你也看到了，今天算是硬闯的。救人的事儿，要慢慢来。"

大格格想了想："那我想见他。"

老喜一咬牙："走。"

阮中华不但要顶掉魏闻道的候补刑部侍郎，还不想让他再翻身。可眼下，一个玩忽职守的罪名尚不至于治他死罪。而且，这与自己是否顺利接任也无直接关联。因此，这苏百川之前所说的北京防务地图就尤为重要了。

阮中华进到桐川道场时，大门口也停了一辆汽车，是日本使馆的人来接渡边西子，此时西子正在与守卫争执不下。她昨天等了一夜，官方不给她任何说法，但也不让她离开。实在没办法就电话联系了日本公使青木一雄，青木答应出面交涉。

阮中华笑道："西子小姐。早上好啊！"

渡边西子勉强一笑："阮大人。"

阮中华："对浥川先生的事，我深表抱歉。"

渡边西子："请一定严惩凶手！"

阮中华："职责所在。请西子小姐放心。"

渡边西子向他鞠躬："那就，拜托了。"

阮中华看了看穿着西装的司机，对西子笑道："您要去哪里？"

渡边西子："日本公使馆的青木先生已经派人来接，我要回日本去了。"

阮中华一笑："是吗？那，还回来吗？"

"很抱歉，目前还没有回来的打算。"

"那么浥川留在中国的公司，如何处理？"

"青木先生会安排一切。"

阮中华这才和身边的守军耳语起来。从刑部守军口中得知，昨天他们已经连夜翻查了桐川道场，没有地图的下落。

"我可以走了吗？"渡边西子温柔一笑。

阮中华："请等一下。"

他看到她手上拎着一个藤箱。

"装了什么？"

"是浥川先生的遗物。"

"我能看看吗？"

"这样，会很失礼。"

阮中华使了一个眼神，手下上前抢了艺伎的藤箱。

西子怒吼道："你干什么？"

使馆的司机也挡在阮中华身前："你们就这样对待一位女士吗？"

阮中华对他一笑："回去告诉青木，渡边西子涉嫌盗取中国机密文件，被我扣押。"

渡边西子愤怒道："你说什么？你有证据吗？"

阮中华一笑："正在找！请你配合。"

司机正色道："这位大人，您这样做，不怕惹麻烦吗？"

538

阮中华笑道："这是我的职责。渡边西子不能离开。你走吧。"

司机冷冷道："好。但我需要知道你的名字，和你的职务。"

阮中华脱口而出："刑部督捕司中书，阮中华。"

司机笑了笑："中华这个名字取得好，可惜姓了阮。"

阮中华手下大怒："小子，你……"

阮中华拦住了手下，淡淡道："一个小小的日本司机，就敢对大清朝廷命官口出狂言。可见那场仗，咱们输得有多彻底。小子，你先别走，给你看点东西。"

司机一愣："给我？"

阮中华回身厉声道："把她的箱子打开。"

渡边西子挣扎着，早被推到了一边，她的箱子被强行打开了。除了男人的衣物、书籍以及一把短刀之外，别无长物。

渡边西子："我说了，只是浘川先生的遗物。"

阮中华面色铁青："可我得到的供词是，浘川勾结叶广昌获取了北京防务地图。不在箱子里，不代表就没有。"

渡边西子："听不懂你说什么。我不知道什么地图。我请求离开。"

司机威胁道："这件事，已经上升到了严重的外交事件。西子小姐，我向你保证，青木先生不会轻饶了他们。"

渡边西子："算了，他也是职责所在。只要放我离开，我不追究。可以吗？"

她越是这样，阮中华就越怀疑她真的有问题。

随从小声道："地图会不会被浘川随身带了？"

阮中华问他："尸体呢？"

"昨天验完伤，已经连夜送到化人厂了。"

"该死！"

阮中华的眼睛飞速转着，打量着道场以及眼前的女人。许久摇了摇头："不对。苏百川他们是突然到访的，浘川不可能有时间藏这些东西。除非，老早之前，他就已经处理好了。搜她身。"

西子被两个随从按在墙上，粗鲁的掀开了和服。司机也被强行控制不得上前。

"青木先生不会放过你的。"西子大喊。

阮中华笑道："西子小姐。把地图的事情原原本本告诉我。不然，我就扒你的衣服，直到你没有衣服。"

渡边西子和司机几乎同时怒吼着："你敢？!"

阮中华："扒。"

话音未落，她的上身被粗暴扯掉，露出了一对乳房。西子双手护在胸前："无耻、下流。太野蛮了。"

阮中华："还不说吗？"

渡边西子愤愤道："我真的不知道，你让我说什么？"

阮中华对四五个手下笑道："有谁想尝尝日本女人的滋味吗？"

一个黑塔般的手下笑道："我可以试试。"

"算我一个。"又有声音抢白道。

"我说，我说。"西子哀求着。

阮中华一笑，点了点头。

渡边西子："地图，早就，早就带出中国了。真的。"

阮中华转身对司机道："你听到了？这是什么罪还用我说吗？小子，你今天不骂我，我未必豁得出去呢。告诫你一句话，跟中国人打交道，要懂礼数。滚吧。"

众手下："滚。"

司机青着脸离开了。

随从问阮中华："大人，是不是押到提牢厅去？"

阮中华看着西子雪白丰满的身体，笑了笑，摇了摇头："不急。"

"百川。百川。"

"格格。你怎么来了？"

大格格走到苏百川的铁栏门口，看到浑身上下血迹斑斑的苏百川，眼泪夺眶而出。她伸出了手，与苏百川十指紧扣。

"他们打你了？"大格格动容道。

"不碍事。"

空空儿低下了头，对间的柳絮才浅浅一笑。

大格格感激地看向众人："百川，柳先生，揭先生，桐川道场的事，我已知道了，谢谢你们。真的谢谢你们。也谢谢你。"她最后的目光停留在空空儿身上。

苏百川问道："家里现在，是不是全是官兵？"

大格格点了点头："你们的宅子，史先生家，都被封了。不过我拿出了那张琴。"

柳絮才感激道："谢谢。"

苏百川焦急地说："格格，你怎么来的？听我说，你不要再露面了，不能把你

540

也牵扯进来……"

大格格落泪道："我要救你出去，我一定要救你出去。"

苏百川苦笑摇头："格格，这件事，是自上而下的。与你阿玛当年的事，一样严重，甚至更加严重！你帮不了的！"

大格格看着他，一字一句道："你死了，我绝不独活。"

苏百川大为触动。空空儿听闻此言，黯然低下了头。

老喜带大格格闯进来时，用大话唬住了卫兵，说北洋的内城警长等于一品大员，论起来与刑部尚书平级。卫兵见他汽车和属下齐备，又官威赫赫的样子，真怕得罪不起，才勉强放他二人探视。得知魏闻道就关在里间，他也顾不得大格格与苏百川说话，自己径直去了牢房最深处。看到奄奄一息的魏闻道，老喜的心中五味杂陈。

"老魏，还活着吗？"

魏闻道颤巍巍翻起身，一眼认出了他，当即痛哭流涕。

"老喜，兄弟。是你吗兄弟？"

老喜叹气道："怎么几天没见，成了这光景？"

"苏百川害死我啦。苏百川害死我啦。"

"前有车，后有辙。当初浥川介杀了我手下赵素响，你不但不替中国人申冤，反倒胳膊肘往外拐，保护起日本人来了。如今怎么样？这就叫现世报。"

"我，我也是公事公办啊。老喜，咱哥俩是有交情的，你能不能搭救兄弟？"

"交情？我求到你身上的时候，你讲交情了吗？那天你若是放我进道场，让我和浥川当面锣对面鼓，掰扯掰扯。顶多了，我跟他打回人命官司，替赵素响讨个公道，也就是了。我是朝廷命官，总不至于在道场里把他宰了吧？你看看你高高在上的那个德性！七个不服八个不忿，一百二十个不在乎。魏闻道，你有今天，真是活该！"

"老喜，喜大人，旁的不念，咱俩也是快二十年的交情了。您不能因为那一件事，就不要我这个兄弟了吧？"

"我能来看你，就是念旧情啦，老魏。"

魏闻道扑通跪倒："兄弟，你使使门子，高低捞我这回！只要我能出去……"

"老魏。你瞧见我这身衣服没有？自从那回在桐川道场被你讥讽，我一下就醒了。一狠心啊，直接奔北洋了。如今，咱们是俩系统。我就是有心帮你，也爱莫能助了！"

"老喜，老喜！阮中华不会让我活着出去的，你不能见死不救啊，老喜……"

老喜扔下魏闻道，头也不回地走了。不久来到大格格身前："格格，时间差不多了。咱们可是硬闯进来的。"

他与苏百川四目相接，彼此相上了面。

苏百川拍着铁栏杆，咬牙道："是他杀了杨老先生。格格，你怎么会跟他在一起？"

老喜惊愕："杨老先生是谁？你认错人了吧？"

苏百川怒道："杨定吾。你杀了杨定吾。"

老喜张大了嘴："啊！哦。他是朝廷要犯哪。我……"

苏百川看向格格："你怎么跟他在一起？这种人信不得。"

大格格："信得过。他是我的叔叔。"

"什么？"

老喜垂头道："我原本，是福郡王府的人。"

苏百川愣住了。

赵华嚷道："喜大人，我才认出您来。您怎么穿成了这样？"

老喜回身一看，也认出了赵华："你不是鬼见愁的弟弟吗？是，是，我……以前是以前，如今是如今。各位英雄不计前嫌，我愿全力帮助你们。"

苏百川切齿道："我才不要你帮我。别让我出去，出去了我必杀你……"

老喜登时尴尬："主子，你看这……"

揭心笑道："别呀！百川。你听我一句劝，人死不能复生。再说当初喜大人也是奉命办差。谁遇到了杨定吾，他都会捉拿不是？"

老喜忙点头："对，对。这位朋友说话我爱听。"

揭心又道："俗话说，相逢一笑泯恩仇嘛！既然人家愿意帮咱们，眼下就应该放下私怨，以大事为重。哎，哎，喜大人，您说说，您能帮我们什么？"

老喜想了想，正色道："你们的案子将来会由刑部、都察院、大理院会审。都察院的黄大人，大理院的钱大人都是我的好朋友。至于刑部这里，也能使得上劲儿。况且我如今是北洋的人，如果赵大人肯出面，那力度又不一样。假如多方用力，或许能把你们的死罪免掉，而后慢慢经营，也并非没有可能……"

揭心一笑："哈哈，那就有劳了。"

老喜连忙抱拳："好说好说。"

赵华忍不住问他："喜大人，您怎么成了北洋的警长了？"

老喜得意一笑："嗨！要说这事儿啊，还得谢谢你哥。他在踢馆之前，向我举报了天桥的一家古董店。那可是一个大贼窝啊，好家伙，那东西多的，亚赛那慈宁宫。我二话没说给他来个连锅端。哈哈！北洋的赵秉钧大人正在组建工巡局，觉得我办案有力，所以……"

揭心闻听此言，早把肺管子都气炸了，怒吼道："好哇你，我当是谁？原来是你这个不开眼的！你揭三爷辛苦了半辈子，到头来让你小子得了便宜……别让我出去，出去我头一个弄死你！"

老喜歪开嘴，拿捏问道："您，您哪位？"

揭心大喊："老子就是那件店的东家。我弄死你！"

柳絮才哈哈大笑。揭心刚才还劝人大度，殃及自己立刻又是另一副嘴脸了。

老喜嘴巴、鼻子拧在了一处，半天也不知道该说什么好了。

· 第八章 ·

深处无尘

大格格自打与老喜主仆遇合，真叫说天无绝人之路。搬到喜府之后，能吃东西了，夜里也能睡上两个时辰的好觉。她夜夜期盼奇迹出现，苏百川能够平安获释。这天一大早，喜夫人就带着两个七八岁的姑娘、小子，来给大格格请安磕头。喜夫人年近四旬，白皙富态，是喜塔腊的正室，镶蓝旗的出身。

喜夫人："快都跪下，请主子安。"

俩小孩儿笑着跪了，嘴上却说不出来。

大格格笑道："别拘礼了。都起来吧。"

亲自把孩子们扶起来，又问："昨儿怎么没见了？多大了？叫什么？"

喜夫人笑说："小子叫京宝，今年六岁，姑娘叫京玉，九岁了。京宝在北洋的幼稚园，京玉已经进了女塾了。今天一早，他爹就叫人都给接回来了。来晚了，主子莫怪。"

大格格笑道："这是什么话？孩子读书是要紧的。这回就算是见到了，明儿一早快都送回去。"

喜夫人忙答应着："哎。"

"婶子你坐吧。"

"主子跟前儿，哪有奴才的位子。乱了规矩。"

大格格叹道："唉。我如今孤苦伶仃，你们肯念旧情，收留我住下，已是感激了，哪还能论那主仆之道。快坐，快坐。"

喜夫人拿捏着挨半边凳子坐了："主子您千万别这么说，也别这么想。没有王府的抬举，老喜哪有今天？您这话让他知道了，该是我的不是了。"

大格格笑道："不能够。不能够。搬来几天了，我今儿才把你们家院子看齐全。我辫儿叔真够本事的，置这么大的家当，还养着七八口子人。护军营自不必说了，北洋的工巡局也定是个肥差吧！"

大格格好不容易能说出几句恭维话，无非讨小婶子开心。没想到这喜夫人竟叹气道："主子您有所不知。工巡局的警长看起来光鲜，薪俸比他做参领时多不出几两去，反倒是开销越发多了。旁的不说，单是给上面的孝敬，就比过去多出两成。老喜是个交朋友的人，月月在外的酒席吃请，也是大得惊人。更甭提这姑娘、小子一天天大了，府上府下的吃穿嚼裹。说出来不怕主子笑话，暗地里，我月月都在往外当东西了。"

说罢，鼻头一酸，竟掉下泪来。

大格格蹙眉："唉，家家有本难念的经。辫儿叔在外为朝廷办差，家里苦了你了。"

"哪儿说哪儿算，您可千万别跟他提这宗。不然他那狗熊脾气上来，我是要遭殃的。"

"你放心，咱们私房话，跟他说什么？"

大格格看了看两个小孩儿，略一踌躇从手腕上退下一个翠镯子来，递给了京玉，轻描淡写地说道："京玉，这个镯子，我打你这么大就有了。给你留着吧，长大了戴着玩儿。"

戴着玩儿？这镯子是福晋娘家的陪嫁，老坑老种的"正阳"绿。喜夫人虽没有大户人家的经见，可毕竟做了这么多年的官太太，这样的东西她搭眼一看就知道能称得上"贡品"了，少说，也值三千银子。

喜夫人连忙拦住："这可使不得，主子的东西一定是金贵的，小孩子家家的您折杀她了。"

大格格笑道："我说了，长大了戴。收着吧。"

京玉看着格格不敢说话。

喜夫人笑道："不能要。"

大格格把手镯塞到京玉的衣兜里："行啦。拿着吧。"

喜夫人还要推让，老喜一脸愁云的走了进来。一双儿女叫着扑了过去，老喜一边一个抱了，亲了两口，对妻子笑道："带孩子到后院去吧，我跟主子有话说。"

喜夫人忙向大格格万福，叫了婆子过来，送孩子们回后院。两个孩子一前一后追着去夺手镯玩了，婆子急忙去撵。喜夫人趁乱回到窗根儿，留意里面的对话。

老喜坐下之后，大格格将茶碗递了过去。

"怎么样？"

老喜摇了摇头："老黄避而不见，老钱被我堵在衙门，好歹说了几句话。"

"怎么说？"

"他说这案子自己插不上手，都察院和大理院都是尚书挂帅亲审，刑部却很蹊跷，尚书葛宝华另有要务在身，这个案子的主管，叫什么阮中华。这人，我一点儿交情没有啊。"

大格格的脸色顷刻变了，半晌说不出话来。

"怎么了主子？"

"他过去是宗人府的汉堂主事。我们家的事，是他善后。"

"那好办啦，这么说……"

他说到一半，发现大格格的神情越发凝重。

大格格摇头："出事之后，我和苏百川回去过一次，正好遇见他，把府里的家藏都拉走了，说是充公。我，我只拿回了佛龛。"

老喜低头思忖着，端起茶碗儿喝了几口，缓缓道："这就麻烦了。以我的经验看，这阮中华十有八九是用府上的家藏，运作了官场。不然，也不会从一个闲差一下子变成红人儿。"

他本还想说，天下乌鸦一般黑，但凡发了横财的差不多都是这种德性。可又一想，自己不也是把揭心的古董用来打点北洋吗？不禁双耳发红，欲言又止了。

大格格见他异样："瓣儿叔，你怎么了？"

老喜叹气道："没什么。我是说，这人可能靠不住了。"

"那些身外之物，我也不在乎。只要他肯帮忙。"

老喜摇摇头："他拉府上东西的时候，苏百川和你都在场？"

大格格点点头："是啊。"

"主子，你相信我。阮中华作为办案主审，他只要不存心害死苏百川就已经不错了。其他的，不要奢望。"

"照你这样说，眼下只剩北洋了！对了，你见到赵大人没有？"

"我昨天在大理院就给工巡局总部打电话了，可赵大人随徐世昌大人出去了。我等到今天一早才有了回话。"

"他怎么说？"

"赵大人只说了一句话。"

门外，喜夫人也竖起了耳朵仔细听。

"他说，我就当你喝醉了。就把电话挂了。"

大格格的脸色瞬时惨白……

"这么说，朝廷一定要杀了？"

老喜低头道："如果真的是太后的意思，那就真的麻烦了……主子，是奴才没用。"

大格格站了起来，转身向门外走去。

"主子，您干什么去？"

"事到如今，我只有冲进紫禁城，跪死在太后面前。说到天上，我也是她老人家侄孙女儿。"

老喜扑通跪倒："主子。您不能去啊！当初福郡王没有流放，是太后密保了下来，别说紫禁城您进不去，就算你冲进去了，过去的事情，不是全都漏了？那皇家还有脸面吗？"

"反正我也是个不忠不孝的，顾不上这些了！"

说罢迈步就走，老喜吓得死死拉住，痛哭道："格格，再让奴才试一回吧。我去面见赵大人，见徐大人，哪怕是袁世凯大人。无论如何要让北洋干预到会审，就算拼了我这条命，也不能让他们判死苏百川。"

"辫儿叔，赵秉钧已经给了态度，北洋，不愿插手啊！"

老喜下了决心："卖宅子，卖地！把我后半生的薪俸都送给他，我就不信他能无动于衷！"

听到这话，门外的喜夫人先气死了一半。

大格格摇头："不行。我绝不能让你为了我，家破人亡。"

老喜哭道："没有主子的恩德，哪有我的今天？我不能眼睁睁看着主子这般煎熬。如果死人可以挽回此事，奴才，应该死在前头。"

大格格大为感动："辫儿叔。"

门外的喜夫人险些站立不稳，晕倒在地……

仙客来书馆的书台上，此刻并没有说书人。水牌也没有挂出来。可是下面的几桌茶客却兴致勃勃，议论着苏百川踢馆之事。

有人道："当时的动静大了。苏大侠在院中一站，手指那日本人，说了句，大清海战虽然败了，可咱俩还没分个高下呢！咱俩不打，中国人就还没输。"

众人叫好。

他又道："话不投机，二人缠斗在了一处，从房上打到地上，从地上打到树上。这两人，那叫一个快呀。刷刷刷就是两道白光……"

"你就吹吧。"有人揶揄道。

众人哄笑起来。

二楼的包厢里，阮中华正在密会大理院以及都察院的两位侍郎。

茶过三巡之后，阮中华拱手道："下官承蒙朝廷垂爱，葛宝华大人信任，代表刑部受理苏案。可我思前想后，自觉资历浅薄，恐难承担，方有此次相约。为的是在会审之前，特请二位大人指点迷津。"

这二人都淡淡一笑，没有开口。

阮中华这才道：“今儿没外人，下官是真心实意想向二位大人讨教的。我直说了吧，这三法司会审的差事，我是大姑娘上轿头一遭。特别是揣摩上意这一点，还请二位大人不吝赐教……”

说罢，从袖子里面取出两条折好的手绢，从桌上推到二人身前，用茶碗压好了。手绢下面，隐隐卷着银票。

二人对视一眼，都把手绢拿了过来，顺势一擦嘴，而后装进了衣兜里。大理院笑道：“阮大人太自谦了。说起来咱们三法司都是一个门里的，您不必这么客气。”

阮中华再次做出一个请他示下的手势。他又继续说道：“对于这个案子嘛，太后虽然没有懿旨，但已经两次照会总理衙门和大理院，毕竟杀的是日本人哪！那日本公使青木，天天都在给朝廷施压。多少双眼睛在盯着咱们呐，倘有一丝不恰，立时就有外交纠纷，甚至两国摩擦。这，是我大清最不愿看到的。”

阮中华点头道：“这个案子，事实清楚，人犯归案。难不在审，而是怎么判。这一点，上面，有章程吗？”

都察院撇嘴道：“此话糊涂。我们是久食朝廷俸禄的主事大臣，该怎么判，难道要太后来做吗？”

“是，是。”

都察院见他紧张，大手一挥：“章程虽然没有，但是风向已经很清楚了。”

“敢问大人，风向何处？”

都察院笑着用手指蘸了茶水，在桌上写了两个字：时间。

“时间？”

“这是最微妙的东西。国之大事，尤见学问。”说罢，他伸手把水字抹掉了。阮中华立刻起身，向他鞠躬：“请铁大人赐教。”

都察院这才道：“总理衙门让咱们三司会审放在月中之后，这，就是深意。”

“下官还是不懂，请大人明示。”

“这月中，也就是两天之后，朝廷有地坛祭祀啊。”

阮中华一愣，似已恍然。

“唐宋以来，祭祀禁杀，此为古法。偏让咱们过了这个日子再审，何意啊？”

阮中华眼睛一亮：“这么说，太后的意思，是斩立决。”

都察院呵呵笑道：“这是你说的，我可没讲。”

阮中华暗自赞叹这俩老狐狸的为官之道，但此时他却要为自己的私心，争取时间。毕竟防务图一事如果坐实，并能成功追回，自己定能平步青云。他绝不会让这样的机会白白溜走。

只见阮中华话锋一转："不是我为案犯开脱。他此次在道场行凶，性质恶劣，影响极坏。但三天之后就要他的命，是不是，急了些？"

二位大人交换一个眼神，表示不解。

阮中华正气凛然地说道："苏百川固然有罪，可他挫倭人气焰，长我中华志气，这，也是事实。连日来的报端，纷纷品议此事，看舆论风向，是保。更有天津的霍元甲，汉阳的孙禄堂，南北两侠联合四十多位武师向朝廷请愿，意思，还是保。这是什么？是民心、民意啊。还望二位大人三思。"

都察院沉吟一番，叹气道："平心而论，苏百川是好样的。如今这年月，有几个人敢冒天下之大不韪，火并日本人？人才啊！我大清，缺的就是这样的硬骨头。可惜啊，就算有一万个理由，杀人者必须偿命。你我手握天下公器，这'秉公'二字，岂是民意就可撼动的？"

大理院点头赞许。

阮中华抱拳道："铁大人刚正不阿，下官五体投地。我就是再糊涂，也知道苏案的结论必是斩立决，我的意思是说，既然朝廷要咱们推后到月中再审，咱们不妨顺水推舟，把日子再往后延上一延。"

二官一惊，不知用意。

阮中华笑道："三日，五日，多出一天，就多一分宽仁。明眼人不难看出，这就是朝廷的恩惠，也是对民意的体恤啊……"

二位侍郎对视良久，微微点了点头。

大理院笑道："阮大人高瞻远瞩，国之栋梁。就冲你这番话，你日后，还要高升。"

都察院也哈哈大笑起来。

阮中华大喜，恭敬地端起茶杯："借您吉言！下官拜谢了。"

徐世昌和赵秉钧在袁世凯的京郊别墅打猎。老喜凭着警长的身份，厚着脸皮蹭进别墅之中，被请到配楼的接待室等候。接待室原已有七八个人也在等赵大人。有穿朝服的，有穿西装的，还有军人和文士，不一而足。大家有一搭没一搭胡乱寒暄，彼此很熟的样子。老喜只是勉强认识一个内务府的太监，还从众人的口中听说，那个穿西装一言不发的人，是日本公使青木一雄。

偶尔能听到远处的枪响。大家都推测着徐大人和赵大人的枪法及收获。用过了午饭之后，还是没见消息，反倒又来了几拨人。终于，有侍从官回来说：

"下来了。"

大家都站了起来。

"二位大人正在用饭，青木先生，刘公公，您二位请随我来。"说罢，带着两个客人走了。

老喜只能硬着头皮干等。又熬了两个时辰，客人们几乎全都被请去了，就剩老喜孤零零一人了，他才拿出香烟来抽。好容易那侍从官从门外走过，老喜赶紧冲过去。

"哎兄弟，留步。"

"你怎么还在这儿？"

"我，我等赵大人见我啊！"

"嗨，我当你已经见过了呢。对不住啊，人太多了，我都忙晕了。"

"那劳烦您再给通报一下，说工巡局喜塔腊求见。"

侍从官直为难："哎呀，好容易把那些人打发走了，刚喝上口热汤。你是不知道二位大人有多忙啊。朝廷和北洋还有外务部的事情，全都一股脑儿地扑过来。这哪儿是休假啊？！"

老喜递上两张银票："兄弟，我这儿十万火急的事儿，好歹您再给回禀一声。"

侍从官收了银票，面容很严肃地说："歪风邪气！一看就是步军统领衙门那边过来的人，咱北洋可不兴这个。我有心不收你的吧，怕你说我清高。下不为例啊。"

老喜赔笑着："只此一回，只此一回。"

侍从官折返回去，找赵秉钧去了……

东乌西垂，天色渐渐下来了。老喜在侍从官的带领下出了别墅一路沿河道走来，老远见到有两个人在钓鱼，两旁警卫林立。

"别出声，在这儿等着。"侍从官吩咐道。

老喜只得点头，眼见侍从官走过去，跟赵秉钧低声说了几句。赵秉钧回头看了他一眼，招手让他过去。

老喜赶忙整理警服，并步上前，对二人敬了一个标准军礼，又怕惊了鱼。用沙哑低沉的声音说道："长官好。"

赵秉钧淡淡一笑："喜警长，来了会儿啦？"

老喜赔笑道："刚来。"

赵秉钧起身："徐大人，我少陪一下。"

徐世昌连头也没回，只嗯了一声。赵秉钧挥手示意老喜一起离开这里。

老喜赶忙对徐世昌的背影敬礼："徐大人，再会。"

徐世昌又嗯了一声，算是回答。老喜不敢怠慢，急忙追赵秉钧去了。二人沿着河边走了起来。

赵秉钧搭着他的肩膀："有个事儿跟你说啊。"

"您请示下。"

"明天，朝廷有地坛的祭祀。太后、皇上都去的。"

"回禀大人，关于外围警卫任务，属下早已经按照马厅长的指示，把当日的警力部署到位，保证万无一失。"

"护卫的事有大内和御林军，咱们无非走走过场。我说的是，地坛周遭有几个赌局子，日夜喧嚣不宁，我怕祭祀当日，惊了圣驾。你亲自带人，去打个招呼。"

"大人是让我派兵给他查封了？"

"合法生意，何故查封啊？况且说，这买卖是……知道了吧？"

赵秉钧的停顿让老喜糊涂了。他是说了一个人的名字吗？是故意没说清楚吧？还是压根儿什么也没说，就让你猜。老喜的脑袋火速飞转着，甭管是哪一种情况，他都只能点头并服从。

"明白。"老喜硬着头皮说道。

"让他们收敛几天，等过了祭祀大典，再说。"

"是。"

赵秉钧点点头："好了，去吧。"

老喜拿捏着站着不动，用眼神扫探四周，暗自从袖子里把自己的房契掏了出来。

"你还有事儿？"

老喜咽了几口唾沫："长官，我上回跟您说的那个，那苏百川的……"

赵秉钧一愣："苏百川是谁？"

老喜索性把房契递了上去，假意在上面指点："就是桐川道场踢馆的那个……"

赵秉钧一笑："这什么？"

"我在东单的一套院子。"

"干吗？"

"苏百川的事儿只要有缓，差多少钱，我去凑。"老喜眼泪花子直在眼窝中打转转，又笔直地弯腰鞠躬："大人，我求您了……"

赵秉钧双目深邃冷冷看他半晌，忽然朗声道："喜警长，这袁大人的别墅，你头一回来吧？"

　　老喜当即一愣。

　　"吃了晚饭再走，一会儿咱们摘枇杷去。"

　　老喜的心里一阵焦烂……

·第九章·

侠之大者

"没有态度，就是态度。"

北洋无意插手苏百川之事，老喜早就抿出了上峰的意思。"体察上意"乃为官之本，顶顶重要的基本功。莫说现今，当初他在弹劾"二王"的奏折上签字时也没有丝毫迟疑。这自然不受"清流"的待见，有监察御史就说他"粘上毛就是猴儿"，还骂他：吃里爬外，卖主求荣……

如今与格格重逢，老喜真想把自己身上的"猴毛"一根一根拔下来，重新做回人。若不是为了格格，他根本就不会来别墅。果然赵秉钧晾了他大半日，又一句瓷实话不接，他彻底心灰意冷了。说是留他吃饭，可徐世昌和赵秉钧的饭桌，能有他的座位？找了个由头，老喜识趣地走了……

羁押所里，最痛苦的是魏闻道。他无妻无子，只有两个小妾，都曾是扬州的花船女。出事之后，莫说捞他，压根儿就没来看过自己。这会儿就是"卷包会"了也未可知。老喜这家伙心窄眼低，估计是不肯帮忙的。自己的命就攥在阮中华手里了。要说起来，这小子初来乍到，根基未稳，和自己也没仇，按说不至于刁难、重判。可凡事就怕乱琢磨，魏闻道曾把自己和阮中华调了一个儿，他会不会让阮中华好过呢？答案竟然是不会，最好死在狱中。一想到这里，魏闻道就越发地痛苦和惊惧了。

柳絮才和空空儿一直在等揭心，只要他的腿伤有好转，三人会合力越狱出去。小小的羁押怎么能困住三个名偷呢？赵华已经参与其中了，并且主动承担起了照顾揭心的任务。可空空儿担心苏百川这边有变数，没向他提前透露。毕竟他们侠义道把名节看得比命还要重。

最奇的是苏百川。他竟一点儿没在意自己安危，无非就是"王法"二字，事情做了，就不后悔。他也隐约察觉出盗门三人的异样，假若想跑，由他们去吧。他也不多挂念格格，毕竟她有一个做警长的老仆人照料着。他这几日来来回回就想着一件事：北京防务地图究竟在哪？正如之前自己所推断，浥川用虎头甲以及通天拳秘笈与叶广昌、葛氏弟兄做交易。如今，葛氏、叶广昌已死，虎头甲已毁，那么防务图就更加重要了。既然已打算回国，还会用邮寄的方式把图传回日本吗？这可能性是存在的。毕竟自己杀死浥川之后并没找到图。可如果地图还在中国，浥川的原计划依然是亲自携带回去，那么还是要从渡边西子的身上寻找突破口。苏百川努力回忆着踢馆当日发生的一切，不放过任何细节、每一句话。忽然，他有了一个大胆的猜测，似乎接近了真相……

阮中华已经突破了渡边西子，可惜不是防务图。

此刻，阮中华散着发，浑身赤裸坐在床头，手抱琵琶弹奏着《霸王卸甲》。床上，小几上有银壶和带血迹的酒杯，更有一根象牙银托子。最里侧，躺着赤裸无力、似睡非睡的西子……

阮中华弹罢一曲，轻声问西子："好听吗？"

"好听死了。"西子半睁着眼回道。

阮中华深吸了一口气，把琵琶顺在床尾。颇豪迈地把银壶拿在了手中，拔了壶盖儿，放在嘴边一扬脖子，咕咚咕咚，又灌了几口鹿血酒。西子下意识地咬住了嘴唇……

正此时，门外想起了敲门声。

"大人。"

"嗯？"

"日本公使青木先生求见。"

阮中华与西子都是一惊。

"日本公使？这时候来？"

"是的。"

"客房待茶！"

"嘛。"

阮中华摸着西子的脸，笑道："他或许是来找你的。你猜我会不会放你走？"

西子笑道："你舍得吗？"

阮中华使劲掐了她一下，西子发出了一声荡笑，与阮中华嬉闹一阵，眼见着他穿好衣裤走了出去，她的神情才慢慢恢复了冷漠。

日本公使青木一雄与生前的浥川介，面和心不和。青木的背景是伊藤内阁，而浥川是汉口乐善堂出身。在日本国内，伊藤系的政客们，受儒家礼教以及留学欧洲的影响较深。说起来，还不算是彻底的军国主义。因此伊藤系的人对乐善堂，对荒尾精的间谍勾当，表面上不鼓励，暗地里又眼红。浥川介与青木同样是中国通，也都深耕数年。可这二人的关系，只能说若即若离，亲疏自知。浥川的死，对于青木一雄来说，算不上坏消息。青木之所以夜访阮中华，一是要探讨苏百川的案子，再者，他也风闻浥川生前获取了一张北京防务图。他在中国胡子都熬白了，也未曾见过这样机密的东西。哪怕有一线可能，他也不会错过这份"美餐"。而这样的事，去刑部衙门里说，定是不妥的……

寒暄过后。青木单刀直入，将一纸公文递给了他。不必说内容，光是公文上的多处印章。阮中华的心里就是一沉。

"赔款二十万，还要通天拳的祖业？青木先生，胃口是不是大了点儿？"

"阮大人，苏百川他们杀了那么多日本人，在日本已经引起了震动。经我多方调停，才是这个结果。而且，这只代表日本政府的要求，不包括军方，以及涩川介身后的镜月流宗。"

"宅子嘛，倒可以判给你们，只是这赔款，苏百川未必拿得出来啊。"

"我找你正是为了这个。钱，一分不能少。苏家出不起，我就问你们政府要。"

"政府历来没有这样的先例啊。"

"难道日本就有先例吗？"

"如此巨款，只怕是太后点头才能做主的。"

"那是你们的事情了。"

阮中华低头不语。青木当然知道一毛不拔的慈禧绝不可能替苏百川还钱，可这更不是他操心的事，于是笑道："总之，二十万的赔款，绝不能少！宅子，也必须作为赔偿的一部分。四个罪犯，一个不能活。没有任何商量！"

"苏百川他们杀了人，定是要偿命的，这就是最大的赔偿了。你这又要宅子又要赔款的，我能这么判吗？"

"阮大人，你看清楚，这上面有总理衙门的钤印，大理院、都察院，还有北洋的徐大人，全都在，就差你们刑部了。"

阮中华直喔牙花子，心说这群老狐狸，一句瓷实话没写，让我酌情办理。我怎么酌情啊？这里面就属我官小。这跟甲午战败的割地赔款如出一辙啊，老百姓不得戳着我脊梁骨骂死我？

"阮大人，我知道你的难处，但也请你体谅我。涩川被杀的第二天，东京和大阪已有民众上街，要求把我撤掉。这个，已经是日本最低的要求了。请大人以两国大局为重，尽早平息此事为盼。中国有句古话，识时务者为俊杰，如果大人不这么判，事情会激化到什么程度，就不是你我能够预料的了，到时候，咱们都不能全身而退了。"

阮中华叹了一口气："明白，您请回吧。明天就是三法司会审的日子，既然已经有了方子，我抓药就是……"

青木笑道："痛快。那，我等您的消息。"

阮中华端起茶杯，看了看他。青木却没有起身，而是换了一副颇为和善的神情。

"还有一事，我想请教大人。"

"怎么？"

"桐川道场事发之后，失踪了一个女人。她叫渡边西子，曾是涄川的侍女，您见过吗？"

青木作为公使，不可能不知西子已被刑部扣押，此时却故意说失踪。阮中华就体味出他裹挟私心了。

"侍女？没留神啊。当日情形十分混乱，到处都是血红一片。站着的都是中国人，躺下的全是日本人，就是没见到什么女人！"

"真的没见到啊？"

"没有！那西子是干什么的？您怎么知道她失踪了。您找过她？"

阮中华端起茶杯慢慢地喝了一口，从茶盖和茶碗的缝隙之中瞄着青木铁青的脸。

"没有。我只是怀疑这个女人很不简单。"

"哦？"

"我直说了吧。之前我有耳闻，涄川介搞到了一张十分有价值的图。可后来他出事了。这之后，西子失踪了。"

他眼睛一动不动盯着阮中华，想看出一些端倪。可是阮中华却波澜不惊："什么图？藏宝图吗？"

"哦，涄川做这些事，都是绕开我的，具体是什么图，我也不太知道啊。"

阮中华哦了一声："很值钱？"

"极有可能。所以，我想请大人留意这个女人，一旦找到她，我希望大人可以第一时间通知我。"

阮中华笑了笑："那么，公使大人，这算是公事呢还是私事？"

"公事私办。"青木意味深长地一笑。

阮中华听罢亦笑而不语。

"阮大人放心，这个忙不会让您白帮。如果你抓到了这个女人，从她身上起获了有价值的东西，价钱，由您开。"

阮中华假装恍然："哦，原来您要买呀。那我得上点儿心。"

送走了青木一雄。阮中华独自在院中伫立良久。

"青木也知道这地图的存在。浤川携图归国的可能性又加大了。为什么他要找西子却不肯完全说破？西子难道对我没有说实话？可是她浑身上下我都搜遍了，行李和道场也没发现可疑之处。如果真的与她有关，会藏在哪里呢？

阮中华回到了卧房，西子还在床上躺着。阮中华笑嘻嘻地过去掀开她的被子。

"小美人儿，你到底有没有藏着地图啊？"

西子娇嗔一声："是不是青木和你说什么了？"

阮中华捧着她的脸亲了一口："对啊。他说地图就在你这里。"

西子笑道："胡说。他见到了？"

"西子。你只要告诉我地图的下落，或者把图交给我，我马上当你的面销毁。从此，世间再无此图。咱们长相厮守，岂不痛快？"

西子双手勾住他的脖子："我们这样恩爱，我为什么要骗你呢？西子只是一个茶师，这样的机密地图，我是无权经手的。我早就说了，如果真的有图，那也一定被浤川先生提前寄回日本了。"

"未必吧。"门外有人轻声道。

二人大惊，西子连忙披上了衣服，阮中华从墙上抽下了宝剑。

"谁？谁在外面？"

门推开了，苏百川走了进来。阮中华和西子错愕不已。

"苏百川？"

苏百川笑着让他不要出声，自己轻轻合上了房门。

阮中华哆嗦着握剑的双手："你，你怎么出来了？怎么找到我家？"

西子也道："他，他是越狱出来的！一定是。"

苏百川笑而不语。

阮中华屏住气："苏百川，你好大的胆，竟敢越狱……"

"把剑放下。你觉得自己比浤川介如何？"

一句话，阮中华就蔫儿了。

"我，专为她而来。剑放下。"

阮中华扔了剑，叹气道："羁押所这群废物。都跑了吗？还是只你一个？"

"明天你自然就知道了。或者不必等到明天。"

"苏百川，你到底想干什么？"阮中华颤抖着问道。

苏百川看了看西子，转向阮中华笑说："阮大人，我让你好好审问这个女人，你就是这样审的？"

"这个，和你无关。我想说，地图可能有误会，西子并不知道地图。我向你保证，我全都找遍了。确实没有。"

"别说中国找不到，我敢断定，日本也没有。因为，浥川介根本不可能寄回去。"

"会不会根本就是子虚乌有！压根儿就没有这回事呢？"

"不。防务图存在。我在桐川道场面对浥川介时，他亲口告诉我的。因为他自以为我将成为一个死人。当时，你也在场，对吗西子小姐？"

西子强撑一个笑脸："就算如此，我也只是局外人。我只是茶师。"

苏百川摇了摇头："浥川介为什么带你回日本？日本没有茶师吗？"

西子笑道："这个问题我也回答过你了。当时我打算送他去天津而已，并不是要一起回国。你忘了，你们来的时候，我们正准备出门，而我，连行李都没有。"

苏百川缓缓走近她："是的，正因为这样，我也差点被你骗了。可我后来想起了一个细节，是浥川介亲口说出来的。他说西子小姐你，有过目不忘的本领。"

渡边西子顿时脸色大变："什么意思？"

苏百川对阮中华正色道："阮大人，如果你要把图藏起来，让任何人都找不到，最好的办法是藏在哪里？"

阮中华茫然摇头："我，我不知道。"

苏百川指了指自己的脑袋："这里。"

而后他手指忽然一动，由自己的脑袋指向了西子，西子瞪大了眼睛，神情开始慌乱了。

苏百川继续道："渡边西子是一位画家，她有过目不忘的本领。浥川介得到地图之后，想到了一个绝好的办法，他让西子把整张图牢记在心，不放过任何一处标记和图识，这对她来说，并非难事。在西子确定完全记下来之后，应该凭记忆复原过原图。直到浥川满意，就把原图和复制图全部烧毁了。这样，东归日本的路上无论出现什么状况，只要西子在，地图就是安全的。"

西子早已面无人色，怒吼道："胡说，你冤枉我，我没有。"

苏百川从怀里取出一个布包，在手里扬了扬："来这儿之前，我去过桐川道场。在一个废弃的火盆里我找到了这个。"

西子声音颤抖着："是，是什么？"

苏百川笑道："烧焦后绸布的灰烬。西子小姐，这是原图还是你的复制品呢？说！"

西子瞪大了双眼，瘫倒在床上。

阮中华打开布包，里面只是一撮黄土："这？"

苏百川笑道："你家院子里随手抓的。你也是蠢。我难道是神仙吗？从羁押所出来还能做这么多事？"

阮中华点点头："可你把她诈出来了！那地图真的就在她脑子里。"

西子使劲摆手："没有，没有。"

苏百川从地上捡起了宝剑递给阮中华："知道怎么做了吧？"

"啊？我？"

"这个女人必须死。她活着，祸患无穷。"

"我，我是朝廷命官呐，杀了日本人，我无法收场啊！"

"你敢抓她，就敢杀她。不是吗？门外等你。"

苏百川说完，迈步出了房门，将门轻轻地掩住了。

不久，传来了西子的低沉惨叫，而后是宝剑落地的声响。阮中华脸色苍白地走了出来。

苏百川透过门缝看到了一地鲜血……

"阮大人，你做了一件好事，消除了一大隐患，为朝廷立下奇功。只可惜，朝廷无法给你嘉奖。这件事，天知，地知，你知，我知。"

阮中华喘着气道："苏百川，你越狱出来难道就为这个？"

苏百川点点头。

"这事儿，原本与你无关啊。"

"你说无关，我认为，息息相关。"

苏百川说得很慢很坚定。阮中华颇受触动，久久无言以对。

"是条汉子。苏百川，你跑吧，本官绝不追究。"

"浞川介死于我手，杀人偿命，认罪伏法，此为天地人道。况且此时事关乎国体，我逃了，是陷国家于不义。通天拳的人，做不出这样的事。"

阮中华忽然哽咽了："百川老弟，与你相比，我愧称一个'人'字……"

"言重了。"

"当年，我做库丁时，常被人拦路劫财，你父亲苏造时救过我两回啊！后来，咱俩在羁押所相见，你道出了身份，我却没有相认。两个原因：一来，库丁之职，原属末流，看管银库，衣不遮体。我如今是四品黄堂，不愿旧事重提，再者，你已是朝廷重犯，我即便想报恩，也无力救你，这才……"

"阮大人肯说出这番话来，说明你良知未泯。我苏百川这一趟跑出来，值了。"

"苏老弟当今国士，落落君子。你若伏法，是我大清的损失。我想连夜上书，把你今日义举原原本本写下来，奏请太后圣裁，或许……"

"不必了。这件事，不足以免我死罪。况且，西子已死了，真相无迹可寻。地图的事，我已忘了，希望大人日后也不要再向任何人提及。"

阮中华深吸了一口气："实不相瞒，你若不跑。明天，就会被判斩立决，并且向日本人赔偿通天拳祖业宅邸，还有纹银二十万。这是日本人要求的。"

苏百川淡淡一笑："身后事，顾不得了。"

正这时，五个背着火枪的督捕风风火火走进后院。

"大人，不好了！苏百川他们越狱了……"

见到苏百川竟然就在此间，五人活见鬼一般，张大了嘴巴……

· 第十章 ·

穿心

苏百川眼见到揭心用软骨功从对面铁栅栏里钻了出来，并没有惊讶。早料到这几人不甘就戮，会想办法逃出去。而自己并不想参与。

两个狱卒送饭时，揭心从暗处扑过来，很快结果了他们。他从一人身后搜下了一串钥匙，开门放出了柳絮才和赵华，正打算为空空儿和苏百川开门时，最里侧的魏闻道说话了。

"先等等，老弟。"

揭心把钥匙交给了赵华，自己走了过去。

魏闻道从昏暗的稻草堆里阴森地笑着爬过来。

"羁押所共有狱卒五人，负责日常看管照料。营房有兵一哨，一百人，三十五日班，三十五夜班，另有二十轮休。大门你出不去，有十个枪兵。"

"你以为我会怕几个枪兵？"

魏闻道嘿嘿一笑："你的腿伤是不疼了吗？"

揭心狠狠地瞪他一眼："你有什么办法？"

魏闻道神秘一笑，用手指了指后窗："后面是一片荒地，每天只有两次夜巡。这个羁押所是光绪五年就有的，很多房屋年久失修。尤其是苏百川那间，左侧墙根儿最底层，第三块和第四块砖是新砌的，你们关进来当天临时补上的。如果运气好的话……"

"砖是松的？"

魏闻道点点头："但是，你们必须把所有牢门都打开，放犯人们跑出去。前面一乱起来，就算后山有夜巡的人，也会赶去支援。然后，你们就从他那间牢房，破墙而出。"

柳絮才也走了过来，淡淡道："为什么告诉我们这些？"

魏闻道笑道："你觉得呢？"

揭心撇嘴一笑："魏大人，你罪不至死。跟我们一道跑了，可就真的是死罪了。"

"用不着你提醒我。我这个玩忽职守的罪名，能判几年，我心里明镜儿一样。实话跟你们说了吧，如今的主审官阮中华曾是我的下属。他，不会让我好过的。"

他看到了赵华，又笑道："赵华的罪名，按大清律，也不过十年。秋审之后，就有分晓，为什么也要跑？皆因为，人对于未知，最恐惧，难道不是吗？"

柳絮才想了想，对揭心道："照他说的办。把全部监牢的犯人都放了，人越多越乱，更容易得手。"

魏闻道笑道："只是这钥匙，需要你一个一个地对。如今外面情况不明，最好半夜动手。"

揭心一笑，伸手将钥匙全都撸掉了，只剩下了手中穿钥匙的铜圈。他把铜圈捋直了，在魏闻道的门锁上只一转，铁锁应声而开。

魏闻道伸出大拇哥："好手段！把我的脚镣也开了吧。"

揭心低头捅开了他的脚镣，魏闻道如释重负。揭心起身与柳絮才交换一个眼神，自己要回了赵华手里的那把钥匙，而后悄悄来到闸门口。刚才送饭的两个狱卒被他打晕之后，闸门始终虚掩着。他悄悄拉开了门，跑到走廊去。羁押所的大小牢房总共有八间，成 T 型分布。这会儿正是晚饭过后，距离查夜还有一段时间，看管最为松懈。揭心没废多大工夫，又把走廊里的两个站岗的牢卒打晕。就靠一根铜圈丝，愣是把四五个牢房的铁锁全开了，放出了四十多个重犯，个个眼里放光。

"都别急，听我说。一会儿在门口假装打起来，等赚开了总闸，再一窝蜂跑他娘的。"

"好汉，那你说什么时候动手？"

揭心还没搭话，把手中的钥匙全都扔在地上。

"你们自己找钥匙，先开了脚镣。等我出来。"

众人瞪着血红的眼睛，拼命点着头。

正说着，魏闻道走了出来："这儿交给我了。"

魏闻道对着揭心一抱拳，让他回自己的监牢去。揭心有些纳闷，为什么魏闻道不和自己一起从后面走，可他无暇多想，急急走了回去，正遇到柳絮才和空空儿规劝苏百川。

"两大门派联手，快意恩仇。如今想来，若为清廷所杀，却是不值。苏百川，你还这么年轻，菜市口可不该是你的归宿。"柳絮才发自肺腑地劝他。

苏百川始终靠在墙角盘腿坐着，低头不语。他不想剥夺别人求生的本能，可是自己一定不会走。他是通天拳的人，是侠义。杀人偿命，天经地义。如果他也越狱跑了，将被天下武林耻笑。自己甚至有些羡慕盗门，不是名门正派，能够随心所欲。可是，他自小受的教育和门规，不可能允许他也做出相同的事。既然谁也说服不了谁，苏百川只好一言不发。

不久，赵华从他房中墙根儿掏出了一块砖头来，不由大喜："快看！真是松的。"

空空儿对着窟窿踢了两脚，却纹丝不动，喊道："百川，帮忙啊！"

苏百川却不动。

揭心急了："好心要救你出去，你竟然这样？我就不明白，咱们能联手踢馆，为什么不能一起跑呢？"

柳絮才上前，照着缺口也猛踢了几脚，依旧毫发无伤。

这时，只听到闸门外一阵骚动，原是众囚犯赚开了大门，暴动而出了。

羁押所大门口枪兵如临大敌，举枪瞄准。所有狱卒纷纷拔刀相向，将众犯人包抄围住。

"别开枪！"魏闻道喊道。

他又回头对着身后的犯人说道："大家不要被人蒙蔽了。都冷静！"

"我是魏闻道。我们不是要越狱，是揭心和苏百川他们私放了犯人。他们现在正打算破墙而出呢！你们去牢房看看就知！"

犯人们一头雾水，不知所措。众枪兵正踌躇间，有几个犯人按捺不住，撒腿就向暗处跑。枪兵顿时开枪击毙，犯人们有的想退，有的想逃，乱哄哄挤成一团。可怜魏闻道也被枪杀于乱阵之中。究竟魏闻道一开始就是想揭发立功，还是也打算趁乱逃掉，再也无人知晓了……

门外枪声大作，惨叫连连。苏百川忽然起身，走到墙根，调用内力，一肘、一脚，就将墙洞打出了一个大窟窿。揭心上前补了两脚，又落下两块砖来，窟窿已足够一人钻出。众人大喜。

苏百川对众人道："你们走吧。"

柳絮才不再多说，第一个钻了出去。紧接着是揭心、赵华。

空空儿看着他："百川，问你最后一句，走不走？"

苏百川摇了摇头。

"好。你不走，我也不走。"

"你何必呢？"

揭心又从外面钻了回来："怎么还不动？"

空空儿回道："你们走吧。"

揭心跺脚道："苏百川！你装什么侠义？我要是你，绝不会在这里等死，我一定出去找阮中华，不把地图的事弄明白了，我死不瞑目。"

苏百川一凛。

"那地图一旦落入日本人手中，贻害无穷。你别忘了，这可是你师叔叶广昌造的孽，你慷慨赴死有什么用？通天拳难辞其咎！师门留下的烂摊子，你得收拾啊。现在你就想死，死得起吗你？"

苏百川紧咬牙关，看着揭心，终于下了决心："好，一起走。"

空空儿大喜："真有你的三哥。"

五个人趁着夜色逃出了羁押所，身后不时传出阵阵枪声。众人一口气跑出了五六里地，才在一棵大树下停了下来。

赵华最后一个跑来，气喘吁吁地问："百川，这是哪儿啊？"

"不知道，都分头走吧。揭心，你有钱吗？"

"进来的时候全都搜走了。"

"你肯定还有，能借我吗？"

揭心从鞋底的夹缝里抽出一张银票来，借着月光一看，有点心疼："就剩这一百两了。"

苏百川一把拿了过来，递给了赵华："赵华，你和别人不同。既然逃了，不是死罪也是死罪了。你要连夜离开北京城，能跑多远跑多远，以后不许再回来了。明白吗？"

"百川。"

"走！"

赵华哽咽道："百川，谢谢你为我哥报仇，还救了我。能有你这样的朋友，我赵华，不枉此生！"

"别说了，走吧。"

夜色之中，赵华向众人道别，洒泪而去……

苏百川对三人一抱拳："诸位，踢馆之事，在下感激不尽，一并在这儿谢过了。你们都是老江湖，比我清楚该怎么藏。就此别过。"

空空儿问道："百川，你要去哪儿？"

苏百川笑道："做该做的事。"

空空儿动情道："我陪你。"

苏百川忍不住把她抱在了怀中，片刻温存之后，轻轻推开了她。

"办完事，我会和格格一起离开北京。你也想来吗？"

空空儿惊道："你说什么？"

"你听见了。"

空空儿心口一阵灼烧："真心话？"

苏百川点了点头。

空空儿的眼泪滑腮而下："你骗我？"

"没有。"

"你骗我?!"

"空儿,这辈子,你我缘尽了。你懂吗?"

空空儿如被穿心一剑,登时错愕当场。她含泪看着苏百川,始终没能再说一句话,转身离开了。揭心急急追了过去。

柳絮才冷冷地看着苏百川,半晌道:"何必呢?"

苏百川半晌说道:"好好待她。"

柳絮才一笑,离去……

看着空空儿失魂落魄的背影,苏百川险些站立不稳……

宣武门。赵秉钧与两个随从自太白楼酒楼里走出来,一辆黑色的汽车停在道旁,赵秉钧正要上去,老喜开了一辆车轻轻地驶来:"大人,我送您吧?"

赵秉钧看着他愣住了,随即浅浅一笑:"你怎么知道我在这儿?"

"每天下了朝,您准要喝太白楼的南瓜羹不是?"

赵秉钧挥挥手让随从们都上车,自己却上了老喜的汽车,老喜缓缓发动了车子。

"贤良寺。"赵秉钧淡淡说道。

贤良寺是雍正年间怡亲王允祥的王府。允祥死后谥号曰贤。尊其遗愿舍宅为寺,寺名由雍正皇帝钦赐。为了防止京官和地方官员朋党、勾结,大清朝自打入关就有严规:地方要员不许在京置业。故此,紧邻皇宫的贤良寺一带,就成了地方大员来京下榻的首选,一为避嫌,再图清静。曾国藩、李鸿章、左宗棠、张之洞,无不曾寄住于此。

赵秉钧去贤良寺,要见什么人?现今国家是否正在发生着什么大事?老喜根本不敢问,亦不关心。

老喜边开车边用余光扫看着赵秉钧。拿捏了半晌,终于开口道:

"大人,您这身礼服不错,是咱北洋纱厂出的料子吧?"

赵秉钧笑道:"懂不懂啊你?正经的英国货,这用料和裁剪,岂是国货能比的?"

"那是,那是。"

"你大老远过来候着我,不是想买衣裳的吧?"

"大人,下官不敢相瞒。我在太白楼等了您一宿了。"

赵秉钧吃惊:"为什么呀?"

"还是苏百川的事儿。"

"老喜，你怎么有点儿没脸没皮啊？"

"大人。我昨天在车里想了一夜，跟您这么说吧，只要能救人，别说我的脸了，命也不要了。大人，除了您，我还能求谁呢？"

赵秉钧叹了口气，点点手指，示意他停车。老喜只得把车停在了道边儿。

"喜塔腊，你是真着魔啦！我也不问你究竟是为了什么，直接明白告诉你吧。"

"好好！"

"这事儿，要看日本人的意思！别说袁大人插不进手，就算他老人家肯帮，日本人也绝不会领情的。"

"这是为什么？"

赵秉钧取出了一根香烟，老喜亲自为他擦了火柴，点上了。

"袁大人过去在朝鲜的九年，除了协理朝鲜内政，斗的就是日本人。那日本人恨他都恨到骨子里去了。这话哪儿说哪儿算啊，当年中法战事，牵扯了朝廷的精力，才对东北事态一味忍让，让倭人在朝鲜有了可乘之机，后果真露出了牙来，李中堂又过于信任英法的调停，大大延误了战机。若是打一开始，节制朝鲜的大权尽归袁大人一人，何来甲午之耻？"

赵秉钧是北洋重臣，所思所讲，自然不在老喜范畴。他如坠五里雾中，只得频频点头。

赵秉钧同情地看了他一眼："老喜，就冲你跟别人不一样。我今儿破回例！"

老喜大喜过望："我谢谢大人，您真是要帮我啊？!"

"什么呀！我破例告诉你，上面压着还不让泄露的事情。"

"您说！"

"昨晚，苏百川五人，越狱了。"

老喜大惊："啊！跑了？"

赵秉钧点头："跑了五个。大都是苏百川同犯。但不知何故，苏百川昨夜去找刑部阮中华了。现在人已被押回刑部。"

"啊？这，这究竟怎么回事啊？"

"阮中华说，自己与苏百川有旧交。他越狱之后来找自己借盘费，又被他劝自首了。要说这事儿真的透着邪。可人的确已经押回了，卷宗也已由三法司递进宫里。太后今早，已经勾决了。"

老喜大惊："勾决啦？"

赵秉钧："后天，午时三刻，菜市口。"

老喜顿觉眼前一黑。

柳絮才他们没有回南书苑，揭心的店铺也早查封了。如今三人正藏身于揭心在北郊的地洞之中。当天黄昏，揭心出去买干粮时，带回了一张报纸，头版就是：案犯苏百川后天正法。

正文下面，还有通缉柳絮才、慕容非池、揭心、赵华的告示。空空儿和二位师兄也都枯坐着，时间凝固了一般。

揭心愁眉不展："我是觉得不可能。是报纸搞错了吧？"

柳絮才摇头："通缉咱们的告示都没错，偏偏他的错了？"

揭心叹气道："这个苏百川，难道真是去找阮中华？要找那个什么地图。唉！好容易出来了，怎么又去自投罗网？"

柳絮才悠然道："真是如此，就是侠义之举啊。远在你我之上。"

空空儿红着眼睛忽然道："二哥，三哥，咱们连夜再去羁押所，把人劫出来。"

揭心摇头道："不行。如今的羁押所，肯定又增兵看守了。劫牢啊，想也别想！"

"你不去怎么知道不行？苏百川可是把你当朋友的。"空空儿斥道。

"你别急呀！咱们一起想办法嘛。要不，劫法场？"

空空儿眼前一亮。

柳絮才冷冷道："你疯了？"

揭心笑道："别忘了，踢馆之事在民间也是有呼声的，群众心里有杆秤。不用问，到时候一定万人空巷，人山人海啊，多少人想一睹苏百川的风采。更何况老百姓不希望他死，到时候起哄的、喊冤的不在少数。咱们找准机会趁乱下手，也不是没有可能。"

空空儿一拍手："这主意好！劫法场好过劫牢！"

柳絮才冷笑："馊主意！自古至今，法场最为庄重，行刑当天，往少了算，二百兵勇。就咱们几个，怎么抢？苏百川比当年的肃顺怎么样？比'六君子'怎么样？比大刀王五又怎么样？哪个是老百姓给保下来的？还劫法场，你当是《水浒传》啊？"

揭心顿时蔫儿了。

空空儿急了："那你说怎么办？难道坐视不管吗？"

柳絮才摇头道："不是我怕死不敢去救，去了也白搭！苏百川这一回，怕是活不成了。"

气氛更加凝重、低沉。

柳絮才又道："木已成舟，覆水难收。苏百川此生，是光明的，也足够精彩。即便是被砍了头，也会有两个深爱他的女人洒泪葬他。不公平啊，假若死的是我，恐怕凑不足两个。"

空空儿瞪他一眼："你这是什么话？这时候还说这个？真的不顾百川的死活了？当初一起去桐川道场的豪情哪里去了？我敢说，如果上法场的是我们当中的任何一个，百川一定会舍命相救的。"

柳絮才叹口气："没说不想救。可咱们不是也被通缉？更别说现如今他早成了焦点人物。不管是监狱还是法场，就凭咱们三个？想救人，除非有神仙相助！"

揭心忽然眼睛一亮，猛一拍大腿："倒是提醒我了。哈哈！俗话说：山中自有千年树。他若肯相助，苏百川就能有救啦！"

空空儿一凛："你是说，大师兄？"

揭心大笑："除了'今世愚公'赢岱山，还能有谁？"

空空儿恍然："对啊。我怎么没想到呢！二哥，这件事，必须请大师兄不可！"

揭心也道："没错，他的阴阳腾挪之术，天下第一奇能！不过，大师兄闭关十几年未出，谁也不知道他身在何处。我甚至都不肯定他还在人世。"

空空儿看了看始终没有开口的柳絮才："二哥，你与大哥交情最好，他的行踪，你应该知道。"

柳絮才轻轻摇头："别说我不知道，就是知道他现在何处，我也不会去找他。"

"为什么？"

"我不是一个狭隘的人，我不想苏百川死。但是你想一想，大师兄怎么可能出手拯救通天拳的人？什么叫世代累仇？什么是不共戴天？"

二人听罢，黯然垂首。

柳絮才平静地说道："断了这个念想吧。"

空空儿站了起来："好！后天的法场，我一个人去救。救不下来，就和他死在一起。二哥，三哥，如果你们还念及一点同门之情，请来菜市口给我们收尸。"

揭心一把拉住她："师妹，你这是何苦？大家再商量嘛！"

空空儿摇头："不商量了。我不求谁。"

说罢就要出去，揭心眼看拉不住了。柳絮才闭上了眼睛："行了。我带你去找大哥。”

空空儿大喜：“真的？”

“但我有一个条件。”

“你说。我一定答应。”

“无论成败，你永远不见苏百川。”

空空儿听闻此言，心里猛的一疼……她缓缓闭上了湿润的双眼，艰难点头。

· 第十一章 ·

道不虚行

柳絮才与空空儿各乘一匹快马飞驰一夜，抵达灵山。弃马入山之后，他告诉她，大师兄赢岱山在拜师诸葛盾之前，曾有一个门户，他的师父名叫卧云。鹤来峰上的丹云观就是卧云道长所建。十五年前，自己曾与大师兄一道，回过一次丹云观。

柳絮才依着记忆，找到"请回头"，摸出"一线天"，果然又见到了"鹤来峰"。二人大喜，遂商议着请大师兄下山的说辞。空空儿认为，大师兄不会为了毫不相干的苏百川出手相助，倒不如把苏百川的遭遇安在揭心的身上，就说揭老三被抓了要砍头，不信大师哥还能坐得住。二人正合计着，忽一阵风吹来，夹杂着松油和烤肉的味道。

"谁在烤东西吃？闻着好饿啊。"空空儿说。

柳絮才手搭凉棚向山腰上一望，见到有两个小道童在树下生火，急急带领空空儿向山上奔去。走到近前一看，除了两位道童，还有两位老者在场，其中一位不是旁人，正是他们的大师兄，今世愚公赢岱山。

"大师兄！"空空儿忍不住喊道。

赢岱山抬头看到他们，却毫不意外。只是淡淡笑问道：

"二位为何而来啊？是不是要请我去救人？"

二人不由大惊，只得使劲点头。

赢岱山看向苏造时，轻轻一笑。苏造时脸色凝重，他缓缓起身，向赢岱山深深一揖，又向柳絮才二人抱拳，转身上山而去。两个道童也放下手里的东西，随他走了。

柳絮才二人面面相觑，顿感莫名其妙。赢岱山却笑道：

"二弟，小妹。多年不见，你俩真是一丁点儿都没变啊！"

"大师兄，您才是一点没变呢，还是那么老。哈哈！"

空空儿笑着坐在了他身旁。

"饿了吧？快吃。"赢岱山说道。

空空儿见火堆旁有一只烤鸡和几块烤白薯，不由欣喜："还别说，我早就饿了，您也吃点吧……"

"我用过了。这是专门为你们烤的。"

柳絮才再次震惊："为我们？"

赢岱山点头笑道："是啊！"

柳絮才接过空空儿递来的烤鸡，大咬一口："师哥，您知道我们要来？"

赢岱山又点头。

空空儿笑道："您刚才说，我们是来找您救人的。真的猜到了呀？"

"当然。阴阳逆顺妙难穷，天地都在一掌中。"

"那您说说，要救的这个人，他怎么了？"

"明天午时三刻，菜市口要被砍头。"

"您能算出他的年龄和身份吗？"

"名字都知道。叫苏百川！"

空空儿不由噌地站起来。柳絮才更是又惊又喜，大师兄果然是出世高人，料事如神。

空空儿摇头道："连苏百川的名字都能算到？这，这也太神了。我不信。"

嬴岱山仰天大笑，空空儿一凛。

"苏百川，曾经来过这里。如此而已！"

二人闻言大惊。

柳絮才也十分好奇："他来过丹云观？为什么？"

嬴岱山点头："刚才离开的那个人，他，他是我的道友。苏百川原是来找他的。"

空空儿恍然："我知道了。埋了杨定吾当日，苏百川离京了几天，一定是到了这里。大师兄，刚才那个人究竟是谁啊？"

嬴岱山微微摇头："别多问了。我只告诉你们，那日我为苏百川望气，已看出他命有此劫，也曾劝他远走西方，可我料定他不会听从。以我当日推算，苏百川下山之后只要回京，不日就有杀身之祸。昨夜，我还特意为他用梅花易数起卦，有二友自东而来，向我求救，就知道应在苏百川的事上。至于菜市口砍头一说，大概猜测而已。"

空空儿点头道："大师兄。您真是料事如神。苏百川因为杀了日本人，已被朝廷判了斩立决，就是明日行刑。我们，想劫了法场，只能上山求大师兄了！"

嬴岱山看了看她，笑道："看来你们和苏百川，关系匪浅啊？"

空空儿点头："是的，生死之交！我们和苏百川都是过命的交情！"

"老二，你这样的人也能有生死之交？我可不信。哈哈哈！"

柳絮才脸色一红。似乎被大哥看出了端倪，假愠道："你这个老道，既然都被你算中了，还啰唆什么？快和我们去救人要紧！"

"我答应要去了吗？"

"啊！说了这些，原来你不答应啊？"

"我说不去了吗？"

空空儿急了："大师兄，您到底什么意思啊？真把我弄糊涂了。明天苏百川就会被杀头，真的事不宜迟啊大师兄！"

"我与苏百川，本就有这一段尘缘要了。我不下山，他就在劫难逃了！"

"那太好啦大师兄。咱们快走吧。"

"我要再等等。"

"您要等什么啊？"

"我下山救人不难，我怕有人不肯我走啊！"

"什么？谁不让你走？"

嬴岱山不再说话，竟然闭目养神了。空空儿二人正犹豫之际，只见石阶上跑下道童震儿，神色慌乱地来到嬴岱山身边。

"师尊。"

嬴岱山睁开了眼睛："讲。"

"先生，他，"

"怎样？"

"自尽了。"

柳絮才二人闻言大惊，嬴岱山闭上了眼睛，重重吐出了一口气。昨夜，嬴岱山算出了苏百川的杀身之祸，却又得卦"龙回头"，需要"太冲天马局"来破。只能自己亲自下山化解。嬴岱山甚至推演出自己无法亲手救下苏百川，但苏百川要得活命，又必须有自己的帮助。这正是"龙回头"。他把这些告诉苏造时之后，苏造时将信将疑。嬴岱山说明天一早有两人上山来找自己，到时自见分晓。今天果然就来了柳絮才和空空儿二人。苏造时不放嬴岱山走，儿子再无生路。可放他下山，坏了自己的半生坚守。事到如今，或许唯有一死，才能两全。一代武哲苏造时，最终选择自刎而亡……

"苏造时，人杰啊！"嬴岱山许久道。

空空儿忽有不祥之感："苏造时？难道是苏百川的……他为何要自尽？"

嬴岱山站了起来，从身后的树上取下一个布包袱来，对二人道：

"别问了。随我下山救人。"

次日清晨，天降绵绵细雨。

羁押所牢房大院中，五十位兵勇伫立着，却鸦雀无声。大家都望着院中间那辆空囚车，神情凝重。

牢房里，有数十狱卒严阵以待，而犯人只有苏百川一人。有人替他梳了头，还换了身簇新的囚服。典史亲自将一坛酒和一整只烧鸡放在苏百川面前，蹲下身说："苏爷，大喜了。"

苏百川点点头，对他微微一笑。

两个穿长衫者，打着油纸伞踏水而来。有卫兵上前阻拦，年轻者不知说了什么，卫兵极恭敬地后退，小跑着回牢房了。他找到典史，耳语了几句。典史一惊，略一思忖，忙说有请。

两位陌生人进来的时候，狱卒们正在窃窃私语，大家都用不可思议的眼神看着他们。

典史毕恭毕敬地对年长者作揖，而后道："请您体谅我们，莫要耽误了时辰。"

长者淡淡道："有劳。"

典史一挥手，竟然把所有的狱卒都撤了出去，牢中只剩苏百川三人。苏百川疑惑地站了起来，眼前这两个陌生人，自己从未谋面。但从气宇和步伐看，全是内家拳高手。尤其那位年长者，不过四十出头，目光迥然夺人。苏百川一时愣住了，他有父亲的那种神采。

年轻人和善一笑："你是苏百川吧？"

"是。"

"你的事，我们都知道了，佩服之极。特来探望。"

与苏百川一起拱手。

"我叫刘振声。这是我师父，霍元甲。"

苏百川大惊。津门第一人，当世巨侠霍元甲竟然就在眼前。

"霍元甲？"

霍元甲拱手道："在下津门霍元甲，特来送你一程。"

苏百川的眼泪夺眶而出："霍爷！您真的是霍爷？"

霍元甲笑着点了点头。

苏百川激动万分："想不到在这样的时刻，为我苏百川送行的，竟是大侠霍元甲！"

霍元甲笑道："我与你师父马之良虽未谋面，但神交已久。年轻人，你敢挑战镜月向心流的宗家，并能一招毙命，可称少年天才，扬我国威，壮我国魂。霍某今天来，只想与你喝上一碗。有酒吗？"

苏百川立即用衣角擦了酒碗，斟满了两碗酒。

"苏少侠，请。"

"霍大侠，请。"

二人一仰脖子，喝了个酣畅淋漓。相视而笑。

"身后事，有交代吗？"

"会有朋友料理。"

霍元甲点点头："如此，霍某，告辞了。"

说罢一拱手，迈腿就走。苏百川一伸手："前辈请慢。"

霍元甲停住了。

"前辈乃当世拳宗，一代巨侠。今日得见，我三生有幸。遇高人岂肯交臂而失之？请霍大侠不吝赐教一二，好让我黄泉一路，精神焕发。"

霍元甲一愣，半晌赞叹道："振声，你看到了吗？这才是武者风范。"

刘振声也笑道："苏百川，我佩服你是个侠义。说归说，你想与我师父搭手，可是差着辈分呢！"

苏百川双手抱拳，极恭敬地道："古人云，死者为大。请恕晚辈不敬了。"

霍元甲一掖衣角，向前一个探步："好。来。"

苏百川大喜："得罪了。"

二人果然在狭小的牢房之内，比试起来。真真是拳打卧牛之地……门外的典史和众多狱卒，忍不住探头进来，不由张大了嘴……

约莫十余招，霍元甲单臂将苏百川震了出去，直摔在土墙之上，霍元甲连忙上步将他扶住。

苏百川喘气道："是迷踪拳吗？"

霍元甲轻轻点了点头。

苏百川欣喜道："多谢前辈指教。"

霍元甲饶有深意地一笑："是个大才。可惜了。苏百川，在你这个年纪，我不如你。"

苏百川含泪抱拳："多谢霍大侠夸奖。"

霍元甲一拱手："苏少侠，一路好走。"

刘振声亦拱手。苏百川的眼中涌出泪光。

"谢前辈……"

苏百川紧握双拳，目送霍元甲与刘振声一齐走出……

刘振声打着伞，与霍元甲一齐迈步而出。步出羁押所之后，霍元甲忽然停住了。

"怎么了，师父？"

霍元甲摇头道："不对啊。怎么会这样？"

刘振声一惊："师父，您说什么？"

"在桐川道场，苏百川一招就杀了镜月向心流的宗家？"

"江湖上都这样说啊。报纸也是这样写的。"

霍元甲摇了摇头："苏百川的武功，虽属上乘，但，他没有一招杀死浥川的能力。"

刘振声大惊："师父，您与浥川介交过手？"

"十二年前，在天津。我和浥川介的师父渡户稻造有过一次秘密的比试，虽然我赢了，但取胜很不轻松。渡户的徒弟浥川，据说早已青出于蓝。苏百川一招胜他？匪夷所思。"

刘振声想了想："这有两种可能。要么是苏百川杀浥川时，用了通天拳绝学。而刚才的切磋，他并没有使出绝学。"

霍元甲点了点头。

"或者，当时他并非一招取胜，而是艰难胜出，只是江湖传说夸大了他的能力。但无论怎样，苏百川斗杀浥川，是完全之事实。"

"有道理，但不全对，还有第三种可能。"

"是什么？"

霍元甲深吸一口气，缓缓说道："浥川介，根本不是'镜月向心流'的真正宗家……"

刘振声下意识地张大了嘴巴。

小雨骤歇，菜市口的刑场气氛异常肃杀。两百兵勇将法场团团围住，将百姓隔在场外。主持行刑的阮中华与都察院尚书在高台就座。阮中华取出怀表看了一眼，时间指向了十二点半。

赢岱山三人已悄然出现在人群里。赢岱山看了看四周方位，眉毛紧蹙。

空空儿小声问："大师兄，是要在此处布阵吗？"

赢岱山摇头道："杀气太重，冲了天马，神格受制，难以布阵。"

"什么意思？"

"时辰、地点都不对，杂气、害气极重。摆不了穷思不象阵。"

柳絮才与空空儿大惊："什么？"

身后的人群一阵躁动，大家纷纷回头远望，大概是囚车已经过来了。嬴岱山急忙道："走，去城楼看看。"

二人连忙跟着他向宣武门而去。

囚车缓缓前进，苏百川目光平静。典史带领五十兵勇沿途押送，老百姓神情激愤，高声呐喊着。

"苏百川，好样的！"

"二十年后还是一条好汉！"

苏百川在囚车上，向众人拱手致谢。

大格格与揭心随着人流而动，紧紧跟着囚车。苏百川看了一眼揭心，揭心与他相互抱拳……

大格格泪眼汪汪地喊道："百川，百川。"

苏百川拉住她的手强忍泪水道："格格……我做的这些事，无论对错，都不后悔。我唯一的遗憾，是走在了你前面，留下你孤单一个，我……"

大格格心碎不已，泪如涌泉："百川……"

嬴岱山三人上了城门楼，打翻了几个值守的兵勇，柳絮才扶住砖栏一看，城楼下的囚车缓缓而来："师兄，囚车过来了。怎么办？"

"布阵来不及了，使个玄天透关局吧。"

空空儿急问："那是什么？"

嬴岱山从布包袱里取出两个纸包分别递到二人手中，吩咐道："这是麒麟粉，你二人各向东西迈出七步，先左脚后右脚，而后听我号令，一起洒出去，撒到当街之上。"

二人只得遵命，都拿了纸包迈出了七步远。嬴岱山又取了一道符拿在手中，念念有词，瞬时黄符起了火。楼下的囚车正巧经过，眼见就要跃入门洞。

嬴岱山念道："太冲小吉与从魁，三方避祸天门使。出！"

柳絮才与空空儿同时扔出纸包，麒麟粉化作两道烟，一道黄色，一道红色，在囚车上方缓缓而下。众人抬头一阵惊呼。此时，典史等押刑官骑着三匹马率先经过门洞，他们的身后紧跟着苏百川的囚车。将要走出门洞时，三匹马同时仰蹄嘶鸣，典史惊得眼珠子险些掉了下来。原来，横在他们眼前的，竟然还是宣武门的城门洞。

580

几人面面相觑，囚车已经跟了过来。

有兵勇大喊："大人，怎么回事啊？"

典史亦喊："莫慌，冲过去。"

于是快马加鞭，三人同时快速跃入门洞。出去一看，竟然城门洞赫然还在眼前！众兵勇大骇，队伍不敢再前行了。

围观的百姓也都纳闷了，为什么这些官军只在原地打转就是不向前？囚车上的苏百川抬眼望去，城楼上站着三个人，心中一沉。柳絮才与空空儿正在墙头笑着看他，而当中那个道士，正是让自己吃尽苦头的赢岱山。他瞬时想起了父亲曾对赢岱山的评价："一怒诸侯惧，安居天下熄。"

苏百川禁不住叹道："天哪！"

·第十二章·

叩橋不渡

瞧热闹的百姓黑压压地向楼门洞挤来。典史扬鞭呵斥众人："全退后！"又指向城楼上三人："抓住他们！"

一队背枪的兵勇立时奔向石阶，朝城楼而去。典史吩咐手下不要乱，护送囚车走偏门出城。很快，囚车被兵勇簇拥着，走偏门而出。

人群中大格格问揭心："这是怎么了？"

揭心笑道："哈哈！我大师兄来啦。苏百川有救了。"

"你大师兄？"

她话音未落，眼见到嬴岱山三人从城墙上一跃而下，跳回了内城之中。众百姓一片哗然。大格格急忙奔了过去。

"囚车从偏门出城了。"

"看到了。"柳絮才道。

"现在怎么办啊？"大格格急问。

"我们去救人，你在这儿别动。"空空儿说罢就要走，被嬴岱山一把拉住了她："再去不得了，都跟我走。"

"你说什么？"

"逃命要紧。"

正说着，那十几名枪兵已从城墙石阶上绕下，直奔他们而来。

"走啊！"

嬴岱山不由分说，带领三人钻进了拥挤的人群，朝东北方跑去。四人隐匿之后，枪兵们并没有穷追，转头出城撵大部队去了。

四人一气奔出几里地，嬴岱山停下来问大格格："刚才那人是揭心吗？"

大格格点点头。她这才发现，揭心压根儿没有跟自己过来。

"刚才还在啊！"她纳闷道。

空空儿早急了："大师兄您就这样救人啊？看到背枪的就跑？"

柳絮才也催促道："走，咱们绕到菜市口去。"

嬴岱山呵呵一笑："都别动。山人自有妙算！"

众人不禁全都一愣。嬴岱山四顾左右，断定方位，低头就走。众人只好尾随而去……

菜市口刑场，阮中华等人早得知囚车在宣武门出了麻烦，调了两棚步兵前去接应。久等不来，他掏出怀表一看，下午一点。分明是午时三刻已过，心中焦躁起来。正在这时，忽听人群一阵聒噪，原是苏百川的囚车到了。

典史飞身下马，并步上前，行礼道："禀大人，案犯苏百川押到。"

阮中华问："在宣武门要劫囚车的是什么人？"

典史回道："三个，有柳絮才，还有慕容非池。"

阮中华很复杂地看了苏百川一眼，又问典史："人呢？"

"跑掉了。保护囚车和正犯要紧，下官没有穷追。"

阮中华点了点头，对身前的都察院："尚书大人，午时三刻已过，您看？"

都察院正色道："即刻问斩，迟恐生变。"

阮中华点了点头，喝道："把苏百川押下来，验明正身。"

两个刑官走过去，开了苏百川的牢笼，用存档画像反复看了相貌，再用印泥拓下他的指纹和掌纹，细细比对存档的指纹、掌纹，确定无疑。苏百川被推到木台刑场，反剪双手，跪倒在地。一位身长八尺的红衣刽子手，正在磨刀……

台下人群躁动，一下子围了上来。

阮中华移步到苏百川近前，仔细端详他平静的面庞。

"苏百川，菜市口这个地方，委屈你了。"

苏百川看了看他，没有说话。

"若有未尽之事，本官……"

苏百川摇了摇头。

"留一句话也好啊，你是英雄！"

"我不是英雄，凡夫俗子而已！"

阮中华正叹气，都察院已从桌上取令牌掷地："斩！"

一声令下，阮中华只得退到一旁。早有刑官端来一个托盘，上面摆着三个碗，分别是：清水、酒、茶水。

刽子手架着刀走过来，面无表情地看看苏百川。

"苏爷，我伺候您上路。"

苏百川一言不发，轻轻点头。

"话说前面，您犯了法，杀您的是大清律，并不是我。我不过是出一趟红差。"

苏百川又轻轻点头。

刽子手先从托盘上取碗茶自己喝了，又端了酒碗，含了一大口喷在了刀上。酒气沁入苏百川的心脾，他闭上了眼睛。原来死亡的味道是酒味？他想着。

刽子手大喊一声拉起长长的尾音："起——"

刑官拉直了苏百川的辫子，脖子前抻。刽子手一伸手，从托盘上取了清水："老规矩，苏爷，请受我一碗水的孝敬。"

说罢，将清水淋在了苏百川的后脖子上。顿时寒彻入骨，死神临近。全场鸦雀无声，气氛压抑凝重……

刽子手丢了碗，在手上啐了一口唾沫。双手紧握刀柄，将鬼头刀举过了头顶……苏百川顿觉汗毛倒竖，呼吸不畅，双耳如堵，身体僵硬。恍惚间，他觉得自己不是血肉之躯，而是谷粒做的，待这一刀落下，即刻散落、消逝。我死后灵魂会出窍吗？黑白无常会来拉我吗？想到这里，他竟依稀听到了马蹄声。而自己又好似置身漆黑的隧道，最远端微微有光，一人催马而来，他通体炭黑，披一件红袍，碧眼鹰隼，一对黑色的翅膀向身后展开着，马蹄起落缓慢，却跑得飞快，喉咙中发出兽般低吼，让人绝望……

"刀下留人！"

苏百川猛地睁眼，自己竟还活着，方才皆是幻觉。

"刀下留人！"

声音越发近了。台下百姓一片哗然。北边大道冲来一匹快马，马上端坐一位身着黄马褂的侍卫，高擎圣旨。

赢岱山把众人带到了喂鹰胡同，这是紫禁城到菜市口的一条捷径小道。此时胡同里，有人在生炉火，有人搬煤块，更还有一位木匠当街造床，十几根毛料七零八落散堆着，把原本不宽的胡同堵得严严实实，行人可过，车马难行。赢岱山忙对大家道："清一条道出来，别绊了马腿。"

"绊马腿？哪有马？"

众人正疑惑，他已率先动起了手来。不由分说就把木匠拎起来，又喊柳絮才一起把木床和木料移开。众人将信将疑，只得硬着头皮照办。顿时间，住家百姓都嚷嚷起来，赢岱山不管不顾让大家抓紧干活。果然刚清出一条道来，一匹快马自东北方向急奔而来，马上正是那名穿黄马褂的大内侍卫。

空空儿急急追问："是圣旨？这是圣旨吗?!"

那侍卫大喊一声："太后懿旨，我要去刑场救人！快闪开！"

众人忙闪开一条道，侍卫纵马而过。

大格格激动得跳了起来："皇上不杀苏百川了！太后不杀苏百川了！"

空空儿又急追几步对侍卫大喊："快跑！快跑啊！"

柳絮才转身对嬴岱山笑道："大哥真神了，小弟五体投地！"

嬴岱山这才向众街坊一一抱拳致歉。而后把三人引到僻静处，笑道："咱们在宣武门的一番折腾，虽未救走苏百川，但是延误了监斩。菜市口杀人的仪轨还有刽子手的那一套规矩，天塌下来也不会变的。照他这个跑法，三鞭子就到刑场了。放心吧，苏百川活了！"

听他这样一说，众人心下稍安。

起先，嬴岱山以为"龙回头"的卦象，应在苏百川自己身上。只要自己下山相助，苏百川一定会自救而出。可到了宣武门，他发现布阵难成，又急上城墙使出"玄天透关局"。然而，囚车里的苏百川完全无动于衷，毫无破笼而出的意愿，迫使典史等人押车从偏门走掉了。这一来二去虽然耽搁了许多时间，但于事无补。既然苏百川不肯自救，就绝不能强求。嬴岱山恍然悟出，所谓"龙回头"应该是指皇恩才对！这才根据方位找到了喂鹰胡同……

"快停下！"阮中华大喊着。

刽子手的鬼头刀已成下落之势，听到这里，于半空生生将力道化掉，身子一拧，一刀剁在了苏百川的脚下，入木三分。场下惊叫声迭起。

侍卫滚鞍下了马，高举圣旨三两步到了高台。

"大人。"

阮中华打开圣旨，与都察院看了，都愣了。又惊又喜的阮中华随即当众宣读："太后懿旨，苏百川案，疑点丛生，真相未明，尚有同犯在逃，斩之不利。着，押回刑部大牢，择日再审。"

场下一片沸腾之声。

都察院感慨道："自我大清入关以来，能从菜市口起死回生的人，一个巴掌都数得过来啊！苏百川，你真是个有福的！"

阮中华忙道："还不谢恩?!"

苏百川早已浑身湿透，伏地道："谢太后不杀之恩！谢过二位大人！"

苏百川被刑官重新上了锁具，押回囚车之中，由典史负责原路押回。百姓纷纷上前夹道相送。获得了重生的苏百川，看这街上的一草一木还有神态各异的人群，都觉亲切，连风都是香的……

嬴岱山三人帮助木匠把他床、料全都复原之后，大格格就跑了回来。她已从一

586

位大哥口中得到了苏百川被特赦免死，押回羁押所的消息。众人彻底放下心，商议着暂避一阵再谋营救。三人来时所乘脚力，是柳絮才和空空儿的两匹马，今早到宣武门时就寄养在马房了。众人避开官军的耳目回马房取回马匹，四人共乘两马朝隆福寺而去。这是要先去大格格住处取回史有为留给柳絮才的淡和琴。路上，嬴岱山问起柳絮才，揭心为何不敢和自己相见？柳絮才佯装不知。到达喜大人在隆福寺的府外，大格格回去亲自捧了琴出来，交到了柳絮才的手中。毕竟柳絮才和空空儿已被清廷通缉，众人不敢多留。与格格话别之后，空空儿感叹偌大北京已没个安全清静的去处。柳絮才笑而不语，被空空儿再三逼问，他只好说："那就去我的四知堂吧！"

"天知、地知、你知、我知。"这是四知堂名字的由来。紧挨着隆福寺后身，半条胡同连片儿三个套院都是四知堂的产业。柳絮才什么时候置办的这个地方？他在北京究竟还有多少？空空儿不得而知，也没有兴趣知道。只是他遮遮掩掩的样子，极似他洒脱性格。虽有不悦，当着大师兄又不便发作。

柳絮才带领二人叩开了第一座院子，开门的仆人一看是他，先是一愣，而后连连请安。空空儿看这院中陈设，竟与素雅的南书苑如出一辙，心中更加疑惑。柳絮才走上前，低问了仆人几句，这才提高了声量，吩咐把洗脸水、茶水、点心都送到北房去。又命厨房现在就做斋饭，再把酒窖的女儿红搬几坛出来，一并送到北房。

"十几年没见了，揭心为什么见了我就躲？太不寻常！"

酒过三巡之后，嬴岱山还是忍不住问了。

柳絮才心不在焉地拨弄琴弦。

嬴岱山歪着脑袋看柳絮才："二弟，我问你话呢！从一进这院子你就魂不守舍的。有心事？"

柳絮才恍惚中勉强一笑："我哪有啊？"

嬴岱山摇头道："不对，有件事过了你的脑子。还是十分重要的事。"

柳絮才苦笑道："小妹，你看大哥。才喝了几杯就说醉话。我还能有什么瞒人的事儿吗？"

空空儿嗯了一声，眼睛始终望着中堂那幅字，"心无一事"，可与他在南书苑那幅"风引云衣"对看。笔墨、意境，风流蕴藉，遥相呼应。虽然心中暗赞，又总觉得哪里怪，却说不出来。

嬴岱山淡淡道："你不说，我只好告辞了。"

说罢起身要走，柳絮才忙将大哥扶住，坐回了原处。

"大师兄，您是半仙体，揭心为什么不敢见您，您难道算不出吗？"

"无事不起卦！不得已而为之。你分明是瞒着我，却要让我自断？岂有此理！"

见柳絮才面有难色，他察觉出异样，忽然问："难道说，应在当年师父的事上？"

柳絮才艰难点头："师父不是李逍遥所杀。"

赢岱山："是揭心？"

柳絮才只得点头。空空儿也瞪大了眼睛。

赢岱山的瞳孔收缩了："难道说，师父与通天拳李逍遥的决斗也是假的？"

"不，决斗是真。李逍遥打伤了师父，可那一招，尚不至于毙命。我和揭心照料师父的时候，有一天，他换了汤药。"

赢岱山切齿道："该死的东西，他现在何处？"

柳絮才摇头道："这个，不能说。"

赢岱山厉声道："柳絮才，你真让我刮目相看。知道包庇他，会是什么后果吗？"

赢岱山目光已露杀机。

柳絮才叹气道："一日为师终身为父，我不是个孝敬的。大师兄如果要替师父清理门户，动手就是。"

"你，你居然这样护着他。为什么？"

"大师兄，当年在你最潦倒时，是师父收留了你。这份师徒之情，自不比我们。可揭心的难处，你们谁又能知？"

赢岱山冷笑道："天大的难处，也不能欺师灭祖。"

"贼魔当年有三大绝技：迷药、轻功、近身偷。他把近身偷传给了揭心，成了他的三徒弟。其实这顺序错了，如果按拜师的先后，揭心比你我都早，他，才应该是大师兄。"

"什么？他不是从宫里逃出来，才拜的师吗？他从前是个内务府太监啊！"

柳絮才摇了摇头："谁生下来就是太监？他是个无父无母的苦孩子。五岁那年，师父从一个骆驼贩子手里花一两七钱银子买的他。"

赢岱山和空空儿都是一惊："什么？"

"揭心天资聪慧，十二岁已经出师了。他的近身偷术，只在师父之上，不在他下。之后一走十余年，然后又回来拜师。这其中，大有深意啊！"

"为什么？"空空儿忍不住问道。

"他进宫去了，做太监去了，师父逼的。"

嬴岱山不由站了起来："什么？有这样的事？"

空空儿也急了："二哥，你在说什么呀？"

柳絮才苦笑道："当年师父用万两银子替你还债。这钱哪儿来的？贼魔是巨盗不假，可他当年洞藏，几乎全是皇家的东西。哪儿来的？大哥啊，您是带艺投师，我与师妹，又各有来历。唯独揭心，师父活着的时候，没有一天，把他当人看。"

嬴岱山唏嘘不已，额头上渗出汗来。

"师父败走李逍遥，在家中养病。揭心把药换成了马钱子。他恨贼魔，恨到骨头里了！前有车后有辙。大师兄，这件事，没有善恶，亦没有对错。"

嬴岱山黯然神伤，轻轻叹出了一口气……

此刻的揭心，就藏身在四知堂外墙。今日在宣武门遇见大师兄，他难掩激动。有心上前相认，和他好好亲近亲近，却又怕他问起当年师父之事，只能先躲了。可离开不久，他又实在割舍不下大师兄，怕再见不到他。于是又回身来找，悄无声息地远远尾随，喂鹰胡同、隆福寺、四知堂……不敢近亦不舍离。天色渐晚，揭心始终没有勇气近前相认，默默跪在墙外，向大师兄隔空叩了三个头……

月下，嬴岱山推门而出，缓缓来到院中。冥冥中，他似乎感知到了揭心的存在，却一动未动，静静地站了很久……

·第十三章·

宗家

曾关押过魏闻道的那间牢房里，昏暗、潮湿。苏百川伏在稻草堆中，死透了一般分毫不动。典史和狱卒提着马灯、食盒走了进来，二人过节一样高兴，轻轻开了牢门铁锁。狱卒叫道："苏爷，苏爷。"

苏百川依旧未动。

二人对视一眼，狱卒连忙上前，将他的身体翻了过来，见他浑身虚汗，额头滚烫："不好了大人。他烧死了！"典史斥道："胡说！快倒一碗烈酒来，快！"

狱卒忙答应着跑了出去。典史蹲在苏百川身前，忍不住叹息。

"别说是你，我为官快二十年了，头一回经见这从菜市口还能回来的人。你这不是病了，是把魂儿丢了啊！"

苏百川始终埋着头一动不动。对面监牢的狱友抻着脖子问典史："大人，这苏小爷究竟是怎么档子事儿？怎么又不杀了？到底是谁的恩典啊？"

典史一笑："还能有谁？当然是太后老佛爷了。至于她老人家为什么赦免了他。就不知道了！嗨！管他呢。能多活一天是一天啊，每天都是赚来的！"

狱友笑道："没错！只要人活着，就有希望。真是吉人天相啊！"

二人正说着，狱卒捧了酒碗过来。二人忙乱着用白酒给苏百川擦身，苏百川咳嗽了几声，眼睛也没睁开，又倒头睡去……

"欲见回肠，断尽金炉小篆香。"

桌前的香炉一夜成灰，想到秦少游的这句词，空空儿心里阵阵酸楚。她挂念着苏百川，分分刻刻俱是煎熬。豁出去了，再去劫狱把他救出来！要不然，彻底离开北京，离开这伤心地……才想到这里，门外有丫鬟敲门。空空儿让她们进来。两个丫鬟端着热水和铜盆，伺候她起床。问起大师兄和二师兄，丫鬟说，少爷一早出门了，说晌午回来。至于大爷，昨天夜里就离开了。

"去哪儿了？"空空儿没想到大师兄居然不辞而别。

"少爷说，他也不知道。"

空空儿闻言，怏怏不快。洗漱过后，早饭也没胃口，出房门来到前院大师兄的客房，果然人去房空，不禁怅然。大师兄会去哪里？从此江湖逍遥还是会回到灵山鹤来峰？山上那个自绝的人究竟是苏百川什么人？一边胡乱想着，悻悻地走回后院。忽然，隔壁院中有阵阵箫声传来。空空儿当即一愣，这曲子竟也是二哥最擅长的《梅花三弄》，只是幽鸣中似有泣声，全不似柳絮才那种若虚若幻的境界。她问了丫鬟，都木然摇头。有心前去拜访，又觉唐突，只得闷闷回房去了。

老喜开车与大格格一起驶入正义路，缓缓停在了日本公使馆门前。阮中华和青木一雄的秘书早早在大门外等候，秘书向二人礼貌鞠躬。阮中华急急迎上去，有意避开秘书。

"真怕你们不来呢！"

大格格对阮中华道："大人，百川还是会死，你们还是会治罪于他，是不是？"

阮中华叹气道："既然死罪有缓，应该还有余地。至于说将来治什么罪，不在我，也不在朝廷，要看日本人。喜大人，昨儿电话里我已经和你说得很清楚了，苏百川这次免死，是日本人的意思！"

老喜黑着脸："妈的！简直是我大清朝的耻辱。这日本人心里究竟打的什么算盘？"

阮中华叹气道："这谁又能知道呢？听天由命吧！"

老喜正要再问，阮中华冲他摇头："喜大人，莫说苏百川，就是你、我这种人……"他极力压低着声音，"说句不敬的话，连太后老佛爷也算上，在人家日本人眼里，也都……"

老喜听懂了他的话，黯然垂首了。

阮中华又道："今天请姑娘过来，主要是为了赔偿一事！""赔偿？""见了青木您就知道了。"

正说着，秘书笑着走过来："三位，可以进去了吗？"

三人跟着秘书一起跨过月门，进入了二院的北房，这正是青木的办公室。波斯的地毯、欧洲的沙发、中式的书案、日本的屏风。身穿和服的青木一雄，正坐在书案前用一块白布擦拭一把太刀，正是涩川介的遗物"虎澈"。

"这位是日本国全权公使，青木一雄先生。"秘书引荐道。

青木一雄没有起身，亦没有让座，只是缓缓抬头看向大格格。"姑娘，你是苏百川的家人？"

"是的。"

"是他什么人？"

"未婚妻。"

老喜微微一侧脑袋，神情颇为意外。青木察觉出他的异样，却没深究。他从书桌上拿起一份押花的文件在身前一晃，嘴角微微一扬："苏百川在菜市口被赦免，是日本国会的意思！你，应该感谢我们！"

"谢谢！但我不明白，为什么日本人要保下他？"

"这个，你不需要知道。"

大格格极力隐忍着，面色苍白。

"既然您是他的未婚妻，我们就开门见山吧。苏百川他们杀害浘川介等七名日本武士，是对大日本帝国的严重挑衅和侮辱。日本国内，民怨沸腾。关于桐川道场命案的赔偿，苏百川必须承担。菩提巷的老宅子，大清的大理院已经判给了日本。剩下的，就是钱了，你们要尽快想办法。"

"多少钱？"

"白银二十万两。"

尽管她猜到数目不菲，但这个数目还是远远超出了预期。

老喜登时急了："敲诈！彻彻底底的敲诈！二十万银子，谁拿得起?!我是看出来了，不杀他原来还是想弄钱啊？"

"喜大人息怒。这并不是我决定的，是国会的要求，没有讲价的余地。坦白说，假若逾期拿不出，我都不知道日本会做出什么事来。"

"别危言耸听。一个民事案件，难道还会再次挑起战争吗？"老喜忿忿然问道。

"我说了，我不知道。"青木用极平静的语气威胁着。

阮中华长出一口气，拿捏着说道："青木先生，请您费心和贵国国会再交涉一下。二十万，数额实在太庞大了。您就是把苏百川再砍十回脑袋，他也拿不出来！"

青木一雄坚定地摇头："赔款，一两都不能少！我猜，这是国会有意为之。毕竟七个日本人被杀，奇耻大辱！他们要用这种方式，回敬你们。想一想《马关条约》，割地台湾和澎湖列岛，白银两万万两！懂了吗？"

"不懂……"老喜刚说出两个字，就被阮中华拉住了衣角微微摇头。

"实不相瞒！假如你们不答应日本的条件，两国之间，必然再次交恶，我这个公使也会被撤掉。到时候，事态就会彻底失控！"

大格格只觉眼前一黑。她缓了缓气："给了钱，人能活吗？"

"这个，我不能保证。不过，不给的结果一定很坏。非常坏！"

"好，钱的事，我想办法。"大格格坚定道。

老喜和阮中华都是一惊。青木皮笑肉不笑地看着她："从您一进门我就看出来了，您，不是普通人。"

"我有一个要求。"

"请讲。"

"我要见苏百川。"

青木一雄看了看阮中华："这个，你不要问我，又不是我们日本人关着苏百川。"

阮中华一蹙眉头："苏百川不能被探视，不过，可以为你破例！"

大格格点点头："好。我，我想现在就见他！"

阮中华点头应允。

青木站了起来："姑娘，别忘了赔偿的事。"

"知道。"

"限期，三天。"

看着青木一雄阴冷的面庞，大格格几乎站立不稳。

大格格被带进了苏百川的牢房，唤了他三声，他始终没醒。大格格问典史，他怎么了？答道，没回过魂儿来。

"我陪陪他吧。"

典史点头出去了。

这世上唯一的亲人，怎么成了这般模样？既然他能够起死回生，这是上天的眷顾，不能再失去他，绝不能！若还有一线生机，可以救他的只能是自己。不能哭，要振作，要挺住，帮他熬过去……可她越这样想，令自己厌恶的泪水就忍不住直掉。大格格安静地坐在他的身旁，怔怔看他……整整一个时辰，谁也没动一下。时间凝固了一般……忽然，苏百川猛烈地咳嗽了一声，大格格忙用自己的手绢帮他擦拭口鼻。手绢中的脂粉味道，让昏迷的苏百川意识到有人来看他了，他挣扎着抓住格格的手，拼命想睁开眼睛。

"空儿？空儿！"

大格格如被五雷轰顶，忍泪含悲地又看了看昏沉的苏百川，默然离开了……

苏百川彻底醒来是第二天的早上。他退了烧，脸色略有回转，狱卒喂他喝了半碗稀粥，这才感觉到饿，又要干粮吃，狱卒忙不迭去拿窝头了。这时候，手握太刀身穿和服的青木出现在了牢门口。他身后的典史对苏百川点点头，自己先退下了。

"我是日本公使青木。请多指教。"

青木说完，在他身旁的木凳上坐了下来。

"公使，干什么？"苏百川虚弱地问道。

"苏百川，我来解开你心中的谜团啊。死而复生，感受怎样？"

苏百川摇了摇头，没有回答。

"难道你不想知道，究竟是谁把你从鬼门关救了出来，是谁赦免了你的死罪吗？"

"反正不是你。"

"自然不是我，我哪有那么大的能量，逼迫你们的西太后下旨赦免呢？"

苏百川静静地看着他，心里思索着答案，目光停在了他手中的太刀上。

"这刀，是，是……"

青木笑着点点头，算是回答。

"问你一个问题。涩川介，是你亲手杀死的吗？"

苏百川嗯了一声。

"据说，是一招毙命？"

"嗯。"

青木轻蔑笑道："我还听说，在你临刑之前，有位高人造访了你，你们还搭手比试了武功？"

"是霍元甲先生。"

"那么请问，阁下与霍大侠的比试，结果如何？"

"我怎么能与霍爷相提并论？你究竟想说什么？"

青木呵呵笑道："这就对了。镜月向心流的宗家，在日本武道的地位，绝不亚于在中国的霍元甲。你有没有想过，以你这个名不经闻的书生，凭什么可以一招杀死涩川介？"

苏百川一愣："你耍什么花招？涩川介已经死了，被我一招毙命。这是事实。"

"苏百川，真相可能对你有些残忍。可今天我来就是要告诉你实情：大日本武道并非浪得虚名。涩川介虽然出身镜月向心流，可他不是真正宗家。他是假的。"

苏百川脑袋嗡得大了，表情顿时僵住："什么？"

"你听好了，这把太刀的真正主人，才是镜月向心流的最强者，也叫涩川，是涩川介的弟弟。他叫涩川直人。"

"有这样的事？"

青木笑道："你杀死的是一个赝品，替身。真正的高手，你还未见到呢。呵呵。"

苏百川呆若木鸡，他猛然回想起父亲说的话，绝学的暗门需要自己去悟。在没有真正体悟的前提下，他能一招杀死涩川介，让之前柳絮才和空空儿的担心化为乌有，从来没有人怀疑过这件事，甚至是他自己……

"这个秘密，我也是在浞川介死去之后，才从日本国内得知的。我坦白讲，对于我个人而言，浞川介这家伙我很不喜欢。我万分期待真正的宗家能够尽早出现，和你打一场。大日本海军在甲午海战中全歼了北洋水师，日本的武术怎么可以败给中国人？"

　　苏百川点了点头："我明白了，是日本政府向太后施压，所以我才……"

　　"是的。浞川直人先生数次上书恳求内阁总理，要求与你进行公平比试。他要在擂台上亲手杀死你，为自己的哥哥报仇。这已经不是两个武术宗派的恩怨了，事关大日本的尊严和荣耀。为了武术的精神，苏先生，你接受浞川宗家的挑战吗？"

　　苏百川目光坚定道："好！我应战！他什么时候来？"

　　"应该很快。我猜一个月，顶多两个月，宗家就会来中国。总之你记住，你现在能活着，不是太后保下的，而是浞川直人先生的恩赐。你的命，不属于你自己，你的命是宗家的。要好好活着，等他来，亲手送你上路！"青木说完，猛抽太刀，一道寒光直逼而出，苏百川下意识一眨眼睛。青木大笑着站起来，收了刀，大步走出了牢房。

　　悲愤交加的苏百川又被耗尽了元神一般，一头栽倒在稻草堆里，一动也不动了……

第七卷

·第一章·

奇逢

除去已被查封的南书苑及现今藏身的四知堂，柳絮才在北京城还有三处产业，且都在北城。他无暇顾及嬴岱山的不辞而别，带着管家天不亮也走了，商议着能锁则锁，可卖则卖。路遇报童沿街叫卖关于苏百川的消息，竟也有通缉自己的海捕公文。忍不住买了一份，果然朝廷抓捕自己甚急。且有人化名"剑影"，开时评文章，大谈特谈柳絮才和慕容的革命情怀，直呼他们为同志，还劝他切切不要回直隶及苏州……

柳絮才心乱，留下管家屏挡，自己冒险去找揭心。万没想到，揭心的地窖入口上了三道锁……

柳絮才回奔四知堂时，已近傍晚。他把所有事都说了，要带空空儿马上离开北京城，迟恐生变！

"大师兄怎么走了？"

柳絮才沉吟片刻道："该走的，都要走。"

空空儿低头不语。柳絮才以为她顾虑嬴岱山之事，于是劝道："人皆以为大师兄是恶龙，不可起，其实他志在深草。走就走吧，无碍！"

空空儿思索着他的话。

"师妹，你是舍不得苏百川吗？想一想你对我的承诺。"

"真这样于他不顾了？"

"你我已自身难保，救人绝无可能！从今往后，他无论生死，都不属于你。或许他从来没有属于过你，只是曾经很近。你别忘了，他身边始终有一个格格不离不弃。对你而言，我又何尝不是呢？"

柳絮才言罢，深情地看着空空儿。空空儿触动，柳絮才将她拥在怀中……

"二哥，你要带我去哪儿？"

"先避开这阵风头，南下吧。"

"要不，我们去广东、去湖南！"

"为什么？"

"我与清廷势不两立。听说那边都有义军起事，你敢不敢和我一起去？"

"啊?!"

柳絮才吃惊不小。他的前罪只是杀人和越狱，而谋反，则是极罪，要连坐的。空空儿反清是朝廷有负于慕容家，且她已无牵无挂，可是自己……

空空儿看出了他的迟疑："你怕了？史有为当初真是看错人了。"

"师妹这样说，让人汗颜无地！我并不怕死。只是，老娘尚在直隶，我若反了，就把我娘害了！"

空空儿恍然："二哥，是我考虑不周。既这样，你我各奔前程吧！"

"师妹。我绝不能再离开你半步。一起南下，再图将来！"

"二哥，你真好！"

二人动了真情，紧紧相拥。须臾，柳絮才的目光缓缓移到了琴桌上的那张淡和琴，忽然睁大了眼睛。

"在这儿等我，去去就来！"说罢，他移步过去，把琴装入了琴囊中。

"你要去哪儿？拿琴做什么？"

"史先生这张琴，旷世绝品。随我们一起颠沛流离，万一出了差池，我的罪过就大了。我想，托付出去。"

"这当口儿，能托付给谁啊？"

"邻居。"

"什么？"

柳絮才已经大步而出。什么样的邻居值得把这样贵重的东西托付出去？空空儿满心疑惑。又忽想起曾听到过隔壁的箫声，此人是二哥的知音也未可知！柳絮才何等样人？肯把这样重要的东西托付给他，那一定也是一位妙人了……

隔壁院中，厢房之内。柳絮才把淡和琴捧到一位妙龄女子的身前。她约莫二十岁，穿一身绛紫色的长袍，肌肤胜雪，美目流盼。虽不比空空儿的冷傲之美，却也是清丽无俦的人物。还未开口说话，她已泪眼婆娑。

"二哥，你可来了。"

柳絮才摸着她的头："潆儿，怎么瘦成了这样？"

"你还肯来啊？"

柳絮才拉着她，一起坐在床前："遇到了一点麻烦，我要离开北京了。"

潆儿泪光闪动："我等了你四十七天，才见到你就要走？"

柳絮才把随身的报纸递给她："不是不想见，我惹祸了。你自己看。"

潆儿拿起报纸只扫了一下就淡淡问道："慕容是谁？"

柳絮才一愣，心说这女人真是七窍玲珑心。

"我，我在盗门的师妹。不过这只是表象，实际上，我是有组织的人，她是我上级。"

"你骗人。你闯祸是为了她吧？"

"当然不是。"

"我不信。"

柳絮才见她坚决，叹气道："要说闯祸因为谁，大概是因为你吧。"

"因为我？二哥你什么意思啊？"

"一言难尽。漯儿，这些年来，有一句话，一直藏在我心里，始终没能说出来。如今再见到你，还是难以启齿。真如一场大梦啊！"

"你在说什么啊，二哥？"

"你就当我什么也没说，我要走了，不得不！"

"二哥，既然见到了，我再不和你分开，你去哪儿我去哪儿！"

"糊涂！我犯的是杀头的罪。无端端怎么能连累你？"

听到此言，漯儿低头饮泣不止："你不会是嫌我累赘，用一张假报纸骗我的吧？"

"你怎么能这么想呢？我的心还用说吗？"

"我要你说，一定要说。"

"说出来，就小了，就俗了，就错了。"

"听不懂！"

"能说清楚，能听懂，该多无趣。不立文字，不出言语，才是明心见性。"

"你对别的女人也经常这样讲吗？"

"冤死了！江湖上说我是穿花蝴蝶。可我是'百花丛中过，片草不沾身'。你自己讲，这些年，你我可曾越过雷池？"

"这才最该死。"

柳絮才攥住她的拳头笑道："是该死。我这回真是遇到了不测之事，需要立刻走。特来相见，把这琴赠给你。"

"我不要。"

柳絮才抽出了琴囊："漯儿，你是识货的。认得出这料吗？"

漯儿端详半晌，摩挲再三，沉吟道："老杉木？"

"这是直隶天觉寺的老钟锤。六百年的料。"

"什么人这样用心的？"

"和料比起来，做琴的才更绝。正是万古第一的蜀中雷氏手斫！"

漯儿顿时大惊："什么？你说这是雷琴？这……如今存世的竟还有雷琴？"

柳絮才点点头，翻过来露出了琴腹，赫然是"柳君絮才惠存……雷音手斫"等字。潆儿看得惊心动魄。

柳絮才深情道："潆儿，实不相瞒。我此番入京，只为此琴。也是由于它，才惹下了塌天大祸。如今我要走了，这世上唯一值得我托付它的，只有你啊。还要我再说什么吗？"

"二哥！"潆儿扑进了他的怀中。

"潆儿，这琴，连同直隶的老太太，还有我一个表妹叫香香，全在你一人身上了。柳生拜托了！"柳絮才大力抱紧了她，在她额头上猛亲了一口。

潆儿流花了双眼抬头问："谁？"

柳絮才已飘然离开……

"二哥，二哥！你说还有谁啊？"

大格格已在天桥"心心相印"古董店苦等了一整天，她必须要找揭心。二十万两的赔款只有他能够拿得出，甘心借。明知他的店铺早被查封，也只能来这里撞运气。在贴着两道封条的门前坐了一个时辰，她起身又围着店铺的前后街走了多趟，问了十几间店铺的掌柜、伙计，没一个人知晓"心心相印"东家的下落……又想起空空儿和柳絮才来，可当时分开得急，不知这两人现今躲去了哪里，只得先回隆福寺去了，一旦他们想探知苏百川的消息或许会来找自己。打定主意之后，大格格叫了一辆人力车向北而归，却不知此时的柳絮才与空空儿已趁着夜色离开了京城。

老喜家，早就乱了营。他把房里的瓶瓶罐罐摔烂一地，下人们早吓没影儿了。喜夫人揽住俩孩子，啜泣不止。她身前的小红漆箱子里装的，是一堆当票。

"我让你拿银子，你给老子拿当票看，你臊谁呢？"

"家里，真的就剩这些了。"

老喜怒不可遏，起身又将桌子掀翻在地。喜夫人吓得紧紧抱住孩子，娘仨哭成一团。

"胡扯，老子为官二十年，堂堂一方诸侯，家里就说不是金山银海，也不能穷成了这样！你，你是怎么当的家？唵？"

"家里的钱花在了何处，大人自己不知道吗？"

"你还敢顶嘴？我限你两日之内，凑出二十万。"

喜夫人垂泪道："别说二十万，两百我也拿不出啊。"

"我不管，卖房卖地，卖儿卖女也得凑。"

"卖！你卖好了。京宝、京玉都在这儿，你看我又值多少？通通卖掉，给你主子抵债去吧！"喜夫人说完，号啕大哭起来。

老喜抄起酒壶高高举起："我打死你……"

两个孩子都护住娘，哭喊着直叫爹。

"住手！"大格格出现在了门口，老喜垂下了头。

"辫儿叔，别再难为婶子了。这件事，到此为止！"

"主子！这怎么行啊……"

大格格一言不发，转身回房去了……她在天桥受了一天硬风，心里着急上火，晚上回家又赶上这一出，之后丫鬟送来的饭菜竟也是凉的……想到苏百川在昏迷中把自己当成了空空儿，一口恶气顶上来，竟一病不起了！整整两天下不了床。期间，老喜和喜夫人在院里吵得不可开交，只为房契的不翼而飞！青木一雄已派人来催两回，说第三次若再不给钱，就不会再来。老喜在警局掏出手枪借钱，也才凑了不到两千，晚上在她窗外站了半晌，愣是不敢进去。

转天一早，大格格隐隐听到门口有动静。挣扎起来，下床一看，原是一块手绢包了什么东西。打开后大吃一惊，居然是自己送给京玉的那副翡翠镯子。这摆明了是婶子还回来的，其中的意味也不言而喻了！大格格忍着气，强撑着梳洗了，吃了半块冷馒头。用锦缎包了佛龛，叫车去了琉璃厂。眼下，她唯有当掉这佛龛，才能救苏百川的命。若此番还不成，自己也不打算活了！

一上午光景，她走了七八家当铺，可气没人认得这东西，也给不上价。最灰心的时候有人跟她讲，整个琉璃厂给价最公道的地方叫"汇通大押"，不如去那里试试运气。后半句人家没告诉她：老板是个棒槌，新开张做生意，没规矩。

大格格抱着最后一试的心思走进了"汇通大押"。票台居高临下瞟了她一眼，牙缝里挤出一句话："当什么啊？"

大格格看了他一眼，转身进了雅间。高高的柜台里还坐着一个人，是这家店的顶头大伙计，此时也是一愣。

大格格把佛龛放在条案上，自己刚一落座，票台就撵了进来。

"哎，您这人怎么招呼不打就进来了？"

"你们这儿谁当家？"

"我就是。您要当什么？"

"这是王四爷的店？"

"是了您嘞。"

大格格一笑："请他来！"

票台正要发作，顶头大伙计一挑门帘笑着走进来："姑娘，我们东家这会儿还没下来。我是顶头伙计，在这儿，我说了就算。您的东西，我看看行吗？"

大格格点了点头，伸手掀了锦缎："那有劳你了。"

大伙计答应了一声，来到佛龛近前，仔细探看一番，用手摸了摸质地，微微点了点头："想当多少？"

"你给多少？"

大伙计又把大格格上下扫探一遍，心说这件东西真是有些道行，又怕她不是好来的，可瞧她这模样、气度，却不像是苟且之人。拿捏了半晌笑道："押行的规矩是，不问来处。不过您这件东西有些不同，它像是皇家的！"

"干吗像呀？正经的皇家至宝。金丝楠木的。"

大伙计笑了笑："敢问一句，有多少年头了？"

"你说的是工还是料？工有两百年，料，至少五百年。"

"您别告诉我，这是宫廷造办处的东西？"

大格格低头不语，大伙计与票台相视而笑。

"实不相瞒，隔三岔五的总有人拿宫里的东西来当，百无一真。"

大格格心中不悦："那与我无关。我这件，你给多少？"

大伙计伸出两根手指："纹银两千两。"

大格格冷笑道："你是真不懂行呢，还是心太狠？"

"我是冲您这个金丝楠料。至于别的，我看不到，断不出真假来，给不了价。您明白不了？"

"哼，这也差得太远了。"

大伙计也笑道："那您要多少？"

"不和你说了，去请你们东家来。要不然，我就去别家了。"

票台一撇嘴："那您请别家吧！高不过两千您再回来。"

大格格站起身来，去抱自己的佛龛。被大伙计拦住了。

"姑娘别急，咱再商量商量。"他又对票台说道：

"叫东家来！快去啊！"

票台不情愿地走了，大伙计又仔细端详了一会儿佛龛，笑着走了出去。不大工夫，竟奉了茶上来，神情又比先前恭敬了许多。不久，票台领着一位身材矮小，三十出头的黑胖子走了进来。此人头顶黑缎瓜皮帽，椭圆的白玉帽正，鼻梁上架着一副圆乎乎的墨镜，一脸横肉，却举止文雅。

"姑娘，这就是我们东家，王四爷。"

大格格起身行礼："四爷好。"

王四爷连忙抱拳："姑娘快坐。"

大伙计对四爷耳语了几句，王四爷点了点头。

大格格端详他半晌，淡淡说道："四爷，劳烦您了。同行可都说您公道呢！"

"他们是骂我呢。实不相瞒，我是打定州来的，初来乍到，您多包涵。"

见大格格面有异色，顶头大伙计笑道："我家四爷可不是凡人，他虽然刚入行不久，但可称得上是古玩奇才。要论眼力，在北京城也不输谁。"

大格格这才点了点头。王四爷呵呵一笑，就去看这佛龛了。大格格并不知晓，此人是匪盗出身，打爷爷那辈子就是"砸明火"的人，这种人对宝物的敏锐，绝非普通押行掌柜可比。

王四爷把佛龛端在手中，仔细观瞧一遍，把鼻子凑到近前仔细闻了闻，又把底座和内门的钤印也都看了。这才谨慎问道："问句不当问的，姑娘这件东西，怎么来的？"

"家传。"

四爷笑了："您当多少？"

"你给多少？"

四爷起身，向大格格作了一揖："一文不给。请您拿回。"

众人都是一惊，大格格站了起来："你什么意思？"

"您别问了，喝了这茶，您去别家吧。"

"你不说清楚我是不会离开的。"

四爷只得重新坐下："姑娘，这佛龛的用料，是金丝楠木的极品，紫金桢木，少说五百年往上。再看这工，可说是登峰造极。这款儿嘛，就更没挑了。"

此话一说，两个伙计都傻眼了。

大格格瞪眼道："既是这话，那你为何一文不给？"

"您别急啊，难就难在了这款识钤印上了。这两处印，一个'万几余暇'，这是康熙皇爷的，一个'圆明主人'，这是雍正皇爷的。两位皇上的大印落在此处，我的天哪，假若这东西是仿的，就冲这份心思，我的价格您也不会接受。倘说这东西是真的，嘿嘿，那就是天价了，小店收不起！"

大格格起身，向王四爷深深万福，泪目道："四爷，我能单独和您说话吗？"

王四爷想了想，挥手屏退了手下，屋内只剩下他与大格格两人。

大格格这才道："四爷，一上午了，就您是懂行的。我不瞒您，这佛龛是真品，世上仅此一件。"

"愿闻其详。"

"我本家，有皇亲。这东西是我额娘……是我母亲的遗物。"

"请问出处？"

"原本，这佛龛是世宗雍正皇帝在粘杆儿处做亲王时，他的皇阿玛，也就是我大清圣祖康熙皇帝赏给他的。因他潜心佛法，又逢那年十月三十他生日，圣祖就拨了大内最上乘的楠木赏赐于他，又命造办处的工匠司马劲风制成了佛龛。"

王四爷拊掌道："这就对了。司马劲风的木工，在康雍乾三朝，可称天下第一呀。"

大格格点头："雍正即位之后，这佛龛依旧是他的挚爱之物，始终供在养心斋的佛堂内。直到咸丰六年，才由皇家赏赐，给了我外公。"

四爷仔细端详大格格，心里信了八九分："那您的身份是？"

"四爷，您认得这东西，咱们就有缘。至于我自己，您还是别问了。"

四爷点了点头："明白。看来姑娘是遇到大难处了，不然，不会动这种重器。"

"我实话说吧，我要救一个落难的朋友，急等用钱。"

"我这里可是当铺，不是古董行。这意思您能明白吗？"

"东西只当不卖，日后我宽余了，一定要赎回来的。"

"我们的规矩：九出十三归，您接受吗？"

"知道。该您挣的钱一文不能少。"

"既这样，那我就开价了。"

"慢着，价钱必须由我开！"

"哦？那您说吧，想要多少？"

"纹银二十万。"

虽然早有预料，可听到这个要价，四爷不免失笑。

"姑娘，平心而论，这东西无论是用料、做工还是出处，都可称得上是登峰造极，世上仅有。"

大格格闻言心中一喜。

"只是，我跟您说句掏心窝的话。这样的孤品，价格太高。用尽我毕生的积蓄，只怕还不够呢。就算我倾家荡产收了，如果过期您不来赎当，这么贵的东西，

606

我怎么去找下家接手啊？"

大格格起身万福道："四爷您这样识货，北京城能帮我的，非您莫属了。算我求您了，收了这佛龛吧，我真的是为救人。一天都等不了了。"

"这样好不好？您让一让，十五万！二十万我真拿不出来。"

"一两不能少。没这钱，我丈夫就得死。"

"您丈夫？"

四爷看她的头面梳妆也是未出阁的样子，何来丈夫？此刻，大格格也不想错过这个识货的人，索性把心一横，跟他说了实话。

"您知道最近北京城出了一桩大事吗？几个中国的武师踢了日本人的桐川道场。"

王四爷噌得一下从椅子上站了起来。

"满北京城谁不知道啊！这里面，有你丈夫？"

大格格落泪道："杀了七个。我丈夫叫苏百川，他是此案的主犯。日本人要他赔二十万啊，我求您了……"

她说着话，就看这王四爷脸色已然变了，他摘了墨镜，定定地看着自己。大格格并不认识他，可这王四爷与通天拳却极有渊源，他不是旁人，正是定州大匪"小茉莉"。

"通天拳的苏百川对不对？"

大格格点头："是。您知道他？"

"马之良的徒弟苏百川，对不对？"

"对，是他。您还知道马老先生啊？我全说了吧，马老先生起先就是给我家护院的。后来他押镖去了太原，这之后，据说遇了歹人，他老人家也，失踪了……"

四爷当即涌出两行泪来，竟扑通跪地，面向西南方向连连磕头。大格格不禁大惊。

"恩公啊！我可找着您家人了，您，瞑目吧！"

"四爷，您在说什么呀？"

"马老先生，不是失踪。他已经离世了，是我亲手安葬的！"

"你说什么？"

大格格听到此言错愕不已，登时泪如涌泉……

·第二章·

失序

当初，马之良在陷马台一战，折戟沉沙，英雄梦碎。尽管半道杀出了赵素响，铲除了匪患。可是广顺镖局全军覆没，陶士钧被点死穴，马之良也被叶广昌重创。所幸遇到初缘大和尚，救走了陶士钧……

吊诡的是，为何杨定吾赶赴陷马台时，马之良已消失不见？原来，自初缘走后，马之良伤势越发加重。初春的荒野，天寒地冻。他勉强爬进一辆镖车下面，好容易找到一块土豆，却已经咬不动了。又苦挨了半日，已然灯枯油尽，气若游丝。当夜，有陷马台的喽啰兵摸黑回来，掠走了镖局的珠宝。这个时候他们若发现了马之良，或许他还有一线生机。可喽啰们眼中只有财宝，得手之后，就地分了赃，速速各自逃命而去。其中有两位不肯回家务农，竟投奔了定州的小茉莉。拜山时，随身所带的礼品就有广顺镖局的封印。小茉莉这才知道是马之良在陷马台出了大事。他当即下山，催马奔赴陷马台来找恩公。可惜找到时，马之良面若白蜡，浑身冰凉僵硬，已气绝身亡了……

马之良的惨死对小茉莉触动极大，似他这般一天一地的豪杰，为何竟落个尸横荒野的结局？!小茉莉号啕痛哭，亲自赶车将尸身带回定州安葬！小茉莉的父亲王怀水，曾在弥留之际教诲过儿子，其祖父当年是被官府和奸商所害，不得已才落草为寇。自己此生已然不堪，他不想儿子也把这个"贼"字在头上顶一辈子，劝他浪子回头，早归正途。时逢马之良遇难，触动了小茉莉心事。于是他金盆洗手，发誓永不为盗！

之后，小茉莉只身一人来到了北京城。他去找过广顺镖局，可自徐闯出事之后，广顺也土崩瓦解了。刚打听出菩提巷通天拳的老宅地址，报纸上就登出了通天拳弟子踢馆日本道场之事。小茉莉只知马之良出事与葛氏兄弟有关，却不清楚这背后究竟有多少复杂纠葛。很快又听说苏百川被判了斩立决，当日又被赦免羁押了。这才心下稍安……

他刚来北京落脚不久，在茶楼结识了一对母女，这女子生得俊美异常。老妇自称有个五品京官的缺，谁娶了自家闺女就把这一套富贵送他。只是彩礼极高，要五万两。众人眼瞅这小美人心里痒痒，可面对不菲的彩礼都望而却步，唯独小茉莉动了心。他三辈儿的大匪，攒下的不义之财车载斗量，下山前，大半分给弟兄们，自己怀揣整整二十二万两。要想做成这桩婚事，还需有个体面身份。于是花了四万银子盘了"汇通大押"的买卖，和后身的小套院，摇身一变成了押行的老板。又请媒人去说合，光定钱就给了一万两。对方心花怒放当即应了。两方说定，下月初九就办喜事。正这节骨眼儿上，大格格出现了。小茉莉的钱，只够做成一件事，要么救人，要么成亲！他思前想后，只跟大格格说了一半实情。只道马之良当年对自己父子有恩，此次进京途中，遇到马之良遇难，将其安葬的。其余之事，一字未提！

大格格激动道："原来马老先生竟然与家尊有旧交？那您过去在直隶也是镖行的人吗？"

王四爷两耳微微一红，勉强笑道："嘿嘿，算是吧。"

"王四爷，宅子已经抵给日本人了，我实在出于无奈才来当这佛龛。如果四爷您肯出手相助，就是我和百川的再造父母……"

王四爷摆手道："姑娘不用说了。"

他起身从立柜之中取出一幅绸缎包裹的卷轴来，对着门口喊道："金子，金子。"

不久，顶头大伙计从外面挑帘进来："东家。"

"去，把隋五爷请来。"

"东家，您？"

"我这幅南宋的《中兴四家图》，归他了。"

顶头大伙计直挠头："我记得当时您要五万，他只给三万。都是一步不让，这买卖就没成。"

"三万我卖了，让他拿银票来。"

"东家，断头生意有人做，赔本儿的买卖没人做啊……"

"少废话，让你去就去！"

"哎哟，这可是大漏啊！我看着都心疼！"

"什么时候轮到你给我做主了？"

"是是，小的这就去请他。"

四爷向大格格拱手道："姑娘稍待，我回家一趟。去去就来。"

大格格深深万福："多谢四爷！"

大格格当夜得到了王四爷的二十万两银票，回到了隆福寺。见到老喜竟然已将姊子打发回娘家借钱，对他斥责一番，这才拿出银票来。只轻描淡写地说是把佛龛借给一个好朋友，在他家摆两天。老喜哪里肯信，问她是不是把福晋的佛龛给当了？可格格就是不说。

第二天一早，老喜开车带着大格格再次赶赴日本公使馆，亲手将银票交付到青木一雄的手中。青木不由感叹这女子果真不是凡人，这样一笔巨款说拿还是拿出来了。特特地恭维了几句，还说尽力向日本政府说情，保住苏百川的性命，并且善待他……老喜和大格格在日后的很长时间内都不知晓，苏百川的这条命究竟是谁保下的。

大格格让老喜即刻开车去接姊子回家，一家人和和美美地过日子，不许再闹别

610

扭。车子一直开到了西四牌楼，老喜下车去接媳妇，让大格格在车里等。一番好言好语，喜夫人终于答应同他一起回家，二人出了胡同，回到车前一看，大格格已不知所踪了……

自打那日见到了喜夫人的一箱子当票，她就打定了主意，再不能给他们添迟累。今天既然大事已毕，绝不能再有半点迟疑。老喜一离开，大格格立刻叫了一辆车，直奔菩提巷而来。这也是她头前儿就想好的，还是要住在苏百川的附近，无论将来怎样，早晚是个照应。可是菩提巷只有三处大院落，除了通天拳的老宅，其余两户她不熟悉。即便人家向外租赁，她也租住不起。好在她记得史有为曾经住的葫芦巷尽里面有个大杂院，不如去那里试试运气。果不其然，到地儿一打听，这杂院还真往外赁房子住。大格格随同一个姓夏的七旬老婆子，迈步进了杂院。

"你来这儿住就对了，又安静又便宜。"

"这院儿是您自个儿家的吗？"

婆子笑道："不是。这院儿是黎老爷的，我替他管着。北房是老爷自己的，锁了不赁，堆杂物用。西房三间住着是石匠一家四口，后院有个卖字画的老先生，再有东边把头这间，也是独身女子，是个暗门子……"

婆子小声说着，大格格心里咯噔一下。婆子又道："我看您这身打扮，也不像是寻常人家，怎么偏住到我们这地方来？"

大格格一笑，未回答。

"姑娘姓什么？家是做什么的？"

大格格低头半晌道："姓叶，爹妈死了。"

婆子端详了她一番，知她有难言之隐，也不深究了："东边还有一间厢房，要四百。跨院中间的耳房便宜，两百。你要哪间？"

"我，我住小的就行。"

婆子一笑，知道她拮据拿不起钱，也就笑道："只要不生事端，你安心住下便是了。到了，就这间。"

说着推开了一间没上锁的耳房。

"这原先是个摊煎饼的，后来老家死了人，回去了。不然啊，你可没这好运气。两百个大子儿一个月，南城哪有这样的房子？"

大格格从包袱皮儿里取了手绢包，从里面数了钱递给婆子，笑着说："谢谢大娘。这是租钱，以后按月必不少你。"

婆子接过钱，笑了笑。大格格见到里面又脏又乱，几乎站不进脚。房间里只一张木床和一坨脏被褥，窗口下面有一套被面粉和灰尘厚厚包裹的烂桌凳。一地破罐子、旧衣服。地砖的颜色早花了，看不出底色来。

婆子装作惊讶道："怎么脏成了这样？你说这样的人做出的煎饼，能吃得踏实吗？得了，我给你收拾一下吧。"

大格格忙道："不劳烦您，我自己来。"

婆子嘴上说："那怎么成啊？"脚下却丝毫未动。

大格格不再说什么，放下包袱在门外，取了靠墙的扫帚，一声不吭扫起来。婆子客套了一句，一拧身出门走了。

大格格把脏被褥和烂罐子都腾了出去，扫地时被尘土呛得直咳嗽，双眼昏花，又饿又累。回头看这荒凉杂乱的院落，不禁悲从中来……

字画老人收了摊从大门回来，见到小屋门开着，就立在了门外。

"新搬来的？"

大格格点了点头。

老人久经风雨，一看她就是落了难的，从褡裢里取出一个火烧来。

"刚出炉的火烧，热着呢。"

"不了，谢谢您。大爷您贵姓？"

"我姓国，国家的国。"

"国大爷好。"

老人点了点头，把火烧硬塞到她手里，佝偻着背回后院去了……

大格格吃着火烧，心里直犯酸。再难也要住下来，绝不能再去麻烦辫儿叔和王四爷。要添一床新的被褥，还要请人在外面砌一个生火的土灶，还得有一个干净的铜盆。她心里合计着，打开手绢一看，只有几十个大子儿和两粒花生米大小的碎银子……

王四爷自打出钱帮了大格格，琉璃厂都嚷嚷开了，说王四爷赔本儿卖名画，还添了许多家当，花巨资收下了木佛龛。说这四爷不是个傻子就是和这女子关系极不寻常！眼下四爷没有余钱迎亲了，于是拜托了媒人，去姑娘家讲明。只说自己钱不趁手，有了难处，这婚不结了。为了补偿对方的损失，当初的一万两定钱就不要了。

可巧了，这对母女不是旁人，正是紫云和她的母亲朱氏。那朱氏自打揭发了杨定吾，得了两千两的赏银，她唯恐遭人报复，就关了恭俭胡同的卤煮店，投奔了远房的表亲。就是她曾对紫云说过的，补买了户部员外郎的表弟。这表弟姓郏，名三郎，丝绸商出身，最擅批隙导窾、捏沙成团。他还真帮母女俩出了一个馊主意，拿朱氏的赏银，花五百两运作来一个五品的官缺，专钓金龟婿。还真就遇到一个豪爽的王四爷，答应了五万彩礼，还给了一万定钱，可惜临了儿变了卦。不过人家说了，那一万银子算补偿。虽说对自己名声有损，可郏三郎和朱氏都觉得这买卖是赚了，也就答应了媒婆，与王四爷各自两便就是。唯独这紫云与她母亲、娘舅不是一种境界，她觉得四爷不是等闲之辈，错过了倒是可惜，毕竟自己曾是个包衣奴才，能嫁富商已经非常知足了。况且说，没人会拿一万银子开玩笑，说不定他真遇到了什么难处。万一他过了这一关，再想嫁可就没机会了。

这天傍晚，紫云独自一人来到了琉璃厂，要以答谢为名，再见见这王四爷。到琉璃厂之后，就从旁人口中得知了王四爷花重金收了楠木佛龛的事情，心里越发觉得蹊跷了，倒要探个究竟。于是她就进了汇通大押，口口声声要给他退钱。王四爷一听这话，心里就更爱了。

紫云笑道："四爷，早我就听人说，您出钱几十万两帮了一位朋友，实在拿不出给我娘家的彩礼了。"

王四爷愧疚道："唉！要我说什么好呢？紫云姑娘，是我没这福分！"

"瞧您这话说的。我呀，就喜欢您这份侠肝义胆。"

王四爷就爱听别人说自己侠义，差点就想告诉她自己浑号"小茉莉"，是定州最大的贼头。

"我今天来特意告诉您一声，虽然咱们婚事不成，可您这朋友我交定了。您的定钱啊，赶明儿我一定说服我娘，给您还回来。"

"不不不，是我悔亲在先，与姑娘名声有碍，这钱我应该出的。姑娘您深明大义，我已经感激了，绝没有还钱的道理。这本就是给姑娘您的补偿。"

紫云笑了笑："四爷，我听说，您帮的朋友，也是一位大家闺秀？"

"是的。倒不是她的原因，而是她要救的人，我……"

王四爷想了想，没把隐情说出来，换了一种口气道："她要救的人是一位大英雄，我由衷地敬佩。"

"谁呀？"

"苏百川。"

紫云听到这三个字只觉心惊肉跳："哪，哪个苏百川？"

"就是踢馆日本道场的那个人。日本人要他赔偿二十万两。"

"你们认识吗？"

"不认识，我，我仰慕他而已！"

"我不信，单单仰慕一个人，您就肯出二十万救他的命？"

"不是我出钱救人，人家是有抵押的。这东西确实也是件至宝，加上我钦佩苏百川的为人和壮举，所以……"

听到此处，紫云心中已猜出七八分形状，却还故意问道："是什么东西？我能看看吗？"

王四爷不知她与大格格的纠葛，欣然把她让到了雅间。从柜子里捧出了佛龛，掀了绸布盖子让她近瞧。紫云一看这件东西，当即认出了是老福晋的至爱之物。这当佛龛的人必是大格格无疑了。心说叶赫那拉·瑞珠，早晚我要让你知道，打我两个嘴巴，是怎样的代价！

"看起来，也没有什么特别嘛，能值这么多？"

"有两代帝王的钤印，二十万，只少不多。我既帮了朋友，又开阔了眼界。何乐而不为呢！唯有你……"

紫云将手按住他的心口："四爷，您别说了。您是一个有情有义的大丈夫。嫁人，就要嫁您这样的。"

"真的？你真这样想的？"

紫云含情脉脉地点了点头："不然还能怎样，你自己也说了，悔亲之事，对我声名有碍！"

王四爷只觉心跳加速："可我，我如今囊中羞涩啊。"

"我不要你的彩礼钱。"

"你说什么？"

"我的心，四爷还不懂吗？"

说完，将脸贴在了他的胸口。王四爷从未遇到过能对自己主动的女人，还是这般如花似玉的黄花大姑娘，早就酥麻一片，难以抵挡。当即一把抱住："紫云，你，你真好！"

"彩礼我虽不要。不过我娘和娘舅那边也交代不下去。"

"这，这怎么办？总不能让我卖了这铺子吧？"

"那倒不必，你写一张条子给她，以后有了慢慢给也就是了。"

"好，好。可眼下没钱，下月初九，她能让咱们成亲吗？"

紫云妩媚一笑："没有彩礼，这婚事就办不了吗？木头脑袋。"

王四爷豁然大喜，急吹了灯，猛抱起她，口对口亲了起来……

· 第三章 ·

春云第八展

"世上钱财乃是众生脑髓最能动人。"

自打青木一雄得到二十万两赔款，立竿见影地平息了日本国内的怒火。青木是深谋远虑的政治家，他不想将来的中日擂台赛，在全世界的记者面前，镜月向心流的宗家淈川直人面对的是一个骨瘦如柴的苦囚。这样的胜利，少了嚼头，他要替宗家把苏百川养得中看一点，于是以日本政府的名义向清政府提出了务必善待苏百川的要求。

两天后，阮中华收到了刑部尚书的堂批，责令把苏百川由羁押所移交至京师习艺所，阮中华亲自督办了此事。晌午过后，他兴致勃勃来隆福寺造访老喜，把这个好消息当面告诉了他，不过青木的努力他一字没提，只说是自己上下运作的结果。满心以为他会非常领情，可老喜却是愁眉不展的样子，只因他这几日为大格格失踪一事心里糟烂。他早命人画了像，印发内外城的警务厅还有各局、各处，满北京城的找人，几天过去了，一点消息不见。

"你老兄有点儿不识好人心啊。知道我费了多大的周章吗?! 连我们的老尚书都抬出来了。"

"不就是德胜门外早前儿的'功德林'粥厂吗？还不照样是监狱！有什么值得高兴的？我当你把人给放了呢！"

"你这有点儿成心了啊?! 别说我，连西佛爷也放不了他。不过话说回来，这习艺所已然是京城最好的了。做的都是织布、搓绳这些轻体力活，总比发到矿所和林场要轻省得多吧？"

老喜一抱拳："好好好！我多谢你老兄的照应就是！"

"这是我应该做的。如今列强环伺，道术分裂，西风压倒东风。苏百川练达磊落，逆势而进，力挫倭人气焰，为国人争光。对于这样的人，我若让他去挖矿，凭他是钢筋铁骨，一两年光景也成了废人。我是不会让这种事情发生的！"阮中华原有一套这样的说辞，免不了要老喜欠下他一份人情。谁想他只轻飘飘几句，令阮中华顿觉无趣。最可气的，他还不咸不淡地讥讽道："没想到阮兄这样的人，也会对苏百川心生怜悯？"

"你老兄别不识好人心。我对他何止是怜悯？我，我和他是朋友。很不错的朋友呢。"阮中华涨红了脸。尤其对方那双眼睛盯得自己浑身难受，就像在看朝廷的蛀虫一样。

"呵呵。苏百川凭什么和你交朋友啊？"老喜眼皮也没抬一下。在他看来，阮中华与魏闻道是一丘之貉。

阮中华冷笑道："这是我和他的秘密。"

渡边西子之事，阮中华坚守着承诺。

"哈。你俩还能有秘密？难道你帮他杀了日本人不成？"

老喜无心的玩笑，倒让阮中华吓了一跳。

"你别乱讲话。得得得，我宁愿让你误会我，也不会告诉你我和苏百川的事。反正我在你心里也没好到哪里去。何必自找没趣！人与人之间的误解，是本性，没有误解，多没劲啊。"

说罢竟然拂袖而去。老喜乜着他的背影冷哼一声，笑他故弄玄虚……

习艺所是若干年后京师第二监狱的前身。它位于德胜门外的一座旧寺庙中，和其他监狱不同，这里的犯人都不戴镣铐。由于周围布有营房和箭楼，犯人也逃不出去。苏百川被押送进来之后，习艺所的两名狱卒迎了过来，一位负责与押送官交接。另一位则协助他下车，引领他一路穿过前院空场走入二进的偏殿，里面有七八个犯人正在几台织布机前劳作着。

"你多看看别人怎么做，以后慢慢地就会了。"狱卒吩咐着，苏百川点了点头。他发现其中还有一位六十开外的洋人，穿一件黑色长袍，也在认真地劳作。苏百川看了狱卒一眼，狱卒笑了笑。

"他不是犯人，以后你会知道。走吧，去你的牢房。"

苏百川只好随他一起走出了劳作间。二人出了偏殿走入第三进的院落。在左侧的一片矮房中，有五间独立的小屋，每隔几步，都有挎枪清军把守。

苏百川被带入一间牢房，房里干净整洁，采光很好。大通铺上摆着一个小方桌，桌上有饭菜。两侧各坐着一名犯人，都是三十上下的年纪。一个肤色黝黑，身体结实；一个戴着眼镜，文质彬彬。见他们进来，都立刻笑着站了起来。

"他叫王本如，他叫程勉，这就是苏百川。你们吃饭吧，下午我来找你，带你去看仓库的劳作。"

从来没见过入牢房还要引荐的！狱卒始终温和有礼，倒叫苏百川很不适应。狱卒走后，二位狱友立刻向他拱手作揖。

"苏大侠，就等您吃饭呢！快坐。"

"叫我百川好了。别这样生分……"说到一半儿他看到了小桌上的饭菜，不由愣住。有一大盆肉熬白菜，肉是成块可见的，还有五六个黄澄澄的冒着热气的窝头，显然用了好粮食。

苏百川笑道："我从羁押所过来，真有些不适应。京师习艺所果然好地方啊，还有肉吃。"

程勉窃喜道："只有咱们牢房有，每三天一顿肉。这是典狱官许大人特别关照的。都是因为你来了！"

两位狱友喜笑颜开，招呼他居中坐了。

"许大人？我不认识他啊？"

"你杀日本人的事，多给中国人提气啊。大家都很钦佩你呢！你知道吗？一说你要来，监狱还特意做了选拔，我和王本如是上个月各项操行的优胜，才有幸成为你的室友。"

苏百川惊愕不已："还有这样的事？"

王本如看着他傻傻一笑。

"我叫程勉，安徽芜湖人，原先是北洋银元局的，判刑十年。他叫王本如，是通县农户，杀猪的，获刑十五年。京师习艺所是全国监狱的楷模，最是讲规矩。我俩，是习艺所的先锋。"

苏百川哭笑不得，不知道说什么好了。

程勉又道："能关在这儿的，都不算重犯，劳动也很轻省。当然，你需要织布、织纱、搓绳。回到牢房以后呢，你什么也不用干，我们哥儿俩负责包办一切。"

"谢谢你们。但我不需要额外的照顾。我会做我该做的事。"

"那不行！你可不是普通的罪犯。你是习艺所的英雄，是大清国的英雄。"

苏百川摇头："你言重了。以后再别这么说了，真的不自在！"

王本如眼巴巴地望着他："兄弟，这事儿你不能推辞。十人一间的大号牢房，臭气熏天，三天没一顿干的。你不想让我们再住回去吧？"

苏百川当即语塞，看这房间被擦洗一新，二人的样子倒也老实本分，不由心生怜悯："程兄，您是什么罪进来的？"

程勉被问得愣住，旋即一笑："你知道一万两银子可以造多少枚大清龙币吗？"

苏百川摇头。

程勉很有内容的一笑："我知道。所以我就进来了。"

"什么？"

"一万两纯银，加铜之后铸成价值一万四千两银元，利润可观。可是朝廷，一直以为是一万二千两。那剩下的两千两，去了哪里？"

苏百川一惊。

"除此之外，许多银元局的官员，还伙同他人，依靠特权，垄断诸多原材料市场，获取暴利。触目惊心！"

　　苏百川深出了一口气："你一定是检举了某人，遭了报复，给了你一个莫须有的罪名。"

　　程勉点点头："为这事儿，我老娘气死了，老婆也带着孩子跑了。唉！我真是死的心都有了。可进来之后，才发现这儿的人，很多也是冤狱啊！就拿他来说吧：王本如原是屠户，家住通州。有一日朝廷的绿营军从他们村过，老百姓因为早年朝廷剿灭义和团的事儿，多少有些怕军队，见呼啦啦来了几百人，不知深浅，就全躲了。倒霉这王本如那天多喝几口酒，心说，我给县太爷都杀过猪呢，当兵的怕什么？他就没躲。当兵的来了之后，给了他二十钱，让他割五两银子的猪肉吃。王本如吓得说不要钱，那当兵的立刻说他耍诈，天下哪有白吃的肉？逼他说这肉到底是死猪还是病猪？他一个老实巴交的人，哪见过这些，撒腿就跑，当兵的还想抢他的钱袋子，就在后面追。一个兵没留神脚下的水塘子，滚下去淹死了……"

　　程勉说到这里，长叹了一口气，不再说话了。王本如也黑着脸低头不语。苏百川看着他们，联想到了自己的遭遇，不禁黯然神伤……

　　第二天一早，苏百川与众犯人一同在前院出操，就是围着空场跑圈。才跑到一半儿，苏百川三人就被几个人有意夹在中间，跑几步就被推搡、使绊子。王本如和程勉都吃了不少黑脚。跑完操，大家排队领粥喝。程勉好容易排到了，却被身旁一位黑大汉一把抢走了粥碗。

　　"跑步抢道，现在抢粥。什么意思啊？"黑大汉厉声说道。那几个犯人也附和着围了过来。程勉低头不敢言语。苏百川见这黑胖子，身长足有八尺，肌肉健硕，面容凶煞。

　　"这位大哥。有话好说。"

　　"你是新来的？我没见过你。"

　　"我叫苏百川。昨儿来的。"

　　"哦。知道。日本桐川道场是你砸的？"

　　"有我。"

　　"我叫陈世涛。西安人，他们叫我陈大炮，过去咱考过武举。别人把你当回事，我不惯你这毛病。打赢几个倭寇你就成大侠了？毬！"

　　"陈大哥，您误会了。这儿没大侠，都是犯人。"

"别扯淡。我问你，凭啥你住小间儿，还顿顿有荤菜？"

"原来是为了这个。你想住小间儿，我可以和你换啊。"

吓得程勉和王本如直拽他的衣角。

陈大炮冷笑一声："当然要换！不过我要名正言顺地住进去。"

此时，那位曾在织布间劳作的洋人出现在了大殿外。

"……住你的小间儿、吃小灶。咋样，敢不敢和我打一回？输了，你自己搬走！我输了，跪下，拜你为师！"

众人大声附和着叫好。程勉和王本如惴惴不安。

苏百川笑道："我不会为了这个和你打的。"

陈大炮向前逼近，几乎脸贴脸说道："这你说了可不算。"

不光是犯人们，连狱卒和那洋人也都微笑着走到了近前，想瞧这份热闹。陈大炮来了精神，转身召唤着所有人都过来看。

"百川，跑吧，别惹他。"王本如小声道。

"有把握就打。陈大炮是狱霸。你来了他能服你吗？"程勉说道。

苏百川对大家抱拳："各位！我是通天拳的门人。我所受的祖训和家法，不允许我做这种事！"

"毬！你今天非打不可。苏百川，遇上我算你娃命背。俗话说，'一力降十会'。就你这小身板儿，我打你跟假的一样。"

众人高声附和着。苏百川看向几个狱卒，想让他们出面化解。可他们全都无动于衷，似乎乐见这样的比试。

苏百川笑道："陈大哥，拳脚无眼，何必伤和气呢？"

"啥和气？我跟你又不熟，怕个毬。"

众人好一阵哄笑。这陈大炮是一点余地也不给他。苏百川看到了墙根儿有一个圆形石磨盘，不慌不忙地笑道："好吧！我和你比就是。但是不比拳脚，咱俩就比力气，怎么样？"

陈大炮笑道："你说啥？"

"比力气。"

陈大炮和众人全都大笑起来。陈大炮高出苏百川一个脑袋，体重至少能分他两个还要富余。这个不知死的苏百川，竟敢和自己比力量？

"行啊。输了，可不许哭！哈哈哈！"

苏百川一指墙角的磨盘："那个磨盘，你动过吗？"

说到磨盘，程勉的脸色变了，用手直抓苏百川的衣角。这磨盘足有三百斤往上，可是全习艺所的人都知道，陈大炮没事儿就推这磨盘玩儿。苏百川早早看出磨盘四周有推碾过的痕迹，像是有人时常挪动，不难猜出正是陈大炮所为。因此，故意拿这个和他比。陈大炮压抑着内心的狂喜，笑着问道："我，可以试试。你说，想怎么玩儿？"

　　"你能推还是能端？"

　　"你站着别动，我呀！给你抱过来。哈哈。"

　　陈大炮说完，一扭头急冲向了墙脚的磨盘，众人翘首以盼。只见他把裤带扎紧了，照手心啐了唾沫。身体徐徐蹲下，双手伸出，合抱住磨盘，竟然凭着天生的一股臂力，抱了起来。

　　程勉和王本如当即看傻，众犯人大声叫好。

　　"这碾盘少说有三百斤啊，陈大哥好力气。"

　　"真是神力啊！"

　　陈大炮憋红着脸，一步一步地把磨盘抱了过来，"嗵"的一声砸在了苏百川的身前。众人再次叫好。

　　陈大炮向四方一一抱拳，喘气道："你，抱回去吧。"

　　众犯人大声地起哄。

　　"苏百川该你了。"

　　苏百川摇了摇头。

　　陈大炮哈哈大笑，忽然见苏百川伸出了两根手指头，淡淡道："别看你能搬动磨盘，但你掰不动我两根手指。"

　　众人的笑容凝固了。程勉和王本如面面相觑，连圈外的洋人也不免张大了嘴。

　　"你说啥？"

　　"你要能掰动我这两根指头，算你赢。"

　　陈大炮"嘿"地一笑，接着向周边看去，又与众人一起大笑起来。

　　"这是你说的？掰折了我可不赔药钱。"

　　"掰断了，我认倒霉。"

　　陈大炮先是一愣，而后忽然伸出右手一把抓住了他的手指，手腕刚一用力，脸色立刻变了。陈大炮再次调整气息，腰上一用力，使出了全力去掰。苏百川的手指头依旧纹丝不动。众人不由大惊。

　　苏百川面不改色："两只手一起吧。"

陈大炮羞红了脸，左手按住自己右手的腕子，腰上猛一发力，围观者屏住呼吸，只有陈大炮喉咙里迸发出的"哈伊"声……任他如何使劲，苏百川的两个手指就是纹丝不动。待他力道将泄之时，苏百川忽然一抖腕子，反擒住了他右手，脚下一别他的腿肚子，手上一送，口里喊道："哆。"

陈大炮被结结实实地掼倒在地。众人哗然，程勉与王本如不禁大喜……

苏百川忙上前扶起了他："没摔着吧？"

陈大炮惭愧地站起："苏老弟，你这是啥功夫？你的指头硬起来像铁棍，软起来又跟棉花一样。咋回事嘛?!"

苏百川笑道："陈大哥，其实你的力量远在我之上，只是你有些轻敌。况且，你的本力已被那个磨盘化掉了一大半。我呢，不过是用了一点硬气功和太极的化劲而已。我这几下你不行，你那两下我不行，大家是平手。以后，不要比了，好吗？"

陈大炮满面羞愧地单膝跪地，抱拳道："苏大侠，是我冒失了。丢人。我拜你为师！"

苏百川忙把他扶起来，哪里真会让他拜师。大家不打不相识，一天的云彩散尽，众人也都对苏百川刮目相看了。此时，圈外的洋人忽然大声鼓掌叫好。苏百川看他时，洋人向他招了招手……

洋人的小套间布局很西式，让他想起了老师包士藤的办公室，只是这里要简陋一些。套间的门口堆着许多旧书籍及报纸，苏百川帮他抱着放在了书台上。

"这是新送来的，我还没有整理。你坐吧。"说罢递来了雪茄，苏百川推说不会。他自己点了一支，慢慢地抽了一口："你果然是个武林高手啊。这是内家拳吗？"

"见笑了。"

"苏百川，你曾是同文馆的学生？"

"是的。"

"很好。我叫沃伊列夫·马特洛夫斯基，俄国人。我来中国十六年了。"

苏百川点点头："您在习艺所任职？"

沃伊摇了摇头："不是。当然了，我也不是犯人。"

沃伊起身，在方才的旧书堆里随手翻阅着，一边道："我从前是一位神父，曾在圣彼得堡有自己的教堂。后来我经商了，从东西伯利亚向黑龙江一带，都有我的足迹。"

622

沃伊给自己倒了一杯烈酒，一饮而尽。

"因为我略懂汉文和满文，曾替俄国政府做事。也受聘于大清的理藩院。哦对了，我还做过李鸿章大人的幕僚呢，有两年吧。这都是过去了，如今的我，再没有任何头衔。这些年在中国我经历和目睹了很多事，有些有趣，有些很悲苦。我致力于研究大清的对外关系，中俄，中英，中日，中德……我还研究了鸦片战争，中俄战争，还有中日海战。而这些，不为我的国家所欣赏，大清的朝廷也不鼓励。还好我有一个好朋友，他在这里做典狱官，所以我就住进了这里。"

"您，您主动住到这里来？为什么？"

"从某种意义上说，监狱，是做学问最好的地方。"

苏百川苦笑着点了点头。

"我知道你的学业背景，所以，我希望请你来做我的助手。如果你答应，每天就不用劳作了，饮食也会与我完全一样，并且，每月还有薪金拿。怎么样？"

苏百川不由欣喜，这样的优待，会使他学以致用，并且可以减轻服刑的苦闷："您，需要我做什么？"

"协助我著书！向欧洲和美国出版，甚至日本。你愿意吗？"

"我十分愿意并且很荣幸。我只怕自己做不好。"

"没关系，慢慢来。苏百川，你是这里唯一的同文馆高才生，你还会武功。我很欣赏你，并且相信你。"

"好的沃伊先生，我真的非常荣幸。需要我做什么，您就吩咐吧。"

沃伊摸了摸脑袋："嗯，我写了一些关于鸦片战争的，写了六章。还有太平天国、义和团，当然，北洋水师也在计划之中。你自己觉得什么最有把握就可以先从它入手……我不做要求，你我各自工作，只需定期向我报告成果就是。"

苏百川认真想了想："先生，我觉得这些课题对一个中国人来说，都很沉重。我不否认它们在学术上有很大的价值，但是如果让我选择，从个人情感上，我更愿意把京张铁路作为我的选题。毕竟，我在学校的时候就对这个很有兴趣。"

沃伊耸耸肩："哦，这个嘛，我建议先放一放。因为我的书名可能会叫《陨落的王朝》，京张铁路不太贴题。"

"陨落的王朝？"

"哈哈！也许单独出版，谁知道呢。总之京张铁路还在建设中，而且，国内外舆论都不看好。袁世凯在人才和资金上刚愎自用，坚持只用华资和华人，这很鲁莽……"

"京张铁路的总工程师兼总办是詹天佑先生，他是美国归来的留学生啊，最适合不过的人才，用他怎么能说是鲁莽？"

沃伊撇嘴道："詹天佑只是一介书生，他从没设计和主持过任何一条铁路。京张铁路是世界级的项目，大清朝这样做，是在赌博，很冒险。"

苏百川力争道："我记得在光绪二十八年，西太后要去西陵祭祖，有一条从高碑店直达园区的小铁路，总工程师就是詹天佑先生。他不但节省了开支，还提前完成了任务。"

沃伊笑道："你太天真了。首先，袁世凯利用了英国、法国两国设计师的矛盾，才让詹天佑出任的。用你们中国人的话说，有些投机取巧。其次，那只是一条支线，很短的一段。在工程上，不可与京张铁路比较。"

"那又如何？再小也是京汉铁路的一部分。工程的原理是相通的，无非是经费与设计，再就是买地、填道、购料、设轨、凿山、建桥等，无所谓之前做过多少，只要他有能力完成。最重要的是，詹天佑是一位中国人。"

沃伊不悦地拉下了脸："京张铁路工期尚早，结果难料，这个课题也与我的研究范畴相违背。先放一放吧。"

"沃伊先生，现在我很想知道，您的研究是什么？"

沃伊想了想："寻找和发现答案。"

"什么问题的答案？"

"中国这座古老文明的国度，是如何被西方打倒的。"

眼前这位洋学者用如此平缓的语气说出这样的话来，苏百川压抑着怒火："这是一个伪命题。西方可以击败我们，但不会打倒。"

沃伊吃惊一笑："哈哈，年轻人，我在中国十几年了，我的经见和研究都是慎重而严肃的。我向你保证，我所接触的清政府官员比你想象的更腐败，我所目睹的中国民众比你见到的更愚昧无知。中国，像一个重病的老人，被十几个人轮番揍过。倒下，只是时间问题！"

"你的结论是？"

"亡国。像所有的文明古国一样，被时代的车轮碾压、淘汰。中国会失去昔日的光彩和荣耀，在人类文明的历程中逐渐黯淡下去，直至消亡……"

"我无意冒犯。但是中国的结论不是洋人可以给的。"

沃伊摊开双手："苏百川，你是学西学的。你应该比别人更加清醒而不是感情用事。你该知道，儒家文化和农耕文明，不是教会文化和工业文明的对手。你们中国有句俗语，风水轮流转。你们曾经领先全人类很多年，而现今，是西方文明统治世界。毕竟，蒸汽和电力已经广泛应用于西方，而中国，仍是缓慢而陈旧的手工业和农耕。日本通过明治维新率先进入了西方的游戏，很遗憾，你们大清的洋务运动由于各种原因没能真正入局，因此注定被日本打败。近半个世纪以来，中国面对列强，一败再败！而你，却不许我下结论。我真为你感到难过。"

苏百川长出了一口气："我承认，我们落后了，因此我们不断失败。这很痛苦，非常痛苦！但是，失败和消亡是两回事。西方和日本也许会让大清亡国，可你们能让中国人亡种吗？做不到吧？拉瓦锡所说的能量守恒定律相信你不陌生，不论物体的形状、状态、位置如何变化，所蕴含的质量不变！我认为，这定律也适用于中华文明，同理，也适用于矗立在地球上的一切伟大民族。比如你们俄国，你们东斯拉夫人，不也曾被蒙古人亡国吗？最终分裂，可你们倒下了吗？没有。你们用了三百年，重新振作，有了彼得大帝的辉煌。你们能做到，中国人为什么不行？"

沃伊看了他良久："苏百川，你可以按自己的意愿进行任何课题的研究。如果要刊印出版，我出资。"

苏百川笑了笑，起身道："对不起，先生，我想，我该回去搓绳子了。"

他向沃伊略一点头，转身离开了……

· 第四章 ·

自是花中
第一流

虽近三月的光景，北京的天儿还是寒意料峭。尤这几日，总阴着没太阳，刚过晌午，天就暗沉下来。街巷交叉路口，寒风尖利，绿翘穿一身果绿旗袍，搭着白丝绒披肩，梳一个燕尾发髻，没有好的头饰，斜插了一朵黄黄的迎春，倒也楚楚动人。她手夹一根烟卷儿，冻得直跺脚。立在胡同口，见男人就问。

"家去坐坐吗？茶钱随意。"

经过的男人们都低头走了，绿翘并不在意，管串街的小贩买了几个驴打滚儿，扭着屁股回院子去了。她就是夏婆子对大格格提到的暗门子。当初喜大人派赵素响去阳泉接女眷，赵素响不知道他们里外勾结着往北京贩人口。全是牙婆和虔婆勾结搜罗来的青春少女，大半来自春楼。绿翘自打从陷马台逃脱，赶了马车一路北上，走一站算一站，铁了心想从良。横是不敢再回阳泉，哥嫂见着了，一定再把她抓到飘香院去。在直隶住店时，被店东家把马车买了。说是买，跟抢也差不多。她孤身一个女子，能给钱就不算歹人了。后来又沿路向北走，道上跟了一个戏班子搭伴儿进了京。她虽然模样好，可戏班子里一个萝卜一个坑，不养闲人。她倒是想给旦角儿当使唤丫头，却被她的两个徒弟不容。暗在她碗里掺了沙子，她去理论时又被二人按在后厨饱打了一顿……绿翘本就无依无靠的，身上的钱差不多花光了，要想活命只能干回老本行。北京的春楼妓馆她不敢去，想一想阳泉的飘香院，真不是人待的地方。天下乌鸦一般黑，自己绝不能冒这个险。倒不如找个便宜地方住下，做个暗门子。

大格格的房间是阴暗耳房，给苏百川写信，这会儿不得不用油灯。她找后院国大爷借了一点煤油回来，才铺开纸，外面就传来了女人的哭叫声，男人的打骂声更刺耳。大格格忙放下了笔，开了房门。只见石匠抄起一根脏扫帚满院子追打着自己媳妇儿。正巧绿翘从外面回来，就不忙进屋，立着瞧热闹。

石匠骂道："臭婆娘，四斤杂和面儿全让你糟践了。"

石匠娘从自家屋里端了面盆，翘起来让绿翘和大格格看。面坨如棉絮一样，闻起来有酸味儿。

石匠媳妇儿说道："水和得合适，只是饧得时间长了。是娘让我去收拾箱子来着，转身又去洗袜子，一下子就忘了。"

绿翘见大格格今天耳朵上多了一副珍珠耳环，看上去也比头两天清丽了几分，一下子愣住了。那边打架也全不在心上。

石匠又骂："你倒怪在娘身上？我打死你个不开眼的东西。"

石匠娘冷哼一声："早该听我的，吃疙瘩汤，再烙两张饼，多好啊。"

石匠媳妇道："添点儿面吧，重和一下。"

石匠骂道："你说得轻巧，家里还有粮食？老子在外奔命一天，要你这么糟践。等我累死了，早晚你进窑子。"

大格格没见过底层的凶悍，哪有这样说自己媳妇儿的？站在门口，劝也不是，回去也不是。绿翘听到他说窑子，隔空朝他啐了一口。石匠又动了手，他媳妇儿就躲，石匠的湿扫把甩到了绿翘的腿根儿上，旗袍污了一片。

"天杀的石匠，你眼睛长屁股上了？"绿翘瞪眼就骂道。

石匠虎着脸看着她："你自己眼睛呢？不会躲？"

"院子你家的？你打老婆我躲啥？"

"什么了不起的破衣裳！"

"破衣裳？这是瑞蚨祥的蚕丝拉绒。见过吗你？"

石匠冷笑一声："过去是没见过。自从你住进了这院子，把什么世面都见了。"

"你别拐着弯儿骂人。我告诉你我可不是好欺负的！"

石匠还要再说。石匠女人赶紧拦住了："绿翘妹子，是我们不对，我给你洗。"

石匠厉声道："不许洗！她的东西你也敢碰？当心染一身病。"

绿翘将吃剩的驴打滚儿砸在石匠脸上："天杀的！我就算有病，你还得不起呢。五十个大子儿的本事，五十两银子的脾气。在外面给人做力巴儿回来就当爷，只会揍媳妇儿，你算个什么物件儿？"

石匠红着脸，憋了一肚子恶毒的话还没嚷出来，国老爷子从后院走出："行了，都少说两句。不嫌寒碜！来了新邻居了，让人看笑话。都散了，散了，屁大点儿事儿，吃饱了撑的。"

石匠娘撇嘴一笑："国大爷，那可是四斤杂和面儿！"

"不就是馊过了嘛！再掺点面粉进去不行啦？二两够不够？我给。"

石匠娘喜笑颜开，端着面盆去后院儿了。石匠媳妇要给绿翘洗衣服，绿翘黑着脸没言语，被石匠拉回屋里去了。院子里就剩下大格格与绿翘两个。大格格想了半天，话到嘴边又没说，转身要进屋。

"你自己住啊？"

大格格回过身对她点点头。

"爹妈呢？家里人呢？"

大格格淡淡道："我不问你，你也别问我了。好吗？"

绿翘当即误会，以为她必是自己的同路人，双手抱胸走了过来，往她的门里一望，又从头到脚扫看她一遍。

"我把话说前面，可不能跟我抢饭，不然的话……"

"你误会了。我，我不是。"

绿翘半信半疑地走了回去，当院就脱旗袍的扣子，打算找盆水洗一洗。大格格羞得不敢看，转身进屋将要关门的那一刻，绿翘忽然道："忘了告诉你。"

大格格把门关了一半停住了。

"你那屋，吊死过人。"

大格格大惊："啊?!"

绿翘放肆地笑了，把旗袍全脱了下来，露出粉色的兜兜和满满的胸脯。大格格关门也不是，开着也不是，心里又吓又屈，泪水直在眼眶里打转……

勉强对付着过了几天，大格格又快要断粮了。她只得换了一身粗布的衣服，把两件最得体的叠好了，准备出门当掉。来到院中，见石匠媳妇用两个大木盆盛了十几件衣裤，正在卖力地搓着。大格格对她古怪地笑了笑，石匠媳妇不明就里，也就笑笑继续洗。可大格格不走，拿捏着问她："嫂子，您帮人洗衣服，能带上我吗？"

"什么？"

"您看我能一起干这个吗？胰子和木盆我自己出，您包下来的活儿我都能干。工钱您看着给，行吗？"

"妹子，我一瞧你就知道是大户人家出来的。这种粗活，你别看简单，可是要下力气呢。你吃不消的！"

"您就让我试试吧，行吗？"

石匠媳妇只得轻轻点点头，大格格正要道谢，绿翘的房门开了，走出一个男人，看见她们，低头快速走了。不久，绿翘系着衣领的扣子送到门口："再来啊。"

绿翘一见她今天穿着粗布的衣服，手里拿个包袱卷，心里就猜出个八九分："出门啊？"

大格格停住没有回头，"嗯"了一声，点了一下头。

"哎，你那身缎绣的女褂呢？我记得有一身宝蓝的，还有一件红底金边儿的，多好看啊，怎么不穿？"

大格格下意识地抱紧了手里的包袱。绿翘紧走几步来到她的身前，把她的包袱夺了过来，掀开皮儿来看，果然是那两件。

"对付不下去了？都要当衣裳啦？"

大格格劈手夺了过来："你给我。"

绿翘望着她的背影冷笑道："我看你能扛多久？早晚你也有我这一天。"

大格格心中刺疼，回头狠狠地瞪了她一眼："我宁肯吊死。"

"得了吧！咱们走着瞧。我还是那句话，到那时候，不许你在这儿住！"

大格格强忍着委屈，低头离开了。

石匠媳妇劝道："你的嘴啊，太损了。给自己积点德吧。她一个人怪可怜的。"

绿翘淡淡道："我是为了大家好，她神神秘秘的样子，你知道是什么人啊？我敢说，这女人身上，一定有事儿。"

二人正说着闲话，院子里来了两个工巡局的巡警。

巡警甲："这院子住了几户人啊？"

绿翘连忙笑道："四五户吧。"

巡警甲："东家是谁啊？"

"是西直门的黎老爷。"

巡警上上下下打量了绿翘一眼，递过一张画像来："看看，见过这个人没有？"

绿翘一看，这不是那个新邻居吗？鼻眼太像了。心里当即一沉。

"见过吗？"

"好像，大概，没有吧！"绿翘一边说着，一边偷瞄着石匠媳妇。

"到底有没有见过？"

两人都使劲摇头，似乎说了实话，会被大格格忽然出现咬死了一样。

巡警乙狐疑地看着二人："你是做什么的？"

绿翘连忙蹲在了石匠媳妇旁边："我们是给人家洗衣裳的。她男人是个石匠。"

巡警点了点头，吩咐道："以后如果见到这女人，立即禀报。"

绿翘试探道："她是逃犯啊？"

巡警甲："这是你该问的吗？见到了就去工巡局举报，赏钱一百两。"

绿翘唰地站了起来："一百两？"

巡警甲："是啊。这是线报价。如果把活人给送去，警长给五百两。"

绿翘抑制不住地大喜。

巡警甲："怎么？你是不是认识她。"

绿翘脑子飞速转着，嘴上否认道："不，不认得。不过我可以出去找啊，谁不想发这横财啊？"

巡警冷笑："想发财就赶紧吧。赏钱我还想要呢……"

二人走后，两女人面面相觑。

绿翘瞪大了眼睛："乖乖，她到底是什么人啊？"

黄昏时分，大格格当掉衣服，买了一个木盆和几块胰子，从院外回来。一进来发现大家伙居然全在，表情都不太自然。石匠娘很兴奋地嚷道："来了，她来了。"

大格格正愣神，忽然绿翘从后面抱住了她："这下抓住了，你们愣着干什么？快去找绳子给她捆上。"

大格格挣扎道："你干什么？"

绿翘嚷道："快点，让她跑了赏金可就没了。"

大格格使劲顿开她的手，怒喊道："你干什么？"

石匠娘一笑："今天巡警来找你了。悬赏一百两。"

大格格慌了起来："什么？警察来了？你说了什么？"

绿翘呵呵笑道："你再不说实话，我们真要报官了，说到做到。你看看，这一院子的人，多缺钱呐。"

石匠淡淡道："姑娘，你到底是谁？不会是逃犯吧？"

大格格垂下了头："我姓叶，我叫叶瑞珠。我不是逃犯。"

国老爷子："你，你爹和你娘呢？"

"都死了。"

绿翘："警察为什么找你？"

大格格撒了一个急谎："我，我是逃婚出来的。男方很有势力，四处逮我呢。各位街坊行行好，别把我招出去。"

绿翘撇嘴道："可以啊，你拿一百两出来！"

石匠娘摆手道："什么一百两？应该是五百两才对！"

大格格登时慌了，不知该如何是好。

石匠媳妇安慰道："妹子，你别怕，我瞧出来了，你肯定有你的难处。谁都有走窄的时候，我们不说就是。"

石匠娘顿时不悦，绿翘更是涨红了脸往前探了一步："说什么呢？没那么容易。"

大格格越发慌乱了，石匠母女将她堵住了，连国老爷子也没有同情之意。

绿翘冷笑道："逃婚？你骗谁啊？逃婚的事儿警察会管吗？你一定是逃犯。说，是不是背着人命呢？杀了亲夫还是亲爹啊？总不会是自己孩子吧？"

众人立即逼迫上来，大格格无奈扑通跪倒在地。

"各位好街坊，你们千万别送我去工巡局！警长喜大人，跟家父有旧交。就在一个月前，我的双亲，被仇人杀了。我走投无路，曾在警长家住过一阵，可后来出了许多事情，我不愿再拖累人家，就偷偷搬出来住了。我说的句句是真，但有一句谎话，让我不得好死！"

"假的，肯定是骗人的！"石匠娘嚷道。

"对！把她送去，咱们领赏！"绿翘也喊道。

"都别吵！"国大爷制止了众人。

"我觉得她没撒谎。不然警察为什么说知其下落给一百两，而把活人给送回去，警长给五百呢？这不像是官家的悬赏，似有隐情啊！"

众人怔住了。国老爷子过去将她扶了起来："你家人呢？真的全没了？"

"我，我还有一个未婚夫，他在坐牢。"

石匠惊了："他什么罪啊？警察找你是不是因为你未婚夫的案子？"

"不是！他，杀了桐川道场的日本人。"

众人面面相觑。

国老爷子："你说的是，菩提巷把角院子的，苏，苏百川吗？"

一听到苏百川三个字，大格格眼泪簌簌，不住地点头。

绿翘茫然："国大爷，您认识她男人啊？"

石匠也恍然："咱们这片儿的老街坊谁不知道啊？通天拳好样的啊！苏百川，那是好样的啊！"

石匠媳妇也拼命点头。石匠娘臊眉搭眼低下了头。

大格格热泪直流："我，求大家了，别报官。如果怕我连累你们，等有了点钱，我搬走……"

国老爷子咳嗽了一声，压住众人的聒噪。

"你就住这儿。我把话说头里，谁要再难为她，可真就不是人了！"

说罢，他领着大格格回后院去了。大格格转身向众人深深地鞠躬，众人你看我，我看你，一时没了主意。无论如何，这是一个走投无路的单身女人，明目张胆抓她报官，大家有些狠不下心来。蔫儿了一阵子之后，都各自回屋去了。

国老爷子弄了一盘猪头肉，还有白馒头、小米粥，款待大格格。

"孩子，苏百川，是个英雄。他落难了，我们做街坊的也帮不上手，心里惭愧！你不必说爹妈是干什么的，反正他们都故去了。老话说，大将军手中枪，翻江

632

倒海，挡不住饥、寒、穷三个字。不管你过去是什么身份地位，你如今，可就跟这大杂院里的人一样了。别怪他们要报官抓你，要知道，对穷人最狠的，是穷人。"

"国大爷！"

"你别怕。有我在，乱不了。警察再来你就躲，我来应付。只是你以后，该怎么过活啊？你都穷得当衣服了。"

"再难也要挺下去。卖水果、缝衣裳，我还能教女童读书写字。大爷您人面儿广，也帮我问一问，有大户人家需要女教师没有？"

国大爷看了她半晌："行，我先帮你打听着。只是你学过什么？能教别人什么呢？"

大格格六岁就进紫禁城西苑读书，除了四书五经之外，满文和蒙古文也十分精通。可她不能这样说。

"我小时候家里请过私塾先生的。我能教小童读书写字。您相信我！"

国大爷点点头："我这儿有现成的纸笔，你写几个字我瞧瞧？"

"您是卖字画为生的。我怎么敢唐突。"

"哎！无妨无妨！"

国大爷颇有兴致地把她带到了自己的破旧书案前，亲自帮她磨了墨，捵了笔。大格格见他书案前有个盆景，就随手写了"罗汉松"三个字。

"老爷子，您见笑了。"

国老爷子近前一看，吓得脸色苍白。寥寥三字，叹为观止。瘦挺若兰、傲骨凛凛，神闲气定的境界跃然纸端，真有断金割玉一般的美感。

"姑娘，你方才一提笔，就非同凡响。你这样的瘦金体，没个三五代人的富贵，绝写不出。我卖了二十年的字了，今儿个见到了真佛。和你比，我的字，该扔了。"

王四爷和紫云的婚事如期举办了。紫云娘朱氏得知那个佛龛是大格格所当，吃了蜜蜂屎一样快活。这真是风水轮流转了，一定要把她找到，绝不轻饶。母女俩商定着要王四爷去找事主，要她拿钱赎当，可四爷死活不肯。开当铺的，吃的就是这行饭，当票一出，各不相欠。自古只有来赎当的，哪能当铺倒找事主来赎？这叫

"倒了杵"，丢大人的。母女二人一边差人打听大格格的下落，又赶在婚期之前，到底把王四爷的押行和小套院的房契通通攥到手中，这才同意了婚事。就在完婚后的第三天，四爷去柜上忙了，紫云正在里屋喝茶，朱氏风风火火地闯了进来。

"闺女，找着啦，找着啦。"

"什么找着了？"

朱氏抓起茶杯饮了一大口，一抹嘴道："格格，我找着格格啦。"

紫云噌地站了起来："在哪儿啊？"

朱氏哈哈笑道："她就住在葫芦巷啊。你知道的，我的衣服一直包给一个杂院的媳妇洗，昨儿个来了俩送衣服的，其中一个就是叶赫那拉·瑞珠啊。你说巧不巧？"

"不对啊，格格能做这样的事吗？我是说，她干得了吗？原先她可是养尊处优，何尝受过一日委屈。别说洗衣裳了，她连穿衣裳都不大会呢。您别是瞧错人了。"

"绝对是她，错不了！"

"那，她认出你没有？"

"没有！她拢共也没见过我两回啊，早就忘了我模样了！没想到啊没想到，三十年河东，三十年河西，当主子的，今天给奴才洗衣裳了。"

紫云大喜："走，看看去。"

母女二人坐了一辆洋车急急往葫芦巷来。一路上，朱氏看自己闺女忽然有点魂不守舍的样子。

"怎么了闺女？"

"娘，我有点儿犯嘀咕，没想好怎么见她呢！"

"见她还用想啊？她早不是主子了，她如今是给人洗衣裳、缝穷的下等人。"

"我知道，可是见了她，说，我说什么呀？"

"说什么？先还她俩大嘴巴！凭什么打我闺女？"

"娘，现如今王爷福晋都没了，我这么去扯皮，是不是有点那个？"

"就算不打她，让她把钱吐出来，拿走她那破佛龛，这总成了吧？凭什么骗我姑爷二十万两啊，没这么欺负人的。"

"四爷说了，人家是有当票的。咱也不占理啊！"

"不行。都上了车了，今天说什么也要会会她。恶人有恶报，我好好的闺女，不是你说打就打的。"

"可那时她是主子，我是奴才啊。"

"她如今连个奴才也不如了，怕什么？走！"

二人说着话，就到了葫芦巷的前街了。忽然见到墙根儿的书画摊围了一大群人，于是结了车钱，好奇地走了上去。

此时，国老爷子笑呵呵立于一旁，而正在书案旁书写的，正是大格格。她一笔一画写了一首李后主的《相见欢》。

众人都夸写得漂亮。

有人问道："老爷子，这是您闺女啊？"

国老爷子笑道："是我的街坊。她这是瘦金体，比我写得好啊，呵呵。有人要吗？和我的字一个价。"

众人是只瞧热闹不掏钱。

大格格笑道："献丑了，今天的笔墨不甚顺手，半价卖了吧。改明儿买了好的，再写给大家。"

有人笑道："您这字儿我瞅着挺漂亮。可是说实话，它不实用啊。咱老百姓几个家里能挂字画的？就是挂，也得挂点实在的，什么福禄寿啊，家和万事兴啊！这多受用不是？您这字体，它不应景啊！"

众人全都应声附和。大格格涨红了脸，哑然无对。

紫云在外面看个明白，心说你们懂个屁啊，一群不识货的土包子！竟一时怜悯起大格格的遭遇来。大格格的学养那可不是装出来的。记得有一回，她伺候格格写字，刚把一面纸铺在书桌上，大格格用了笔正要搋墨，觉得味道不对，附身去闻了闻："这个墨不对。你去问我阿玛，叶茂实的那块'云中子'放到哪里了？"

"主子，一块墨有那么大分别吗？我看这个就挺好的，您快写了，福晋等着要呢。"大格格笑着责怪道："你知道什么？一块好墨比那宝石玉器还要难得。没听过'落纸如漆，万载存真'的道理吗？马虎不得！"

朱氏看着自己闺女直发愣："你怎么了？"

紫云木然道："落魄了，她也是主子。"

"她早离开王府了还是什么主子？你别怕，娘给你撑腰！"

紫云目乱心迷，愣愣道："不成！我不能这么见她。这样见了，还是矮她三分。"

"来都来了，你怎么这么糊涂啊？"

"我比任何时候都清醒。现在，真不能见。"

"那什么时候见？"

"不知道。或许，是我做她主子的时候。"

第五章

山河拱手

为君笑

苏百川在习艺所的日子十分清闲，除了每日的轻体力劳作，偶尔也帮沃伊整理一些稿件，牢房中的杂事都被程勉和王本如包圆儿了。可他不会在舒适中浪掷时光，他清楚一旦出狱将要面对什么。每日出操和放风时，陈大炮定会疏通管教，让苏百川能单独在粮库内习练拳脚。此外，每夜子时，他也会打坐一个时辰，将父亲口授的心法六穴，以心念驾驭，运转周天。每有点滴所得，都融化拳理之中，果然大有裨益，日渐精进。从最初的"意到、气到、劲到"的技能层面，逐渐提升到"守中、识变、知机"的技击层面，终有心身、敌我、天人统一之体悟，进入"若有鬼神、助我虚灵"的"神遇"境界。

凡此两月有余，他猛然开启到了师父从未指点过的境地……他以为，第一流的武功就是儒家的"无可无不可"，道家的"无为无不为"和佛家的"真空妙有"……这是不是春云十三展呢？难道隐门只是一种体悟的境界？不对。这也许是内家拳的万源本宗，可这是"道、术"之道，而非术也！只有道术合一才算真正的武学。都说本门的绝学可在"十步之内，摄人魂魄"，这里所指的一定不是境界与道法，是杀人技。正所谓，迷时师度，悟时自度。破茧而出的时刻，很煎熬……

五月节这天，艳阳高照。苏百川刚从粮库练完拳出来，被告知有人来探视了。数月不见，大格格消瘦了许多，两颊已能见到青筋，衣裳竟也是粗布做的，说不上脏，但绝不整洁。头发明显有日子没梳理过。格格何曾如此落魄？但她的眼神依然清澈、坚定，即使蓬头粗服也不掩国色。苏百川百感交集，说不出话来。大格格一语不发，直扑进他的怀里去，二人紧紧相拥……

大格格早前从报纸上看到了他的消息，也打听出习艺所是最优待犯人的地方，心下稍安。数月来，她已经当掉了所有值钱的东西，时常吃了上顿没下顿。她的字虽好，却一张也卖不出。唯有偶尔帮石匠媳妇一起洗几件衣裳勉强换点粮食。绿翘说，饿死之前，她早晚会走自己这条路……今天来看苏百川，皆因她攒足了两顿干的，不至于自己从南城走到德胜门，饿得走不回去。

老喜曾经匆匆探视过苏百川一次，告诉了大格格用佛龛给他还款之事，且已找不到她……如今见她成了这个样子，苏百川既心疼又无助。大格格并不知道苏百川即使出狱也将有一场重大的比武，很欣慰他如今的状态要好过在羁押所时。她来时有一肚子话要说，要问。如今真见着了，就只想看着他，千言万语不如一直看他。只要他不问别人的事，比如空空儿他们，她也绝不提……二人就这么怔怔相望，默默流泪。自始至终，谁都没说一句话。直到狱卒进来提醒时间已到，大格格十分不舍地拉着他的手，说了一句：

"我等你出来。"

"好好活着。"苏百川哽咽着说出了这句连自己都觉得奇怪的话。

天桥的"仙客来"今日满坑满谷，只因又开了新书。说书人叫刘敬庭，是南城有名的一位先生。书馆的屏风两侧，依旧是那副浅白的对联："也能说也能唱，也会刚也会柔。"小伙计依旧在条案上摆上茶碗、一碟热毛巾、一块醒木、一把纸扇。桌子的绒布上垂下三个镏金隶字：小圣手。

下面热热闹闹坐满了人，嗑瓜子儿、喝茶、吃点心。

说书人不紧不慢说起了定场诗："滚滚长江东逝水，浪花淘尽，英雄。是非成败转头空，青山依旧在，几度，夕阳红……"

说罢"啪"得一摔醒木，众茶客叫好。

"今天这部书，别的园子一概没有。倘若您在别处听过，我这儿倒找您三十个大子儿。那么说的是什么年间的事儿呢？就在今朝今日，说的是谁呢？书中有表。此人叫小圣手，揭心。"

当时有人道："哎哟，这揭心不是逃犯吗？他可是杀了日本人跑了的呀？"

有人接话说："对啊，我看了报纸啦。这人原来是贼啊？"

众人七嘴八舌论了起来。

说书人一笑："诸位，这揭三爷是逃犯不假，他过去也是偷盗门的贼头儿一个。可我今天要说，他也是咱们大清国数一数二的大英雄、大豪杰啊。就在数月之前，南城的桐川道场被一群好汉给踢了，杀了日本国的七个高手。挑头的，头一个，是苏百川苏大侠，还一个，就是这小圣手揭心呐。那么说偷盗门与苏大侠的通天拳是世代累仇，怎么这会儿又放下干戈，联手对付日本人呢？哎，这就有咱们中国人的一份情操在里面，是什么呢？舍私仇而赴公义，侠之大者，为国为民！"

众人一起叫好。人群之中，揭心的掌柜老许微笑着喝了口茶。

和之前真如意宣讲过的《四大名偷》一样，这套《小圣手》也是揭心的杰作。揭心自那日在宣武门见到大师兄嬴岱山，因怕牵出师父亡故的旧事来，到底没敢相认。当时的自己，又是朝廷捉拿的钦犯，就把几处店铺都关了，连地窖都上了锁。可他并没有逃出北京城，而是躲进了皇城东边的普渡寺，一忍数月不出门。待风头过去，他才让老许把大栅栏的老店开了张，每日只做两个时辰的生意，到点儿就关门。确定没了危险，这才又回到了店中继续当起了东家。谨慎起见，揭心还特意易容，给自己做了三捋长髯，乍看上去，颇有几分仙风。揭心也知道苏百川在押习艺所，通天拳的老宅已被日本人占了，如今成了公使青木一雄的宅邸。他就留了一个心眼儿，跑去葫芦巷，把史有为被查封的院子稍加整饬，悄悄住了进去。揭心之狡猾正在此处，大清通缉他时，他就住在皇城旁边，日本人和他有仇，他偏住在青木的附近。玩儿个灯下黑，让你们找不到章法。只是他白天从不出门，与同住葫芦巷的大格格毗邻而居，二人却从来没有见过。

这日傍晚，老许匆匆来访，坐定之后就从怀里取出一份电报递给了揭心："柳先生发的电报，催您早点去湖南参加光复军呢。"

柳絮才与空空儿在湖南已经两月有余，只因当时坐镇湖南的都督就是侯坤，此人正是福郡王提到的陷害竹帮的真正凶手。空空儿早有意寻他报仇，柳絮才也想继承史有为遗志，二人都加入了当地的光复军。他们通过与老许的联系，始终与揭心保持着联络。

揭心拿过电报看了看，略一思忖："哎呀，大清国挺好的，折腾什么呀。哪天真把大清国折腾亡了，对他有什么好处？"

"东家您还不知道吧，柳先生家在直隶的十几间厂子都让朝廷给收了！"

揭心笑道："你不了解我二哥，他要是反清绝不会因为自己丢了几个钱而已！八成是为了我师妹。"

"那您，去是不去？"

揭心使劲摇头："不去，不去。好铁不打钉，好男不当兵。那是我该做的事儿吗？再说了，我又不会扛枪打仗。我去干什么？"

"柳先生说，如果您肯去，给您一个侦察连连长当呢。"

揭心闻言哈哈大笑："我二哥真够疼我的。你懂什么？头一个喂子弹的就是搞侦察的。你当战场是闹着玩儿的，你是没挨过枪子儿你不知道那滋味儿，钻心的疼啊。"

"那，我怎么跟人回话啊？电报里还要凑五万银子呢。"

"柳絮才还缺钱啊？"

"不是说了，厂子丢了吗？"

揭心端起茶壶抿了一口："这样，给他汇八万过去，够意思吧？人嘛，就不去了。我帮不上忙！再说你还不知道我？我是一天也离不开北京城啊。前一阵子朝廷堵我跟堵王八蛋似的，我跑了吗？为什么不走？驴打滚儿、豌豆黄儿、韭菜合子、牛骨油茶，我隔天不吃就不舒坦。什么叫灯市口？哪个又叫王府井？北海、天坛、雍和宫，有一程子不去我就想得慌。我这么跟你说吧！就算大清亡国了，北京城它还是北京城。"

老许点点头："东家说的对，不去就不去。只是这八万银子，我那儿恐怕拿不出了。"

"什么？你连八万也没有了吗？"

"我的爷，天桥和东安市场的铺子都让朝廷查封了。大栅栏的生意有一搭没一搭的。眼下您要说必须拿八万，那也能凑出来，可官中的账上就剩不下什么了。"

揭心咽了一口唾沫："行吧，你先凑够了给我二哥他们汇过去。以后怎么办，咱再想辙。"

老许跟了揭心多年，可他却不知道揭心在北郊还有一个封存的地窖，那里面的钱，多到揭心都没数了。

"东家，都给他了。咱们还……"

"你放心，我揭心还怕缺钱吗？笑话，全天下人都穷死了也轮不上我。对了，我问你，让你去习艺所你去了吗？"

老许一拍脑门子："差点忘说，我前天一早就去了。见着苏少爷了，他问您好呢。"

揭心点点头："他过得怎么样啊？你给他钱没有？"

"给了，他没要。苏少爷看起来不错，他说每天除了劳动，就是练功，哦对了，他还写书呢。"

揭心一愣："什么什么？怎么他也写书？写哪段儿啊？难不成也说的是踢馆的事儿？"

"这我就不清楚了，没顾上问。"

揭心当时急了："哎呀，这么大的事儿你怎么不问呐？万一他写的也是这段儿，这将来要是流传出来，我在茶馆里说的不全露馅儿了？那也太寒碜了啊！"

"那我，我再去问一回？"

"你赶紧的，先去问。然后再想凑钱的事儿。"

老许都晕菜了，那边打仗用钱都没有苏百川写书重要吗？看揭心瞪着眼睛要吃人的架势，他哪里还敢再问，忙不迭答应着出门了。

揭心长叹一口气自言自语道："苏百川呀苏百川，这沽名钓誉的事儿我以为只有我揭心干得出来，没想到你也不能脱俗啊。俗，你是真俗！"

半緣修道

半緣君

刘道一和蔡绍南作为同盟会领袖，身兼黄兴的密使，此番亲赴湖南，与本地哥老会总瓢把子倪六爷，以及柳絮才、空空儿相聚于橘子洲彩船之上，共议大事。刘道一和蔡绍南对北京史有为之死，深表哀切。作为光复会的元老，史有为的事迹被广为传颂。众人表示要化悲痛为力量，继承先生之志革命到底。

关于湖南之事，刘道一率先说："湖南、江西的灾情极其严重，官僚豪绅哄抬米价，饥民载道。克强先生认为，这里已经到了武装斗争最迫切的时刻。因此，特命我与蔡兄前来，襄助各位同仁，共举大事。"

柳絮才心想，众所周知，孙、黄二人对革命应该从何处发端是有分歧的。孙先生两广有人脉，黄先生在湖南有力量。此番刘兄与蔡兄来了湖南，难道是孙先生妥协了？他不便直问，只笑而不语。刘道一似乎看出了他的心思，于是笑道："革命不分先后，哪里的时机到了，就先从哪里动手。昏聩大清积重难返，刺杀时代过去了，武装起义的时代到来了。"

众人皆拍掌叫好。

蔡绍南问倪六："当地的情况如何？"

倪六爷说："革命热情是高涨的。哥老会的几千兄弟自不必说，这里尚有饥民与矿工数万之众，到时候一呼百应，占领他几个县城，不是难事。"

空空儿也道："江西萍乡以及湖南醴陵亦有许多帮会十分活跃，我早与他们联络呼应，时机一到，就要联合举事！"

刘道一和蔡绍南见此处基础这样好，都欣然而笑。刘道一："不瞒各位，广东黄冈的同道们，已有秘密筹备，最早年底，最晚明年初，起义一定打响。"

众人振奋不已。

倪六爷笑道："您二位都到了，还有柳兄和慕容两位高手坐镇。咱们绝不能让广东先出动静啊。"

蔡绍南沉稳一笑："正如刘兄方才所说，刺杀的时代过去了，我们面对的敌人不再是单独的个体。我们要结束吃人的社会，推翻三千年的帝制。这惊天一响，不是改天换地，就是玉碎成仁。绝非儿戏！"

听他这样说，倪六顿时沉默了。

刘道一笑道："革命最关键的三样：人，钱，枪。目前看，人员似乎是够了，其他两样……如何？"

柳絮才紧蹙眉头："我正为这个发愁呢。原来长沙有一家船舶公司，答应资助三十万，可临了他们又忽然反悔了，一文也不出。若不是倪六爷动用哥老会弟兄加以劝诫，船厂的经理甚至会告密。"

刘道一叹气道："这样的风险我们早已司空见惯。最紧要的还是钱，没钱肯定不行。"

柳絮才又道："我已经向北京的朋友求援了，今早电报答复我说，尽快汇出八万。最大难度还是枪，我们空有万人，枪却不足千支。"

蔡绍南问："枪械来源何处？"

空空儿答："主要是自制土枪，黑市上买了一些，再就是近期的几次伏击，从清军手中缴获了一些。但这远远不够。起义的时机尚未成熟。"

倪六爷急道："我看现在时机正好。全都准备好了，清军也早有了防备，反倒坏事。现在麻石就有两千人枪，不如我们先动。"

刘道一摇头："不行。应该是醴陵、萍乡和麻石，统一呼应，同时发难，清军才会措手不及。目前最关键的，第一，是不能泄密；第二，要尽快搞枪；第三，需要有一个统一的行动纲领。同志们，我们的目的是推翻大清，建立一个全新的国家。"

倪六爷笑道："这好办。自古举事，都是假托天意，屡试不爽。我看，十五的庙会正是时机，散出谣言去，就说天下即将大乱，将有英雄铲富济贫，如何？"

刘道一点头："同盟会的纲领是：驱除鞑虏，恢复中华，创立民国，平均地权。"

柳絮才笑道："这个好。这个上口一点，也有广泛性，应该可以迅速传播开来。"

众人均点头称是。

倪六爷笑道："取酒来。"哥老会的手下为众人斟满了酒，大家纷纷举起酒碗。

刘道一将酒洒入湖中："邹容的《革命军》里面这样描述革命：扫除数千年种种之专制政体，脱去数千年种种之奴隶性质。郁郁勃勃，莽莽苍苍，至尊极高，独一无二，伟大绝伦之一目的，曰'革命'。巍巍哉！革命也！皇皇哉！革命也！"

众人齐声附和："巍巍哉，革命也，皇皇哉，革命也！"

"诸位，满清统治并非一日而成，也不会一日而死。革命就是流血牺牲，革命就是要屡败屡起。我死了，还有后来人；今日不成，尚有明日。你我今日在此盟誓，不怕牺牲，革命到底！"

众人齐声："不怕牺牲，革命到底！"

说罢一饮而尽。刘道一从腰上取下了配枪，冲天连发三响，震飞两只飞鹭，豪气干云。众人约定，等待军费、枪支以及策反军队成熟之后，在今年年底，清廷封印时举事。

同年阴历十一月，蔡绍南、柳絮才等人领导的起义爆发。清廷震怒之余，急调湘、鄂、赣五万兵丁会剿。起义队伍由于纪律松散、指挥失灵，最终失败。倪六的哥老会死伤大半，蔡绍南潜往广西。柳絮才、空空儿带领少数随众躲入大山之中。刘道一正在长沙运动新军，听到举事消息之后，仓促准备，不顾危险潜往衡山进行联络，不幸被捕。刘道一在狱中屡遭酷刑，坚不吐实，被杀害于长沙浏阳门外，年仅二十二岁。其父闻讯悲愤过度而死，夫人曹氏闻信自杀，未成，两年后仍自缢殉节而亡。在东京的黄兴得知刘道一牺牲之后，与其兄长刘揆一抱头痛哭。孙文为了悼念刘道一，写下悲愤诗篇：半壁东南三楚雄，刘郎死去霸图空。尚余遗业艰难甚，谁与斯人慷慨同。塞上秋风悲战马，神州落日泣哀鸿。几时痛饮黄龙酒，横揽江流一奠公！

一支窜天猴冲天而起，阮中华府上的丫鬟、婆子喜笑颜开，警察们也开心地手舞足蹈，过年一般。在喜大人的中堂，老喜与阮中华围住一个火炉，烤羊肉，喝烧酒。

老喜举杯道："为了大清国平叛胜利，咱们共饮此杯。"

对饮之后，阮中华笑道："叛党，咱们见多了。从'发逆'到'义和团'，哪个不是乌合之众？跟朝廷作对的，能有什么好下场。"

老喜摇头道："虽说自古是邪不压正，可是此次平叛还是有些侥幸。我听说，叛军的头子刘道一尚在长沙筹备，是麻石和萍乡先举了事。"

阮中华点头："刘道一被抓，在长沙被正法了。可惜跑了蔡绍南。你知道吗？这次江西、湖南的叛乱，有江湖人士掺在里面。其中就有直隶柳絮才。"

老喜吃惊不小："哦？坐实了没有？柳絮才下落如何？"

阮中华摇头："上万人的战场，谁能有个准谱啊！管他干吗，喝酒，喝酒。"

二人又饮了一杯。各自都有心事，到底喜大人没有绷住，割了一块肉递给他："阮兄，此番风声如何啊？"

阮中华看了他一眼。

老喜接着道："朝廷宣布仿行宪政以来，庆亲王和袁大人与翟鸿禨、岑春煊二位大人的两处阵营势同水火，各不相让啊。这里面，看不清的东西很多……"

阮中华笑道："国家兴亡，肉食者谋之。何用你我操心。"

"哎，话是这话，可这牵一发而动全身的事儿，咱们哥俩也要多多留心才是。关键时刻，咱俩还需共进退啊。"

老喜说罢，轻轻拍了拍阮中华的左手，又说："今天，我来问你旧臣的事，明儿个，你就不惦记北洋吗？"

阮中华这才严肃道："上个月，翟鸿禨大人已经上奏太后，否决责任内阁，保留军机处和旧内阁。太后已经准了。"

老喜眼珠子瞪得老大："我就为这事儿啊。看起来，袁大人有些吃紧啊！"

又亲自为阮中华倒了酒，端到他的手中，阮中华闭着眼睛喝了一口："还有，翟大人的旧部林绍年大人已经入了军机处了。"

老喜叹气道："我知道啊。他顶的就是徐世昌大人的位置，简直是釜底抽薪啊。"

阮中华捋着胡须："下一步，恐怕就是兵权了。依我看，袁大人这回的北洋六镇，恐怕要交出一半儿给陆军部辖制了。"

老喜大惊："啊！此话当真？"

阮中华点点头："你老兄别死抱着北洋的大腿了，风向说变就变啊！"

老喜沉吟许久："依我看，翟大人与岑大人虽然来势汹汹，但要动袁大人的根基，恐怕没那么容易。这其一，袁大人与总理庆亲王是一条心；其二，直隶、北洋的实业与军事，干系国脉，牵动极难；其三，如今这年月，天下不太平，四处有乱党造反。大清国的军事、外交和经济，无一处离得开北洋，离得开袁大人啊。"

阮中华点点头："你这话说得透彻。其实太后这是帝王之心，行帝王之术。她要的就是双方此消彼长，各不相让。手心手背都是肉，动起真格的来，最疼的，是太后。"

二人心照不宣地一笑，各自又喝上了一口。

老喜笑道："老兄啊，你替我在岑大人那里多说和，我呢，在北洋替你多周全。如此一来，甭管将来多大的风浪，你我二人都……"

阮中华亦笑道："喜大人深谙为官之道，佩服、佩服。我告诉你，眼下，你就有一个机会。"

"哦？"

"岑大人对直隶的公债很感兴趣，听说利息很高啊？"

"第一年是七厘，逐年递加一厘啊。"

"兄弟，你能弄来多少啊？"

老喜神秘地伸出一只手，二人就在袖子里紧倒腾了一阵子。

老喜叮嘱道："这个数，给岑大人。这个数，给老兄你。如何？"

"此话当真？"

"说到做到。"

阮中华大喜："哎呀，说到底，还是北洋压过旧臣一头啊。岑大人争来争去的，还不是爱这黄白之物。日后的大清国，必是北洋的天下。你老兄，安居泰山啊！"

老喜举杯："借您吉言！！！"

湖南与江西交界的大屏山，清廷搜捕叛军的行动仍在进行中。柳絮才和空空儿躲在半山山庙里，围了一堆篝火。

"二哥。一开始我就说过，这次起义，胜算很小。虽然我们低估了清军镇压的决心，但问题的关键还是在我们自己。说了很多次，号令统一，方案明确，到头来还是仓促举事，各自为战。哪能不败？"

"事情到了这一步，不能埋怨任何人。"

"我不是埋怨他，只是六爷太心急了。他的人如果不先动，暴露了目标，义军也不会这样仓促。真是可惜了刘先生、蔡先生这样的人……"

"蔡先生说过，满清统治并非一日而成，也不会一日而死。革命就是流血牺牲，革命就是要屡败屡起。想不到一语成谶！推翻帝制，不是易事。但是师妹，凡大事，并非'胜负'二字可以定论。依我看，起义虽然失败了，但我们没输。"

空空儿一愣。

柳絮才继续讲道："我们这一下子，不光动摇了它，震慑了它，也会激发和唤醒更多的人，加入我们之中。今天是湖南、江西，以后，就是广东、广西，是四川盆地，是华北，是全中国。挥鞭击水，水复流之，天下大潮，何人能挡？"

柳絮才的眼中闪烁着不容置疑的光芒，空空儿顿觉心潮澎湃。此时，倪六爷带领着两个弟兄仓皇而进："你们果然在这儿！大屏山不能待了，赶快走。"

柳絮才忙问道："六爷，外面的情况如何？"

"道被封了，消息出不来。后面的兄弟，恐怕凶多吉少了。"

柳絮才急了："什么意思？"

哥老会一位兄弟道："昨天我们躲在一个村里找粮食，我们前脚走，清军就把整村的人都杀光了。"

空空儿不觉惊惧："好狠。"

倪六爷叹气道："你们不知道吧，此次的'三路招讨使'，是号称'刮地风'的侯坤。暴动三月以来，侯坤已屠城六座，清乡四万人。"

空空儿不觉面色苍白："刮地风——侯坤……"

倪六爷又道："蔡先生临行之前让我转告大家，分头潜逃，以待来日。现在清军正在搜山，这里已经不安全。你们要快走。"

倪六说完，留下了一块饼，与二人抱拳话别，带领手下匆匆走了。柳絮才这才发现空空儿已经泪流满面："师妹，你怎么了？"

福郡王临死之前的话犹在耳边，时任江苏都督侯坤借刀杀人害死了父亲和老竹帮，自己只是宣旨的使臣。当时她只是半信半疑，毕竟福郡王被自己寻仇上门，有推诿和捏造的动机。可是"刮地风"这个名字，在竹帮出事之后她就听说过了。周癫也曾提到过这个名字。这种自酿的诨号，常在民间泛用而官府则必然迟钝，甚至是讳莫如深。结合侯坤镇压革命党的种种手段，空空儿越来越相信屠杀竹帮的元凶不是福郡王而是侯坤。福郡王作为他的政敌，被其利用成为一个宣旨的人。侯坤这么做，可以借朝廷之手除掉渐渐不听话的竹帮，从而把侵吞捐款之事一笔勾销，再者，假如竹帮还有余党，将来必然寻仇福郡王……

空空儿喃喃道："当年的老竹帮，就是被'刮地风'屠杀的。"

"侯坤？"

空空儿点头。

柳絮才切齿道："看来此人，是出了名的心狠手毒呐！师妹，我们先离开此处。"

空空儿将火堆踩灭，淡淡道："天亮之前，哪也不去。"

"什么意思？"

空空儿正色道："这是天赐良机。侯坤这个刽子手，罪大恶极。他必须死！"

"你要干什么？"

"二哥，想一想，如果侯坤被我们所杀，那么这次革命，是成功还是失败呢？"

柳絮才陷入了沉思。

空空儿又道："侯坤现在四处屠城、清乡，为的不光是抓我们，他要做给百姓看，做给朝廷看。他以为革命党只会仓皇逃命，但绝想不到，这时候有人敢去刺杀他。我要在拂晓之前，进督军府，取他人头。"

正说到这里，一队清军在门外吵嚷起来："进去看看。"

二人连忙蹿上了房梁，清军进来之后，发现了燃尽的火堆。

"刚离开，追。"

众人一窝蜂散了出去，二人飘然落下。空空儿靠在稻草堆里，双手枕头，看着窗外星空。

柳絮才劝道："师妹，这件事不可意气用事。侯坤是朝廷大员，他的督署一定守卫森严，铁桶一般，旁人难以靠近。你记得烈士史坚如刺杀两广总督德寿之事吗？史坚如为杀德寿，多人联手，谋划半年，买通多条关键渠道，连督府的驻防与整条街的地形排列全然明确，并用以两百磅炸弹轰之，竟然不能得手！侯坤的力量，强于德寿十倍。而你我的行刺，比史坚如如何？"

空空儿笑道："不如。"

"那为何还去？"

空空儿决绝道："哪怕有万分之一的可能，也要杀。我再说一遍，只要侯坤死了，这次起义，一定震动海内，意义重大！"

柳絮才不再相劝，点点头："我本想劝你先逃出湖南，以待来日。可你认为这是一个千载难逢的时机，公仇私恨一起了断，二哥我陪你就是。你吃点东西，睡一会儿，咱们拂晓之前下山。"

空空儿点头道："谢谢你二哥。"

二人都和衣躺下，闭目养神。空空儿思忖着此次刺杀事大，凶多吉少，不能再牵连二哥。等到他睡熟之后，点了他的穴道，独自下山去找侯坤。恍恍惚惚才想到这里，觉得柳絮才那边似是翻了一下身，忽然感到后背一酸，四肢立刻不能动弹了。她的"神道"穴，已被柳絮才所点。

空空儿大惊："师哥。"

柳絮才笑道："天下四大名偷，我虚占第二。想来惭愧啊，竟然没偷过什么像样的东西，实在有辱师门。此次去取侯坤的人头，正是我扬名之时。让天下后辈皆知我名，不幸荣幸之至。"

"师哥。"

柳絮才摸了摸她的头发："穴道会在三个时辰之后解开。之后你下山，在北城门口等我。等不到我，立刻离开湖南境地。"

"师哥，你给我解开，解开啊！"

柳絮才忽然很认真地看着她："师妹，我的武功在你之上，我的胜算更大。刺杀之事，成败只在一击，我去了，你就绝不能再去，懂吗？师妹，为了你，你们竹帮，还有革命同志，和千万死去的百姓，我必杀侯坤。假如我成了，自然名扬天下；若没成，至少，也会让他嫉妒我！"

最后一句话说得没头没脑，空空儿似懂非懂。接着心里猛地疼了一下，叫了一声"二哥！"

柳絮才深情地看着她半晌，低头在她的额头上轻轻一吻，起身而去……

648

· 第七章 ·

春云第九展

柳絮才披星戴月潜下山去，要找侯坤的督军行辕，天没亮时已入城内。路过一间裁缝铺时，不动了，在门口站立良久，终于翻窗而入。他罕见地脱下自己的白衣，找了一件灰袄换上，又寻到一把裁布小刀在剪刀刃上砥了砥，藏于袖中，这才原路退出。巷口有人推来一辆独轮车，撑起卖早饭的小摊，正挑起了灯笼要开张。他慢慢向前，与小贩寒暄了几句，坐下来吃了一碗粉，打听到了行辕所在……

天麻麻亮时，柳絮才已至行辕大院的外墙。这是县丞的家宅，被临时腾出来给侯坤居住。大门口有四个清军在把守，都默默地嚼着面饼。柳絮才绕到西面去，悄然纵身上墙，刚往院内一探头，着实吓了一跳：院中有几十名清军，全套披挂，手握兵刃，齐刷刷席地而坐。仔细看，又都在睡着。时值南方的冬季，夜里阴冷异常，这些兵居然就这样守在外面一坐整宿，足见侯坤谨慎。柳絮才屏住呼吸，踩上墙头，猫着腰捋院墙向后院而去。

约莫来到后院的北房外，有两名值守的清军正倚着廊柱打盹儿，料定正是侯坤的卧房。他轻飘飘落入院中，鬼魅般绕开值守，蹑足弓背推门而进了。才进到通房，有个丫鬟倒在榻上熟睡，慢慢挑开门帘进了内屋卧室。隐约见到床上睡着两人，八成这侯坤就在其中。于是从袖中抽出了短刀，迅步上前，掀了被子，见是一个妇人，不由分说一刀捅死了。柳絮才索性跳上床去，拉开第二条被子正要下手，不由惊愕，竟然还是一个女人！

他不想连害两条无辜人命。略迟疑间，女人忽然醒了，见状惊惧，发出一声撕心裂肺地喊叫。柳絮才回手一刀将她结果。院中的卫兵被叫声惊动，多人大喊："有刺客。"

柳絮才再想出门已经晚了，门被推开，十几个清军手持短刀围了过来。

卫兵厉声道："什么人?!"

柳絮才索性原地不动："湖南革命军柳絮才。"

"逆党！好大胆子！"

众人如临大敌。正这时，穿着睡袍的侯坤从外走了进来，厉声喊道："快看夫人！"

有卫兵冲了进去，不久返回。

"大人，两位夫人，都死了……"

侯坤切齿道："柳絮才！"

柳絮才见此人四十岁上下，核桃眼，旋风眉，一脸的脓包，十分凶煞可怖。

"你是侯坤?"

650

侯坤点头："正是本官。你有胆，我正四处拿你呢。这节骨眼儿上竟敢行刺？"

柳絮才傲然笑道："我运气不好，你怎么不睡卧房啊？"

"本官多年的习惯，从不在卧室就寝。我最喜欢的地方就是门口的耳房了。"

柳絮才点点头："看似简陋，却最安全。"

"是这个道理。这算是一个秘密吧。除了我的内家军，外人不知。"

"侯坤，你作恶太深，夜里睡觉都不安身，堂堂二品大员，竟住在耳房？呵呵。"

"能活着，比什么都好。拿下。"

柳絮才早有准备，抬手一刀飞出，正中他的心口。众卫兵大惊，侯坤却一动未动，缓缓低头，伸手把刀拔了下来，居然毫发未伤。柳絮才不由大惊，侯坤从袍内扯出一块贴身软甲，对柳絮才笑道：

"火枪都挡过呢。"

众人纷纷挥刀砍向柳絮才，柳絮才拳打脚踢踹倒几个，并不恋战，纵身入院中，三两纵跳上了围墙，回身一笑："侯大人，晚上换个地儿吧。等我再来。"

侯坤朗声笑道："柳絮才，这营生你是没少干吧？可惜遇到了我，你算是到头了。你往下看。"

柳絮才扭头看向外墙，竟然站着五个强弩军，纷纷举弩瞄向他。柳絮才脸色大变，侯坤把手指含在口中，吹了一声响哨，一瞬间，弓弩齐发。可怜柳絮才身中十余箭，栽倒院内，气绝身亡了。

侯坤慢吞吞走到近前，用脚踩着他的尸首，淡淡道：

"把脑袋剁下来，挂到城楼子上去。"

小城苏醒了，街面上渐有小贩及挑夫穿梭。空空儿换了一身男人的衣服，如期而至，来到城关镇城楼……

她在临街的汤圆小铺坐下来，苦等柳絮才。时而有一阵兵马跑过，时而有白衣人掠过，都让空空儿内心一阵悸动。时间过去了很久，她始终没有等来二哥的消息……

忽然一阵响锣敲起，城墙上呼啦啦出现了一哨官军，空空儿与楼下百姓仰头观瞧。忽然一具血淋淋的人头被吊了下来，众人一片惊叫，空空儿一眼认出是二哥，如被万箭穿心，近乎晕厥……

官军大声喊道："逆党头领柳絮才人头在此。侯大人有令，城内乱党余孽见头缴械，既往不咎。还有顽抗者，此人就是下场！"

犯人们把操场围出了一个大圈，各自席地而坐，一脸兴奋之色。

苏百川与一个壮年人正在圈中比试拳脚，那人与苏百川年纪相仿，身量体形几乎大了一倍。他使的是纯粹的津门跤法，动作粗猛迅灵。只是苏百川比他还快，根本"拿"不着，更别说"踢"和"摔"了。倒是苏百川几次辗转身法，或拳或掌或是腿法，都比他纯熟精巧，不几下就能得手。那人不住地说"有了""又有了"。

二人就笑着散开，重新来过。

程勉和王本如在一张木桌前沏好了一壶茶，毕恭毕敬端给了旁边的一位身穿长衫、年过四旬的中年拳师傅剑秋。

陈大人带着几个官员兴致勃勃地走了过来："都是找苏百川的？"

程勉点头："是嘛。上场的是天津摔跤的，姓张。这位姓傅，都是天津的拳师。"

傅剑秋连忙起身向陈大人抱拳行礼。

陈大人问道："你们有过节啊？"

傅剑秋笑道："素昧平生。我来北京看亲戚，江湖上久闻苏老弟侠名，今日特来拜会的。"

陈大人一脸茫然。身旁的官员告诉他，这样的比试苏百川在今年中秋已经经历过一次了，对方是特意从南京坐火车来的，这在江湖中好像叫作"拜会"。陈大人这才似懂非懂点点头。

场中，苏百川已经被对方拿住了肩头，脚下一别，发力送了出去。众犯人不禁惊呼，只见苏百川凭空轻盈两个翻身，稳稳站在地上。众人齐声叫好。

张师傅抱拳道："厉害，厉害。我算瞧出来了，方才那一下，你是故意让我拿住摔出去的吧？"他摇摇头又笑道："你不让我摔出去，傅师傅上不了场嘛！"

苏百川也笑道："张师傅言重了，您是名不虚传的跤坛高手。佩服，佩服。"

二人相视而笑，英雄相惜。手拉着手走下场，众人一片叫好。

苏百川对傅剑秋拱手道："让您久等了，用过午饭没有？"

傅剑秋笑道："我们是吃了饭来的。"

苏百川歉意一笑："让我吃点东西。您稍等。"

傅剑秋忙说："不急，不急。"

陈大人这才看出点儿门道来，忙吩咐人给桌上摆了点心，自己则带手下离开了。苏百川和张师傅都累了，相互礼让一番，都就着茶水吃起了点心。一边围观的犯人以及狱卒，翘首以盼第二场比试。

傅剑秋笑道："苏大侠，我是练形意的，师承单刀李，李存义。我这次来看你，也是师父的意思。"

苏百川连忙起身，向他深深一躬："晚辈不胜感激，代问李先生好。"

"成家了没有？"

苏百川一笑："还没有。"

"果然是少年英雄啊。刚才我可全看到了，苏大侠名不虚传呢！"

二人客套地拉起了家常，让外场的一名狱卒受不了了，问旁边的程勉："打架就是打架，哪儿来那么多闲白儿啊？"

陈大炮插话道："这可不是闲白儿，这是礼数呢。武林中人彼此之间，过得就是这个。"

狱卒又道："摔跤那个没占到便宜，那你看，他俩谁厉害？"

程勉提高嗓子道："这还用问啊，肯定苏百川。"

陈大炮微微摇头："未见得啊，你看见那人的小腿没有？比碗口还要粗，他要是肯掀开裤腿你就能知道，肌肉盘在腿上一样，准保形意拳高手。"

狱卒搓着手笑道："今天这阵仗，这么多人围着看，连陈大人都来捧场了。可得多打会儿，别跟上回那个挑战的人似的，三两下就倒下了。"

程勉笑道："就是，刚才打那个摔跤的，我也没看够呢。"

陈大炮悠悠道："第二场肯定好看，有点棋逢对手的意思。"

大家正说着，苏百川喝了茶漱口，之后站了起来，与傅剑秋相向而立。

苏百川问："怎么比？"

傅剑秋说："由你。"

"那就，先听个劲儿吧。"

"好。"

二人说罢，各自前弓后箭，都虚探一掌，将右臂轻轻搭在了一起。须臾，又换成了左边。再后，是两条右腿抵在一起，又一动不动……

众人憋红了脸，屏住呼吸："要打了，要打了。"

约莫过了半分钟，二人缓缓分开了。苏百川一伸手，二人竟然落座又喝起了茶来。

众人面面相觑。

程勉愣道："怎么又歇？"

陈大炮哈哈大笑："人家都比完啦！"

狱卒张大了嘴："啊？谁赢了？出手了吗？"

犯人甲："这都什么乱七八糟的。"

陈大炮笑道："这叫听劲儿。高手比试，搭手即知。你们想看什么呀？非要断胳膊断腿，吐血吐酸水儿？"

众犯人呼啦啦散去了一半。

傅剑秋抱拳："苏老弟这个年纪有这样的劲力，十分难得。"

苏百川笑道："傅大哥才是好劲道。我的多次发力都被你化解，石沉大海一般。"

傅剑秋正色道："传统内家拳是腰腹发力，全身之力汇聚一点。而你的力量，似乎来自别处。"

苏百川："与所有同道不同。我们通天拳的发力，来自脊椎，是独独一门。"

傅剑秋点点头，忽然沉默不语了，苏百川一愣。

"傅大哥，您怎么了？"

"你这样的发力，让我想起了曾与我搭手的一个人。"

苏百川一惊："我师父已经过世了，不会再有雷同者。"

傅剑秋笃定："不，这个人的发力方式简直与你如出一辙。"

苏百川站了起来："在哪里比试的？他是什么人？"

傅剑秋想了想："今年的重阳节，在天津的一次堂会上，有一位年轻的军官与我听劲儿，就是这样发力的。"

苏百川一惊："军官？什么样貌？多大年纪？"

傅剑秋努力回想着："五官周正，肤色黝黑。年纪嘛，比你大几岁吧，也算年轻人。"

苏百川闻言心中不由大惊。这分明就是大师兄叶深的样子！苏百川的声音几乎有些颤抖："您记得，他名字吗？"

傅剑秋想了想："好像是姓叶，对了，他叫叶长。"

苏百川的瞳孔收缩了……

这所谓的叶长，分明就是叶深无疑。大师兄什么时候连名字都改了，还投身军旅之中？这到底是为什么？

傅剑秋疑惑地看着他："苏老弟，你认识他吗？"

苏百川笑着掩饰道："哦，从未听说。大哥可知他的师承？"

"问了。他自称独创了叶家拳，没有师承。身边的人，也都不清楚他的来路。或许是博采众长，无师自通……"

苏百川苦笑道:"无师自通!"

苏百川本想追问,可见傅剑秋的神情,应该对叶深所知有限,就隐忍不发了。傅剑秋不明就里,笑道:"无论怎样,江湖上有你们这般少年英雄,武林可谓后继有人。我观你与叶长,皆有宗师形格,假以时日,必是你们的天下。"

苏百川想了想,说了一句自我解嘲的话:"我是一个没有将来的人,莫说开宗立派,我有生之年,恐连这高墙也出不去。我师父生前说过,学武的目的,在于明德、知礼。如今这年月……日后的天下,必是枪炮之世界。如果传统武学还有一席之地,就留给叶先生这样的人去争吧。"

傅剑秋望着他,将懂半懂,似信非信地点了点头……

山色消磨今古,

水声流尽年光。

翻云覆雨数兴亡,

回首一般模样。

甲午海战及赔款让清朝上下乱成一锅粥,举国疲惫。戊戌政变和庚子年八国入侵令清政府愈加慌乱与保守。无奈中,清廷于丙午年派遣五大臣出洋考察政体,直隶总督兼北洋大臣袁世凯首倡立宪。这个大而弱的国家,好似出现了曙光……

尤其是袁世凯管理的关内外铁路每年都有可观的营收,全国上下都对修铁路很有热情,四川人更有半数以上都通过入股或纳税的方式成了川汉铁路的股东,只等着铁路修好之后发财呢。可是,1911 年 5 月,清廷与西方四国签订了协议,贷款修建川汉、粤汉铁路,并计划收回国有,愤怒的四川人掀起了轰轰烈烈的"保路运动"。清政府拒不妥协,铁腕镇压。之前"皇族内阁"的骗局已经让许多立宪派寒心,并加入了革命党,比如武汉的立宪派汤化龙就是革命的坚定支持者。武昌枪响之时,孙文还在美国丹佛发起筹款演讲。他手拿一份清政府对自己的十万美金悬赏令,打广告说,只要起义成功,我就是未来中国的第一总统。待他回国之后,才发现南方的革命军在面对强大的北洋军队时几无还手之力。财政困难、军费无着,除了民心可用,孙中山完全不是袁项城的对手。南北议和的结果,只能是"让位"……

·第八章·

山河故人

朱五背着一个竹笼，手拿一根木杖在山间行走，他身后跟着小徒弟顺子。七年来，朱五一度沉沦，吸起了鸦片。好容易遇到一个疼他的女人把他救了，可惜难产而死。百转千回，朱五又回到了原地，做起了厨师。

"师父，走了整整一夜，还没到吗？"

朱五回头一笑："快了。"

"大人明天要宴客，我们不能走太远了，耽搁了可不得了的。"

"误不了。"

朱五低头继续前行，头也不回地说："昨儿下了一宿的雨，正是采山菌的好时候。趁着有水头，口感才鲜活呢。咱们分头采，太阳落山之前，在山下汇合吧。"

与徒弟分开之后，朱五独自一人，越走越远，越走越高。约莫一个时辰的光景，就采了几十枚新鲜的山菌，正欲寻一块宽敞的地方歇歇脚，半山腰中见到一座山洞。他抖擞了精神，迈步走了上去。

洞外有一张木桌，桌上有棋盘，对弈二人不僧不道，不俗不雅。一位是十七八岁的少年，另一位是白发老者，看不出究竟多大年纪。那少年模样俊美，眉宇间藏有三分女气。老者则是一脸凶相，虎鼻狮口大獠牙。

朱五知棋，当年在福郡王府，老王爷也曾教他纹枰之道。朱五忍不住向前观棋，那二人都没抬头看他，而是目不转睛地盯住棋盘，看来行到要紧之处。

朱五看到了棋盘中的变化，竟也入了迷。老者取手边的一碗青枣来食，竟也递给他。朱五也取枣来吃，一边吃，一边看棋。

雾霭沉沉，水流山涧……不知过了多久，老者的目光终于从棋盘中挪开，说了句"到这儿吧"。于是二人把棋子收到罐中，开始复盘。

老者把右上的棋型重新摆出来，点拨道："进步极大。尤其你的座子一隅，也是你谋篇根基。不想你的这一手，竟然弃掉整片右角，往中腹大飞，瞬时别开生面，真是点睛之笔。"

"这是妙手吗？我认为这手恰是此局的败招呢。"

"不，这是耀眼的一手，因为你于此处放下，真是人生难得之境，不可品其味，只可论其道啊！"

少年似懂非懂点点头，喜悦之情一闪而过，又蹙眉说："你是让我放下什么？"

"下棋就说棋，不要杯弓蛇影！"

"好吧，就说棋。可你为什么不等我认输就结束了呢？"

"古人的棋谱，有很多是没有没下完的，古人是要把胜负的结果，从心头放下……"

少年一动不动了，似乎若有所思。朱五囫囵着听了大概，全不明白他们在说什么。老者回头看了朱五一眼，终于笑道："棋下完了，你还不回家？"

朱五这才发现，此人不但容貌丑陋凶恶，竟还是个重瞳子。他猛然吓了一个激灵，出定一般，连连向二人作揖，回头去拿自己的竹笼。刚一捏麻绳，那绳子竟湿漉漉生了一层苔藓，再看笼中的白山菌，早已变成了黑褐色。朱五不由大惊，瞪大了眼睛看老者。

老者说："回去吧。"

朱五疑窦丛生，却不敢开口再问。他急急舍了竹笼，三两步离开了洞口，沿小路奔下了山去……

阮中华与喜大人在院中一起看着文件收听着广播。

"俾五大民族同臻乐利。凡此志愿，率履勿渝。俟召集国会，选定第一期大总统，世凯即行辞职，谨掬诚悃，誓告同胞。"

老喜放下了文件，轻轻叹了一口气："袁大总统这就职誓词也太谦卑了些，让我们北洋的老人儿实在替他不平。怎么还待国会选定大总统之后他就辞职啊？"

阮中华神秘笑道："喜兄啊，亏你还自称老人儿，怎么读不出袁大人心思？这，才是袁大人的过人之处啊。遥想元旦之时，孙文的就职誓词怎么样？慷慨激昂，气象恢宏，什么图谋民生幸福，什么卓立于世界，呵呵，书生气。如何啊？他的临时大总统宝座才坐了几天，这不还得项城大人来嘛！国会再选贤良？选吧，试问普天之下，除了袁氏，谁人合适这第一大总统啊？"

老喜拊掌笑道："阮大人说的是。整个国家都在北洋手中，任你怎么选，也无出袁大人其右者。从前政体未定，革命党人多持激烈主义，以致地方不靖。多亏了袁大人的九五之威收拾天下，统一人心。如今大清国没了，可咱们仍是气象如初，这叫旧戏新唱，换汤不换药。"

阮中华也笑道："不光是咱们这些旧臣照旧供职，平头百姓也能落个大赦天下，免粮三年不是？"

"没错。这叫皆大欢喜，皆大欢喜。"

"你还不能就说是袁大人的圆熟。中国很多事，需要慢慢来，急不得。你看这帝制没了，可京城的百姓呢？又有几个着急剃头的？习惯，才可成自然！"

老喜点头不迭，正要再说什么，顺子疯了似的跑了进来。

"回，回来了。"

阮中华愣住："什么回来了？"

"我师父，朱五爷回来了。"

阮中华不由大惊，连忙站起，只见朱五失魂落魄地走进来。阮中华上下打量他一番，见他脏得不成样子："朱五呀，朱五，你还知道回来？还当你死了呢！"

朱五喃喃道："在山里迷了路，现在就去厨房，绝不耽搁大人明天宴客。"

阮中华瞪圆了眼睛，看怪物一般地看他："明天宴客？你活糊涂了吧你？"

"我上山之前，不是说明天有客人来吗？"

顺子苦笑道："我的好师父，您都走了七天啦！客人根本就没请成，改到太白楼了。"

朱五大惊："什么？这，这怎么可能啊?!"

阮中华叹气道："你怕是被山里的狐狸精勾去了魂魄啊！朱五，你足足迟了七天啊。你问问满府上下，我是不是打发人去满山找你呢？"

顺子使劲点头："师父，我们还当您，您回不来了呢。"

朱五惊得瞪圆了眼珠子，一句话也说不出来了。

阮中华板起脸："您到底干吗去了呀，我的朱五爷？"

"真没干吗，就在山上看人下了一盘棋啊……"

阮中华摇摇头，只得让顺子搀扶他下去休息了。

"哎，也不知是着了什么魔怔了。"

喜大人这才道："这人是谁呀？我看着有些眼熟呢！就是想不起来哪里见过！"

"嗨，别提了。他叫朱五，是我府上的厨子，七天之前上山采蘑菇，一去不回，我们还当他死了，都报备你们巡警厅啦。谁想到，他竟然又……神神鬼鬼的。"

喜大人笑道："这倒奇了，看情形，他似乎不知道自己走失多日。"

"许是掉进山洞里，饥寒交迫，迷了心智呗。不碍事，躺两天就好了。"

"我看此人有三分邪气，府上怎么还养这种人？"

"你小点声，别让人家听见。这可不是养，是请他来的。"

"一个厨子而已，一走七天，您还对他如此客气？话里话外全不责怪，是何道理啊？怎么说您也是未来的司法部所长大人啊！"

"你有所不知。这朱五是个人物，惹不得。"

"嗨！不就是个厨子吗？"

"他可是北京城数一数二的好厨子。从前是御膳房的，还给左宗棠大人当过总厨呢。别看他疯疯癫癫的，可比你我吃香。"

老喜猛然想起来，早年间，有一回在福郡王府见过一个厨子，与这人有几分相像。可是当着阮中华，他不想多言。

阮中华又说："北京城哪家大酒楼要开张，必请朱五去量活呀，一边品尝，一边勾画。朱五爷不点头，这道菜绝入不了菜单。"

老喜心想老主子是有名的美食家，这朱五跟他干过也未可知。嘴上却装作一惊："嚯！了不起，了不起。那你老兄不够意思啊，你家中有这样的名厨，竟然一次也不请我？"

"嗨！实不相瞒，他来我府上半年了，我都没吃过他几回。"

"啊？这又是为何？"

"此人毛病太多，讲究极繁。他说了，他做饭是要请灶神的，做一次减一次福分。不是大日子，根本不伺候。"

老喜大笑："倒有几分性格！"

"不怕你笑话，有好几回啊，他起得晚，本官亲自给他下厨熬粥。你说说，两拧了不是?!"

"那你何必养这样一位大爷呢？真不明白你老兄的心思！"

阮中华点了一袋烟，啪嗒啪嗒抽起来，眼睛眯成了一道缝："家中养大厨，是必要的……"与要紧人物私会，什么场合都不如家宴讲究。后半句他没说，老喜也懂了，不由暗自赞叹这阮中华的为官之道。

果然阮中华说道："眼看就是春分了，是个不错的日子，我想让朱五操持一桌家宴，专请叶教官夫妇。喜老弟，你可要作陪啊。"

喜大人一愣："叶教官？什么人啊？"

阮中华竖起一根大拇指："他是天津军政界的后起之秀，上面十分器重他。因为身怀绝技，故而专在北洋六镇教习国术，授旅长衔。这都不在话下，我还听说你们的徐大人、赵大人都与他有些交情，此人年轻有为，前程不可限量啊。最关键的是，他虽是军人，可现在的司法总长王崇辉大人是他的老上级。我早有意请他一请，也从侧面探听一些司法改革的动静。说到底，我这法官养成所所长之职，尚未攥在手里不是？"

喜大人点头道："既是你老兄的事，我责无旁贷。"

"你们同是北洋的老人儿，有你作陪，场面不干啊。"

"得嘞，春分那天，我来就是。"

阮中华欣喜："就这么定了。"

一身戎装的叶深见陆军部次长侯坤走进会客室，立即起身敬礼："次长大人。"

侯坤看了看他，笑着挥了一下手："坐下。"

叶深走到沙发前，笔直坐下。

侯坤端起景泰蓝的茶碗吹了吹："叶长，来北京几天了？"

叶深刚坐下，又忙起身道："已有半月。"

侯坤又示意他坐下："夫人和孩子一并来了吗？"

"是的大人，已经安顿妥当了。"

"很好。叶长，这次把你从天津调到我身边来，一是出于私心，再者，也是为你好。毕竟对你这样的人才来说，天津的舞台小了点。"

叶深起身："谢长官栽培。"

"好了，别拘礼了。"

叶深第三次坐下，对侯坤谢意一笑。

"你到陆军部来，一切如常，还是教拳。除了必要时，陪在我身边，你会有更多的时间去做你自己的事情。我记得从前你提到过，想开武馆？"

"谢长官成全。这是我几年前的想法了，可现在是新国家、新文明的时代，我不知道，国人对武术，还有多少兴趣。"

侯坤笑了起来，笑得毫不掩饰，令叶深尴尬。

"你错了。"

"请大人教我。"

"武术是国粹，永远有价值。否则，你也不会到陆军部来当教官。再者，开设武馆是你的理想，这理想就藏在你的眼睛里，我能看得到。"

"属下惭愧。"

叶深暗自一凛，不自觉地瞟了侯坤一眼。心说对于这样的上级，还是赤诚相见，不绕弯子最好。

"你的功夫极好，我心里有数。叫什么来着？"

"叶家拳。"

"对，叶家拳。我认为，你的叶家拳，不输太极、形意，应该开设武馆，发扬光大。真有那么一天，我们陆军部也觉得颜面有光。"

叶深笑道："谢大人错爱。属下知道该怎么做了。"

"呵呵，我看你未必知道吧。"

叶深一愣。

"叶长啊，人的认识，决定了他的境界和做事的准则。你刚才说，新文明时代到来了。难道推翻了帝制，新文明就来了吗？错！革命成功了吗？暂时而已。因为真正的文明社会，它的标志之一是：弱小的个人，可以坦然面对强大的国家机器。倘若按这个标准，如今的社会，差得很远呢。"

"大人，属下，不太懂。"

"我问你，你对孙文的共和革命运动怎么看？"

叶深吓得红了脸："大人，我是北洋的人，这个，不便说……"

侯坤笑道："我还是前清二品旧臣呢！怕什么，说就是。"

"是。属下以为，孙文先生领导和发起的共和革命，是划时代的。推倒了旧的王朝制度，形成了新的共和体制，是人类进步的体现。对于中国人，意义重大。"

侯坤点点头："我当是什么，这有什么不能讲的。但这只是一方面，还有另一面，你也应该看到。很多旧的东西非但没被打破，反倒是完好无损地保留了下来……"

叶深再次愣住了。

"从这个意义上说，孙文没有成功，即便叫革命，也是改朝换代的革命。这些年，我一直在平叛，我见过很多人，很有意思的一些反清者。大清国积重难返是事实，那些杂七杂八的抗议、运动、暴动凑在了一起，有些人是革命的，有些人只是嚷嚷反对而已，根本不知革命为何物。他们只是觉得共和是个新事物，或许共和国取代清王朝是不错的，自己能拿到更多，如此而已。所以，眼下的国家，不是什么新秩序、新文明，不过是由一些志趣各异，利益、背景各不相同的成员所组成的脆弱联合而已。只有认识到这一点，你才能真正认识到：在中国，只有野心和实力，才是唯一王道。"

侯坤看了一眼墙上的挂钟，起身打开了留声机："可说出来，就不是这套词了。你，好好体会体会吧！"果然广播里循环播放着袁世凯的就职演讲：

"民国建设造端，百凡待治，世凯深愿竭其能力，发扬共和之精神，荡涤专制之瑕秽，谨守宪法，依国民之愿望，达国家于完全完固之域，俾五大民族同臻乐利……"

· 第九章 ·

此恨绵绵

七年前，叶深怀揣秘笈带着天心离开了北京城，本打算去山西落脚，可沿途遇到了瘟疫封乡，辗转才又回到天津老家。不久，二人成亲，并开了一间眼镜行。庞知的女儿庞月，时年十岁，与同乡堂姐一起闯荡天津，在一家理发馆帮徒。念及庞知对叶家的旧情，叶深将她收为大弟子，带在自己身边。随着袁世凯的扶摇直上，发端于天津的北洋势力也日渐豪气峥嵘，睥睨天下。叶深凭借一身武功，顺势而为加入了北洋军，改名叶长，成为国术教官。

　　无论是在军营或家中，每晚他必会悄悄起身，将秘笈中的通天十三式拳法细细研读，勤加操练，几年下来，大有精进。时常借出差便利，秘密访会本地的武林高手。山西、山东、湖北、关外，大小比试几十场，未尝败绩。更有两人在私下的切磋中被叶深打死，六人致残。身为军人，叶深对国家的更替却没有知觉，他一心在乎自己是否已经学成了春云十三展！在慈善会上遇到武当老道曹清虚之前，他是自认天下第一的。大家都说老道有功夫，却被本人一笑带过，可他的眼神，让叶深敏感。高手自带杀气，很难藏。在叶深的恳求下，二人于当夜子时，返回教堂，进行了比试。反复三次，搭手即飞……

　　临走前老道说：“叶家拳，好东西啊，却似乎少了点什么。”

　　……

　　叶深的新生活从西四的砖塔胡同开始了。他新租的两层小洋楼，紧邻万松古塔，门前还有一棵参天龙爪槐。他很喜欢这里，觉得是吉兆。缺憾的是，昨夜下了雨，屋顶有一处看不见的窟窿在漏水。叶深与天心一语不发，低头擦着地板。他恍然觉得这窟窿是老天爷在提醒自己：大功未成！

　　天心思忖着此处地贵，一家四口住，挑费太高了。

　　“怎么不动了？”天心问。

　　叶深愣了一下，没有回答，继续擦了起来。

　　“租金很贵吧？”

　　“勉强应付得来。地方不是我找的，是刘参谋选的，我看大点挺好，也好让你们过上安逸的日子。”

　　“你是想开武馆，才租在这个地方吧？”

　　叶深看着门外，沉默不语。

　　“在天津时怎么说的？只做军部本职，不问江湖事。一回来，全变了！”

　　叶深长长出了一口气：“是老长官调我来京的，开拳馆也是陆军部的意思。有什么不好呢？想想，自从叶家拳开宗以来，已在天津深入人心。老一伐儿的英雄，有的故去了，有的差着辈分，我不能比。可平辈儿的人，我全赢了……当初咱们离开北京，就是为了更好的回来。师妹，如今咱们回来了！我很想知道，北京的武林，我能到哪儿？我的叶家拳，能不能与太极、八卦、形意、通背分庭抗礼，平起平坐?!"

天心无奈叹气道："师哥你想过吗，一旦开了武馆，以后就没有平静的日子了。"

"我平静够了！身为武师，天天与一群丘八混在一起，有什么意思？我想比武，我渴望把北京、把中国最强的人，打倒在地。叶家拳，必须要出头。"

"你在北洋教拳，桩法、拳法、刀法、腿法，哪样不是通天拳的？可你一口一个叶家拳。考虑过我的感受吗？我是马之良的女儿啊……"

叶深轻描淡写一笑："解释过很多次了。通天拳折了招牌，死了人，不能再出世！名字叫什么不重要，只要是老祖宗的东西能传下去，就行啊。"

天心闭上了眼睛："我退一步。开馆可以，但不能叫叶家拳。"

叶深回头瞪着她，等她的下文。

天心坚定道："只能是通天拳。"

叶深咬住腮帮压低声音："通天拳都死绝了，世上没有通天拳了。"

天心难过道："就算你自认为不是，可还有我呢！难道我不是吗？"

叶深冷冷盯着她："你是通儿的母亲，我的妻子。"

天心落下了泪来。叶深不忍，轻轻地抚去了她眼角的泪水。

天心怔怔道："你执意这样，他不会答应的。"

叶深一愣："谁？"

"二哥。"刚说出口，天心就觉心中一疼。七年了，二哥还好吗？

叶深的瞳孔收缩了。屋顶的水滴落在他的额头上，他感觉从头凉到了脚。这么多年来，天心始终没有认同自己。还有这个苏百川，苏百川就是这漏水的窟窿。不把它补了，屋子就会一直漏……

"叶旅长、夫人，大驾光临，蓬荜生辉啊！在下阮中华，这位是京师警察厅的喜警长。他也是北洋的老人儿啊，今日特来相陪。"

由于之前阮中华的两次邀约，叶深不便再辞。春分当日，他与天心夫妇，提着拜仪礼品两件，乘车来到了阮府。众人客套一番，分宾主落座后，天心礼貌问道："阮大人，恕我冒昧，怎么没见夫人？"

阮中华脸红一笑："哦，鄙人以身许国，至今未娶。"

天心顿觉唐突，歉意一笑。老喜憋着笑，阮中华确实未曾娶妻，可他并不是以身许国，而是许给了八大胡同的两个窑姐儿。

阮中华笑道："叶教官，您与夫人，哪里人啊？以前来过北京吗？"

天心面有难色，叶深插话道："哦，我们都是天津人。北京从没来过，还请二位大人日后多关照。"

老喜笑道："没说的。叶老弟啊，你是军人，又初来乍到，很多地面儿上的事儿未必都能周全了。日后不管有什么难处，全在我和老阮身上了。"

阮中华忙道："对对对，叶旅长，您和我俩处久了就知道，我们可都是爱交朋友的人，咱们日后多亲多近，不要生分了才好。"

三人彼此又客套了一番，把酒也都喝了三巡。

阮中华对老喜挤了挤眼睛，老喜这才缓缓道："叶老弟，我听说，司法总长王崇辉王大人与您是通家之好？"

叶深笑道："通家谈不上，他是我的长辈，也是我的老上级。"

阮中华忍不住了，干脆自己问道："那您知不知道，这司法改革之事何日上呈议会啊？"

叶深一愣："哦，我们多年未曾一起共事了。我与王大人只有私人的情谊，您问的这是公事，我……"

阮中华面色一干，老喜忙笑道："嗨，甭拘着了，我替你说了吧。是这么回事，阮大人听他们的老尚书葛大人说，新政府的司法改革近在眼前。如无意外，老阮现今这个位置，可以对应到将来的法官养成所所长一职。"

"呦，那我先向您贺喜了！"

"别别，现在还不知道上边刮什么风呢！"

叶深会意："阮大人想让我在王大人那儿，探探风向？"

阮中华忙起身敬酒："惭愧，惭愧。"

叶深笑道："这不难，我明天就给他写信！"

阮中华的酒杯差点儿洒了："别呀！这事儿怎么能写信说？您日后，早晚见了王大人，替愚兄我从侧面扫听扫听，我就感激不尽了。"

叶深爽快点头："您放心，事儿不大，包我身上了。"

阮中华与老喜连忙起身，又敬了叶深一杯酒。

老喜笑道："叶老弟，我还听说，本次组阁，同盟会在议会的席位有望大大胜出，这将来的两院，十有八九是同盟会人的天下。"

叶深一笑："民国了，信仰自由，各党各派，林林总总。若论实力，同盟会自然是当仁不让的。"

老喜拿捏问道："那，你是吗？"

叶深点点头："四年前，我有幸结识了高桥谦先生。顺理成章的事，北洋对这些，态度始终也是开放的。"

老喜自己喝了一杯，徐徐道："老弟，实不相瞒啊，我们俩都是晚清的旧臣。辛亥之前，就对革命党人感佩不已，但有碍于身份，始终未能投身于大潮之中。如今想来，真是人生一大憾事。"

阮中华也道："没错，那时我们虽然身在朝廷，但心系革命。大清国这么腐朽，早该完蛋。你知道吗？我可是正经八百地捐过钱的。"

老喜更是一拍胸脯："敢情！我还抓过几个革命党呢。武昌枪响之后，是我顶住压力，悄悄都给放了。"

天心低头暗自一笑，叶深也忍不住笑出了声来，阮中华与老喜不明就里，一起开怀大笑……气氛终于融洽了起来。鉴于二人都是北京的头面人物，想到日后的周全照应，叶深就把自己想开武馆的事情，说了出来。二人不禁对他侧目，不失时机地再次奉承起来。

老喜拊掌笑道："厉害厉害啊！中山先生新近提出了'尚武'精神，所谓'文明之大脑，野蛮之体魄'。现在开武馆，正逢其时。"

阮中华也道："能开武馆的，必是高人。老弟啊，你教什么拳？"

"叶家拳。家传的。"

二人彼此对视一眼，显然没听说过，很快又都口是心非地对叶深赞扬一番。天心不想深入这个话题，就对二人说道："您二位，一位是警长，一位是法部要员，我问一个人，你们可知道？"

"谁？"

"苏百川。"

提到苏百川，众人都很吃惊，尤其是阮、喜二人，不禁茫然无措。他们似乎此刻才想起来，自己与这个人亦有非比寻常的关系，双双陷入了沉默。叶深敏感，倍感蹊跷。

叶深试探问道："看情形，二位大人与苏百川相识？"

老喜叹气道："是，我们，颇有渊源。"

天心与叶深相顾一惊。

老喜继续道："当年苏百川的师父马之良被日本人所害，他为了给师父报仇，斗杀了桐川道场的混川介。"

天心一愣，正欲说什么，叶深开口道："可江湖传闻是，马之良马先生是被直隶悍匪葛宁所杀，怎么会与日本人有关呢？"

阮中华摆摆手："咳，武林恩怨，谁说得清呢？总之，苏百川连同了几个帮手，杀了七个日本人，这是事实啊。那混川是有背景的，为了结此事，苏百川赔款二十万，还抵了通天拳的老宅子，他自己也银铛入狱。说起来可怜，听说他们通天拳一门人，一个不剩，全都死了。"

天心不觉心中酸楚，眼圈渐渐红了。他不知道二哥受了怎样的屈辱，二十万两赔款又是如何应付过去的。而叶深则关心更实际的问题："那么民国之后，天下大赦了，苏百川是不是也出狱了？"

阮中华摇头："并没有。"

天心道："报上说，苏百川当时的死罪是太后赦免的，而后关在了习艺所。如今大清都没了，怎么还不放人？"

阮中华沉吟许久："他的情形嘛，太特殊，毕竟对方是日本人。大清国虽然没了，可日本人的势力丝毫未减。这个节骨眼上，谁愿意为了一个阶下囚，去惹日本人呢？"

老喜仔细打量二人一番，试探问道："您二位和苏百川是？"

天心一蹙眉头，不知该怎样说。叶深插话道："朋友，慕名的朋友。"

老喜点了点头，苏百川是名扬天下的人物，被北洋的拳术教官关注也在情理之中。于是叹气道："许多年前的事情了，叶教官伉俪也非外人，我就直说了吧。"

于是压低了声音，把身体微微倾了过去："苏百川之所以没死，并非太后保他，而是日本人不让。"

叶深二人大惊："什么？"

阮中华补充道："他在道场杀死的那个混川介，不是日本第一。真正的日本第一高手，叫混川直人，是他保下了苏百川一条性命，为的就是要与苏百川打擂比武，再分高下。"

叶深急问道："比试的结果如何？"

阮中华摇头："不知是何原因，六七年了，混川直人始终没有出现。"

一句话说完，叶深与天心二人各怀心事，都陷入了深思……

老喜见状忙道："只顾着说话，该上菜啦。"

阮中华恍然："对对，快吩咐下去，摆上来。"

早有门外的下人答应一声去了。不久，顺子将一盘太阳糕和炒合菜等时令佳肴端上了桌面。

阮中华招呼道："来来来，今儿个春分，要吃糯米太阳糕啊。"

老喜上手先拿了一块咬在了嘴里，不禁连连点头："好吃啊！入口糯滑甜香，好吃好吃！阮大人，您这府上养了好厨子了啊！"

他这话原是想捧阮中华几句，没想到叶深只看了一眼，脸色就变了。他把太阳糕拿起来轻咬了一口，口中的滋味完全唤醒了他的记忆。

"您尝尝我新做的太阳糕，王爷最爱吃这口的。"

……

半个时辰之后，叶深夫妇离开了。老喜留下来陪阮中华又喝了几回酒，也走了。阮中华独泡了壶茶喝到天黑，见天心带来的礼物中有一盒好绸面，猛就想起自己相好的来，于是跟下人简单交代几句，急匆匆坐车去了八大胡同。后厨里的朱五见许久没有招呼，就自己弄一碗饭吃了。才沏了一壶大叶子茶，正靠着墙根儿喝着，就见顺子从上面收下来整盘的饭菜，许多都未曾动过。他心里不伸展，一问才知，主客吃得很少。

朱五让顺子收拾厨房，自己拿着烟锅走出来，蹲在偏院柴房独自生闷气。真枉费了自己一番心思，每道菜都一丝不苟地做，你却不吃？什么了不起的军官，肯定是常年行军打仗，粗茶淡饭习惯了，精道的东西反而不懂。难怪今天一整天都莫名的心慌，难不成是应在这不识好歹的客人身上？正胡思乱想，忽见后墙上有月光映出的一个人影，阴森森地立着，吓得站了起来。

"谁？谁在那里？"

那人从暗处走出，借着灯笼和月色，细看之下竟是叶深，朱五不由大惊。

"朱五爷，别来无恙？"

"叶，叶深。"

"真是人生何处不相逢。这太阳糕，让我吃出了老味儿！"

朱五不知如何是好，叶深已经走到了他的近前。如果尝出了他的手艺应该白天相认。深夜再次造访，朱五顿觉来者不善。

"您，您就是今天的主客啊？原来您从军了？顺子。"

朱五一边说，一边向后退着。

"别叫。我来是想问你几句话，马上走了。"

"您想问什么？我，我，我……王府吗？仇家来后，我，我被王爷放走了……"

"不问王府。我想知道苏百川的事……"

朱五愣住："苏百川？他，他踢馆杀日本人，我也是从报纸上知道的。我原先一直以为他不会武功的！"

"你有没有再见过他？我是说这么些年来，你可知苏百川现今的武功深浅？"

朱五摇头："没有，再没见过。本来我想过去监狱里瞧他，可我毕竟曾与王府有瓜葛，怕牵连出别的事，反倒对王爷一家不利。"

叶深反复看了他良久，忽然试探道："福郡王现在下落如何？"

"不知道，我也不敢去找他们。"

叶深见朱五的神情，不似撒谎的样子，笃定他并不知道王府的结局。

"你什么时候来的这里？你和福郡王的事，阮大人知道吗？"

朱五摇头："我半年前来的。王爷的事，我从未跟任何人说起，我担心节外生枝。您从前坐池子是知道的，福郡王只是偷活人世而已。"

叶深的眼神忽然凌厉："你跟人讲过我坐池子？"

朱五连连摇头："没有啊。"

叶深叹了一口气："朱五爷，我们是故人，我不想难为你。你记住，绝不能告诉任何人你认识我。"

"好，我不说。"

"关于我的身份，和我过去的事，你全要烂在肚子里。"

"好，我答应你。"

"谢谢你，多保重。"

叶深说完，拍了拍朱五的肩膀，刚要转身离开，却一眼瞥到了厨房门口的顺子，此时他正张大了嘴巴看着二人。

"叶旅长，您怎么又回来了？"

叶深木然良久，目光冷冷地盯着顺子，再没有眨过一下……

·第十章·

春云第十展

叶深上楼的脚步很轻，天心还是醒了。他推开门时，床头灯随之打开。她看了表，已经是夜里十一点钟。

"还没睡？"

"等你呢。"

"孩子睡下了？"

天心点了点头。叶深脱了外衣，靠在她的旁边。

"怎样？"

叶深摇了摇头："阮大人一天不在衙门，没等到人。"

天心诧异："你没去他府上找找？"

叶深点头："想去呢。可后来听说，他府里出事了。等等再说吧。"

说完，去了衣裤钻进自己的被窝里。正要关灯睡觉，天心却坐了起来。

"咱前儿还去了，不好好的吗？他府里出了什么事？"

叶深叹气："好像是死人了。我没多问。"

"哎呀！他的府上也没内眷啊。家丁吗？"

"我猜也是。但不便打听。"说完，伸手把灯绳拉了，眼望漆黑的天花板。叶深虽然反常，但天心并没有把他和阮府的命案联系在一起。自从当年王府和线镖出事，二人出走北京之后，叶深的性格就变了，热忱、真挚、朴直的大师哥不见了。现在的他，冷冷冰冰，自私麻木。阮中华刚设了家宴请过他，人家府上出了事，难道不该去关照一下吗？即便如此，探视二哥苏百川的事也不能这样放着。

天心试探道："要不，明儿我自己去监狱？"

叶深翻身过来，伸手摸着她的头发，柔声道："监狱不是谁说去就去的，要提前申请探视。阮中华就管这个呢，咱们等等无妨。"

听见天心叹了一口气，叶深又柔声道："七年都等过来了。不在乎这三天五天的。你说呢？"

"嗯。"

天心应了一声，算是回答。

顺子被人扭断了脖子，而朱五则是被掐死的，都是一击致死。阮府上下再无人伤亡，也没有丢失财物。阮中华这几天正全力配合警长破案，除了几个被破坏的脚印，现场没留下任何线索。根据手段来看，凶手武功高强，目前的定性为仇杀。凶手的目标应该是顺子，因对他下手极重，而朱五，大概只是顺带灭口而已。问题的

672

关键是，顺子是朱五带来的徒弟。一个不足二十岁的小伙计，老实巴交的，爹妈也都在霸县乡下。他既没钱也没沾过恶习，从未听说他得罪过什么厉害角色。凶手难道是走错了地方，误杀了二人……

阮中华心乱如麻。有对朱五的惋惜，更多是自叹时运不济。眼瞅着要升官了，在这裉节儿上偏偏家里出了人命，吃了苍蝇一般难受。好在出事当晚他人在八大胡同，有两个窑姐儿都可以作证的。可这种证人又上不了台面儿！不管怎么结案，自己难免会被人戳脊梁骨的，唯愿对仕途别有太大影响。因此当叶深提出探视苏百川的请求时，他不仅满口答应，还亲自开车送他前往。

习艺所的门牌已经换作"京师第一监狱"。

叶深见到两个背相机的人急急走了进去。阮中华正要下车，被叶深拉住。

"怎么回事？好像来了记者。"

"这我不清楚啊。"

"你把我要探视的事情说出去了？让记者知道了？"

"没有没有。我不认识这些人。哦对了，我想起来了。"

"嗯？"

"赶上监狱大赦，今天会有不少人出狱的。"

叶深心中一凛。他迟疑半晌，压低军帽走下了汽车，和阮中华一起走了进去。到了操场，才发现那两人是照相的师傅，此刻正在招呼大家合影。

苏百川、陈大炮、程勉等十几个犯人以及看守们一起围住典狱长陈长官，合影留念。

叶深与阮中华并未近前，远远地看着……

陈大炮扶住苏百川的肩膀："百川，我家住在琉璃厂后街十七号。你出来之后，一定要找我啊。"

苏百川笑道："只要能出去，我一定去。"

二人抱在一起，互道珍重。程勉默默地走到了他的身后，轻声道："百川兄弟，大赦的名单没你，证明了一件事。"

苏百川笑问："什么？"

程勉深吸了一口气："如今的北洋政府与清廷，并没有本质的区别，他们同样怕洋人。革命了那么久，如今之中国，难道就是中山先生所期望的样子吗？"

苏百川拍了拍他的肩膀："到了外面，别随便这样说话。"

程勉点点头："我等你出来。"

陈大炮、程勉等众多犯人，各拿起了包袱，与大家挥手道别，徐徐走出了大门。其他人也渐渐散了，操场只剩下苏百川与典狱长。

典狱长笑说："沃伊先生昨天专程给我打电话，看来大赦的事情，连圣彼得堡都已经知道了。他说，离开这里之前，你们打过赌，他输了。"

苏百川灿烂一笑："沃伊先生说，中国人无法独立设计和建设京张铁路，结果他看到了。"

典狱长点点头："他得知大赦的事，特意问你。苏百川，我，很惭愧。"

苏百川宽慰道："典狱长，我的事，让太多人费心了，很过意不去。放与不放，我已不愿多想，想也没用。"

典狱长看着他："我一直想问你一件事。"

"请说。"

"如果可以选，你是情愿死在与混川比武的擂台上，还是在监狱终老一生？"

苏百川看了他良久："我选第三种。"

典狱长一愣。

苏百川坚定地说："把混川打倒在擂台上。"

典狱长笑了笑："好样的。有人来看你了。"

苏百川这才看到远处的大树下，站着阮中华和一个穿军装的人。苏百川一愣。典狱长默默走开了，叶深慢慢向他走近，苏百川一眼认出了他，跑着迎了上去，二人紧紧抱住。

"师哥。"

"二弟。"

阮中华远远见到二人拥抱，心中一凛。这能是不认识？简直跟亲兄弟一样！正想着，典狱长走了过来，笑着问他：

"不是说探视的人是武林同道吗？怎么是军官？"

"哦，他是陆军部的一名教官。教拳的。"

典狱长点点头，邀请他去自己的办公室喝茶。途中阮中华忍不住问："陈大人，天下大赦，为什么没有苏百川？"

典狱长面色难堪："我请示过两次，可上面，没有答复。"

"这样的英雄，成了笼中鸟、牢底兽，让人惋惜啊。"

典狱长意味深长地看了他一眼："我不这样认为。比起墙外的世界，这里更

674

单纯。"

操场上，只剩下苏百川二人，彼此把对方看了又看。苏百川笑道："大哥，军装真帅气。"

叶深笑了笑。

"师妹她好吗？你何时成了军人啊？"

叶深笑道："二弟，你的事，我都知道了。师兄要送你三个字'非常好'！关于我的事，以后你也会知道。天心嘛，也很好。对了，我们有了孩子。"

苏百川大喜："真的？叫什么？几岁了？"

"叫通儿，六岁了。很乖。"

"通儿！这名字真好！"

叶深环顾四周，心中升起一阵荒凉之意，不免感叹道："二弟，你在同文馆学了那么多年，却把最好的七年，留在了这里。这不公平。"

苏百川低下了头，没有回答。

叶深笑道："现在不一样了，我回来了，不能再让你受委屈。我和天心一定救你出去。如果你还想留洋的话，一切都来得及。"

苏百川摇头道："即便出去了，一场比武在所难免。你知道吗？我被赦免不是因为西太后的仁慈！"

叶深点头："这件事，我听说了。我问你，假如那个日本人死了呢？你也不再留洋了吗？"

苏百川一愣："那就开馆授徒，把通天拳传下去。"

叶深微微一凛，缓缓道："现在是枪炮的世界，功夫，早就没用了。"

苏百川看了叶深半晌："无论怎么变，功夫，永远是功夫。"

叶深淡淡笑道："看得出来，这些年，你一点没放下。"

苏百川也笑："你也一样啊。"

二人心领神会一般，忽然动手拆招。打了十几个回合，苏百川将叶深一掌推出，叶深为之一震，忽然拔腿就逃，苏百川自后穷追。二人打入仓库之中。

一入仓库，叶深的笑容就没有了。再次比试，他的力道加重了数倍，招式也是苏百川从未见过的。苏百川迟疑间，已被叶深震退数步，而后被追身一掌劈倒在地。

叶深收手，扶起他笑道："二弟，你太让我失望了。这样的身手，怎么能代表中国与日本人打擂呢？"

苏百川惊愕："你用了通天十三式？"

叶深的瞳孔收缩了："你说什么？"

"你骗不了我。当年，是你拿走了秘笈。"

叶深惊惧不已，半晌道："你怎么认识的？那秘笈你也只看过一次，一次而已！是师父拿给大家看的那次，对不对？一遍你就记住了？"

"这招式，师父活着的时候，给我看过一次。"

叶深冷笑："师父果然偏心。"

"这是通天拳的杀招。大哥，真的是你拿走了秘笈！"

"我说过，我的事，以后你会知道。"

"我现在就要知道。"

"我若不肯呢?!"

叶深的眼神和语气非常陌生，又似曾相识，很像三叔叶广昌。恍然间，苏百川印证了他最不愿触及的假设：师叔设局陷害师父，大师兄参与其中。

"七年前，你的父亲叶广昌，联手多方势力，陷害师父，夺走绝学。你扮演什么角色？"

"你刚才说谁？"

"叶广昌。"

"这名字也是你叫的？"

"回答我的话。"

叶深傲然一笑，没有作答。

苏百川冷冷道："三弟懂医术，也懂冰鉴。我记得他曾跟我说过，你们叶家人面有周旋之态，深险难近。"

叶深勃然大怒："陶士钧这样放肆？他什么时候说的？"

苏百川冷笑："有一次，在我房里看大家的相片，他说的。现在想来，我当时真不该斥责他。"

叶深攥紧的拳头又松掉，掩饰一笑。

"这些年，有三弟的消息吗？"

"肯定是死了。活不了的。"

"叶深，秘笈对你们就这么重要吗？可以不择手段，骨肉相残？"

"我现在说什么你都不会信。毕竟我拿走了秘笈，练了绝学。"

原本叶深想过，把自己当年被父亲绑起来胁迫之事实情相告的。自己也曾挣扎过、抗争过。可是苏百川竟然说陶士钧为叶家人看相。奇耻大辱！

"你练的只是拳法，不是绝学。"苏百川目光坚定。

叶深一凛。他忽然想到天津遇到的曹清虚道长，他说自己的功夫少了东西。果然苏百川道："师哥，通天十三式虽然霸道，但并不是春云十三展。你费尽心机，我才是正宗。"

叶深当即愣住。不禁后退了几步，又傲然一笑："你一个刚从地上爬起来的人，别太自大。"

"我没自大。我说的是实情。"

"功夫，不是靠说的。七年了，你被我远远甩下，竟然还在自欺欺人。百川，你真是个书呆子，让我来告诉你吧。其实，根本没有春云十三展。"

苏百川大惊："什么?!"

叶深从身上取出了秘笈："有的，只是这个拳谱而已！"

苏百川忍不住伸手要拿，叶深轻轻收了回去。

叶深缓缓道："师弟，今天见到你，更加印证了我的想法！这些年，我苦练秘笈中的武功，苦心参悟。等我练成了通天十三式，似乎已临极限，才忽然明白，所谓'十步之内，摄人魂魄'，呵呵！任你是谁，一双肉掌如何做到啊？我们都被这句传言给骗了。因此，这世上根本没有绝学。就算有，它也失传了。"

叶深的话，让苏百川震惊不已。

叶深又说："从前听我爹说过，绝学是由你的父亲，我大师伯苏造时让给师父的。那么你想一想，在你幼年时，见过你父亲用过这种绝招吗?"

苏百川一愣。

"你再想想，师父生前那么器重你，秘传了你十年武功，你见识过真正的绝学吗？哪怕是一招半式?"

苏百川再次彷徨无措。

"当年，通天拳与偷盗门闹出了那么大的恩怨，为何后来不了了之？我推断，师尊逍遥子打落贼魔，可能是用了暗器，或是别的法子，但一定不是所谓绝学。甚至，贼魔并非逍遥子所杀！否则，这么多年来，通天拳前后三代人，这绝学为何一点踪迹也不见？只能说，本门真正的绝学，就是秘笈上的通天十三式。而所谓春云十三展，师尊逍遥子不会，师父马之良不会，大师伯苏造时也不会。我父亲，被他们骗了一辈子，至死，也蒙在鼓里……"

苏百川静静地看着叶深，他的话每一个字都像锥子一样刺痛自己。

叶深徐徐叹道："惶惶武林，虚虚实实。绝学，只是本门的一个障眼法，是理想，也是威慑吧，但绝不是实实在在的神技。我宁愿相信它是一种境界，这境界就是信心与勇气。这些年，我比武无数，每次取胜，都源于信心。无论多可怕的武器，也比不上人的信心。今天，我一来，就知道自己一定可以打败你。"

叶深说完，二人都陷入了巨大的沉默之中。须臾，叶深整了整衣裤，迈步向大门而去。就在这时，只听苏百川开口说道。

"我父亲不会骗我的。师父也不会骗我的。一定有。"

叶深转身瞪大了眼睛。

"春云十三展有三个部分：拳法、心法和隐门。"

"什么？"

"拳法就是秘笈，在你身上。心法在我这里。隐门，我还没有参悟！"

"是谁告诉你的？"叶深的眼里有刀。

"我父亲，苏造时。"

叶深大为吃惊："你说什么？大师伯还活着？"

"这是七年前的事了。就算我父至今尚在，他也不会出世了。"

"他来看过你吗？"

"我说了，他不会再出世。也许，他老人家已经故去了。"

"大师伯跟你说了什么？心法是什么？"

"心法是六个穴位，调息运气而用。"

"你练成了吗？"

苏百川摇摇头："拳法为舟，心法是桨。我知道怎么划船，可是手上只有桨。"

叶深一笑："那么隐门呢？"

苏百川摇头："一无所知。"

叶深再次取出秘笈，在反面图示中，开篇就写了一句话："行气如珠，无微不到。"

叶深叹道："这句话，难道是指喻心法的？我从前，用错了心啊！"

苏百川看到了那句话，更加印证了父亲所言不虚。

"师哥，一代绝学，怎么可能只有拳法呢？"

叶深迷惘了，他再次想起曹清虚说他的功夫少点东西。难道真的是心法啊？

"我没有骗你。师哥，你知道我的遭遇。即便出去，也要面对日本人的擂台比武。如果我们兄弟联手，你肯把秘笈给我，或把通天十三式传我，或许，我真能参悟出绝学，打赢这场仗。假如你答应，那么叶家的事，我既往不咎！毕竟我们祖训第一条，就是不许同室操戈。"

叶深看了他良久："这东西本来就该是你的。我拿着，心里有愧！"

苏百川大喜："师哥，你真的愿意帮我？"

叶深点点头："百川，当年他们算计师父，我并不知情。我带走秘笈也是迫不得已。你信吗？"

"我信。"

"本来踢馆杀人的应该是我，在这里坐牢的人也应该是我。我这大徒弟，不够格。"

"师哥，事事皆有因果，错，也不全在师叔。这我知道的。"

"百川，秘笈我可以给你，拳法我也愿教你。心法，你不必说给我。我如今已是军人，对武林，也无兴趣。"

说罢，他把秘笈郑重地交到了苏百川的手中。

"二弟，原谅我。"说罢，转身离去。

苏百川大为感动，大声叫住他："大哥。"

叶深停住。

"我们是同门，自小一起长大，亲如手足。绝学只能一人继承，这就是祸端根源。为什么我们不能一起参悟？除了心法，还有隐门啊。也许你先于我体会参悟也未可知啊！师哥，你不要放弃自己。你记住，这六个穴位依次是：云门、中府、巨阙、章门、太仓、涌泉。"

叶深慢慢走了回来："百川，秘笈所授拳法，和我们从前一起学过的截然不同。我敢说，与我以往见过的任何内家拳都不一样。为此，我足足研磨了两年，才初见成果。我不知道，你需要多久才能领受。不如，我现在就演示给你看。"

"好。"

叶深说着拉开双手，拳头都是虚攥着，着实吓了苏百川一跳。什么拳法会虚攥着拳头呢？只见叶深原地打了起来，果然招招奇绝。身体如同一根绳子般扭动起来，全无通天拳本身的刚猛，而是另一种腾然之气势。苏百川看呆了，禁不住暗暗叫绝。叶深忽然接近他，迅猛出手，一指击在了他的右胸第四根肋骨上，发出一声脆响，苏百川闷哼一声，倒地不起。

叶深俯身下去，拿回了秘笈："书呆子。"

说罢将单掌举起要杀百川，苏百川口鼻冒血，落泪道："师哥……为什么？"

叶深冷冷道："我回不了头的。"

说罢再次举掌，欲一击毙杀。苏百川发出惨烈一吼，痛彻心扉：

"师妹啊！你好可怜！"

叶深愣住，眼珠子瞪出了血来。许久，他叹了一口气，或许是良知未泯，放弃了杀死苏百川的念头。总之他是一个废人了，再无威胁……

叶深走了出去，门外，天空晴朗。

· 第十一章 ·

愧我独存

苏百川面如白蜡，口鼻渗出了黑血，肋骨戳出了腹腔，其状极惨。他仰面躺在木车上，被错愕的狱友们送回了牢房。

玉堂穴，全身经脉的中枢。练武之人最重要的两个穴位：前是"玉堂"，后为"魂门"。当年陶士钧被庞知从身后下手，打中的即是"魂门"。此次苏百川被师哥偷袭得手，一击打穿了肋骨，令他经脉崩断，彻底废掉了武功……

典狱长带来了狱医，为他诊断疗伤。看见苏百川如此，典狱长久久不能释怀："是我害了你，我不该放他进来的。"

苏百川紧闭双眼，一动未动，一言不发。

"下手这样重，你们认识？"典狱长关切又问。

苏百川仍旧没有动，也不说话。叶深差点置他于死地，而大夫将他的肋骨复位时，令他几度昏厥。他从前听人说过，只有死亡才是一种光明。在他灵魂几乎出离的那一刻，身体仿佛回到了大地的原点，思维也去到了最本初、最原始的混沌之中。猛然间，苏百川睁开了双眼，吓了典狱长一大跳。

"百川！告诉我他是谁？我替你讨回公道。"

苏百川伸出一只手，虚攥着拳头。看着典狱长，像是穿透了他的面孔看在别处。

典狱长一愣："你怎么了？"

苏百川努力摇了摇头，缓缓出了一句典狱长根本听不懂的话："我找到了。"

典狱长一愣："找到什么？"

苏百川的眼珠一动没动盯着他，又似乎根本没看他。不久，他笑着闭上了眼睛，落下了两行眼泪……

赵华当年自越狱之后，很快逃出了北京城。辗转流离至江西、湖南、上海等地，百折不挠，终于迎来革命的成功。数年来，赵华始终未娶，以身许国。如今他已是北洋政府要员，招商局财务主事。此次专程从上海来到北京，秘密办理一桩国务。

他的汽车从资政院出来之后，隐约有一辆汽车尾随。过了几条街巷，依然远远跟着。对于跟踪、暗杀这套把戏，赵华并不陌生。

"加速过弯，马上停下。"他小声吩咐着司机。

说罢，他从后腰取了一把手枪，拉开了保险。司机开过巷子，急停在了路边，后面的汽车果然避之不及，差点撞上。对方司机急打方向之后，车身与赵华的汽车并排停在了一起。赵华摇开窗户，把手枪伸了出去。

"下来。"他大喊道。

"赵主任，别误会。自己人。"

车门打开了，走下了三名警察，都高举着双手。领头的他还认识，竟然是哥哥生前的上司老喜。赵华一蹙眉，缓缓放下了枪。

老喜笑着来到他的窗外："赵主任，是我呀。您不记得我了？"

"喜大人？"

"哈哈。可不是我嘛！"

"你跟踪我干什么？"

"不是跟踪，是保护！赵主任，我们警察厅接到一份特别保卫名单，在招商局的一栏中，我看到了您的名字。今天，特意亲自护卫啊。"

赵华这才笑道："谢谢。我不用保护。你们别跟着了，我还有公事……"

"赵主任，保护您是我的职责所在。再说咱们是旧相识了，你大哥那边儿，我可是每年都去两回的。"

一句话说得赵华当即一愣，触动心事。回北京以来，他还没有去大哥的墓地祭扫过。他换了一副面孔，邀老喜上自己的汽车。老喜连忙吩咐手下开车跟随，自己拉开车门与赵华同乘。两辆汽车缓缓开动了。

赵华看他半晌："你真是一点没变啊。这些年，过得好吗？"

"托您的福，革命成功之后，我，还是警长。不敢说好，也不敢说不好。毕竟，我是满人。岂敢妄想其他。"

赵华点头："做警长也很好啊，保卫一方安宁嘛。"

老喜笑逐颜开："是，是。我的首要任务，就是要保卫好您这样的重要人物，国家栋梁。"

赵华笑道："国家栋梁？你太言重了。"

"一点也不呀。您绝对当得起。没有您和孙先生、黄先生在前面开路，哪来的如今这大同世界?!"

赵华忍不住笑出声来："越说越不像话了。我怎么能和孙先生、黄先生相提并论？人家是领袖，我只是追随者。你这戏也太过了吧，还把我放在二位先生的前面，是何居心啊？"

"没没没，我句句都出自肺腑！我是深刻地体会到共和的优越。从前那破日子太熬淘了，哪能跟现在比啊？"

赵华似是被什么东西触动到，目光看向了窗外。刺杀、越狱、流亡、暴动、筹款、革命，自己做的一切，并不是为了自己如今这个位子。那是为了什么呢？也许是为了老喜这样的满族官员，还能在新的国家中官居原职吧。

赵华回头看了看他，眼神端端地望着前方："谢谢你还惦记着我哥。"

他努力克制着自己的感情，还是眼眶一红。

说到赵素响，老喜也叹了口气："跟您说句掏心窝子的话，你哥赵素响，哎，一想起他来，我这心里就他娘的难受。作为他的上司，我也替他争过。可是，咱人微言轻弄不过人家啊！那些日本人，连太后都得罪不起啊。"

"我明白。"

"还是你的老同学苏百川，好样的。他替你哥报了仇，还杀了人。"

赵华一凛："百川？俊观兄！我知道他的事。他踢馆之后，好像一直在监狱里服刑，等待东洋高手的挑战。"

老喜叹气道："这是前清时候的事了。一过七年，日本的高手始终没出现。现在已然改朝换代，很多重犯都得到了大赦，可偏偏苏百川的事，居然没人押茬了……"

赵华陷入了沉默。老喜还以为他在怀念当年之事。其实他此刻心里，却在纠结着另一桩。

老喜又絮絮叨叨说道："苏百川踢馆，对朝野上下，影响是很大的。据我所知，大家从心里多是佩服。如今天下大赦，我打听过了，法部对他的界定很含混，也就是说，如果有一个有分量的人肯出面保全，也许，他可以先获得假释。"

赵华看了老喜半晌："我明白了。"

说完这句话之后，赵华没有往下说下去，到底帮是不帮，老喜看不到任何苗头，又不便把话说透，直言请他出马。于是就坐等着，终于听赵华问道："喜大人，你为什么要帮苏百川啊？"

老喜想了想："我敬重他！国人的骄傲，是大英雄！您作为他昔日同窗，是不是……"

赵华笑笑，挥手制止他。老喜十分费解。难道苏百川这样的人赵华都不放在心上吗？你小子不就是革命早了点吗？这会儿尾巴翘这么高，太飘飘然了吧！

赵华悠然道："英雄？过去的我或许会同意，可现在我不认同。这些年，我见识过太多人，听过太多事。史坚如、徐锡麟、秋瑾、吴樾、林觉民……哪一位不是英雄？哪一位不比苏百川灿烂光辉？可他们都死了，苏百川起码还活着。"

老喜万没想到赵华竟然这样看待苏百川之事，他为什么坐牢？难道最直接的原因不是为了你哥赵素响吗？亏你还曾是他的同窗。老喜并不清楚，赵华曾经的越狱，逃出北京城，也是受了苏百川的帮助。倘若知道这个，他或许会当即下车，甚至能和赵华当场翻脸。

赵华转头对他道："喜大人，今天的报纸你看了吗？"

老喜茫然："报纸？还没来得及。一早只顾着等您了。"

赵华把副驾驶位置的报纸拿过来递给了他，只见头版的题目是："苏百川被探访的神秘高手击败，武功尽失……"

老喜瞠目结舌："什么？这是怎么回事？"

"《申报》的消息，应该不会有错吧？"

"天哪！怎么会这样啊？"

老喜正在愣神，车子已停下了。向窗外一看，他不由大吃一惊，目的地居然是菩提巷的通天拳老宅。如今的门牌上写着：青木一雄。

时过境迁，青木一雄老迈了许多。此刻正礼貌地迎了出来，立在门口等赵华。

赵华看了老喜一眼，淡淡道："百川的事，恕我不能相助。难言之隐，敬请谅解。如果你去看他，替我问声好。再会。"

"哎，赵主任，您不能……"

赵华冷冷地看他一眼："不能什么？"

"不能不念旧情啊！"

赵华小声道："离开。"

老喜青着脸压低声音道："这青木可是曾经的日本公使，是你哥赵素响还有苏百川的仇人，你找他干什么？"

"少管闲事，立刻离开！以后也别再跟着我。否则我让你这警长做不成。信吗？"

"你？"

当着青木的面，赵华向老喜微微一鞠躬，礼貌地走了进去，与青木热情地招呼了起来。

赵华笑道："青木君，公使大人别来无恙啊。"

青木笑道："早就不是公使了。刚一见面，你就取笑我。"

赵华笑道："太阳躲到云层里去了，可太阳还是太阳啊！"

青木大笑着，把他让进了院中……

老喜呆立当场，茫然失措。他并不知道赵华此刻肩负着什么，又要面对什么。

赵华此时兼任财政与招商要职，面对奄奄一息的国家财政，正在四处奔走竭尽全力为国筹款，广济民生。在他的内心深处，恨透了日本人，尤其是眼前这个与大哥赵素响、好友苏百川有仇的青木一雄。可自古忠孝不能两全，赵华没有退路。他不是铁石心肠的人，他也关心苏百川如今的处境和遭遇。方才老喜提出为苏百川担保之事，他没有一口应承下来。所患者，终究还是不想刺激到眼前这个狡猾而敏感的老青木。他二人在上海有过交集，但对自己的底细，青木尚不知晓。

青木一雄在通天拳的老宅已住了七年，过去的练武场被清除了，取而代之的是绿植和石灯，乍看上去，有中日风格的融杂之感。

赵华与青木当院坐下，仆人奉上了茶水。

"青木先生，我受招商局董事会会长盛宣怀大人的委托，特意拜会您，给您捎来两筐佛手。"

赵华一挥手，他的司机从门外进来，提了两筐金灿灿的东西。

青木大喜："这是稀罕之物，北方是见不到的。我去年在上海的一次舞会上吃过一次。"

赵华提醒："是荣博士的回国晚宴。"

青木爽朗一笑："是的是的，你也在场。盛大人真有心了。替我谢谢他，也谢谢你。"

"您不必客套。"

"赵华君，今天巧了，刚从日本运到了一批海鲜，咱们也算是老友重逢了，今天不醉不归啊！"

"青木先生，很抱歉，我今天来探望您，只能稍作停留，下午以及晚上，我都有公事要办。明天一早，还要赶回上海述职。"

青木一愣："这太遗憾了。赵华君，你是革命的功臣啊，如今这个国家，是你们这些人，提着脑袋拼打下来的，怎么？陪老朋友多喝一天酒，都不成吗？"

"呵呵，我有我的难处啊，国家肇始，民国成立，招商局的事务实在太多。我是北京人，不瞒您说，这次回来，我连去西山祭祖的时间都没有啊，实在愧疚。"

青木也笑道："国家肇始，民国成立。可现今的临时政府，兜里没钱。用你们中国老话说，你这叫'穷忙活'。哈哈。"

赵华脸色一变："您这是道听途说啊。没有的事。"

青木笑道："这不是秘密了，赵华君何必硬撑？你们新政府从清朝接收过来的，只是一个空空如也的国库。不是吗？"

686

赵华淡然一笑："那您知道土地税吗，被保留了下来。这，可是一大宗啊。怎么能说没钱呢？"

青木嘿嘿一笑，目光全无客套："土地税历来是国库进项的大宗。这自然不假。但是，旧制的衙门亦被保留，这地税一项，要我看，仅维持旧衙门的开支，都捉襟见肘吧？"

赵华的脸色越发难看起来。

青木又说："您这次来北京，如果我没猜错，是来找外国人借钱的吧？"

赵华哈哈一笑："借钱？新政府需要借钱吗？真如您所说，是国库缺钱的话，何不发行公债？为什么至今没有呢？"

青木针锋相对："新的国家，对内发放公债？会有人买吗？"

青木不冷不热的一句话正中赵华要害。他掩饰一笑："瞧您说的。"

"被我言中了吧？因为你们临时政府根本没有勇气发行国债，万一达不到预期，有伤国体。"

话已至此，赵华只能沉默了。

"假如我没猜错，你还要见外国银行的人，比如，德国人或者美国人。"

"我没想到，您一个卸任的公使，仍然对我们的国家事务，如此操心。不过您想多了，情况并非如此。我要见的不是什么美国人，德国人，而是我们招商局内部的一些长官而已。当然了，正如您所说，钱是个好东西。如果外国的银行家们，肯给予我国政府优惠的利息，干吗不借呢？"

青木笑道："你不是说了吗？太阳躲进云彩里，依然是太阳。赵华君，咱们都别藏着掖着了，我给一个口风，如果你们需要，日本的财阀，愿尽所能给予帮助。请转告盛宣怀大人就是。"

赵华起身："多谢青木先生。我会如实禀报。"

青木点点头，热情邀约道："赵华君，无论如何请喝杯酒，吃一块鱼生再走。"

赵华想了想："好吧，那我就客随主便了。"

青木起身道："请稍坐，我失陪一下。"

赵华忽然问："青木先生，听说您住的这个院子，过去是一个镖局啊？"

青木淡淡道："是的，他们卖给了我。"

"我能参观一下吗？"

青木礼貌笑道："请随意。"

之后做出了一个请的动作，自己径直去了后院。赵华扫见四下无人，径直朝苏百川的房间而去。

　　苏百川房间的陈设几乎原封未动地保留了下来，唯一不同的是，墙上多了一把倭刀。在赵华看起来，相当的扎眼。那幅德文的横幅"善良的人在追求中纵然迷惘，也终将意识到一条正途"令他睹物思人。想到苏百川与大哥赵素响的不幸，赵华心中好不悲凉。

　　他呆立良久，忍不住垂泪道："百川……"

·第十二章·

风刀霜剑

火盆上吊着一个砂锅，嗞嗞冒着白气……

苏百川感觉额头和耳朵凉了一阵，缓缓睁开了眼睛，看到大格格正用一块湿布为自己擦脸。多年未见，她风姿依旧，只是没了曾经的胭脂味。素净的一张脸，嘴角和双眼微微下垂，这种困苦之相，令苏百川心中一酸。发式仍是姑娘的样子，头发束上去，斜插了一个簪子，上身一件洗白的袍子，已分辨不出曾经的颜色。再看到一旁的揭心时，更是一惊，很显然，他也老了许多。虽然梳了一个油头，还穿着背带裤，可这个猢狲般的人物，此刻竟坐在木轮椅上。

苏百川挣扎着要坐起，大格格把他按了回去，掖好了被子。

"别动，你要好好养着。"

揭心笑道："百川，想不到咱爷们儿今生今世还能见着！"

这一句话，也令苏百川感慨万千，他说不出话来，只顾点头。

揭心又道："在报纸上一见到你的消息，我就让格格去了监狱。典狱长说，你负伤之后，上面有长官关照过，你可以保释了。"

苏百川惨然一笑。

"百川，你猜这是哪儿？"

苏百川摇了摇头。

揭心笑道："这是菩提巷的后杂院，离你们的老宅只隔几个院子。还有啊，我如今就住葫芦巷，原先史有为的小院。"

苏百川点了点头，对格格道："你六年没去看我了！为什么？我还以为……"

大格格勉强一笑："以为我死了？"

苏百川望着这寒酸破旧的小屋，可以想见格格过得何其艰难！不去看他，或许是不想让他担心……大格格听他这样问，掩饰着笑道："别问了，总之我把你盼回来了。"

说罢，拧身过去，悄悄抹了一把眼泪，把砂锅里熬好的鱼汤一点点舀进了碗里。

揭心笑道："没错，百川，既然回来了，就是天大的好事。再别想其他。这些年，我一直都在北京，可我没去看你，你要体谅啊。"

苏百川当然体谅，踢馆的事，揭心是同犯，如何敢探视自己？他终于忍不住问道："你这腿？"

揭心自嘲一笑："痹症，关节坏了。妈的，天妒英才啊！当然了，老天爷只收了我两条腿，没把我这命要去，到底还是敬我是条汉子。怎么说，咱也没偷过穷人不是？哈哈。"

苏百川叹气道："什么时候的事？"

"有四年了。我的买卖关了，手下的人也都散了。你这样看着我，是不是责怪我没有接济格格，让她过得这样苦？我也并不知道她竟然和我住得这样近，胡同挨着胡同，好几年没打过照面儿。直到她们院里的绿翘出殡，我才见到她。"

"绿翘？"

"一个姐妹，原先也住这里的。"大格格淡淡说道。

苏百川无暇多想，只听揭心又道："我腿坏了之后，家中遭了贼，先后来过三次，不知道是不是我原来手底下人干的，总之家里值钱的东西，一件也没给我留下。我曾在城北还有一个密封的地窖，前年回去过一次，可惜啊，被不知哪家衙门圈了地，盖大楼了。周边全都改建得认不出来，四边儿全是把门的，那叫一个豪横，连大门也没进得去。也不知我地窖里的东西还在不在了？算了，总归是不义之财。没得着也是我的福报！"

苏百川沉默半晌，正要再问什么。只听院中有女人大喊着。

"瑞珠，瑞珠。"

大格格忙答应了一声，急急往院里去。苏百川向门外一看，依稀认得那人，却又想不起来在哪儿见过。

"你把我的披肩和四爷的马褂儿都洗了，我明儿要用的，晾干以后记得喷花露水儿。哦，还有少爷的皮鞋也擦出来。"紫云一边吩咐着，一边往她屋里瞧。里间太暗了，根本没看到房中还有谁。大格格连连点头应允着。

"家里来客了吗？"

"嗯嗯，我还想跟四爷说去呢，把原先国大爷那间屋子也赁给我吧。"

"赁给你？你要那屋干吗？"紫云点燃了手里的烟卷，吐了一个烟圈问道。

"我，给我朋友住。"

"那间可贵。"

"我知道。"

"我告诉你呀，别给我招不三不四的人。"

"没有，绝对不是的。您信我。"

"那行吧，你自个儿拾掇拾掇，都码到花房去。可别短我东西啊，我那仓库放着什么件件有数。"

大格格连连答应着，紫云斜了她一眼自己回后院去了。大格格则默默收了衣服，取了木盆和水桶，坐在院中洗了起来。

苏百川自然想不到这个穿着丝绒棉旗袍的太太正是格格当年的体己丫鬟紫云。如今她是这个杂院的女主人，才搬来不足两月。此处曾是索公公的家产，菩提巷的后半条胡同都是他的，挂在他族侄黎文明的名下。年初，索公公和他的夫人闹了离婚，律师是大名鼎鼎的曹汝霖。官司还没结，这套杂院，就被他的夫人贱卖了。紫云娘得知这个消息，四处勾连奔忙，真让四爷把这个院子买了。也不知是高兴过头还是累坏了身子，这老太太就得了一场急病死了。原先对大格格十分帮衬的国大爷五年前就去世了，最让大格格伤心的还是绿翘的亡故……

大格格低着头蹲在地上卖力地搓洗衣服。想她曾经何等样人，竟落得如此田地！苏百川一阵心酸。本想问揭心关于空空儿的消息，又生怕被她听见了，伤了她，不忍开口。揭心似乎看穿了他的心思，徐徐道："你出事不久，我二哥他们去了湖南。之后，再无音讯。"

苏百川点了点头，轻轻闭上了眼睛……

当夜，苏百川与大格格、揭心三人在格格的小屋里喝了一顿团圆酒。新近出狱的人，洗澡去邪是必要的事。可苏百川有伤在身，下床不便。大格格就亲自为他擦了一遍身子，只为驱邪去煞。揭心再三问他伤情，以及和他动手的军方高手究竟什么身份，苏百川都轻描淡写不愿多提。当夜，王四爷亲自来见苏百川。王四爷的当铺依旧开着，如今他更是南城文物鉴定所的所长，在琉璃厂一带是个人物字号。几年前，偶然机会与街坊揭心相识。一盘道才知，自己虽然三代为匪，可是要论对古董的熟识，跟人家一比，差着十万八千里。在他眼里，揭心简直是个神通。一来二去彼此也都交了底。细论起来，又都和通天拳有些渊源，就成了不错的朋友。王四爷的名气越来越大，是有名的古董大拿，看东西从不打眼，所仰仗的，就是揭心。按四爷的意思，名正言顺请他做自己的顾问，或者请他当名誉所长，每年给千把银子也是应该。可揭心自知案底太多，不能抛头露面。何况他性子硬气，死活不要四爷的钱。这么着，王四爷就雇人照看他起居，吃用花销，也都给他包了就是。当然，这一切都是把自己的夫人紫云瞒得死死的。

眼前并无一个外人。大格格就把当年苏百川因罪收押，日本人要求赔款，自己当掉佛龛，王四爷出钱救他的事一并跟苏百川说了。王四爷还告诉他，自己的一大心愿，就是有朝一日通天拳的人能够出面，和自己一起去定州把马之良的坟墓迁回北京，让老恩公含笑九泉。苏百川听完，好不心酸，忍不住泪流满面。从床上翻了下来，一言不发就给王四爷磕了三个头……

转天儿一早，苏百川睡足了一个上午，大格格又请来郎中给他瞧病开方子。刚忙完不大工夫，院子里的人又都备下四色礼来拜街坊，都是鸡蛋、面粉等物。这院中除了先前的石匠一家还在，又多了个说书的老黄。

他走到门前拱手道："苏大侠好啊，我们来拜街坊啦！"

大格格笑道："大家太客气了。都是老邻居，这位是石匠嫂。这是说书的黄大哥。"

苏百川向众人一一抱拳："大嫂好，黄大哥好。"

石匠媳妇笑道："苏大侠，我们家那口子常说咱们菩提巷出了一位大英雄。没想到，现在又和您做邻居了。"

大格格道："石匠大哥带着两个孩子，在西山挖煤呢。家里就剩嫂子还有一个老太太。"

苏百川点了点头。就听石匠娘在院子里喊自己儿媳妇，语气很不悦的样子。

"行了行了，家里不做饭了？"

石匠媳妇忙答应说就来。气氛顿时尴尬，老黄急忙打圆场笑道："苏爷，您可是把我坑苦了，横竖得还我一个大人情才好。您从牢里出来固然是好事，可眼下我的饭碗砸了。"

苏百川一愣："这，怎么回事？"

石匠媳妇笑道："这位黄爷，一直在天桥说书，这些年您的那些英雄事迹，都让他添盐加醋地贩卖了不少。可这回您放出来了，他再胡编乱造，谁还信啊？"

说完，就笑着出去，回自己屋做饭去了。

黄爷笑道："不瞒您说啊，我的书，都编到您一叶扁舟杀到那日本国去啦！"

大家正笑着，紫云收了晾干的衣服出现在门口。

"哎呀，我说呢，瑞珠干吗要再赁一间房，原来是稀客、贵客到啦！"

苏百川这才把她看真着了，心里不由咯噔一下。这分明就是昔日大格格的丫鬟紫云啊，难道她就是昨天对格格指手画脚的阔太太？

"四奶奶来了，快请坐吧。"大格格招呼着。老黄一看她进来了，就又客套了几句，低头出去了。

苏百川一时语塞："这，这不是紫云妹子吗？"

"哈哈，苏大侠，您竟还认得我呢！您还好吗这些年？听说您受伤了是吗？要紧吗？"

"哦，我没事。"

说罢，他看向大格格。格格勉强一笑："可别叫紫云了，她是王四爷的太太。

是这院儿的四奶奶呢。"

"哦？"苏百川心说你干吗不早告诉我这个。

"四爷可是见外了，敢情他昨晚上就见着您了吧？"

"是，是。"

"不和我说呢也怪不着他，他哪知道我和瑞珠这层关系不是？"

苏百川听这话登时不悦。大格格好歹是你的前主子，就是她如今暗淡了，你得了势，一声姐姐也该叫吧？一口一个瑞珠实在太不像话。

"您坐着，我去，收衣服。"大格格低头道。

"我都收完了。对了，你帮我去街口取两瓶美国鱼肝油好不好？我一早买菜东西太沉了，就放在诊所了。"

看着大格格低头不语，苏百川一脸疑云。紫云的心里别提多高兴了，真有大仇得报的感觉。她就是要故意在苏百川面前卖派，让格格难堪。

"你去吧，我陪苏大哥说会儿话。"

"好。哪家诊所？"

"还有哪家啊？就是北口的德国人开的那间花柳诊疗所啊。你就说我的鱼肝油，他又不是不认识你。"

她这话说着平淡，大格格听来可是字字诛心。她应了一声，看了苏百川一眼，自己出门去了。苏百川觉得这二人之间越发蹊跷了。大格格走出门，见老迈的石匠娘拿了一把扫帚在扫院子。跟她点点头，石匠娘就当没看见一样。

紫云把凳子搬到了苏百川的床前，斜睨着两眼看他。

"苏大侠，这些年不见，您成亲了吗？"

苏百川脸一红，摇了摇头。

"我儿子今年五岁，在北洋幼稚园呢。"

"好福气。"

"我看报纸上说，您让人伤得不轻。真的假的？"

苏百川忍着怒火，淡淡道："无碍。"

"那您可要好好养着，我知道您还得代表咱们国家跟一个日本高手比武不是？"

"你知道得不少嘛！"

"哎呀，都是街坊们嚼舌头。说您当年在桐川道场打死的那个什么日本掌门是个水货，还说您武功其实不怎么样。我真想啐他脸上。苏大侠什么武艺我是知道的。当年给王府坐池子，多少高手闯进来也没把福郡王怎么样啊。"

苏百川气得伤口崩裂，胸下顿时渗出了血来。他脸色发白，声音颤抖道："出去，出去！"

紫云笑着站了起来，贴近他讥笑道："你都让人打废了，还敢给我抖威风？三十年河东，三十年河西。没有我们家四爷，没有我们的银子给你买命，你活得了吗？别不识好人心。我才是最不希望你死的人，我还等着你赎当呢。"

说罢，扭着屁股向门外走去，到门口又停下来回头道：

"还有啊，你可得好好待瑞珠，她真是不容易。千万别信外头的风言风语。"

"什么意思？"

"我说什么了？"

"你话里有话，说清楚。"

"哎呀，都在一个院子住，低头不见抬头见的，何必呢？"

"你说不说？"苏百川气得瞪红了眼珠子。

"好吧，与其你听别人嚼舌头，不如我告诉你。可千万别说是我说的。"她假意压低声音又道："就对门那个小屋，先前住着叶瑞珠的好姐妹，名叫绿翘。她，是一个暗娼，后来得脏病死的。这院子谁不知道啊，您说是不是啊石匠娘？"

院里的石匠娘冷哼了一声，算是回答。

"你想说什么？"

"那绿翘啊，真是可怜。听说是从人贩子手里逃出来的，在北京举目无亲。你说一个弱女子，在这吃人的世道里，她不卖，怎么活呀？"

说完，故意叹着气走了。苏百川听出她话里有话，含沙射影。仔细想来，不由毛骨悚然。见她在院里与石匠娘窃窃私语的样子，宛如两个吃人女鬼。苏百川忽然感到胸口锥疼，嗓子发热，一口鲜血喷在了地上……

·第十三章·

蔺风尘

"你早晚走我这条路。"

每次大格格外出找活计碰了壁回来，绿翘准是这句话。一开始她俩总会吵，后来吵不动了，眼巴巴地互相看着。大格格时常感叹女人挣钱怎么那么难呢，难道最终只能是这条路，绿翘这条路？

大格格写的字，一张卖不出去。她不想总让国大爷为难，耽搁别人的买卖，慢慢自己就不去了。跟着石匠媳妇替人洗衣服，也得是人家忙不过来的时候搭把手。零敲碎打的，一个礼拜也不见得能挣到两顿饭钱。饿极了她也偷过石匠家的地瓜和萝卜干。石匠娘在院子里跳着骂街，她悄悄躲在门后不敢出声。有天绿翘告诉她，火神庙夹道有家新开的饭馆要女招待，死活推她去了。讲好了管吃管住，半年结一次账，给三两银子。男女混在一间大通铺又脏又乱，她是咬着后槽牙住进去的。到了干活的时候，报菜、端菜、算账样样不行。给人递毛巾、端茶，她的脸就发烧。有的女招待，能涂个血红的嘴唇往客人腿上坐，跟客人一道划拳喝酒，既会揽客又有小账赚。她模样虽好，可笨得像块木头。没出十天，就让掌柜的打发回来了，一文也没给。

紫云在得知大格格的窘境之后，和自己的母亲商量怎么欺负她。既然她如今给人洗衣服，那就让她给自己洗个够。从前给她做丫头时，她的穿用都是自己亲手洗的，这回说什么要找回来。就故意把衣服和鞋袜弄得污浊不堪，都包给她洗。殊不知大格格正没辙呢，让她洗衣服总是给钱的，倒把她救了。紫云满心期待的尴尬场面，压根儿没有出现。大格格见到她非但没觉得羞耻，反而十分亲切客套，还把她们送来的衣服每回都洗得件件光鲜，又对她千恩万谢。母女俩闷闷合计了两天，醒过味儿来，打定主意不再雇她。让她这辈子翻不了身，等她去作践自己，或者饿死……

终于，大格格连房租也交不起了。只能和绿翘挤到了一间屋里。绿翘揽客回家，她立刻离开，漫无目的地在外面走。走远了没力气再走回来，只能周边几条胡同转悠。遇到有黑影在后面跟着，她又饿又怕，十分敏感，也不知是不是歹人。只能朝亮灯的人家窗口站着。有时耗到对方消失了，放弃了，或是等到绿翘出来把她找回去。遇到巡警未必都是好事，时常被他们以为是暗娼，盘要课税。她又不敢提老喜，怎么张这个口啊？当初走都走了，她宁愿死在外面，也不肯让他知道。

比饥寒更可怕的是邻居的眼神。她每次见到石匠娘，如同欠了她十两银子似的，远远躲着。越如此，风凉话就越多。她从来不敢埋怨别人，甚至有时候连自己都怀疑自己，你和窑姐儿住一间屋里，你凭什么不是呢？

"羞耻不是我造成的。"

绿翘可以埋怨爹娘和哥嫂，可自己沦落到这样也不是阿玛和额娘的错。真要到了那一天，自己饿死冻死也是干净。可有一回她足足饿了两天，真比死还难受。她曾想，只要给口吃的，怎么都行……还有一回，国大爷帮她找个女校助教的营生，她开心极了，特意借了绿翘的皮鞋穿了去见校长。那校长考了她《女诫》和《内训》，对她满意，还请她吃了包子，也答应了她来学校试试。可左等右等没了下文，后来才知道是学校里已经有了传言，说她是窑姐儿……

国大爷故去之后，这院子里的人情味就彻底没了。国大爷留给她一方好砚台，也让她当了换了粮食。终于，她们遇到了最黑暗的时刻，绿翘被客人打了。这人是她的老主顾，传了她花柳病，还反怪起她来。绿翘被打得半个脸肿起来，瘫坐在床脚伤心地哭。这种病早晚沾上，对于穷人，一旦染上就完了。果然，往后的日子，她的双腿溃烂厉害，回头客渐渐绝了。从前是绿翘卖自己养活她们两个，如今彻底断了生计。两个人要吃饭过活，还要给绿翘抓药治病，大格格被逼到了绝地。

"二十两银子买红。你来不来？"

绿翘的一位熟客是个屠户，馋上她很久了，知道她是个雏儿。眼瞅着绿翘已经病倒，就索性和她挑明。

"我知道你过去是有身份的，我也不打听你是谁。总之能跟窑姐儿混一起，怕也是苦命的。我不亏你，实话说，二十两够我多半年挣的，你愿意，全给你。我承认，你这囫囵身子如果去八大胡同会比这个价高。可是你还出得来吗？一辈子下贱还是忍下这一回，你自个儿想。"

大格格已经为了绿翘把一切能当的东西全当了，抓药的钱仍是不够，还是悄悄跟石匠媳妇借的。这些年同她住着，也知道了男人女人是怎么回事。男人要的是肉，要发散兽力，你把自己放松了，任他折腾，就有了吃穿，能活命。二十两银子在过去，只是自己的一顿早饭钱，如今却能买命，两个人的命。从前绿翘这样，养着两个人，现在她这样，也能养两个。她干了。

绿翘吃上了西药，觉得不对。问她，她就把事说了。绿翘见了鬼一样看着她。

"不行！瑞珠你不能，绝不能……"绿翘躺在床上使劲摇着头。

"我已经答应，钱我也拿了。今儿晚上我到他那去，不会有事的。"

"让我死！瑞珠，你让我死，我求你……"绿翘哭着求她。

"你说你们那里老百姓过不下去了，卖儿卖女是常事。现如今我就是肯把自个儿卖了，只怕也没有这份机缘。你总说，我早晚走你这条路，如今成了真。"

"那是气话，你和我不一样，你是格格。"

"有何区别？我是女人，是过不下去的女人。不偷不抢的，也不祸害别人，我卖我自己怎么了？"

"我是无牵无挂的，我苦命我活该这样。十几岁就被卖到窑子去，见过的男人太多了。我从来没对谁动过心，或者是没见过可心的男人，总之我不知道什么是爱。我就爱自己。有时候连自己也不爱的。可是你要去做这个，我发觉我是爱你的，我心疼你不想让你去。特别是为我，就更不能。我不许你去！女人一旦躺下，就什么都完了。你不要管我，我这个，治不好的！"

"你不让我去，你会死，我连埋你的钱都没有啊。难道我一头撞死在你身边吗？可谁又来管我们呀！"

说罢二人抱头痛哭。绝望、无助，彼此凉透了，难过极了。哭罢过后，大格格擦了眼泪，整了头发，还是要出门。绿翘爬到床沿喊着：

"让他知道了，会伤心死的。"

大格格愣住了，她没有落泪，反而冷得像块冰。

"我对不起他，没守住。不是我狠，是钱太狠了。"

当夜，大格格在小铺买了一瓶酒，喝掉了半瓶之后敲开了屠户的门。屠户欣喜若狂，像饿狼一样把她扑倒了……在疼痛和屈辱中，她被折腾了整整一夜……天麻麻亮时，屠夫像死狗一样睡过去了，她强撑起来，昏沉沉走了出去，勉强倚着墙根儿，一路淌着血回了家。三天后，绿翘咽气了，她最后说："我是伤心死的……"

屠户后来找过大格格两次，还要行那事。但价钱只能给一两，因为她不是雏儿了。大格格说什么也不再肯，屠户见不能得逞就把她告到了警局。暗娼是没有课税的，警局都保护正规的妓院，于是她被送去了感化院，在那里一住半年，学会了编织，还绣的一手好锦。有好心的管教给她介绍一门亲，对方过去是给赌场看场子的，如今浪子回头了，想过本分日子，在感化院做园丁时看上了大格格。可她不肯，她心里的人是苏百川。即使如今配不上他了，还顽固地装着他。出来后，大格格还住在这院子里，低着脑袋过日子。没人要她的织物，勉强靠缝穷、洗衣度日。后来揭心弄了一点钱，给她置办了器皿，让她在胡同口卖开水。做了一个月，做不下去了，大家都说她的水脏，不喝。

这大杂院的主家是索公公，胯下无物还娶妻纳妾。大清亡国之后索公公被正房夫人告了，死活不跟他过还要分家产。紫云娘探到风声捡了漏，让王四爷把小院买了，紫云一家就搬了过来。大格格本打算一走了之，可是念及四爷对自己有恩，抹不开面子，况且紫云说了，自己家的所有浆洗都包给她。

大格格在黑暗和屈辱之中苦苦支撑，终于盼到了苏百川保释出狱的这天……紫云打发她去花柳诊所取鱼肝油，她就知道自己的旧事要被挑破了，早晚要有这一天的。只要他问她就说，不藏着不掖着，一股脑全说。做了就是做了，不洁不空，她没有他想象的那般好。她是无依无靠的女人，她得活。苏百川是英雄，被废了也是英雄。和自己这样的女人住在一起，屈了他。把这些说了她自己会走，走到谁也不认识她的地方去……

可是苏百川没有问过她一句，无论是绿翘还是她们说了的感化院的事。大格格问他也没有搭话，始终合着眼睛静静地躺着，似乎睡着了……

第八卷

· 第一章 ·

无来去

古往今来，多厉害的角色在感情上也是凡夫俗子。苏百川亦然。曾经王府蒙难独活大格格一个，苏百川好不惭愧。入狱后，自断与空空儿的情丝，打定主意有朝一日出去了，就娶大格格为妻，照顾她一辈子。他还劝慰自己，对格格好，并非出于道义，而是她值得去爱。可是，空空儿留在天坛金匾后面的那根簪子如同扎在他的心缝里，成了一生之痛。他惦记大格格，更想念空空儿。他暗骂自己懦夫，向自己缴了械，甚至希冀着能有一日空空儿救他越狱出去，二人自此浪迹天涯，做一对神仙伴侣，把世间的烦恼全都抛掷。这念头在头几年中尤其强烈，日日都在脑中盘绕不去。后来渐渐淡漠，最终消沉、消逝。他痛恨自己的这种淡忘，再后来，连痛恨都淡忘了。

　　有天他坐在院里给几大筐子玉米棒脱粒。太阳烈烈地晒着。他忽然想，人不就是这棒子粒嘛？哪个和哪个碰见了、分开了，或者再遇不到，又或再碰到被一起碾碎成了粉面儿，又不知去了谁家的饭桌。到那时，自己不是自己，他者不是他者。谁又能认出谁？世人的相遇相爱，偶然而已。缘分多半是人的痴顽，自迷自信。能与爱人共白头的已是凤毛麟角，其中有多少是经历未到又有多少是得过且过？怎敢说必是爱之深彻。比如自己与空空儿、大格格的感情，与画本儿里讲的全不是一样。笑那些骗人的东西滑稽。心说，任凭是哪个，只要见不到，爱总会消失。岁月无情，人终会败给时间。

　　再与大格格相遇，犹如梦中。既然重逢，自己就要好好待她。也许此时的自己与大格格都已"残缺"，也许没有。苏百川猜得到大格格经历了什么，他猜得到，但只要她还活着，就是好的。无论她经历了什么，自己都接纳，因此他不想说。不说是觉得不必说，一说即错，自寻烦恼。可大格格恐惧这种沉默。她在乎他，望他体谅自己，能说几句暖心的话，哪怕是骂自己下贱撕破了脸她都认了。他是否在心里责怪自己不去探视他？他可以向狱友借钱接济。为什么不去找辫儿叔老喜？何苦这样糟践了自己！可事到如今，他不能这么问。出于怜爱，他张不开嘴，怕伤到自己。不接纳亦不忍责怪，既不能排遣于外，也不能深藏于内。要不，他压根儿不知道该怎么办，只能痛苦地沉默着。说不定，他根本就不在意自己，他心里始终只有空空儿……

　　苏百川在这小杂院里养了月余，渐渐好转，除了不能运功发力，一切如常。他对流言蜚语置若罔闻。无论紫云说了什么，石匠娘骂了什么，大格格生生受着，而苏百川却像一块石头一样，没有知觉。

　　天心在报纸上见到苏百川被军方高手废掉武功之事，追问叶深。叶深很惊讶，如同第一次听到，让她信以为真。可天心要他打听苏百川的下落，他却又借故事务繁忙，一拖再拖。天心等不及，只得去找阮中华，硬是逼着他带自己去了京师监狱，查到了苏百川出狱后的归处。看到档案留底上的一行工楷，天心的眼睛顿时湿润了："菩提巷七号，叶瑞珠。"

兄妹相见，天心痛断肝肠。苏百川却十分欢喜。

"到底是谁下这样的狠手？是不是叶深？是不是他？"

"师妹，你怎么这样问？"

"我们一回来就在找你了，打算去探视你的。怎么忽然有个军方高手出现和你切磋。不是他还能有谁？"

"不是他。我，还没见过大哥。"

苏百川的脸上看不出任何表情，语气很轻却很坚定。苏百川从见到她的那一刻起，就看出这些年她生活上很称心。他知道叶深回不了头，但任何人都不是无底洞，叶深的底线就是天心。他看得出也深信，多年来叶深依旧爱她如初。虽然师妹是亲人，是家人，但男人的事不想她掺进来。他不认为男人该对女人全说实话，都说了，于事无补，招她伤心。叶深纵然十恶不赦，也不至于对妻儿怎样。有时候真相难出正是此意，真相一出来，天都要塌。他断定叶深把当年的事瞒了她。眼前这一桩，苏百川也打算把她瞒死。

"二哥，你可别骗我？"

"怎么会呢？这人是山东口音。入伍之前练形意拳的。"

"既然是同道切磋为什么下此毒手？"

"他不是有意的，是我躲歪了。打到玉堂穴，是意外。"

"你武功没了，那和日本人的比武怎么办？"

"七年没一点消息。谁还在意这样的比武？说不定那个日本人已经死了。"

"万一没死呢？你可是他的死敌，真找来了怎么办？"

"师妹你放心。日本也是礼仪之邦。他既然身为宗家，就相当于我们的掌门或者总镖头，必然最通人情事理。我现在武功都没有了，他难道强迫我比吗？那成什么了？"

一番话下来，天心心中的一块石头总算落了地。大格格请来了揭心和王四爷。大家在揭心的小院聚齐，叫了一桌上好的酒席，把分别之后的诸多事情讲与天心。与曾经的苏百川一样，得知王四爷对通天拳的恩情，天心禁不住向他叩头相谢。之后，大家商议已定，一个月之内，把马之良在定州的坟墓迁回北京，也葬在陶然亭，与杨定吾和赵素响为伴，也算完结远人的心愿。

很快，紫云听说了这事儿。不由大为光火，和王四爷吵了两天，骂他犯贱。逼着他让大格格赎当，还以自己和儿子的性命相逼。王四爷没有办法，只能日夜在柜上待着，远远躲着她。苏百川和大格格商量，自己尽快找份事做。虽然武功没了，但他还能写文章、翻译西文，谋一份差使不是难事。以后再想法子多攒钱，到死也要把佛龛赎回来。大格格特别高兴，觉得这回真有盼头了。

"苏先生，非常抱歉，不是我出尔反尔，我有我的苦衷。本来呢，像您这样的同文馆毕业生，在我们报社供职一个编辑，能力上绰绰有余。况且，我也是惜才之人……"

苏百川心里一沉，看着报馆的主编，等他的下文。

"我不避讳地说，启用你是要冒风险的。我的压力不小。毕竟您之前的比武败了，这件事，满城皆知。许多人，恕我直言，许多人都觉得您让他们失望了。"

"我比武的事，与现在的工作有何关系？"

"坦白说，并没有直接关系。这次不录用您，主要还是您写的时评，大有问题。"

总编在桌上取了信封里的稿纸，拿出第一篇来念道：

"标题是：革命后，究竟谁赢了？"

苏百川轻吐一口气。

"引言我就不重复了，看这一句：仅以欧洲诸国为例，革命成功之后，没有哪国的君主不上断头台的。可大清的皇室，被奉养在紫禁城之中，岁用400万两。帝制虽被废除，笔者请问，大清的皇上输了吗？"

"这怎么了？"

总编一笑，继续念道："现今是袁世凯大人出任了总统，虽然已有14个省城成立了革命军政府，但同盟会仅在光复后的广东、江西、安徽三省担任都督，而其他13个省的都督，都与同盟会无干。再问，孙文先生，赢了吗？"

苏百川正色道："我说的是事实，问的也是心中所思所想。您为什么只单单盯住这里，我说袁大人主导了清帝逊位，没有流血死人，亦是功绩一件，这为什么不提？"

"书生剑气吐长虹，意之所使，不吐不快，我个人很欣赏。但，我们只是一家勉强为继的小报社，您这份时评如若发表，可是把皇室、北洋、同盟会通通得罪了。我这小报还想不想开了？"

"新政府是提倡言论自由的，时评还未发表，您倒是先怕了。一篇文章而已，大清都倒了，可您心里还有一座文字的监狱。如果个个报馆的总编都似先生，那我真想问一问，革命成功了吗？"

"简直不可理喻。本报不录用你，请你出去。"

苏百川夹着书稿，孑然独行。他去狱友程勉家坐了一会儿，吃了一碗剩面，又转身出来，想再寻一家报馆碰碰运气。不觉间走到了金银巷，正瞅见昔日广顺镖局的大门，门牌已俨然是：珠市口邮政所。门口不时有百姓和邮差进出，显得十分繁忙。

苏百川拉住了一位推着木车正要出发的邮差。

"这位老哥。跟您打听一句，这里原先是不是广顺镖局？"

"是啊！北京城最大的镖局子。怎么了？"

"怎么改成邮政所了？"

邮差笑道："早八辈子的事儿了。前清的时候就改啦！"

苏百川恍惚地哦了一声，邮差推了车要走。苏百川赶紧拦住。

"那，镖局搬哪儿去了？"

"哈哈，我是瞧出来了，敢情您是打地底下冒出来的。现如今什么年月了？哪还有镖局啊？不是搬了，是没了，彻底关张。不光广顺，北京城一家镖局子都找不着啦！"

苏百川不由大惊："您说什么？全没了？怎么会！没镖局，那这远近的买卖怎么做啊？"

"老弟，你也不想想，有了邮局和银行，还要镖局干什么？原先一封信到太原，走信镖起码也要一个来月，如今邮局用火车运了，七天准到，明白了吗？银行的道理，就更不消说了吧？用现儿今时髦的话说，就是淘汰啦！"

苏百川似乎被什么猛地击中了一样，怔怔不动。邮差看了看他，自己推着车子走了。苏百川木讷地呆立着，身子一点点沉下去，只觉山河粉碎、大地平沉，似乎是元神出窍而去，不知所踪……

· 第二章 ·

恨无常

马之良的棺椁被苏百川和王四爷从定州运回，安葬在陶然亭，与杨定吾和赵素响为伴。新坟旧坟落落相望，老友团聚，一代人凋零。苏百川想起师父生前最爱的一句词，如今成谶。

"当年万里觅封侯，匹马戍梁州。关河梦断何处？尘暗旧貂裘。"

天心跪在父亲的坟前默默饮泣。望着她的背影，苏百川呆立着。想自己的父亲若在世，此生再难见到。若离世，应正在天上看着。

"通天拳传到我这一代，真要断了吗？"

他想到这里，悲怆潸然。

原本答应到场的叶深没有出现。有场十分要紧的酒会当天下午在六国饭店举行，中华民国政府从南京移驻北京，这是件大事，连陆军次长侯坤都短暂出席且与众人把酒言欢。

苏百川与叶深身处几乎永无交集的两个阶层。苏百川对叶深无限忍让，把真相隐瞒下来。而在这里，差不多所有人都知道是叶深在狱中击败了苏百川，此役让他声名鹊起，在军方炙手可热，也很快荣膺陆军部国术副总教习一职。遗憾的是，总教习是孙禄堂。他心里虽不服，可师父在世时，孙禄堂就与之齐名，并称"北马南孙"，如今更是公认的天下第一手。

有军人带着酒气质问："什么第一啊？跟我们叶教官打过吗？"

叶深忙道："别乱讲，孙先生是长辈，我与他差着辈分呢，不能比。"

老喜笑道："叶长官，我听说前门新近成立了中华国术馆，就是孙先生牵头，坐堂的都是形意、太极、八卦、通背等各路高手，愿与天下英雄以武会友。这事儿您知道吗？"

"已有耳闻。"

"那您的叶家拳，可有被邀请啊？"

众人全都不说话了，齐齐看向叶深。

叶深笑道："家传的小把戏，岂能与国术大师相提并论。"

"文无第一，武无第二。行不行的，拳头说话。"

"没错。先踢馆，再开馆，让那些所谓的传统高手看一看，北京的第一高手，究竟是谁？"

叶深被众人怂恿去前门踢馆，一时间他反没了主意。好巧不巧这时天心走了进来，他先是一愣，而后撇下众人急急迎了上去。

"你也看到了，我非来不可。次长大人刚走。"

天心淡淡道："我说什么了吗？"

叶深尴尬一笑："都安顿好了？"

天心点点头。

"百川呢？他没怪我吧？"

"你觉得他会吗？"

叶深再次尴尬了，只得说："好。改天我去烧纸、磕头。"

他打算和天心一道回家，回身道别时，老喜等人却依旧意犹未尽。

老喜朗声道："其实啊，武林之外，各行各业都有高手。就说这为官之道，处处也透着功力啊。就拿阮大人来说，多少前清的旧臣，撤职的撤职，降级的降级，杀头的杀头。独独大人您，呼风唤雨几十载，屹立不倒。如今又成了法官养成所所长。这，才是官场高手啊。"

众人一齐起哄。

阮中华笑道："喜警长又来取笑我。屹立不倒，实不敢当。要说这些年有那么一点成绩，也不过是在为官与做人上牢记了八个字，并且践行一生。"

"哪八个字？"

"正大光明，廉洁奉公。"

众人一齐叫好。

叶深好容易等大家静下来，正要说话，不想又被老喜问道："叶长官，什么时候去挑战国术馆？我们也好一同前去助场！"

众人立刻大声附和。

叶深抱拳笑道："多谢诸位大人好意。我叶长是恪守武德的人。对前辈的尊敬礼让，是我们习武人的本分。再三恳请诸位莫要再提挑战国术馆之事。"

阮中华笑道："您这样谦让，实在为您叫屈。您不是要开武馆吗？这不正是一个扬名的机会？"

叶深心里暗笑他们不知武林规矩。无论自己到何等程度，也不能与孙禄堂搭手比试。从他身上拿名声，必遭武林腾笑。他心里确有一个最恰当的对手，赢了他，自己就是民族英雄。到那时，孙禄堂还能虚占第一吗？只是此人迟迟还未露面，真是上天眷顾。自己刚拿到心法不久，对绝学的隐门尚未参透。现在来，还真不是时候呢！

他看向众人，徐徐笑道："我的叶家拳武馆，一定要开。但无须用踢馆去证明自己。记得曾有位朋友说过，'武无第二要商榷。因为有些人不是打不过，而是不能打。'"

说罢看向天心。他引用了苏百川的话让她心情复杂。能这样说，证明他心里有师弟，可这个时候说这话，说明他依旧野心勃勃。

老喜却笑道："您的武德与胸襟，在下真心佩服。可世人最喜热闹，在他们眼里，一定要分个子丑寅卯才算……"

叶深挥手制止道："三鸟飞空，空无远近，迹有远近。三兽渡河，水无深浅，迹有深浅。请大家不要为难我了！"

众人听了半晌，如坠五里雾中。

老喜笑道："精辟，精辟！就冲您这句话，苏百川就输得不冤了。"

众人连声附和。天心脸色登时大变，叶深暗暗叫苦。阮中华立即察觉不妙，连忙用胳膊肘直捅老喜。

天心看着叶深："他说什么？"

叶深干笑："我也不懂啊！"

天心深吸了一口气，轻声问道："跟我说实话，百川出狱之前被人打伤，是不是你？"

叶深摇头："真不是我。我至今没有见过他。"

"那他是什么意思？"

"我不知道啊！"

阮中华机智过人，早看出端倪，于是大声笑道："喜大人喝多了吧？说了多少次，叶长官跟苏百川的比武无关，你们总喜欢张冠李戴。苏百川被军方高手击败，很多人都误以为是叶教官。心情完全理解，说明大家在意您这个朋友，可是呢，据我所知，击败苏百川的军方高手早已远走山东了。而且，据新闻署的消息，当时苏百川并未被击败，更没有被废掉武功。这二人的比试，是在一种默契中完成的。"

众人全部大惊，叶深也是一愣。天心吃惊地望着他，有意外，亦有惊喜。阮中华自己都惊叹，可以在这么短的时间内编出这一套鬼话，竟然沾沾自喜起来。

"有人推断说，废苏百川武功之事，是他俩做给外人看的把戏。为的是让苏百川安全出狱，离开日本人的藩篱。"

天心瞪大了眼睛："这是真的吗？"

阮中华眯起眼睛一笑："传言，目前只是传言。但是打我嘴里说出来，说明我希望它是真的。"

说罢对叶深意味深长一笑。叶深向他颔首，揽住天心走出了大门，心里道："阮中华真他妈是个人才，日后还得高升！"

　　揭心在当院支了一口大黑锅，架了许多柴火，指使着小伙计熬制一锅黑乎乎的东西。只见揭心手边放了大小十几个小布口袋，里面装的都是蜈蚣、蛤蟆、金银花，乱七八糟的一堆，不时让小伙计抓了扔锅里。王四爷也在一边看得津津有味。

　　石匠媳妇打葫芦巷过路，瞅见了很好奇。

　　"这是什么呀？"

　　王四爷笑道："你不懂，好东西。"

　　石匠媳妇撇了撇嘴不再说话，却也不走。此时，说书的老黄急匆匆过来直奔揭心。

　　"三爷，您熬得了吗？付秃子他们等着要呢！"

　　揭心撇撇嘴："催什么呀！这能随便糊弄吗？让他们等着。"

　　"得，我就帮着问一嘴。"

　　说着，要回菩提巷去。石匠媳妇越发好奇，拉着老黄问："黄爷，这是什么啊？"

　　老黄笑着一指眼睛："药膏子，治眼病的。"

　　"谁？谁得了眼病啊？"

　　"哈哈，你没有吗？"

　　"没有啊！"

　　"我看你有。"

　　真把石匠媳妇说蒙了，不自觉眨巴几下眼睛醒不过味儿来。

　　揭心问老黄说："你还回天桥吗？"

　　老黄回道："吃了晌午就走，晚上我还有一场攒底呢。"

　　"行，一会儿你见到付秃子，叫他们来拿就是。时间也差不多了。"

　　"得嘞。"

　　老黄答应着就不动了，专心地看熬药。王四爷凑上前去闻了闻："我瞧出来了，这是'皮门'的东西啊。"

　　揭心笑了："要说什么也难不倒四爷您呢。"

　　王四爷笑道："行啊三爷，没看出，您还是个通才啊！"

　　揭心还没说话，老黄就插嘴道："敢情！三爷玩什么都灵。有一年我俩在东安市场，见过别人熬过这个，三爷站着看了整半天，说，这东西不难，我回家琢磨琢磨也行。嘿，真让他说着了。现在好，算是南城的'皮门'老帅了。您瞧这东西熬得，比同仁堂的都地道。"

四爷来了兴趣："老帅？怎么您还给皮行供货呢？"

揭心满不在乎笑道："供什么货呀，我就是一玩儿，当个消遣。谁还指它挣钱啊？"

四爷笑笑没说话。知道揭心好面子，不拿这个挣钱难道是接济吗？光这些药材都值不少钱。北京城响当当的大贼头，如今在家熬药膏子。就思忖着自己的鉴定所近来也没添进项，有点儿待揭心不公。想着想着，心中不免感慨，半晌说不出话来。

石匠媳妇笑道："真的治眼病啊？熬这么一大锅？"

揭心笑道："那错不了。专治眼病啊！可以口服，也能做成帖药。什么头疼脑热，气蒙眼，火蒙眼，暴发火眼，红丝血线，一上就好。"

老黄翻了翻口袋，对众人道："瞧，干蛤蟆还有冰片。三爷做的可是良心药啊。"

揭心笑道："敢情。你当我是那帮卖狗皮膏药的？一张膏药能治几百个病？姥姥啊！隆福寺还有一个卖小灵丹的，叫什么韩大疙瘩的，也全是蒙人的玩意儿。真叫断子绝孙。咱可不作兴他那行为。这个四爷最懂。我们过去都是吃江湖饭的，江湖人最讲体面不是！"

老黄一愣："怎么着？您二位过去也是江湖？"

"那错得了吗？我俩一个老荣，一个砸明火，咱爷们干的，那才叫顶天立地……"

揭心说完觉得不妥，已经晚了。老黄当即脸都白了，再看王四爷脸都绿了。老黄咽了一口吐沫，用眼睛乜着他俩，心里好一阵狐疑。

石匠媳妇愣了："黄爷，老荣是什么？什么又叫砸明火啊？"

黄爷干在当场不知怎么说。正这时苏百川也走了进来，见这场面也是一愣："你找我啊？"

揭心点点头。

石匠媳妇对苏百川笑道："苏爷，正好您来了。您读书多，跟我说说，什么叫砸明火？"

苏百川脱口而出："这是黑话，就是劫道儿的意思。怎么问这个啊？"

话音未落，石匠媳妇早就吓没影儿了，老黄追出去。

"别乱说去啊，他逗你的。"

王四爷用指头一点揭心，叹着气也走了。揭心笑着让小伙计照看着柴锅，示意苏百川把他推到了里屋。不久从枕头底下取出一张报纸和一张银票，都递给了苏百川。

　　"这什么呀？"

　　"二十两银子，你别嫌少。"

　　"你干吗呀？"

　　"留着用吧，过阵子再给你二十两。"

　　"我不要钱，你给我钱干什么？"

　　"别废话了。让你拿着就拿着。"

　　苏百川拗不过他，只好收了。揭心这才把报纸指给他，说的是他和军方高手的比武有诈，目的在于出狱和摆脱日本人……

　　苏百川一笑："假的，别信。这年头，还不是谣言满天飞。"

　　揭心静静看着他："百川，好几家报纸，可都这么写。更有说你功力进步神速，有人目睹你在护国寺打擂呢。"

　　"我伤都没好全呢，还打擂？真够胡说八道的！这种耸动新闻，博人眼球罢了。"

　　"真他娘的。你的玉堂穴被打坏了，我亲眼所见。练武的人，基本算废了。你已经不是他们的英雄了，就这么随意糟践。"

　　"我不计较，别人怎么想，我也不在乎。"

　　"百川。我觉得苗头不太对。如果真是报社拿你当噱头，想赚一点销量，那你一出监狱他们就能这么写啊，反正造谣嘛。怎么偏偏是现在？这都好几个月过去了。你的事，从新闻的角度看，早就凉下来了，突然拿出来说，还有鼻子有眼的说你武功尚在。这就大有蹊跷啊！"

　　苏百川也是一愣："你什么意思？"

　　揭心摇头道："一时间说不好，源头一定不是报社，恐怕另有其人。莫非是日本人干的？"

　　"为什么？"

　　"涅川直人和你还有一场擂台要打。"

　　"应该不是吧，他完全没有消息啊。"

　　"没有消息就是最坏的消息。假如是日本人故意散播这种谣言呢？那可就太恶毒了！"

苏百川听了惊惧不已，却还是劝慰道："别想太多了。报纸嘛，都是嚼舌头的。我觉得和混川没有关系。"

"我会查的。直觉告诉我，这件事背后有一只手。绝不是你想的那么简单。我推断，如果不是日本人，那就一定是那个胜了你的人，他想羞辱你。"

苏百川坚定道："不会的。他不会的。"

揭心认真地说："百川，我问你一句话，你可要照实说。"

"你问吧。"

"监狱里和你比武的，究竟是谁？"

"我说过，不认识。"

"不认识你这么信他？凭何？"

苏百川低头不再说话。

揭心不动眼珠地看着他："百川，你知道近身偷的诀窍是什么吗？"

苏百川愕然。

"不是手快，是心快。祖师爷常说，七尺之神在一尺面中，一尺之神在一寸眼中。干我们这行，最要察言观色，研究人，琢磨人。只有心到了，手法和身法才有用武之地。你眼里有事，瞒不了我。别说是你，大街上随便走来一位，我看上几眼就能知道他的身份、背景、家底如何，乃至心中所想。往往八九不离十。"

苏百川为难道："你别逼我。"

"我不是逼你，是怕你吃亏。百川，你现在成了这样，我有责任保护你。你虽有侠名，可毕竟年轻，江湖上许多事，你照旧看不透。因为什么知道吗？你和我的二哥，还有我师妹同属一种人，出身好。"

提到空空儿，让苏百川心头一紧。

"出身太好的人，往往对人性之恶，缺乏嗅觉。"

苏百川没有反驳，细细品味他的话。

"你书生气重，宽厚待人。我师妹呢，倔强执着，心地单纯。而我二哥，又太骄傲。你们最大的弱点，就是少了一点防人之心。"

苏百川渐渐低下了头。回想着当日在监狱与叶深的相见，心中绞痛。

"你的武功怎样我心里有数。我绝不相信，在同辈的武者里，有人可以直接废掉你。"

苏百川面色越发难看起来。

揭心一字一句道："百川，比武的时候，他偷袭了你，对吗？"

苏百川眼中浸出了泪光，看了揭心良久，强忍着不肯点头。

"他是谁？"

苏百川艰难地站了起来："别问了。不认识。"

苏百川走向了门口，揭心却不依不饶："是叶深？百川，告诉我，这个人就是叶深！"

苏百川心里咯噔一下，他停下了。以他们二人的交情，既然被他猜中就不必再瞒。可是苏百川若承认了，揭心难免会做出出格的事。揭心与柳絮才是师兄弟，他可以包容柳絮才的冷傲与残忍，绝不会替苏百川包容叶深。

"能让你如此讳莫如深，必然与你极有渊源。我想来想去，只会是他。对吗？"

苏百川许久淡淡道："不是。"

苏百川径直走出了房门，揭心推着木轮椅在门口喊道："以德报怨？你真把自己当圣人了？"

苏百川回头看了看他，平静道："你们盗门的精髓，让我很受启发。知道通天拳的要旨是什么吗？是防守，是退让的精神。"

"退无可退呢？"

"浊而静之徐清。"苏百川想了想，自我宽慰似地说了这句话。

"什么什么？是一句德语吗？"

苏百川已经离开了。

·第三章·

世难容

不同当年，从葫芦巷回家再没有后花园可走，苏百川必须绕道才能回杂院。刚迈进菩提巷，就见到老宅门外，青木主仆两人正鞠躬相送一位穿中山装的人，此人上车之后徐徐驶离，青木才回身而去。汽车走到巷口时，车里人与苏百川对视了一眼，瞬间都认出了对方，不免错愕。

　　"宝琦兄？"

　　"俊观兄？"

　　苏百川怔在原地。老宅被青木一雄占了，赵华来这里做什么？车停了，赵华拉开了车门，并步上前热情地抱住了他。老友相见，好不感慨。赵华还是那样意气风发，苏百川依旧平静如水。

　　"看看，看看，这是谁啊？这是谁啊！哈哈哈。"

　　"宝琦兄，你是在政府做事吗？够有派头。"

　　"哈哈，一言难尽。真不巧，我必须马上走。这样吧，下周，不行，两周以后，我还会回北京，到时候我找你，好不好？"

　　苏百川茫然："你，不在北京啊？"

　　这时，又一辆汽车开过来停下，老喜笑眯眯地摇下了窗子。

　　"赵主任，有什么可以帮您？"

　　"正好，你替我约百川喝茶吧，时间两周之后。抱歉我必须走了。"

　　他使劲拍了拍苏百川的肩膀，元首一般上车离开。苏百川愣在原地，看着喜警长，心里更错愕。

　　"人家现今是大人物啦，我负责保卫。"上车之后，老喜对苏百川说道。

　　"百川，能见到你真好。你是不是真的已经……"

　　苏百川明白他在问什么，轻轻点了点头。

　　老喜叹道："我是个没能耐的人，无法阻止叶长啊。"

　　这一句话石破天惊，苏百川不由瞪大了眼睛："叶长？"

　　老喜的脸上没有多余的变化，苏百川推断他与叶深的交情不深。

　　"你们认识？"

　　老喜点了点头："他是陆军部的国术教习，授旅长衔。硬气啊！现在已然是副总教习了。还有赵华，更不得了，他是招商局的主任，手眼通天的人物啊。你知道吗？你后来被释放，是赵华打了招呼的。"

　　原是自己找了赵华向他提及了释放苏百川之事，但老喜并没有向苏百川邀功。他深深叹了一口气感慨道："百川，当年杨定吾的事，我知道你恨我，真抱歉。我……"

"不用说了。"

"大清国没了，我官居原职，身份还是原先的身份，日子还是原来的日子。可我这心里，总觉得少了点什么。少了什么呢？少了一个奴才的身份啊！格格不愿见我，我知道，她活着，一定活着……你告诉我她还活着。"

苏百川动容："活着。"

老喜的眼泪簌簌地落下来："好啊……这么多年，她怕拖累我，宁肯一直躲，避而不见，自前清躲到了民国，七年了，我都不知道她是怎么熬过来的！我曾经满城找她，后来，渐渐也……哎，时间把人心变钝了，也让我清醒。老主子死了，我无事；小主受难，我高升。无论我曾做过多少，这都是我的原罪。"

苏百川静静地听着，没有说一句话。

"格格比我看得远，我的罪是洗刷不清的。不见就是对我最大的恩赐……"

"也许吧！"苏百川淡淡说道。

老喜抹了一把眼泪："你住哪里？算了我不问了，你要去哪，我送你。"

老喜猜出苏百川一定知道大格格下落，说不定二人现在就在一处。这层窗户纸双方都不会捅破。

苏百川许久轻声道："送我去朋友家吧。"

侍从官领着赵华来到了侯坤的办公室。侯坤正在接听电话，他用手示意赵华坐下。侍从官捧了一杯茶给赵华，而后礼貌退出。

不久，侯坤放下了电话，把一支烟卷装进长长的烟嘴里，徐徐点燃："电话正是你们盛宣怀大人的。他跟我说，招商局的大小文件，都可以抄送一份给我。"

赵华点头："盛大人之前也是这样吩咐我的。可我……"

"你要抗命吗？"

"卑职不敢。"

侯坤身后的背墙，挂着一幅袁世凯的戎装画像。这让赵华有一种强烈的逼仄之感。联想到财政部与招商局对军部的完全透明，他深刻感受到武夫当国的滋味。

"从哪儿来？"

"青木家。"

侯坤一喜："很好！快说，进展如何？"

赵华从上装口袋中取出了一张折叠好的纸，轻轻地递到了侯坤面前。侯坤打开之后，上面有一行数字：4.5 厘。

侯坤凝视这个数字良久："4.5 厘？这是利息啊！他肯借多少钱呢？"

赵华摇了摇头。

"跟我们打哑谜吗？那么英、美、德、法呢，什么条件？"

赵华轻叹了一口气："各国银行，都有浓厚兴趣对华贷款，可条件都很苛刻。以英国为例，借款总额是 500 万英镑，年息五厘，但要求我们以盐税、关税以及税源较多的直隶、山东等省的中央税作为担保。德国人，美国人，也都各有不同要求。谈判的进展，艰难缓慢。"

侯坤把烟卷掐灭在烟缸里："这是一个掠夺的时代，帝国主义横行啊。赵华啊，没办法啊！谁让咱们是弱国呢！"

赵华艰难地道："国家太穷了，不借，难以为继。借，又会受制于人。为此，财政总长熊希龄先生已经辞职。"

"这个我知道。一个善后大借款，搞得大家精疲力竭。巧妇难为无米之炊！苦了你们了！万事开头难嘛，何况一个国家？"

赵华起身，颔首而立。

侯坤让他坐回去，又重新展开了那张纸："那么，日本人究竟肯借多少？条件又是什么？"

赵华的表情复杂："青木向我口头承诺。这笔钱不会低于七百万。"

侯坤眼睛顿时一亮。

"可是，"赵华继续说道，"可是，数目无论多少，都不会是完全的实际出资，一部分是发行债券，一部分算无偿援助，最大的一部分会是实物抵押。"

"可以，条件呢？"侯坤不假思索。

"目前没有。"

侯坤探出了脖子，这完全出乎他的料想："没有？日本人怎么可能没条件？"

"这就是最吊诡的地方。应该说，日本人比西方诸强更了解我们。卑职以为，这块骨头不好啃啊。"

"你接着说。"

赵华端起茶杯喝了一口，缓缓道："我小时候，时常会受邻家孩子的欺负，我哥对我说，跟别人打架，打得过就打，打不过就要跑，千万别给他机会打败你。一旦对方赢了你，下回你想凭自己的力量再扳回来，非常难。因为胜者掌握了败者的心理，他知道怎样赢。"

侯坤赞许点头："有道理。你是说，日本人不是不开条件，他在等机会。"

赵华点头："战胜后的日本自认为是强国。别人都借了，它一定会借。日本人心机深重，目光长远。我甚至怀疑，我们新政府究竟需要借多少钱，他们都一清二楚。目前看，西方的条件已经很苛刻了，我们的政府在摇摆不定中，日本却显得彬彬有礼，分寸极好，我仿佛听到了毒蛇吐信的声音。它在等，等我们狠下心不得不借的时候，等到我们和别人谈得差不多了，只差一个不得不补的缺口，它再插进来，补足我们的数额，让我们感恩戴德。那个时候，它一定会提条件。"

"那么你认为，日本人借钱，会提什么条件？"

"不清楚。但是，招商局是日本油船以及日清汽船株式会社的竞争对手。我最担心的是，日本人会让我们以招商局作抵押，才准许发放这笔贷款。"

"你是说，他想通过这次贷款，控制整个招商局？控制了招商局，也就勒住了中国的一个大钱袋子？"

赵华表情木然："这只是担心和推测。真有那一天，无论如何都不能答应。"

侯坤笑道："这个，你就别担心了。你需要再和日本人协商，摸清对方的真实意图。毕竟从利息上看，它们算是最优待的了。"

"我真的不明白，我们政府为什么要借那么多钱？"

侯坤暗自瞟了他一眼，轻描淡写地笑道："赵华，百废待兴，国家建设，处处需要钱。做好该做的，你就是我政府的功臣！"

"借这么多，会动摇国家的根基啊！无异于饮鸩止渴！"

"年轻人，你也太悲观了，远没到那个地步。退一万步讲，没有选择的时候，饮鸩止渴也是选择。借款，总比赔款好受吧？马关赔款怎么样？大清那么难，不也咬牙还清了吗？"

"可大清国亡了。"

"这话不该是你说吧？你可是当年的革命急先锋啊！"

"此一时彼一时啊，将军。"

"赵华，你年轻有为，路还长得很。把眼光放长远一些，心境宽和一些，必是前途无量。"

侍从官轻轻敲门："报告。"

赵华只得起身："多谢将军教诲。我也该告辞了，下午约见了德国人。"

"祝你一切顺利。"

赵华戴上了礼帽："总之，如果将来借到了钱，希望可以用在当用之处，让我国家民族振兴图强。"

侯坤一笑："你我同舟共济，未来必是一片光明。"

赵华走出之后，侍从官进来，手递一份文件："将军，这是南方裁军的遣散费用，以及北方募集新军的人数。"

侯坤低头看了看："遣散费暂缓。黄兴在南京拥兵自固，大总统命我与江苏都督不日前往南京监审裁军进展。这笔钱，等我在南京梳理清楚之后，再行发放。"

"是。"

侯坤又看了看北方的募集情况，叹道："这也太保守了，这点人手够什么用的？北洋的老班底是自己亲骨肉，要体恤啊！这么着，段芝贵的拱卫军五营增为十营，雷震春的河南豫军三营增为六营。奉天巡防营应该改编为两个师。嗯，你把我的意思拟一下，晚些时候我亲自呈报总统。"

侍从官惊问："将军，真是大手笔啊！可人员翻番，就是加倍的军饷开支啊……"

侯坤一竖眉："这是你该问的吗？"

侍从官连忙立正："是。"

苏百川找程勉问他印刷厂的事。程勉笑着说还等信儿呢，你别急。苏百川就猜出八成人家又不要自己。在他家吃了烫饭，二人就一起动身去天桥找陈大炮。

天桥依旧热闹异常，五花八门的摊位，点痣的、捏泥人的、卖估衣的、看相的，不一而足。

"你也该学学我，没事儿就到天桥来遛遛，人在热闹地方，就不想烦心的事儿了。"

二人正聊着，迎面碰到了说书的老黄。

老黄一拱手："呦，苏爷。到天桥来啦？"

苏百川忙道："黄大哥。今儿得空，我来转转。这是我朋友程勉，这是我街坊说书的黄爷。"

二人抱拳道久仰。

老黄笑道："我园子就在前面儿呐，今儿我说李元霸，走，到我那喝茶去。"

苏百川忙说："我们来会个朋友，一会再去打扰。"

老黄抱拳道："那说好了，晚饭到我那儿吃，摊饼子，糟溜鱼片，再烫壶酒？您看怎么样？"

苏百川点头："好好，一定去。"

老黄对程勉："一块儿来，都来啊。园子叫甘露园，一打听都知道的。"

程勉连连点头。老黄急匆匆先走了。

苏百川问程勉："黄爷挺热心，你说咱们去吗？"

程勉笑道："去，干吗不去啊。叫上陈大炮一块吃他去。"

"你？"

"一顿糟溜鱼片算什么？我听陈大炮说，他这几年说书，就指你活着呢。哈哈。"

苏百川一笑，心情也好了许多。

程勉一指前面摆摊儿的老头儿："瞧见没？那老头儿姓索，过去是个大太监。原来家底儿很瓷实，改了民国之后，他犯了重婚罪，被告倒了，现如今也只好出来摆摊儿了。"

"原来就是他啊。我们菩提巷后半条街都是他的。"

二人沉默良久。苏百川欲上前，程勉拉住："别管了，他卖的东西全是假的。"

路过卦摊儿，戴墨镜的算命先生一指苏百川："先生留步，我有一言相赠。"

程勉拂袖笑道："玩儿去。"

硬拉了苏百川去了不远处的小树林野场子，正是陈大炮摆摊卖艺的地方。老远见围了一圈人，两棵大树之间拉了一道横幅："唤醒国人，共倡武术"。二人相视一笑，钻进了人群之中。

场子当间只有一个木桌，旁边的陈大炮赤着上身，正在向众人吆喝着。

"人穷了当街卖艺，虎瘦了拦路伤人。我陈大炮有一身的好玩意儿，本不该呢，在这儿摆地卖艺，心里觉得愧对祖师爷。"说着对天一抱拳，"师爷哎，不是我陈大炮心狠，是钱狠呐！"

苏百川听这话，心里别有一番滋味。

陈大炮在场内打起了旋子，一边热身，一边也是为了聚人。收势之后，他又一抱拳："您诸位今儿来着了，我要练一手特别的功夫。"

说着，他在木桌上摆了一把瓷茶壶，在壶嘴儿上放了一个大铜子，铜子上放了一个泥球蛋儿，在茶壶前放一个茶碗，碗底冲天，在茶碗上也放一个泥球蛋儿。

陈大炮自腰里卸了弹弓来："诸位，我要用我这弹弓球打出一条线去，先打中这茶碗上的泥球，茶碗不能打坏，飞起这茶碗上的泥球啊，能把这茶壶嘴儿上的球儿撞掉，非但我茶壶嘴不能坏，壶嘴上的大铜子儿不能打下来。"

程勉和苏百川带头叫好，众人开始鼓掌。陈大炮看见了他们，会意一笑。

"我这手功夫有个名字：叫弹打弹儿，又叫球打球儿。平常日子我是不练的，今儿众位来着啦。我把话说头里，我练这手功夫，一子儿不要，众位回去给我传个名。回到家去，你就说天桥陈大炮的弹弓打得最好。怎么样？"

众人再次叫好。

陈大炮左手拿弓，右手拿起泥丸儿，往弓弦上一填，拉开了弓，作出欲打的姿势，众人全都屏住了呼吸。可他又停下了。

"我再托付一句。我要是练好喽，弹打弹儿，球打球儿。茶碗不碎，壶嘴不坏，众位还得给我拍巴掌，给我叫几声好。钱我也不要，众位回去给我传个名啦！"

此刻必有人应景地大喊一声："您叫什么呀？"

"天桥陈大炮啊！"

那人道："陈大炮弹弓打得好哇。"

"得嘞，诸位上眼瞧吧。"

说到这里，前弓后箭，手眼拉成了一条线，"嗖"的一声，弓上的泥丸脱手，直打向茶碗的泥丸。后者又恰恰弹起撞到了茶壶嘴上的泥丸，壶嘴上的铜子晃了一晃稳稳立住。众人一起叫好。

程勉也顺势喊道："陈大炮好功夫啊。再来一个。还有吗？"

陈大炮笑道："我可还有绝活，诸位想看吗？"

众人齐声："想看。"

"想看可以，那可得要钱了。"

程勉顺着袖口掏了钱扔了进去："诸位，再看一个吧！"

他这一挑头儿，众人纷纷往场子里扔钱。

陈大炮四面抱拳："得嘞，诸位老少爷们儿，我再给你们换一手，还是弹打弹，我凭空扔一个弹子上去，再用我手里的弹丸在空中给它打烂喽。"

众人叫好。

"喝口水，先休息休息。"

这是艺人的拿人之道，俗称"拴马桩"。先小露一手，让你不舍得走，掏了钱才见真章。果然陈大炮不紧不慢披了衣服，坐在了椅子上休息。众人意犹未尽，哪里肯散，七嘴八舌围着他。陈大炮挥手让苏百川和程勉进来。

苏百川笑道："大炮，好样的，你这两手真是不赖。"

陈大炮也笑道："不成啊，干不过那些要刀的。他们是连着跌打膏一起卖，一天弄好了能有七八块呢。我这单要一人，一天下来四脖子汗流也就俩仁的。"

苏百川笑道："平地抠饼，素手来财。已然了不起了。"

正这时，附近一阵锣响。众人聒噪起来，都说那边儿银枪刺喉和胸口碎石的买卖要开张了。人群开始松动。

陈大炮有点儿急了："哎百川，你要耍两下吗？"

苏百川："我哪儿行？"

陈大炮笑道："你是正经的尖挂子，不比那些耍刀的强过百倍去？"

苏百川正摆手间，陈大炮拉起他的手站了起来："诸位，别走别走！瞧见没？我陈大炮有朋友，您道这位是谁？他就是北京少侠苏百川呐！"

众人不禁哗然。

"这可是正经八百的武术高手啊。咱们请苏大侠来一个怎么样？不比那些假把式看着痛快。"

众人大声叫好，又都不走了。

程勉急了，忙小声道："大炮，你浑啊！忘了百川没功夫了？"

陈大炮当即傻了，再看苏百川脸上一片惨白。

陈大炮自觉失言，赶紧抱拳道："诸位，苏大爷今天功夫不在身上，改日，改日啊！"

这时候，人群里挤进来一位手拿大枪也赤着上身的人："苏百川我知道啊，他早就让人打废啦！"

陈大炮瞪眼儿道："练你的大枪去，少跟这儿胡沁！"

那人笑道："我胡说？那报纸上白字黑字这么写的。有能耐没能耐你让他来一个呀！"

众人立时起哄，场面当即失控了，陈大炮连连向众人作揖。

此人不依不饶："苏百川，你还敢到天桥来？这里可是藏龙卧虎，你知哪家顶碗的孩子要个淘气，出来摔你一跟头啊？"

众人哈哈大笑，苏百川惭愧无地，急急走出了场子。程勉责怪了陈大炮几句，再去找他，苏百川早已消失在人群之中……

陈大炮愤然拉住那位好事者："孙子，我非把你打烂不可。"

那人也不含糊，一掌推开了陈大炮把长枪在手里一擎。

"怎么着？打量你七爷是吓大的？"

陈大炮把弹弓在手里一拉，咬牙切齿道："毬！我想打你不是一天两天了。今儿就给你换个眼珠子你信不信！"

"你丫来啊！"

这下可不得了，众人全都哗啦散开，等着二人动手。虽然气势上各不相让，可是谁都不敢先动手。不久吹哨的巡警到了，将二人团团围住……

含恨离开天桥，苏百川独自一人昏昏沉沉往家走，胸中块垒成山。他如今是英雄遭难，没钱，没功夫，没事做，让人瞧不起。他跟谁都没争，也不愿计较。他只要活着。连这个，也难。

眼见天已擦黑，他来到了一个胡同口。有位破衣烂衫的老人当街支张烂桌子，上面放个酒盅，半瓶烧酒，还有一碟黑乎乎的甜酱，酱里面插着一根猪鬃。老头儿用猪鬃蘸了酱，用嘴抿了一口，又端起酒盅来美美逮了一口。苏百川停下看他。

"大爷，这是哪儿啊？我走迷了。"

老头儿头也没抬："管它是哪儿呢！来一盅吗？"

苏百川看了看他，点了点头。老头给他倒了一杯。苏百川抓起来一扬脖子喝了，辛辣刺喉。

老头笑得五官挤到了一起："酱要吗？"

苏百川摇了摇头："再来一杯。"

老头笑着又给他倒了一杯。他接过来又喝了。老头拿起了猪鬃在碟子里使劲裹了几下要递给苏百川，苏百川已经走远。迎风一吹，本就不胜酒力的他竟然醉了，摇摇晃晃走入了胡同深处。

这时，一家门开了，走出了三个地痞模样的人，他们环顾四周无人，就慢慢向苏百川靠了过去。

"朋友，哪儿去？"

苏百川看了他们一眼，低头欲走被拦住。

"跟你说话呢没听见啊，我们兄弟要去办点事儿，你方便借点吗？"

苏百川靠住墙："走开……"

三人一拥而上，将苏百川按倒在地，瞬时拳打脚踢，苏百川竟无还手之力，一声不吭紧紧抱着脑袋……

地痞们打累了，在苏百川的衣服上擦了手上的血，开始搜身。上下翻遍了竟一无所获，免不得又遭了一阵拳脚："真你妈晦气，一毛钱也没有。"

三人骂咧咧回屋了。苏百川气若游丝，躺在地上一动不动。不久，有个地痞手端一簸箕废煤渣又出来了，看到苏百川果然还在原地，急急过来把煤渣劈头盖脸全倒在了他的脸上，又猛踹了他几脚，这才解恨，骂咧咧地回去了。

· 第四章 ·

大雄无畏

青木一雄吃罢早餐，罕见地没有进茶室煮茶，而是率领府上全员，一丝不苟地打扫庭院。责令一切家具、陈设都必须用双盆擦洗，一盆碱水，一盆清水。约莫一个时辰工夫，就将全府上下，打扫得一尘不染。他吩咐仆人，未来的两个月，必须日日如此精细。还特意布置了新的盆栽和屏风。之后又亲自书写"大雄无畏"的汉隶，写够三遍才勉强满意。他放下笔，伸了一个大大的懒腰，命人拿自己新做的和服来试穿。这时，浅山幸太郎匆匆来谒。浅山是青木一雄的门生，如今背靠松井财阀，亦是日本国会议员，是赵华借贷的直接对话人。

"怎么样？"

"老师，东京已经回电，'宝心少女团'非常荣幸，愿意尽快来中国。"

说着，从口袋里取出电报，恭敬地递给了青木。青木展开一看喜笑颜开。他放下电报，目光中有了少年的神采，搓着双手笑道："实在是太好啦！少女的舞蹈会让人心旷神怡。希望可以洗涤宗家的一路风尘。"

"只是……"

见浅山有些迟疑，青木皱眉看了他一眼。于是浅山继续说道：

"宗家是苦修之人，万一他不喜欢女孩子，我们会不会就搞砸了……"

青木哈哈大笑："舞蹈的少女，好比佛前的鲜花。谁能不爱呢？又不是妓女，你怕什么？"

二人正笑着，下人走进来禀报有人造访。二人以为又是赵华，正低声密语着，门口就传来了一阵喧嚣。

苏百川是被一辆黄包车拉到这里的。青木见他歪倒着，满脸血污和煤渣，心中一怔。车夫说，早晨在小喇叭胡同看到了他，像是被人打了。本想送他去医院的，途中他醒了一次，说没钱看病，想回家，就让拉到了这里！

"苏百川的意识里始终认为他还住在这里的。真是个可怜的家伙。"青木这样想着。他付了车钱，命人把苏百川搀了进去。

"这家伙太脏了，会玷污宗家的。原本是为了宗家才特意打扫出来的，实在太无礼了！"浅山十分厌弃地说道。

青木一雄没有嫌弃苏百川，相反还让侍女为他洗澡、更衣。他让浅山自便，自己竟换了新和服在房中焚香等待，正是过去苏百川的房间。很快，苏百川被人用藤椅抬了进来。青木见他被新换上了日式宽袍，很滑稽。他忍着笑，亲自用木勺喂他喝水。苏百川回了神，徐徐睁开眼睛，看到了眼前的青木以及熟悉的房间。他没有忧伤，至少青木没有看出来……

"出于礼貌，我不会询问你发生了什么，与何人起了冲突。当然，如需帮助，我会尽我所能。"

苏百川怔怔地望着他，心想自己在狱中这些年，权贵人物也算见过不少。不能说都是跋扈、暴戾，但至少没有谦卑的习惯。这个老青木作为多年的日本全权大使，绝对是举足轻重的人物，如今又占着通天拳的宅子，却还能对自己这个又穷又弱的犯人如此彬彬有礼。究竟出于礼节还是另有目的？他不想猜，甚至不愿看他。

"我来中国很多年了，真心佩服的不多。你是一个。"

青木一雄始终保持微笑，语气温和，苏百川却已闭上了眼睛。

"我知道你不信我……梁启超说，中国古代史，就是帝王史。我十分赞同。在你们的历史文化中，几乎见不到完全纯粹的个人，或许有几个为世所不容的异类，比如陶潜，但这种人总是极少的。大多数所谓的王侯将相、英雄豪杰，无不都是推详进退、趋福避祸。一切，都围着政教系统起伏。何其悲哀！而你，让我看到了个人的意志。钦佩，由衷钦佩。"

苏百川冷笑："莫名其妙。别乱抬举了。我已武功尽失，一事无成。"

青木摇头："中国人讲阴阳之道。表面上看，你在世俗眼中，是个败者。可另一面，你曾做过的事情，不可思议啊！至于说武功，我相信这是你的谦辞。有许多小道消息都在讲，你的比武和被废，很微妙。当然这是您的私事，我不打听。对于我个人而言，很希望传言是真的。我相信您依旧锐不可当，更愿意结交您这个朋友。尽管对于日本来说，您是个合格且危险的对手！"

苏百川已经懒得听他说话，干脆闭目养神起来。他听到青木起身，缓缓走向了书桌，又慢吞吞走了回来。心说，不至于取刀来杀吧？

"尊敬的苏百川先生。非常抱歉，让您久等了。得知您在狱中得到了优待，我十分宽慰，为您祈祷……"

苏百川吃惊地睁开眼睛，原来青木一雄在读一封信。

"六月六日，是我亡兄的生辰。恳请阁下，能在这一天与我在擂台相遇……"

浬川直人！这是浬川直人的信！苏百川不禁毛骨悚然，大脑一下子空了。

青木一雄念完，把信纸放进一个印有菊花标志的信封里恭敬地递给了他。迟疑后，苏百川接了过来，呆滞地看着青木。原来如此！难怪青木一雄这样恭谦，还故作玄虚说自己武功尚在。他顾不得再往下想，就隐约见到窗外似乎立有一人。

正如苏百川入狱之时青木对他所说的那样，镜月向心流的真正宗家不是浬川介，而是他的胞弟浬川直人。苏百川当年踢馆，杀死的只是一个赝品。当时的日本最强者，发誓要为哥哥报仇。这才施压清政府，保下了原本被判死的苏百川。青木一雄还告诉他，混川直人由于个人的原因，迟迟未能来到中国，让他久等了。而这迟到的原因实在让人肃然起敬！

早在江户时代，奈良的混川家族就已成为日本望族，世代都有杰出的武士。混川的祖父混川千治更是创立了镜月向心流，三代目混川直人最终成为一代天骄。他在二十八岁这年，先后击败了日本的一刀流和二天一流的宗家，成为真正意义上的日本第一。其在日本人民心中的地位，仅次于宫本武藏。他在奈良有千顷封地，并接受三百户的供养，还被特许享用皇室的菊花徽章，足见皇家与国民对他的礼遇。这种尊崇与当时的日本围棋名人本因坊秀哉并驾齐驱。青木说到这里，特意向他介绍了本因坊秀哉这个人，目的不在说明秀哉和混川究竟多杰出，而是炫耀日本文化对个体的肯定能够到何种程度，从而暗示中国对人才的麻木不仁。

所谓镜月向心流的精髓，只是一个"快"字。绝招也只是一下，名曰"无念无相斩"。混川直人的拔刀、出刀和收刀，几乎快到了肉眼难辨的程度。可他是一位高傲、简单、纯粹的武术家，二十八岁就到达了人生的巅峰反让他极度失落。他不愿自己的人生就此停滞不前，为了还能照常比武，他开始养翠鸟，与之亲近熟悉，能自如站立刀柄而不飞。当混川与人决斗时，他张开手掌的一刹那，必定逼迫小鸟扑扇翅膀飞腾而起，之后他才能拔刀，这是在给对手善意的提醒。可即便如此，他仍能以不可思议的速度取胜。到了三十岁，放眼整个日本，已经无人配他拔刀。同年，他被封为"明治武圣"。

可是，这样的荣誉令混川直人十分不安，他认为一定还有高手没遇到，或者，同代的武者太弱了。总之，这绝不代表自己能与宫本武藏比肩。无论如何，自己都配不起这样的称号。于是坚辞不受！他越是谦卑，人民越是爱戴他。因他不肯虚度光阴，更厌倦养尊处优的生活。为了无限接近武道的精神，他竟做出了令人震惊且无比心碎的决定，削掉了自己握刀的右手拇指，并立志练习左手刀法。假如有一天，他能以左手刀法同样成为"第一武士"，他的良心方能安歇。不幸的是，就在他削指明志不久，北京传来了他哥哥被杀的消息……

七年过去了，混川直人的左手刀，再次无敌于日本。

在青木心中，宗家混川直人好比是东渡日本传道的鉴真法师，他的武术与人格已得佛果。就连被直人杀死的武士，都被青木视为特殊的度化。混川直人的太刀掌管着缘生与缘灭，是善无畏、身无畏、无我无畏、法无畏、法无我无畏、平等无畏……受到直人精神的感召，时年六十一岁的青木一雄开始重新习练书法，且只练习"大雄无畏"四字。只等宗家来华，他将亲手呈送，以示爱戴。

说完这些，青木一雄的眼睛湿润了。他告诉苏百川，在他眼中，苏百川同样当得起这四个字："大雄无畏"，他是浤川直人命中注定的最佳对手。当年在入狱之时，苏百川亲口答应自己，会应战浤川直人，现在这一天终于要来了，希望苏百川不要有顾虑，也不要推辞。于个人，于国家，这个擂台非打不可。青木坚信，六月六日的比武，将是一大盛举，是两国友好的见证，亦是他与浤川二人，相互成就，彼此圆满的日子……

苏百川咬着牙，忍怒一言不发，甚至都没再看他一眼。不久，窗外的浅山幸太郎走了进来，笑着用日语问青木：

"他是不是拒绝了？"

"他没说。"

"老师何必那样谦让？干脆直接告诉他吧，我们知道他的一切！可是，就算他武功废了，这个擂台他也必须打。不光是他，连他们的政府也没有决定权，这件事必须尊重日本。不同意的话，我们有的是办法。"

"不，先不要逼他。我唯一担心的是宗家，如果苏百川没有武功的事情让宗家知道了，他一定不会上台的！"

"老师放心，我有办法。"

苏百川面无表情地站了起来，摇摇晃晃走出房门。走到庭院时，才看见自己穿着日式的宽袍，就一把扯掉扔在地上，光着上身，昂首走了出去……

·第五章·

将进酒

苏百川拉车了。

他不觉得悲凉。这既不寒酸，也不泥土，凭本事挣饭，碍着谁呢？用大格格的话说：过去，他是活在天上的人，如今落地了。

苏百川用揭心给他的钱买了一辆洋车，让大格格把衣裤全都改宽松了，又找老黄帮着剃了个平头，齐活。每天早晨一阵风似的出去，傍晚汗流浃背地回来。他喜欢奔跑，有座没座都跑得飞快，不知道奔跑能否让自己忘却痛苦，至少从没有这样自在过。为了赚钱，山涧口的"人市"他也时常到攒儿，给隆福寺拉货，去永定门火车站卸车皮，这种下力的钱他绝不含糊，他不在意别人的非议。揭心告诉他，假新闻的源头查到了，是从六国饭店里传出的，最早刊登于《文明报》，而这间报社正是日本人办的，背后就是松井财阀。北京城老百姓最爱议论国事，这程子除了袁世凯的大贷款，以及京城梨园行的断袖之癖，就属苏百川最火。一来他有谈资，再者他屁民一个，豁出多大口子，谅他也不能把大家怎么样！于是关于他的种种一切，铺天盖地的猜想及"见闻"每日更新。即便拉车了，媒介也没放过他，众口一词说他韬光养晦，积蓄力量……

而在揭心看来，日本人制造这种舆论，定是阴谋。苏百川全不在乎，揭心并不知道自己已经见过浅山幸太郎本人。总之，六月的擂台是滑稽的，且不说自己真的武功尽失，日本第一人会和他这样一个臭拉车的打吗？不管报纸怎样故弄玄虚，青木府上那家伙如何阴阳怪气，练武的人是藏不住秘密的，高手之间甚至不必动手，只需察言观色，高下立判，涀川直人只要见到他就知道他功夫丢了。当然，如果他想为哥哥报仇，尽管打死自己好了，但这擂台是上不去的，天下习武的人都应该懂这个道理。每当这时候他就很快慰，至少没给他们当众羞辱中国人的机会。

关于这场擂台大比武，街坊们也早都炸开锅，老黄起到了推波助澜的作用。老黄坚信苏百川拉车出门必是障眼法，八成是找地方苦练去了，自己还悄悄跟踪他几回，根本追不上。苏百川的功夫一点没耽搁，他这叫潜龙在渊，六月六日大家就擎好吧。说书人的话很快被风传，连王四爷都信了，劝自己的女人收敛。紫云对苏百川真叫又惧又恨，万一这家伙确实有猫腻，到擂台上忽然亮了绝活，一举胜了日本人，那可就又风光了，保不齐成了中国第一的侠，还不是高官得做，骏马得骑。这都不要紧的，最可气是叶瑞珠就又能翻身了。这下贱女人怎么这样命好，真到这一天，她还不反手就致自己于死地？紫云躺在家里生闷气，愣是三天没出门，到底憋出一个以退为进的好办法。顾不上苏百川啦，她也没本事去坏他，但是对大格格就不同了……

苏百川与淠川之战尚在变数中，叶深却没闲着，他的擂台已在前门外搭好了。他为了开办叶家拳的武馆，特别设下了十天的连环擂，美其名曰：名正言顺。原本他不必这般高调，只需开馆收徒便是，可他偏就这样做了，原因有二：一是对前门国术馆的挑衅，二来，要引起真正对手的重视。中日擂台，甚嚣尘上，他作为亲手废掉苏百川的人，师弟的功夫到底还在不在，叶深心里明镜一样。他料定，只要淠川直人来北京，见一次苏百川，他俩的事儿就得黄。苏百川已经上不了台面了，一代宗家总不至于去打没有武功的车夫吧？眼下舆论沸腾，日本人那么爱面子，怎会空手而归？不难猜这中日擂台赛还要再选对手。那么站在日本人的角度他们会选谁呢？孙禄堂声望足够，可惜年事已高，论起来也是淠川的长辈，和他打不合礼数。放眼北京武林，能与淠川直人一较高下的同辈武者，还能有谁呢？只要能够站在这里十日不败，叶深想不出还有比自己更适合的人选。

擂台高一米，宽三丈，成半弧形。擂台上方拉出一道横幅："弘扬国术，以拳会友。"横幅的下方用麻绳吊了两块扎眼的红布，是两包银洋。叶深穿一身白绸面的裤褂，手握紫砂壶，目光平静。

庞月拿着一面锣敲了几下，百姓渐渐围了过来。她对下面人群道："诸位乡亲，诸位好汉，我师父叶长，是陆军部国术副总教习，有意在前门开立武馆，开馆之前特设擂台一座，以武会友。设擂十日，花红一千块。十日之内，能赢我师父者，千金相赠，把名声也让他拿走。若我师父十日不败，说明他在北京城有了开馆的资格。请诸位英雄好汉，不吝赐教！"

众人七嘴八舌议论纷纷，都觉得这黄毛丫头岁数不大，满嘴的傲气，可能她师父真是个尖挂子。徒弟说完了，叶深放下手里的茶壶走到中央也向下拱手道：

"叶某自幼习练家传武功，已有三十载。今日效法古人，设擂比武，本意只想与天下武者切磋拳脚，交个朋友。至于这花红赏银，无非是个噱头，博人眼球，请大家帮我扬名宣广，登台挑战的师傅请不要介意……"

"我还就冲钱了。"

话音未落，只见一人飞身而上。叶深看他三十出头，一身紧凑裤褂，目光炯然，绝非泛泛之辈。

果然那人说道："一千块，可不是少数。"

叶深笑道抱拳："胜了我，就是您的了。"

"那我先谢过了。太极连甲开。"

"叶家拳，叶长。"

"恕我孤陋寡闻，未曾听说。"

"连先生，今天以后，您会永远记住的。请。"

"请。"

二人拉开阵势，在台上斗了起来。拳脚生风，震动四方，场下鸦雀无声。不久，连甲开就被踢下了擂台，众人一阵喧哗，叫好连连……

苏百川帮人拉了一车木家具往铁狮子胡同，到站之后，正卸车时，赵华从政府大楼里走出来，一眼就认出了他。赵华叮嘱他别动，自己跑回去把公文包放了，散了司机，推掉晚上的应酬，兴冲冲朝他过来，也不嫌他一脸黑汗，使劲抱住了。

赵华提议去老派的春明馆或者西单的美国餐厅。苏百川笑说我这身打扮能进那种地方吗？别人看着别扭，咱俩也不痛快。二人一对眼神，异口同声说了一句。

"北海?!"

乾隆曾经大规模修葺过这里，用时超过三十年，把江南园林之精华，引入到这座元代的皇家御苑之中。慈禧就更别说了，不惜动用海军的军费在这里铺设了中国的第一条铁路，只为自己游园方便。可惜八国联军来时，北海被践踏了，还曾是联军的司令部。洋鬼子离开时，更将万佛楼的文物洗劫一空。自那之后，北海始终关闭。天下美景是关不住的，尤其对于风华正茂的学生来说，没有进不去的地方。很长时间以来，北海都是同文馆学子的温柔乡，尤其那白塔，隔一阵没见，心里总觉得少了什么。

赵华买了两大包荤素菜，三瓶白酒，同苏百川一道，从东北角低矮的院墙翻了进去。碧波、金殿、白塔、蓝天，满园春意，此刻只属于他们两人。望极湖山，未饮先醉，久不能言……

"倚栏愁立几徘徊，欲赋惭无宋玉才。"苏百川悠悠道。

"征车自入红尘去，且喜年华今复来。"赵华脱口而对。

二人大笑，手挽手在凉亭坐下，把酒菜摆在石桌上，满满倒了两碗酒，对饮而尽。万两黄金容易得，知心一人世难求，人生多艰，有个知你懂你的人，极为难得。上学时，二人就是同窗挚友，彼此交心，无话不谈，不遮掩、不矫饰、轻松自在。如今赵华贵为议员，而苏百川只是车夫，可这份感情，依旧在，称得上是杵臼之交了。

"你当年踢馆，是为了我大哥赵素响。百川，我打心里敬佩你、感激你。这些年，你受委屈了。"

赵素响啊，赵素响。苏百川多希望他还能活着。

"你我之间不说这个。这一碗，敬你大哥。"

赵华没和苏百川碰杯就一口灌了，眼泪顺着眼角流下。苏百川知道，赵华曾对大哥有许多误会，如今就是想忏悔，大哥也不在了。愧疚之泪，抵过千言，苏百川怎忍再说。果然赵华有意将话题岔开，笑着问他成亲了没有。苏百川低头笑笑，说没有。

"别想骗我，你有个格格吧？百川我真是羡慕你啊！我就没那么好的福分啦！"

"你如今何等人才，想要什么女人没有？"

"话不是这样说，匈奴不破何以家为？呵呵。"

"两千年的帝制都结束了，还不算破？"

赵华摇了摇头，面色沉重起来："我原以为推翻了大清就见到了光明。其实我错了，那只是见到了一点曙色，离真正的光明还很远。我不想说四万万同胞还是奴才，但起码在大多数人心里，还有一座皇城。新民国虽然建立了，可如今许多的政府官员都是满清旧臣，沉疴流弊比从前更甚。"

苏百川一愣："天降大任啊宝琦兄。你我多年未见，我不知你的遭遇，不敢妄谈'理解'二字。我只想说，凡事慢慢来，一个人，不可能做完所有的事。各行各业都是如此，所谓高手，或许只是更能忍而已。这个忍，不是因循苟且，而是要忍过自己的急躁和杂念。"

赵华为他倒酒，亲自捧上，二人又干了一碗，这才说："受益了，受益了！你的话我谨记！这世上有一种人，无论经过多少挫折，见过多少风雨，心性始终如一。拉车的苏百川，依旧还是苏百川呐。"

苏百川看着他同情的面容，已知他从报纸上了解过自己的事。

"你也有闲情看那些花边消息吗？"

"你的事，无论真假，我都关心。俊观兄，监狱比武，不管是非曲直，无论你的武功在是不在，我都不认为你被打败过。"

苏百川一笑，说了声谢谢。二人各拿了一瓶酒，一起走出亭子，并肩在回廊上漫步。赵华醉眼惺忪地看了看他，试探问道：

"百川，我过去借了你多少钱？"

"啊？不知道，我早忘了。"

"我记得，是四百二十一两。但我现在还是没钱还你。"

二人相视大笑，再次痛饮。

"百川，你别拉车了，我想办法给你谋一份差事。"

"不用。我挺好。"

"你想离开北京吗？上海、武昌、香港都可以。我可以帮你安排！"

"真不用。"

"这是我力所能及的，你不要推辞！"

"不是没想过离开，但是这里，有我必须要照顾的人。"

"是那个格格吗？你带她一起走。我来安排！"

苏百川喝了一大口酒，摇头道："比武怎么办？这件事天下皆知。还剩一个月了。我走了，就是逃。"

"你已经废……你已经没武功了，还比什么？"赵华急了。

"总要面对的。你放心，我死不了……你听我说赵华，你能有今天，来之不易。你的时间，你的精力，属于这个国家。你是做大事的人……"

"可是我有心有肝，有感情！你曾经那样帮我，不厌其烦地给我借钱，还曾助我逃出监狱。没有你，就没有今天的赵华。百川，为了你我可以放弃任何事！"

"假如史有为活着，他不会同意你这样说的。"苏百川认真地看着他。赵华长叹一口气，说到史有为，他亦嗟叹。

"有时候我也很想他啊！回看我与史有为的交往，实在滑稽。这家伙脾气怪，他的思想，其实很多都很单薄，也粗糙。可他这人有个好处，不功利，至少与我现在周边的人比较起来，他算无私，对革命，也没有私心。记得在他出事之前，他的刊印已经被清廷发现了。他还曾半开玩笑地跟我说，没想到自己的脑袋能值两万两。与其被他们抓了，不如找个生脸把头砍了，送到刑部领赏两万，由我负责尽数捐与南方同志。"

赵华说罢黯然，眼角再次湿润了。未等苏百川开口，他又说道："现今的世界，太功利了。"

"什么时候不是呢？赵华，无论国家，无论民族，无论文明之程度，无论过往还是将来，绝大多数人，本质上都是抱着鲁莽功利的方式面对生活。"

"可国家机器不行！在招商局，在国府，在议会，人人功利。现在的国家只是诗意的统一，而问题重重。我不能说袁世凯错了，毕竟他让清帝逊位，没有流血，大功一件。我也不能说成为大总统的袁世凯是个混蛋，这太武断了。至少现在不是，日后不知。如果他不糊涂，不至于倒行逆施想做皇帝……毕竟他的权力和声望已经比肩前清的皇帝，实权上更甚。现在坦白来说，他是个开明的独裁者。他死后呢，我觉得很悲观。"

"为什么？"

"袁世凯是个有社会意识和民族精神的军阀。而他的追随者以及将他视为导师的人没有这些，能恪守一点儒家的社会准则就算不错了。我见到的大小军阀都极其功利、自私。他们中的大多数，把田赋、鸦片税收甚至妓院的花捐，全部用来供应武器和薪饷。只顾拉自己的队伍，对老百姓放任不管，不搜刮民脂民膏就算好的了。因此我担心，袁世凯之后的中国，将会动荡……"

"你是说。混战？乃至分裂？"

"不知道。人只能感性地面对世界。照我看，真有这种可能。"

"君子不以己身之荣辱，度天下是非优劣。也许你能预见什么，哪怕你预言到了一个时代。但，对于一个民族来说，都只是一个瞬间！路还长着呢，喝酒。"

"君子不以己身之荣辱，度天下是非优劣。这话谁说的？孟子吗？"

"我！"

苏百川说罢大笑。恍惚间，赵华似乎回到了当年的同文馆，苏百川高高在上，让他遥不可及。但是他不嫉妒，他喜欢这家伙。此刻二人已酩酊大醉，搀扶着靠着栏杆，赵华索性倒在苏百川身上，喃喃说道：

"俊观兄，你是个见过大世面的人啊，我佩服，好佩服。"

"你真是醉了，我一个臭拉车的见什么世面啊？"

"没醉，我说的是真话。你想啊，曾经被选中官派留洋，但自己不走，何等孝心？敢踢日本人的武馆，何等雄心？曾被判斩立决，又被拉了回去，哈哈，何等场面？后来武功被废，拉车过活，受尽人间疾苦还如此乐观，何等胸襟？什么叫世面啊？高低都经了见了，依然故我，那叫见世面！"

说罢，一扬脖子把残酒全干了，又奋力将酒瓶抛到了湖里。苏百川人生头一次喜欢被人拍马屁。也笑道：

"孺子可教。我呀，真想把我的绝学都传授给你，别看我现在武功没了，可是你信吗？春云十三展在我手里。"

"跟我说这个干吗？太扫兴了，我又不会武功。"

"你别睡啊，赵华，我跟你说啊，我们通天拳真有绝学的：拳谱、心法和隐门。最难的是隐门，师父不传的，要靠自己，被我找到了，真的。那次监狱比武，我被打坏了，却让我找到了隐门。你说奇不奇？我教你好不好啊？赵华……"

未说完，自己也和赵华一样，呼呼大睡而去……

佛口蛇心

五月节这天，小院里很热闹。紫云拿出两块钱来，请大家吃粽子，满院子插艾条，还给各家都送黄酒，连葫芦巷的揭心也都照应到了。杂院里许久没有这样热闹了，大家伙其乐融融一起包粽子、缝香囊，过端午。大格格抹不开面子，勉强收了。苏百川傍晚回来，她就说与百川。苏百川笑说自己刚才路过了揭心家，听他说了，她能和善再好不过的，又碍着王四爷，咱们犯不上和她太僵。

　　吃过饭，他自回房里睡下了。大格格心里好似松了一块，安然入寝了。不过苏百川没说实话，揭心对紫云的殷勤根本不屑一顾，他看四爷这媳妇，百伶百俐过了头，顾盼之间藏奸诈。新年也没见她怎么大方，偏偏五月节就不一样？人和人心里有了疙瘩，那就是美玉有瑕，极难修复。想想看，自古奴才反起主子来，几个回头的？劝他俩防着这女人。一处不到一处迷，十处不到九不知。若论对这纷纷世事，洞若观火之能为，苏百川与揭心比到底还差着火候。可是，揭心的话他不以为意，当节当令的吃顿粽子，人之常情嘛，未免小题大做了吧？他不想给格格添堵，就压根儿没提这桩。

　　次日清晨，大格格照例做好了早饭给苏百川端过去，稀粥、咸菜、杂面儿窝头还有昨天的粽子。吃罢饭，苏百川拉着洋车出门了，紫云的粽子俩人谁也没动。大格格将碗筷收好，先帮他打扫了屋子这才合上门回去。待她回房打算洗碗时，忽然见到自家窗口放着一捧槐花，一下子怔住。

　　原来，王爷和福晋的婚日正是五月初六。父母在世时，每年今日，是王府最热闹的时候。一大早起来，大格格必定和紫云一道去后花园的大槐树下勾一篮子槐花，献与双亲，这是多年的习惯与记忆。如今再见到槐花，睹物思人，大格格心中酸楚，茶呆呆立了半晌。后来隐约听见有女人饮泣声，分明是北房传过来的，就放下碗筷，忍不住走了过去。

　　中门大开着，果然紫云独自一人正趴在桌上哭鼻子，神情好不伤心。

　　"你怎么了？"大格格克制着，轻声问。

　　紫云见是她来了，忙擦了泪站起身，哽咽着竟然叫了一声："主子。"

　　"你叫我什么？"大格格吃惊地看着她。

　　"主子，您原本就是主子。"

　　大格格不安起来："别这样叫我，早就不是了，四奶奶。"

　　"您这样，我才受不起。"

　　"这是怎么了？你始终都是四奶奶啊！"

　　"在旁人面前勉强是，在您面前我不敢造次。从前是我被猪油蒙了心，罪该

740

万死！"

大格格越发诧异了，她这是演哪一出？忽然转变这样快，一时泥着，不知怎么开口，半晌只得说："那槐花是你放的？"

紫云使劲点了点头。

"何必呢？"

紫云走到近前，要拉格格的手，被她躲开。

"我想起王爷和福晋来，今天是个要紧日子，就摘一点槐花聊表孝心！"

大格格红着眼睛，半晌说："你有心了，谢谢。"

说罢转身欲走。只听紫云忽然道："我前儿梦见我娘了，她骂了我！说我忘恩负义！"

大格格停住，眉毛紧蹙着，心说这就更加颠三不着两了。你娘即便活着，也不会说出这样的话吧？转身看向她，又猜不透她到底是真是假。

"她说，在那边，见到老主子了……"

大格格轻叹一口气，难怪她要摘槐花。心里虽疑，却无法打断她。只听紫云又说道："我娘说，我能有今日，尽是王府的恩情和福祉。我娘还说，但凡得一块橘子皮，不能忘了洞庭湖。老主子蒙难，错虽不在我，可我不该反仆为主，让落难的格格当我的下人使唤。"

"这是我自愿的。你也说过，此一时彼一时！"

"不，我那是混账话。没有王府和格格您的抬举，我哪有个人样子？当年在府上的那两桩事，原是误会，便不是误会也该是我这个做下人的不是，被格格教训了，打了嘴巴，理所应当。我不该反记恨主子……"

"四奶奶，"大格格打断她道，"过去的事就过去了，这里原也有我的不是。既然说开了，大家心里也都舒展了。你做你的四奶奶，我当我的粗婆子，日后两不相碍也就是了。不过话说回来，我欠着你家天大的人情呢，你又何必如此？"

紫云的眼泪夺眶而出，哽咽道："说起那佛龛，更是我有眼无珠，见识浅薄。四爷常跟我说，那是件无价宝，二十万两银子也是辱没它呢，可我就是不信不听，才说出许多混账话来，我现在心里悔得什么似的。从今往后，您愿赎就赎，不愿赎，就只当是便宜了我们王家，给了我们造化。"

紫云的一番话下来，让大格格很错愕。才两三天的工夫，她就跟换了个人一样。莫非真是一场亡人托梦让她幡然悔悟？要不然，她还能图什么呢？自己和百川现今这个境地，也犯不上她来巴结呀？如今她放下身段，主动示好，自己也不能太不近人情了，于是勉强笑道：

"既是你念着过去的情分，我也都记在心里了。回头烧香时，也替我谢谢你娘。"

说罢，她转身要离开，紫云却扑通跪倒在地，满面泪流。

"主子，我知道我罪孽深重，您不肯原谅。我这回是真心向您忏悔赎罪的，想与您重归旧好。其实，我娘托梦也不全是假的，有一节是真。您知道吗？我家小宝在北洋幼稚园上学，我最怕的是与家长聚谈，这些人要么是文人教授，要么就是海归学子或是铁血将军，伸出一个巴掌来能跑马，都是顶顶了不起的人。人家说的什么临时约法，什么奥林匹克又是普法战争，我全不明白，想同人家凑热闹，压根儿插不上嘴。才知道这套富贵终究我担当不起，有钱了竟还是个穷人，穿着是个太太，心里还住着一个丫鬟，就越发感叹主子的遭遇，也佩服苏大哥的为人。我以前，真叫不是东西啊……报纸我也看了，坊间的传闻我也听了不少。我打心底盼着你们好起来，尤其是苏大哥，这样的英雄竟然拉了洋车，可大家都说他功夫还在的，下月的比武要给日本人好看！"

原来是为了这个？莫不是她忌惮百川，才回心转意要对自己示好？若真如此，自己也能过几天顺畅日子。大格格呆呆地坐在了门槛上，久久不能言。紫云把她搀扶起来，回到堂前软椅上坐了，毕恭毕敬地端了一杯茶过来。

"主子，我不求别的，您只要心里不再怨我了，就请把这杯茶喝了！咱们从今往后，还和过去一样，成吗？"

过去的日子，一天也回不去了。可她能卑微如此，大格格不忍刁难，不就是喝她一杯茶吗？也无妨。大格格接过了茶碗。

"早就民国了，哪里还有主子？以后别再这么叫了。你要是过意不去，就叫我姐姐吧。"

"好！姐姐，您请喝茶。"

大格格笑着接过来，打开茶碗一看，黄澄澄的还冒着热气。抿了一口，却入口很凉。

"这是什么茶？"

"补气血的，花茶。"

大格格没多想，就将茶喝了两口，紫云千恩万谢地把茶碗收了回去。大格格觉得别扭，起身告辞，紫云也不再挽留，笑着送出了房门，一切就像没有发生过一样。当晚苏百川回来，大格格同他说了事情经过，百川亦没有察觉出异样，只当这女人真心悔过，还玩笑说自己装也要装出很厉害的样子，让她对你又敬又怕！当

742

夜，大格格只觉腹中有些坠疼，不久又没事了，以为是吃了不洁的剩饭。第二天再没有异样，就没放在心上。中午吃罢了饭，她照例在院中洗衣服，紫云过来喊她一起去东单买衣裳，再到东交民巷做头发去，大格格笑着婉拒了，说自己走不开也不大需要。紫云没强求，笑着出门了。

　　晌午过后，大格格洗完了三大木盆的衣裳，在院里晾着，回身躺在床上想歇一气。忽然有人推门，她当是百川回来了，没有转身。可关门之后，脚步声不对了，忙一翻身起来，就看到一张黝黑憎恶的脸，吓得她魂飞魄散，竟然是那个屠夫，那个曾经糟蹋过她的人。他还穿布满油垢看不出底色的短褂子，糟烂的红鼻子上竟还戴着一副眼镜，笑起来露出一堆黄板牙。大格格又惊又惧，心里恶心到了极点，一口酸水吐了出来……

　　苏百川擂台赛的临近，除了日本人之外，紫云是最不想他赢的。她害怕，害怕大格格翻身。她在家中三日没出门，到底憋出了连环计。首先该做的，就是要再次把她弄臭，把她从前的脏事儿翻出来，给大战之前的苏百川添恶心，无论擂台输赢，这个女人不能娶了。第二步，也是最毒的。即便苏百川忍过去了，还会与她完婚，也要让她一辈子怀不上娃娃。叶瑞珠不能胜过自己，打到天边去，也不能！无论是哪方面，只要她不如自己，紫云就快活。人类所有的情感中，仇恨最有生命力。只要大格格还活着，她的恨就不会消失。

　　端午节的粽子和昨天的槐花，都是"甜术"的一种，紫云娘生前没少传授她这些，为的就是让她放下戒心。至于给她喝的茶，名叫"六神"，是紫云托人从八大胡同弄来的，这是老鸨子专门给当红的妓女喝的，摇钱树不能出意外，喝了六神茶就不能再生养了……

　　在端午之前，紫云通过石匠娘打听到了屠夫的肉铺。一天傍晚，她不惜把自己打扮成一个暗门子，眉来眼去挑这屠夫，同他说自己有个姐妹从前也是这个，后来被抓进了感化院，出来之后又嫁给了一个臭拉车的，日子过得又穷又不顺心。她有意重操旧业贴补家用，又怕坏了名声。屠夫听了心花怒放，问她是不是住在菩提巷的索家杂院？紫云见他入套，就越发演得逼真了，坦诚相告，就是瑞珠让她来的，想问大哥近况如何？是否还愿意关照自己？换成旁人，她是不肯的，但是大哥不同，大哥是自己的第一个男人。只要大哥愿去，茶钱随意。还说她男人每日早出晚归，白天院里也没闲人，他只需晌午后进去，日落前离开，就神不知鬼不觉了……

· 第七章 ·

春云十一展

王四爷最近遇到了烦心事。就在几天前的傍晚，他正要上板儿关张时，店里来了一位身材雄伟的壮汉。此人穿戴、谈吐都不俗，山东口音，自称身上有功夫，是专做"君子生意"的。伙计们面面相觑，只有四爷知道这是句黑话，意思是："劫富不济贫"。来人自称有三大柜子赃官奇货在永定门外，全是宝贝器玩。眼下急等钱用，想请贵号代卖，只求速出，不问贵贱。卖出之后，愿均分其价。

他来前已在琉璃厂问了两家，无人敢接。王四爷心里暗笑，该着我小茉莉发财，这种君子生意当然不是普通店商敢玩儿的。就问他有没有带着一两件来，自己面估。那大汉就从随身的暗兜里取出了一根金簪子，一副玉镯，与他验货。四爷上眼一瞧，果然是明清的古董，动了心。两下说好，如果都这成色，那么三柜东西他全要了，卖出的钱二人均分，月底结算。讲好了明天申时他再来，由四爷雇两辆马车同他去永定门拉货，商定完毕，汉子拱手告辞。转天之后，戌时已过，人都没来，无奈之下，四爷散了车夫。接着又是整整一天未见踪影，伙计们心里直犯嘀咕，这人怕是个棍子在设局，要么就是已经被抓了，劝四爷别再沾身。

王四爷自打入了琉璃厂，规矩了很多年，可他毕竟草莽出身，对自己有些自负。他深知江湖事瞬息万变，或许此人遇到了羁绊，一时不得伸展，就打定了主意，如果他不再来，就此作罢；倘若来了，生意照做。果然昨日申时，汉子飘然而至，说自己被官府盯上了，这几天不便现身只恐连累他们。如今已然没事，今日若能去拉货，自己又急等钱用，可否估价之后，一次交付现钱，愿以市价两成全部兑与四爷。王四爷大喜，爽快应允。先吩咐伙计把大板儿上了不再开张，又去车马店喊了两辆马车同他去往永定门。

果然，在一家大车店见到了三个大木柜子，分量都在百斤往上。那汉子说，此处不安全，先运到你琉璃厂店里一并验货。四爷应允，遂即花钱雇了杠夫将木柜装车，回店。傍晚时，三大柜子全数运到了琉璃厂四爷押宝。到店之后，汉子喊饿，四爷又叫伙计买来酒肉款待。吃饱喝足，这才闭上前后两门，店中只剩四爷跟两个伙计以及那位山东汉子。大家依次将柜子摆好，那汉子一边开锁一边说，若不是急等钱用，绝不能这样低出。众人心花怒放，等着看宝贝。汉子说着话已将木柜锁全都打开了，正当四爷要验货时，忽然汉子一跺脚，箱盖弹开，从里面跳出了三个蒙面大盗，各执短刀。

"谁敢出一声，就地杀了。"汉子冷笑道。

王四爷大惊，这才明白是遇到强贼了，出货是假，劫店是真。心里懊悔不已，自己三辈儿劫道，没想到反被人算计。这真是，终日打雁，被雁嗛了眼。两个店伙计早吓到腿软，三两下就被绑了。强人席卷店中珍藏纳入木箱，过程中，一丝不乱，极有章法，一看就知是一伙惯犯。眼见多年的心血毁于一旦，四爷恨麻了，抄起一根扁担和他们拼命。强人万没想到这店主竟然这样虎胆，且武功不俗。一时间就起了杀心，都舍了财宝，发了狠来杀四爷。伙计们见东家拼命，也都壮起胆，扯开了嗓子喊救命。

一下子惊动了街坊和同行。王四爷这些年在琉璃厂可是攒下了好人缘儿，一听到呼救声，大家伙三三两两地全出来了，一并凑到了店前。估摸是四爷遇了歹人，于是报官的报官，叫人的叫人，呼啦啦把押行的小院全围了，又纷纷举着火把，喊四爷的名字给他壮威。眼见外面的响动越来越大，贼知不能得手，只得破门而出，弃宝逃命。他们手持利刃，凶神恶煞冲出来，众街坊哪里敢挡。眼见就要逃脱之际，人群中忽然出现一位身负背筐、头戴斗笠的行脚僧，拦在了四贼身前。他口念佛号，命他们止步。众贼一拥而上扑向和尚，和尚雷霆出手，"啪啪"几下，将他们手里的短刀尽数削断落地。众贼大骇，不知他拿了什么宝刃，如此锋利！定睛一看，竟然只是一双肉掌，顿时吓得魂不附体，个个服软，众街坊拍手叫绝。王四爷带着伙计们赶上前来，喊着几个相熟的街坊，将贼围在当街，棍棒拳脚雨点般落下，将四贼这通饱打……不久，警察也到了，将贼人绳之以法。

原来，这挑头的叫黑三儿，是给一家赌场看场子的。平日也做棍子，专门伙同一些嘎杂子骗人钱财，已被抓过数次，却总能安全释放……四爷谢过众位街坊和同行，再想找那位和尚时，早已不见踪迹了。

王四爷从警局出来时，天已大亮，忙回到店中，发现伙计们全在，大家伙都悬着心一夜没睡。王四爷命他们好好休息几天，不要开张。一方面是压压惊，另一方面，难保贼人还有同伙前来报复，不如闭门休息。安排停当，自己叫车回了菩提巷。

时间已过中午，他连饭都没吃，只随便洗了把脸，找来外用的膏药把身上的几处瘀伤都擦了，这才和衣躺下，准备好好睡一觉。紫云送完孩子回来，见四爷拉了窗帘躺下了，只当是柜上忙，昨夜盘点至深夜，就没有打搅他，自己出门奔东交民巷做头发去了。王四爷辗转反侧，心里窝火。自己大半辈子砸明火，这回差点栽了。黑三儿的名字他是知道的，一个南城的混混儿，可并没有得罪过他，怎么就来谋害自己？警察说他是惯犯，又总能没事人一样放了，不知有何背景？这回他们没有得手，不知现今的法律怎么判，放在前清一定是杀头的罪，怎么现如今的法律倒不如前清吗？假如此次又给放了，又当如何？是花钱使门子给他加牢饭，还是避其锋芒，能忍则忍？又暗自侥幸自己这些年安分守己，没有打家劫舍。早年落草之时，高低也算个义盗，没做过伤天害理的事情，这才得以贵人相助。不知这和尚究竟何方神圣……惊一阵，恨一阵，气一阵，美一阵，心里翻江倒海，胡思乱想。他虽然惊吓劳烦了一夜，身体困乏至极，可翻腾了一两个时辰就是睡不安稳。将将迷迷瞪瞪有了睡意，渐渐思维散了，嘴巴微微张开，正在最要劲儿的时候，忽然院里有人大喊救命。王四爷咽了口水一骨碌坐了起来，以为又是黑三儿的人找来家里了，不由勃然大怒，从枕头底下拿了匕首就冲到了院中。

屠夫把大格格按在了床上，兽性大发，也不管她哭叫挣扎，褪了裤子就要进家伙。只听身后咣当一声，木门已被踹开，只见一个黑胖子凶神恶煞拿着刀，当即一愣。大格格"哇"的一声哭了出来。

"好狗日的！欺负到我家里来了？"

"误会，误会！"

王四爷哪管这个，上前一把薅住了他的头发，结结实实脸上闷了一脚，当即把鼻子踢断了。屠夫惨叫着告饶，早被四爷扯着耳朵直拉到了院中，不由分说，一刀挑了脚筋。屠夫杀猪似的哭号着。

"说，你是不是和黑三儿一伙？"

屠夫疼得哪里还能说话，只顾着摆手磕头。这时，石匠媳妇来到院中，一眼认出是东市的屠夫，王四爷这才作罢。

"狗日的，你吃了豹胆，跑到我家院里来糟蹋女人，谁他妈让你来的？"

"没，没人。我自己鬼迷心窍了……"

"不说实话，我骗了你！"

"我说，我说，是她一个暗门子姐妹去找的我，告诉我说她缺钱花，让我照顾。讲好了晌午之后可以来，我来了她又不认了，反又叫您碰上，你们不会合起来骗我吧？"

王四爷手起刀落一刀削了他的左耳，血淋淋塞到他嘴里："把你的狗嘴堵上，再让你胡说！"

屠夫惨叫一声，疼死过去。王四爷让石匠媳妇去找警察来，被大格格叫住。

"别，四爷，我谢谢您。不能叫警察，与我与您，都不合适。"

一句话惊醒了王四爷。警察一来，格格的名声就完了。况且，他对屠夫下手这样重，王法要是矫情起来，自己也是重罪。四爷叹了一口气，又踹了屠夫一脚，让他自己滚。

屠夫跟跄着站起来，忽然用手一指院中挂晾的衣裳："就这旗袍，她就穿这身去找的我！真的！要说一句假话，让我下辈子当王八！"

大家分明都认得，这不是紫云那件衣裳吗？不由大惊失色……

叶深的擂台今日整是第十天。他已连赢了二十三场，未尝败绩。擂台两侧摆满了花篮，上有"神拳无敌""一代宗师"等字，或者干脆是"大展经纶""陶朱媲美"等提前庆贺他拳馆开业的吉祥话。献花篮的人无非是阮中华、喜塔腊，以及多家报纸媒介，甚至还有陆军次长侯坤，可偏偏没有武林同道的贺篮。

叶深端着茶壶，望着这些花篮，心中五味杂陈。京城武林，各门各派，无一道贺，真是小肚鸡肠啊！你们既不敢上来和我打，又不尽基本的礼数，摆明了要给我难堪。既这样，也别怪我叶家拳和你们抢饭吃了。他心中暗拟着武馆开张邀约的名单，武林同道，一个不请。

庞月一身短打扮，敲了一阵锣。又把台下的人气拢了拢，见看客不少了，这才冲台下一拱手说道："诸位老少爷们儿，大家亲眼得见，我师父在此连擂十天，大小比试二十三场，无一败绩。这一千块的花红，就是出不去啊！大家说，我们叶家拳厉害不厉害啊？"

台下观众纷纷竖起大拇指，都夸叶家拳厉害。

"今天，是我们设擂比武的最后一天，还有上来挑战的没有？"

半晌，台下鸦雀无声。叶深笑着站起来，顺手把那包银元拿在手中，徐徐对大家道：

"花红拿出来了，我就不会再收回。既然没遇到有缘人，那就给大家买茶喝，大家伙替我扬个名吧！"

说罢，把银元包打开，一把一把抓了，洒向台下。这下可不得了，台下登时乱作一团，众人争先恐后去抢钱，嘴里都大喊着：

"叶师傅慷慨！"

"叶家拳威武！"

此时，五位年轻的后生身着白色短褂，腰系红绸带，纷纷拜倒。

"叶先生，我们慕名而来，恳请收下我们。"

"请叶先生收我为徒。"

拿了钱的看客们，不失时机地再次鼓掌叫好。

叶深伸手让众人压声："承蒙各位小兄弟不弃，投奔我来，可是今儿个不是开张之时。你们瞧见没有，我的武馆就在对街，想拜师啊，三日之后在武馆找我来！"

有学徒抱拳道："叶先生，您设擂十天，名盖京华。如今四九城武馆林立，什么太极、八卦、形意、武当，可我们真心觉得叶先生的能耐、本事最让人钦佩。我们诚心投奔您，再等三天，实在难挨。我等才疏学浅，不敢妄称徒弟。只要您看得起我们，愿伺候您左右，端茶递水，寝食起居，师父，您就收了我们吧！"

　　众徒齐声道："师父，请收了我们吧！"

　　叶深心里喜悦，却故意作出为难的样子。庞月笑着把众人扶起来，也对叶深道："师父，人的名儿树的影儿，您设擂之事，早就名动京华，这怨不得他们草率。择日不如撞日，既然他们真心来投，您就不妨收了，算是给咱叶家拳壮了声势。日后大浪淘沙，全看他们自己的造化了。"

　　台下有一位拿着相机的记者说道："叶师傅，我是《劲报》的记者，您若要现场收徒，我能否给您照相并独家报道？"

　　叶深心中大喜，对众徒笑道："既然是大师姐求情，记者朋友抬爱，那我就破个例，就在这擂台之上，收了你们。"

　　徒弟们大喜，纷纷拜谢师父、师姐。台下的看客纷纷叫好。庞月急忙让他们把红腰带松了，由叶深亲自再为他们上到腰间。之后大家把叶深簇拥在中间，记者和助理按动镁光灯照相机，"砰"的一声，一阵淡蓝色的烟雾冒出。

　　正热闹时，忽然人群中传来一阵笑声，众人回身看去，竟是一位行脚僧，戴着大斗笠。他缓缓走到近前，双手合十，口宣佛号。

　　庞月冷目相对："和尚，你笑什么？"

　　"阿弥陀佛。贫僧行脚至此，见这里热闹，心生欢喜，就笑出了声来。我看叶师父样貌，你我似是有缘之人，特有一言相赠，请师父三思。"

　　叶深看不清他的样子，却感觉来者不善，冷冷道："大师，有话请讲。"

　　"根身器界一切镜相，皆是空花水月，执着计较，必生烦恼。"

　　"何意？"

　　"我劝师父，不可沐猴而冠，欺世盗名。如能悬崖勒马，回头是岸，则尚可守住本心，还本来面目。"

　　众人听罢一阵哗然。

　　庞月大怒："哪来的秃头和尚？竟敢到这儿撒野？"

　　和尚笑道："哎，女施主，不要出口伤人。贫僧法号定慧，师从五台山初缘大和尚，算是半路出家。从前也有个俗名，姓陶名士钧。"

　　说罢，摘了自己的大斗笠，果然是三弟陶士钧！怎么会是他?!叶深大惊，魂飞魄散……

庞月厉声道："和尚，你想来砸场子的吗？"

陶士钧笑道："阿弥陀佛！贫僧绝无此意，只是不忍见到众人被蛊惑。"

"你血口喷人！怎么就蛊惑了？"

"我只想告诉诸位，这叶家拳，并非叶师傅家传，因为贫僧也懂一点！"

陶士钧说罢，已经一跃而上，来到了擂台中央。

众人不禁大惊。叶深面如生铁，后背已完全湿透。

庞月大喊一声："你们还愣着干什么？把这个撒野的和尚给我打下去。"

众师弟答应了一声，五六个人瞬时间将陶士钧围了。陶士钧仰天大笑，庞月等人不禁后退三步。叶深的眉心凝珠，手心冒汗。陶士钧一笑他就知道，这些年师弟的内功已经到了何等境地。

庞月大喝着率先冲了上去，陶士钧挥了几下袖子，众人四仰八叉全数倒地不起。台下的人全都惊得目瞪口呆。

记者大喊："叶师傅，不能轻饶了他。"

众看客齐喊："叶师傅，打他。"

叶深终于走过来，缓缓来到陶士钧的对面，看了他良久。

"大师，不要逼人太甚！"

"阿弥陀佛，恕罪恕罪。"

叶深忽然说了一句奇怪的话："既然皈依，常伴青灯古佛，应该万念归空，心似炉灰。今日这般，何必呢？"

陶士钧笑道："我不入地狱，谁入地狱？"

"你现在走，我当你没来过。"叶深小声道。

"你在众人面前立誓，没有叶家拳，只有通天拳，我立刻走。"

叶深哀求道："三弟，你我多年未见，有许多隐情你并不知晓。我之所以开创叶家拳，实在是万般无奈。你能不能先下去，咱们找个地方，我慢慢告诉你……"

刚说到这里，叶深却忽然出手，一个箭步上前双拳直捣陶士钧的咽喉。叶深自见到他，就起了灭口的杀心。倘若让他当众宣讲通天拳的事，自己就万劫不复了。这一拳虽然凌烈迅猛，可陶士钧早有防范，单掌挡开，跳出两步，眼有失望之色。

"叶家人，究竟是叶家人。和你爹一路货色！"

陶士钧用了比武中最简单的一个方法：激怒对手。果然叶深怒火中烧，大喝一声与他打在了一处。可是他心神凌乱，又急于求胜。偏偏陶士钧以退为进，躲过他

750

十几招之后，趁他气短之时，错开身子，一掌打到他的后心，叶深应声击倒在地。

众人见状大惊。叶深口吐鲜血，面无人色。

陶士钧看了看新拜师的五位青年，又看了看满场的看客。

"你们听着，这世上从来没有叶家拳，有的只是通天拳。叶深是个欺世盗名的家伙，见利忘义之辈。我们过去是同门师兄弟，师从通天拳马之良先生，叶深与他的父亲叶广昌，为得本门绝学，联手陷害了我师父……"

众人恍然，连庞月和几个新徒弟都张大了嘴。

"这种欺师灭祖的小人，怎么可以堂而皇之地开馆授徒，祸乱众生呢？"

叶深的魂魄被人抽走了一般，眼里已是哀求之色："三弟，三弟……"

一阵寂静之后，台下开始有人谩骂，甚至有人扔掉了他的银元离开。之后，五位新徒弟纷纷抽了腰带，扔在了地上，愤然而去……

·第八章·

铅华之水
洗君骨

六岁的叶通躲在二楼的拐角，悄悄扒住木栏，黑眼睛圆溜溜地盯着楼下的三位大人，大气也不敢出。他的父亲靠在墙角席地而坐，母亲则离他很远，面无表情。中堂有一位和尚盘腿打坐，双目紧闭。三人的神情凝重、憔悴，气氛之压抑令他想哭。

　　落地钟慢吞吞地走着，三人如雕塑般安静。没人说话，甚至一点声响也不出……许久之后，庞月领着苏百川进来了。她一言不发，默默地上楼，也和叶通蹲在了拐角。

　　"二叔？"叶通见过苏百川一次，母亲带他去过菩提巷。母亲说过，二叔是位大英雄。

　　"嘘，别说话。"庞月轻轻揽着他，二人静静地看着楼下。

　　苏百川是被庞月请到砖塔胡同的。他收车回家时，庞月就等在巷口，叫他二叔。苏百川不认识，可她说是师母天心请他速去家中，苏百川顿觉不妙，忙问何事，庞月只说，陶三叔也在。苏百川闻言大喜。三弟竟还活着？这是多么令人心悦波荡的好消息。他急掉转车头，拉着庞月一路奔向西四而去，全然不知此时家中也发生了天大的事情。

　　苏百川看着眼前的三弟，恍如隔世。他曾无数次设想过，假如三弟还活着，会在哪里？何等样子？如今三弟已出家为僧，算是极好的结果。苏百川忍不住想上去抱住他，可他的眼神，平静且陌生。

　　陶士钧见到苏百川，内心十分震动。二哥的变化是翻天覆地的，昔日的翩翩少年，成了连鞋袜都不齐全的穷车夫。可是，可是他神采不坏，顾盼间居然灵性通畅。陶士钧忍不住为他"望气"，这一望，又是一惊。初缘也曾教授过他望气之术，正所谓，"才禀于气，气有清浊。禀清者为贤为贵为富，禀浊者为愚为贫为贱。"他观二哥，虽是蓬头跣足，形容邋遢，可他的气，聚于两目与头顶之间，散则万变，聚之有神。浮游精魂，氤氲灵秀，这真是天之原象，地之初形。陶士钧心中称奇，二哥究竟是什么气？什么像？自己全看不出……

　　二人凝视许久，万语千言说不出口，只有轻轻一问，淡淡一答。

　　"三弟。"

　　"阿弥陀佛。"

　　陶士钧当年自被初缘救活之后，拜在他门下，精修律宗，持戒守规。四年如一日，佛法武功，大有精进。这天，陶士钧向大师求解《明了论》中"罪非罪"一偈。初缘说，"有缘缘无缘缘，可灭不可灭"。陶士钧七日不悟。初缘笑说，"我法如你法，我法非你法，难相应也。覃精研理，明照锐断，是你之慧根。可惜你不知察机，不善观人，锢塞重重，皆因为，你始终未能逾越武林和医道的围墙。不近商，未入宦，更没见过人间污秽与富贵。不如，去西安净业寺亲近云影法师，持我戒牒，随他再进。正所谓，经文之中，并无佛法。你这一去山高水长，无论是何缘遇，都能察知世俗之情伪，收敛佛气，增长识量。如能修成罗汉果位，岂不妙哉！"

陶士钧早有耳闻，净业寺是律宗祖庭，坐落在茫茫终南。住持云影法师是贯通大小乘律的高僧大德，曾修"般舟三昧"，两见菩萨圣像。陶士钧谨遵师命，在诵经三日之后，辞别师父，化缘西去。历经千山万水，半年方至净业寺，不巧云影法师到江苏去了。他在西安一住两年，自证菩提，大有裨益。可惜仍未等来云影，不能求真，心里只叹缘浅。因挂念初缘，就辗转回了五台山。而此时，初缘已不知所踪了……后来有云游至此的法师说，初缘曾在北京法源寺弘法。想到师父年事已高，陶士钧放心不下，时隔七年，他再次回到了北京城。

数月间，他遍访北京古刹名寺，无奈始终未得师父消息。自认万缘放下的陶士钧甚至没有回过菩提巷，对陈旧人事，亦不挂怀。可是，在琉璃厂路遇贼人打劫商铺，不惜破戒而劝止。这日又在前门见大师兄叶深摆擂，堂而皇之自称叶家拳，勾起陶士钧纷纷往事，不由佛心大怒，登台教训，出手打伤了师兄……

"五台山？你是说这些年你在五台山？"苏百川忍不住问道。

陶士钧点头道："阿弥陀佛！当年在陷马台，我被三叔叶广昌的门人庞知从身后点了死穴，是初缘师父救了我……"

擂台上那一掌，并未伤及叶深的根本，可他不知如何面对，当三弟说起当年事，他的头更低了。

陶士钧道："师兄，当着二哥和师妹，我问你，当年下太原走镖，出发当日你没与大队汇合，三叔说你吃坏了肚子，晚动身两天，要庞知替你南下。这些，是你父子早就算计好的，目的就是要取绝学对不对？还有那个虎头甲，也是你们的局，对不对？"

叶深没有回答，天心不由大惊失色，双目如电照向叶深，厉声道："师哥，他说的是真的吗？"

该来的还是来了。叶深心中反倒释然，好似一块压他许久的石头去掉了。可他又怎样回答呢？把最见不得人的事全认下吗？要他亲口承认父辈的不堪，真做不到……

天心看向苏百川，哀求道："二哥，今天请你来，就是希望你把知道的都说出来，好吗？"

苏百川点点头："我的确有话要说。"

听闻此言，叶深吓得魂飞魄散。一旦苏百川说出当年之事和三弟的对上了，天心绝不会轻饶自己。而监狱比武被他所害之事假若也被说穿，自己就是死无葬身之地了……

苏百川在叶深和陶士钧身边席地而坐，平静说道："当年的事，真真假假，是是非非，都已过去，不重要了。士钧，你既入空门，也该明白，得饶人处且饶人。"

叶深万没想到，苏百川竟还能替自己遮掩。他不敢抬头看他，身体抖动起来。

天心吃惊地看着他："二哥！"

苏百川又道："别再问了。七年了，我们四个还能见到，就很难得。不是吗？"

陶士钧冷笑道："今天若不是我，他的叶家拳就要粉墨登场了。果真如此，鱼目成珠，岂不是闹出天大的笑话让武林腾笑？师父九泉之下，如何安身？我真不明白，你们两个竟然眼睁睁看他做出这般欺师灭祖的行径而坐视不管？"

天心急出了眼泪："二哥，你说话呀！"

陶士钧缓缓走向叶深："我不要二哥说，我就要你说！"

叶深哪里还敢抬头。陶士钧单掌举起，要杀叶深。叶深一动未动，师弟真的一掌落下，自己也就一了百了。

"三弟！此事，不怪大哥。是因为我。"苏百川喝止道。

天心与叶深也是一惊。

"因为你？"

苏百川点头："我的武功是师父秘传的。通天拳的祖制，绝学只能由一人继承，这些你们都知道。可你们不知道的是，从传艺的那天起，在师父心中，那个人就是我。"

陶士钧冷冷地看着，许久道："师父偏心，我早就看出来了。这么说，如今的门宗是你喽？"

苏百川点头。

"就算如此，可当年南下护镖，师父死在了陷马台。叶深父子陷害师父夺走秘笈是事实，他欺师灭祖企图开创叶家拳也是事实。二哥，你还想替他说什么呢？"

"我不能说师尊错了，也不敢质疑旧制，可心法只传一人，对于同门，极不公平，这就是我早已原谅师叔的原因。毕竟人死不能复生，同门恩怨，可以止矣！有时候我在想，武林中各门各派，哪家不是靠着绝学扬名立万？可这里面又有多少辛酸，多少苦怨。没有绝学，就没有恶毒的人心。"

"这一代的门宗是你，你发慈悲心，体谅他们，许他另开旁枝？"

"是的，叶家拳的开创，是我提议让他这么做的。"

不光陶士钧，叶深夫妇都是一惊。叶深知道，他把责任揽了，只为保全自己的名节，心中万分惭愧。

陶士钧忽然摇头道："不对，二哥骗我。"

苏百川一愣。

"你的话头里，有瞒我的东西，我直觉你是在为他开脱。不对，肯定不对。"

"哪里不对了？"

陶士钧走近他身前，上下打量他一番，嘴角微微笑道："二哥，一直以来，你在我心中，是文武兼备、志气宏发的少年英雄，是国家的栋梁之材。可是瞧你现在，哪里还有一点掌门的样子？"

苏百川尴尬一笑："天有四季，人有起落，不足为奇。现在是民国了，镖局早就关了张，我没了用武之地，又没谋到一个好差使。寒酸是寒酸了点，让三弟见笑了。"

陶士钧摇头："二哥，你说出的话我都信。但是，你说绝学在你身，我真不信。你目光里，少了一点什么。"

"什么？"

"你的眼神，像一个没有内功的孩子。"

苏百川掩饰一笑，不知该如何回答。

忽然陶士钧说："我不信你是通天拳掌门，我要搭手。"

苏百川大惊，叶深和天心也是一惊。苏百川如今武功尽失，一旦陶士钧发力，后果不堪设想。

苏百川笑道："三弟，你还和当年一个脾气。你我兄弟，何必如此呢？"

陶士钧联想到了当年他强与二哥搭手，被师父惩戒的情形。叹气道："好！既然你是门宗，又能大度宽恕了叶家人，那么你可否告诉我，什么是春云十三展？假如你说得出来，我就信你，也听你的。"

不光是叶深夫妇，连楼上的两个小辈也屏气凝神，眼睛一眨不眨看着苏百川。

"拳法、心法和隐门，三者缺一不可。"

苏百川说完，缓缓站了起来，在房中走了几步，还挥手让庞月他们都下来。二人愣住，居然照做了。

"拳法就是秘笈,心法是内功要诀,隐门,是祖师爷的奇绝用心,乃不传之秘。所幸,被我悟到了!"

叶深听罢,不觉血脉偾张。自从他打废苏百川,骗走心法之后,多少个日日夜夜,他苦练内功,可是始终无法参悟隐门之玄妙。看二弟这番情形,应该没有说谎,难道他真的远远在我之上?

苏百川微笑着看了看他,似乎已猜透他的心思。继续对大家说道:"春云十三展,是一流的杀人技,是我们的祖辈安身立命的根本。旧时无论是线镖还是锥镖,镖师身上都系着莫大干系,因此,不得不苦练绝技,应对险恶的世道!可是,我要说什么呢?我说的是一个时代,终结了;旧时的江湖和武林,不复存在了;杀人技,同样也不再能安身立命……记得师父和我说过,咱们的师爷李逍遥,平日里除了吃饭、睡觉,所有的时间全在练功。大家想一想,到了师父这一代,是不是就逊色了许多?再到如今的我们呢?绝技这东西只会一再减色,一代不如一代。这是规律,谁都无法改变。我们的镖局子没了,因为我们丢了镖,广顺的结局比我们还要惨。可是,那些没有丢过镖的镖局子就没事了吗?我告诉大家,北京城,一家镖局都没了,全中国,一家都没有了。所有的镖局都已被银行和邮局替代了,都消亡了,被淘汰了……我们还在争什么呢?"

众人心中惊惧,无言以对。

苏百川有些哀伤地说道:"中华武术,起于易、附于兵、成于医、修于文。从武道上讲,它是'止戈'的能力,不是追求'无敌'的名头。如果非要见个高低,鸦片和甲午两战,不已经有答案了吗?武术早就败了,败给了科学和枪炮。可是,侠义的精神没有死,武道的灵魂依旧不灭,还流淌在你我的血液里,教我们重义、守信、宽容、厚德,知荣辱,守礼节,识进退,爱众生。今天在的,都是我辈同宗,我想破个例,把老祖先的规矩改一改,只传一人的祖制就此废除,应该是人尽其才,物尽其用。你们谁有这个本事,有这份决心,都可以拥有绝学,并发扬光大。春云十三展我现在就传给你们,把我所知道的,毫不保留,全部传授……"

众人闻言,如醍醐灌顶,叶深听罢更是无地自容……

"阿弥陀佛,罪过,罪过。尘外之事原与我无关,贫僧惭愧。我曾为'罪非罪'三字而下山,如今想来,或许该与我相遇的并不是云影法师,而是这段尘缘。二哥,受教了,诸位保重,贫僧告辞。"

陶士钧说罢,转身要离开,忽然叶深大喊一声:

"三弟,等等!"

陶士钧一愣，停住。

叶深挣扎着站了起来，来到他近前问道：

"士钧，我问你一件事。你曾被庞知从身后点了死穴，点中了哪里？"

"魂门。"

"我想知道，你的师父初缘和尚，当初用什么法子救了你？"

苏百川已知他的用意，也期盼地看向陶士钧。

陶士钧沉默片刻，淡淡道："心风自在法门。"

众人不解。

陶士钧继续说道："初缘大师在陷马台救下我之后，把我带回了五台山，用两个月时间为我疗伤。他说是'心风自在法'，把魂门穴的恶塞逐渐打开了，筋脉腑脏的散气慢慢回形，再辅以他的独门还丹，我才得以复原。而这一切，都是在我昏迷之中完成的。"

众人心中暗自称奇。

叶深急切问道："那这法子，你会吗？"

陶士钧苦笑摇头："初缘法师的修为，与我来说，如同佛法，不可思议，遥不可及！"

苏百川仅有的一点生机，也失去了。

陶士钧看着叶深："问这个做什么？要救什么人吗？"

叶深话到嘴边，却不知该如何说。苏百川却笑道："好奇而已。师弟，你这般清净无染，日后必能修来正果。"

陶士钧自嘲一笑："阿弥陀佛，谢谢师兄、师妹对我的宽怀和始终如一的爱。愿佛祖保佑你们。"

万缘放下的陶士钧，大步跨出房门，出院而去。苏百川三人凝视着他的背影，依依不舍……

"三哥，多保重啊！"

天心忍不住落泪喊着。她知道，经此一别，此生再难见到了。

陶士钧走到广门的槐树下，听到师妹的声音，回身对他们微微一笑，双手合十，再度行礼道别。法相通达，绝类弥勒，观者无不震动。

庞月跪倒在地，向他叩了三下头。

叶通小声问："姐姐，你这是干什么？"

庞月轻声答："当年在背后伤他的，是我爹。"

·第九章·

万事无根
只自生

苏百川回到菩提巷已是深夜，大格格还在等他。

得知他还饿着肚子，大格格就着昏暗的油灯，为他做了一碗土豆疙瘩汤，只有盐和葱花，苏百川蹲在门槛上吃得很香。

她把白天的事说了。苏百川一边听一边吃饭，始终没有抬头，亦看不见表情。偶尔发出声响，却不知是在吞咽还是哽咽……紫云回来之后，夫妻两个吵了一架，紫云根本不承认这事与自己有关，是屠夫栽赃。索性饭也不吃，孩子也不管了，只三番五次来闹格格，骂她害自己家破人亡。她要撵走她，不许她脏了自己院子，扬言要把她再送到感化院去……曾经在最难的时候，她把自己卖了。不是绿翘自己早就饿死了，人没了，总得发丧。大格格全说了，不管他之前听到了什么，她自己说出来。苏百川放下碗，坐在门槛上，默默地看着她。

"百川，我从没想过要瞒你。"

"我知道。"

"我在找机会说出来。我脏了，我会自己走。可我放不下……也不知怎么还四爷的人情……现在又成了这样！"

她说不下去了，深低着头，眼泪啪嗒啪嗒掉在地上。苏百川把碗放下，缓缓站起来，走到她的身前，摸着她的脸颊。

"对不起，你最难的时候，我没在你身边。是我不好！"

"百川?!"

"你没有脏，更没有污浊。相反，在我心里，你始终洁白无比。在这个吃人的年月，为了活着、为了救人，你何错之有？我是死过几次的人了，如今活着，我知足。虽然武功没了，又怎样啊？至少你还在我身边。假如你也能这样想，我们就圆满了。"

"百川，你又说天上的话了！"

"不是天上的话，是真心话。告诉我，世上什么最珍贵？"

"当然是你。"大格格不假思索地脱口而出。

苏百川涌出热泪，紧紧抱住格格。

"这还不够吗？格格，我们成亲吧！"

格格红着双眼，心都化了。可在顷刻之后，她又出奇地冷静，竟轻轻推开他，一字一句问："你当真吗？"

苏百川使劲点头。

"当年，我第一眼见到你的时候，我的心，就给你了。无论经历过多少，这一桩，我从未动摇过。我知道，你心里有我。我更知道，你心里还有一个人。她，可能胜过我。是什么让你做出这样的决定？你不是一个随意改变初衷的人。"

似乎身体里的一处旧伤复发，苏百川疼了一下。

"百川，我要的是你对等的爱！而不是出于怜悯和责任。我这么多年都等了，什么都受了。我不怕你跟我说实话，好吗？"

"你想多了，没有的事。"

"在王府的时候，你看她的眼神我就知道了。我是女人，你骗不了我的。"

苏百川低头笑了。

"因为她没了消息，因为我必须被保护，你才这样，对吗？"

苏百川无奈又笑。

"你笑什么？你回答我。"

"这个问题，永远回答不了的。"

"有那么难吗？"

"我以为，你我所经历的，远在这些之上。我们也早就过了说这种话的年纪和心境。"

"任何年纪和心境，都能说这样的话。不是吗？"

苏百川有些招架不住，他逃离似的迈入了院中，忽然仰头看到圆月，深吸一口气，回身说道："天不早了，回去睡吧。"

"你真的不想和我说这个？"

苏百川用手一指月亮："明心见性，我以为不必说。无论你要问什么，我的回答都是，我要娶你。"

大格格怔住，似有所悟。她静看他许久，慢慢走过来，低下头轻轻靠在了他的胸膛……

与此同时，叶深和天心这对夫妻，却正在经历着人生中最为艰难的时刻。自送走了苏百川之后，天心先去做了晚饭，一家人静静地吃了。叶深一口没动，她也不看一眼。饭后，她吩咐庞月去刷碗，照例还要带叶通搭积木，玩到九点半，须准时洗漱睡觉。

安顿完这些，天心上楼换了外出的衣服，看了一眼叶深，走出了大门。叶深只得默默地跟上。

出了胡同之后，叶深追上她，想说话，却被她快步拉开距离。两人就这样一直向南走出了很远。天心不停，叶深不敢问，只是低着头随她走。约莫一个时辰之后，叶深终于辨出，这是陶然亭。她说过，师父就埋在这儿。叶深心里忽然开始发怵，天心已翻入了高耸院墙。

"跟上。"

她丢下一句话，先跳了下去。叶深只好硬着头皮照做了。二人又朝东南方向走了约莫一箭之地，终于来到了三座坟前。

四周漆黑一片，肃杀可怖。

天心一指当间的坟茔："跪下。"

"师妹？"

"跪下。"

叶深无奈，只得双膝跪倒。却不敢抬头看师父的墓碑。

"我此生最大的失败，就是错看了你。我父亡魂在上，叶深，你把当年走镖的事，说了吧！"

叶深早吓得面如土色，豆大的汗珠从额头渗了出来，哪里还能说出一个字。

"叶深，是你害死了我爹。害死了你的师父！"

叶深使劲摇着头，拼命摆动双手："不，不是我！"

天心飞起一脚，将他踢倒在地。叶深爬起来，又跪了……

"你还敢撒谎？知道这个杨定吾是谁吗？他也是被你们叶家父子害死的。"

忽然，一阵急风吹过，坟前草、坟后松一起随风摇动，发出"咻咻"的声响，吓得叶深毛骨悚然。

天心的眼里泛起泪光："庞知是怎么回事？他竟从后面对三弟下黑手。而你，你根本没去太原！"

叶深无言以对。

"陷马台一战，通天拳和广顺镖局全军覆没。我和二哥苦守王府，你在哪里？说！"

叶深低下头，心如刀绞。

"是父亲把我绑住了，我走不了。他，他逼我！"

"你倒推得干净。如果你心里不想作恶，谁又能逼得了呢？野心、恶念、贪欲早就在你心中。只是武林之规，人伦之道，把你压着，你不敢。而你爹，只不过是那个揭开封条的人。我说得对吗？"

叶深木然。他想说自己曾经抗争过，想说父亲被师爷拆了肋骨、遭遇过不公，想说师父打算把天心许配给三弟……可这些，就可以欺师灭祖？就能泯灭良心？事已至此，让她骂吧……

"当初你假装从直隶回来，还编出一串谎话，把我骗走。难道这也是你爹逼的？我猜那时候，庞知已经拿回秘笈，就在你身上吧？你们真的太卑鄙了！"

"师妹，我不想辩解。害死了师父，是我父亲之罪。只是凡事皆有因果，上一代人的恩怨，我不敢妄言。可是你想一想，百川他，他看到了，他也放下了。"

"狡辩！百川是百川，我是我！他肯原谅你这个师哥，他是菩萨，我不行。我不能与一个杀死我父亲的畜生再做夫妻！"

叶深被陶士钧当众揭穿丑事，很快就会天下尽知。武林，已无自己的容身之所了，如果再失去了家庭，他将生不如死。

"师父不是我杀的，我没去太原！相反，是师父杀死了我父亲！这是庞知亲眼所见！"

"咎由自取！还有脸说出来?!"

叶深再次低下了头。

"我真瞎了眼，竟然默许你开设叶家拳，如果不是三弟出现，掏出了你的狼心狗肺，我就成罪人了。叶深，你骗得我好惨啊！"

"师妹！我知错了。念在你我夫妻一场，我求你原谅。看在通儿的面上，求你给我一次改过的机会吧！他还那么小啊，不能没有父亲！"

提到孩子，天心似乎有所触动，冷冷道："你这种人，还能改吗？"

叶深抬起头，目光奇怪地盯着她，单手紧紧攥拳，许久没有说话。天心察觉出了异样，她暗暗把手放到了后腰，摸到了匕首。在这一刻，叶深起了杀心，很快又平息了。也许在师父的坟前，他心中有愧。也许，是他舍不得杀她，又或者，如他自己所说，因为孩子的缘故……

"我虽然臭了，但我武功还在。让我把通天拳的东西，传下去。"

"我不许你说通天拳！"

"师妹！请你信我这一次。我是真心的。"

"没有你，通天拳就绝了不成？"

"百川废了，士钧出家，而你……"

"你想说什么？我一个女流吗？"

"不是的，你自然可以。只是秘笈只有我有，百川还把心法给了我。只有我可以传啊！"

话一出口他顿时后悔了。果然天心愣住，徐徐走近几步。

"你刚才说什么？二哥把心法给了你？什么时候？什么地方？"

"我……"

天心气急，从她腰后抽出了匕首，指向叶深："你说不说?!"

"回京之后，我自己探视了百川。心法，是他给我的。"

天心瞪大了眼睛："果然是你。我问你，他的武功，是你废的？"

叶深低头："是。"

"凭你可以废掉二哥？"天心怒吼着。

"我，我，我趁他不备……"

天心愤然出手，趁其不备的一刀！叶深慌乱中本能后闪，可惜没躲开刀尖，被她一刀削掉了半个鼻子。叶深惨叫一声，双手捂住口鼻，鲜血从指缝急涌而出，疼得满地打滚……

天心见他惨状，不忍再杀。她在父亲的坟前跪下，磕了三个头，强忍着泪水，大步离开。自始至终，没再回头看他一眼。

她身后，叶深的哭嚎声，凄厉如鬼。

·第十章·

虎牙冰冷

黑三儿在警察局里待了七八日，就被保释了。他抢劫王四爷的押行，虽然未遂，可之前有明显的设局，入店后也发生过激烈打斗，并且被邻居举报，警察抓获。即便如此，他还是被放了。人家咬死了说是误闯，走错了地方被店家误会这才发生了肢体冲突，对之前所谓"君子生意"的设局套路更是拒不承认。

阮中华看着他的卷宗恨得牙痒痒。当年自己还是宗人府理事的时候，常去亨顺天宝押，这个黑三儿真没少欺负自己。曾为了三百两银子，差点当街被他挑断脚筋，真真奇耻大辱！可如今这家伙落在了自己手里，偏是拿他没办法。原因只一条，黑三儿有背景。自他被抓之后，警察局的卷宗到达当日，阮中华就收到了两样东西。一样是亨顺天宝押的东家送来的两封大洋；再有一张请柬，是交通部副部长许大人亲笔所写，要请他去府上听戏。阮中华心里直犯嘀咕，他与许大部长从未谋面，更无私交，这么大一人物怎么偏来请自己？难不成也是为了黑三儿？思前想后他只好去找老喜商量。老喜笑着告诉他，大洋和请柬一道送来，意思还不够明显吗？多一事不如少一事。黑三儿毕竟没有抢到钱，也没有伤人。许部长请你去看戏，你必须要去，他不提这事儿你也别提。阮中华心里不舒展，这叫什么主意？老喜说，必然是黑三儿上面有人，动了许部长的关系。因为亨顺天宝押这个地方实在神奇，自己做了多年的警长，竟然从没弄清楚过，这宝局子背后的老板究竟是谁。有说是江苏地主黄老爷，毕竟黄老爷在北京城树大根深，明面上，就趁十五家赌场。也有说是四川巡察使的小舅子开的，此人姓赵，是个浑水袍哥，位列三排，地位显赫，在四川势力极大，在北京人面儿很广。更有人说，这宝局子的东家早就换了好几伐儿了，如今真正的老板，是袁二公子……

莫说阮中华、喜大人，连黑三儿自己都不清楚老板究竟是谁。真知道他也不说。他是赌场的一条恶狗，只要有骨头吃，谁是真正花钱买骨头的人，不重要。自古赌场如娼寮，大都夜晚繁忙。所不同的是，赌场的人，在过午之后，天黑之前，时常会出去搞副业，绑架、勒索、抢劫、逼良为娼无恶不作。只要不闹出人命来都不算事，总有人出面保全。黑三儿这一趟，全须全尾地回来了，他也早就习以为常。王四爷，三辈为盗，在绿林之中有钱有势有朋友。金盆洗手之后，又在古玩行做得风生水起，算是个头面人物。分明占着理，可愣是弄不过一个赌场的混混儿。在这吃人的世道里，能开大赌场的人，王四爷当然惹不起。官司没打赢，歹人逍遥法外。最窝囊的是，他连到底输给了何方神圣都没资格知道。

南城这间赫赫有名的亨顺天宝押，与著名的妓院春风楼同在一条胡同，是一座坐北向南的三层洋楼，规模宏大，设备富丽。宝局设有后花园、停车房以及厨房和卧室。厅堂开门迎客，宽阔敞亮，东、西各有一排长木桌宝案子，当间都有宝官。北面设小舞池，不时有丰乳肥臀的歌女，边扭边唱。四周另有几台小案子，玩牌九、推麻将，甚至有从上海新引进的罗宋扑克。西装革履、绫罗绸缎，贩夫走卒，来者不拒，单是一层大厅就装得下三五百人。二楼设有雅间六个，入场筹码较大。二楼的赌客免费车接车送，吃饭和住宿都免费。三楼是餐厅、茶屋、烟舍，玩累了可以喝茶、吃饭、抽鸦片，也是免费，且只对二楼贵宾客人开放。赌场虽然日进斗金，可它自身的开销也十分巨大。每月最大宗并不是吃喝挑费，而是向各路"神仙"发放的"孝敬"。政府官员、警察、黑道人物、洋大人……只要是有势力有背景的人，赌场一律结交，关键时刻必有用处，真叫一团和气。内部的人员薪酬也是一笔不小的数目，除了宝官和经理，以及黑三儿这样的打手之外，还有"放包"的人，负责向赌客借贷和追债。再有就是外面的"进客"了。小到报童、车夫、妓女，大到记者、警察甚至官员，都有可能是赌场的进客。他们通过自己的门路八方揽客，抽取佣金。

诊所的大夫姓兰，是个能开刀的西医，也卖壮阳的药酒。诊所就在西单牌楼，因此他认识叶深夫妇。他摆擂的时候兰大夫还在台下抢过他的花红呢。陶士钧登台打了叶深，兰大夫就在下面看着，后来又读过报纸，知道他臭了名声，却不敢问这鼻子怎么就没了，只给他敷药、包扎，让他静养。七天之后，纱布打开，叶深有了一个橡皮的鼻头儿，不在诊费里，算大夫私人送的。可这黑黢黢的一块，怎么看都像刺猬。叶深觉得自己完了，连个人模样都没有了，真叫里外不是人。兰大夫说你要好的也有，最体面是去金铺打一副，再配上一个皮扣儿，挺神气的，大概要两百块。叶深就让他的小伙计去砖塔胡同要钱，连诊费带金鼻子的钱都要来。人去了之后，天心正在搬家，到底给了一百，又让小伙计给叶深捎话，砖塔胡同的房子她已经退了，如今换了别处小的，让他别找自己。

叶深结了兰大夫的账，捏着手里剩下的八十块钱，心里空落落的。

"叶旅长，我知道您是遇到烦心事儿了。人嘛，岂能事事如意？可这鼻子不是小事儿。您考虑考虑，手头紧的话我可以帮您啊。'碰头包'，介意吗？"

"碰头包"就是高利贷，借十给八，日息五厘，三日一滚。像他这样两三百的借，但凡周转不上，顷刻间就是家破人亡。为了一个鼻子，叶深还不至于去借印子钱。可眼下自己众叛亲离，谁肯帮自己呢？

兰大夫本就是赌场的进客，落井下石最是行家里手。这几日在报纸上看到了叶深的事，早就憋着给他下套。准知道给他拆了纱布人就会炸，这才先拿高利贷堵他的路，之后又三两句话一煽乎，果然叶深就上当了，被骗进了亨顺天宝押。

一进门，叶深就兑了六十块的浇烧，花花绿绿的一把筹码。还得了一瓶酒，一包香烟。他先看了会儿歌舞，这才转到宝台子前看玩押宝。很快明白了玩儿法，见有人押了两把一，全都中了，他终于心动了，新局开押之后，就上前押了十块钱的一。

旁边憋宝的赌徒一捅叶深："这位爷，事不过三您不知道啊？"

叶深回头看他，俩人都吓一跳。敢情这位瞎了一只眼睛，叶深又是橡皮的鼻子，真像是能一块儿说会儿话的人。这人忍着笑，又小声道："您的浇烧那么大，宝官这把绝不能再开一了，不然还不赔死？"

叶深心说你眼睛都瞎了一只能是明白人吗？只冷笑道："我这人啊，就不爱听劝。偏买一了，我全买。"

说罢，将手里的一把浇烧全押在了一上。众人咋舌。

宝官笑道："诸位，你们买几啊？"

众人一看，心中窃喜，纷纷把钱押到了其余的号码上。叶深的钱多，只要不开一，连庄家带旁家都会赚。

宝官喊道："买定离手啊！免一，免一，免一，开！"

说罢宝官转动了宝盒子，哗啦一开，竟还是一。众人大惊，叶深心花怒放。宝官愁眉苦脸，把案子上的浇烧都给了他，还从柜子里数了浇烧的三倍赔给了他。叶深心说这也来得太利索了，照这么着，再赢一把我就有金鼻子了！心里打定主意，只要再赢一回，立刻抽身走人，绝不贪恋。

赌场的宝官都是老江湖，个顶个的人精儿，恨不得粘上毛就能是猴儿。人家只需跟他错个眼神就知他心里想什么，于是装着愁眉苦脸的样子，又摇起了宝盒子："大爷这回您押几？"

叶深想了想，把剩下的钱都换成了筹码浇烧，连同先前赢的全都分押在二、三、四上。

众人竖起大拇哥："大手笔啊！"

宝官笑道："这回您不押一了？"

叶深自信一笑："概率上，不能再是一了。只要不开一，我就赢。"

众赌徒深以为然，也都随着叶深把浇烧押在二、三、四上。

宝官唱道："买定离手啦！去二，免三，不要四，开啦！"

开出的竟然还是一！

陡然之间，气氛窒息了，叶深只觉天昏地暗，手里的酒瓶咣当一声落在了地

768

上，摔得粉碎……

侯坤靠在椅背上，微闭着眼睛，心不在焉地听着侍卫长当日简报。或嗯一声，或说一声好，始终没睁开过眼睛。最后，侍卫长提到了叶长被和尚打败之事。侯坤没出声，也没态度。

"您看，是不是派人去找一找？营房传来消息说，已经十天没见人了！"

侯坤缓缓睁开眼睛，轻飘飘地问道，"找他做什么？"

侍卫长愣住，叶长是陆军部的人，失踪了总要找啊？可他不敢直言，只斜着眼睛瞟侯坤，等他的示下。

果然侯坤又说道："我这两天累坏了，也乏透了。哪有时间看那种报纸？如果和尚说的是真的，那这个叶长，哦不对，他名字改了是吧？"

"嗯，报上说，他原名叫叶深。"

"那这个叶深就是背叛师门的人，这就不是小事了。武林争斗与我们无关，可作为军人，首先就是要忠心。"

侍卫长揣摩出了将军的意思：静观其变，不找人，也不表态。陆军部不能与这种身败名裂的人瓜葛太深，必要的时候，可将其开除，划清界限，以免被花边小报借题发挥。他正要进言，只听卫兵在门外喊："报告。招商局赵华主任求见。"

两天内，赵华三次求见侯坤都遭推诿，万般无奈，他硬闯了陆军部。侍卫长一听赵华的名字，如临大敌，脸上登时有了慌乱之色。

侯坤不悦："慌什么？走你的，让他进来。"

侍卫长点头，转身把门拉开："呦，赵主任，来了也不事先打个电话。我有事，先失陪了。"

赵华一把拉住他："慢着，我正要找你。将军，我前天才把德国银行的首笔贷款两百万马克交付财政部，下午，就被你的人取走了。此事，财长竟然不知。"

侯坤云淡风轻地问道："哦。云潭啊，有这样的事吗？"

侍卫长抱歉一笑："将军，这件小事，我还没来得及跟您汇报呢。"

赵华压抑着怒火："小事？两百万马克是小事？你知道为了这笔钱，招商局做出多大的努力？付出了多大的代价吗？"

他取出皮包里的文件，一一打开："这些材料一经公开，民众必会骂我们丧权辱国！我使出了天大的力气好容易拿到了这笔钱，居然被你一声不响就拿走了。"

侍卫长笑道："赵主任，财政部没告诉你吗？我奉了总统的手谕，要看吗？"

赵华面色铁青，据理力争道："总统也没有权力动这笔钱。这是给山东修铁路的钱。就算总统要动用，也要经过两院和国会。"

侯坤捏了捏自己的鼻梁："云潭啊，去做你的事情。"

侍卫长笑着向赵华颔首，礼貌地走出。赵华撵到门口："将军，不能让他走。"

侯坤一拍桌子："赵华，我堂堂陆军部是你撒野的地方吗？"

赵华被气得浑身颤抖："将军，这件事，陆军部必须给我一个说法。国家盼这笔钱，很久了。"

侯坤轻吐一口气，抓起了电话，拨出一个号码："转招商局盛宣怀大人。"

不久，电话那头响起了一个声音："喂。"

侯坤笑道："杏荪兄，我是铭达啊……关于那笔马克的事，你的人来兴师问罪啦。"

侯坤抬头对赵华挥了挥手，把话筒递向他。

赵华接过来："大人……大人，这不行啊。这不符合《临时约法》的条陈……"

他的脸色渐渐变了，声音越来越小，直到在沉默中挂掉了电话。

侯坤轻飘飘地问："还有问题吗？"

赵华垂着脑袋，心中悲愤。

"我有问题。"

赵华一愣，缓缓抬起头看他。

侯坤笑道："赵主任，美国银行那边，怎么样了？"

赵华红着眼圈质问道："我可以理解为，您是在摊牌吗？"

侯坤摇了摇头："赵华，你对我的误会太深了。我可对天起誓，这件事，我没有半点私心。有的，只是忠诚！"

"对谁的忠诚？"

"当然是元首，还有国家和人民。"侯坤显然很不耐烦了。

赵华冷笑，脸色早已煞白。

"我尊重你，是因为眼下国家很缺你这样的人才。你我同朝为官，最好彼此信任，相向而行。记住我的忠告，做大事者，不求甚解。"

赵华直勾勾地看着他："听不懂。"

"如果你背道而驰，意气用事，终究会伤害到国体和民生。"

赵华惨笑："原来是我伤害了国家和民生？"

侯坤点燃了一根雪茄，轻喷了一口烟："难说。"

赵华闻言，心中绞痛如割，险些站立不稳……

·第十一章·

春云十二展

王四爷的头套被摘掉了，不知道是伤还是因为被绑缚太紧，他浑身的骨头裂开了一样疼。待喘匀了气息，渐渐察觉到自己被绑在了一处大地坑的栅栏上。前方有三人正冷冷盯着他。一个是曾经劫他店铺的黑三儿，一个是被他割了耳朵的屠夫，还有一个是半道儿袭击自己的人，此人武功极好，他没鼻子。他又下意识地向身后看，脚下是两丈多的深坑，布满了杂草的土圈子。他认得这儿，这是虎坊桥的圈虎场，早已废弃多年，周围四五里地根本没人家。四爷怕了，心跳极速，身体颤抖，两耳嗡鸣……

叶深在亨顺天宝押输光了钱，又借了两百"碰头包"，全输了。他想跑，早被黑三儿带人围了。不料叶深的武功极高，十几个打手愣是占不到便宜。可人家赌场已经配枪了，他脱不了身。赌客们见怪不怪地看着他，仿佛在看一具尸体。

黑三儿将要下狠手，被人喝止了。就是二楼走廊立着的一位长袍马褂的油头中年人，看不清岁数。他手捏一支烟卷儿，平淡地看着楼下的一切，而后软绵绵说道：

"今天是我的斋日，忌血光。放了吧。"

此话掷地有声，黑三儿等人立刻闪开了一条道。

叶深抬头看了看这人，冲他一抱拳，低头走了。

三日之后，叶深从徒弟庞月那里借来了五十圆，返回赌场一门心思要翻本儿。打了三把又输了个精光。黑三儿笑嘻嘻地走到他身前。

"准知道你会回来的。朋友，聊聊吧。"

出乎意料，黑三儿在对街的春风楼摆了一桌花酒招待他。作陪的除了俩妓女，还有一位跛足的黑胖子，还缺了一只耳朵。此人叶深从未见过。黑三儿告诉叶深，他们东家瞧上他这身功夫了，想交他这个朋友，问他愿不愿意日后留在赌场做事。叶深心里骂娘，低头不语。

"你只要答应留下，赌债一笔勾销。"

见他不说话，黑三儿笑着起身为他倒了一杯酒。

"公事先放一边儿。叶旅长，您的鼻子想不想换一副好的？"

叶深闻言大惊，原来自己的底细人家早就门儿清了。推杯换盏几番之后，黑三儿这才把事情说了：他与身边这位屠户朋友都有一个仇家，此人是琉璃厂开当铺的，身上有两下子。如果叶深肯帮忙替朋友拔创，教训教训此人，愿给他三百块的好处。

　　叶深仔细端详了眼前这两个无赖，又见屠夫缺了耳朵，心里猜出了八九分。恨自己怎么就和这样的人同流合污了？无奈把柄被人攥着，又实在缺钱。

　　"我不杀人。"叶深艰难地说着。

　　"不用你动手。你只要把人拿住了就行。"黑三儿笑道。

　　古董行的规矩是"夜不观色"，通常下午四点之后店里就没有大买卖了。王四爷照例也是五点一过就奔家走，赶上苏百川在附近拉活，就会顺道过来接他回家。今天不巧苏百川没来，他略等了等，就随便叫了一辆车走了。车子刚拐出琉璃厂，进了一条胡同不久，从岔道另一端忽然飞出两个黑影，他刚认出一个是黑三儿，另一人就已经出脚将车夫踢倒了。王四爷大惊，还未看清这人模样，就被他一拳迎面砸来，王四爷只得用两肘格挡，谁知对方拳脚极重，还没机会跳车逃命，就被当场打晕了……

　　黑三儿拉着王四爷赶到圈虎场时，屠夫已经准备了绳索和刀斧。二人一起动手，将王四爷在木栅栏上绑了，这才摘了面罩。

　　"饶我一命，要多少钱给多少钱！"王四爷哀求道。

　　黑三儿笑道："钱能通神不假，但也有不灵的时候。"

　　屠夫也狞笑一声："没错，老子要把你的肉一刀一刀剐下来。"

　　说罢，用剔骨刀一刀扎透了王四爷的锁骨，王四爷惨叫一声。

　　"十万，十万能活吗？"

　　叶深愣住了，仔细看了他两眼："他这么有钱？"

　　黑三儿撇嘴道："我说过，琉璃厂的大东家。"

　　叶深冷笑着看向二人："你们和他多大仇啊？值十万吗？"

　　屠夫摸着耳朵狠狠道："这不是钱的事儿。"

　　叶深冷冷看向他："可我觉得值。"

　　那眼神似乎在说，你们要是不答应，我就把你俩杀了，单拿这笔赎金。屠夫回头看着黑三儿，他们原计划是绑了直接做掉，没想过要劫他钱财："黑哥……"

　　叶深斥道："你闭嘴。黑三儿我要你说。"

　　黑三儿心里也觉得合算。没有叶深，别说弄钱了，这仇也报不了的。于是笑了笑："叶大哥，我听您的呀。"

　　王四爷见他们松口，自己有了生机，忍着剧痛大声道："好汉救我！我把宅子和铺子都卖了，凑十万给你们。"

叶深非常满意："好，我做了。"

屠夫投降似的提醒道："当心有诈！"

叶深冷笑道："我说我做了。拿了钱，我只要三万，剩下的归你们。"

这下连屠夫都喜笑颜开了。

黑三儿点点头："娘的，十万块，确实大手笔。咱干了。"

王四爷忙道："你们放了我，三天之内我把钱凑齐。绝不报官！"

黑三笑道："当我们三岁娃娃呢？放你走，跑了呢？你去吧，让他老婆拿钱赎人。"

屠夫脸都白了："我，我不能去啊。他们院儿里人认识我，您忘了我这耳朵怎么没的了？"

黑三儿没好气地骂道："难道我去吗？南城谁不认识我黑三儿？"

二人齐刷刷看向叶深。

叶深点点头："行，我走一趟。家住哪儿？找谁？"

王四爷喘气道："菩提巷七号，王四奶奶。谢谢你！"

叶深一听菩提巷，心里咯噔一下。思索片刻，还是点了点头，压低了帽檐，抬腿就走。

"哎！"黑三儿叫住了他。

"留神别让她报了警察！"

"知道。"

"明天天亮之前，你没消息，我就埋人。"

叶深嗯了一声，低头快步走了。看着他的背影，王四爷目光哀伤，嘴巴张开一半想喊他，又不知该说什么。冥冥中，他有不好的预感，这个人不会再回来了……

苏百川下午早早儿收了车，特意去西四砖塔胡同找天心，要将结婚的好消息告诉师妹，可是老槐树下的小洋楼已经空了。他费了好大劲，才打听出来她们搬去了隔壁胡同的一个旧杂院里。见到之后，苏百川二话没说，把天心和叶通都拉上，回了菩提巷。

问起来才知道，叶深出远门了，短则一两年，长则三五年，这是天心告诉孩子的。苏百川并不知晓当日他离开砖塔胡同之后，夫妻二人发生了何事，虽觉得必有蹊跷，可当着孩子他没多问。叶通只顾着问二叔，当初是不是武功最厉害的？苏百川笑说，大家师兄弟都差不多。叶通又问他，那您和我父亲，究竟谁厉害？

苏百川笑说："我们是兄弟，不能动手。"

说得天心眼眶一湿。偏叶通不肯罢休，非要问出个子丑寅卯，苏百川只得低头拉车，不再说了。天心不悦，呵斥了儿子，这才作罢。进了菩提巷，苏百川忽然停在老宅前，指着房子说：

"这是咱们的祖宅，从前你姥爷就住在这里。我和你父亲、母亲还有你三叔，都是在这儿长大的。"

"现在呢？谁住在里面？"

"没有咱家人了。"苏百川只能这样说。

"是你们把房子卖了吗？"

天心沉默了，不知道该怎么回答儿子。

苏百川想了想，和善一笑："是比武比输了。等你长大了，赢回来，好不好？"

"好。"叶通不假思索地回答道。

天擦黑的时候，叶深进了杂院。当时只有石匠娘在前院洗碗，他压低了帽檐上前打听，问四奶奶住哪间？石匠娘老眼昏花，加之天色暗沉，她没看清叶深的骇人模样，只说四奶奶去幼稚园接孩子没回来呢，通常都是在外面吃了馆子才回来的。又问他是谁？找王家什么事？叶深不答了，只坐在门槛上低着头等。

石匠娘没放在心上，自己回屋去了。不久，后院传来孩子的说话声，叶深侧耳一听，这分明像自己儿子的声音，不由大惊，于是悄悄起身走向了后院。

苏百川和大格格招待了天心母子一顿炸酱面，大家伙儿其乐融融一起吃了。这会儿格格和天心在窝棚里洗碗说话，商量着结婚的操办，苏百川和叶通在小院一起擦车。

"二叔，我娘常说我爹的武功是我姥爷传的，可我爹说，是自己家传的。到底哪个是真的啊？"

苏百川笑了笑："都对。"

"那天见了三叔，我感觉，我感觉，应该是我娘说的才是真的。"

"你爹，有你爹难处。你小小年纪，不必在意这些！"

暗处的叶深闻言，惭愧地低下了头。

"我小时候练功，我娘不准我偷懒。她说我天赋不够，没资格偷懒。还说您的天赋特高特好，武功也是姥爷秘传的。是不是真的？"

苏百川一笑："其实你父亲和你三叔，同样天赋极好，你母亲也是。至于秘传这件事，学的也都是一样，你姥爷对我并无偏心，只因我父亲不让我学武，才不得已秘传。"

"二叔的父亲为什么不让二叔学武呢？"

苏百川想了想："此一时彼一时。咱们是镖局子出身，外面有仇家，镖路上有歹人，习武是一条非常凶险的路。我父亲只希望我一生平安。"

"我知道走镖，就是护送值钱的东西去很远的地方，对不对？"

"是。"

"长大了我也要走镖。"

"你不需要了！现在没有人走镖了，镖局都没有了。你们这一代人成长起来，早已不是拳头的世界。"

叶通似懂非懂地点了点头："可惜，好可惜啊。没有镖局了，大家就懈怠了，不用好好练功了，那老祖宗留下的绝招也就没人接着了！"

不光苏百川，连暗处的叶深听闻也是一惊。

苏百川拉着叶通，从上到下打量一番，又摸了摸他的手肘、脚踝，眼中放出光来。

"通儿，你上过腰带了？"

叶通很严肃地点了点头："嗯，是我爹给我上的。"

"学武几年了？"

"四年了。"

"好小子，打一套拳给二叔瞧瞧。"

叶通看了看拥挤的杂院，眉头一皱："这里啊？场子太小了。"

苏百川笑道："拳打卧牛之地，这已经算大的了。来！"

叶通点了点头，微微一个起式，对苏百川一抱拳，竟然有模有样地打起了拳来。青龙出水、单鞭、云手、高抬马、野马分鬃、单跨虎、冲天炮、金刚倒锥、十字连环摆、退步双跨……叶通一气打完，气沉丹田收势。苏百川看得热泪盈眶，叶深分明早已将秘笈中的通天十三式传给了儿子。

"二叔，我这拳你认识？"

苏百川正色道："什么拳？"

叶通骄傲一笑："叶家拳。"

苏百川的笑容凝结。天心走了出来，斥责道："通儿，不要乱说。"

776

"是叶家拳嘛。"

"你还说？"

苏百川轻轻护住他："他这个年纪，别苛求！只要他喜欢，名字不重要。但是通儿你记住，不要有门户之见。功夫，是天下人的！"

叶通点点头："记住了，二叔。"

暗处的叶深闻言，不禁黯然神伤。

苏百川变戏法似的从自己车把里面抽出了一条齐眉棍，连天心都是一惊。

"二哥，你车子里面怎么有这个？"

苏百川笑道："防身而已。通儿，你有没有试过把拳法融到棍法里？"

"没有啊！这样可以吗？"

"太可以了！很好玩的。你试试看。"

叶通接过齐眉棍，在院中舞动几下，没有章法。苏百川稍加点拨之后，忽然有如神助，拳法赫然就是棍法。天心看得出神，没想到通天拳可以化成一套绝好棍法啊！墙后的叶深只觉毛骨悚然，似乎有所领悟。

此时，只听前院石匠娘的声音道：

"四奶奶，刚才有人找您呢！"

"谁呀？"

"是个男的，从没见过。"

"说什么事儿了吗？人在哪儿呢？"

"刚才还这儿坐着呢，可能去后院了吧。"

她们二人说着，紫云就慢慢走向了后院。叶深躲避不及，只得压低了帽子回身往前院走，和她面对面错身而过。此时天已彻底黑下来，紫云也没看清他的丑陋模样，只是觉得眼生。

"哎，是你找我吗？"

叶深根本不搭话，疾步走了出去……

·第十二章·

瞒天过海

连日寻找王四爷，苏百川被迫晚睡晚起。

这天上午九点多了，他才拉着车从杂院出来，就看见老宅门口围了一堆人。府前铺了红地毯，青木的家丁们全都穿着正式的和服列队在外，有人还吹奏着"尺八"，更有六个浓妆艳抹的日本艺伎在青木和浅山的带领下恭顺而立。他预感有非同寻常的大人物要来青木府上了。不会是那个人吧？正想着，只见两辆汽车驶入了巷子。第二辆车上的后排，坐着一位目光清澈的中年人，他透过车窗看着人群，不觉间与苏百川四目相接，似乎皱了一下眉毛。苏百川看他面色苍白，眼窝深陷，鼻眼却很像当年的涩川介……

青木和浅山一看苏百川也在场，心都提到了嗓子眼儿。这样隆重的场合，苏百川很可能猜得出来者身份，如果他上前搭话，就坏事了。青木正思忖着对策，汽车停稳了。前车下来两个浪人，他们目光轻慢地看了看周遭环境及人群，神情鄙夷。青木立刻对手下一使眼色，家丁们连忙驱赶人群，拉车的苏百川也像狗一般被撵开了。浪人移步到第二辆车后门，恭敬拉开车门，中年人慢慢地走出来。他穿着黑丝绸和服，腰间斜插一把象牙手柄的短刀。苏百川走到巷口忍不住回头看，此人背影如刀，寒意凛凛。只见青木等人，毕恭毕敬地上前九十度鞠躬，并用日语喊道："宗家。"

苏百川听懂了这句话，来者正是涩川直人。他的心骤然一紧……

"大雄无畏。"

涩川直人静静地看着这行隶书。在众无人敢动，也不出一丝声响。浅山幸太郎安顿好门口的值守最后一个走进来，奉承地笑道："这是我老师专门为宗家所写。"

涩川直人回身看了看他，面有不悦。涩川的弟子立刻训斥道："无礼的家伙。"

浅山吓得手足无措。青木连忙道："我的学生浅山君，也是国会议员。"

浅山幸太郎再次向他九十度鞠躬："三生有幸，可以得见宗家。我们盼望您的到来，很久了。刚才十分失礼，请宗家不要怪罪。"

涩川没出声，浅山竟一动不敢动，直到涩川嘴里嗯了一声，他才直起身板，但不敢直视。分宾主落座后，青木亲自为涩川奉茶，并燃起了熏香。青木轻轻一拍手，"宝心少女团"从屏风后一阵风飘出来，开始表演迎宾舞。她们动作优雅，神情妩媚含羞。涩川却始终面色平静，看不出喜悦还是厌恶。

青木颔首恭敬说道："她们是特意从东京赶过来的。如果失礼，请一定告知……"

浤川还是嗯了一声，没有多做回答，开口的第一句话却是：

"你的房子很美。"

宗家终于肯寒暄了，青木和浅山心里松了一大块。青木连忙笑道："这叫'四合院'，这种房子在北京很常见。作为建筑，与宗家在大阪的宅邸相比，它非常普通。"

浤川撇了撇嘴。心里却想着另一件事。

"刚才围观的人群中，有一个车夫，你们认识吗？"

青木和浅山对视一眼，旋即摇头道："车夫？遍地都是车夫啊。我没有留意。宗家为何这样问？"

"日本的报纸登过苏百川的照片。我觉得，刚才那个车夫很像他。"

青木干笑了一声："不会的，宗家。您一定记错了。苏百川出狱之后在大学里任教。"

浅山也忙道："中国和日本相同。车夫是下等职业，与屠夫、收尸人、洗衣妇、娼妓一样，都是最不入流的。苏百川身为'同文馆'的高才生，通晓四门外语，并且一度要被公派留洋。他踢馆之后被视为……被视为英雄。宗家请想一想，英雄怎么可能会去拉车呢？"

浤川直人轻轻点了点头，觉得是自己多虑了，不自觉地用右手的大拇指挠了挠脑袋。那是一个精致的景泰蓝假肢，青木和浅山对视一眼，知道宗家曾削指明志。二人都无比钦佩，想关切几句，却又怕失礼，就不敢多问。

浤川直人无暇顾及二人微妙的表情，只停留在自己的思绪中。须臾，他淡淡说道：

"青木君，我要住在兄长的桐川道场。"

"好的。为了迎接宗家，我准备了三处居所。桐川道场也在其中，早已安顿妥当，只待宗家大驾。"

浤川直人点了点头表示满意："自天津登岸之后，我买过中国的报纸，上面所说苏百川的消息，与日本国内的不太一样！"

青木二人再次紧张起来。

"哪里不同？"

"中国的报纸说，他在出狱之前的一场比武中失去了武功！"

青木险些打翻了自己身前的茶杯。浤川的弟子怒目相视，觉得他失礼。

"非常抱歉！宗家，苏百川是个风云人物，报纸时常会编一些花边消息用来消遣。据我的可靠消息，他的武功还在，所谓监狱的比武只是苏百川的诡计。浅山君可以证明。"

浅山急忙欠身道："是的宗家，老师所说千真万确。苏百川是一个狡猾的家伙，他杜撰了比武被废的事情，就是为了逃避牢狱之灾。"

浥川站了起来："尽快安排我与他的会面，在比武之前。"

青木顿时尴尬起来，支吾道："宗家，有这个必要吗？抱歉！我的意思是，毕竟他是杀害您哥哥的仇人！不如直接在擂台……"

浥川直人挥手打断他："报仇是一回事，打擂是另一回事。如果他没受伤，我会在擂台上打死他。假若他真的已失去了武功，那就是私怨了，不必登台解决。"

青木与春山连忙鞠躬："嗨！"

浥川大步流星走出去，两名弟子一并尾随而出。青木急忙在身后小声说道："宗家，这些东京的少女团一起去吗？还是我晚些时候一并送过去？"

浥川直人忽然停下来，徐徐转身看向他，又看了看六位少女，缓缓对青木说道：

"费心了。我修'不净观'已有三年了，明白？"

青木大惊，立刻鞠躬道："明白。惭愧！"

众人簇拥着将浥川送上了汽车，并且安排专人带路前往陶然亭。青木等人一直鞠躬相送，直到两辆汽车驶离了巷口。

"老师，什么是'不净观'？"

青木没有回答，他看着远处的烟尘，若有所思……

浅山幸太郎在青木府一直待到深夜。二人认为，习武之人过于注重虚礼，却忽视了国家荣誉。苏百川的踢馆曾给日本带来屈辱，只有他在擂台上被打死，日本才能挽回尊严。要让积贫积弱的中国明白，日本的实力是全面碾压，可以在任何领域胜出，大和民族是不可战胜的。这已不是浥川直人的私事，也不光关乎他个人以及剑道的荣誉。这是全日本的荣誉！之后，二人商定出两件大事：第一，绝不能让宗家知道苏百川实情，更不能让苏百川与宗家在打擂之前见面。第二，不惜一切代价要苏百川同意这场比武。

自王四爷失踪以来，紫云一下子丢了主心骨。没头苍蝇一般每日都去警察署报案，又去广化寺烧香，终究不见一点消息。很快一病不起，夜里更是连连噩梦，情景都是在昔日的王府，大格格把她推下水塘，并用竹竿拼命地砸她，任她拼命挣扎，直到淹死……梦醒之后，她又彻夜哭嚎，说是大格格和苏百川使了手段，害死了王四爷。大格格对她又气又怜，终是不离床榻地照看她。到了第三天，连药水都喂不进嘴了。可又不肯咽气，就这么苦熬着……揭心听闻此事，说了一句"唯奴性是最大的丑态"。语恶、行恶、视恶者，必自招祸患，咎由自取。

青木一雄亲自登门来找苏百川，再次邀请他六月六日登台打擂。苏百川再次拒绝了。

"一个人可以成为宗家，人格上必然光明磊落。请安排我与泯川直人会面，我要向他当面陈情，我已失去武功的事实。"

"宗家不会见你的。我们也不相信你真的已经武功尽失。"

"那么尽管告诉他我住在这里，让他来找我报仇吧。擂台之战，恕难从命！"

"苏先生，如果您肯登台比武，我愿把通天拳祖宅归还。请您三思。"

苏百川心中一凛。祖宅被占，奇耻大辱。听他这样说，苏百川更是心绪难平……

"听说您快要成亲了。怎么能让新娘子委屈在这种地方？何不回到老宅去，风风光光大办一场！那里本就该属于你们呀。"

大格格骂道："滚出去！我宁愿露宿街头，穷到当乞丐要饭吃，也不会让百川去送死！"

看着青木一雄离开时的眼神，大格格心有余悸。她担心日本人会用卑鄙手段逼他就范。苏百川笑着宽慰她，朗朗乾坤之下，他们总不能用枪逼着我去打擂吧？只要自己不肯，谁也勉强不了。大格格想推迟婚日，先一起离京，避开这阵风头。可苏百川坚决不肯，他说，你觉得你的丈夫会做一个苟活之人吗？有些事情，是必须要面对的。死可以，但不能逃……

泯川始终静待着苏百川的消息，希望可以见一面。可是桐川道场附近的两处报亭都被做了手脚，弟子买到的报纸都是被精心篡改过的。不光是日资掌控的报纸，甚至还有相当数量的假报纸，比如《中华报》《顺天时报》，就是专门印给泯川看的。连日以来，这些讯息让他真心以为，苏百川在京师大学堂任教，还时常去国术馆切磋，与高手对练，看起来是在充分准备着六月六日的中日擂台赛。中国的民众也都一边倒地认为苏百川能够再次胜出，为中国武林扬眉吐气。苏百川还在采访中对涃川直人言语挑衅，说他是缩头乌龟，哥哥死了这么久才敢出现。并且说日本的镜月向心流只能骗骗日本人，在博大精深的中华武术面前，不堪一击。

　　坏情绪接连破坏着涃川的理智，令他开始厌恶苏百川。他原本以为苏百川会是一个值得尊敬的对手，现在看来是自己想多了。至此也不想提前见他，只等到六月六日这一天，与他一决雌雄！很快，青木一雄亲自造访道场，面呈了苏百川的"亲笔信"。信纸和信封极其廉价，如同给仆人的手信一样糟糕不堪。内容更是行文潦草，措辞傲慢，声称自己根本没空与手下败将的弟弟提前见面，倒是有兴趣在擂台上亲手送他去见兄长……涃川直人被彻底激怒了，他对着哥哥的太刀"虎澈"起誓：要在擂台上亲手杀死苏百川……

·第十三章·

豪杰自牢笼

苏百川认为，浞川直人作为日本剑宗，绝不会与失去武功的车夫比武，尽管他杀死了浞川的哥哥。终究事由浞川介而起，而且自己也赔款、抵宅、坐牢，受到了法律的制裁，浞川直人至多私下与自己会面。且他敢断定，直人不会对自己做出极端之事，否则就会有失身份，令人不齿。毕竟对于好面子这件事，日本人比中国人有过之而无不及。如果单是通天拳和浞川家族的恩怨，这种推断大概不差，可他漏算了卑劣的日本政客以及北洋武夫。苏百川做梦也不可能知道，在日本政客心里，中日擂台赛早就和善后大借款联系到了一起。青木一雄和浅山幸太郎看准时机，祭出了五百万日元低息贷款的优渥待遇，但有一个附加条件，侯坤必须让苏百川上台打擂。

天色暗沉。

一群便装黑衣人开着汽车悍然闯进了菩提巷，不由分说强行带走了大格格。时间卡得非常好，几乎是前脚离开，苏百川后脚到家。石匠媳妇早吓得脸色苍白，只说格格被一帮拿枪的人抓走的，样子凶得很。躺在床上奄奄一息的紫云更是说不出一个字来。苏百川顿感大事不妙。急忙跑去葫芦巷找揭心，果然照顾揭心的小伙计也被打了，揭心亦被抓走。苏百川回想起当初揭心的话，心中愧疚。他说过，苏百川书生气重，宽厚待人，对人性之恶，缺乏嗅觉……

此事定与擂台比武有关，定是青木在搞鬼。他愤怒地跑回菩提巷，去撞青木家门，半晌没人回应。情急中抱起一块青石，要砸烂了大门硬闯。正这时，门缝里塞出一张纸条来，苏百川愣住了。他丢了石头俯身去抽出纸条来看。可惜太暗了，完全看不清楚写了什么。之后，他闻到了一股浓烈的煤油味。很快，门缝里面有一束灯光特意照了过来，苏百川强忍着怒火在灯下把纸条展开，看到了一行字：不关我事。

这是承认了他知道一切，但否认是自己所做。而后灯光熄灭，院内如同坟墓一般沉寂。苏百川推测他们会把所有与自己有关的人全抓了，逼迫自己登台打擂。这样明目张胆的恶行，应该不是日本人直接所为，所以青木才说"不关我事"。他猜是警察，是北洋政府。不管是谁干的，格格受一点委屈自己一定跟他拼命！时间不多了，他必须先去找老喜。情急之下竟抢了一辆自行车火速向隆福寺疾驰而去……

苏百川的到来令老喜十分错愕，作为警长的他对主子被抓之事毫不知情。起先，他大为光火。冷静之后，又觉得背后的势力极不寻常。他同样认为格格和揭心被抓一定是逼苏百川出来比武。如果是这样，在与苏百川摊牌之前，二人反倒是安全的。当务之急是，苏百川还有无至亲好友被牵连进来，应尽早告知暂避。见过自己就算报警了，明天他自会派遣警力找人。一句话点醒了梦中人，师妹一家会不会有危险？苏百川无暇多想，立刻飞身上车，直奔西四。

刚进胡同口，隐约见到墙角处有两个人，竟是烂醉如泥的叶深和他的弟子庞月。苏百川一问才知，天心母子安然无恙。揣测他们究竟是还没动手抓人还是因为天心刚刚搬了新家。庞月告诉苏百川，师父已被军部开除，师娘又不让他进门，更不许他见孩子。可怜叶深身无分文，露宿街头。苏百川对庞月说，自己遇到了麻烦，可能会殃及天心，让她们马上另寻住处暂避。叶深留给自己照料，让她快去……

当夜，紫云又从噩梦中惊醒，连声叫渴。石匠媳妇刚把她的孩子小贵哄睡，听出声响赶紧过来照应。紫云喝下半碗水，挣扎着起身，拉着石匠媳妇的手，落泪道：

"告诉格格，我欠她一个孩子。把我儿贵贵，给她吧……"

"四奶奶，您说什么呀？什么欠孩子？"

"我纵有万般不是，孩子是无辜的……求她，带大我的贵贵……"

石匠媳妇只得忍泪点头。正这时，只听巷口有小贩叫卖包子。紫云努力抬起手臂："我想吃包子。"

石匠媳妇一蹙眉："厨房有窝头，我给您热热？"

紫云摇头："不，我就想吃肉包子。"

"夜包子"可不是什么好吃食，俗名又说"鬼包子"。傍晚过后小贩才推出来卖，专供给那些散了戏的，赶夜路的，或者是吃不起正经肉包子的穷人。"夜包子"比包子铺里的包子便宜一半还要多，皆因这肉馅儿不干净。除非是特别穷苦的人家，终年吃不上荤腥，才会馋这口"夜包子"。紫云自小到大，是没受过穷的，可她现在偏偏想吃这一口儿。毕竟她已多日没进食，想吃肉兴许是病情在好转，石匠媳妇也不再劝，拿了零钱撺出去，买了三个包子回来喂给她吃。紫云咬了半个下去，满口流油，直说好吃。石匠媳妇笑着说你慢点儿吃，我去倒一杯热茶来。说着话迈开腿，才刚出里屋的房门，只听紫云惨叫了一声。她心里一颤，忙返身回去，挑了纱帘一看，紫云脸色煞白已无人色，双眼血红可怖，身子缩成一团。石匠媳妇壮起胆上前一探鼻息，竟已气绝身亡了，吓得她魂不附体，难道是这包子有毒吗？再定睛细瞧，也发出一声惨叫。原来，紫云吃剩的半个包子里，竟有一根连甲带肉

786

的手指头……

苏百川必须找到赵华，必须找到。

作为自己的同学挚友，他极有可能也被牵连。假若他能与此事无涉，凭他的身份地位，也定能帮到自己。可是，当苏百川一大早赶去铁狮子胡同找赵华的时候，却被政府的人告之，赵华已经两天没消息了，招商局也在找他。苏百川如被当头一棒。莫非也是被抓了？如果连赵华都能抓，那么这件事就不是喜警长能管的了……任何一个人因受自己的牵连而遭了殃，苏百川都无法接受。

"放了所有人！擂台我打，我打！"

他的内心嘶吼着，一边走一边抹泪。自师父出事以来，他还从未像今天这样无助。他绝望了，投降了，无非是一死，绝不连累朋友，绝不。他不想去警署找老喜了，亦没有勇气去报社曝光。他只想回家静静地躺着，等对手出现。只要大家能安全回来，他会坦然接受所有，愿意面对一切……苏百川丢了魂儿一般走着，不留神踩进了一个水坑，泥水湿了袜子，污了布鞋。这是格格给他新纳的一双千层底，脚后跟还有"平安"二字。苏百川心中阵阵酸楚。忽然，一个念头一闪而过。如果赵华没有被抓，会不会就在那里？

北海喝酒那回，赵华对苏百川说过，民国之后，他回到北京城，虽然招商局在普渡寺分了一个小院儿给他住，可他还是到水洼胡同的杂院，把原来哥俩住过的那两间房高价租了，又重新布置成原来的样子。想哥哥的时候，他时常会回来看看。

此刻的赵华，真的在水洼胡同，可惜奄奄一息。

苏百川破门而入的时候，被眼前的一幕惊呆了。眼前这个人是赵华吗？他一头白发，枯瘦如柴，牙齿全黑了，厉鬼一般蜷在床上，气若游丝，面白如纸。满桌子满地全是血渍，他左手腕下有两处结痂的刀伤。窗户紧闭着，窗下还有一盆即将燃尽的煤灰。更加触目惊心的是，两面墙上画着几百个血红的人脸和骷髅……

苏百川急忙将门窗都开了，把火盆扔去外面。在院里的水缸里舀了清水，给他净口鼻，擦脸，清洗伤口。一直守到天黑，他才渐渐有了知觉……

侯坤在短短数月之内，以惊人的速度扩大着北洋军。仅同盟会的渠道了解，北洋段芝贵部增兵十营，雷震春河南豫军增兵六营，奉天巡防营更是扩编了两个师。南方在裁军，陆军部不发遣散费，却加紧扩充自己。这么大一笔钱，哪里来的？是他赵华赵主任费了天大的力气，不辞辛苦，忍辱负重去向洋人借来的。转天，这些马克、英镑、美金就源源不断成了北洋军饷。这一切的目标只有一个：应对将来的南方军队。讽刺的是，招商局干将赵主任来自同盟会。

"真是顶顶了不起啊。"

面对南方同志的质疑，赵华在电话里为自己辩解过。

"我虽是财政部要员，又在招商局挂职。可我的全部工作进展，侯坤都了如指掌。这是上峰的命令，财政部、招商局都要求我必须对他透明。起初我也没有太多怀疑，毕竟'善后大借款'，就是袁总统主导的。后来我发现，有几笔钱刚入国库就被侯坤转走了，这不符合'临时约法'的条陈。我去找过他，抗议过，但无济于事。这是用来修路、架桥、修水利的国家建设的钱，我起先以为被他们合伙贪污了，还特意写了几份向国会弹劾他的奏陈。万没想到，他是在扩军……"

"我不是在为自己开脱，也不是给借钱开脱。借钱是必须的，不借钱这个国家一天也撑不下去。晚清以来，随着不断的战败，一次次的赔款与借款，中国的财政自主权逐渐丧失了。列强操控着我们的海关税和盐税等大宗税种。从很早时候开始，中国就已陷入了一个财政怪圈，一面是不断加重的苛捐杂税，一面是政府日益入不敷出，长年累月的财政困难。民国之后，这问题非但没解决，还日趋严重了。我也不喜欢袁世凯，可是财政问题，不管是谁执政，都是一把悬天利剑。没办法，只好向列强去借，无论条件有多苛刻，还是要去借。但问题的关键是，北洋借这些钱的真实动机，以我的职责范畴，我无权获悉。"

"那你难道不知，他借钱之事国会没有通过吗？为什么还要一意孤行？司马昭之心路人皆知了，你难道毫无警觉？"

"很长时间以来，我被各国的数目和条款搞得晕头转向。我就是一颗钉子，财政部、招商局让我往哪使劲我就往哪使劲。如此而已。"

"那你现在以为如何？"

"可能不妙。"

"袁世凯一旦借足了他需要的钱，北洋如虎添翼，他迟早会对革命派动武的！倘若将来中华大地再燃战火，你赵华，就是革命的罪人。"

这句话好像一把锥子，把他深深刺痛。之后的几天，赵华得知，关于日本人的贷款浅山已经完全绕过了他，和陆军部直接接洽了。至于借多少，用到何处，他根本无权过问。但是账目，还是要记在招商局的头上，必要时，他仍需盖章画押。赵华被上峰厌弃，被北洋玩弄于鼓掌，却又被南方的同志误解。自己当初舍身忘死的革命，难道就为今天这个结果吗？万念俱灰的赵华回到了水洼胡同，烧炭自尽……

"百川，你不该救我！"赵华落泪道。

"赵华，我只劝你一句，希望你听。任何时候不能自弃。你我是何等样人，岂能自杀？我知道你难，你委屈，可你如今死了，就是承认了这种不忠，承认在助纣为虐。可你不是，你是铁骨铮铮、赤胆忠肝的清流，和史有为，和你哥哥赵素响一样，是个顶天立地的大丈夫。举国非之而不摇，天下非之而不摇，这才是你赵华啊！千年帝制，尾大不去，时局震荡，荒唐狂乱。是你这样的极少数人在用生命换取这个民族不再重蹈覆辙。你是觉醒者、先行者，你有最深刻的体会和透彻的认识。你的清醒就是新生，你的苦难就是价值。你这样的人，为下一代活，为下一代死，而不是为自己。倘若连你都要自杀，我们还能依靠谁呢？赵华，既然你认为的革命还没有成功，为什么不再拼下去？北海虽赊，扶摇可接，东隅已逝，桑榆非晚。宝琦兄，你要振作啊！"

赵华浑身颤抖着紧紧抱住他，泪水直泻而下。苏百川直到离开，也没有告诉赵华自己如今的遭遇。

第二天一早，赵华去理发馆将头发重新染黑。他决心，回上海，回到同盟会同志的身边，力争推行"责任内阁"。既然绝对权力难以撼动，就要在制度的层面分化和制衡它……

数天后，《申报》登出了一则消息：招商局主任赵华在北京火车站遇刺身亡，年仅 32 岁……

·第十四章·

斯人独憔悴

"也许爱终会消失，但恨不会。"

多年来，有件事一直压在空空儿心里，挥之不去。纵使含垢忍辱，也毫不减退。只要还活着，她一定要做：刺杀侯坤。

昔日惊天动地的萍浏醴起义，终因分散作战，互不统一，被五万清军会剿三月而破。刘道一、肖克昌等起义领袖牺牲，柳絮才行刺侯坤未果被杀，蔡绍南逃往广西，化名"晏子风"，成为风水先生，五年后染疾病逝。空空儿曾目睹二哥柳絮才被曝尸悬首，痛断肝肠。侯坤本就是当年竹帮案元凶，更是残忍迫害革命党的罪魁，如今竟把二哥枭首曝尸。空空儿对其恨之入骨，立誓杀之。虽被清廷在五省通缉，

"敢有舍匿，罪及三族"，所幸官府画像潦草不肖，她能从容得脱。颠沛流离数月之后，辗转回到故土苏州。

恍惚间，发现自己除了盗术，竟一无所长。身为天下四大名偷的空空儿，一生从未行窃，如今为了生计，夜取大户金银……凭此投身"素毓庵"，奉道修行。她化名慕饮冰，意为：十年饮冰，难凉热血。风平浪静之后，开始谨慎寻找当年竹帮旧部，积蓄力量报仇。可惜一年过去，她仍然形单影只，甚至连周癫的家人都没有探出下落来。这期间，发生过一件匪夷所思的事：道观里的蔡师兄从湖州带回了一张死人座像。人死了为什么要画像？竟还是坐着？原来此人死在山洞里，肉身已经腐烂，却依稀尚能呼吸。白发丈余，指甲卷曲，似乎仍在生长。

此事被樵夫秘密传开，无不啧啧称奇。甚至有人拿了香烛、贡品去洞中祭拜，更有胆大的好事者为这死人画了像。蔡师兄察觉出此事不寻常，兴许他不是死了，而是在修炼道家的"太阴炼形"之术！好容易找到了山洞，却发现洞中早已空空如也。香烛俱在，贡盘已空。蔡师兄认定此人必是修炼得道了，只叹缘浅，未受点化。于是回集市找到当初画画人，花钱买了这像回来与大家看。空空儿一见画像失色大惊，并非"太阴炼形"高深，而是这丑陋凶恶的死人，竟和自己的盗们大师兄嬴岱山一模样……

一日，空空儿藏匿的村庄被青帮大匪黄阿四围了。这些人平日以包毒贩私为事业，抢劫、掳人、勒赎，无所不为。空空儿并不怕他们，只恐闹出了人命，官家来剿，自己也不安全了。于是冲开一个口子逃出村庄，直奔湖州而去。她念念不忘那个"死人座像"，假如真是大师兄在此修炼，那必是一段奇逢。在湖州尚未立稳脚跟，还未寻找到"死人山洞"的具体方位，偏又在一家饭馆内与枭匪们撞见。黄阿四一眼认出了这个身法矫健的道姑。由此，她结识了盐枭梅宝山……

江南巨匪梅宝山的私盐船近千只，徒众万余，号称势力遍布千里长江之上。早年曾反对过慈禧，后被当时两江总督刘坤一招降，竟然兼任水师"虎"字营缉私管带。最要命的是，梅宝山的手下有个叫牛皮阿三的人，曾经因罪逃离江浙，短暂参加过湖南义军。他认出了空空儿的真实身份，同盟会萍浏醴起义的骨干，老竹帮少主人慕容非池，就秘密向梅宝山告发了。此事一旦泄漏出去，立时就是杀身之祸。梅宝山本不算好色之徒，可见到空空儿这般绝色佳人，难免心波荡漾。直言她只有一条路可以走，嫁给自己，做他的五姨太。愿替她保守秘密，庇护她一生。

　　"我嫁可以，你能替我报仇吗？"

　　"你的仇人是谁？"

　　"三路招讨使侯坤。"

　　"他早就是江苏都督了。什么仇？"

　　"杀父弑兄，不共戴天。"

　　"知人者智，自知者明。活着比什么都强。"

　　"你什么意思？"

　　"在两江这地界上，无论谁，想碰侯坤，都是以卵击石。明白吗？"

　　"明白。那你就把我送官领赏吧。"

　　老竹帮当年，武略四洲，威震江南，亦是梅宝山心中的高山仰止。他做梦也没想到有朝日可以娶到竹帮的少主人，更何况眼前这位被通缉的美人算得上是人间绝色了。于是婉转地说，自己也是穷苦出身，亦对官吏盘剥百姓恨之入骨，万般无奈才做了匪盗。想报仇侯坤，绝非轻而易举之事，如果她肯嫁给自己，自己愿意承担报仇雪恨之大事。但要蓄积力量，慢慢图之……空空儿别无选择，做了梅宝山的五姨太。尽管梅宝山是江湖大佬，鉴于空空儿的身份特殊，婚礼极其简单低调。只摆了两桌酒席，到场的也只有梅宝山的老母和兄长，以及青帮的几位上排琴。完婚之后，梅宝山特意分拨了一个小岛给她住，又命丫鬟十二人供她驱使。她不让众人叫自己"五娘"，潘金莲才是"五娘"，要叫"五姐"。这个称呼分明是尚未出阁，也暗含着对这个丈夫并不认同。梅宝山心中虽不悦，还是由了她。

　　数年间，大清帝国大厦将倾，侯坤却依旧位高权重。对于报仇之事，梅宝山一拖再拖，只说时机未成。期间，空空儿为梅宝山产下一子，取名洁观。

　　满了周岁，梅宝山就将孩子抱与祖母一起生活……空空儿渐渐认清，梅宝山和他所在的帮派，不过是以劫富济贫为词笼络人心，实则纠集顽民，恃众横行，赚取巨大利益。他们操纵米价，贩私开赌，白昼抢劫，夜晚走私。官兵往拿，兵少则拒，兵多则窜。地方文武早与他沆瀣一气，或是受其贿赂，或受其扶持，对于捕务完全漫不经心。江南百姓，苦梅宝山久矣。大清眼见日薄西山，他仍把自己的二儿子送到两江总督端方处做门生，又将长女嫁给北洋段旅长的儿子。许多赫赫有名的革命党也与他称兄道弟。这样的老狐狸，怎么会真心帮自己与侯坤为敌呢？

大清宣统三年，春。心腹丫鬟小佩告知，侯坤因眼疾复发修养在嘉兴，有重兵保护且深居简出。不过侯坤酷爱评弹，每周都要请评弹大师王云亭和陈少泉去府上唱《珍珠塔》。小佩的表舅就是班子的"水锅"，负责大家喝水、用水，递手巾、端脸盆等杂务，因此这消息必然属实。空空儿认为这是千载难逢的机会。《珍珠塔》这种长篇曲目，没个一年半载根本听不完。为此，她不惜用黄金十两买通水锅，让他瞅准时机，能让自己提前藏身在箱子里，尾随进府。她还特意托人购买了一把比利时勃朗宁小枪，在小岛苦练枪法。可惜，这之后很长一段时间，她都没等到戏班子进府唱戏的消息。

一个闷闷不乐的傍晚，梅宝山忽然醉醺醺地来了。潦草登床之后，半玩笑对她说，家里要修祠堂，希望她可以再添男丁，安分守己。空空儿听出他话里有话，问他什么意思。梅宝山冷笑说道：

"下等人不可托大事。"

空空儿就知道事情泄露了，必是那个水锅表舅出了岔子。嘴上不说半个字，脸色已全带出来了。梅宝山拉着她的手说，六个姨太太中，自己最爱的就是她，不希望她出事。

"你忘了我当初为什么肯嫁你？是你违背了自己的誓言。"

梅宝山不吭不响，翻身去抽着大烟，须臾，半晕半醒地说："天地良心，不是我在一直帮你保你，你早就出事了。那个牛皮阿三，你有多少年没见过了？"

"杀一个小麻雀算什么本事？有能耐你就去杀侯坤！"

梅宝山一骨碌坐了起来，切齿道："侯坤不能动，也动不得。不要一意孤行。倘若触动了家法帮规，是要沉湖的。"

空空儿终于看清丈夫的真面目，从此不再对他抱有任何幻想，暗下决心尽早离开这伤心之地。不想梅宝山早将这小岛设为禁地，空空儿也被严密监控，一时间插翅难逃。除了小佩，她连个说话的人都没有了。更不幸的是，那次之后她又怀上了梅宝山的骨肉。后来小佩告诉她，表舅出事了，家里人说，他已经失踪了很久，大概是死了。几天后，小佩也不再来了……

俗话说"财压奴婢手"。原来这表舅自得了空空儿的金子之后，在家疯了几天，终于忍不住去了窑子和赌场挥霍。他使的金锭子有"梅"字私戳，引起了青帮的注意。很快将他抓住，鞭子刚蘸上水他就全招了。梅宝山将其吊死，勒令手下，严守秘密。又让人悄悄透风给侯坤，青帮抓到一个图谋不轨的刺客，已经杀了。不知是不是因为这件事的影响，很快侯坤离开了嘉兴回转南京。

转年后，空空儿再产一子，这次还没出月子就被梅宝山抱走了。她精神恍惚地又在岛上消磨了半年之久，日日思念两个孩子，报仇更是遥不可及。梅宝山除了日常吃用，更是送了大量鸦片给她。她很清楚他就是要自己消沉下去，断了报仇之心。于是宁死不碰，一旦沾上这个，真的什么都完了。这般暗无天日的苦熬，让她的神采和心志消耗殆尽……

一日午睡时，忽然有人拍她。

"报仇的时机已现，今晚有船在东南。快走。"

空空儿猛地翻身而起，身边并无人影，可那声音极像大师兄嬴岱山。她不由汗毛倒竖，却又将信将疑。等到夜半时分，她换了深色的衣服，带了简单的行头，悄悄出门而去，沿路真的没见设防。她一口气下到东南角，果然见到有小船停靠在此。近前一看，是厨子阿牛，正准备摇动篙橹离岛。

"你怎么在这儿？"

"五姐？！我，我要去运水。"

"什么时候轮到你做这个了？"

"震泽县出了大事，帮主他们被当地帮会给围了。三天没消息，家里都乱了营，二爷和三爷调拨人马去救呢。"

空空儿大喜，跃跳到船上："好兄弟。载我一起过去吧？"

厨子大惊："五姐，这可不行。您不能离开……"

空空儿掏出手枪轻轻抵住他的腰眼："阿牛兄弟，我不想害你，你也别让我为难。"

到岸之后才知道，外面的世界已改天换地，大清早就没了。这该死的梅宝山，真该千刀万剐！慑于青帮势大，她不敢片刻停留，连夜离开了苏州，逃往无锡。之后在报纸上见到，仇人侯坤如今是北洋政府的陆军次长。三月初，空空儿取道运河，北上入京。躺在大船舯板上，望着长天过白云，感觉伸手一够，就能揽入怀中……

陆军部的大楼守卫森严，空空儿不敢擅入。每日进出的车辆，没有规律可循，更分辨不出里面坐着何人。她曾去过揭心的两间铺子，早已物是人非。北城地窖也被拔地而起的新建筑遮挡难辨。柳絮才的南书苑和隆福寺的四知堂也早都改换门庭了。她知道苏百川如今已被释放出狱，却从未去找过他。因报纸上讲，通天拳的祖宅抵给了日本人，且他在坐牢时就向日本人赔偿了二十万两银子。这钱谁出的？报上众说纷纭，但空空儿心里不难猜到……他一定和她生活在一起了，但愿他好。大仇未报，朱颜消歇，难对情郎……

"最强的决战。"

六月六日的天坛中日擂台赛见诸报端，苏百川对阵日本第一高手浞川直人的消息传遍街头巷尾！空空儿获悉之后既激动又难安。七年了，他变样了吗？

比武当日。她没熬住，换了一身男装，去了天坛。

如此盛事，足有数千人围观。擂台设在天坛外大街之上，并没进到园内。这是北洋政府的一再要求。对日本人的说辞是，看热闹的人太多了，恐怕踩踏、损害古迹。其实他们心里明白，苏百川十之八九要被杀死在台上，天坛到底是圣地，真的被杀死在里面，有愧祖宗！

高耸的擂台依着天坛外墙而搭，台上有一条横幅：中日比武大会！

鼓声擂动，人群聒噪起来。空空儿远远看见台上一黑一白走上了两人。黑衣服的是一位扶刀的日本浪人，右侧则是白衣持棍的苏百川。他还是那样清瘦俊逸，神采不减当年。空空儿的双颊绯红，心跳怦然。此时，听见旁边有人议论，苏百川武功早废了，他老婆和朋友被抓了，这次是被迫比武，死定了。空空儿不免大惊。

"你听谁说的？"

"哎呀，反正都这么传的。"

"我也早听说是，苏百川在监狱的时候就被人废掉了武功！"

空空儿焦急万分，拨开人群拼命向前挤过去。苏百川的老婆，难道是大格格？什么人废了他的武功？又是什么人抓了他的家人逼他比武呢？一时间心乱如麻，愤恨难当。好容易冲开了人群，来到了前列，果然在台下侧后方看到了大格格还有揭心。他们深情沉重，愁云惨淡。揭心竟然还坐在一个木轮椅上，难道三哥残废了？二人身旁似乎还有暗自看押的人。空空儿心里咯噔一下，莫非传言是真？她刚想走过去，忽听到观礼台传来一阵熟悉的笑声，侧眼望去，竟是个熟人：阮中华。他此刻穿着西服，看起来像是成了大官。挨着他的是一位警长，神情郁郁寡欢。观礼台正中的位置坐着三个人，两侧是两位穿和服的日本人，当间落座的则是一位军官，五十开外的年纪，核桃眼、旋风眉，一脸脓包凶煞异常。看着看着，空空儿浑身颤抖起来。他不是别人，正是自己不共戴天的仇人，侯坤！

"二哥，保佑我！"

她心里默念着，眼泪夺眶而出。很快，她平复了心绪，神情异常冷静。看过周遭的警察以及卫兵之后，发现观礼台斜前方有棵大树，树下有几个拿相机的记者翘首以盼。记者们的身后有卖冰棍儿、卖香烟瓜子儿的小贩，时有群众往来购买。她慢慢走出人群，低头径直向冰棍儿车而去，问小贩什么味道的？小贩说，橘子味的，空空儿点点头，说要一根，而后她将手伸向裤兜，摸出了勃朗宁手枪……

·第十五章·

春云十三展

"我期待这一天很久了，苏百川先生。"

浘川直人冷冷地盯着仇人，他本人比照片更瘦，眼里亦没有高手的神采。

"时间带走了我太多东西，留给我的我会珍惜。"

他继续缓慢而低沉地说着。苏百川望着他，很平静。余光看向台下的大格格和揭心，他们也正无比关切地望着自己。二人被便装的陆军警备队看押着，无从上前。台上的浘川隐约察觉出了一丝异样。仅限于此，他不可能知道背后的事。

毫无疑问，是侯坤胁持了二人。在他们失踪的第三天，有两个穿中山装的人找到了苏百川，威胁他必须和浘川打擂，否则会死人。不光是大格格和揭心两个，他的师妹马天心，甚至曾经同文馆的老师和同学有一个算一个，全会遭殃……苏百川被逼上了绝境，他没有选择。六月六日，武功尽失的苏百川站上了中日擂台……

台下观众个个屏住呼吸望着台上二人，但他们的对话，没人能够听到。

"虽然你是仇家，但我尊重高手。我本以为，你我可以提前相见，我甚至认为我们会谈论武术之外，中日之外的东西。比如哲学或者音乐。"

浘川直人继续说着，苏百川依旧沉默。

"鉴于你的傲慢和无礼，这种会面就多余了。"

苏百川一蹙眉，察觉浘川直人被蒙蔽了什么，但绝不可能猜出青木和浅山编假报纸给浘川看。他才是那个渴望提前会面的一方，他相信一代武宗不会给他难堪，至少不会和他打擂。但此刻，一切都晚了。在苏百川和浘川直人的身后，都有强大的无形之手推动着，让他们登台决斗。

"今天，是你付出代价的时候了。"

"你怎么知道一定赢？"苏百川终于开口了。

浘川直人左手扶住刀柄，目光寒彻，盯住他的双脚和持棍的双手一动不动。可苏百川似乎没有要进攻的意图，浘川稍稍松懈神经，才淡淡道："我会杀死你，带着胜利离开中国。"

苏百川古怪一笑："杀我并不难，但你赢不了！"

浘川直人疑惑了："我听错了什么？"

"没有。"

"为何这样说？"

苏百川仍是一笑："很快你就知道了。"

浘川直人低头思索，不久喃喃道："戚继光将军的《辛酉刀法》，对日本单面刀的破解讲得很精辟。莫非，你想用苗刀胜我？可是你手里只是一根棍子！"

"错。我胜你不是刀法，也不是棍法，而是，春云十三展。"

混川直人的瞳孔收缩了，身体不禁后退了半步。显然他受到了震慑，他有忌惮。长久以来，他一直试图弄明白，对手的所谓旷世绝技到底是什么？可是，即便到了中国，也没人能够给他答案。如今，在如此重要的时刻，对手不否认会死，却说能够赢他，用绝学赢！这是自信，还是使诈？难道真有一种近乎搏命的绝技？又或者，这绝技远超出了自己对武学的认知？

不！混川直人从不相信魔力。他的武学真理，是扎扎实实，一招一式。神怪的东西，只是糊弄田间小儿的把戏，高手不会当真。作为一代武痴，他的无念无相斩被赞叹已入化境，凭借的，仍是绝对的速度、力度和准度，这让他在日本已无对手，即便是左手持刀。虽然是第一次踏上中国的土地，可对中华武术，他并不陌生。在他的认知里，最忌讳三种武器：第一是苗刀。这是专破太刀的兵器，刀身修长如苗禾，长足五尺，兼有刀、枪两种兵刃之能。戚继光的《练兵实纪》及《辛酉刀法》中对苗刀的记述及应用，让混川直人看得后背发凉。其次是箭术。《武经总要》中关于射学的记载十分详备。倘若对手箭法绝伦，他将毫无胜算。最后则是长枪。长枪对太刀，单纯从兵器的层面看，完全是碾压的。并且，这三种兵器都符合传说中的所谓"十步之内，摄人魂魄"。

"春云十三展，到底是什么？"混川直人怒吼着。

苏百川笑着把棍在掌中一横，淡淡道："拿命来试。"

混川直人深吸一口气，发出一声嘶吼，旋风般极奔而来，顺势抽出了太刀"虎澈"，一道寒光劈面，苏百川听到了兵刃破风的声音……他重重地倒下了，手中的木棍被削作两截，衣衫被割破，胸口多出了一道优美的血痕。台下哗然……

"百川，百川。"大格格哭喊着。

"好快的刀。"苏百川赞叹道。

"你身法不错，可惜力量像个孩子。"混川道。

"孩子你也没能杀死，宗家不过如此。"苏百川道。

混川将刀尖顶住他的咽喉："十年里，没人配得上我出第二刀。苏百川，你瞑目吧。"

苏百川眼眶一红，嘴角笑了笑："杀我可以，但你赢不了。"

"混蛋！"

苏百川的傲慢彻底激怒了混川，他瞪着血红双眼，怒吼着举起太刀……

"砰！砰！砰！"

台下响起了三声枪响，打断了混川直人。

枪杀目标是高坐在观礼台正中的侯坤。第一枪自右边太阳穴射穿脑袋，脑髓溅流，侯坤倒地。之后连发两弹，都打在前胸，侯坤立时死去。围观人群顿时陷入一片混乱和恐慌。侯坤的侍从官从身后抱住他。

　　"将军，将军！"

　　七年了，空空儿终于大仇得报，她竟木在了当场。旁人看她，表情异常从容。恍惚间，她不知该跑还是留下自首。为父兄报仇，她在做对的事情。跑就是刺杀，自首就是复仇……枪响的位置是遮不住的，所有的小贩都闪开了一个豁口，空空儿暴露在人前。侯坤的警备卫队如临大敌，拔枪朝她的方向走来，连看押大格格和揭心的便装警卫也都弃了二人，急切奔来。警察、日本人，纷纷拔枪警备，忽然又多了许多持枪的人，围观人群陷入了巨大惶恐之中，哭爹喊娘乱成一片。这时，揭心趁乱喊了一嗓子。

　　"蔓子多，扎手，扯呼啊！"

　　这是一句满春满典的黑话，意思是，"枪多，太厉害了，快跑啊！"

　　空空儿被他警醒！当众刺杀侯坤，不跑绝无活路。数颗子弹向她射来，自她身边"嗖嗖"飞过，有的激飞脚下尘土。眼下四面都有人合围过来，她退无可退。

　　揭心又喊道："翘漠，翘漠，过围子！"

　　向北跑！向北跑！翻墙！

　　空空儿不再犹豫，向北疾跑几步，蹬上墙头，单手抄住墙头，翻身而入。

　　"凶手进天坛了，他进去了。"有人喊道。

　　此刻，老喜也拔出枪，对着人群大喝："都别乱，都别动，谁动就是同伙。但有逃跑者格杀勿论！"

　　人群一阵躁动，却不敢妄动了。老喜自己提枪直奔台下，护在大格格身前。

　　"主子，别怕。"

　　"辫儿叔！"

　　台上的苏百川和浞川直人也全都被这突如其来的意外震惊，竟然木在当场。很快，日本人和警察快速登台，把二人从两侧带离。

　　"百川！"大格格扑进他的怀中，身体抖个不停。

　　"皮外伤，不碍事。"苏百川笑道。

　　这时，天心和庞月也从人群中走近，天心眼圈泛红："二哥，你，你怎么这么傻啊！"

　　苏百川笑道："没事了。"

大格格又道："他们不会善罢甘休的。"

苏百川摸着她的头发笑道："真的没事了。相信我。"

陈大炮、程勉、老黄等人全都涌了过来，把苏百川围在中间。他能活着，大家都非常高兴……

天心这才走近揭心，小声道："我听见是你喊了春典，枪手你认识？"

揭心捂着脸声泪俱下："师妹！是我师妹啊！"

苏百川犹如被人打了一记闷棍，竟是空空儿救了自己?! 他转身就向天坛大门跑去。忽然觉得哪里不对，转头一看，大格格正泪汪汪地看着他。

"我很快回来。"

说罢，他随着看热闹的人群，涌进了天坛大门。时有枪声传来，苏百川跑着、张望着，心里恐惧到了极点，比他在台上面对混川时还要恐惧百倍。不断有警察和军人从四面八方涌入。

"所有的门全部封了，他跑不了。两片林子去人，皇穹宇去人，还有回音壁……"

围观的百姓被全部禁足，不许向前一步，所有的抓捕力量开始撒网式搜捕。这可怎么藏啊？忽然他想到一个地方！趁警察没留意，他一猫身钻进了树林，直奔祈年殿而去……果然走到大殿两三百米外时，远远的，苏百川看到一条黑影用飞抓奋力抛向屋檐，而后身体腾空而起，荡了两荡，猿猴一般向上攀去，只五六纵就到了二层的屋檐。苏百川的视线被泪水模糊了。真的是她，只能是她。

"你，你到底是什么人？"

"骗子，你没资格和我说话。"

此情此景，当年话语，犹在耳畔。

眼见她又攀上了第二层，踩着蓝瓦来到了金匾之下，向里面望了一眼，忽然停住了。时间似乎凝固了一般，直到远处有枪声响起。空空儿警醒，整个人藏了进去……

搜捕的人群抓住了一个疑犯，打伤了右腿，正吵闹不休，位置离苏百川很近。他背身躲在树后，不敢再看大殿一眼，更不敢出声。一旦被警察发现了，可能会暴露她。他知道她为什么停了一下，他知道。有些事，在苏百川心里藏得很深，消失了一般深。他低下头，默默淌泪。胸膛的伤口还在流血，却已无知觉……

中日擂台赛由于突发事故而暂停。此事引起了轩然大波，震动海内。侯坤死后的第二天，陆军部就由另一位次长出面，要求日本方面发放贷款。出于日本在中国的长远利益考虑，浅山幸太郎兑现承诺，发放了第一笔贷款。但是，中日比武还将择日进行……

晴朗无风的傍晚，青木一雄和浅山幸太郎专程拜访泯川直人，和他商讨再次比武的事宜。可是，凭一个武者的直觉，泯川对这件事产生了质疑，苏百川怎么会力量如此微小，难道传言是真的？

"不是他失去了武功，而是宗家的强大。为了大日本的荣誉，请宗家一定再打一场。"青木一雄鞠躬道。

"在擂台上，苏百川对我说，我可以杀他，但是他能赢我！他说了两次，直到我击倒了他，他还是这样说。我不知道他这样做，究竟是因为什么？"

"因为我！"

忽然有人喊了一声，门口立着一位戴斗笠的人。泯川三人大为震惊。此时，门外的两个徒弟一脸尴尬撞进来。

"宗家，我们拦不住他。"

泯川直人站了起来，静静看着此人，用日本话问："你听得懂日本话？"

"不重要。"他说的是中国话。

"你是谁？"泯川用中国话问他。

"不重要。"

"有何贵干？"

"我是来还债的。"

说完，他摘了斗笠，露出了黑黢黢的橡皮鼻子。月光之下，俨然凶神下凡。众人不由大惊，没人认识他。可从他一进来，泯川就感受到了一种高手自有的杀气，那种他渴望在苏百川身上感受到的杀气。

浅山幸太郎掩饰着不安，用中国话说道："我们不认识你，还什么债？"

"我欠苏百川的，所以我必须要替他打……不能说是打擂，我们闭门切磋就行。"

青木大声用中国话说道："你太无礼了。请你立刻离开，不然……"

叶深对他轻蔑一笑："你想拔枪啊？你试试？"

吓得青木不由后退了两步。泯川直人制止了青木，走到他的身前，仔细端详了他几眼："阁下的鼻子怎么了？"

叶深一笑："你的拇指怎么了？"

混川直人尴尬，点了点头："这么说，你想代替苏百川和我打？"

"是。"

"凭什么？"

"他早就没有武功了，你只能和我打。"

青木和浅山面面相觑，浅山用日语大喊："宗家别信他，把他赶出去。"

混川直人怒斥浅山："你不要说话。"

"你凭什么说他没有武功了？"混川盯着叶深冷冷地问。

"答案你自己有。"叶深冷冷地回道。

混川直人思索片刻，对叶深一笑："就算如此，凭什么你能替代苏百川？"

叶深放声大笑，震动屋檐下的风铃轻轻摆动。混川直人不由大惊，这样的内力，远在苏百川之上……

"回答我。为什么你能替代苏百川？"

"因为，绝学在我身上。"

混川直人倒吸一口凉气，明知故问："什么绝学？"

"春云十三展。"

在场所有的人，都听懂了这五个字，个个脸色煞白，惊惧不已。混川直人更是汗毛倒竖，鸡皮疙瘩从膝盖一直推到了肩膀。

"阁下究竟何人？"

"我是谁不重要，重要的是，我能赢你。"

"春云十三展，究竟是什么？"

叶深笑了笑，转身走了出去。他从门外拿了一根长棍，这是他在进屋前放在这里的，棍头上有布囊。混川不禁蹙眉。而后，叶深迈步走到前院的空场，摘了布囊，露出了银色的枪头，月光之下，寒光摄人。叶深抖了一个枪花，对混川直人厉声道：

"一套枪法。"

这动作，这句话，瞬间斩杀了混川直人的信心，他的瞳孔收缩了……

苏百川那日从隆福寺去西四找天心，在胡同口遇见了叶深和庞月。他告诉庞月自己出了事，可能会牵连大家，让她速回去告之天心，一定带着孩子暂避。庞月走后，苏百川就把烂醉的叶深背走了……

叶深酒醒时已是深夜。发现自己竟然身处坟场。当间的一座墓碑上，赫然写着："恩师马之良之墓。"叶深大惊失色，急忙翻滚爬起来，他心里慌了，他的鼻子就是在这里被天心削掉的。自己怎么会在这里？他完全不记得怎么来的。这时，忽然有人拍他肩膀，叶深吓得魂不附体，回头一看，是师弟苏百川。

"打伤我的时候，你对我说，你回不了头了。今天，我想要你当着师父，再说一次。"

"二弟。"

"师哥，我跟天心说过，无论你做过什么，我都原谅。我们是自小一起长起来的。你的心，不冷。我也不想让你这个人烂掉。"

"百川，别说了。现在什么都晚了。是我对不起你，对不起师父，还有天心。"

"我的擂台赛你知道吗？"

叶深低下了头。

"你怎么想的？"

叶深把头埋得更低了："百川，是我害了你。别去。你跑吧。"

"他们抓了格格。"

"你需要我做什么？想让我出面给你证明吗？你被大师哥打废了，不能比？如果能救出格格的命，我，愿意去！"

苏百川没有回答，他忽然双膝下跪，对墓碑说道：

"师父，时代变了，绝学只传一人的祖制，该改改了。功夫是天下人的，能者用之。您说对吗？"他又看向杨定吾和赵素响的墓。

"杨伯伯，赵大哥，你们说呢？"

叶深惭愧地低下了头。

"大哥，你跪下。"

叶深照做了，跪在了师父的墓前。

"是在你点我穴道的那次，我悟出来的。我当时恨不得杀了你，可我没有力量了，如果我身边有刀，有棍，有个兵器在手该多好啊。就这一下子，隐门找到了。换句话说，你不废了我，可能就没绝学了。"

叶深蹙着眉，完全不明白他的意思。

"后来我想，这就是经历未到，难成正果。想想三弟，他下山找一个什么法师，那么多年了都没遇到。也许，他也是在找一段经历，回来看看我们，了这一段尘缘。我现在把这个讲给你，真传一句话，假传万卷经。春云十三展是大道至简的绝学，被我悟到了。它是一套枪法！"

"枪法？"

"是的。你得到的拳谱，画的是拳法，实则是枪法。因为，祖师爷根本没把兵刃画上去！"

叶深不由毛骨悚然。这套拳谱的的确确有太多含糊、不详，甚至不合理之处。比如，所有人像的拳头都是虚张的，他见过许多拳谱，拳头亦不画实，可通天拳的拳谱则张开得更大，他以为只是示意大略，万没想到是中间缺了一根枪杆的缘故。还有，通天拳与其他拳种最大的区别，是有一个非常大的"钻力"。出拳的时候拳头需要转动，拳心多是向左下倾斜。而拳谱中，很多图例竟然是拳心向前，甚至向右，更有左手在前，右手平行于后，双拳心冲前。这样匪夷所思的动作，要么发不上力，要么根本不符合拳理。叶深多年百思不得其解，虽然苦练谙熟，但在用时也只得以掌法替代。

"师哥，那拳谱你肯定烂熟于心了，用这根棍子试试。"

叶深接过他的长棍，以拳谱上的拳法化为枪法使了出来，果然如龙蛇飞动，出神入化。叶深一口气把十三式都刺了出来，忍不住号啕大哭……

拳法就是枪法！真是枪法无疑！果然真传一句话，一通百通。他哭自己愚笨，拳谱在自己手里七年了，而苏百川仅仅看过两次。也哭父亲可怜，自小被师祖废了琵琶骨，只能练暗器。分明师父走镖时带的兵刃就是长枪啊。自己和士钧还有天心都是自幼学艺，刀、枪、剑、棍全都学过，只是师父没有特意点明。

"一套枪法而已，师祖何至于此？只传一人，贻害后人啊！"

"师哥，话不能这么说。这个枪谱绝非泛泛，是一等一的好枪法！中国的功夫有南北之分。北方功夫多用于军事，善于阵法和兵刃。而南方人，保家护院为主，以单打独斗见长。通天拳既然起源于北方，必然与兵刃有渊源。更不必说，高手对峙都是一招过，所谓十三展，一定是单对多。那么谁可以以一敌十呢？自然是我们的师祖，当年的大镖师，总镖头。可是江湖人，以和为贵，能不动手就不动手。'十步之内，摄人魂魄'，单这句话，就能挡住多少人啊！镖师再往上呢，一定是行军打仗的人。我们的枪法，出自彪炳千秋的名将之手也未可知。毕竟历史上，项羽用枪，赵云用枪，马超、姜维、罗成、岳飞全都是用枪。师哥想想，威震天下的一代名将，枪法岂可轻传？"

"二弟，谢谢你。我，自愧不如。"叶深埋头抱拳。

苏百川笑着拉开他的手，二人之间的心结解开了。

叶深看着月下的苏百川，恍惚间，觉得他得道了。

苏百川忽然正色道："大哥，老祖宗的东西我交你了，可你不能白拿。你要帮我做一件事，帮中国人做一件事。"

·尾声·

五湖烟水
独忘机

石灯，微风，星月暗沉。

二人相距十步，叶深抖了抖白色的枪缨，混川直人缓缓拔刀。天地间所有的光辉，都聚在太刀与长枪之刃。

透过门缝，弟子见到刀鞘被他缓缓放在了地上，大为震惊。宗家比武从未弃过刀鞘，足见此人是劲敌。中日之间至高无上的比武就在眼前，青木和浅山二人大气也不敢出。时间凝固了。

叶深和混川竟然双双闭上了眼睛。万籁无声，心如止水。

无论如何，春云十三展只是一套枪法，未超出自己的推测！混川直人安慰着自己。太刀对长枪没有优势，近身，一定要近身，不能一刀毙命也要断他的枪杆，削他手指。他不动我不动。

"月棍年刀一辈子的枪"，长枪是最难的兵刃。虽然叶深自幼练枪，对秘笈最熟，可他对春云十三展的掌控尚未精通。好在苏百川用了整整一夜，将自己的心得和盘托出，并与他对练拆解，使之受益贯通。何况多年以来，叶深一直在比武，大战经验非常丰富。而混川在日本地位尊贵，实战的机会一定不如自己。混川的太刀是一件名器，绝不能让他削到枪杆，绝不能让他近身。他不动我亦不动。

高手对决，一招过。谁先动，就可能占到先机。相反，也可能被对方识破，扭转局面……

叶深忽然睁开了眼睛，伸手拿掉了橡皮鼻子。

"抱歉，有汗。"

混川直人立刻睁眼，见他的样子，比方才更加不堪，心里一颤，忍不住脚下一动。叶深的长枪立刻迎上，绞枪出花，瞬时间五六个枪头浮在他眼前，寒意森森。他看不见对方的双脚也见不到双手，无论他怎样移动，眼前都是一片枪花萦绕。令混川不胜其烦……

双方还未出手，混川已处于劣势。不能再被消耗了，他需要保存体力，就索性停下不动了。叶深的枪花也立刻停下了。

"为何挡我的眼睛？你们中国人都是这样比武的吗？全是花招！"混川直人埋怨着。

"花招也是招。不认同这个，说明你的武学远远没到最高境界！"叶深淡淡一笑。

"满口胡言。"

"中国的关羽被尊为武圣，刀快马更快，对手不经意间抽冷子就是一下。鲁智深打镇关西，先让他切肉，耗去大半精力，而后三拳打死。这俩，都是会打架的。"

"听不懂。"

"你们的武圣宫本武藏，和小次郎的比武约在中午，为何他傍晚才到？无限消耗对方的耐心和气力。你能说他们只会花招吗？是更知道怎么赢而已！"

混川直人一愣神的工夫，叶深竟然跃上了石桌。长枪一指，厉声道："大将使枪，兵勇用刀。反正你说我耍花招，干脆我就上马跟你打！你要怕了，扔下刀，回日本去。"

混川直人彻底被激怒了，忽然一刀，劈他枪头，叶深急忙收枪上挑。可这一刀只是虚招，见叶深中计，他迅步上前，大力横劈一刀直斩叶深腰间。叶深立在桌上，跳下不及，只得使出"铁板桥"，极速向后仰倒。只差毫厘，混川的刀刃擦着叶深的肚皮横切而过……躲过这致命一刀。然而叶深并没有倒地，他借着后倒之力，双手握枪倒扎在地面，整个人绷直了平悬在空中。混川暗赞他好身手。但是，此时叶深双手握住枪杆，两脚踩着桌面，所有的空门全都暴露在外。高手比试，机会稍纵即逝。电光石火间，混川直人双手持刀，垂直劈下，剁向他的双脚。叶深以枪撑地，双脚猛蹬石桌，身体纵了回去落在了大枪的后端，然而力量未泄，整个身躯把枪杆压成了半圆。就在混川惊诧之际，叶深忽然跃起，借着枪杆回弹之力迅速飞出一脚直踢混川面门。混川忙撤步换手，刀尖朝前直刺过去。谁想叶深这一飞踹亦是虚招，未到一半距离时他双脚忽然蜷收落地，身体随之急坠。混川一晃神的工夫，叶深又借这一送之力，双手生生从身后拔出了大枪，就见他的脑后忽然直挺挺多出了一根大枪朝混川的门面极速砸下。他躲避不及，只得横刀去迎。

"吭""嗵！"

枪头狠狠砸在了刀上。虽有格挡，可叶深这一砸势大力沉，连枪带刀都落在了混川的肩上。枪头和混川的肩胛骨齐齐震断了……

"这不是枪法！你胜之不武！"混川直人忍痛道。

"这是霸王砸枪！"

"西楚霸王的枪法？"

"不全是。霸王枪法，大巧不工。他身经百战，逢敌只是一砸。因其天生神力，枪重八十一斤，枪刃锋利无比。碰着死，挨上亡，非凡人可比。而我这一砸，是借力而已！"

报上说，混川直人和苏百川的二番战因为混川出现身体不适最终取消了。江湖传言，天坛一战，浞川虽然占得先机，可苏百川被高人所救，浞川深受震慑，故而二番战尚未开打，浞川就吓回国了。而老黄在书馆里宣讲的是：苏百川在一天夜晚秘访了浞川直人，用绝学春云十三展将其击败。心服口服的浞川直人，灰溜溜地逃回了日本……

虽然众说纷纭，各执一词。但有一点可以肯定，浞川直人从此再无消息。无论是中国还是日本，如同蒸发了一般……

那夜之后，也没人再见过叶深……

苏百川与大格格完婚当日。亲友齐聚，小院热闹非常。大家问起比武之事，苏百川都三缄其口，笑而不答……

老喜要在自己府上办，大格格拒绝了。他就包办了三桌酒席，还送给了大格格一件绝好的嫁妆：楠木佛龛。

原来，自四爷失踪、四奶奶去世之后，他柜上的伙计们心里全都长了草。顶头大伙计小金更是卷了这件宝贝潜逃，被众人及时发现并报警缉拿了。老喜随后将当铺封了，一切店藏充公，唯独这件他自己取了，冒着贪赃枉法的罪名也要物归原主还给格格。大格格和苏百川在大家的见证下对着佛龛拜堂成亲。格格本想把佛龛还给四爷的儿子贵贵。毕竟这东西仍是四爷的，以后自己攒下钱了，再赎回来。没钱赎，就是缘分尽了……可贵贵眼下举目无亲，且已经被自己和百川收养，彼此以父子、母子相称。这时候说这个，寒他的心！

阮中华说，杀害赵华的元凶已经归案。此人名叫吴世杰，江西人。手段用尽，仍坚称与赵华曾有旧仇，并没有受人指使。此案还在审理中，只是吴世杰在狱中时常遭人毒打且身体每况愈下……陆军部对苏百川发起了诉讼，对方认为刺杀侯坤的凶手定与苏百川有关，假如没有这场意外，苏百川不会全身而退。阮中华以证据不足、凶手在逃为名驳回了。

揭心没出现在婚礼现场。自古"贼不贺红事"，于主家不利，于自己不利。他说，"既在江湖中，必是薄命人"。二人成亲当日，揭心在自己的小院儿也收了两个徒弟，并对弟子语重心长地劝诫道：

"盗者，人心之贼也。天下何人不是贼？哪个从未起过贼心？荀子有云，'盗跖吟口，名声若日月。与舜、禹俱传而不息。'这是把我们盗门老祖宗柳下跖和万古圣贤相提并论啊！别人可以小看我们，唯独自己不行！"

二位弟子欣然大喜，他们行窃多年，还从未有人这样高度肯定自己，越发觉得跟对了人。揭心却暗自神伤，由于双脚残废，自己的独门绝技"寒江钓雪"，抱憾失传……

天心一再要求叶通拜苏百川为师，苏百川再三婉拒，让她设法找回叶深。可是无论他挽回过什么，天心也绝不原谅他。苏百川无奈，只得将叶深归还的拳谱以及心法、隐门全部交付给天心，让她继承正法，并择机传给叶通、庞月。在未来的枪炮世界，也许绝学会失灵，但绝不能失传……

不久之后，苏百川、大格格带着贵贵离开了北京城，一去不返。

一个了无尘念，一个冰雪胸襟。他们自此归隐太湖，过上了碧水闲船看日斜的逍遥日子。留与世人无数景慕，多少猜疑，只作行云入梦，全不放在心上。

有诗为证："由来哪敢议轻肥，散发行吟自采薇。逋客未能忘野兴，辟书翻遣脱荷衣。"

（全书完）